慶余年

경
국
기
구

상2

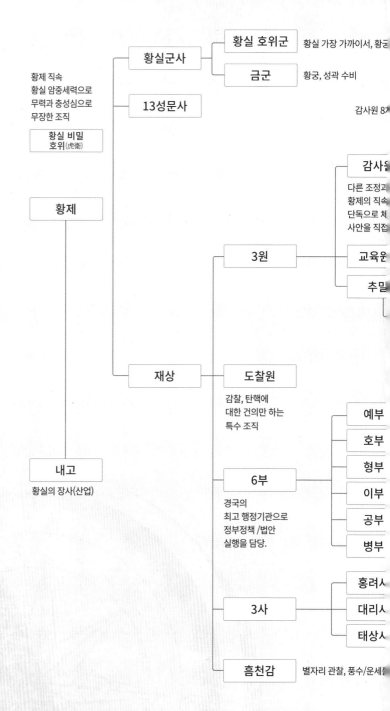

황실군사
├ 황실 호위군 — 황실 가장 가까이서, 황궁
└ 금군 — 황궁, 성곽 수비

13성문사

감사원 8개

황실 비밀
호위(虎衛)

황제 직속
황실 암중세력으로
무력과 충성심으로
무장한 조직

황제

3원
├ 감사원
│ 다른 조정과
│ 황제의 직속
│ 단독으로 처
│ 사안을 직접
├ 교육원
└ 추밀

재상

도찰원
감찰, 탄핵에
대한 건의만 하는
특수 조직

6부
경국의
최고 행정기관으로
정부정책 /법안
실행을 담당.
├ 예부
├ 호부
├ 형부
├ 이부
├ 공부
└ 병부

3사
├ 홍려사
├ 대리사
└ 태상사

흠천감 — 별자리 관찰, 풍수/운세

내고
황실의 장사(산업)

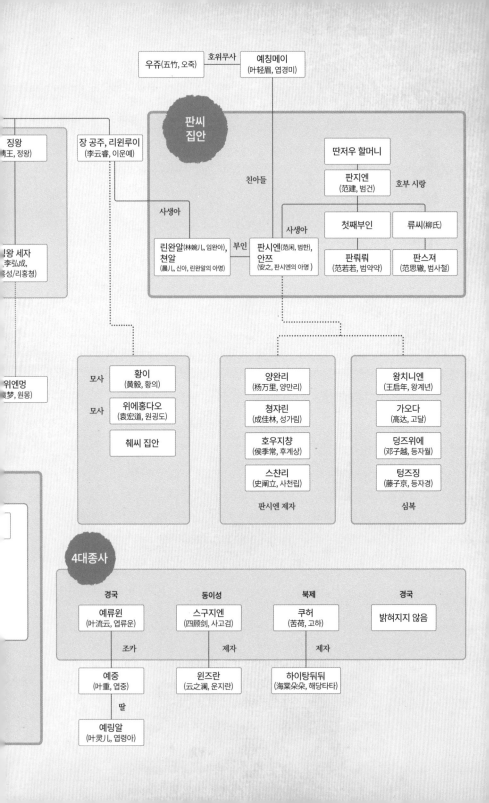

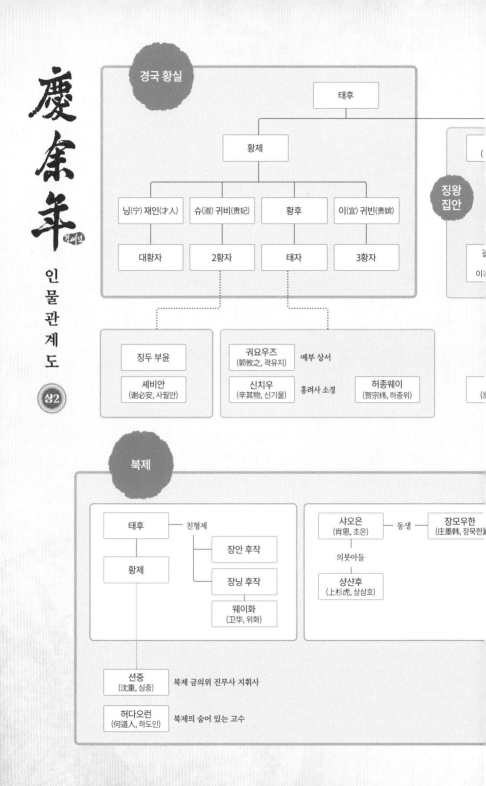

慶余年 경여년

인물 관계도

상2

경국 황실

태후

황제

닝(宁) 재인(才人)	슈(淑) 귀비(贵妃)	황후	이(宜) 귀빈(贵嫔)
대황자	2황자	태자	3황자

징왕 집안

이게

징두 부윤
셰비안
(谢必安, 사필안)

귀요우즈
(郭攸之, 곽유지)   예부 상서

신치우
(辛其物, 신기물)   홍려사 소경

허종웨이
(贺宗纬, 하종위)

북제

태후 ── 친형제

황제

장안 후작

장닝 후작

웨이화
(卫华, 위화)

샤오은
(肖恩, 초은) ── 동생 ── 장모우한
(庄墨韩, 장묵한)

의붓아들

샹산후
(上杉虎, 상삼호)

선중
(沈重, 심중)   북제 금의위 진무사 지휘사

허다오런
(何道人, 하도인)   북제의 숨어 있는 고수

내부 호위

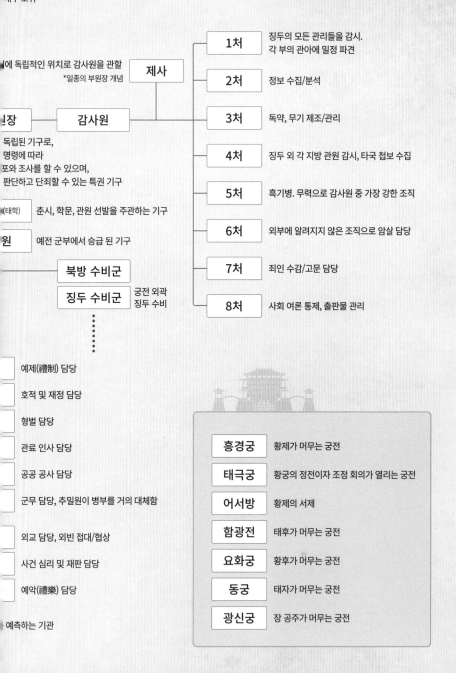

에 독립적인 위치로 감사원을 관할
*일종의 부원장 개념

제사

1처	징두의 모든 관리들을 감시. 각 부의 관아에 밀정 파견
2처	정보 수집/분석
3처	독약, 무기 제조/관리
4처	징두 외 각 지방 관원 감시, 타국 첩보 수집
5처	흑기병. 무력으로 감사원 중 가장 강한 조직
6처	외부에 알려지지 않은 조직으로 암살 담당
7처	죄인 수감/고문 담당
8처	사회 여론 통제, 출판물 관리

장 ─── 감사원

독립된 기구로,
명령에 따라
포와 조사를 할 수 있으며,
판단하고 단죄할 수 있는 특권 기구

(태학) 춘시, 학문, 관원 선발을 주관하는 기구

원 예전 군부에서 승급 된 기구

북방 수비군

징두 수비군 궁전 외곽 징두 수비

예제(禮制) 담당

호적 및 재정 담당

형벌 담당

관료 인사 담당

공공 공사 담당

군무 담당, 추밀원이 병부를 거의 대체함

외교 담당, 외빈 접대/협상

사건 심리 및 재판 담당

예악(禮樂) 담당

예측하는 기관

흥경궁	황제가 머무는 궁전
태극궁	황궁의 정전이자 조정 회의가 열리는 궁전
어서방	황제의 서제
함광전	태후가 머무는 궁전
요화궁	황후가 머무는 궁전
동궁	태자가 머무는 궁전
광신궁	장 공주가 머무는 궁전

경여년

오래된 신세계

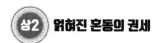 상2 얽혀진 혼돈의 권세

경여년 : 오래된 신세계 상-2

Joy of Life by Maoni

이 도서의 국립중앙도서관 출판예정도서목록(CIP)은
서지정보유통지원시스템 홈페이지(http://seoji.nl.go.kr)와
국가자료종합목록 구축시스템(http://kolis-net.nl.go.kr)에서 이용하실 수 있습니다.
(CIP제어번호 : CIP2020046565)

慶余年

경여년

경여년 : 오래된 신세계

상2 뭐혀진 흔들의 권세

묘니(猫膩) 지음

경여년 각국 세력지도

경국

황제의 강한 통치 아래 가장 강한 세력을 갖고 있다. 지금의 황제가 태자일 당시,
경국은 북벌을 시작하여, 북위군을 상대로 한차례 처참히 패배했으나,
뒤 이은 북벌전쟁에서 첩보전을 통해 북위를 와해시켰다.

북제

북제의 전신은 북위로, 한 때 천하를 호령했다.
그러나 3차례에 이어진 경국의 북벌에 결국 북위는 패배하여 와해되었다.
그 후 북위는 여러 제후국으로 잘게 쪼개졌고, 쟌씨가 북제를 건국하였다.

동이성

경국과 북제 사이의 많은 제후국 중 동쪽 해변과 맞닿은 부분의 가장 큰 항구도시.
왕은 없고 성주만 있다. 경국이 북벌하던 그 당시 동이성 만은 시종일관 중립을 지키며
전쟁을 피할 수 있었다.

등장인물

🏯 황실

경국 황제 황제는 모든 것을 알고 있다. 경국 절대권력의 상징.

장 공주(李云睿, 이운예/리윈루이)
판시엔의 계략으로 신양으로 쫓겨났다. 판시엔과 대립하며 각종 일을 꾸민다.

태자(李承乾, 이승건/리청치엔)
황권을 물려받을 예정. 판시엔의 계략으로 춘시 폐단이 드러나 세력이 위축된다.

2황자(李承泽, 이승택/리청저) 태자와 황권을 두고 경쟁하는 사이.

3황자(李承平, 이승평/리청핑) 황제의 막내 아들. 9살 소년.

징왕 세자(李弘成, 이홍성/리홍청)
2황자의 편으로 판시엔을 2황자의 편으로 끌어들이기 위해 애쓴다.

🏯 판씨 집안

판시엔(范闲, 범한) 계속되는 위협과 혼란 속에서 자신의 길을 찾아 나아간다.

판지엔(范建, 범건) 판시엔의 양아버지. 경국 황제의 충신.

판뤄뤄(范若若, 범약약) 판지엔과 정실 부인의 딸. 판시엔을 따른다.

판스져(范思辙, 범사철)
판지엔 둘째 부인의 아들. 막내로 철이 없어 보이나 장사에 탁월한 소질을 갖고 있다.

🏯 감사원

천핑핑(陈萍萍, 진평평) 감사원 원장. 판시엔에게 감사원을 물려주려 한다.

옌빙윈(言冰云, 언빙운) 북제에 밀정으로 활동 중, 장 공주의 계략으로 북제에 붙잡힌다.

무티에(沐铁, 목철) 감사원 1처장의 공백을 대신하고 있다.

그림자 감사원 6처장. 감사원내 가장 강한 고수로 천핑핑의 심복이다.

🏛 판시엔의 조력자

우쥬(五竹, 오죽)
판시엔의 어머니, 예칭메이의 호위무사. 위협에서 판시엔을 돕는다.

왕치니엔(王启年, 왕계년) 판시엔의 심복. 감사원 관원. 추적술의 달인.

가오다(高达, 고달)
판지엔이 관리하는 황실의 암중 세력 호위의 수장으로
판지엔이 북제 사절단으로 가는 중 판지엔이 판시엔에게 붙여준다.

양완리(杨万里, 양만리)
춘시 4인방 중 하나. 판시엔이 눈여겨본 인물로 판시엔의 제자가 된다.

스찬리(史阐立, 사천립)
춘시 4인 중 하나. 판시엔이 가장 아끼는 사람이나 춘시에 낙방한다.
판시엔이 식객으로 두어 판시엔의 심복이 된다.

🏛 북제

북제 황제 북제의 황제. 어린 나이에 황제에 올라 북제를 통솔 중이다.

태후 북제 황제의 어머니. 북제 황제와 소리 없는 암투를 벌이고 있다.

쿠허(苦荷, 고하) 4대 종사 중 하나. 북제의 국사.

하이탕둬둬(海棠朵朵, 해당타타) 쿠허의 제자. 9품 고수.

샤오은(肖恩, 초은)
경국에 포로로 잡혀 있던 전임 북위 첩자의 우두머리.
과거 세상을 뒤흔들었으나 나이가 들어 쇠퇴하였다.

스리리(司理理, 사리리) 북제가 경국에 심어 놓은 밀정. 출생의 비밀이 있다.

샹산후(上杉虎, 상삼호) 북제의 대장군. 북제 군대 내의 영향력이 막강하다.

션중(沈重, 심중) 북제 금의위 진무사 지휘사. 막강한 권력을 갖고 있다.

제1장

폐단 앞에 든 칼

창산에서의 하루하루가 지나가고 있었다. 판시엔은 징두의 모든 것과 멀어진 느낌이었다. 판지엔이 가끔씩 인편에 비밀 편지를 보내왔고, 왕치니엔도 자신의 인맥으로 끊임없이 정보를 물어다 주었다. 징두는 한 차례 소동이 휩쓴 후 평정을 되찾은 듯 보였다. 다만 옌샤오이가 북방 수비군 대도독(大都督)으로 차출돼 간 일이 있었던 정도. 특별한 직위의 변화가 없다 해도 징두에서 북방으로 옮겨졌다는 것만으로도 하나의 경고라 볼 수 있었다. 경국과 북제간 협의는 지난달부터 이미 정식 효력을 발휘했기에 북방 수비군이 할 일이란 사실상 없었고, 그런 상황에 대도독이 된다는 것은, 말하자면 한직으로의 강등을 의미했다.

왕치니엔이 전해주는 정보를 들으며 판시엔은 마음이 복잡해졌다. 옌샤오이가 그런 위치까지 오를 수 있었던 것에는, 그가 9품 상(上)의 무력을 겸비했다는 점이 한몫하긴 했어도 무엇보다 그 뒤에 장 공주의 도움이 있었음은 그 누구도 부인할 수 없는 사실이었다. 만일 황제가 장 공주 사태를 수습할 생각이 전혀 없었다면, 옌샤오이를 감사원의 감시에 맡기거나 최악의 경우라 해도 추밀원에 보내는 정도에 그쳤겠지, 북방으로까지 보낼 리는 없었다. 따라서 이번의 처사는 황제가 장 공주의 측근을 문책해 사태를 수습하는 한편, 언젠가 필요하다면 장 공주를 다시 쓸 생각임을 은연중에 보여주고 있었다.

황제는 이런 계획 하에 장 공주의 세력을 그냥 두고 보는 듯했다. 하지만 한 시대를 풍미한 영웅 군주가 왜 두 눈을 뜨고서도 다른 세력이 커지는 모습을 그냥 보고만 있는 것인지, 감사원의 능력과 징두 수비 예씨 집안의 충정으로 충분히 해결할 수 있는 일, 즉 장 공주와 그 배후에 연결된 황자를 없애버리는 일을 왜 미루고 있는 것인지, 황제는 도대체 무슨 생각을 하고 있는 것인지, 판시엔은 도무지 가늠이 되지 않았다.

여기까지 생각이 미치자, 전단지를 통해 장 공주를 처리하려던 자신의 생각이 성급했다는 후회가 밀려왔다. 그럼에도 황제가 아닌 자신으로서는 더 이상 지체할 수 없는 상황이었다고 마음속으로 합리화하였으나, 그럼에도 조정의 세력 다툼이 어떻게 이토록 조용히 해결된 것인지 도무지 이해할 수 없었다. 장 공주와 내고를 두고 물밑에서 벌인 몇 번의 대결에서는 결국 그가 유리한 입지를 점유했다 할 수 있었지만, 장 공주의 성격으로 보아 그녀가 살아남은 이상 절대 내고를 포기할 것 같지는 않았다. 그런 마당에 황제가 이런 위험한 줄타기를 계속한다면 자신은 어떻게 해야 하는 것인가?

판시엔은 창문 밖을 바라보았다. 눈이 덮인 창산에는 오늘 밤도 조용히 바람이 불어 눈꽃이 휘날리고 있었다. 그는 숨을 한 번 크게 쉬고 아버지와 왕치니엔에게 받은 편지들을 태워버린 후 밖으로 나갔다.

또 얼마가 지나고, 텅즈징이 징두에 들렀다 돌아오며 편지를 하나 들고 왔다. 아버지의 편지였다. 거기에는 판지엔의 노파심이 절절히 녹아 있었다. 그는 작금의 조정을 걱정하는 듯했다. 하지만 무슨 일인지 몰라도 장 공주와는 별다른 관계가 없을 듯했다. 잠시 후 왕치니엔으로부터도 또 다른 편지가 도착했다. 두 편지를 비교 대조해보고서야 판시엔은 돌아가고 있는 상황을 대강 파악할 수 있었다.

'장사에서 정무, 그리고 이제는 감사원의 일을 하라? 이렇게 손바닥을 계속해서 뒤집는데까지 시간이 겨우 얼마나 흘렀더라?'

창밖의 눈이 내리는 검은 하늘을 보며 판시엔은 쓴웃음과 함께 고개를 절레절레 저었다. 북제의 사절단 임무가 결국 자신에게 떨어진 것이었다. 처음에는 지난 연회자리에서 벌인 소동에 대한 문책이 창산에 외유 중인 자신에게 내려진 것이라 생각했다. 하지만 곱씹어보니, 아직 한 번도 본 적은 없으나, 죽은 어머니의 절친한 전우였다는 그 첸핑핑이, 판시엔에게 감사원을 확실히 넘겨주려는 계획의 발로가 아닐까 하는 생각이 들었다.

감사원을 이어받는다는 생각을 해보니, 그것은 재상의 자리를 맡는 것보다 훨씬 더 어려운 일로 보였다. 감사원은 일반적인 6부 관아와는 달라, 능력이 없는 사람은 절대 견딜 수가 없는 조직이었다. 다시 말해 집안 배경이나 시작(詩作) 능력 따위로는 해낼 수 없는 일이 감사원의 일이었다. 첸핑핑이 판시엔을 북제에 사절단으로 파견하겠다는 의미는 너무도 자명했다. 만일 판시엔이 성공적으로 옌빙윈을 구하고 돌아올 수만 있다면, 판시엔은 옌뤄하이의 지지를 받게 될 것이고, 그가 구한 옌빙윈도 어느 자리로 오르게 될 것이며, 거기에 페이지에와 쳔핑핑의 암중 계획까지 더해지면 판시엔에 대한 감사원 고위 관료들 최소한 반 이상의 지지를 확보하게 되는 셈이었다.

문제는, 판지엔이 아들에게 원하는 바가 그와는 다르다는 점. 판지엔은 아들 판시엔이 편안히 내고를 이어받아 부자로 잘 살기를 바라고 있다는 점이었다. 더 큰 문제는, 그 둘 사이에서 어떤 것을 선택하던지 간에 결국은 황제의 생각에 의해 모든 것이 결정된다는 사실이었다. 여기에까지 생각이 미치자 판시엔의 미간 주름은 더욱 깊어졌다. 만일 황제가 판시엔이 감사원을 물려받는 것에 동의를 한다면, 그건 판시엔의 추측을 증명할 수 있을지도 모를 일이었다. 창밖에 눈바람은 더욱 매서워져, 길고 긴 복도의 끝에서는 마치 누군가의 음흉한 웃음소리가 들려오는 듯했다. 하지만 그의 앞에서 타오르고 있는 모닥불은 붉은빛을 내뿜고 있어, 눈보라가 쳐도 더할 나위 없이 따뜻한 그런 밤이었다.

그는 두 개의 편지를 양손에 쥔 채로 얼굴색은 하나도 변함없이 그것을 조각조각 찢어 버렸다. 그리고 창밖 눈 속으로 그 조각들을 던져버렸다. 종이 조각은 눈보라에 섞여 날아가 더 이상 찾아볼 수도 없게 되었다. 밤바람이 안으로 휙 하고 불어와 그의 얼굴을 스쳤다. 실내의 등불이 잠시 깜빡이더니 이내 밝아졌다.

같은 시간, 거센 눈보라 소리에 잠에서 뒤척이던 판뤄뤄는 우산을 들고 복도에 서서 검은 밤하늘을 바라보았다. 최근 며칠 그녀는 줄곧 공허했다. 자신이 존경하는 오빠는 이미 결혼도 하고 자신의 미래를 찾아가고 있는데, 자신의 미래는 어디로 가는 것일까? 오빠 판시엔이 이전에 한 말이 떠올랐다. 판스져처럼 일생을 바칠 만큼 좋아하는 일을 찾을 것. 그것은 일일 수도, 시작(詩作)일 수도, 그림 그리는 것일 수도, 또는 어떤 감정일 수도 있었다. 하지만 자신이 진정 원하는 것이 무엇인지, 그녀는 도통 알 수가 없었다. 우산 위로 떨어지는 눈꽃이 마치 그녀의 마음의 문을 두드리고 있는 것처럼 느껴졌다.

그때 검은 천을 두른 우쥬가 소리 없이 판뤄뤄의 뒤로 왔다. 그는 일말의 감정이라고는 찾아볼 수 없는 목소리로 그녀의 귀에 대고 말했다.

"비밀을 지킬 수 있겠나?"

설날을 맞이해 황실은 관례에 따라 각 황자들에게 상을 내렸다. 금년의 상은 예년과는 조금 달랐다. 제일 먼저 상을 하사 받은 것은 물론 태자였다. 그는 예년보다 풍성한 선물을 받았는데, 여기에는 황제가 집필한 서적도 하나 끼어 있었다. 나머지 황자의 선물들은 특별할 것이 없었으나, 그중에서 다소 특이한 것은 대황자에게 주어진 선물이었다. 그는 화살 선물과 함께 그가 다음 늦여름 징두에 돌아올 즈음에는 왕(王)에 봉해지게 된다는 약속을 선물 받은 것이다.

신하들은 폐하의 저의가 무엇인지를 알지 못해 다소 의아해했다. 태자의 지위가 이토록 굳건할 때에 갑자기 대황자를 징두로 호출하는 까닭은 무엇인가? 대황자는 경국 밖에서 군대를 이끌고 있었고, 적자는 아니되 그럼에도 장자라는 위치를 가진 다소 애매한 신분을 갖고 있었기에, 이러한 조치는 혼란을 더욱 가중시켰다.

황실에서 내린 상 여럿 중 사람들의 이목을 끈 것은 또 하나, 창산에 숨어 있는 태학 5품 봉정 판시엔에게 내려진 상이었다. 그는 황실의 사위, 즉 부마의 대열에 올라가게 되었다. 황실은 상황상 아직까지 판시엔을 부마로서 봉책하지 않고 있었던 것이다. 이는 물론 완알이 군주의 신분이라고는 하나, 황실로서는 장 공주의 사생아를 공식적으로 인정할 수 없었다. 그러던 참에 내려진 상이었고, 동궁과

2황자는 이를 축하하여 각자 많은 선물을 준비해 창산으로 보냈다. 관례상 황실의 사위라는 신분이 관직에서는 그리 유리하게 작용하지 않기에, 이를 미루어 사람들은 판시엔이 고관의 길로 가는 것보다는 내고를 맡는 것이 황제의 뜻임을 짐작했으며, 춘시 이후부터는 그다음 수순이 차곡차곡 진행될 것이라 보았다. 그런 만큼 태자와 2황자도 최선을 다해 그를 영입하려는 중이었다. 다만 그러면서도 가능한 그 모습을 사람들에게 드러내려 하지 않을 뿐.

"둘째가 보낸 선물은 무엇이냐?"

황제는 낮고 푹신한 침상에 기대어 있었다. 검은색 외투를 입은 그의 얼굴에는 몇 개의 깊은 주름이 또렷이 보였다. 마침 서재 밖으로는 거위털처럼 새하얗고 가벼운 눈송이가 소리 없이 쌓이고 있는 것이 보였다. 천핑핑은 목소리를 두어 번 가다듬고는 자신의 무릎 위 양모 담요를 쓰다듬으며 대답했다.

"전 시대의 고(古)시집입니다."

"둘째는 문장 가지고 놀기를 참 좋아하지. 하지만 판시엔은 그냥 입만 열어도 시가 튀어나오는 자인데, 심지어 전 시대의 시인들도 넘어서고 남을 터인데, 이번 선물은 그리 적절해 보이지 않는군. 태자는 무엇을 보냈나?"

천핑핑은 자신의 매끄러운 턱을 몇 차례 어루만지며, 창밖의 눈을 바라보는 황제를 향해 실눈을 뜨고 말했다.

"비취옥으로 만든 마작입니다. 판시엔이 매우 좋아했습니다."

"판……시엔, 확실히 부유한 귀인이 되고 싶어 하는 듯하구나. 태자의 선물은 썩 괜찮아 보이는데 동궁 누구의 생각인지 모르겠구나."

"신치우입니다. 사실 판시엔은 알고 있는지 모르겠으나, 천 군주와 판씨 집안 둘째 도련님 모두 마작을 매우 좋아합니다."

"쳔이 계집은 요즘 어떻게 지내느냐?"

"판시엔이 항상 옆에서 보살펴 주어, 궁중에서 생활하던 때보다 훨씬 즐거운 듯합니다."

"궁중에서 진정 누가 즐겁게 지낼 수 있단 말이냐?"

황제는 긴 한숨을 내쉬고 잠시 침묵하더니 화제를 돌리며 물었다.

"그래서 너는 판시엔을 북제에 사절단으로 보내기로 결정한 것이냐?"

"폐하께서 소신의 건의에 동의만 해 주시면, 소신이 바로 계획을 입안하겠습니다. 판시엔이 이번 기회를 빌려 감사원에 모종의 공헌을 하지 않고서는, 이후 감사원을 장악하기가 쉽지 않을 듯합니다."

쳔핑핑은 바퀴의자에 앉아 난감한 듯 고개를 몇 차례 숙이며 예를 갖춰 말했다. 궁내의 분위기는 갑자기 어색한 침묵 속으로 빠져들어 긴장감이 가득했다. 황제는 냉랭하게 쳔핑핑의 정수리를 바라보더니 잠시 후 차가운 목소리로 말했다.

"그가 황실의 혈통이라는 것을 넌 잊으면 안 된다. 그 일은 너무 위험하지 않겠느냐?"

"주인님, 문제는 그가 황실의 혈통으로 살 수 있는 길은 영원히 없다는 것입니다. 주인님의 수하로서 종은 항상 판시엔의 안전한 미래를 생각하고 있습니다."

쳔핑핑은 곤혹스러운 듯 억지웃음을 지으면서도 자신의 뜻을 굽히지 않았다.

"판시엔이 내고를 손에 넣으면 황자들은 그를 포섭하려 달려들 것입니다. 주인님도 그가 그런 상황에 놓이는 것을 원치 않으실 것으로 사료됩니다. 이런 문제는 단순히 판시엔이 창산에 숨는 식으로는 해결되지 않을 것입니다."

황제는 냉랭한 태도로 이 절름발이를 바라보았다. 다른 신하들의 눈에는 이 절름발이가 그가 키운 늙은 개 마냥 보일 테지만, 실상 이 늙은 개의 입에서 '주인님'이라는 단어가 나온 것은 실로 오랜만이었다.

황제는 천천히 두 눈을 감았다. 눈을 감고 있으니 이 순간만큼은 저 어지러운 눈보라도 흔적 없이 사라진 듯했다. 쳰핑핑은 조용히 바퀴의자에 앉아 하릴없이 한참을 기다린 후에야 천자의 대답을 들을 수 있었다.

"그렇게 해. 하지만 스난 백작과 린 재상은 네 계획에 동의하지 않을 것이야. 잠시 뒤 조정 회의에서 꽤나 귀찮은 일이 벌어지겠구만."

"다른 일들은 다 논의했고……이제 곧 봄이 되고 춘시도 지나면 북제와 작년에 맺었던 협약을 실행할 때가 올 것인데, 대신들은 사절단으로 누가 좋을 것 같은가?"

황제는 몸이 별로 좋지 않은 듯 반쯤 용의에 기댄 채로 물었다. 몇 달간 돌고 있는 소문에 따르면, 재상의 사위인 판시엔이 북제로 가는 사절단을 이끌 것이라 했다. 재상 린뤄푸는 이 소문이 자신의 반대파가 낸 것이라 생각해 일찍부터 만반의 준비를 하고 있었다.

호부 시랑 판지엔은 재상보다 약간 더 뒤에 자리하고 있었다. 판지엔이 앞쪽을 바라보니 재상이 자신을 쳐다보고 있는 모습이 보였다. 두 사람은 시선을 교환하며 살짝 웃었다. 한 사람은 황제파, 다른 한 사람은 장 공주와 그렇고 그런 관계를 맺은 사람으로서, 이 둘 모두는 판시엔이 징두에 온 이래, 그전에는 생각도 못한 엄청난 변화를 겪어왔다.

"신의 생각에는, 홍려사 소경 신치우가 지난 담판에서의 일 처리도 깔끔했고, 나라를 위해 적지 않은 공을 세울 정도로 뛰어난 인재이니, 신 소경이 이번 사절단에 참여한다면 가장 적합하지 않을까

합니다."

제일 먼저 말을 꺼낸 이는 재상 린뤄푸의 사람인 태상사 소경 런샤오안이었다. 오늘 조정 회의가 북제 담판을 안건으로 삼고 있는 까닭에 런샤오안과 홍려사의 신치우 모두 이 회의에 참석하고 있었다.

런샤오안의 뜻밖의 발언에 당사자인 신치우는 조금 놀랐다. 물론 재상이 자신의 사위를 천 리 밖 적국까지 보내고 싶지 않을 것이라는 건 추측이 가능했다. 북제까지 가는 길은 안전상으로 치명적인 문제가 있는 건 아니라 하더라도 강 건너 산 넘어 가야 하는 먼 길이었으며, 더군다나 춘시만 지나면 판시엔이 다시 승진할 수도 있는 상황에서 사절단으로 뽑혀 가게 된다면 몇 달 후 조정에 어떤 변화가 있을지는 누구도 장담할 수 없는 상황이었다.

사실 태자의 생각 또한 재상과 별반 다르지 않았다. 태자는 장 공주의 영향이 사라진 후 전보다 많이 성숙해졌고, 판시엔이 징두에서 내고를 이어받게 된다면 어떻게서든 판시엔을 자신의 편으로 끌어들이는 것이 정답이라고 생각을 굳혀가고 있었다. 판시엔을 끌어들여 판 시랑까지 장악하게 된다면, 이후로 재상과의 관계 또한 회복할 수 있을 것이며, 더구나 춘시까지 곧 열릴 테니, 어느 모로 보나 동궁은 더더욱 판시엔을 향해 구애할 수밖에 없는 상황이었다.

그렇게 본다면 오늘 조정에서는 누구도 판시엔을 거론할 수 없는 구도였다. 원로라 하더라도, 심지어 어느 부처의 상서라 하더라도, 재상과 스난 백작이라는 이 두 거물을 동시에 상대하는 것은 만만치가 않은 일이었고, 더구나 동궁까지 그들과 생각을 같이 한다면 확실히 무리수였다. 순식간에 궁내는 매우 조용해졌다. 대신들은 모두 신치우가 북제로 가는 것이 최선이라 생각하는 듯 보였고, 심지어 신치우조차 이미 그 명을 받아들일 마음의 준비를 하고 있었다.

그때 황제가 불편한 기색을 담아 미간을 찌푸렸다. 마치 이런 국면까지 오게 될 줄은 생각도 못했다는 듯 보였다. 황제는 손에 쥐고 있던 손난로를 가볍게 놓았다. 그러자 대신 중 하나가 대열에서 이탈해 나와서는 무거운 목소리로 말을 꺼냈다.

"신은 태학 봉정 판시엔이 북제로 가는 것을 제안합니다."

군신들 중 그 누구도 예상하지 못한 발언이었다. 그 누가 린씨 집안과 판씨 집안, 양대 두 집안에 밉보이고 싶어 하겠는가? 무수한 시선이 앞으로 나간 신하를 향해 쏠렸다. 그 목소리의 주인공은 추밀원의 참사관 친헝(秦恒)이었다. 친헝은 군대 내에 막강한 장악력을 가진 자인만큼 문관들의 시선쯤은 아랑곳하지 않을 수도 있지만, 그렇다 하더라도 구태여 두 집안에 맞설 필요까지 있을까?

이 제안을 듣고서도 재상은 얼굴색 하나 달라지지 않고 침착을 유지했다. 다만 판지엔은 심기가 조금 불편해졌다. 자신들과 관련된 일인 만큼 재상과 판지엔 두 사람 모두 직접 나와 발언을 하기는 힘들었으나, 그들과 이해를 같이하는 사람들이 그들을 대신해 입장을 대변해주기를 기다리고 있었다. 그때 어느 신하의 무거운 목소리가 들렸다.

"소신이 생각할 때 판시엔은 타당하지 않습니다. 북제로 가는 사절은 국가의 위엄을 선양하는 외교관으로서 실로 중책이라 아니할 수 없습니다. 판시엔은 재능은 뛰어나나 경험만큼은 다소 부족한 게 사실이라 이런 중임을 맞는 것이 적절치 않을 듯합니다. 반면 신 소경은 경험도 많고 침착하기에 그가 이번 북제로 가는 것이 여러모로 순탄할 듯 보입니다."

신치우는 속으로 다시 한번 탄식을 하며, 이쯤 되면 어쩔 수 없이 자신이 주도적으로 나서는 편이 낫겠다고 판단했다.

"소신은 국가를 위해 명을 받들길 원하고 있습니다."

황제는 높은 용의에 앉아 아래 있는 신하들이 연출하는 광경을 바라보면서 입술 주위에 알 수 없는 미소를 띠고 있었다. 그는 손을 저어 신치우를 물린 다음 가벼워진 목소리로 말했다.

"대신들은 모두 신치우가 적합한 인물이라 생각하오?"

"네-, 폐-하-."

신하들은 서둘러 몸을 숙여 바닥에 엎드린 후, 말끝을 길게 늘어뜨리며 경의를 표했다. 판시엔을 북제로 보내자 주장한 추밀원 참사관 친형만큼은 약간 의외라는 듯 황제를 흘끔 보았으나, 이내 그 시선을 거두며 속으로 생각했다.

'이번에는 대신들 모두가 판시엔을 북제로 보내는 게 부적절하다 생각하니 폐하도 마음을 바꾸실 수밖에 없겠구나.'

그때 황제가 말했다.

"하지만 짐은, 대신들과 생각이 다르오."

궁에는 순식간에 침묵이 흘렀고, 황제의 담담한 목소리만 궁에 메아리치고 있었다.

"소위 옥이란, 갈고 닦지 않으면 그릇이 되지 못하는 법. 판시엔이 연회에서 보인 풍모를 대신들 모두는 똑똑히 기억하고 있으리라 생각하오. 그는 비록 문신이나, 뉴란지에서 자객을 죽이는 용맹함까지 겸비하였으니, 이렇게 뛰어난 인재가 언제까지 태상사와 태학원에서 편안하게 지내게 할 수만은 없소."

신하들은 그제서야 폐하의 저의를 알게 되었다. 하지만 그럼에도 확실히 이해할 수 없는 것은 왜 황제가 기어코 판시엔을 북제로 보내려 하는 것일까 하는 점이었다. 황제는 신하들을 담담하게 둘러보고는 이어 말했다.

"단련이 부족하면 더욱 단련을 해야하는 것이니, 짐은 판시엔을 보내는 것이 가능하다 생각하오."

천자가 가능하다하면, 무엇이든 가능한 것이다.

군신들이 감히 무슨 말을 할 수 있으랴.

다만 린뤄푸와 판지엔의 얼굴에는 숨길 수 없는 근심의 먹구름이 가득했다. 장인과 아비로서 자연스러운 반응이었다. 기뻐하는 모습을 보인다면 오히려 이해할 수 없는 상황이리라.

"판지엔."

황제는 호부 시랑을 보며 그의 이름을 불렀다.

"소신, 여기 있습니다."

판지엔은 자신의 이름이 불리는 것에 조금 놀랐으나, 이내 침착하게 열 앞으로 걸어 나왔다.

"짐은 네 아들이 이 일을 맡았으면 하는데, 너는 어떻게 생각하느냐?"

"신은 감히 생각을 가질 수가 없습니다."

"감히 못가지는 것이냐, 없는 것이냐?"

"감히 못가지는 것입니다."

"만일 감히 가진다면, 너는 어떻게 생각하느냐?"

궁 밖의 눈보라는 더욱 거세졌지만, 궁내의 따스함은 마치 봄과 같았다. 하지만 군신 간에 벌어지는 이 대화만큼은 궁 밖보다 훨씬 더 차갑게 느껴졌다. 판지엔과 관계가 좋은 대신들은 마음속으로 걱정하기 시작했다.

'그동안 잘 참던 스난 백작이 오늘 왜 갑자기 자신의 속마음을 보이는 것인가?'

"소신과 소신의 아들은 16년간이나 떨어져 있었고, 이제 만난 지 겨우 몇 달밖에 되지 않았었는데, 다시 떨어져야 한다면 소신은 견디기가 몹시 힘들 것 같습니다."

'견디기 힘들다'는 그의 말이 궁내를 가볍게 훑고 지나갔다.

황제는 판지엔의 말이 자신을 향해 있음을 꿰뚫어 보고는 엷은 미소를 띠었다. 어려서부터 같이 커온 자신의 조력자가, 자신이 판시엔을 북제로 보내려는 진정한 의미를, 자신의 복심을 헤아리지 못하는 것에 씁쓸해졌다.

'그래도 천핑핑이 나를 제일 잘 이해하고 있구나.'

"봄에 가서 초가을이면 돌아오는 몇 달의 일정인데도, 그렇게 견디기가 힘든 것이냐?"

황제는 판시엔의 말을 기다리지도 않은 채 곧바로 손을 저으며 명을 내렸다.

"호부 상서는 늙어 병약하고, 이미 휴양에 들어간 지 오래되었으니……호부 좌시랑 판시엔에게 상서직을 내린다."

조정의 신하들은 순간 아연실색했다. 판시엔은 오래전부터 호부의 실질적인 최고 권력자였다. 단지 최고의 자리인 상서에 오르지 못했을 뿐이었다. 신하들은 이런 승격이 최근 류씨 부인이 정부인의 자리에 오르게 된 것과 관련된 것은 아닌가 하고 생각했다. 물론 그들은 류씨 부인의 일이 판시엔이 판지엔을 설득해 벌어진 일임은 알지 못하고 있었다.

신하들이 어떤 추측을 하든, 지금 황제의 명은 판시엔이 북제로 가게 된 것에 대한 보상임이 분명해 보였다. 판시엔은 자신이 이번 일을 더 이상 피할 수 있는 길이 없음을 알아차리고는 침착한 표정으로 황제의 은혜에 감사하는 인사를 올렸다. 황제는 린뤄푸에게로 시선을 바꿔 웃음 띤 얼굴로 물었다.

"재상 대인, 그대는 아끼는 사위를 짐이 사절단으로 보내는 것에 대해 할 말이 있는가?"

재상 린뤄푸는 쓴웃음을 지으며 앞으로 나와 예를 올렸다. 경국의 군신지간은 일견 격의 없이 친밀해 보였으나 사실상은 엄청난 위엄의 강이 그 사이를 갈라놓고 있었기에 어느 누구도 감히 그것을 거스를 수 없었다. 판지엔의 조금 전 행동도 매우 위험했음을 잘 알고 있는 만큼 재상은 두말하지 않고 침착하게 대답했다.

"판시엔은 더욱 갈고 닦을 필요가 있습니다."

조정 회의가 파한 후 대신들은 하나둘 판지엔에게 다가왔다. 그리고는 이제는 정정당당하게 경국의 모든 재정을 맡을 수 있게 되었다며 축하 인사를 건넸다. 예부 상서인 궈요우즈도 즐겁게 이야기를 건네고 있었다.

"판 대인, 오늘 이후로 이 노인네의 월급도 대인의 손에서 나오게 되네요. 너무 많이 깎지는 말아 주십시오."

"궈 대인은 농담도 참 잘하십니다."

판지엔은 고개를 저으며 화답했다. 판시엔이 궈바오쿤을 몇 번이나 뭉갠 바 있으나, 조정의 두 거물의 사이에는 어떠한 응어리도 남아 있지 않은 듯 보였다. 이때 린뤄푸가 잔기침을 하며 판지엔의 앞으로 다가오니 다른 대신들은 목례를 하며 몇 발짝 뒤로 물러나 주었다. 린뤄푸와 판지엔은 이미 가족관계로 묶여 있는 만큼 겉치레는 필요 없었다. 린뤄푸는 곧장 낮은 목소리로 말했다.

"판 대인, 폐하께서는 왜 판시엔을 기어이 북제로 보내려 하시는 걸까요?"

"저도 모르겠습니다. 혹시……진짜 단련을 시키려 하시는 건 아닐까요?"

판지엔은 이렇게 말하면서도 속으로는 망할 놈의 절름발이가 뒤에서 그렇게 조정했다고 확신하고 있었다. 하지만 차분히 다시 생각해보면, 판시엔이 징두에 있어봤자 태자와 2황자간의 영입 전쟁에 빠져들 것이 뻔한 상황에서, 잠시 징두에서 떨어지게 한 다음, 대황자가 군대를 이끌고 징두를 돌아온 후의 조정 상황을 지켜보는 것도 썩 나쁘지는 않은 선택 같아 보였다.

또 한 번 아무도 없는 외진 곳에서, 또 한 번 두 대의 마차가, 또 한 번 판시엔 배후에 있는 두 사람이 만났다. 그들은 여전히 각자의 마차 안에 몸을 숨긴 채로 말을 섞었다.

"내가 말했잖아. 그가 감사원에 엮이는 게 싫다고!"

방금 호부 상서로 진급한 판지엔의 목소리에는 기쁨이라고는 하나도 찾을 수 없이, 냉담하기 그지없었다.

"북제로 가는 사절단 일과 내 감사원은 아무 관계가 없네."

건너편의 마차에서 천핑핑은 조용히 웃으며 말했다.

판지엔은 참다못해 마차의 장막을 젖히고 차가운 목소리로 말했다.

"관계가 없어? 내가 네 생각을 모른다고 생각하고 있는 건가? 샤오은이 지금 네 손에 있으니 네가 죽이고 싶으면 죽이면 되는 터에, 너는 왜 그의 명성을 높여주는데 판시엔을 이용하는 거야? 샤오은이 어떤 사람인지 너나 나나 잘 알잖아. 그가 북제로 돌아간 다음에 다시 그를 죽이는 일이란 얼마나 어려운지, 네가 가장 잘 알고 있는 거 아니야?"

"나도 네가 폐하가 가진 힘의 일부를 가지고 있다는 걸, 심지어 나의 감사원에도 네 사람이 있다는 걸 잊지 않고 있네."

천핑핑은 여전히 침착함을 유지하며 말을 이었다. 다만 조용히 웃는 그의 웃음에는 어둡고 사나운 기운이 잠복해 있었다.

"너와 내가 사적으로 만나는 것을 폐하께서는 썩 탐탁해 하지 않으시네. 샤오은에 대해서라면 그를 죽이고 말고는 사실 별 상관없어. 내가 그를 20년 동안이나 가둬놓은 사이에 그는 이제 껍데기에 불과한 몸이 되었지. 더구나 북제의 그 젊은 황제가 우리 주인님처럼 그렇게 총명해 보이지 않는 마당에, 전임 북위 첩자의 우두머리 따위가 무슨 소용이 있겠는가? 판시엔이 이번에 북제로 가는 것은 진정 황제의 뜻이라네."

쳔핑핑은 다시 목을 가다듬고 천천히 말을 이었다.

"판 대인, 만일 아이를 징두에 남기면 태자와 2황자 사이에 낄 게 뻔한데, 이건 더 귀찮아지는 일 아니겠는가?"

사실 황위 승계 문제를 둘러싼 암투에 엮이게 되는 것이 판시엔에게는 최악의 상황임을 판지엔도 인지하고 있었다. 하지만 그렇다고 해서 감사원 같은 공포스러운 조직과 연루되는 것도 그렇게 좋다할 수는 없는 노릇이었다. 판지엔의 입술에 냉소가 퍼졌다.

"옌빙윈이 잡혀있는데, 너희 감사원이 어떻게 판시엔을 보호한다는 거야?"

"자연히 누군가가 그 자리를 이어받겠지."

"아무나 멍청한 놈들을 보내면 안 돼!"

"그렇다면 차라리 네가 힘을 좀 쓰는 게 어때? 지난번 동이성에서 보낸 자객이 장 공주의 궁녀를 죽인 사건과 관련해, 예중은 감사원을 의심의 눈초리로 주시하고 있네. 이미 그 이야기가 신양까지 전해져 내 쪽에서 손쓰기가 여간 어렵지 않네."

쳔핑핑은 미소지으며 말했고, 판지엔의 마음은 미세하게 요동치고 있었다.

춘시가 곧 예정돼 있었다. 태학 5품의 신분인 판시엔은 그전에 어떻게든 징두로 돌아가야 했다. 4월에 과거가 모두 끝나면, 북제와의 포로 교환 협약도 바로 실행될 것인 만큼 해야 할 일들이 산적해 있었다.

포로 교환은 이미 작년에 실행되어야 했다는 것이 판시엔의 솔직한 생각이었다. 포로로 잡힌 사람들이 이국땅에서 어떤 고초를 당하고 있을지 일일이 헤아릴 수 없기 때문이었다. 특히 옌빙윈의 상황을 생각해 보면, 그처럼 북제에 파견돼 경국 첩자의 우두머리로 반년 동안이나 감옥에 갇혀 있게 놔둔다는 것은 너무도 안타까운 일이었다.

다만, 경국과 북제 양국을 오가는 일은 사실상 매우 번거로운 일이었으며, 더구나 추운 겨울 얼음으로 꽁꽁 언 북쪽으로 가기란 여간 어려운 일이 아닌 만큼 이 일이 봄까지 연기된 상황이었다. 달리 말하면, 옌빙윈이 엄동설한을 그 좁은 감옥에서 보내며 고생해야 한다는 뜻이기도 했다.

판시엔은 자신이 이번 북제로 가는 사절단을 이끌 것이라는 것을 알고 있었고, 감사원 내에서 자신의 기여도를 높여 놓으면 향후 도움이 될 것이라는 판단도 하고 있었다. 딴저우에서 그리고 징두에서 17년이라는 시간을 보내는 사이 그는 마음속 깊이 자신이 경국의 일원임을 자각하고 있었고, 국가를 위해서 무언가를 하고 싶어졌다.

다만 그것은 경국을 위해서이지, 경국 조정을 위한 것이 아님은 분명했다.

늦은 밤 판시엔이 수련을 끝내고 돌아와 보니 산장은 이미 고요했다. 침실에 아직 불이 꺼져있지 않은 것을 보면 완알이 그가 돌아오기를 기다리는 중인 듯했다. 침실로 향하던 판시엔은 여동생의 방을 지나고 있었다.

그때 그가 갑자기 발을 멈추었다. 그는 귀를 쫑긋 세워 조심스레 움직이고는, 이내 미간을 찌푸리며 심상치 않은 듯 근심의 표정을 지었다. 판시엔은 몸을 돌려 방문 위에 손바닥을 대 보았다. 손바닥에 힘을 조금 주며 패도 진기를 일으켜보니, 진기가 일으킨 바람에 몸이 침대 옆까지 삽시간에 끌려갔다. 침대 위에 이불은 정돈돼 있지 않았고, 방의 주인은 사라지고 없었다.

뤄뤄가 보이지 않았다.

판시엔이 손을 넣어 이불 밑을 만져보니 난로 주변을 빼고는 온기가 하나도 남아 있지 않았다. 뤄뤄가 떠난 지는 이미 오래된 것 같았다. 그의 가슴이 조금씩 떨리기 시작했다. 그는 최대한 평정을 유지하며 몸을 돌려 왼손으로 비수를 뽑아 들고 뤄뤄를 찾으러 갈 준비를 하기 시작했다.

"오라버니!"

문밖의 판뤄뤄는 등불을 든 채로 눈을 똥그랗게 뜨고, 침대 옆에서 칼을 들고 자신을 바라보는 판시엔을 쳐다보고 있었다. 그는 뤄뤄를 보고서야 안심하고는 두 눈을 감고 호흡을 가다듬었다.

"도대체 어디 갔었던 거야? 괜찮아? 문밖을 지나는데 네 방에서 아무런 호흡 소리도 나지 않아서 깜짝 놀랐잖아."

"오라버니도 진짜. 이 야밤에 항상 밖을 뛰어다니는 사람이 누군데, 지금 내가 오라버니를 놀라게 했다고 하는 거야?"

"너 도대체 어디에 뭘 하러 갔던 거야?"

판시엔이 추궁하기 시작하자 판뤄뤄는 부끄러워하며 말했다.

"여자에게……너무 그렇게 자세히 묻지 마."

이불 밑 온도는 그녀가 밖에 나간 지 한참 되었다는 것을 뜻했다. 그렇다면 밤이 되기도 전에, 아마 판시엔이 수련을 나간 직후 정도 바로 일어나 어딘가를 갔다는 의미였다. 그는 엄청난 의심이 몰려왔으나, 꾹 참고 더 이상 추궁하지는 않았다.

누구나 비밀은 있는 법. 그는 그것에 대해, 누구나 존중받을 필요가 있다고 생각했다. 당초 동생과 서신을 주고받을 때부터 자신이 그렇게 동생에게 가르쳤으니 오빠로서 당연히 솔선수범해야 할 일이었다.

봄바람이 불어오고 있었다. 급히 움직이는 말굽에 맞춰 흔들리는 사람들 모두 득의양양한 표정을 짓고 있었다. 창산에서 겨울을 보낸 판시엔이 가족을 이끌고 기세등등 창산에서 내려오고 있었다.

이번 겨울은 그가 징두에 온 후로는 쉽게 가질 수 없었던 수련의 기간으로서, 그는 무도 수련 외에도, 정신적으로도 만족할 만한 성과를 얻어냈다. 아직 찬바람이 가시지 않은 창산에서, 무심한 듯 삐죽삐죽 올라오고 있는 푸른 순들은 징두에 생기를 불어넣기 시작하고 있었다. 판시엔은 잠시의 감상을 저쪽으로 치워 두고 자신 곁의 부인에게 말을 건넸다.

"산에서 너무 오래 있어 답답하진 않았어?"

"그동안 징두에 있었다 해도 궁에 있는 것도 아니고 별원에 있었던 데다, 상공도 알다시피 재상 저택에도 마음대로 다닐 수 없었으니, 사실상 나는 밖에 나갈 기회가 거의 없었지. 산에서 보낸 시간들은 단조롭긴 했어도, 사방이 벽으로 둘러싸여 있던 세월보다는 훨씬 좋았어."

린완알은 판시엔이 자신을 염려하는 모습을 보며 위안을 얻었다.

"그리고 산중에선 항상 상공과 같이 있었잖아."

이 말을 들은 판시엔은 덤덤했으나, 린완알은 되려 수줍은 듯 얼굴을 다른 쪽으로 돌려버렸다. 판시엔은 하하 웃으며 본래 하려던 진짜 이야기를 했다.

"춘시가 끝나면 조정에서 날 북제로 보낼 것 같아."

마차 안은 순식간에 정적이 흘렀다. 마부가 말을 부리는 소리와 말발굽 소리 그리고 바퀴가 진동하는 소리 외에는 아무것도 들리지 않았다. 잠시 후 린완알이 말했다.

"걱정 마, 징두에는 내가 있잖아."

"왕치니엔은 내가 데리고 갈 거야. 만일 무슨 일 있으면 아버지께

제일 먼저 가서 상의드려. 그리고 페이지에 스승님이 징두에 계실 땐 그분을 찾아가고. 혹시 무언가 부탁할 일이 있거든 텅즈징에게 하고. 내가 이미 말해 두었어."

그들이 돌아온 징두에는 아직도 거리 가득 화려히 밝혀 둔 등과 폭죽의 흔적이 여기저기 남아있었다. 새 옷을 입고 설날의 분위기에 젖어 있는 행인들을 보면서 판시엔은 징두에서 처음으로 맞이하는 설날의 시끌벅적한 분위기를 창산에 있느라 놓쳐버린 것이 무척 아쉽다는 생각을 했다.

마차가 판씨 저택에 도착하자마자 판시엔은 부모님께 예를 올리고, 이어 다른 가족들과도 인사했다. 그리고 이튿날에는 완알을 데리고 재상의 저택으로 가 장인어른께 인사를 드리고, 큰보배와도 짧은 만남 후 아쉬운 이별을 고했다. 이어 징왕 저택으로 가서 징왕과 징왕 세자에게 설 인사를 올렸다. 그 와중에 태상사의 소경 런샤오안과 홍려사의 소경 신치우가 각각 그를 한 번씩 초청하기도 했다.

때는 이미 2월로 접어들었고, 지방 각처에서는 과거를 보려는 사람들이 징두로 모여들기 시작했다. 돈이 있는 사람들은 객잔에서 머무르고, 친척이 있는 사람들은 친척 집에 신세를 졌지만, 돈이 없는 사람들은 징두 교외의 당에서 빌붙는 수밖에는 별다른 도리가 없었다. 태학의 숙소는 이미 개방돼 있었고, 과거를 보러 온 사람 중 갈 곳 없는 이들에게 임시 거처가 되었다.

공개된 장소에서 치르는 1차 과거 시험인 회시(會試)는 예부의 주최로 세 번에 나누어 치러진다. 올해는 2월 9일, 12일, 15일에 각각 진행될 예정이었다. 태학 5품이라는 판시엔의 관직은 비록 명목상 관직이었을지언정, 재상은 이번 춘시에서 판시엔을 거중랑(居中

郎)의 자리에 임명하였기에 그 또한 이 춘시에서 일부 역할을 맡게 되었다.

첫 회시 이틀 전인 2월 7일, 태학에서 경전을 읽다 무료해진 판시엔은 몰래 태학을 빠져나와 거리를 걷고 있었다. 궁궐에서 그리 멀지 않은 톈허다다오 대로 옆으로는 물이 졸졸 흐르고 있었고, 감사원 돌비석의 금빛 글씨는 여전히 반짝이고 있었다.

"판 대인, 자네를 이토록 만나기가 힘드니, 자네가 확실히 인물은 인물인가 보네."

산책 중이던 판시엔이 고개를 돌려보니 말을 탄 징왕 세자가 그를 내려다보고 있었다.

"전 잠시 휴식을 취하던 중인데, 공교롭게 세자를 만나 뵐 줄은 생각도 못했습니다."

"공교롭게가 아니야. 난 자네가 태학에서 나올 때부터 쫓아왔어."

리훙청은 웃으며 말했다. 판시엔은 조금 놀랐지만 금세 평온을 찾으며 물었다.

"세자께서는 어인 일로?"

"사실 오늘은 내가 아니라, 누가 자네를 초청했어."

"누구?"

직감적으로 그는 오늘의 연회가 여느 때와는 다른 연회임을 느낄 수 있었다.

"2황자."

이번이 그와 개인적으로 만나는 첫 번째 모임이었기에, 장소는 지난번의 약속처럼 류징허의 배 위에서 이뤄졌다. 배는 매우 단정했으며, 조금도 과장된 느낌 없이 담백했다. 강 주변으로 하늘에는 구름 한 점 없는 맑은 날씨였고 바람도 강도 모두 잔잔했다. 저 멀리 웃음소리와 대화소리만 어렴풋이 들리고 있었다. 2황자가 마련해 놓았다는 이 배가 강위에 홀로 떠 있는 모습이 사뭇 고독해 보이기도 했다.

판시엔과 징왕 세자 리훙청은 류징허로 오는 길 내내 웃고 떠드느라 시간이 가는 줄 몰랐다. 어느새 강 옆에 이른 이들은 타고 온 말을 호위에게 부탁해 놓고 앞서거니 뒤서거니 배 위에 올랐다. 배 안의 장식들을 보는 판시엔의 얼굴에는 미소가 떠나지 않았지만, 마음속 깊이에서는 긴 탄식이 새어 나왔다.

'2황자는 맑고 깨끗한 사람으로 보이는데, 왜 이런 사람조차 모든 것을 내려 놓고 황자 생활을 즐기는 대신 이런저런 일들을 꾀하려는 것일까?'

그때 홀연 배 안에서 가야금 튕기는 소리가 들려왔다. 스산함과는 거리가 아주 먼 맑은 소리의 연주였다. 그의 눈앞에는 진주로 만들어진 발이 드리워져 있었다. 그가 발을 젖히고 들어가니 시선이 곧장 닿는 자리에 청색 비단옷을 입은 남자가 조금은 기괴한 자세로 의자에 앉아 있었다. 남자는 고개를 약간 옆으로 기울인 채 두 눈을 감고 있었다. 매우 만족스러운 듯 여자의 연주를 듣고 있는 그의 얼굴은 무척이나 해맑았다. 말할 필요도 없이 남자는 경국 황제와 슈귀비 사이에서 난 아들, 2황자였다.

2황자가 앉아 있는 자세는 특이했는데, 반쯤 쪼그리고 앉아 있는 모습이 마치 농촌에서 밭을 갈다 쉬고 있는 농부 같기도 했다. 두 다리는 청색 비단옷에 덮여 있었다. 사실 자세보다 더 특이한 것은, 그의 도취된 표정과 수려한 외모, 그리고 온몸에서 품기는 청아하고도 자연스러운 느낌이었다. 그는 이 가야금 한 곡으로 전신에 쌓여 있던 피로감과 과거의 모든 회한을 날려버리고 있는 중인 듯했다.

이것이 판시엔이 2황자를 처음 본 소감이었다. 그리고 그다음 든 생각은 2황자가 어딘지 모르게 매우 익숙하다는 것이었다. 그리고 세 번째 든 생각은 이 사람은 무척이나 피곤해 보인다는 것. 네 번째는 이 사람의 마음과 생각 모두가 아주 무거워 보인다는 것이었다.

리훙청은 조용히 자신이 앉을 의자를 찾아 자리를 잡았고, 2황자는 여전히 노래에 빠져 자신이 초대한 손님의 존재조차 까맣게 모르고 있는 듯했다. 연주가 끝나자 가야금 연주자는 악기를 안은 채 세 사람에게 예를 행하고는 뒤에 있는 방으로 물러갔다. 의자에 쭈그리고 앉아 있던 2황자는 아직도 그 곡에 빠져 헤어나오지 못한 듯 오랫동안 눈을 감고 있었다.

이윽고 오른손을 천천히 뻗어, 옆에 놓여 있던 포도를 만지작거리더니, 두 손가락 사이로 포도 줄기를 잡고는 번쩍 위로 올려서, 마치 어린아이처럼 목을 젖히고 입을 크게 벌려 천천히 청포도 한 알을 입에 물었다. 그리고 두어 번 씹어 넘기니 그의 목젖이 크게 두 번 움직였다. 포도를 먹는 행위조차도 그에게는 놀이처럼 보였다.

판시엔은 조바심을 내지 않은 채 그저 미소를 띠며 황자를 보고 있었다. 황자를 바라보는 그의 눈빛은 안정돼 있었으나, 날카롭기 그지없어 상대방의 작은 동작 하나하나 놓치지 않으려는 것 같았다. 그가 보고 있는 사람이 과연 어떤 성격의 사람인지를 파악하려고 시도하는 중이었다.

잠시 후 2황자는 손에 쥐고 있던 포도를 옆에 있던 쟁반에 다시 내려놓고 천천히 두 눈을 떴다. 이제서야 자신이 초대한 손님이 도착해 있음을 알았다는 듯, 그의 눈에는 기묘한 미소가 떠올랐다. 입술이 약간 올라간 것이, 수줍음을 떨쳐내려는 시도처럼 보이기도 했다.

판시엔은 익숙한 느낌이 점점 더 강해져 마음이 좀 이상해졌다.

"왔으면 앉지, 왜 안 앉아?"

2황자는 앞에 서 있는 판시엔을 차분히 바라보며 물었다. 이미 앞아 있던 리훙청은 미소를 띠며 차를 마시고 있었는데, 판시엔을 변호해줄 생각은 없는 듯 보였다. 판시엔은 먼저 예를 올리고 대답했다.

"황자 앞에서 예를 행하지 않고 어찌 앉을 수가 있겠습니까."

"내가 널 맞이하지 않았으니, 너도 내게 예를 표할 필요는 없어."

"전하는 신을 맞이하실 필요가 없으나, 신은 반드시 전하께 예를 다해야 합니다."

판시엔은 웃으며 대답했다. 2황자는 웃으며 고개를 흔들고는 포도로 물든 오른손을 자신의 청색 비단옷에 아무렇게나 쓱쓱 닦으며 말했다.

"이 배 위에는 나, 리훙청, 이렇게 두 형제가 있고, 거기에 매부인 네가 있을 뿐인데, 그 어디 전하와 신하 관계가 있을까?"

판시엔은 웃기만 할 뿐 더 이상 말을 잇지 않고 리훙청의 맞은편 의자로 가 앉았다. 두 사람의 대화가 대단히 깊은 의미를 갖는 것은 아니었음에도 판시엔의 기분은 매우 오묘했다. 2황자의 말 속도는 유난히 느렸고, 그가 매번 입을 열 때마다 말의 박자가 반 박자 정도씩 늦어지고 있었기에, 그와 나눈 대화의 전체적인 느낌은 그의 목소리가 어디선가 느닷없이 출연한다는 것이었다.

더욱 흥미로운 것은 그가 2황자를 보면 볼수록 더욱 익숙하게 느껴진다는 점이었다. 판시엔은 이 익숙한 느낌이 어디에서 오는 것인지를 전혀 알 수 없었다. 둘은 초면인데다가 그렇다고 2황자가 자신과 혈연관계도 아니기 때문이었다.

"이 배, 내가 꾸민 건데 어때?"

2황자는 마치 판시엔의 의견을 어서 빨리 듣고 싶다는 듯이 황급히 물었다.

"전하의 배는 단정하고 조용해서, 화려하다는 말과는 거리가 멉니다."

"단정하고 조용하다……좋네. 너는 이미 완알과 결혼도 했으니 우리 가족인 셈인데, 앞으로는 자주 보자."

"저희 집안은 그렇다 치더라도, 전하는 누가 뭐래도 2황자인데, 그런 분이 보자고 하시면 너무 위험해지는 것 아닌가요?"

리훙청이 웃으며 뼈있는 농을 던졌다. 징왕 세자가 던진 이 말이, 몇 달 전 판시엔이 2황자의 초청을 받고 연회에 가는 길에 뉴란지에 거리에서 북제 자객을 만난 일을 염두에 둔 것임을 세 사람은 모두 알고 있었다. 세 명은 각자 말할 수 없는 묘한 감정을 느끼고 한 번씩 서로를 쳐다보고는 약속이나 한 듯 다같이 웃음을 터뜨렸다.

"전하라고 부르지 마, 둘째 오라버니라 부르는 완알처럼 너도 둘째 형이라 불러."

판시엔은 얼굴색을 바꾸지 않았으나 그리 편치만은 않았다. 필시 너무 가까워지면 문제가 될 만한 관계였기 때문이었다. 이런 그의 걱정을 읽은 듯 2황자는 자신의 손을 무릎 위로 떨어뜨리며 그러나 여전히 쪼그려 앉은 자세로 웃으며 말했다.

"무릇 일을 대함에 있어 지나치게 경계할 필요는 없어. 완알은 황실의 보물인 바, 우리 형제들을 그저 친형제처럼 생각하면 돼. 큰형은 서쪽에서 말 타며 놀고 있고, 둘째 형인 나는 여전히 한림원에서 책이나 보고 있고. 그러니 태자와 더 가까운 것이 당연한 거야. 가족 친지가 좀 더 많아진다고 네게 뭐 그리 큰 문제가 되겠어?"

"그건 다 제 복이지요. 다만 전하라 부르지 않으면 큰 결례를 저지르는 것만 같습니다."

판시엔은 겉으로는 웃었지만 마음속으로는 다른 생각을 했다.

'망할 놈의 황실 친지들이 당연히 모든 문제의 근원이지.'

곧 연회가 시작되고 탁자 위에는 신선한 과일과 정갈한 음식들이 차례차례 나왔다. 판시엔은 기쁘게 음식을 즐겼다. 그는 이미 대략의 전략을 세우고 있던 만큼 자리가 조금 익숙해지자 마음이 편해졌다. 세 명은 자유롭게 징두의 여러 인물들을 거론하며 그들의 과거와 그들의 작품 등에 대해 허심탄회하게 의견을 나눴다.

2황자는 역시나 슈 귀비의 영향을 받은 탓인지 문학에 깊은 조예를 지니고 있었고, 판시엔과도 제법 죽이 잘 맞았다. 리훙청은 옆에서 간간 여자들 이야기를 곁들이면서, 스난 백작이 한때 세운 전쟁에서의 혁혁한 공로에 대해 언급하기도 했다. 판시엔이 감히 장단을 맞추기에는 2황자가 버거운 상대임이 분명했으나, 어찌 됐든 분위기만은 더욱 달아오르고 있었다.

2황자와 판시엔은 각자 얻을 것을 얻었다.

그렇게 그들은 미소를 지으며 이별을 고했다.

2황자는 배웅을 나가지 않았고 대신 의자에 계속 쪼그려 앉아 있었다. 제법 오랜 시간 이 자세를 유지하다가 한참이 지나서야 그는 가벼운 탄식을 내뱉으며 일어섰다. 판시엔과 리훙청의 그림자가 배의 입구에서 멀어지고 난 다음이었다.

"전하께서는 판 대인을 어떻게 보시나요?"

2황자의 심복 중 하나가 공손히 물었다.

"내 매부가 과하게 신중한걸? 경국 사람들 뼛속 깊이 박혀 있는 거만한 면모는 하나도 없어. 솔직히 말해 지난 연회에서 시를 가지고 한바탕 놀았다는 시선(詩仙)이 오늘 본 그 사람이라는 것을 믿을 수가 없어."

이 말을 뱉은 그는 습관처럼 고개를 떨구고 손을 뻗어 청포도 하나를 집었다. 심복은 이런 그의 모습을 보고는 방해가 될세라 소리 없이 문을 빠져나왔다. 그가 매우 중요한 국가의 대사에 대해 고심하고 있다는 것을 알았기 때문이었다.

판시엔은 말을 타고 집으로 향하는 길에 2황자를 떠올려 보았다. 아무리 생각해 보아도 마음속에는 원인을 알 수 없는 뭔가 익숙한 느낌을 도저히 지울 수 없었다. 오늘은 첫 만남이니 만큼 내고 같은 종류의 주제로 깊은 대화가 오고 갈 수 없었음은 당연히 잘 알고 있었다. 판시엔은 자신 앞의 푸른 버드나무 가지를 만지며 옆의 리훙청에게 물었다.

"오늘 별 용건 없이 둘째 전하가 절 보자고 하신 거예요?"

"그는 자네를 흠모하고 있었다네. 그런데 마침 그런 자네가 쳔 군주를 아내로 맞이하니 매부와 처남의 관계를 빌려 이 시대의 시선이 도대체 어떤 모습인지를 보고 싶었던 것이야."

판시엔은 그런 이유인지는 전혀 생각지 못했다는 듯 어리둥절해하며 화제를 돌렸다.

"근데……왜 전 둘째 전하가 눈에 익죠?"

리훙청은 판시엔과 알고 지낸 지가 그래도 이미 수개월에 접어들었던 만큼, 판시엔의 이모저모를 잘 알고 있었다. 판시엔은 뼛속까지 강한 사람이면서도 겉으로는 부드러운 사람이라는 것도 그중 하나였다. 그런 그의 마음이 조금 흔들리고 있는 것이 이상해 리훙청이 물었다.

"오늘 처음 본 게 맞을 텐데?"

판시엔은 생각했다.

'2황자가 아무리 수려한 외모를 가졌어도 여자도 아닌데, 왜 이렇게 그에 대한 생각이 가시질 않고 그가 잊히지 않는 걸까?'

여기까지 생각이 미치니 판시엔의 얼굴엔 수줍은 듯 웃음이 번졌다. 리훙청은 그런 그를 바라보며 웃더니, 멍하니 그를 한참을 바라본 후 웅얼거리듯 말했다.

"난 자네가 왜 2황자가 눈에 익다고 하는지 알겠네. 왜냐하면 둘

다 가끔씩 여자들처럼 수줍은 웃음 짓기를 좋아하니까."

"무슨 그런 말씀을."

판시엔은 울지도 웃지도 못한 채 마음속으로 순간 아차 싶었다.

'혹시……2황자가 나와 어떤 부분에서는 비슷한 게 아닐까?'

그는 마음속을 떠돌아다니는 의혹을 쫓아내듯 고개를 저었다. 그리고 다시 한번 리훙청에게 도저히 못 들어주겠는 이야기라는 듯 짓궂은 표정을 한번 짓고는 징두 쪽으로 급히 말을 몰았다.

얼마 지나지 않아 판시엔의 말은 징왕 세자 및 호위대의 말과 상당한 거리가 생겼다. 말도 피곤해하는 듯해 판시엔은 속도를 점점 줄이며 멀리 강과 배들을 천천히 바라보기 시작했다. 불 꺼진 몇몇 배들이 그 옆의 화려한 불빛과 대비를 이루어 조금은 처량해 보이기도 했다.

이때 뒤에서 다급한 말발굽 소리가 들려왔다. 징왕 세자가 호위들을 뒤로하고 앞서 급히 달려오고 있는 중이었다. 판시엔과 징왕 세자는 나란히 자신들의 말 위에 앉아, 잠시 아무 말 없이 강을 바라보았다.

"자네가 궈바오쿤을 때린 날, 저기에서 나와 술을 마셨었지."

리훙청이 먼저 말을 꺼냈다.

"우리가 저기에서 밤을 같이 보낸 적이 있죠."

판시엔이 웃으며 대답했다.

"아직도 그 밤을 그리워하는 거야? 물론 스리리도 감옥에 있지만, 자네의 신분은 나와 달라서 자네가 지금 저곳에서 하룻밤을 보내려 들면, 아마 황실에서도 가만히 있지 않고 황실 호위라도 보내서 자네를 마구 패줄 텐데?"

"제가 언제 그런 마음이 있다 했나요? 저 배들을 보니 만감이 교차한다는 거죠."

"우보우안은 네 장인 쪽 사람이 아니었어."

리훙청은 판시엔이 그 사실을 모르는 줄 알고 넌지시 알려주었다.

"저도 그 사람이 제 장인이 아니라 장 공주 쪽 사람인 걸 알아요. 이제 장 공주는 쫓겨났으니 더 이상 그 일은 염두에 두지도 않고요."

"장 공주와 황후의 관계가 각별하다는 것만은 잊지 마. 그리고 태후가 황후를 총애한다는 것도. 게다가 최근에는 태자도 황후를 많이 믿고 있는 눈치야."

리훙청은 판시엔의 눈을 보며 무언으로나마 어떤 태도를 표명하려는 듯했다.

"말씀하고 싶으신 게 있으면 그냥 하세요. 2황자와 저는 초면이기에 그러지 못했지만, 제가 호위들을 따돌린 것도 세자 전하와 편하게 대화하고 싶어서였어요."

두 사람은 어깨를 나란히 맞대고 천천히 앞으로 걸어가며 대화를 나누었다. 대화 중간중간 서로에 대한 친근감도 표시했다. 그때 리훙청이 앞의 버드나무 가지를 끊으며 말했다.

"자네가 북제에서 돌아올 때쯤이면 내고를 이어받게 될 것 같네. 동궁도 2황자도 자네가 필요할 텐데, 자네부터 입장을 분명히 하는 게 좋을 것 같아."

판시엔은 미소만 띨 뿐 별다른 말을 하지는 않고 상대의 말을 계속 들었다.

"동궁이 자네에게 좋은 감정을 표시하는 듯 하네만, 그건 장 공주가 징두를 떠났기 때문이야. 나는 아직도 장 공주가 왜 자네를 그렇게까지 싫어하는지는 모르겠지만, 동궁은 자네가 아무리 대단한 능력을 갖추고 있다 해도, 그게 장 공주 말 한마디의 무게만큼도 중하지 않다고 마음속 깊이에서는 생각할 걸세. 그러니 자네는 동궁을 믿어서는 안 돼. 자네와 나는 친구라 할 수 있는 관계니 이렇게 말을 하는 것이야. 만일 어떤 선택의 순간이 온다면 공적으로나 사적으로나 나는 자네가 저쪽으로 기대기를 바라네."

그의 손가락이 가리킨 곳은 강 넘어 호젓하게 서 있는 언덕이었다. 그 언덕의 산은 두 개의 숲으로 갈라져 있어, 마치 한자 '二'의 형태를 하고 있는 듯 보였다.

"절묘하네요. 하지만 저는 권력에 줄을 서는 일은 위험하다고 생각해요. 오히려 전 세자께 너무 빨리 편을 정하지 말라고 권해드리고 싶네요."

"저곳이 저 모양을 한 것은 그저 절묘한 게 아니라 저곳이 2황자의 별원이기 때문이야. 자네의 그런 생각은 내 아버지와도 비슷하네만, 세상에서 어떤 일들은 싫어도 어쩔 수 없이 해야 하는 법이야."

"오늘 2황자를 본 후에 줄곧 의아했어요. 그토록 수정같이 맑은 사람이 왜 징왕처럼 안분지족의 평안한 삶을 살아가려 하지 않는 것일까요?"

리홍청은 자신의 아버지에 대한 이야기가 나오자 눈동자가 흔들리기 시작했다. 봄바람같이 온화하던 평소의 미소도 어느새 사라져 버렸다. 그는 담담한 목소리로 말했다.

"천자에 대해 논하는 일은 사적인 영역이 아닌 만큼 숨기고 싶다고 숨길 수 있는 것이 아니네. 선대의 황제, 즉 내 할아버지를 생각해보며 그분이 당시 어떻게 황위에 오르게 되었는지를 기억할 필요가 있어. 하루 사이에 두 명의 친왕이 갑작스러운 암살을 당하면서 징두에 피바람이 몰아쳤는데, 그게 얼마나 공포스러웠는지 아는가? 만일 자네가 그 당시로 돌아간다면, 그 두 사람에게 왜 황위를 양보하지 않았는지 물어볼 텐가?"

"당시는 개국한 지 얼마 지나지 않아, 지금처럼 태평성대는 아니었지요. 하지만 지금이라면 2황자가 황위를 양보한다고만 하면 동궁에서도 어떻게 하지는 않을걸요? 세자가 보시기에 징왕이 저택에서 매일같이 화초를 가꾸시는 모습이 좀처럼 즐거워 보이지 않다는 건가요? 2황자 또한 진정 문학의 도에 심취해 있는 듯한데, 왜 그가 징왕의 길을 뒤따를 수 없다는 건가요?"

"자네는 폐하도 봤고, 장 공주도 만난 적이 있지. 내 아버지는 그 사이에 위치한 형제이네. 그런데도 내 아버지가 그 둘에 비해 너무 늙었다고 생각하지는 않나?"

리훙청은 웃는 듯 마는 듯 말을 이었다.

"양보가 과연 좋은 결과를 가져올까? 내 아버지의 마음속에는 언제나 슬픔과 원망의 찌꺼기가 남아 있네. 나는 그 정확한 이유에 대해서까지는 알지 못하지만, 황실에서의 잡다한 일들 때문만은 아니라 생각하네."

지금껏 판시엔은 징왕이 왜 화초나 가꾸며 농부처럼 지내는 생활에 안주하고 있는 것인지, 그 진짜 이유에 대해서 잘못 짚고 있었다.

"그래도 2황자와 너무 가까이 지내지는 마세요. 어떻게 하더라도 그가 1인자가 될 가능성은 없어 보이니."

판시엔의 이 말은 리훙청과의 우정을 생각해 최대한 직설적으로 한 충고였다. 리훙청은 이 말에 조금은 놀랐으나 판시엔이 자신을 진정한 친구로 염려하고 있다는 것을 알았기에 얼굴에는 엷은 미소를 지으며 감동을 담아 대답했다.

"부모가 아이 앞에 맛있는 음식을 가져다줄 때, 아이가 반드시 자신이 무엇을 먹고 싶은지 이야기해야만, 부모가 음식을 배분할 때 그 아이를 잊지 않는 법이네."

판시엔은 잠시 침묵을 이어간 후 물었다.

"세자는 왜 2황자를 선택하신 건가요?"

"간단해. 난 그를 좋게 보거든."

판시엔은 그가 한 이 말이 3할 정도만 진짜일 뿐, 7할은 거짓이라는 것을 알았기에 더 이상은 대꾸하지 않았다. 징두성 안으로 들어와 둘이 헤어질 때쯤 리훙청은 마지막 한마디를 남겼다.

"오늘 2황자가 자네를 급히 보자고 한 것은, 회시 때문에 태자가 자네를 부를 것이기 때문이야."

순간 판시엔은 오싹해졌다. 아니나 다를까, 그가 집으로 돌아가 완알에게 2황자와의 만남에 대해 이야기하고 있을 때 손님 하나가 찾아왔다.

신치우, 즉 동궁의 측근이었다.

"이런 망할!"

천핑핑은 중얼거리듯 욕을 한번 뱉고 무릎 위 담요를 잡아당겨 쫙 폈다. 헝크러진 머리는 하얗게 세어버려 고상한 맛이 없었다.

"감사원의 규율을 잘 알지 않는가? 우리는 폐하의 명이 아니라면 황실의 일에 개입하지 않는다는 것."

감사원 처장들 몇이 원장의 분노를 침묵으로 감내하고 있었다. 그중 옌뤄하이만이 고개를 저으며 말을 꺼냈다.

"어쩔 수 없는 일입니다. 과거제 비리에 대한 조사를 해 봐도 언제나 신분이 높은 사람들을 상대로 한 소규모의 조사이다 보니 단서를 찾기가 쉽지 않았습니다마는, 오늘 이렇게 몇 사람의 명단을 받게 된 것입니다. 그 명단 덕분에 배후에 연루된 관원들을 밝혀낼 수 있었습니다. 다만……동궁까지 연결돼 있을지는 결코 생각하지 못했습니다."

감사원 내부에서 오가는 말들은 보통 매우 직설적이기에, 외부에서 보기에는 간이 어지간히 크지 않으면 뱉기 힘든 발언이었다. 하지만 이 조직은 폐하에 대한 충심 외에는 어느 것도 신경 쓰지 않는 조직이기도 했기에 그래도 별 상관이 없었다.

천핑핑은 바퀴의자를 밀어 창 쪽으로 갔다. 그의 백발과 창가의 검은 장막이 극명한 대비를 이루었다. 그가 냉랭하게 말했다.

"제사 대인의 운이 정말 좋아. 폐하께서 지난밤, 올해 과거 시험의 비리를 조사하신다 결정을 내리시자마자, 그가 오늘 선물처럼 이 명단을 주었으니."

"이미 조사는 다 끝났습니다."

옌뤄하이는 그 제사라는 사람을 아직 보지는 못했으나, 그가 도대체 이 명단을 어디서 얻었는지 매우 궁금했다. 천핑핑은 수하들을 각 부처에 배치하여 며칠 후에 있을 거사를 준비시켰다. 그리고 옌뤄하이만 남긴 후 차가운 목소리로 그에게 말했다.

"이번 일은 완전히 덮을 수 없겠지만, 폐하께서도 태자에게만큼은 어느 정도 체면을 세워줘야 할 것이니 동궁 쪽 사람들은 그냥 내버려두게."

"재상 쪽은요?"

옌뤄하이는 조심스럽게 물었다.

"그의 장인까지 건드리고 싶은가?"

"사실 그런 식으로 보자면 모두 건드리기가 쉽지 않습니다. 태자 외에도, 황실 귀인 중 하나, 재상, 그리고 마지막으로 추밀원의 원로가 연루되었는데, 감사원과 군의 관계는 매우 돈독하기에 이런 사소한 일로 얼굴을 붉히기가 쉽지만은 않습니다."

이 일은 판시엔이 징왕과 이야기를 나누고 집으로 돌아왔을 때부터, 그리고 신치우가 그의 집으로 찾아왔을 때부터 시작되었다. 이번 과거 시험에서 판시엔은 거중랑이라는 관직을 맡았고, 그 관직은 비록 높다 할 수 없었지만, 시험지의 이름을 대조하고 확인하는 일이었던 만큼 시험 결과를 은밀히 조작할 수도 있는 지위였다. 신치우가 그를 찾아온 것도, 태자 쪽 사람 여섯 명의 명단을 건네주기 위함이었다.

일은 거기에서 그치지 않았고, 린완알이 닝 재인을 통로로 대황자 쪽 명단을, 위엔훙다오를 통로로 재상 쪽 명단을, 심지어는 추밀원을 통해 친 대인의 명단까지 받아왔던 것이다.

하지만 판시엔은 몇 년간 어렵게 공부하고 징두까지 올라와 과거를 보는 사람들을 생각하며, 이런 식의 뒷거래가 온당치 않다고 생각했다. 더욱이 현 상황에서는 그가 어느 한 편을 들 수도 없었기에 감사원에 명단을 넘기며 이 일을 부탁하게 된 것이었다. 천핑핑은 한참을 생각한 후 침착하게 말했다.

"나머지 세 곳은 모두 조사하되, 뿌리까지 깊숙이 가지는 말게. 조정을 너무 흔들어서 폐하조차 수습하기 힘든 상황이 오면 안 되네. 폐하께서는, 대신들을 근본부터 다스리는 일에 이런 사소한 일을 구실로 삼으실 생각을 하지는 않으실 거야. 그래도 그렇지 최근 대신들의 간이 커져도 너무 커졌군."

천핑핑은 갑자기 웃음을 터뜨렸는데, 그 웃음에는 한기가 서려 있었다.

"하지만 세상에는 자신들보다 훨씬 더 간이 큰 사람도 있다는 것을 그들은 생각해보지 못한 모양이야. 한 번의 반격으로 이렇게 많은 사람들을 쓸어버리다니."

"제사 대인이 이렇게 크게 움직이는 것은 적절치 않아 보입니다. 갑자기 이 많은 귀인들께 밉보이면 어떻게 사태를 수습하실 것인지……."

"그래서 결국 그가 이 늙은이에게 숙제를 준 꼴 아니겠는가?"

쳔핑핑의 얼굴에는 알 수 없는 어두운 기운과 함께 조급함이 엿보였다. 결국 그는 심기가 몹시 불편한 것이었다.

"그가 명단을 내게 보냈으니, 그는 자신의 코가 꿰는 건 싫은 거고, 결국 나보고 어떻게든 하라는 것 아니겠는가?"

옌뤄하이는 감히 아무 말도 하지 못했으나 마음속으로는 매우 놀랐다.

'그 제사라는 사람은 도대체 쳔 원장과 무슨 관계인 거야? 갑자기 이렇게 일을 처리한다고? 더군다나 대인을 보니 진짜 그 제사란 자를 위해 일을 처리할 준비를 하고 있지 않은가!'

"재밌어, 확실히 재밌어."

쳔핑핑은 평정심을 되찾은 듯 냉랭하게 말했다.

"판 제사가 이렇게 하는 게 그에게 무슨 이득이 있을까요?"

"이 세상에는 기인들이 있지. 자신에게 아무런 도움도 되지 않는 일을 하는 사람들."

쳔핑핑이 무슨 생각을 하는지는 알 수 없었지만, 그의 태도에는 평소에는 좀처럼 보기 힘든 존경의 기운 같은 것이 있었다. 이런 것은 감사원에서 그가 폐하를 거론할 때조차 쉽게 볼 수 없었던 것이기에 옌뤄하이는 자신도 모르게 고개를 떨구며 물었다.

"지시를 내려주십시오. 이번 과거 폐단을 조사하는 일에 있어 어느 신분까지 조사하면 될까요?"

"폐하께서는 궈씨 집안이 예부를 너무 오랫동안 맡아오고 있다 생각하시는 듯하네."

"이해했습니다."

"지금 1처의 처장이 비었으나, 임시로 맡고 있는 무터에는 충분치 않으니, 이번 일은 자네가 맡아주게."

"네."

판시엔은 판씨 집안의 마차에 올라, 텅즈징이 건네주는 수건을 받고 얼굴을 대충 한번 닦았다. 그리고는 피곤한 듯 물었다.

"아버지는 내 생각에 대해서 다른 의견이 있으셔?"

"없습니다. 하지만 어르신께서는 썩 내켜 하지 않으시는 눈치였습니다. 전후 사정을 떠나 재상 대인께는 사전에 언질을 드렸어야 했다고 생각하시는 것 같습니다. 이번 일에 연루된 자들의 범위가 광범위한 만큼, 만일 그 사람들이 참고 넘어가지 못할 지경이 돼 무슨 일이 벌어진다 해도 재상 대인이나 어르신이 대인을 보호해 주시기는 어려울 수도 있다 하셨습니다."

텅즈징은 전에 다친 허벅지를 천천히 움직이며 말했다.

판시엔은 그의 말에 웃기만 할 뿐 별다른 말은 하지 않았다.

'내 뒤에 감사원이 있고, 더 중요하게는 왕치니엔이 알아보았듯이 올해는 과거 시험 비리를 다스리기로 한 폐하의 뜻이 있으니, 어쨌든 나는 제일 큰 세력에 올라타고 있는 것 아니겠어?'

며칠 동안 징두는 비교적 평온했다. 감사원 쪽에서는 물밑에서 이미 세력을 움직이고 있었지만, 합격자 발표가 나오기 전까지는 그 공포스러운 소식을 관료 사회에 퍼뜨리지는 않을 듯 보였다. 그리고 그 소식이 퍼진다 하더라도 쳔핑핑의 감독하에 주시되고 있는 한 판시엔의 이름이 드러나는 일은 없을 것 같았다.

시험 감독 총괄을 담당하는 예부 상서 궈요우즈는 몇 년간 과거 시험에서 부정을 저지르는 일을 너무도 쉽게 해오고 있었다. 그의 뒷배에 동궁과 같은 큰 주인들이 태산처럼 버티고 있었기 때문이었다. 이번에는 그와 동일한 이유로 인해 어떤 파국이 기다리고 있는지, 그는 아직 전혀 알지 못하는 듯했다.

2월 22일. 길가에는 봄을 맞이한 나뭇가지들이 얼굴을 조금씩 비추기 시작했고, 그 가지들 위로는 조그만 새들이 한창 짝짓기를 하고 있었다. 즐겁고 따뜻한 기운이 충만한 어느 아름다운 봄날이었다.

징두 서쪽의 태학과 그리 멀지 않은 객잔에서는 기쁜 소식을 기다리고 있는 학생들이 모두 1층에 모여 있었다. 탁자에는 이렇다 할 안주도 없었고, 술을 마시면서도 진짜 마음은 곧 전해질 합격자 소식에 쏠려 있었다. 이번에 시험을 치른 가난한 학생들, 즉 양완리(杨萬里, 양만리), 그와 동문 수학한 청쟈린(成佳林, 성가림), 호우지챵(侯季常, 후계상)도 그들 중 하나였다.

그때 갑자기 객잔 밖이 소란스러워지며 소식이 전해진 듯했다. 세 사람은 동시에 일어나 소식을 전해 듣기 위해 뛰쳐나갔다.

"이번 과거 시험에 비리가 있어, 예부 상서 궈요우즈가 관직을 박탈당하고 감옥에 들어갔다!"

커다란 소리가 벼락처럼 징두의 하늘을 갈랐다.

기다리던 합격 소식은 아니었으나, 암암리에 그런 비리가 있음을 익히 알고 있던 빈곤한 서생들에게는 봄비같이 반가운 소식이기도 했다. 다만 그들은 기쁘다기보다 어리둥절했다고 하는 편이 더 적절할 듯했다. 그들은 잠시 후에야 모두 정신이 돌아온 듯, 그 말을 전한 사람에게로 가 자초지종을 들어보기로 했다. 이미 수십 명의 사람들이 몰려들어 그를 둘러싸고 있었다.

물어보는 사람은 무수한데 대답하는 사람은 하나였기에 자초지종을 알게 된 것은 한참 후였다. 그의 말을 종합해보면, 어젯밤 감사원이 백여 명의 밀정들을 움직여 궈씨 집안을 봉쇄했고, 강남에서 온 학생 넷도 체포했다. 이런 움직임은 매우 신속했고, 비밀은 밤새도록 유지되다가, 오늘 아침에 이르러서야 황제가 공식적으로 발표를 했다는 것이었다.

황제는 일찍이 감사원에게 이번 과거 시험의 비리를 조사하도록 지시한 바 있으며, 조정은 이 일로 순식간에 혼란에 빠진 채 예부 상서가 아침 조정 회의에 참석하지 않은 이유를 비로소 알게 되었다고 했다.

감사원의 행동은 매우 신속하고 정확했다.

감사원은 강남에서 온 네 명의 선비를 수색해 그들이 일부 관원들과 주고받은 서신을 확보했고, 궈씨 저택에서도 상당한 액수의 돈을 찾아냈다. 그들의 첫 번째 조사 결과에 따르면, 강남 선비 넷의 배경은 막강했는데, 그중 셋은 소금장사를 하는 집안 출신으로 그들은 이번 징두에 들어올 때 엄청난 금과 은을 가져와 궈 상서 집에 두고 갔다고 했다.

궈요우즈는 이미 감사원 감옥에 끌려간 상태로, 강남 선비 넷이 명목상 돈을 건넨 것은 궈 상서였으나, 실질적으로는 돈의 대부분은 동궁으로 들어갔다고 했다.

폐하는 철저한 진상 조사를 명했고, 예부 상서 외에도 최소한 십수 명의 관원들이 이 일로 관직을 박탈당한 후 조사를 앞두고 기다리는 중이었다. 들리는 말로는, 이번 조사가 이렇게 신속하고 정확할 수 있었던 이유는 일종의 명단이 있었기 때문이라고 했다. 그 명단에는 이번 춘시에서 조정 관원들과 결탁한 자들의 이름이 적혀 있었으며, 감사원이 이 명단에 따라 조사를 진행해보니 사실과 일치했다는 것이었다.

"아름다워, 정말 아름다워."

판시엔은 왕치니엔이 가져온 종이를 가볍게 튕기며 크게 기뻐했다. 완알은 그의 옆에 앉아 걱정스러운 듯 물었다.

"태자 오라버니가 네가 이 명단을 제공했다는 걸 알게 되면 그때는 어떻게 하지?"

판시엔은 이미 아버지께 한소리를 듣고 외출 금지령을 받은 터라 조용히 집 안에서 근신 중이었다. 그는 자신이 한 일이 조금 과했다는 것을 알고 있었다. 올해 황제가 과거 시험의 폐단을 뿌리 뽑겠다는 계획을 가지고 있다는 것을 감사원을 통해 듣지 않았더라면 도저히 이렇게 할 엄두를 낼 수는 없었을 것이었다.

사실 이 명단은 공공연한 비밀 같은 것이라고도 볼 수 있었다. 판시엔 뿐 아니라 감독관을 비롯한 여러 관련자들이 명단 몇 장씩을 전부 다 가지고 있을 수밖에 없었기 때문이다. 연루된 자들의 당당한 기세를 보면 이런 폐단은 이미 관료 사회에 공공연한 관례가 돼 있는 게 아닌가 싶을 정도였다.

그래서 현재로서는 판시엔에게 의심의 눈길을 주는 사람은 많지 않을 듯했다.

"너의 태자 오라버니는 간이 여간 크지 않으면 벌일 수 없는 일들을 벌이면서도 처리하는 방식이 너무 엉성해. 조정의 문무 대신들 역시 모두 간덩어리만 큰 멍청이들이고. 춘시 부정이 얼마나 엄청난 일인지도 모르는지, 심지어 천하가 이미 다 알고 있는 마당에 말이야. 내가 고발하지 않았어도 폐하께서 조사를 시작하면 이걸 들키는 건 시간문제였다는 걸 모른다는 거야?"

'상공은 학문도 깊고, 예의도 알고, 시작(詩作) 능력도 대단한 데다 유순한 사람인데, 가끔씩 난데없이 왜 이리 큰일들을 벌이는 것일까?'

"이번 일의 핵심은 황실이야. 과거라는 게 뭐야? 폐하께서 자신의 인재를 뽑는 주요한 방편 아니야? 조정 관원이 합격자 수 정도를 가지고 장난을 친다면 그냥 넘어갈 수 있다 해도, 합격자 전체를 부의 축적 수단으로 삼는 것은 넘어갈 수가 없는 거야. 심지어 태자와 대황자 모두 이 일에 관여돼 있다니, 네 황제 삼촌 또한 이렇게 물을 수밖에 없지 않겠어? '내 두 아들은 도대체 무슨 생각인 건가?' 하고 말이야."

"그들은 당연히 자신들의 후일을 도모하기 위한 목적으로 조정에서의 세력을 키우려는 생각이겠지."

완알은 판시엔이 이해가 안 된다는 듯 말했다.

판시엔은 크게 웃었다.

"그럼 폐하께서 이렇게 묻겠지. '네 세력을 키워서 네가 무엇을 하려는 것이냐? 대황자가 변방에서 군을 이끌고 있는 지금, 조정에서 이렇게 큰 세력은 무엇에 쓰려는 것이냐?' 하고."

"그럼 태자 오라버니 경우는 어때? 오라버니는 황위를 물려받을 위치에 있는 만큼 인재를 육성할 필요가 있잖아. 이전에 태자 오라버니의 스승인 태부(太傅)의 강의를 들었는데, 그가 말하길, 동궁은 유언비어에 흔들려서도 안 되고, 자신의 신하들을 장래에 이용할 수 있도록 준비를 해야만 진정한 충신의 역할을 다하는 것이고, 그것이 또한 황실에 효도하는 길이기도 하다던데."

"태부가 쓰는 문장은 전체적으로 맞는 말이고, 그 문장의 도리도 이론상은 맞지. 다만 문제라고 하면, 폐하의 지위가 아직 이리도 굳건한데, 동궁이 이후를 대비해 인재를 육성하기 시작한다면, 폐하가 이렇게 묻지 않겠어? '태자는 왜 이리 급한 것이냐?' 하고?"

완알이 생각해보니 판시엔의 말에는 확실히 일리가 있었다. 그래서 그녀는 판시엔의 말에 계속 귀를 기울였다.

"그러니, '황제란 한순간은 참을 수 있어도 한평생을 참을 수는 없고, 백 명의 관원은 참을 수 있어도 자신의 아들만큼은 참을 수 없다' 하는 것 아니겠어? 황제 폐하가 그렇게 생각하지 않으면 아무것도 아니겠지만, 일단 그가 그렇게 생각하기 시작한다면 모든 사람 모든 일을 의심하게 될 터인데, 이번 과거 시험의 폐단 문제도 그렇게 된 일이라 볼 수 있지."

"맞는 말이긴 한데……난 그저 네가 별일이 없기만 하면 좋겠어."

"부유하고 할 일이 없는 사람, 그게 바로 내가 원하는 바야."

완알은 근심이 가득한 얼굴로 화제를 바꿨다.

"그나저나 아버지는 괜찮으신 거야?"

"걱정 마, 우리 아버지가 오늘 밤 재상 저택으로 가셨어. 그래서 감사원의 일 처리가 참으로 아름답다고 말할 수밖에 없는 거야. 최근 잡혀간 관원의 면면을 보면, 귀 상서 외에도, 동궁, 추밀원 사람들도 일부 섞여 있었지. 장인어른으로서는 우(右) 시랑(오른쪽 차관, 재상의 관점에서 오른쪽 차관은 예부 상서 귀요우즈를 뜻함)을 잃게 된 셈이지만, 그래도 치명적인 해를 입지는 않았는데, 이렇게 적절한 선을 지킨다는 것은 몇십 년 동안의 경험이 쌓인 사람의 손이 아니면 불가능한 일이지."

"그게 그렇게 어려운 거야?"

완알의 말에 판시엔은 자신의 손으로 부인의 검은 머리칼을 쓰다듬으며 대답했다.

"어떤 세력을 때리는데, 아프게만 할 뿐 죽이지는 않는다는 것, 그래서 황제 폐하가 감당하지 못하는 상황까지는 가게 하지 않는다는 것, 이것은 엄청나게 어려운 일이지. 내가 이 일로 천하를 속일 수 없을 거라는 건 알고 있었지만, 감사원이 나를 이렇게 보호해 주리라고는 생각하지 못했거든. 감사원이 나서면 동궁이, 나와 감사원의 관계를 알게 될 테니까. 더군다나 경국에는 미치광이가 넘쳐나잖아. 그래서 이번 일에 그 절름발이 미치광이를 좀 걱정했었거든."

"쳔핑핑 말이야?"

린완알은 판시엔이 누구에 대해 이야기하는지는 알았으나, 사실 감사원과 상공이 어떤 관계인지는 자세히 알지 못했다.

"나는 쳔핑핑이 처음 이 일을 시작할 때부터 나를 감출 의도가 없었던 것 같아서 걱정돼."

"그가 감히!"

완알은 크게 흥분했다.

"그럼 내가 내일 당장 태후를 뵈러 궁으로 들어갈 거야!"

판시엔은 그런 완알을 보며 하하 크게 웃으며 안심시키듯 말했다.

"쳔핑핑이 설령 날 드러내더라도 나쁜 생각으로 그러는 것은 아닐 거야."

연회에서의 시 사건 이후에 그가 다시 자신의 명성을 드높이려 한다면, 이번 과거 비리에 대한 고발이 가장 좋은 기회가 될 것이었다.

페이지에 스승의 말에 따르면 어머니와 가장 친했던 전우 쳔핑핑은 판시엔이 내고를 받아 부자로 안주하려는 것을 못마땅하게 생각하고 있고, 그래서 어떻게서든 판시엔에게 감사원을 넘겨주려는 것 같았다. 그렇다면 이번 과거 비리 사건을 계기로 경국 사람들에게 강렬한 인상을 주는 것도 나쁜 생각은 아닐 것이었다.

다만 문제가 있다면, 그렇게 됐을 때 얻는 것과 잃는 것의 비율일 터, 그 부분에 대해서는 사실 그 누구도 예측할 수 없었다.

사실 판시엔이 이번에 과거의 폐단에 대해 고발한 이유는, 첫 번째는 좋은 능력을 갖추고도 배경 때문에 뽑히지 못하는 선비들이 가련해서였고, 두 번째는 태자를 포함한 황자들 중 어느 편에 서야 할지 난감했기 때문이었다. 마지막으로 가장 중요한 이유는 쳔핑핑을 시험해 보기 위함이었다.

판시엔은 곧 북제로 갈 것이며, 그런 만큼 그 공포스러운 실력을 가졌다는 노인네가 자신에게 어떤 '태도'를 가지고 있는지를 명확히 해 둘 필요가 있었다.

태도가 모든 것을 결정하고, 태도가 관계를 결정하며, 태도가 역사를 열 수 있으며, 태도야말로 자신이 처한 신세를 보여준다.

판시엔은 실눈을 뜨고 어머니의 숨결이 남아 있는 유리창을 통해 하늘을 날고 있는 새 떼를 바라보았다. 결국 경국의 모든 것이 재미있는 수수께끼처럼 느껴졌다. 그리고 자신 또한 끝없는 진실에 조금씩 가까이 다가가고 있는 듯했다. 그의 목표는 어쩌면 매우 가까워졌는지도 모를 일이었다.

이틀 동안의 징두는 그동안의 평화로운 분위기와는 거리가 멀었다. 과거 시험을 총괄했던 궈요우즈를 포함해, 감독관 한 명, 채점관 한 명이 감사원으로 잡혀갔다. 판시엔은 거중랑의 신분이었으나 아무런 일도 일어나지 않았는데, 그 사실이 오히려 어떤 사람들에게는 의심스러운 추측을 가능하게 만들었다.

감사원이 적절한 선을 지켰기에, 예부 상서 궈요우즈가 무너지긴 했어도 동궁까지 연루되지는 않았다. 이번에 동궁에서 제시한 명단의 여섯 중 세 명은 합격도 했다. 대황자나 추밀원 쪽과 비교해서 절대 나쁘지 않은 결과였기에, 태자 쪽은 기껏해야 판시엔을 의심하는 선에서 그칠 뿐 더 이상 손을 쓰지는 않았다.

판시엔은 가만히 서재에 앉아 왕치니엔이 가져다준 합격자 명단을 보며 기쁨을 감출 수 없었다. 자신이 눈여겨본 학생 넷 중 셋이 합격한 것이었다. 아쉽게도 그가 가장 아끼는 스챤리가 떨어지긴 했으나 그럼에도 만족스러운 결과였다. 물론 황제가 궁에서 집행하는 2차 춘시인 전시의 결과까지는 지켜볼 일이었지만.

서재에서 나오자마자 판시엔은 푸른색 그림자가 다가오는 것을 보았다. 그는 '윽' 하는 소리를 숨기고 급히 서재로 돌아왔다. 판지엔은 급하게 방향을 튼 아들이 미처 닫지 못한 방문을 열어젖히며, 성큼성큼 들어와 큰소리로 외쳤다.

"네놈이 기어코 밖에 나갔다고?!"

"아버지, 어젯밤 비가 와서 감상에 빠져 좀 걷고 있었습니다."

판시엔은 쓴웃음을 지은 채 예를 한번 올리고 대답했다.

"네가 어제 동복 객잔에 간 것을 숨길 수 있을 것이라 생각했느냐!"

린완알은 이 소동을 감지하고 급히 서재로 건너왔고, 시녀들 또한 황급히 들어와 어르신께 차를 올렸다. 판지엔은 자상한 얼굴로 며느리를 보며 방긋 한번 웃고는, 방으로 돌아가 쉬고 있으라 말한 뒤, 다시 얼굴을 돌려 판시엔을 향해 얼음같이 차가운 얼굴을 하고 말했다.

"네가 그냥 아무렇게나 제멋대로 해버린 건 그렇다 치자. 이번 사건이 얼마나 복잡한 것인데, 집에 있으라는 내 말을 어기고 몰래 나가? 네가 어제 거기에 가서 만난 학생들이 지금 합격했다는 소식이 있던데, 그걸 보고 사람들이 뭐라고 생각할 것 같으냐?"

"제가 아직 어리지만 직책으로는 또 선생님 신분이다 보니 학생들을 보러 간 것뿐인데, 이런 별 것 아닌 일이 문제가 되다니요? 이번 합격일은, 누가 결과를 알 수 있었겠어요?"

"감사원에 폐단 명단을 전해준 게 너잖아!"

판지엔은 차갑게 쏘아붙였다.

"만일 네가 진정 국가를 위하는 마음이었다면, 그런 식으로 행동하면 안 되는 거였다. 어떤 상황에서도 자신의 규율을 지켜야 하는 것이며, 징두의 관료 사회에서라면 더욱더 그래야만 해. 관원들 중에는 탐관도 있고 청백리도 있으며, 간신도 있고 충신도 있다만, 이것은 명백히 갈라진 두 갈래의 길이다. 만일 네가 바른말을 하는 충신이 되고 싶다면, 절대로 간신으로 오해받을 짓을 하면 안 되는 것이야."

판시엔은 잠시 침묵한 후 아버지에게 대답했다.

"소인은 바른말을 하는 충신이 되고 싶지 않습니다. 간신은 더더욱 되고 싶지 않습니다. 다만, 저는 권력이 있는 신하가 되고 싶습니다."

이 말이 나오자 서재의 공기가 순식간에 얼어붙어 버렸다.

한참이 지난 후에야 판지엔은 묵묵히 말했다.

"권력 있는 신하? 어떤 신하를 그렇게 부를 수 있겠느냐? 재상도 권력이 있고, 나도 권력이 있고, 천핑핑도 권력이 있는데, 너는 이러한 신하들을 권력이 있는 신하라 부를 수 있다고 생각하는 것이냐?"

"아닙니다. 왜냐하면 그 권력은 모두 폐하의 손안에 있기 때문입니다."

"그럼 어떠한 권력 있는 신하가 되고 싶다는 것이냐?"

"제 손에 권력이 있는, 어떤 것에도 방해받지 않는 그런 권력이 있는 신하입니다. 아들은 심지어 천자라도 제 생사를 정할 수 없는, 그런 권력을 가진 신하가 되고 싶습니다. 왜냐하면 저를 보호할 능력을 지녀야만 제 옆의 사람들을 보호할 수 있기 때문입니다. 그래서 아들은 권력이 필요합니다."

이렇게 이상하고도 위험한, 그리고 재미조차 없는 길을 걷기로 선택한 아들을 보며 판지엔은 마음속 깊은 곳에서부터 답답해져 왔다. 잠시 침묵하더니 그가 말했다.

"이후부터는 이렇게 경거망동하지 말거라. 천핑핑이 너를 한 번쯤은 지켜줄 수는 있다만 평생을 지켜줄 수는 없다. 그러니 감사원과도 너무 가까워지지 말거라."

"알겠어요. 그러니 아버지께서도 때때로 저를 일깨워 주세요."

이렇게 말하면서도 판시엔은 속으로 생각했다.

'감사원 권력을 포기할 수 없어요!'

판지엔은 천천히 두 눈을 감으며 말했다.

"이번 네 일 처리는 너무 엉성했다. 궈씨 집안은 태자가 아닌 장공주 쪽 세력임을 너도 충분히 추측할 수 있었을 텐데, 그렇다면 이렇게 직접 손을 써서는 안 되었다. 만일 네가 나에게 미리 알렸다면, 나와 재상 대인의 힘으로 한 치의 흐트러짐 없이 처리할 수도 있는 일이었단 말이다. 그랬다면 현재와 같은 진퇴양난에 빠지지도 않았을 것이다."

판시엔은 아버지의 말이 일리가 있다고 생각했다. 그는 자신이 감사원과 손잡고 궈 상서의 일을 처리한 것이 일종의 열린 결말로 이어졌다고 판단하고 있었는데, 그렇다면 앞으로 어떤 일이 발생할지도 알 수 없는 노릇이었다. 왜냐하면 그는 그 주도권을 이미 감사원에게 빼앗겼기 때문이었다.

이런 아들의 생각을 다 안다는 듯 판지엔은 다시 두 눈을 떴다. 그 두 눈에는 위로와 걱정의 눈빛이 섞여 있었다.

"너는 환상을 버려야 해. 쳔핑핑은 이 일을 반드시 모든 사람들이 알게 할 거다. 이번 과거 시험의 비리는 네가 고발한 것이라고."

판시엔은 쓴웃음을 지었는데, 아버지의 말처럼 그대로 될 것임을 그도 이미 알고 있었기 때문이었다. 쳔핑핑은 동궁의 태자 따위는 신경도 쓰지 않는 사람이었고, 그저 판시엔이 어서 명성을 쌓아 이후 감사원을 이어받을 수 있도록 하는 데에만 온통 신경을 쓰고 있었던 것이다.

그런 쳔핑핑에게 이 정도는 못 할 일도 아니었다.

아들의 서재를 떠나기 전 판지엔은 마지막으로 충고를 하나 더 했다.

"이후 일을 처리할 때에는 좀 더 신중하거라. 권력이 있는 신하가 될 거라는 그런 유치한 발언은 네 마음속으로만 간직하면 되는 것이지, 나에게조차 할 필요가 없다."

2월 말이 되자 징두의 관료 사회에는 뜬금없는 소문이 돌기 시작했다. 이번 춘시 비리 사건이 그토록 신속하고 정확하게 처리될 수 있었던 데에는 감사원이 확보한 명단이 한몫 했다는 것. 그리고 그 명단은 이번 과거에서 거중랑의 직책을 맡은, 소위 시선이라 불리는 판 대인이 제공했다는 것이었다.

들리는 바에 따르면, 판시엔은 과거 시험이 가진 폐단에 대해 깊은 증오와 원한을 가진 나머지, 선비들이 몇 년 동안이나 공평한 신분 상승의 기회를 빼앗기고 있는 현실에 분노했다고 했다. 또한 관료 사회에 층층이 엮여 있는 그물망을 뚫고 황제 폐하께 상서를 올려, 자신의 안위쯤은 개의치 않고 탐관을 고발하는 명단을 제공했다고도 했다.

결론적으로 이 소문은 매우 절묘했다. 소문에서 판시엔은 대단한 지혜와 용기를 지닌 인물로 회자되었다. 사실 그 명단은 공공연한 비밀이었으나, 소문에서는 마치 경국 관료 사회에서의 가장 큰 비밀이나 되는 듯 전해졌다. 판시엔은 소문에서 엿보이는, 이와 같은 기교를 보고 곧바로 감사원 8처가 손을 쓴 것임을 알 수 있었다.

이런 소문이 돌기 시작하자, 판시엔은 뭇 관원들에게 눈엣가시가 되었다. 하지만 동시에 징두의 온 백성들과 천하 선비들에게는 명성이 한 층 더 높아졌다. 소위 사림(士林)의 지도자가 되기라도 한 듯 보였다.

일은 결국 벌어지고 말았다.

이번 일로 판시엔이 너무 많은 사람들에게 미움을 사 버리게 된 것이었다. 조정의 관원들이 재상이나 스난 백작과의 관계는 아랑곳도 하지 않는 듯 거침없이 상서를 올리기 시작했고, 판시엔을 형부로 보내야 한다는 주장까지 나왔다. 상황은 생각보다 심각해지고 있었다.

제2장

동궁의 반격

판시엔은 홀로 형부 관아로 들어가는 중이었다. 그곳은 조금 음산했으며 밖에서는 바람이 불어오고 있었다. 초봄이었으나 바람마저 서늘했다. 판시엔은 미소를 지으며 자기 앞 높은 자리에 앉아 있는 세 사람에게 예를 올리며 말했다.

"세 분의 대인을 뵙습니다."

춘시 폐단 사건이 중대한 데다, 그 사건의 핵심적인 인사가 판시엔인 만큼, 오늘의 심사에는 형부(刑部) 상서 외에도 대리사(大理寺)와 어사대(御史台)의 두 고관까지 포함돼 있었다. 법정 양쪽으로는 형부 13개 관아 관리들이 열을 맞춰 서 있어 매우 엄숙한 분위기를 연출했다.

대부분의 관원들은 재상 및 판 상서와 인연이 있는 자들이기에 상주문을 올리더라도 직접 나서기는 쉽지 않았으나, 이 세 명의 대인만큼은 각자의 배후도 달랐을 뿐 아니라, 생각과 계산법도 달랐다.

판시엔은 상대방이 말을 질질 끌며 머뭇거리는 모습을 보고 자신도 모르게 인상을 찌푸렸다. 그때 갑자기 큰 소리가 일더니 형부 상서 한즈웨이(韩志维)가 냉랭하게 물었다.

"법정에 서 있는 자가 태학 5품 봉정 판시엔인가?"

"네, 맞습니다."

"오늘 너를 부른 것은 춘시의 일을 심문하기 위함이다."

판시엔은 그의 말을 막으며 말했다.

"춘시 일은 황제의 명에 따라 감사원이 처리한 것으로 알고 있는데, 그것이 형부와 무슨 관계가 있습니까?"

앉아 있던 세 명의 대인은 판시엔의 이 무례한 대답에 크게 분노했으나, 징두에서 판시엔의 명성과 그 배후에 있는 재상 및 판 상서를 생각하니 어찌할 바를 몰랐다. 형부 상서 한즈웨이는 청렴한 사람이었기에 최대한의 공정함을 유지하며 말했다.

"본관 역시 황제 폐하의 명을 받아 이 안건을 처리하고 있으니, 그것을 핑계로 거절하지 말라."

"저는 핑계를 대지 않았습니다. 다만, 상서 대인이 저를 부르신 게 무엇을 묻기 위함인지를 여쭙는 것입니다. 만일 춘시와 관련된 일에 대한 상세한 사정을 물으시는 것이라면, 외람되게도 감사원의 엄명이 있어 사건이 모두 끝나기 전까지는 아무것도 누출할 수가 없음을 밝힙니다."

"조정에서 네게 묻는데 설마 대답을 하지 않겠다?"

대리사 소경은 어이가 없어 쓴웃음을 지었다.

"감사원도 조정의 소속이고, 형부 관아도 조정의 소속입니다. 이런 경우에 대해 경국의 법률에서도 명확히 밝히고 있지 않은데, 제가 어느 쪽의 말씀을 들어야 합니까?"

판시엔은 크게 탄식했다. 이 말은 완곡한 거절로서 그의 앞에 앉아 있는 셋은 이 상황을 어떻게 처리해야 할지 대책이 서지 않았다. 한참 후 한즈웨이가 차가운 목소리로 물었다.

"어제 어사가 너에 대한 상주문을 올렸다. 판 봉정은 알고 있느냐?"

"알고 있습니다만, 자세한 내용은 알지 못합니다."

"판시엔! 너는 네 명성과 배경을 이용해 이렇게 시건방지게 굴면 안 되느니라. 네가 그 일을 나라와 백성을 위해서 했다는 변명을 본관이 믿을 것이라 생각하느냐!"

"대인의 말씀에는 모순이 있습니다. 만일 제가 춘시 중 뭔가 하지 말아야 할 일을 했다면, 제가 직접 조정에 상주문을 올렸겠습니까?"

'징두에서 이렇게 시건방진 젊은이를 본 적이 있었나?'

한즈웨이는 머리카락이 바짝 곤두설 만큼 머리 꼭대기까지 화가 나 욕을 내뱉듯 말했다.

"징두의 모든 사람이 네 배경을 두고 무서워한다고 생각하지 마라! 본관이 형부에서 8년이나 버틸 수 있었던 건, 이 한 몸으로 지킨 정의로움 때문이었다!"

"일을 조사함에 있어 증거에 의거해야지, 설마 대인의 강직함에 의거해 판단을 하시겠다는 말씀이신가요?"

판시엔은 조롱하듯 되물었다.

한즈웨이는 너무 화가 나 이어 실소를 터트렸다.

"허, 좋아, 좋아. 그렇다면 본관이 네게 묻겠다. 2월 16일에 너는 동복 객잔에 갔었느냐?"

"네."

판시엔은 비가 내리던 그날을 떠올리며 말했다.

"그곳에서 양완리 등 네 명을 만났고?"

"네."

"양완리를 눈여겨 보았느냐?"

"네."

"너가 거중랑의 신분이었던 이번 춘시에서 양완리가 합격을 했느냐 안 했느냐?"

"합격을 했습니다."

"좋아."

약간 검고 수척한 눈에 잠시 눈빛을 반짝이더니, 한즈웨이가 판시엔의 두 눈을 바라보고 차갑게 말했다.

"네가 인정한다니, 그럼 본관은 너를 투옥하고 이후의 조사 결과를 기다리겠다."

"제가 뭘 인정했습니까?"

판시엔은 가능한 억울한 표정을 지어 보였다.

"5품 봉정 판시엔! 너는 춘시의 거중랑으로서, 암암리에 학생 양완리 등 몇몇과 결탁해 부정을 저지른 바, 법률에 비추어 보나 황제께서 내리신 성은에 비추어 보나, 참으로 간이 큰 행동이라 말하지 않을 수 없다. 이것이 네가 인정한 일이다!"

"제가 뭘 인정했다는 것입니까? 맞습니다. 제가 확실히 2월 16일 양완리를 만나긴 했으나, 그것은 제가 그의 재능을 높이 평가하고 있었기 때문입니다. 하지만 이번 과거 비리에 연루될 어떤 혐의라도 제가 가지고 있다면, 왜 제가 그날 그를 보러 갔겠습니까? 더군다나 그 장소는 다른 곳도 아닌 동복 객잔이며, 그곳은 많은 학생들이 운집해 있는 곳인데, 설마 거기서 제가 은밀한 이야기를 나눌 수 있었을까요? 제가 그곳에 간 행위가 제게 인재를 아끼는 마음이

있음은 증명할 수는 있을지라도, 어떻게 양완리와 결탁했다는 증거
가 될 수 있단 말입니까? 저는 양완리와 그날 처음으로 시험장 밖에
서 본 것이었는데, 만일 사전에 결탁이 있었다 하시면 그건 정말로
억울한 누명입니다."

판시엔은 잠시 끊었다, 한 자 한 자 똑똑히 말을 뱉었다.

"그 외에 더 자세한 상황은 저보다 감사원이 더 잘 알고 있을 터이
니, 차라리 감사원에 공문을 보내 물으시는 게 어떠실런지요."

'감사원은 황제 폐하의 것인데, 지금 나더러 감사원에 가서 물어
보라고?'

한즈웨이는 이렇게 생각하다 천연덕스럽게 웃고 있는 판시엔의
매끈한 얼굴을 보자, 더욱더 화가 나 큰소리로 외쳤다.

"됐어, 됐어, 됐네. 네가 인정하기 싫다니. 여봐라! 이 자를 쳐라!"

"대인은 저를 때릴 수 없습니다."

판시엔은 침착하게 '경고'했다.

이 광경을 옆에서 지켜보던, 삼사(三司) 중 이번 일에 관련도가 가
장 낮은, 대리사 소경이 상황을 궁금해하며 물었다.

"벌어진 일이 중죄에 해당하고, 자네는 변명으로만 일관한 채 자
세한 사항은 감사원의 소관으로 미루고 있는데, 법정에서 왜 때리지
못한다는 것이냐?"

"이 일은 감사원의 비밀 업무와 관련된 만큼, 저는 감사원 허락이
없이 더 자세한 이야기를 할 수 없을 뿐입니다."

심사하는 세 명의 대인 중 도찰원(都察院) 어사 대인 궈정(郭铮)
은 사실 궈요우즈의 먼 친척이므로, 이 일에 대해 조정에 상주문을
올린 당사자였다. 형부 상서 한즈웨이는 겉으로는 공명정대해 보이
나 실제로는 동궁의 사람이었다. 그리고 대리사 소경은 추밀원 친씨
집안과 관계가 깊은 편이었다.

게다가 귀경은 어릴 적 장 공주와 그렇고 그런 관계를 맺기도 했는데, 이 모든 것은 사실 은밀하게 유지되는 비밀이었으나, 감사원만큼은 모두 다 알고 있었고, 판시엔 또한 이미 이 모든 것을 알고 이 자리에 왔다. 다만 그중 대리사 소경만큼은 이 일과 가장 관계가 덜 한 입장임을 판시엔 또한 알고 있기에, 소경의 질문에도 판시엔의 대답에도 분노가 전혀 섞여 있지 않았을 뿐이다.

문답이 여기까지 이르자 이 모든 게 그저 말장난의 연속임을 모두가 알게 되었다.

이렇게 해서는 이 사건에 대한 심사가 실질적으로 이뤄지기는 힘들어 보였다. 세 명의 대인은 서로 눈을 한 번씩 마주치고는, 각자 '어떻게 해야 판시엔의 입에서 죄를 인정하는 말을 하게 만들 수 있을까?' 하는 생각을 하기 시작했다.

그들 각자의 배후에 있는 주인들의 뜻은 모두 한결같이 판시엔을 고생 좀 하게 하라는 것인데, 이렇게 싱겁게 판시엔을 집으로 돌려보낼 수는 없는 노릇이었다.

이때 홀연히 한 명의 관원이 긴장된 얼굴로 옆의 장막을 젖히고 뛰어 들어왔다. 그는 형부 상서 한즈웨이에게 다가가더니 그의 귀에 대고 몇 마디를 건넸다. 한즈웨이는 얼굴색이 급변하더니 두 눈에서는 차가운 빛을 뿜어대기 시작했다.

판시엔은 실눈을 뜨고 위를 바라보며 슬슬 패도 진기를 운용하기 시작했다.

어떤 소식인지 몰라도 형부 상서의 표정을 보니 좋은 일은 아닌 듯싶었기 때문이다. 그와 동시에 두 장의 종이가 어사 대인 귀경과 대리사 소경의 손에 쥐어졌다. 귀경은 무표정하게 그것을 바라본 반면, 대리사 소경은 매우 놀라는 표정을 감추지 않았다. 소경은 갑자기 몸을 일으키더니 옆에 있는 두 대인을 향해 공손히 예를 올리며 말했다.

"제가 화장실이 급해서 좀 다녀 와야겠습니다. 두 대인께서 먼저 심사하고 계시지요."

'무슨 일이길래 소경이 저리 급히 자리를 피하는 거지?'

판시엔이 심각하게 고민하고 있는 그 순간, 갑자기 법정에 엄숙한 소리가 울려 퍼졌다.

"이리 오너라! 태학 봉정 판시엔은 대죄를 저질렀으니 그를 쳐라!"

한즈웨이 상서는 얼굴 근육을 크게 한번 움직이더니 뭔가 중대한 결심을 한 것 같았다. 조금 전 자리를 뜬 대리사 소경은 형부 법정에서 벌어질 위험한 국면을 예상했고, 판씨 집안과 재상에 밉보이기 싫었던 것이다. 어사 대인 궈경의 눈에는 집어삼킬 듯한 매서움이 뿜어져 나왔다.

"그를 쳐라!"

불에 달궈진 두 개의 방망이가 판시엔의 가장 약한 정강이 뼈를 향해 내려왔다. 형부의 13관아는 이런 일에 매우 능숙한 듯 큰 바람을 일으키지 않으면서도 매우 강한 강도로 내리치고 있었다. 판시엔은 순간 얼굴이 서리처럼 차가워졌지만, 움직이지도 피하지도 않은 채 맨몸으로 맞서고 있었다. 그 여파로 다리 쪽까지 내려와 있던 두루마기는 방망이질을 견디지 못해 모두 갈기갈기 찢겨 있었다.

찢어진 두루마기 곁에는 무언가 부러져 나뒹굴고 있었는데, 그것은 판시엔의 정강이가 아니라 두 개의 방망이었다!

판시엔은 사방을 둘러싸고 있는 13관아의 관원들을 침착하게 바라보면서, 오늘 일이 자신의 계획과 무척이나 다르게 돌아가고 있음을 한눈에 파악했다. 상대방이 재상과 아버지의 눈치를 보면서도 이렇게 할 수 있다는 것은, 단지 매질하는 것에 그치지 않을 더 큰 각오가 있음을 의미했다.

뉴란지에 사건이 일어난 지도 오래고, 그 후로 판시엔은 시의 재능이 출중한 문관으로 사람들의 입에 회자되었기 때문인지, 그들은 판시엔이 대단한 무도의 고수임을 잊어버린 듯했다. 관원들은 부러진 방망이를 보며 크게 놀라 도끼눈을 뜨며 허리춤에서 칼을 빼내어 기고만장한 판시엔을 향해 그 칼끝을 겨누었다. 판시엔이 두 보 앞으로 가니, 여남은 개의 칼이 벌벌 떨며 두 보 뒤로 물러섰다.

"뒷감당이 되겠어?"

판시엔은 한즈웨이와 귀경을 보며 낮은 목소리로 물었다.

한즈웨이와 귀경은 등줄기가 서늘해졌다. 이제서야 재상과 호부 상서의 영향력이 걱정되기 시작했던 것이다. 한즈웨이도 갑자기 후회가 밀려왔다. 자신이 믿는 그 귀인의 말을 따르는 것이 아니었다는 생각이 들었다.

하지만 귀경은 귀요우즈가 무너져버린 기억이 되살아나, 자기 뒤에는 장 공주가 있다는 든든함과 함께, 어차피 일이 시작돼 버린 만큼, 좋게 해결할 방안은 없다는 생각으로 어금니를 한번 꽉 물고 이야기했다.

"본관은 황제의 명에 따라 그대를 심문하고 있는데 무슨 뒷일이 있겠느냐?"

한즈웨이도 이 말을 듣고는 어차피 일이 이 지경이 된 마당에 이제 와 후회해봤자 소용없다는 생각으로 차갑게 말했다.

"판 대인! 만일 네가 이 일에 연루돼 있음을 인정만 한다면 이런 매질이 필요 없겠지만, 만일 인정하지 않는다면 경국 법률에 의해 형벌을 내릴 수밖에 없다."

"이 부패한 관리를 잡아라!"

한즈웨이의 이 말이 떨어지자마자 13관아의 관리들이 손에 칼을 들고 그를 포위하기 시작했다. 한차례의 바람이 일더니 두 개의 칼이 판시엔의 목 바로 지근에서 그를 압박하기 시작했다.

그때 판시엔은 부드러움을 유지하며 튕기듯 두 손을 펼치더니, 뿌연 연기를 가볍게 일으키며 가까이 있던 두 명의 손목을 쳤다. 그리고선 바로 주먹으로 두 명의 복부를 강타했다.

이 일련의 동작은 매우 빨라 사람들은 정확히 볼 수 없었다.

잠시 후 '카차' 하는 소리에 이어 '푸' 소리가 나더니, 고통스럽고도 무거운 신음 소리가 들려왔다. 첫 소리와 함께 두 명의 손목이 부러졌으며, 두 번째 소리와 함께 그들이 쥐고 있던 칼이 하늘 위로 날아가 버렸다. '공명정대'한 두 관원은 처참히 뒤로 나자빠지며 두 개의 의자 위로 안착했는데, 순간 의자는 산산이 부서졌고 신음 소리는 쉴 새 없이 흘러나왔다.

이 광경에 사람들은 모두 반 보 뒤로 물러나기 시작했다.

하지만 귀경은 조급해 하지 않고 판시엔을 향해 차가운 목소리로 다시 말했다.

"법정에서 관리를 구타하다니, 죄가 하나 더 추가되었다."

한즈웨이도 귀경의 생각을 읽었다. 판시엔에게 매질을 하냐, 안 하냐가 중요한 것이 아니라, 그에게 죄명을 하나 더 씌울 수 있다는 것. 그게 중요한 일이었다. 판시엔이 고삐 풀린 망아지 마냥 날뛰니 더욱더 좋은 일이었다.

"판 대인은 가만히 계시는 게 좋을 거요. 문무를 다 갖춘 만큼 형부 법정에서 도망치는 것쯤은 어렵지 않겠지만, 설마 모반의 죄까지 쓸 생각은 아니겠지?"

귀경은 손가락으로 책상을 가볍게 두드리며 매우 만족스러운 듯이 국면을 즐기며 말을 이었다.

"판 대인이 계속 반항을 한다면, 반역의 뜻이 있다 여길 수밖에 없으니, 반역을 할 것이 아니라면 순순히 형벌을 받으시게나."

그리고 최후의 말 한마디를 더 추가했다.

"만일 형부(刑部)를 죽여 없앨 생각이라면 마음대로 하게. 좀 안타깝긴 하네, 안타까워. 당당한 한 시대의 시선이, 선비의 마음속 우상이, 이렇게 큰 죄를 지어 자신의 명성에 먹칠을 한다는 것이 말이야."

판시엔은 의자에 앉아 담담히 눈꺼풀을 살짝 떨어뜨리더니 말했다.

"너희들이 날 때리려 하면 난 당연히 반항할 거야. 만약 때리지 않는다면, 나도 여기 앉아 있는 것쯤은 개의치 않겠다. 두 명의 대인들, 심문이 끝나고 나면 알려줘. 나도 집에 가서 밥 좀 먹어야 하니까."

"이런 간이 배 밖까지 나온 놈이 있나!"

한즈웨이는 속이 뒤집어지려 했다.

"이놈을 쳐라!"

이번으로 판시엔을 치라는 명은 벌써 세 번째.

판시엔은 얼굴에 일말의 변화도 없이 옆에 있는 찻상을 향해 손바닥으로 패도 진기를 구름처럼 만들어 가볍게 내뿜었다. 그 순간 찻상은 무수한 파편으로 산산조각 나 버렸고, 이 장면을 보고 있던 관리들은 서로 눈빛을 교환하기만 할 뿐, 어느 누구도 감히 한 발자국조차 앞으로 내딛지 못했다.

그럼에도 궈졍은 침착을 유지했다.

그는 오늘 호부 상서와 재상이 다른 일이 있어 여기에서 벌어지는 일에는 신경을 쓰지 못할 것임을 잘 알았기 때문이었다. 또한 양완리만 잡혀 오면 기세는 확실히 자기 쪽으로 기울어 질 거라 판단하고 있었기에, 그는 미소를 지으며 말했다.

"오늘 일에 대해 나는 내일 폐하께 상주문을 올릴 거야. 그때도 장인과 아버지의 배경을 믿고 네가 이렇게 기고만장할 수 있을지 한

번 보자고. 내가 널 어떻게 하지 못할 거라는 생각은 하지 말거라."

"궈 대인, 오늘 어차피 피차 볼 장은 다 본 듯하니 나도 확실히 말해 두지. 양완리 그 친구들에게 조금이라도 문제가 생긴다면, 넌 각오해야 할 거야."

이건 명백한 '협박'이었다.

한즈웨이는 순간 오싹해졌지만 차가운 목소리로 말했다.

"네가 칼을 쓰는 무사도 아니고 조정 관원 중 하나일 뿐인데, 오늘 형부에서 일어난 이 일을 어떻게 수습하려는 거냐?"

"'형부가 죄 없는 사람을 때려 없는 일을 억지로 만들려 하고, 어사는 궈 상서를 위해 어떻게든 복수를 하려 한다.' 이렇게 오늘의 일을 상세히 적어 나도 내일 천하 곳곳에 뿌릴 테니, 경국 관원들이 어떻게 나오는지 한번 보자고. 내일 진땀나게 수습하는 사람은 과연 누구일까?"

판시엔의 명성을 생각할 때 그가 말하는 것이 불가능한 것 같지는 않았으나, 궈정으로서는 일이 이렇게 된 이상 물러설 수도 없었다.

"판 대인은 이 사건과 관련된 상황을 소상히 알고 있음에도, 왜 조정의 상사에게 보고해 조사하게 하지 않고, 감사원을 통해 일을 진행한 것이지? 다시 말하자면 네 죄에는 조정을 멸시한 죄도 있는 것이야!"

판시엔의 얼굴에는 살기가 일었다. 그는 자리에서 일어나 위에 있는 두 명의 관원을 차가운 눈빛으로 쳐다보았다. 관원들은 모두 긴장하기 시작했고 손을 칼처럼 만들어 판시엔의 급소를 겨냥하기 시작했다.

이런 일촉즉발의 순간, 갑자기 형부 밖에서는 장중한 목소리가 들려왔다.

"감사원은 황제의 명에 의해 움직일 뿐인 바, 어사에게 보고할 이유라도 있는가?"

감사원 4처 처장 옌뤄하이가 형부로 들어왔다.

그 뒤로 한 무리의 감사원 밀정들이 따라 들어오고 있었다. 귀경은 미간을 찌푸리며 말했다.

"옌 대인이 여기까지 오셔서 직접 사건의 진상을 들으실 줄은 생각도 못 했네요."

옌뤄하이는 이 도찰원의 어사는 본체만체하고 의자에 앉아 있는 판시엔을 향해 가볍게 한번 미소를 짓고는 말했다.

"본관 옌뤄하이, 판 공자를 뵙습니다."

"안 오셨으면 저는 형부를 부숴버리고 도망가버릴 참이었어요."

판시엔은 그저 웃자고 한 이야기였지만, 한즈웨이는 얼굴을 구기며 말했다.

"판시엔은 법정에서 소동을 일으키고, 관리를 구타하였으니, 그 죄가 명백하오. 누가 오더라도 오늘 형부를 나가지는 못하오. 형부는 이미 양완리 등 일행도 잡아들이러 갔으니, 그들이 오면 사건의 진상이 모두 명명백백해질 것이오."

"그런 수고할 필요 없소. 상서 대인이 보낸 13관아의 관리라는 자들은 이미 감사원에서 차를 마시고 있는 중이오. 상서 대인도 잠시 짬이 된다면 감사원에 들러 수하들을 직접 데리러 오시는 것도 괜찮을 듯싶은데."

사람을 잡아오라 했더니 다른 사람한테 잡히다니, 형부의 체면은 오늘 완전 바닥으로 떨어져 버렸다. 한즈웨이는 옌뤄하이를 향해 손가락질하며 욕하듯 말을 내뱉었다.

"감사원이 형부 일에 관여할 자격이 도대체 어디 있단 말이오? 우리 형부가 사람을 잡겠다는데 당신들이 무슨 근거로 막는 것이오!"

"춘시 비리와 관련한 것은 감사원의 소관이고, 폐하의 명에 의하면 형부와 대리사는 그저 그 처리를 '돕는' 자리에 불과하오."

옌뤄하이는 주변을 돌아보고 대리사 소경이 보이지 않자 이어 말했다.

"처리를 도우라 했으니 돕는 자의 본분을 다하면 되는 것일 뿐인데, 지금까지 계속 감사원에서 관리 중인 양완리 포함 넷을, 아직 죄가 확정되지도 않은 마당에 왜 형부로 이송시키려는 것이오?"

"오늘 일은 형부가 먼저 제기한 것이오. 판시엔도 이미 형부 법정에 있으니, 감사원에 말해 판시엔을 데려갈 생각일랑 하지 마시오."

사안이 이 지경에 이르니 모두 판시엔과 감사원의 관계가 도대체 무엇인지 궁금해지기 시작했다. 단지 판시엔이 감사원에 과거의 비리를 고발했다는 이유로, 혹은 페이지에가 그의 스승이라는 이유만으로, 이렇게 보호할 이유는 없을 것 같았기 때문이었다.

옌뤄하이는 아무것도 개의치 않는 듯 손에 칼을 들고 있는 13관아의 관리들을 향해 꾸짖듯이 외쳤다.

"감히 대인을 이렇게 무례히 대하다니!"

옌뤄하이는 이내 고개를 돌려 한즈웨이를 향해 두 손을 앞에 모아 예를 올리며 말했다.

"상서 대인, 본인은 판 대인을 모셔오라는 명을 받았습니다. 그러니 허락해 주십시오."

한즈웨이는 감사원이 온 것 자체가 일이 꼬인 것임을 알고 있었다. 자신의 배후에 있는 주인조차 쳔핑핑이 이 일에 손을 쓸 거라고는 생각하지 못하고 있을 것 같았다. 하지만 일이 이렇게까지 되어버렸으니 더 이상은 어쩔 수 없어 보였다.

"심문이 아직 끝나지도 않았는데 어떻게 사람을 데려간단 말이오? 옌 대인, 그건 규율에 맞지 않잖소."

옌뤄하이는 손을 휘휘 저었다.

그러자 우렁찬 소리가 여기저기서 동시에 일어나더니, 형부 법정에서 주먹과 다리가 어지러이 섞이기 시작했고, 13관아의 사람들은 반항할 겨를도 없이 모두 공격을 당해 땅에 쓰러지고 말았다. 그들의 생사조차 알 수 없었다. 감사원 4처는 5처를 제외하고는 무력이 가장 센 조직이었으니 형부의 관리들도 어쩔 도리가 없었다.

판시엔은 옌뤄하이의 옆으로 가 웃으며 말했다.

"번거롭게 해드렸네요. 저는 왕치니엔 정도 한번 들르라 할 생각이었는데."

한즈웨이는 탁자를 치고 일어나 크게 노하며 말했다.

"조정의 법을 이렇게 무시하다니, 당신들 감사원은 모반이라도 하겠다는 것이오? 내일 폐하께 상주문을 올려 죄를 엄히 다스려 달라 할 것이야!"

"조정의 규율에 따르면 감사원은 황제의 명만 받습니다. 급한 상황에서는 경국 법률조차 무시할 수 있습니다. 폐하의 명확한 지시가 없는 한, 6부 3사 2원 모두, 자신들 마음대로 감사원을 심사할 수 없습니다. 설마 상서께서 이것을 잊으신 건 아니시겠지요?"

옌뤄하이는 침착하게 말했다. 하지만 궈경은 크게 화를 내며 말했다.

"옌 대인 같은 처장은 감히 심사를 못 하겠지요. 다만 판시엔과 감사원은 도대체 무슨 관계요? 8처 처장들을 징두 관원이 어찌 모르겠소? 판시엔이 언제 8처 처장이라도 되었단 말이오? 감사원의 직위는 5년이 돼야 비로소 정식으로 인정받는 것인데, 그렇다면 올해 열일곱 살인 그가 열두 살에 감사원의 일을 시작하기라도 했다는 것이오?"

옌뤄하이는 판시엔을 한번 쳐다보았다.

판시엔은 살짝 한번 웃더니, 허리춤을 한번 만지작거리며 황후에게 하사받은 여의(장식물의 일종)를 풀고, 그 안에 있는 나무 명패를 꺼냈다. 옅은 황색 나무 위에 '제사(提司)'라는 두 글자가 새겨져 있었다.

판시엔은 손을 뻗어 그 명패를 궈 어사와 한 상서에게 보여주었다. 그 둘은 몸을 앞으로 기울여 목을 쭉 빼고는 명패 위 글자를 한참이나 들여다보고는, 화들짝 놀라 무너지듯 의자에 털썩 주저앉고 말았다. 양쪽에 매서운 귀싸대기 두 대를 맞기라도 한 충격이었다.

"두 분 대인, 또 보자고."

이 말을 끝으로 판시엔은 옌뤄하이와 함께 형부를 나가 버렸다.

궈 어사는 얼굴이 새파랗게 질렸고, 한 상서는 의자에 기대 깊은 고민에 빠져 있었다. 판시엔이 감사원의 제사 신분일 줄을 그 누가 알았겠는가! 제사가 무엇인가? 감사원 8처 위에 있는 초월적 존재 아닌가! 이 직위에 대해 조정의 관원들은 수없이 많은 추측을 했음에도, 비밀에 가리워져 있던 그 제사가, 시 부문의 천재로 명성을 크게 떨친 판시엔과 동일 인물일 줄이야……그들은 상상도 못하고 있었다. 한 상서는 갑자기 눈을 크게 뜨더니 말했다.

"어떡하지? 6부던 3사던 폐하의 명령이 없으면 감사원 제사를 심문할 자격은 없는데. 폐하께서 그런 명령을 내리실 리도 없고."

"정말로 손쓸 방법이 없어 보이오. 그런데 판시엔은 왜 처음부터 자신의 신분을 밝히지 않은 거지? 왜 기어코 형부에 와서 이 소동을 벌인 거지?"

궈경은 멀어져 가는 판시엔 무리를 보며 냉랭하게 물었다. 이해할 수 없었던 것은 한 상서도 마찬가지. 그의 근심도 깊어졌다. 어차피 오늘 판시엔을 죽일 수 없다면 빨리 자신의 주인에게 가서 강력한 반격을 준비하게 하는 수밖에는 없었다. 판시엔이 마지막으로 한, '또 보자'라는 말의 의미가 점점 씁쓸히 다가오며, 일종의 공포심이 생겼다. 자신의 뒤에 있는 주인이 자신을 지켜줄 수 있을지조차 가늠이 되지 않았다.

"원장 대인은 제 신분을 밝히려, 기어코 이런 재미없는 장난을 치셔야 했나요?"

형부를 나가며 판시엔이 옌뤄하이에게 물었다.

"원장님은 어차피 대인의 신분을 천하가 알게 할 바에야, 그럴 만한 명확한 지점이 있을 거라 생각하셨어요. 적절한 기회를 이용해 극적으로 밝힐 필요가 있었던 거죠. 오늘이야 말로 수많은 선비들이 운집해 형부 밖에서 대인의 억울함을 호소하고 있으니, 이게 바로 큰 기회 아니겠습니까?"

옌뤄하이는 계속해서 말을 이었다.

"감사원에 대한 세간의 평은 줄곧 별로였어요. 대인이 공개한 춘시 비리 사건이 여기저기 퍼져 나가도록 원장님이 손쓴 것은, 대인을 대신해 이름과 명분을 세워준 것이자, 감사원과의 관계가 폭로된다 하더라도 백성들과 선비들이 대인에 대해 반감을 가지지 않게 하려는 생각에서였어요."

판시엔은 그제서야 이 모든 것이 그에 대한 세간의 평을 만드는 과정의 일환이었음을 알게 되었다. 옌뤄하이는 수하가 잠시 보관 중이던 판시엔의 여의를 다시 그에게로 건넸다. 판시엔은 여의를 받아들고 손으로 그것을 만지작거리며 물었다.

"이번 사건에서 태자가 입은 손해는 그리 크지 않았고, 완알이 입궁까지 하여 이 일에 대해 잘 해명해두기도 했고, 게다가 태자의 성격으로 봐도 그가 이렇게까지 일을 벌이지는 않을 듯한데요? 좀 전한 상서가 갑자기 면을 바꿀 때 그는 동궁에서 누구의 명을 받았던 것인가요?"

"태자는 아닙니다. 그러니 자연히 황후이지요."

황후까지 이 일에 나서다니, 판시엔은 이번 일로 자신이 미움을 산 사람이 생각보다 많다는 사실을 새삼 깨달았다. 그리고 순간 손에 쥐고 있던 황후가 상으로 내려준 그 여의를 보다가 그는 하마터면 그것을 던져버릴 뻔했다.

"황실에서 내린 상을 마음대로 처리하는 것은 큰 죄입니다."

옌뤄하이는 웃으며 말했다.

"일러주셔서 감사합니다. 이제 제가 제사의 신분임을 천하가 알게 되었는데, 그럼에도 저를 감시하고 신문하려는 관아가 있진 않겠지요?"

판시엔도 웃으며 말했다.

"관아는 감히 그러지 못할 것입니다. 다만, 황실은 가능하지요."

옌뤄하이는 문득 이 젊은이가 자신의 아들보다도 어리다는 사실을 떠올렸다. 판시엔은 마치 그의 생각을 읽은 듯 고개를 끄덕이며 안심시켰다.

"마음 놓으세요. 제가 옌빙윈 형님을 잘 모시고 데려올게요."

"감사합니다."

형부의 대문을 나오니, 거리를 둘러싸고 있던 선비와 백성들이 판대인을 보고 큰 소리로 환호했다. 용감히 과거의 폐단을 고발한 판대인이 아무 고초도 겪지 않은 채 무사히 나오는 모습을 보고 그들은 매우 기뻤다. 판시엔은 사방을 돌아보며 감사의 인사를 했다. 그리고 그제서야 오늘 형부에서 이런 소동을 피우게 된 스스로의 동기를 깨달았다. 그것은 바로, 자신이 정당하다 생각하는 일을 하는 것. 그가 전생에서 보았던 소설의 한 구절과도 일맥상통한 오늘 하루였다.

'정도란 무엇인가? 정도는 옳은 일을 하는 것이다. 즉, 자신이 옳다고 생각하는 일을 하는 것이다. 그때 기분은 아주 좋다. 무엇보다

강력하다.'

2차 춘시인 전시가 계획대로 치러졌다. 판시엔이 눈여겨보았던 넷 중 양완리를 포함한 셋은 최종적으로 2등급을 받아 한림원(翰林院)에는 들어가지 못했다. 대신 그들은 모두 지방으로 발령을 받았고, 나머지 한 명 스챤리는 별수 없이 이듬해 춘시를 준비해야 했다.

이번 춘시에서 특이했던 것 중 하나는 태자의 사람인 허종웨이가 춘시에 참여하지 않았다는 것이었다. 자세한 이유는 알 수 없어도, 집안에 병고가 있었다는 것 정도로 그 이유가 알려졌다. 춘시 비리와 관련한 사건도, 감사원의 주도하에 느리지만 안정적으로 처리되었고, 판시엔도 점차 안정을 찾아가고 있었다.

그는 며칠 후 경국 사절단을 이끌고 북제로 갈 채비를 시작했다.

감사원의 정사각형 방 안에는 일곱 명의 관원이 최대한 정신을 집중하며 탁자 주변을 둘러싸고 앉아 있었다. 주그어가 이 방에서 죽은 후 무티에가 1처를 대신 이끌고 있었지만 공식적으로 1처의 처장은 공석이었기에 일곱 명만 있었던 것이다. 그들은 오늘 회의가 여느 때와 다르다는 것을 모두 잘 알고 있었기에, 상석을 쳐다보며 궁금증을 이기지 못하고 있었다.

방 안에서 무슨 소리가 들려오기 시작하자 일곱 명의 처장을 포함해 상석에 앉은 천핑핑도 천천히 고개를 들어 눈에 빛을 발하기 시작했다. 황갈색 눈에 헝클어진 머리를 한 늙은 페이지에가 몸을 숙인 채 들어오고 있었다. 사람들이 의아해하는 와중에 페이지에가 몸을 돌리며 말했다.

"못생긴 부인이라도 정부인은 정부인인 법. 어여 들어오지, 뭘 머뭇거리고 있어?"

젊은이 하나가 조금 수줍은 듯 페이지에 뒤를 따라 나왔다. 외모는 준수했고 동시에 매우 친근했다. 만면에 부끄러운 미소를 머금은 젊은이는 공손히 손을 모아 감사원 각 처장에게 돌아가며 예를 올리고 말했다.

"좋은 아침입니다. 저는 판시엔입니다."

회의실에는 어색한 침묵이 잠시 흘렀다. 감사원의 제사를 이렇게 보게 될 줄은 생각도 못 한 데다, 그가 감사원의 엄숙한 분위기와는 전혀 어울리지 않았기 때문이었다. 한참이 지난 후 결국 어느 한 사람이 더 이상 참지 못해 웃음을 터뜨렸다.

판시엔도 미소를 지으며 두 손을 몸 앞으로 모으고 앞으로 나갔다. 일곱 명의 처장 중 그는 옌뤄하이 한 명만 알고 있을 뿐 나머지는 모두 초면이었다. 페이지에 스승이 그나마 곁에 있어 줘 이 삼엄한 비밀 기구 처장들을 혼자 대면해야 하는 상황이 아닌 것만으로도 다행이라 생각하는 중이었다. 상석에 앉아 있던, 바퀴의자를 탄 남자가 두 눈 가득 맑으면서도 차가운 기운을 뿜으며, 하지만 온화함만은 잃지 않은 채 그를 바라보고 있었다.

판시엔은 앞으로 천천히 걸어 나갔다. 그는 상대방이 16년 전 자신이 이 세상에 처음 왔을 때 본 그 자라는 것을 바로 알 수 있었다. 그 남자는 그동안 하나도 변하지 않은 것 같았다.

한편 쳔핑핑은 점점 자신과의 거리가 좁혀져 오는 젊은이를 바라보며 얼굴 가득 만족스러운 표정을 지었다. 판시엔이 그의 바로 옆으로 오자, 쳔핑핑은 두 팔을 넓게 벌리며 그를 향해 조용히 말했다.

"아이야, 여기로 오거라."

판시엔은 천천히 몸을 굽혀 쳔핑핑의 품에 자신의 얼굴을 가볍게 묻으며 자신의 온몸을 상대방의 그리 넓지 않은 가슴을 향해 던져 가볍게 그를 안았다. 쳔핑핑은 매우 왜소했다.

두 사람의 접촉은 부드러웠고 또한 매우 따뜻했다.

한 노인과 한 젊은이, 이렇게 두 사람이 서로를 안고 있으니, 마치 주위의 처장들은 모두 사라지고 없는 것처럼 느껴졌다. 한참이 지난 후 두 사람은 천천히 떨어졌다. 판시엔은 매우 공손히 예를 올리며 인사했다.

"마침내, 원장님을 뵙습니다."

쳔핑핑은 갑자기 날카로운 목소리로 웃어 보였다. 목소리가 매우 유쾌하게 들렸다. 일곱 명의 처장들로서는 예의를 지키기 위한 침묵이었으나, 그들 모두 마음속으로 무척 놀라고 있었다. 제사 대인과 원장 대인은 도대체 무슨 관계가 있는 것인지 그들은 도무지 아는 바가 없었기 때문이었다.

오늘은 판시엔을 제사 신분으로 감사원에 정식으로 소개하는 날이었다. 간단한 자기소개가 끝난 후 판시엔은 조용히 쳔핑핑의 왼쪽에 앉았다. 쳔핑핑의 오른쪽에는 페이지에가 앉아 있었다. 쳔핑핑은 자신의 수하들을 바라보며 가볍게 말했다.

"이 친구가 판시엔이네. 많이들 지지해 주게나."

원장 대인이 사람을 소개할 때 이렇게 정중하게 소개한 적은 한 번도 없었다. 그렇기에 이 간단한 말 한마디가 갖는 무게를 그들은 모두 잘 느낄 수 있었다. 그들은 일제히 일어나 판시엔을 향해 정식으로 예를 올렸다. 모두가 엄숙한 표정이었다.

감사원은 황제의 직속 기구로서 6부와는 별개의 권한을 가지며, 경국 법률의 제한에서도 제외되는 특수 조직이었다. 감사원 밑으로는 8개 부처가 있으며, 그중 1처는 징두의 모든 관리들을 감시하고 있었다. 게다가 각부의 관아에 적지 않은 밀정들을 파견해 놓고 있기에 감사원에서도 가장 중요한 조직이라 할 수 있었다. 1처의 전임 처장은 장 공주 쪽과 결탁하는 바람에 몇 달 전 죽음을 맞이한 주그어였다.

2처는 정보 수집과 분석을 맡고 정책을 입안하는 부서로서, 폐하와 군대에게 그들이 입안한 계획을 보고하는 역할을 수행했다. 3처는 판시엔에게 가장 친근하게 느껴지는 부서로서, 그의 스승 페이지에는 퇴임 전까지 줄곧 3처의 처장을 맡아 왔었다. 3처는 독약과 무기를 맡고 있으며, 지금 판시엔이 지니고 있는 모든 미약, 독약 그리고 춘약까지도 모두 3처에서 만들어 낸 것이었다.

4처는 옌뤄하이가 담당하는 부처로서, 징두 외곽 각 지방 관원들에 대한 감사와 상관들에 대한 정보를 다루고 있었다. 그들이 다루는 정보의 범위는 경국에 한정되지 않아서 북제와 동이성까지도 포괄하고 있었다. 그리하여 부처 단위의 단일 권한으로는 1처를 제외하고 가장 컸다.

감사원 5처는 항상 징두 밖에 있었으며, 황제의 명으로 설립된 부처로서 쳔핑핑의 안전을 책임지고 있는 흑기병이 바로 이들이었다. 이들은 필요할 경우 천 리를 달려 습격을 시도할 수 있었다. 북위 첩자 샤오은을 잡을 때에도 5처의 활약이 컸으며, 무력에 대해 말하자면 감사원에서 가장 강한 조직이라 할 수 있었다.

6처는 외부에 많이 알려지지 않았으나, 그래서 더더욱 공포스러운 조직이었다. 판시엔 또한 그들을 본 적이 한 번도 없었다. 그들은 전문적인 암살을 담당하고 있었으며, 폐하가 지정하는 사람의 보호 또한 맡고 있는 비밀 조직이기 때문이었다.

7처는 형벌과 고문, 그리고 감옥에 대한 일을 맡고 있었으며, 형부와 비교하면 훨씬 더 전문적이라 할 수 있었다. 판시엔이 감사원 감옥에서 본 간수 대장이 전임 7처 처장이었다.

8처에 대해서 말하자면, 판시엔은 사실 이 부처에 소속된 중년의 관원들만 생각해도 웃음부터 나오는 것을 어찌할 수 없었다. 그가 가장 많이 만나 본 자들 또한 모두 이곳 소속이었다. 담박서점 일도,

전단지 사건도 모두 8처와 관련돼 있었다.

일곱 명의 감사원 고관들에겐 사실 판시엔의 자기소개는 필요치 않았다. 그들은 이미 충분히, 명확히, 아주 넘칠 정도로, 경국의 모든 사람들이 그렇듯 그를 잘 알고 있었기 때문이었다.

판시엔은 6처와 3처의 처장에게 비교적 관심이 많았다. 왜냐하면 소개를 할 때 암살을 맡고 있는 6처의 담당자가 자신은 사실 처장이 아니며 처장을 '대신'한다는 표현을 썼기 때문이었다. 그렇다면 경국에서 가장 암살에 뛰어난 그 처장이라는 자는 도대체 어디에 있는 것일까?

그는 3처의 처장 또한 궁금했는데, 그 이유는 물론 그가 페이지에 스승의 제자이기 때문이었다. 그가 페이지에의 제자라면 판시엔과도 사제지간이라 불러도 되지 않을까? 처장들과 판시엔의 상견례가 끝이 난 후, 3처의 처장을 중심으로 한동안 시끌벅쩍한 인사가 오고 갔고, 몇몇은 일을 보러 나갔다. 그때 천핑핑이 가볍게 손벽을 치니 감사원 안의 모든 사람들이 일제히 그를 보았다. 그제서야 천핑핑은 낮은 목소리로 이야기를 시작했다.

"북제에 가서 수행해야하는 임무는 네 가지다."

판시엔도 앉아 그의 말을 진지하게 듣고 있었다.

"첫 번째, 옌빙윈이 무사히 돌아와야 하며, 이것이 가장 중요한 임무이다. 두 번째, 포로 교환이 끝나고, 양국의 협의가 성공적으로 진행된 다음, 바로 샤오은을 죽인다."

천핑핑은 이 일을 아무렇지도 않은 듯 무심하게 말했다.

"세 번째, '홍수초'라는 작전으로, 자세한 내용은 서면으로 알려주겠다. 네 번째 임무는 앞서 말한 세 가지 임무가 성공적으로 완수되었다는 전제에서, 북제에 남겨진 첩보망이 옌빙윈 없이도 이전처럼 돌아가도록 만드는 것이다."

네 가지 임무는 어느 것 하나 쉬운 것이 없었다. 판시엔은 겉보기에는 아무렇지 않아 보였으나 속으로는 흥분이 되기도 하고 불안하기도 했다. 천핑핑은 무표정하게 옌뤄하이에게 지시를 내렸다.

"관련 자료를 준비해서 판 제사가 떠나기 전에 주도록 하게."

옌뤄하이는 고개를 끄덕이더니 방을 나갔다. 이제 방에는 판시엔, 천핑핑 그리고 페이지에 이렇게 세 사람만 남게 되었다. 짧은 침묵 후 천핑핑은 두 손으로 무릎 담요를 당겨 주름을 한번 피고서야 얼굴에 엷은 미소를 지으며 판시엔에게 이야기했다.

"난 네가 감사원 돌비석에 있는 이름을 보고 많은 것을 추측했으리라 생각한다."

"우쥬 삼촌이 좀 알려주었어요."

판시엔은 앞에 있는 절름발이 어르신을 보며 속으로는 매우 복잡한 감정을 느끼고 있었다. 그로 말할 것 같으면 판시엔 인생의 가장 큰 부분을 기획했던 자이지만, 그에게는 특별히 위화감 같은 것보다는 알 수 없는 믿음 같은 것이 느껴졌다. 이것은 그저 직감에 불과했는데, 판시엔은 언제나 이 직감을 믿어왔다.

천핑핑은 미간을 찌푸렸다. 그런 모습이 마치 모종의 기억을 떠올리려는 듯 보였다.

"그의 기억은 좀 돌아온 건가?"

"기억해야 할 것은 기억하고, 기억하고 싶지 않은 것은 잊은 듯 보여요."

천핑핑은 크게 한번 웃고는 자신의 뭉툭한 손톱을 문지르며 말했다.

"그가 지금 징두에 있니?"

"예류원을 찾으러 남쪽으로 갔다고 들었어요. 언제 돌아올지는 모르겠지만."

이 질문은 페이지에 스승도 똑같이 판시엔에게 물어본 것으로, 판시엔은 페이지에게 대답한 것과 동일하게 대답했다.

이때 판시엔은 방의 구석 어딘가에서 들려오는 희미한 소리를 들었다. 마치 누군가가 매우 유감스럽다는 듯 탄식하는 것 같았다. 판시엔은 소매 밑에 감춰두고 있던 암궁을 더듬어 공격할 채비를 시작했다. 세 명이 나누고 있는 대화의 내용은 매우 비밀스러운 것이기에 그것을 엿들은 자가 누구든 판시엔과 천핑핑의 입장에서는 뒷감당이 쉽지 않은 문제였다. 천핑핑은 판시엔의 반응을 보더니 무심하게 말했다.

"나와."

한 남자가, 더 정확히 말하면 '그림자' 하나가 방 한구석으로부터 나왔다. 부드럽게 날아드는 듯한 모습이 사람처럼 보이지 않았다. 이 '그림자'는 천핑핑 곁으로 다가오고서야 점차 그 모습을 드러내기 시작했는데, 온몸을 검은 옷으로 휘감고 있었다. 판시엔은 그가 고의적으로 분출하고 있는 기세에 눌리는 느낌이었다.

판시엔은 그를 본 기억을 되찾았다. 16년 전 그림자와도 같던 자객 하나가 천핑핑의 마차 위로부터 매처럼 날아 신비한 법사 하나를 순식간에 죽였던 기억이었다.

"이 친구가 감사원 6처 처장이네. 지금까지 감사원 외부 사람들은 이 친구를 본 적이 없어."

페이지에는 웃으며 소개했다.

"당연히 이제 너는 외부 사람이 아니지."

경국 최고 자객인 그 그림자는 아무 말도 하지 않고 침묵을 유지한 채 천핑핑 옆에 서 있었다. 마치 판시엔은 안중에도 없는 듯했다. 천핑핑은 페이지에의 말을 받으며 설명을 이어갔다.

"우 대인을 제외하면 이 세상에서 가장 무서운 자객이라 해야겠지? 당연히 제일 뛰어난 보호자이기도 하고. 나도 이 친구 덕에 지금까지 살아있는 거야."

검은 그림자는 몸을 약간 숙이며 앞에 있는 쳔핑핑의 칭찬에 감사를 표했다.

"그림자는 우 대인의 숭배자이자 추종자야. 심지어 그의 많은 기교들은 그가 어릴 때부터 따라한 우 대인의 기술을 모방한 것이지. 그러니 네가 방금 우 대인이 징두에 없다 말했을 때 그가 실망을 표했던 거야."

쳔핑핑은 덧붙여 설명했다. 그림자 자객을 보는 판시엔의 눈빛은 이전과 달라졌다. 단순히 모방만으로 이렇게 대단한 실력을 지니게 되었다니, 진정 경국 제1자객이라 할 만했다.

이 말인즉슨, 그렇다면 우쥬 삼촌은 사람이 아니라는 거였다.

페이지에가 원장의 바퀴의자를 밀어 후원으로 나가자, 그림자 또한 어디론가 사라져 버리고 없었다. 판시엔은 그런 그가 우쥬와 정말 많이도 닮았다고 생각했다. 여기까지 생각이 이르자, 그는 자신이 우쥬 삼촌을 본 지가 너무도 오래된 듯 느껴졌고, 별다른 걱정은 안 했어도 북제에 가기 전에 한 번쯤 보고 싶다는 생각이 들었다.

경비가 삼엄한 감사원 후원에 들어온 것은 이번이 처음이었다. 감사원은 매우 넓었지만 그렇다고 건물까지 높은 것은 아니었기에 밖에서는 제대로 된 형상을 가늠하기가 어려웠다. 세상 사람들이 상상하는 것과 달리 후원은 매우 아름다웠고, 곳곳에 풀이 푹신하게 깔려 있었으며, 큰 나무들이 여기저기 그림자를 드리우는 푸른색 돌바닥 위로 야생화가 삐죽이 얼굴을 내밀고 있었다.

감사원의 관원들은 각기 다른 건축물 사이로 조용히 오갔으며, 멀리서 보이는 바퀴의자의 주인에게 공손히 몸을 숙여 예를 표했다. 판시엔은 이 아름다운 곳에서 느껴지는 삼엄함이 황궁보다도 더 크게 느껴져 자기도 모르게 인상을 찌푸렸다.

"익숙해져야 해. 이후에 이 감사원은 네 것이야."

쳔핑핑이 불쑥 꺼낸 이 말은 너무도 직접적이며 급작스러웠다.

판시엔은 잠시 침묵한 후에 말했다.

"궁금한 게 몇 가지 있습니다."

바퀴의자는 낮은 연못 옆에서 멈추었다. 연못은 안이 훤히 다 들여다보일 정도로 맑아, 물속에서 금빛 물고기들이 자유롭게 헤엄치는 모습이 보였다. 쳔핑핑은 연못을 바라보며 말했다.

"듣고 있다."

"제가 비록 과거 시험과 관련된 비리 사건으로 많은 사람들에게 미움을 사 버리긴 했지만, 궈 어사와 한 상서가 왜 그토록 저를 혹독히 다룬 거죠? 그 사람들은 재상이나 제 아버지의 분노가 무섭지도 않은 건가요? 도대체 황후는 왜 저에게 그러는 거죠?"

쳔핑핑은 탄식을 한번 하더니 손을 휘휘 저었다.

페이지에는 말 대신 제자의 어깨를 툭툭 쳤는데, 마치 그의 용기를 칭찬해 주는 듯 보였다. 그리고 페이지에는 곧장 자리를 떴다. 판시엔은 페이지에를 대신해 바퀴의자를 밀며 연못을 따라 걸었다. 쳔핑핑이 대답했다.

"나에게 패를 까라고 하는 것이냐?"

"최소한 상대방이 우리의 패를 얼마나 많이 알고 있는지는, 제게 알려주셔야 한다고 생각해요."

이 말에 쳔핑핑은 크게 한번 웃었다.

"정말 조심성이 많은 젊은이로구나. 보아하니 이미 너는 알고 있는 듯한데, 그렇다면 황후가 정말 그 이유 때문에 그러는 게 두려운 것이냐?"

판시엔은 미소를 지으며 말했다.

"네, 만일 황후가 진짜로 제가 생각하는 그 이유로 그러는 것이라면, 제게 그렇게 하시는 게 당연하겠죠. 다만 그렇게 한다면 제가 죽을 날도 그리 멀지 않다는 것 또한 잘 알고 있어요."

"적은 모두 종이호랑이일 뿐이야."

판시엔은 이런 대답을 예상하지 못했던 듯, 놀라서 가만히 천핑핑의 말에 귀를 기울였다.

"예전에 네 어머니가 한 말이다. '전략에서는 적을 멸시해야 하지만, 전술에서는 적을 중시해야 한다. (我们要在战略上藐视敌人, 在战术上重视敌人. 마오쩌둥)'"

판시엔은 속으로 한참을 웃었다.

이 말의 원작자가 누군지 천핑핑은 알 수 없는 노릇임을 알고 있었기 때문이었다.

"지금 네가 가진 가장 큰 문제는, 전략에 있어 적을 너무 중시하고 있다는 것이며, 심지어 적을 두려워하고 있기에, 두 손 두 발 다 묶인 듯 전술은 짜지도 못하고 있다는 것이야. 형부에서 네가 관원들을 때리기까지 했는데도 누구 하나 감히 너를 어떻게 할 수 있었니? 동시에 너는 전술에 있어 생각을 너무 적게 하고 있다. 만일 감사원이 네 엉덩이를 받치지 않았다면 넌 백 번도 더 넘게 죽었을 것이다."

천핑핑은 이야기를 잠시 멈추고 두 손으로는 부드럽게 담요를 만지며 말을 이었다.

"동궁이 강하다고 생각하지 말거라. 전체 경국을 통틀어 진정한 세력은 재상 대인과 판지엔을 모두 포함해도 아무도 없어."

"폭력이 진정한 힘이니, 군대와 감사원만을 진정 무서워해야 한다는 거군요."

판시엔은 불현듯 깨닫기라도 한 듯 말했다. 쳔핑핑은 한 손을 들고 수척한 손가락을 저으며 말했다.

"틀렸어. 전체 경국에 단 하나, 진정 강대한 세력이 있지."

"황제 폐하."

판시엔의 대답에 쳔핑핑은 미소를 지었다.

"맞아. 폐하께서는 어떤 것에도 관여하지 않아. 다만 그는 천하의 군대를 쥐고 있으며, 신하든 후궁이든 그 누구에 대해서도 눈썹 하나 까딱하지 않지."

"정말 게으른 황제네요."

"감사원은 폐하의 것이고, 나는 그저 대신 관리를 할 뿐이야. 이후에는 네가 대신 관리할 뿐이고. 이것을 명심하거라."

판시엔은 쳔핑핑을 바라보며, 소문에 들리는 것처럼 폐하에 대한 이 자의 충정을 의심해야 하나 말아야 하나 망설이고 있었다.

이때 쳔핑핑이 갑자기 탄식을 하면서 말했다.

"시간이 매우 빨리 가는구나, 눈 깜짝할 사이에 네 어머니의 아들이 이렇게 커버렸구나."

'네 어머니의 아들'은 또 뭐야? 왜 직접적으로 '너'라고 하지 않지?'

"전 정말 어머니가 어떤 사람이었는지 모르는 게 너무 아쉬워요."

"천하에는 네 어머니를 그린 그림이 단 하나 있는데, 황실의 초상화를 전담하던 당시 국가 화백의 작품이지. 사실 그 화백은 이후에 우 대인에게 죽을 뻔했지만."

쳔핑핑은 어떤 기억이 떠오르는 듯 미소를 짓고 있었다. 하지만 판시엔은 마음이 서늘해지며 움찔했다.

'황실의 초상화만 그리는 국가의 화백이 어머니의 초상화를? 설마 그럼 내 아버지가……?!'

"그 화백은 지금은 황실에 없겠죠?"

천핑핑은 판시엔의 질문에는 대답하지 않고 태연히 화제를 돌렸다.

"동궁 쪽은 그리 걱정할 필요 없다. 말했듯 황후 세력은 12년 전에 이미 폐하에 의해 거의 제거된 것이나 다름이 없어."

판시엔은 징두의 피바람을 몰고 왔다는 그 사건에 대해 이미 알고 있었기에 미간을 찌푸리며 물었다.

"그런데도 그 당시 폐하는 왜 황후를 파면하지는 않은 거예요?"

"그래도 태자의 생모이지 않니? 더구나 태후가 황후를 좋아하기도 하고. 제일 중요한 것은……이미 세력도 없는 사람을 건드려서 뭘하겠니? 심지어 그렇게나 멍청한 황후를."

판시엔은 마음속 깊은 곳에 서늘한 기운을 느꼈다. 역시 황제는 만만한 사람이 아니라는 생각이 들었기 때문이었다. 천핑핑은 그가 마음속으로 황제를 어떻게 생각하는지 모르고 있는 만큼 하던 말을 이어갔다.

"다른 사람들에게 네 신분이 밝혀진 것에 대해 걱정하지 마라. 16년 전에 그 아이가 궁중에서 죽었다는 게 사실로 받아들여지고 있으니. 황후가 이번에 한 상서를 움직인 것은 태자를 생각해서 한 일이야. 물론 네가 감사원 제사 신분인 것도 알 턱이 없고. 그녀는 단지 네가 2황자와 만난 것에 화가 나서 그렇게 한 거다."

여기까지 말을 하더니 천핑핑은 갑자기 화가 난 듯 차가운 목소리로 이야기했다.

"판지엔이 분명히 네게 황자들과 너무 가까이 지내지 말라고 이야기했을 텐데, 넌 배에서의 만남을 사람들이 모를 거라고 생각한 거냐?"

판시엔은 곤란한 듯 웃음을 한번 지었다. 황후가 그런 이유로 자신에게 매질을 하게 한 것이라고는 생각도 못하고 있었다. 쳔핑핑은 매우 즐거운 듯 웃더니 판시엔의 손을 가볍게 치며 말했다.

"어쨌든 너도 고생고생했지만 징두에 들어왔고, 결국 이렇게 많이 컸구나. 나도 네 어머니에게 할 말은 있겠어."

판시엔은 예전 이야기에 대해 언제나 목말랐던 만큼 더 이상 참지 못하고 물었다.

"당시 '우리'라고 불렸던 사람들은 몇이었나요?"

판시엔의 이 물음은 물론 그의 어머니를 따라 이 세상을 바꾸려했던 그 걸출한 인물들에 대한 것이었다.

"네가 직접 세어보렴."

판시엔은 손가락을 꼽으며 떠보듯 물었다.

"여섯 명?"

"네 어머니는 정말 대단한 사람이었어. 내가 보기엔 너도 그렇구나."

"그 이야기는 페이지에 스승님께서도 제가 어렸을 때 해주셨어요."

"아마 그가 이 말은 안 했을 듯하구나. 우리는 사실 네 어머니가 너무 그립단다. 어떤 각도에서 보자면 그녀는 지금의 내 길을 인도하고 있는 사람이란다."

"의외인데요?"

판시엔은 미소를 지으며 말했다.

"하지만 저도 조금은 그럴 거라 생각하고 있었어요."

"스난 백작을 존경하거라. 그리고 판씨 집안에 잘해야 해."

쳔핑핑은 갑자기 진지해졌다.

"그들은 너를 위해 많은 대가를 치렀다."

판시엔은 눈꺼풀을 늘어뜨렸다. 당시의 그 공포스러운 상황에서 아이의 생명을 구하고, 황실 사람들이 그 아이가 죽었다고 믿게 하는 이런 일들을 위해 그의 아버지가 어마어마한 대가를 치렀음을 묻지 않아도 알 수 있었다.

"저는 진정한 적이 누군지를 알아야 해요. 아마 그 미치광이 장 공주는 아닐 것 같아요. 왜냐하면 그녀는 그때 무척 어렸잖아요."

"황실 사람들에 대해 말하자면, 아가씨는 광채가 매우 눈부신 그런 사람이었지. 장 공주는 평생을 네 어머니의 그림자 안에서 생활하고 있는 거야. 그녀 또한 총명하고 능력도 있고, 경국을 위해 많은 일을 했으나, 폐하의 마음속에서는 결국 네 어머니의 지위에 이르지 못했지. 그러니 그녀는 질투 때문에 미친 짓을 하는 거야. 진정한 적이라, 그런 건 없어. 적은 없다."

쳔핑핑은 가볍게 그 말을 반복했다.

"우선 감사원을 맡고, 이후에 내고까지 장악한다면, 누군가는 반감을 갖게 될 것 같은데, 원장님은 제가 무엇을 하길 원하시는 거예요?"

"너는 권력이 있는 신하가 되고 싶지 않느냐?"

판시엔은 조용히 쳔핑핑의 두 눈을 바라보다 갑자기 입을 열었다.

"그렇게 하고 싶어요, 전 원장님이 무엇을 하실지 알 것 같아요."

"나는 네가 계속해서 내가 무엇을 할지 모르는 척하였으면 좋겠구나."

"전 비록 그들과 좋은 감정도 없지만, 그렇다고 너무 많은 피를 보고 싶지는 않아요."

"아직 이르지 않니? 게다가 피를 동반하는 일은, 멍청한 사람들이나 먼저 칼을 뽑아 다른 사람의 목을 자르려고 설치다가 자신의 목을 자르는 것이란다."

판시엔은 그 이상 아무 말도 하지 않았다.

그는 이 어르신을 신임하고 존경하지만, 그래도 어찌 되었든 자기가 먹을 밥이고, 자기가 가야 할 길이니, 만일 어떤 일이 앞으로 일어난다면 둘의 생각이 항상 같을 수만은 없는 일이었다. 그러니 일단 그는 최우선으로 자신의 생각과 바람에 따라 선택할 것이었다. 천핑핑은 손을 휘휘 저으며 말했다.

"너는 좀더 안목을 넓게 할 필요가 있어. 한 부처, 한 사건, 관원들 하나하나, 징두 구석 하나하나를 바라보면 안 돼. 너는 좀 더 높은 곳에서……."

"그럼 천하를 바라봐야 한다는 건가요?"

판시엔은 웃으며 대답했다.

"그보다 더 높을 수도 있지."

천핑핑도 웃으며 대답했다. 판시엔은 더 이상은 말을 잇지 못했다.

"이번에 북제에 갈 때 조심하거라. 샤오은은 죽을 거야. 그 외 세 가지 임무는 네가 스스로 잘 생각해서 처리하렴. 그리고 상황이 허락된다면 신묘(神廟)가 어디에 있는지 알아보고. 이 세상에서는 북제의 국사 쿠허만이 신묘와 접촉해 보았단다."

"신묘는……너무 생뚱맞아요. 사실 전 그 존재도 아직 잘 못 믿겠어요."

천핑핑은 판시엔의 이 말에 아무런 대답도 하지 않고 태연히 마지막 남은 말을 했다.

"우 대인이 널 그렇게 오래 가르쳤는데, 네가 북제에서 살아 돌아오지 못한다면, 네 장례식에서 난 네게 무지 실망할 거다."

판시엔은 어머니와 가장 가까웠던 전우와 작별을 하고 옌뤄하이를 만나러 갔다. 그를 만나 자신이 이번 임무에서 주의해야할 점들에 대해 자세히 듣고는, 북제에서 주의해야 할 인물에 대한 설명 까지 모두 다 들었다.

"북제의 태후는 어려도 너무 어리고, 황제도 나이가 얼마 되지 않는다네. 하지만 작년에 있었던 전쟁 이후 둘의 관계는 많이 안정되었다고 해. 주의할 사람은 세 사람 정도인데, 우선 샹샨후(上衫虎), 허다오런(何道人), 그리고 사람을 거의 만나지 않는다는 쿠허(苦荷) 국사(国師)야. 허다오런은 좀처럼 앞에 나서지 않고 뒤에 숨어있는 고수인데, 판 제사가 작년에 죽였던 청쥐슈가 바로 그의 제자라네. 샹샨후는 북제에서 보기 힘든 맹장으로, 그는 줄곧 북쪽 지방 눈 덮인 땅에서 야만인들을 상대하고 있다네. 북제가 전쟁에서 패배한 후 황제가 샹샨후와 허다오런을 수도로 다시 불렀다고 하네. 쿠허 국사는 천하의 4대 종사 중 하나로 속세와 관련된 일에는 관여하지 않을 것 같네만. 단, 그의 제자 하나가 폐관 수련을 끝내고 올해 정식으로 세상으로 나와 수행을 시작했다고 하더군. 판 제사의 이름이 천하에 이미 퍼져 있는 만큼, 최대한 조심하는 게 좋을 것이네."

"여자는 아니겠죠?"

"성별은 모르지만 3개월 전 세상에 나와 북제 전역을 돌면서 수많은 고수들과 대련 중이라고 들었네. 소문에 따르면 전설 속 천맥자(天脉者) 중 하나라고 하던데."

그는 잠시 말을 멈추더니 판시엔의 표정을 슬쩍 보며 말했다.

"제사 대인은 천맥자에 대한 이야기를 들은 적이 있는가?"

판시엔은 이 단어가 뭔가 귀에 익다고 생각하면서 이어지는 옌뤄하이의 설명을 들었다.

"오백 년 만에 한 번씩 천재적인 인물이 나온다는 것인데, 하늘의 혈통을 타고 나는 사람이라는 거지. 그렇다고 그 사람들이 씨를 뿌려 이어가는 그런 방식은 아니고. 그저 한 명이 나타났다 없어지면 다시 오백 년 후에 다시 나타나는 식이지. 나는 개인적으로 이 이야기를 믿지는 않는다네. 감사원의 분석에 따르면, 북제가 연이은 전쟁에서의 패배를 벗어나 절대 강자로 서고 싶어 만들어낸 소문이라고 하던데, 나는 이런 해석을 더 믿는 편이네."

"마치 감사원에서 저를 만든 것처럼 말이죠? 그런데 그 사람의 이름은 뭐래요?"

"하이탕(海棠, 해당, 해당화를 뜻하기도 함.)"

판시엔은 이름을 듣는 순간 어리둥절해졌다.

'이름이 해당화? 꽃이라고? 그럼 여자라는 뜻?'

두 사람은 대충 몇 마디 말을 더 주고 받았는데, 옌뤄하이는 판시엔을 마지막으로 지긋이 바라보더니 조용히 말했다.

"자식의 일로 제사 대인을 수고스럽게 하는구려."

"제가 형부 앞에서도 말씀드렸듯, 옌 공자를 무사히 경국까지 데리고 오겠습니다."

판시엔이 4처 방에서 나오자 마침 맞은편에서 왕치니엔이 급히 달려왔다. 그리고 문서를 하나 건넸다. 판시엔은 왕치니엔에게 조용히 말했다.

"북제 가는 길에는 자네를 반드시 데려갈 거야."

"대인의 신임에 감사드립니다."

"자네를 데리고 가는 것은, 감사원에서 자네가 가장 빠른 사람이기 때문이야. 물론 종쮀이 만큼은 아니겠지만."

왕치니엔은 웃고 있었다. 이번 북제행은 정말 특이한 경우만 아니라면 대체로 유유자적한 여행이 될 것이었다. 이 세상 누가 감히 경국 사절단에게 손을 대겠는가?

왕치니엔과의 짧은 대화를 끝내고, 판시엔은 여러 약과 무기를 받기 위해 3처에 들렸다. 결론적으로 말하자면 이런 난리도 없을 것 같은 일이 일어나는 곳이 바로 3처였다. 판시엔이 페이지에 스승과 연결고리가 있어서였겠지만, 그런 친근함 때문인지 3처의 사람들은 방화복에 새로운 암궁(暗弩), 각종 약들까지 바리바리 챙겨주며, 약에 대한 설명을 가장한 토론으로 시간 가는 줄을 모르고 그를 잡아두었다. 어떤 약이 사람을 가장 늦게 죽게 한다느니, 어떤 약이 사람을 가장 고통스럽게 죽게 한다느니, 어떤 미약이 정숙한 여인을 류징허의 숭악한 동물로 변하게 한다느니……. 다시 말해, 감사원 3처는 가장 쾌활한 부처이자, 가장 변태적인 부처였고, 그 안에 살고 있는 사람들은 모두 쾌활한 변태였다.

판시엔이 이 3처에서의 용무를 드디어 마치고 나오는데, 3처의 대표격 원로 변태 페이지에 스승이 그를 쳐다보고 웃고 있었다. 복도 끝에서 차를 한 잔 마시며 그를 향해 바라보는 스승의 얼굴에는 만족스러움으로 가득했다.

"차라리 3처에 남는 것은 어떠냐? 북제에 갈 필요도 없이 말이다. 조정 관리 같은 것도 필요 없고, 내고도 신경 쓸 필요 없이, 편안히 감사원에서 일생을 보내는 것도 괜찮은데."

판시엔은 잠시 침묵했다. 스승이 자신을 걱정해서 하는 말이라는 것을 잘 알고 있기 때문이었다.

"너는 어렸을 때부터 스스로 무엇을 원하는지가 명확했지. 징두에 들어온 후 그 판단이 더 명확해진 듯 보이는데 말이다, 권력이라는 이놈은 쉽게 정신을 잃게 한단다. 너는 정말 네가 원하는 게 무엇인지가 확실하니?"

판시엔은 깊은 신음 소리를 한번 낸 다음 대답했다.

"뚜렷합니다."

페이지에는 갑자기 크하하 하면서 넘어갈 듯 웃었다.

"만일 네가 그 길을 가고 싶다면, 살인을 배워야 하고, 살인을 기꺼이 해야 하며, 심지어 살인을 즐겨야만 한다."

판시엔은 페이지에가 자신을 아직도 어릴 적 아이로 보는 것이라는 생각이 들어 웃으며 말했다.

"대응하는 것도 방식이 있잖아요……맞다 스승님, 그런데 쳔 원장이 저를 보고 탄식하던데, 왜 그랬을까요?"

"응, 아마 조금 실망하지 않았을까? 네가 예전 아가씨만큼 충분히 거만하지 않아서?"

"그건 좀……."

태자는 어둡고도 침울한 얼굴을 하고 동궁에 앉아 있었다. 술잔을 든 손에 힘을 주니 손가락이 부들부들 떨렸다. 그렇게 한참 동안을 떨다 그가 한마디 뱉었다.

"왜 이 황실의 여자들은 안분지족을 배우지 못한 거야?"

태상사 신 소경은 감히 어떤 말도 할 수 없었다. 그는 오늘 태자의 심경이 좋지 않음을 잘 알고 있었다. 최근 며칠 사이에 있었던 일이 동궁 전체를 분노케 했고, 심지어 언제나 평정심을 유지하기로 유명한 태자의 스승 태부 대인조차 몇 번이나 역정을 내고 말았다.

동궁은 이번 춘시 사건에서 입은 손실이 가장 적은 편이었다. 예부 상서인 궈요우즈가 무너지고 말았지만, 지난 연회를 통해 알게 되었듯 그는 장 공주의 사람일 뿐이었다. 그러니 현재 상황은 그에게는 화낼 일이라기보다 오히려 안심할 일에 가까웠다.

"판시엔이 감사원의 제사인지 누가 예상이나 했겠습니까?"

신치우는 미간을 가볍게 찌푸렸다. 판시엔과 몇 번이나 술을 마신 사이인 그도 까맣게 모르고 있었던 사실이었다. 그러자 태자 리 청치엔이 고개를 저었다.

"판시엔이 감사원 제사라는 신분의 제약이 있는 만큼 이번 일을 본궁과 상의하지 않은 것은 당연하다 본다. 더구나 완알이 입궁해 전후 사정을 설명했으니, 이번 일은 나를 겨냥한 것이 아니라고 믿고 있다."

"맞습니다. 판 제사가 미리 알리지는 않았지만 뒤에 충분히 보충을 했습니다. 그가 곧 북제로 떠나지만 않으면 제가 데리고 와서 태자께 인사드리게 할 터인데……."

판시엔과 비교적 관계가 좋은 관계를 유지하고 있는 신 소경이 이렇게 말하자, 태자는 손에 든 술잔을 옆 탁자에 내려놓으며 분노를 표했다.

"지금 본다 한들 판시엔이 본궁의 심복이 되겠느냐? 형부의 사건이 이미 만천하에 알려졌고, 재상과 판 상서가 특별한 움직임은 없다 하지만, 그들이 한즈웨이와 본궁의 관계를 모를 리가 있단 말이냐?"

이에 신 소경은 아무 말도 하지 못했다. 태자 또한 이 일 처리를 매우 안타깝게 생각하고 있었으나, 어쩌겠는가? 동궁의 주인은 본래 두 명인 것을. 이렇게 주인 하나와 신하 하나가 각자 나름의 이유로 답답해하고 있을 때, 밖에서 태감의 목소리가 들렸다.

"황후 납시오!"

신 소경은 태자를 한번 쳐다보며, 반드시 감정을 통제해야 한다는 충정의 눈빛을 보내고, 한쪽으로 물러서서 황후에게 예를 올리고 물러갔다. 눈이 봉황을 닮은 황후가 가만히 자신의 아들을 바라보더니 침묵하고 있었다. 태자는 그저 만면에 미소를 띠고 한 편에 앉아 있었으나 그 역시 아무 말도 하지 않고 있었다.

그때 황후가 갑자기 입술을 한번 꽉 물더니, 실망과 슬픔을 두 눈에 가득 담고, 한 손을 높이 들어 귀싸대기를 올렸다!

태자는 고개를 살짝 돌려 그 손찌검을 피하고, 어머니의 차가운 손목을 잡으며 침착하게 그녀를 바라보았다!

황후는 평소 겁이 많고 나약하다 생각한 태자의 눈빛이 이처럼 날카로울 줄은 생각하지 못했다. 그녀는 자신도 모르게 몸을 한번 부르르 떨더니, 자신의 손을 아들의 손아귀로부터 빼내며 천천히 말했다.

"설마 너는 진짜로 이 애미가 잘못했다고 생각하는 것이냐?"

"아들이 감히 그렇게 생각하지는 못합니다."

"설마 넌 판시엔이 둘째 황자를 배에서 만났다는 것도 모르는 것이냐?"

태자는 갑자기 고개를 들더니 황후를 똑똑히 쳐다보며 침착하게 말했다.

"모후(母后)는 이번 일들을 아들이 처리하게 하실 수는 없었나요? 이 시대의 시선(詩仙)인 판시엔은 언제든 둘째 형을 보는 것이 가능합니다."

황후는 마음이 급했고 또 화가 몹시 치밀어 올랐다. 그토록 겁이 많고 나약한 태자가 이렇게 센 말들을 내뱉을 거라고는 생각하지 못했기 때문이었다.

태자는 그런 그녀를 보며 조용히 말했다.

"모후, 저는 모후가 이 일에 대해 신경을 덜 쓰실 수는 없을까 매일 생각합니다. 모후가 매번 이런 식으로 아들에게 도움이 될 신하들을 다른 형들에게로 하나둘 쫓아내고 계십니다. 그날 한 상서가 그렇게 하도록 놔두시면 안되는 일이었습니다. 그렇게 판시엔을 정말 때려버리면 재상과 판씨 집안의 미움을 사게 되지 않겠습니까? 며칠이 지나면 이제 한 상서는 조정에도 있지 못할 것인데, 안 그래도 몇 되지 않는 조정 내 동궁의 사람을 어머니께서 기어코 이렇게 손가락 잘라 내듯 잘라 버리시니, 어머니는 진정 무슨 생각을 하고 계신 겁니까?"

"한즈웨이는 그래도 조정의 상서이고, 그날 황제의 명에 따라 심사를 한 것인데, 어떻게 재상과 판지엔이 그렇게 할 수 있단 말이냐? 누구든 동궁이 보호하면 폐하는 결국 동궁의 체면 살려주셨다."

"잊지 마세요. 판시엔은 감사원의 제사이고, 부황께서도 그를 좋게 보고 계신다는 것을."

태자는 고개를 저으며 탄식을 한번 하고 말을 이었다.

"한즈웨이는 이번에 너무 많은 사람들로부터 원망을 샀고, 너무 크게 원한을 샀어요. 과거 시험과 관련된 비리를 조사하라 한 것은 황제의 뜻이었던 만큼, 한즈웨이를 보호하려고 나설 사람은 없을 겁니다."

"잊지 마라. 판시엔도 많은 관리들의 미움을 샀고, 이번에는 도찰원까지 연루가 되었다. 네 고모는 멀리 신양에 있지만, 그녀의 세력은 아직 조정에 있으니 그들이 방관하고만 있지는 않을 거야."

"고모에 대해서는 언급하지도 마세요!"

태자는 장 공주를 증오하기라도 하는 듯 단호히 잘라 말한 뒤, 잠시 숨을 고르다 이어 말했다.

"최근에 고모는 이상해도 너무 이상했어요. 갑자기 북제와 결탁을 하다니, 정말 간이 배 밖으로 나온 거죠. 경국의 얼굴에 먹칠을 해도 분수가 있죠. 도찰원 궈 어사는 그녀가 전에 가지고 놀다 버린 기생 오라비일 뿐이에요. 설령 그가 감사원으로부터 암살당한다 해도 고모는 눈 하나 깜짝하지 않을 겁니다."

태자는 한 나라의 황권을 이을 사람으로서, 비록 지금까지는 장 공주와의 관계를 긴밀하게 유지했다 하더라도, 판시엔의 전단지가 징두에 퍼져버린 이상 그 전처럼 계속 그녀와 가까이 지낼 수는 없었다.

물론 여기에는 설명할 수 없는 또 다른 이유가 있기도 했다.

"우리에게는 다른 조력자가 없다. 그저 장 공주에게 의지할 수밖에."

황후는 마음이 아팠다.

"본궁은 황제이신 아버지께만 의지합니다."

태자는 침착하게 대답했다. 지금까지 줄곧 유약했던 그가 그 순간 마침내 황실의 아들로서 타고난 정치적인 후각과 판단력을 발휘한 것이었다.

"어쨌든 난 판시엔을 좋아하지 않아. 난 그를 죽일 방법을 찾을 거야."

황후의 이 말에 태자는 마침내 화가 폭발하며 탁자를 치며 소리 질렀다.

"죽여요? 어머니는 설마 판시엔이 쳔알의 남편임을 잊은 겁니까? 제발 매번 고모의 말에 놀아나지 마세요. 그 여자는 미치광이에요. 미친년이라고요. 어머니는 그걸 모르시는 거예요? 설마 어머니도 미쳐버려 황실에서 쫓겨나고 싶으신 건 아니시죠?"

황후는 태자의 말에 화가 머리끝까지 치밀어, 전신을 부들부들 떨면서 떨리는 목소리로 말했다.

"네가 뭘 알아? 네가 뭘 알아? 네가 뭘 알아? 네……네가 뭘 알아?!"

마치 태자의 말이 황후의 무언가를 건드린 듯, 그녀는 계속해서 '네가 뭘 알아'라는 말만 되풀이하고 있었다. 태감과 궁녀는 자리를 피해 멀리 떨어져 있었기에, 동궁에는 모자 둘밖에는 아무도 없었다.

아주 오랜 침묵 후에 황후는 몸을 일으켰다. 몸이 허약한 그녀는 일어나다 한 번 휘청했다. 태자는 급히 어머니의 몸을 부축하며, 별다른 도리가 없다는 듯 잘못을 빌었다.

황후는 그런 아들의 처량한 모습을 보았다. 봉황 같이 아름다운 그녀의 눈 주위로 주름이 생겼다. 그녀는 들릴 듯 말 듯한 작은 목소리, 하지만 분명하고 차가운 목소리로 말했다.

"어느 시대를 막론하고 태자란 가장 어려운 자리다. 너는 네 몸을 앞이나 뒤나 다 조심해야 한다. 모후의 집에는 아무도 도와줄 사람이 없다. 14년 전 그 난리통을 너는 아마 기억하지 못할 것이다. 그러나 모후는 생생히 기억한다. 네가 네 것을 챙기지 않으면 모두 다른 사람에게 뺏겨버린다는 것을."

"알겠어요. 모후는 우선 궁으로 돌아가 쉬세요."

태자는 최대한 부드러운 목소리로 안심시키듯 말했지만, 황후는 고개를 연신 저으며 떨리는 목소리로 말을 이었다.

"넌 몰라, 넌 몰라……며칠 동안 나는 어떤 불길한 예감에 사로잡혀 있어. 그 느낌이 너무도 강렬해……마치 그 당시 그 여자가 처음 징두에 들어왔을 때와 똑같아."

"어느 여자를 말씀하시는 건가요?"

바로 이때 동궁의 육중한 나무문이 갑자기 열렸다.

"누구야?!"

태자는 미간을 찌푸리며 대노하며 꾸짖듯 외쳤다.

나이든 태감 하나가 몸을 숙이며 들어와 더없이 공손하게 말했다.

"늙은 종 홍스샹, 태후의 명을 받들어 황후를 함광전에 모시려 합니다."

황후의 얼굴에는 충격과 공포가 스치더니 이내 만면에 미소를 띠었다.

그리고는 의연히 궁녀의 부축을 받으며 홍 태감을 따라 황실의 진정한 여주인이 기거하고 있는 궁전으로 발걸음을 옮겼다.

태자는 기분이 살짝 묘했다. 이 늙은 개의 무례함은 너무나도 싫었지만, 그로 말할 것 같으면 자신의 조모와 가장 가까운 환관인 데다, 모후조차 미움을 사서는 안 되는 그런 존재이니 만큼, 그 자신 또한 그에 대해 할 수 있는 일이라곤 아무것도 없는 것 같았다.

황실의 촛불은 점점 어두워졌고, 태자 리청치엔은 형부에서 있었다는 황당한 소동을 생각하며, 마음 한구석이 다시 우울해졌다.

'왜 모후는 장 공주의 말을 이렇게 잘 듣는 것일까?'

젊고도 아름다운 고모에게로 생각이 미치자, 태자는 마음이 점점 뜨거워지며, 그 얼굴에는 부끄러움과 두려움이 교차했다. 하지만 그런 부끄러움이나 두려움으로도 그의 두 눈에는 차오르는 정욕을 가리지는 못했다.

그는 옷 매무새를 가다듬고 후궁으로 갔고, 잠시 후 숨길 수 없는 신음 소리가 동궁에 퍼졌는데, 한 궁녀가 그의 몸 아래에서 뒹굴며 그를 원하고 있었다. 태자가 그 여자의 옷을 젖혀 올려 그녀의 얼굴을 가려버리자, 하얗게 흔들리고 있는 풍만한 가슴만이 노출되었다.

그는 강력한 침략자처럼 가쁜 숨을 몰아쉬고 있었다.

'그 천하에 부드럽고 아름다운 여자는, 왜 침대에 가만히 누워있지 못하고, 기어코 자기의 멍청한 기교를 부리려고만 하는 거야!'

판시엔은 아무도 모르는 자신의 비밀 가옥에 들렀다. 그는 허리춤을 더듬어 페이지에 스승이 준 환약을 찾아보았다. 스승은 그에게 패도 진기에 문제가 생길 때면 이 약을 먹어 생명을 보존하라 일러둔 바 있었다. 징두에 온 이후 별다른 문제가 없었기에 그는 이 약의 존재를 까맣게 잊고 있었는데, 오늘 북제로 갈 준비를 하는 중 이 약이 생각났던 것이다. 하지만 세월이 오래 지난 만큼 약효가 아직도 있을지는 미지수였다. 그때 왕치니엔이 왔다.

"사람은 이미 찾아 두었습니다. 생긴 건 어느 정도 비슷한 듯하고, 제사 대인께서 화장술에 능통하시니 조금만 꾸미시면 일반인은 구별하기 힘들 것 같습니다. 하지만 문제가 조금 있는데……."

"무슨 문제? 매우 닮았다고 말하지 않았어? 한 달 정도 있으면 피부색도 거의 비슷해 질 텐데."

"일반적인 남자에게서 대인과 같은 영민한 모습을 찾아낸다는 것이 쉬운 일은 아닙니다. 설령 모습이 비슷하다 하더라도 제사 대인께서 타고난 풍류의 기질이나 책과 시의 향기를 풍기기는 쉽지 않습니다."

왕치니엔은 태연스럽게 웃고 있었다.

판시엔은 무슨 말인가 한참을 생각하다가, 마침내 이해한 듯 웃는 얼굴로 꾸짖었다.

"이런 만담꾼 같으니라고. 어찌 갈수록 아첨이 심해지고 정교해지는구만."

다음날 감사원 철문 밖에는 판시엔이 이전에 한 번 본 적이 있는 간수 대장이 무표정한 표정으로 서 있었다. 그의 눈에서 불안감을 포착한 판시엔은 순간 이상한 느낌이 들었다. 판시엔은 마차로부터 약 열 보 정도 떨어진 거리에 서 있었는데, 감사원 관원들이 모두 긴장하고 있는 모습을 보니 곧 감옥에서 나와 이송될 인물에 대한 각종 소문들이 생각났다.

이송을 기다리고 있는 것은, 샤오은. 그는 전임 북위 첩자의 우두머리로서, 이전에 수많은 근위병을 진두지휘하며 천하를 누볐던 인물이었다. 당시 그가 각국에 심어 놓은 첩자도 어마어마했다. 그가 가장 능한 것은 심리전과 독약술이며, 그런 그가 얼마나 많은 나라의 황실을 흔들고 또 얼마나 많은 사람들을 죽였는지는 아무도 헤아릴 수 없다고 했다.

게다가 무척이나 똑똑한 머리에 세련된 기교로 무장돼 있어 수없이 많은 적국의 암살 시도를 가볍게 피해갔다고 전해졌다. 북위 왕이 가장 의지했던 문관은 장모우한, 무관은 쟌칭펑(战清风, 잠청풍)이었는데, 진정 가장 신임하는 자는 그 둘이 아니라 암중의 힘을 지닌 샤오은이었다는 말까지 있었다.

당시 천하는 크게 나누어져 혼란에 빠져 있었는데, 샤오은이 일을 행하는 방식이 너무 악랄한 나머지, 경국 변방의 몇몇 국가를 제외하고는 모두 북위에게 수많은 영토를 빼앗겼으며, 결국 이것이 간접적으로는 경국의 안정을 돕는 결과를 낳기도 했다.

하지만 경국의 세력이 점차 커지면서 샤오은의 검은 손은 경국이 위치한 남쪽을 향했다.

그때 징두의 관료 사회는 혼란기에 접어들고 있었다. 개국 황제가 붕어하기 전후 두 명의 친왕이 황위를 두고 엄청난 쟁투를 벌이고 있었는데, 이 쟁투의 배후에 샤오은이 개입해 있었다. 북위는 기회만 호시탐탐 노리고 있다가 두 친왕의 황권 다툼이 일어나자 손을 쓰기 시작한 것이었다. 하지만 일은 묘하게도 흘러, 예칭메이라 불리우는 여자가 마침 맹인 호위 하나를 데리고 경국에 들어오게 되었으며, 그때 그 호위는 등에 검은 상자를 메고 있었다고 했다.

머지않아 두 명의 친왕이 모두 알 수 없는 영문으로 죽어버리고 나자, 지금 폐하의 아버지, 즉 그때까지 안분지족하며 권력과 멀리 떨어져 살고 있던 청왕이 황위에 오르게 된 것이었다. 경국의 국력은 큰 손실을 입지 않았기에 징두는 점점 안정을 찾아갔고, 이로써 북위는 제일 좋은 정벌의 기회를 잃어버리게 되었다.

그리고 이때 쳔핑핑이라는 인물이 드디어 역사의 무대에 나타났다. 쳔핑핑은 당초 청왕 집안의 하인이었는데, 무슨 연고에서인지 청왕 세자의 두터운 신임을 얻고 있었다. 그리고 감사원이라는 기괴하며 기존의 제도와는 어울리지 않는 기구가 설립된 이후, 쳔핑핑은 감사원의 원장이 돼 지금까지 그 자리를 지키고 있었던 것이다.

처음에 사람들은 감사원이 뭔지도 몰랐으며, 감사원의 뒤에 예씨 집안 여주인의 그림자가 있다는 것은 더더욱 몰랐다. 다만 천핑핑의 악랄한 면모가 점차 드러나기 시작하면서 그가 가진 암흑세계에서의 천부적인 재능 또한 점점 알려지기 시작했다.

세상에서 가장 공포스럽다는 두 비밀기구가 이렇듯 세상에서 가장 큰 두 나라에서 시작된 것이다. 북위와 경국간의 관계가 점차 경색돼 가면서 물밑에서는 서로를 향한 밀정과 공격이 암암리에 개시되었다.

어느 해인가, 경국은 1차 북벌을 감행했다. 사실 당시만 해도 계란으로 바위를 치는 무모한 행동이었으므로 경국은 북위에게 처참히 깨지고 말았다. 이 정벌에서는 샤오은이 가진 촘촘한 첩보망에 의해 당시 태자였던 지금의 황제가 수차례의 전쟁에서 패배할 수밖에 없었고, 심지어는 북방의 산중에서 죽을 뻔한 고비도 있었다. 그때 천핑핑이 이끄는 흑기병이 수많은 전투로 피의 길을 열고 나서야 황제는 목숨을 간신히 되찾아 올 수 있었다고 했다.

그 와중에도 천핑핑은 북위에 있는 감사원 밀정들에게 유언비어를 퍼트리게 하며 고관들을 매수하는 등 다양한 수법으로 결국 쟌칭펑 대사와 결탁하는 데 성공하였다. 그리고 이후 여러 전투에서 경국의 감사원은 북위의 비밀 정보를 쉽게 얻어 낼 수 있었다.

경국으로 돌아오는 길은 멀기도 하고 위험천만한 순간들이 많아서 군대의 대오가 절체절명의 위기에 빠진 순간도 헤아릴 수 없었다. 식량과 물이 부족한 고비가 찾아오면 천핑핑은 한 치의 망설임도 없이 모든 식량을 태자와 수하들에게 양보하고, 자신은 말의 오줌을 마시고 풀뿌리를 씹으며 연명했다는 이야기가 전해져 내려왔다. 그리하여 드디어 흑기병이 징두에 도착했을 즈음에는 떠났을 때의 십 분의 일밖에 살아 돌아오지 못했다고 한다.

징두로 돌아오는 길, 동이성의 여자 포로 하나가 태자의 시중을 들었다. 그녀는 태자가 건강을 회복하는 데 큰 도움을 주었다는데, 그녀가 현재 경국 대황자의 어머니인 닝 재인이다.

오랜 시간이 지난 후 사람들은 추측해대기 시작했다. 과연 천핑핑이 어떤 음모를 꾸몄기에 일대 맹장 잔칭펑이 북위 황실에 대해 굳게 지키던 그 의리를 저버리게 됐을까? 이런 물음에는 어느 누구도 정확한 답을 할 수 없었고, 심지어 경국의 태후조차 알아낼 수 없었다. 몇몇 사람들만이 암암리에 그 사정을 전해 들은 듯했는데, 들리는 바에 따르면 북위 황후의 사생활과 관련돼 있다고 했다.

여튼 그날부터 천핑핑은 황제 폐하와 태자의 절대적인 신임을 얻게 되었고, 그때부터 천하에는 이런 말이 전해지기 시작했다.

'북에는 샤오은, 남에는 천핑핑.'

무거운 철문이 천천히 열리자 문밖에 대기하고 있던 감사원 모든 관계자들은 숨을 죽였다. 판시엔은 고개를 숙이고 있었는데, 왼쪽 눈꺼풀이 두 번 움찔했다. 철문 뒤로부터 희미하게 전해져 오는 기운은 소름 끼치는 것이었다. 이미 칠팔십 살이 다 된, 살아 있는 역사의 한 거물이, 이십 년간의 수감 생활을 마치고 나오는 중이었다. 그는 여전히 뼛속부터 밀정 우두머리에 걸맞는 기운을 뿜어대고 있었다. 그를 동여맨 쇠로 된 밧줄이 돌바닥에 끌리며 나는 거친 소리가 귀에 거슬렸다. 그 소리가 점점 커지는 걸 보면 그가 철문에 점점 가까워지고 있는 듯했다. 판시엔은 고개를 들고 침착하게 큰 철문을 바라보면서, 샤오은은 과연 어떤 풍채의 인물일까 생각하고 있었다.

천핑핑의 두 다리를 다 못 쓰게 만든 인물이니, 분명 대단한 괴력의 인물일 것이 분명했다. 샤오은이 경국에 의해 생포된 이후에 경국은 또 다시 북벌에 나섰고, 결국 한 시대를 풍미한 강국 북위는 숨이 끊어지기 직전까지 쫓겨 결국에는 여러 작은 나라로 쪼개져 버리고 말았다. 북위의 정통을 직접적으로 승계하고 기존 영토의 가장 많은 부분을 차지한 것은 결국 쟌칭펑의 집안이었다. 그는 이후 국호를 '제'로 바꾸어 지금의 북제가 된 것이었다. 여기까지가 현재 북제의 연혁이다.

쟌칭펑 대사의 배반으로 북위는 붕괴하고 말았지만, 결국 썩은 가지에서 새 가지가 나오듯 북위를 이은 것 또한 쟌칭펑 가문이었으니, 세상일은 알다가도 모를 일이었다.

따뜻한 봄 햇살이 감옥 밖의 높다란 나무를 비추고 있었고, 그 햇살은 감옥의 철문까지도 닿아 있었다. 문 위로 얼룩덜룩한 빛의 흔적을 낙인찍듯, 동시에 수척한 노인의 얼굴에도 가벼운 낙인을 찍고 있었다. 쇠사슬 소리가 멈추자 노인의 탄식 소리가 울려 퍼지기 시작했다.

철문 밖 감사원 6처 소속 네 명의 검수들은 이 노인을 잡아맨 올가미를 꽉 쥔 채로 그의 목에 칼(죄인의 목에 씌우는 형구)을 채우고 있었다. 목 외에도 손목과 발을 포함하여 전신에 철로 된 족쇄와 수갑이 채워졌다. 다만 그가 입고 있는 옷만큼은 조금 전에 빨아 입힌 듯 깨끗했다. 한 번의 커다란 탄식 소리가 끊기더니 다시 들릴 듯 말 듯한 목소리로 그가 다시 탄식하며 말했다.

"이게 얼마 만에 맡아 보는 해 냄새냐?"

이 노인이 바로 경국에 이십 년 동안이나 갇혀 있던 샤오은이었다. 그가 감옥에서 나오는 것을 보자 네 명의 검수들을 포함한 감사원 관원들 전원은 무의식적으로 긴장하기 시작했다. 모든 사람들의 손에는 칼이 꼭 쥐어져 있거나, 아니면 이 구부정한 거구의 노인을 향해 화살을 겨누고 있었다.

'쾅' 하는 무거운 소리가 울렸다.

7처의 전임 처장이자, 현재 간수 대장을 맡고 있는 사람이 앞으로 나오며 아무 이유 없이 방망이를 들고 샤오은의 등을 한 대 내리쳤다!

샤오은은 아무것도 느껴지지 않는 듯 고개를 천천히 돌려 간수 대장을 바라보고 가벼운 한숨을 내쉬었다. 그리고는 쉬어버린 목소리로 말했다.

"오래된 친구여! 우리들은 이십 년 동안이나 동고동락하지 않았던가? 내가 이제 떠나가는데 자네가 이런 식으로 나를 배웅하는 것인가?"

7처의 전임 처장은 천천히 눈을 감고서 곤봉을 든 손을 아래로 떨어뜨린 후, 샤오은의 두 눈이 두렵기라도 한 듯 무거운 숨을 두 번 쉬고 말했다.

"모두 후배들인데, 굳이 그들을 자극할 필요가 있나? 만일 애들이 실수라도 해서 선배를 죽이기라도 하면 선배도 그리 달갑지는 않을 듯한데?"

샤오은은 천천히 눈을 껌벅이더니 자기를 둘러싸고 있는 주변의 사람들을 한 번씩 둘러보았다. 그러다가 제법 잘생긴 젊은이에게 시선이 머물렀다. 판시엔이었다. 그는 상대방이 자신을 보고 있음을 느끼며 체내 진기를 이용해 최대한 침착하게 그의 눈빛에 맞섰다. 샤오은은 이상하리만치 침착한 판시엔의 모습이 신기했다. 그는 간수 대장에게 말했다.

"내가 이제 경국을 떠나는 만큼 자네도 이 감옥에 더 있을 필요는 없겠구만. 자네는 내가 죽기를 바라야 할 거야. 그렇지 않으면 내가 어떻게서든 네게 갚아줄 테니까 말이야."

"가는 길이 안전하기를 기도는 해 줄게. 영원히 돌아오지는 마라."

"나는 반드시 돌아온다."

샤오은은 찢어지는 목소리로 소리 높여 웃으며 말했다. 그는 간수 대장의 얼굴을 쳐다보며 한 자 한 자, 또박또박 말했다.

"네가 나에게 한 모든 고문을, 내가 하나하나 똑같이 네 아이에게 해줄 것이야."

간수 대장은 눈을 감고 생각했다. 만일 정말 그가 다시 북제의 암중의 역량을 장악해 자신에게 복수를 하려 한다면 어떻게 될까? 자신의 가족을 지킬 능력이 자신에게는 없다고 생각했다. 샤오은은 하늘을 향해 크게 한번 웃었다. 그 웃음으로 몸이 흔들려 몸을 묶고 있는 쇠사슬이 육중하게 흔들리는 소리가 울려 퍼졌다.

마치 공포스러운 거물이 이제라도 금방 자유의 몸이 될 것처럼 위태로워 보였다.

바로 이때 삐걱거리는 소리가 들렸다. 검은색 바퀴의자가 천천히 다가오고 있었다. 바퀴의자를 밀고 있는 사람은 페이지에였으며, 의자에 타고 있는 사람은 물론 천핑핑이었다. 바퀴의자가 굴러가는 소리는 크지 않았지만, 그 소리는 법당의 종소리 마냥 사람들의 긴장을 조금씩 풀어주고 있었다. 사람들은 원장 대인이 오고서야 겨우 안도의 한숨을 내뱉었다. 천핑핑은 쇠사슬에 묶인 낯익은 노인을 보며 말했다.

"뭘 그렇게 웃는가?"

"난 네 그 두 다리를 보고 웃었지. 내 손에 그렇게 되지 않았나!"

"난 네가 웃는 것이 네 비참한 인생을 보면서 그러는 것인줄 알았지. 나 때문에 이십 년 동안이나 썩고 있었는데, 무슨 말을 더할 필요가 있겠나? 승리자는 나고, 너는 패배자인데. 이것이 바로 역사에서 정해져 버린 사실이고, 이 사실을 바꿀 방법 또한 영원히 없어."

천핑핑은 화를 내는 대신 담담한 미소를 지으며 말했다. 샤오은은 분노를 가득 담아 한 차례 포효를 했다. 그의 백발은 마치 칼처럼 쭈 뼛 섰고, 그가 광란의 분노에 휩싸여 앞으로 두 발자국 움직이니 쇠 사슬도 시끄럽게 덜컹거리며 움직였다. 쇠사슬을 붙잡고 있던 네 명 의 검수들은 모두 죽을힘을 다해서 쇠사슬을 움켜줬다. 하지만 쳰핑 핑은 긴장하는 기색도 하나 없이 무표정하게 말했다.

"너나 나나 늙었는데, 왜 그렇게 화가 많은가?"

샤오은은 갑자기 눈을 감더니 하늘을 쳐다보며 한참을 가만히 있 었다. 그리고는 갑자기 두 눈을 뜨고 차가운 눈빛으로 그리고 차가 운 목소리로 말했다.

"쳰핑핑, 네가 감히 나를 북으로 보낸다는 거지?"

"북으로 가서 잘 요양해. 이제 안분지족해야지. 나도 팔다리가 모 두 늙어서 그 먼 곳까지 가서 널 다시 잡기도 귀찮아."

샤오은은 날카로운 칼 같은 목소리로, 마치 모든 사람의 귓속을 찢어 놓을 듯 말했다.

"내 아들은 이미 죽었어. 너는 더 이상은 날 잡을 수 있는 어떤 기 회도 없을 것이야."

쳰핑핑이 손짓을 한번 하니 판시엔이 만면에 미소를 띠고 다가왔 다. 판시엔은 샤오은과 가까워질수록 상대가 가진 특유의 음산한 기 운을 더욱더 강하게 느낄 수 있었다. 하지만 판시엔은 얼굴색 하나 변하지 않았다.

"우리는 이미 많이 늙었어. 네가 뭘 할 수 있는데? 만일 내가 다 시 널 붙잡으면……."

쳰핑핑은 여전히 미소를 지으며 말했다.

"이 친구가 판시엔이야, 나를 이어 감사원을 돌볼 친구지. 이번 북 으로 가는 길에 이 친구가 같이해 줄 것이니 외롭지는 않을 거야."

샤오은이 몸을 조금 틀자 손과 발에 묶여 있는 족쇄들이 다시 한

번 요란한 소리를 냈다. 그는 자신 앞에 선 젊은이를 주시하면서 한참 동안 말을 아꼈다. 그의 눈에서 원망과 잔인한 마음을 읽고 있는 건 판시엔 뿐이었다.

"네 아들 결혼식에서 독을 쓴 건 나야. 절묘하게도 판시엔은 내 제자지."

페이지에도 한마디 거들었다. 판시엔은 해맑은 얼굴로 최대한 유순한 미소를 지으며 샤오은을 향해 첫인사를 건넸다.

"샤오은 선배님, 이제부터는 제가 잘 돌보겠습니다."

샤오은에게 있어 이번 생에서의 가장 큰 실패는 천핑핑과 페이지에가 준 것이었다. 그는 자신을 북으로 압송해 갈 이 젊은이가 이 두 사람과 어떤 관계인지는 전혀 알지 못했다. 그는 판시엔을 보며 무표정하게 말했다.

"넌 너무 여려 보이는구나. 가는 길에 정신을 똑바로 차리는 게 좋을 거야."

판시엔은 매우 예의 바르게 몸을 숙이며 예를 올렸다.

"가는 길에 항상 선배님께 배우는 자세로 임하겠습니다."

제3장

북제 가는 길

열 대가 넘는 마차가 사람들과 북제에 줄 선물을 가득 싣고 징두를 출발해 북쪽으로 향하고 있었다. 징두 순찰사 관병들은 이 마차를 18리까지 호송한 후 징두 수비군들에게 자신들의 임무를 넘겨주고 징두로 돌아갔다. 샤오은은 족쇄와 수갑을 찬 채로 두 번째 마차에 타고 있었는데, 감사원 관원 하나가 샤오은과 같은 마차 안에 앉아 그의 감시를 담당했다. 그 관원은 얼굴에 억지웃음을 짓고는, 샤오은의 늙은 얼굴에 상처라도 날 새라 조심조심 부드러운 수건으로 닦아주고 있었다.

"만일 너를 인질로 잡아 판시엔을 협박하면 먹힐까?"

마차가 움직일 때마다 쇠사슬은 탕탕 소리를 내고 있었다. 샤오은의 말은 질문의 형식을 가장했으나 이미 답을 내포하는 무심한 말이었다. 관원이 희미하게 웃으며 진지하게 대답했다.

"샤오 선생, 전 이미 마음의 준비를 다 해놓았습니다. 경국인의 한 사람으로서 그런 일이 벌어지게 둘 수는 없는 법, 저는 독을 먹고 스스로 목숨을 끊어 판 대인께 곤란한 상황을 만들지 않을 것입니다."

샤오은은 두 눈을 감고 작은 목소리로 말했다.

"머리카락이 너무 기니 좀 묶어 주게."

두 사람의 대화는 얼핏 보면 이치에 맞지 않는 듯했다. 쇠사슬에 묶여 있는 샤오은이 어떻게 이 관원을 인질로 삼을 수 있다는 것인가? 하지만 두 사람은 한마음으로 분명한 것을 함께 느끼고 있었다. 징두에서도 멀리 벗어난 지금, 샤오은을 묶고 있는 이 쇠사슬이란, 9품의 실력을 갖춘 그에게는 그다지 큰 의미가 없다는 것을 말이다.

관원은 샤오은의 곁으로 가 작은 상자에서 빗을 꺼냈다. 그리고는 허리까지 내려오는 헝클어진 샤오은의 머리카락을 한 올 한 올 가만히 빗어 주었다. 샤오은이 수십 년 전 이미 9품의 고수의 자리에 올랐음을 감안하면, 만일 이십 년 동안의 감옥 생활에서의 고문과 독약만 없었더라면, 지금쯤은 대종사의 경지에 올랐을 수도 있다고 추측해 볼 수 있었다. 지금은 종이호랑이에 불과했지만 그래도 위엄만은 잃지 않아, 감옥에서 나올 때의 모습이나 혹은 조금 전 관원을 위협하는 기세만 봐도 그가 아직 상당한 실력을 갖추고 있음은 확실해 보였다. 지금이라도 샤오은이 손을 쓰면 이 중년의 관원은 어찌해 볼 방도가 없을 것 같았다. 그럼에도 태연하게 유지하고 있는 관원의 자세에 샤오은은 경의를 표했다.

"경국이 얼마나 좋길래, 자네가 기꺼이, 심지어는 즐겁게 내 곁을 지키는 것인가?"

샤오은은 이 점이 진심으로 의아했다.

예전에 그가 살았던 북위가 자신이나 쟌칭펑(戰淸風, 전청풍) 대사 같은 거물들에게 문제가 일어나면서 한순간 붕괴되긴 했지만, 당시의 경국도 그다지 다를 바 없어, 아무리 관원들이라 하더라도 그리 용감하다거나 청렴하다거나 한 것은 아니었기 때문이었다. 샤오은의 질문에 관원은 공손히 대답했다.

"만일 제가 죽게 되면 감사원이 제 가족들을 모두 책임져 줄 것이고, 이제 열두 살밖에 되지 않은 제 아이는 저 대신 훈장을 받을 수 있겠죠? 게다가 엄청나게 돈이 많은 판 대인이 제 가족들을 챙겨줄 텐데, 그리고 보면 제 목숨과 바꾸기에 이미 충분히 가치 있는 일 아니겠어요?"

샤오은이 손목을 한번 움직이자 쇠사슬 소리가 요란하게 마차 안을 채웠다.

"하는 짓거리들이 별로 달라진 게 없구만. 자네 이름이 뭔가?"

"왕치니엔이라고 합니다."

판시엔이 마차의 장막을 젖혀 샤오은의 마차를 보며, 호위(虎衛)들 중 하나를 불러 낮은 목소리로 물었다.

"저 마차에 있는 관원은, 어떻게 잘하고 있나?"

이 호위들로 말할 것 같으면, 천핑핑과 스난 백작 사이에 있었던 두 번째 대화로 돌아갈 필요가 있었다. 판 상서는 징두를 떠나는 아들이 걱정이 된 나머지 자기의 수중에 남아있는 암중 세력의 일부를 사절단에 붙여준 것이었다. 호위들을 실력으로 한 명 한 명 따져 보면 감사원 6처의 암살대에 미치지 못했으며, 전체적인 전투력으로도 감사원 5처인 흑기병에 비할 바도 아니었지만, 어쨌든 간에 상당히 강한 무력과 충성심으로 무장한 조직이었다. 판시엔은 이 호위들이 황제가 감사원을 감시하기 위해 만든 또 다른 조직일 거라 추측하고 있었고, 그렇다면 호위들을 그에게 붙인 것도 황제의 의중이 반영되었을 것이라 판단했다.

호위 대장은 성이 가오(高, 고), 이름은 다(達, 달)였다. 그는 공손히 판시엔의 질문에 답을 하고 있었다.

"도련님 걱정 마십시오. 저희가 6처의 관원은 아니지만 잘 처리하는 중입니다."

판 상서의 사병인 만큼 가오다는 판시엔을 '대인'이라 칭하는 대신 '도련님'이라 불렀지만, 그게 판시엔에게는 어색하게 느껴져 그저 웃었다.

징두 수비대는 명령에 따라 호위를 돕고 있었어도 샤오은을 북제로 돌려보낸다는 생각에는 모두 탐탁지 않아 했고, 상황을 이렇게 만든 황실의 그 여자, 즉 장 공주에 대해 증오심을 불태웠다. 사실 판시엔도 아직까지 그 여자를 납득할 수 없었다. 그녀가 아무리 미쳤다 해도 바보는 아닐 텐데, 옌빙윈을 북제에 넘기는 것이 무슨 큰 이득을 가져다준다고 그런 무모한 시도를 한 것일까? 장모우한을 이용해 판시엔에게 모욕을 주기 위해서? 하지만 그가 아무리 생각해도 자신이 그처럼 중요한 위치에 있는 인물은 아닌 것 같았다. 그렇다면 황실의 권력다툼에서 북제의 지원을 받기 위한 대가로? 하지만 이 경우 경국 군대에게 밉보일 것 아닌가? 아무리 생각해 봐도 어떤 이유에서든 득보다는 실이 큰 장사로밖에는 보이지 않았다.

사절단의 행렬이 징두를 떠난 지도 반나절이 되었다. 태양은 이미 산 중턱에 걸려 있었고 행렬은 나무 그늘에서 잠시 쉬어가기로 했다. 그렇게 쉬는 동안 판시엔이 샤오은의 마차 옆으로 다가갔다.

'왕치니엔이 저 늙은 괴물과 단둘이 이렇게 오래 버티고 있었으니 곧 미쳐버릴 때도 됐는……'

아니나 다를까 왕치니엔은 판시엔을 보자마자 고통스러운 얼굴로 말을 건넸다.

"대인, 저는 언제쯤 쉴 수 있을까요?"

"이틀 후쯤?"

판시엔은 그를 격려하듯 어깨를 치며 물었다.

"특이한 행동은 없어?"

왕치니엔은 고개를 저으며 한참 동안 샤오은의 일거수일투족을 장황하게 설명했다. 판시엔은 이 말들을 샤오은도 듣고 있을 것이라 생각하며 말했다.

"내가 들어가서 직접 보도록 하지."

"위험합니다."

왕치니엔은 정신이 번쩍 드는 듯 말했다.

"종이호랑이라도 호랑이는 호랑입니다. 샤오은이 전성기 때 만큼은 못하겠지만 그래도 9품 상(上)의 실력이라 하는데, 만일 대인이 잡혀버리기라도 하면 저희는 어떻게 합니까?"

"걱정 마. 샤오은도 바보가 아닌 이상, 징두에서 그래봤자 겨우 십 몇 리 떨어졌을 뿐인데 그런 시도를 한다는 것은 자살 행위나 다름 없다는 걸 잘 알 거야."

9품이라는 단어를 듣자마자 판시엔은 옌샤오이의 화살이 떠올랐다. 순간 멈칫했지만 그래도 웃으며 말을 이었다.

"그리고 긴긴 여행을 함께 하는 동반자로서 내가 한번 보지 않는 것도 예의는 아니지."

판시엔이 마차 안을 살며시 들여다보았다. 안은 매우 어두컴컴했고, 샤오은의 음침한 얼굴만 겨우 볼 수 있었다. 판시엔은 활짝 웃으며 마차로 들어갔다.

"샤오 선생, 북제 샹징(上京, 북제의 수도)으로 가는 길이 매우 머니, 음식과 물 좀 드시면서 가시죠."

샤오은은 두 눈을 뜨고 차가운 눈빛으로 판시엔을 한번 쳐다보더니 엷은 미소를 띠며 말했다.

"판 대인 고생이 많네."

판시엔은 샤오은이 전혀 두렵지 않은 듯 만면에 미소를 머금고 도시락 뚜껑을 열었다. 그리고는 떡 하나를 집어 샤오은의 입으로 넣어주고 물도 한 모금 마시게 도와주었다.

"이런 독약들은 소용이 없을 거야."

샤오은 말처럼 그 떡에는 판시엔이 직접 만들어 넣은 독이 들어 있었다. 아무리 그래도 그렇지, 예상보다 훨씬 빨리 들켜버린 판시엔은 겸연쩍은 웃음을 지을 수밖에 없었다.

"그래도 제가 독에서만큼은 일가견이 있는데, 샤오 선생은 감당이 안 되네요."

샤오은은 천천히 눈을 감으며 말했다.

"네가 페이지에의 제자라 들었을 때부터 짐작은 했지. 네가 아무리 뛰어나다 해도 어쨌든 페이지에의 수법에서는 그리 많이 벗어나지 못했을 것 아닌가. 내가 감옥에서 페이지에가 만든 독을 셀 수도 없이 먹었는데 어찌 모를 수가 있겠나. 이 독약이 날 죽이지는 못하겠지만, 내 경맥들은 망가지겠지."

이건 또 무슨 경지인가? 독약을 밥 먹듯이 하는 경지다. 떡을 먹는 와중에 독이 들어 있음을 아는데도 그냥 먹어버리는 경지? 어쨌든 고생해서 만든 독약이 별 소용이 없어 보였다.

"천하에 삼대 독술의 대가가 있다 들었는데, 샤오은 선생님이 그중 한 분이시라는 것을 하마터면 잊을 뻔했네요. 후배가 실력이 충분치 못해 그저 송구할 따름입니다."

샤오은이 손목을 움직이자 요란한 쇠사슬 소리가 쩌렁쩌렁 울렸다. 판시엔은 물을 대령이라도 하듯 건네주었다. 눈을 감은 채 목을 한번 축인 샤오은은 물었다.

"화장실에 가려면 어찌해야 하는가?"

"마차에 요강이 준비돼 있습니다."

"밖의 햇살이 좋아 보이던데."

"해가 이미 산을 넘어가 버렸네요."

"경국의 밤하늘도 좋다던데."

"밤에는 서리가 내리고 추워요. 선생님은 연세도 많으시니 마차에서 쉬시는 게 좋을 듯합니다."

샤오은은 갑자기 두 눈을 번쩍 뜨더니 말했다.

"내가 감옥에서 얼마나 오래 있었는지 알잖는가? 판 대인, 한 번만 나가게 해 주시게."

판시엔은 단호히 고개를 저으면서도 얼굴에 미소는 잃지 않고 말했다.

"너무 위험합니다."

"내가 위험하지 않다는 걸 알잖나? 자네들은 북제와 이미 조약을 맺었으니, 나로서도 조용히 사절단을 따라가는 게 최선의 선택 아니겠는가?"

"샤오 선생, 징두를 다 벗어나기 전에 문제가 생기면 징두 수비대가 문제가 될 거예요. 이번 선생의 송환만으로도 경국 군대의 입장에서는 매우 굴욕적인 처사인데, 선생이 밖으로 나간다면 마치 수렵이라도 하듯 여기저기서 화살이 날아올지도 몰라요."

샤오은은 판시엔의 말이 거짓이 아님을 알고 있었다.

"그런데 너는 날 죽이고 싶지 않은가 보지?"

판시엔은 자신감이 배인 말투로 대답했다.

"저는 선생의 한창때를 목격했을 만큼 나이가 많지 않은 관계로, 선생을 보면 그저 전설 속 인물에 대한 관심 정도로만 느껴질 뿐이에요. 선생이 북제로 돌아가더라도 전성기때처럼 대단한 실력을 뽐낼 수 있을 거라고는 생각해본 적도 없어요. 물론 선생을 죽여버리는 것이 가장 간단한 방법일 수도 있겠죠. 하지만 저는 선생의 목숨보다 선생의 목숨과 교환할 그분의 안전이 더 중요하거든요. 그러니마음을 편히 놓으세요. 제가 어떻게든, 선생을 안전하게 북제의 선생 친구들 곁으로 모셔다드릴 테니까요."

샤오은은 그저 침묵하며 듣고만 있었다. 판시엔은 웃으며 말을이었다.

"그래도 어쨌든 선생이 상당한 실력을 갖추고 계시니, 저희도 만반의 준비를 하고 있습니다. 혹시나 선생이 바람을 쐬겠다고 억지로라도 밖으로 나오시면, 거기에 맞춰 저희도 저희의 실력 발휘를 하지 않을 수가 없어요."

샤오은은 이 말을 들으며 웃고만 있을 뿐 별다른 말을 하지 않았다. 몰래 독약을 쓰는 작전이 실패한 만큼 어쩔 수 없이 조금 더 야만적인 방법을 택할 수밖에 없었다. 판시엔은 가볍게 한숨을 뱉고는, 몸을 일으켜 샤오은의 곁으로 갔다. 그리고 검은 천으로 샤오은의 팔뚝을 단단히 묶고, 무심히 그의 손등을 찰싹찰싹 쳤다. 그리고는 자신의 품에서 양철 상자를 꺼내 얇고 가는 침을 하나 뺐다. 그침 뒤에는 어떤 재료로 만들어졌는지 알 수 없는 신기하게 생긴 긴관이 달려있었다.

샤오은의 두 눈에는 핏발이 서더니 냉랭한 표정으로 판시엔을 쳐다만 볼 뿐, 침을 들고 있는 판시엔의 손아귀 안에서 그는 미동도 하지 않았다. 마차 안은 순식간에 오묘한 공기로 둘러싸였다.

달콤한 것도 같고 피 냄새 같기도 한 향이 났다.

마차에서 멀찌감치 떨어져 나무 그늘 아래에서 쉬고 있던 호위들과 감사원 관원들은 샤오은의 마차 안에서 일어나는 이상한 낌새를 알아차렸다. 그들은 살금살금 마차를 향해 다가가면서 자신들의 무기로 무장하고 있었다. 하지만 마차 밖에서 지키고 서 있던 왕치니엔이 마차 안을 힐끔 보더니 손을 몇 차례 저어 큰 문제가 없다는 신호를 주었다. 마차 안에 있던 판시엔은 샤오은의 손등에서 가는 침을 빼내고, 그 침 끝을 수건으로 세심하게 닦고 나서는 고개를 들어 말했다.

"협조해 주셔서 감사합니다."

이 침이 어느 혈을 찔렀는지 몰라도, 샤오은의 기세는 상당히 누그러져 있었고, 정신력 또한 많이 꺾여 조금은 지쳐 보이기도 했다.

"네가 나이든 노인이라 존중해주는 것뿐이야."

판시엔은 고개를 숙이고 마차를 나오면서 갑자기 말투를 바꾸며 마지막 말을 했다.

"하지만 너는 더 이상 북위 밀정의 우두머리, 혹은 천하를 놀라게 할 만한 거물이 아니고, 그저 내 손아귀에 있는 죄수에 불과할 뿐이야. 만약 도망가려고 한다면? 너를 죽일 방법쯤은 널리고도 널렸다는 것을 명심하는 게 좋을 거야."

"대인, 그렇게까지 조심하실 필요는 없습니다."

왕치니엔은 판시엔과 나무 그늘 아래 앉아서 피곤에 찌든 얼굴로 말을 꺼냈다.

"샤오은이 자유를 되찾고 싶다면 우리에게 협조해서 조용히 북제로 가는 수밖에는 다른 수가 없을 겁니다."

판시엔은 고개를 저으며 말했다.

"자네는 몰라. 샤오은 같은 인물이 감옥에서 이십 년을 썩어 있었다고 생각해 봐. 물론 원한도 있겠지만, 무엇보다 무서운 통찰력에 야심도 스멀스멀 올라오고 있는 것 같아. 만일 그가 자유만을 원한다면 우리에게 순순히 협조를 하겠지만, 더 많은 것을 원한다면? 그는 반드시 도망갈 궁리를 하고 있을 거야. 감사원 감옥에서야 희망이 전혀 없었겠지만, 북제로 가는 길에는 얼마나 많은 기회가 널려 있어? 협정을 생각하면 그를 살려 둬야 하지만, 살려 두면서도 어떻게 해서든 그의 전투력과 욕망을 낮출 방법을 찾아야 해.”

“그는 도망가면 뭘 하려는 걸까요?”

“시대가 변했잖아. 그가 충성하고 활동하던 북위가 아니고 북제야.”

판시엔은 설명하듯 말을 이었다.

“예전에 아무리 쟌칭펑 대사와 샤오은의 관계가 좋았다 하더라도, 시대가 변했고 조정도 바뀌었어. 샤오은으로서는 현재의 황실이 자신을 어떻게 대접할지 알 수 없으니 두려운 거겠지. 만약 북제 황실이 그가 아직 쓸모 있다 생각한다면 그를 극진히 대접하겠지만, 반대의 경우에는? 샤오은 같은 인물이 다시 자신의 세력을 샹징에서 펼친다? 북제 황실은 미쳐버릴지도 모를걸?”

“그럼 북제는 왜 옌빙윈의 대가로 샤오은을 택한 걸까요?”

“내 생각에는 두 명 때문인 것 같아. 그 하나는 장모우한이고, 나머지 하나는, 내 추측으로는 그 샹샨후라고 불리는 그 장군 때문인 듯해.”

“결국 샤오은이 탈출하려는 동기는 북제 황실을 믿을 수 없기 때문이다?”

판시엔은 갑자기 우쥬 삼촌이 했던 말을 떠올리며 탄식하듯 말했다.

“우리 같은 처지에 있는 사람은 그 누구도 쉽게 믿지 못하는 것 같아. 샤오은도 분명히 다른 생각이 있는 듯해. 다만 우리가 그것을 짐작하지 못할 뿐이지.”

"샤오은이 탈출할 생각이라면 어디쯤에서 손을 쓰기 시작할까요?"

"국경을 넘어가기 전이겠지? 일단 국경을 넘으면 거기서부터는 북제의 소관이니까."

판시엔은 여기까지 말하고 왕치니엔에게 돌아가라 한 후, 나무 그늘 아래에서 조용히 샤오은이 탄 마차를 보며 생각에 잠겼다. 마차에서 침을 놓을 때 사실 판시엔은 상당히 긴장하고 있었다. 샤오은을 본 이래 몇 번이나 느꼈던 바지만, 오랜 수감 생활에도 샤오은은 여전히 9품 상(上)의 실력 중 상당 부분을 유지하고 있는 것을 느낄 수 있었기 때문이다. 다만 그 늙은이가 가장 좋은 기회를 찾기 전까지는 조용히 있을 것임을 잘 알고 있었다.

나무 그늘에 불어오는 시원한 바람이 판시엔의 등줄기 땀을 식혀 주었다. 판시엔은 무표정한 얼굴로 일어나 스리리가 타고 있는 마차로 향했다. 세월은 사람의 외모와 정신을 포함해 많은 것을 변하게 한다. 하지만 언제나 예외는 있는 법. 스리리의 마차로 들어가 보니, 스리리는 다소 초췌해 보이긴 했어도 여전히 아름다운 미모를 간직하고 있었다. 그녀에게는 반년간의 감옥 생활이 무색하리만치 한창 잘나가던 류징허 기생으로서의 모습이 고스란히 남아 있었다.

스리리는 전혀 예상치 못한 판시엔의 방문에 당황했다. 판시엔을 맞이할 마음의 준비가 미처 다 끝나지 않은 듯 보였다. 결정적인 '사건'은 없었어도 그래도 하룻밤을 함께 한 사이이기도 했고, 감옥에서는 가혹한 고문을 가차 없이 주고받은 사이이기도 했다.

"일전에 류징허를 다시 방문할 일이 있었는데, 네 배는 이미 볼품없이 변해버렸더라고. 그러니 너도 더 이상 그곳에 대한 그리움 따위는 갖지 않는 편이 좋을 거야."

스리리는 오랜만에 만난 판시엔이 꺼낸 이야기가 이렇게 시작될지 몰라 당황했다. 그녀는 매우 엄숙한 대화가 이루어질 것이라 예상하고 있었기 때문이었다.

"이 몸은 부평초와 같아 어딜 가나 그저 손님일 뿐이오니, 대인께서 이 종을 비웃지는 말아 주십시오."

'종'이라는 말이 거북하게 들렸으나 판시엔은 자신이 하던 말을 이었다.

"당시 감옥에서 네가 사실을 밝히는 대가로 내가 널 살려준다 약속했기에 나도 그 방법을 찾아 여러 가지로 고민했지만, 이번에 너를 북제로 송환하기로 결정한 것은 내가 아니야. 그러니 내게 고마워할 필요는 없어."

스리리는 조금 놀라 고개를 들었지만 여전히 아무 말도 하지 않았다.

"어쨌든 지금은 동지라고 해야 하지 않을까?"

판시엔은 그녀의 옆으로 가 아무렇지 않게 마차에 기대어 그녀의 몸에서 풍겨오는 옅은 향을 맡으며 말을 이어갔다.

"난 쳰핑핑이 네게 과연 무엇을 약속했는지 알지 못하지만, 어쨌든 그가 너를 믿고 있다는 것은 알겠어. 그러니 나도 널 믿을 수밖에 없고, 너도 날 믿었으면 좋겠어. 어떻게든 '홍수초(紅袖招)' 임무를 완수하기만 하면 되는 것 아니겠어?"

스리리는 입술을 살짝 깨물며 여전히 어떻게 답을 해야 할지 몰라 당황하고 있었다.

"혹시 안마할 줄 알아? 요 며칠 저 늙은 괴물이 언제 도망갈지 몰라 전전긍긍했더니 머리가 좀 아프네."

어색한 분위기를 깨기 위해 그냥 해 본 말이었으나, 실제로 판시엔은 피로에 절어 있기는 했다. 스리리는 썩 내키지 않았어도 지금 자신의 처지로서는 어찌할 도리가 없었기에 판시엔의 뒤로 가 조심스레 판시엔의 머리를 누르기 시작했다.

"원망 같은 것은 버리는 게 좋을 거야. 원망하면 서로의 앞날에 좋을 게 없잖아."

판시엔은 눈을 감은 채 말을 이었다.

"게다가 넌 날 죽이려 한 거고, 난 너를 고문한 거니까, 어찌보면 네가 나에게 아직 빚지고 있는 거라 볼 수도 있지."

스리리는 이 말에 다시 한번 입술을 깨물더니 말했다.

"제가……대인께 빚을 졌다니, 대인께선 언제든지 받아 가십시오."

"어떻게 받아 가? 처음 만난 그날처럼?"

판시엔은 두 눈을 크게 뜨고 조롱하는 말투로 말했다.

곧 긴 침묵이 이어졌다.

한참 후에야 스리리는 대답했다.

"이 세상의 여자들은 저마다 불행한 운명을 지고 살아갑니다. 그러니 저도 대인께서 그 빚을 어떻게 받아 가실지는 감히 생각하지도 못하겠습니다."

판시엔은 농담을 하는 척을 하면서도 마음속으로는 천핑핑이 어떤 약속을 했는지가 무척 궁금했다. 어떤 약속이기에 스리리가 순순히 약조를 했는지, 그 부분을 어떻게서든 알아내 보려고 분위기를 풀어가는 중이었다.

"네가 불행하다 할 수는 없지. 최소한 북제의 젊은 황제가 너를 못 잊어 그리워하고 있으니."

스리리는 미간을 찌푸리며 탄식하듯 말했다.

"색(色)으로써 일을 도모하는 것은 오래가지 못합니다."

"나도 바로 그게 의아한 부분인데 말이야."

판시엔은 능글맞은 미소를 지으며 물었다.

"북제 황제에 대해 좀 더 자세히 말해 줄 수는 없어? 그럼 내가 너를 북제 황궁으로 들어가게 하는 일에도 도움이 될 듯한데."

이번 비밀 협의를 보면, 북제 황제는 스리리와의 사이에 정분이 있는 것이 분명했다. 그게 아니라면 옌빙윈과 샤오은의 교환 문제에 그녀의 송환을 굳이 끼워 넣을 리가 만무했기 때문이었다. 다만 스리리의 기생이라는 신분 때문에 그녀의 송환만 따로 떼어놓고 말할 수 없었을 뿐이라 여겨졌다. 사실 기생 신분의 여자가 입궁을 한다는 것도 본래는 불가능에 가까운 일이었다.

판시엔의 급작스러운 제안에 스리리는 북제 황제 문제를 언급하기는 적절치 않다는 듯, 고개를 숙이며 조용히 말했다.

"판 대인은 저를 샹징까지만 데려다주시면 됩니다. 그 이후의 일은 북제의 황제가 걱정할 부분이니 너무 마음쓰지 않으셔도 됩니다."

다시 한번 침묵이 흘렀다.

아무래도 오늘은 더 이상 그녀에게 들을 말이 없을 것 같았다. 판시엔은 일찍 쉬라고 이르고 스리리의 마차에서 나왔다. 그런 그를 보고 왕치니엔이 다가오며 낮은 목소리로 조심히 말을 건넸다.

"대인, 사방에 눈과 귀가 있으니 조심하시는 게 좋을 듯합니다. 스리리는 북제 황제에게 보내질 터인데, 대인이 그녀의 마차에서 이토록 오래 머무르시면 사람들의 오해를 살까 두렵습니다. 혹시나 이 일이 샹징에 퍼지기라도 하면 이후의 계획에도 영향을 미칠 수 있습니다."

판시엔은 심복이라는 자가 자신을 단단히 오해하고 있음을 알았지만, 그렇다고 해명하는 것도 구차해 그저 웃기만 했다.

사절단이 징두를 떠나 온 지도 이미 보름이 지났고, 판시엔은 많은 시간을 스리리의 마차 안에서 보냈다. 샤오은의 마차는 너무 음산했고, 왕치니엔과 함께 있자니 그의 수다스러움에 질려 버릴 지경이라, 그는 차라리 미녀 옆에서 시간을 보내는 편을 택했다. 그게 그래도 가장 즐거운 일 아니겠는가? 하지만 그에게 과일을 먹여주는 스리리를 보자면 뭐뭐 생각이 나기도 하고, 자신을 그리워할 완알이 생각나 마음속에서는 불안함 같은 것도 생겨났다.

사실 판시엔과 스리리 사이에는 아무 일도 없었다.

그저 시간을 때우기 위한 의미 없는 몇 마디 말의 교환, 가끔씩 과일을 먹여주고 먹는 것, 앞으로 북제 샹징에서의 계획에 대한 논의 등이 전부였다. 물론 안마가 수차례 있었고, 이따금 서로 손이 스치기도 했으며, 옆에 붙어 앉아 창밖의 풍경을 보는 일도 있기는 했다.

과거야 어찌 되었든, 각자의 신분이 무엇이든, 지금의 처지가 어떻든 간에, 젊은 남녀가 자주 함께하다 보니 둘 사이의 어색한 분위기는 거의 사라졌고, 둘은 이제 가끔씩은 야한 농담도 주고받을 수 있을 만큼 자연스러워졌다. 그러다 보니 어느 누가 먼저랄 것도 없이 신체의 접촉도 많아지게 되었다.

이날, 오해를 사기에 충분한, 해명이 될지도 모를 정도로 한참 동안 스리리의 마차에 머물던 판시엔이 옅은 웃음을 지으며 마차에서 나오는 중이었다. 다만 여느 때와 달랐던 것은 그의 웃음 속에 수상함이 묻어 있었다는 것이었다.

그동안 판시엔이 스리리와 함께 한 시간은 사람들의 오해를 살 수도 있었지만, 사실 그의 계산된 연출이었다.

요 며칠 동안 그는 그녀와 아슬아슬한 신체 접촉을 시도했고, 그것을 통해 스리리의 몸에 독이 있음을 알아차릴 수 있었기 때문이다. 이 약은 한참이 지난 후에야 온몸으로 퍼져나가는 '만성(慢性)약' 같은 것으로, 사절단이 출발하기 전 감사원이 몰래 그녀의 몸속에 넣은 듯 보였다.

판시엔은 페이지에 스승이 쓴 책에서 이 약에 대해 읽은 적이 있으나, 그 약을 실제로 만들거나 사용해 본 적은 없었다. 이 약은 여자의 몸속에서 천천히 퍼져나가 이후 잠자리를 통해 상대에게 감염되는 그런 종류의 약이었다. 북제의 황제가 스리리의 몸을 취하는 순간 그가 이 독에 감염이 되는 구조로, 이 독에 감염된 사람이 겪게 되는 증상 또한 일반적인 성병과 거의 흡사했다.

이 독 자체로 죽음에 이르게 되는 것까지는 몰라도, 이 약은 분명 감염된 자의 신체와 정신을 모두 허약하게 만들었다. 혹시 스리리에 대한 황제의 총애가 지나쳐 그녀를 매일매일 침실에 들이기라도 할 경우에는 매우 빨리 중병에 이르게 될 수도 있을 것이었다. 이렇게 황제가 일단 중병에 걸리게 되면, 북제의 조정이 다시 한번 큰 혼란에 빠질 것이라는 건 불 보듯 뻔했다.

천핑핑이 말한 '홍수초'는 단순히 스리리를 북제 황실에 입궁시키는 일에서 그치는 일이 아니었던 것이다.

판시엔은 한숨을 내쉬었다. 스리리와 대화를 해 본 결과, 그녀는 자신의 몸에 독이 있는 것 정도는 알고 있었지만, 감사원이 자신을 통제하는 수단 정도라고만 여기고 있었지, 그 독의 궁극적인 목적에 대해서는 전혀 모르고 있는 눈치였다.

하지만 이 모든 것보다 판시엔을 더 불편하게 만들었던 것은, 이 사정을 천핑핑이 판시엔 자신에게 알려주지 않았다는 점이었다. 사실의 경중을 떠나 자신에게까지 무언가를 감추고 있다는 것은, 분명 좋은 신호는 아니었다.

"홍수초?"

판시엔은 자신의 마차로 돌아와 혼자 쓴웃음을 짓고 있었다. 천핑핑과 페이지에, 그리고 뒤에 따라오고 있는 마차의 샤오은과 비교했을 때, 자신은 그들에 비해 아직은 덜 악랄하고 덜 냉혹한 것 같았다. 그들에게 스리리는 쓰고 버리는 장기판 위의 말과 다름없어 보였다. 하지만 상황이 어찌 되었든 더 중요한 물음은, 쳰핑핑이 과연 그녀에게 무엇을 약속했기에 그녀가 선뜻 독약을 먹는 데 동의했냐 하는 것이었다.

마차는 이제 곧 경국의 가장 북쪽에 있는 커다란 성, 창저우로 들어가게 되었다. 북풍이 제법 강하게 불어 봄이 왔다는 생각을 달아나게 했고, 하늘은 까마귀 떼가 날아다녀 불길한 기운이 강하게 엄습해 왔다.

"국경까지는 얼마나 남았지?"

판시엔은 멀리 북쪽을 바라보며 물었다. 왕치니엔은 공손히 대답했다.

"직선거리로는 꽤 가까워 보이나, 사실 큰 강을 하나 돌아가야 해서, 대략 이십 일 정도는 족히 더 걸릴 듯합니다."

"그럼 앞으로 이십 일 안에 무슨 일이 일어나겠구만."

판시엔이 침착함을 유지하며 물었다.

"샤오은의 상태는?"

"대인께서 매일 다량의 독침을 놓으시니, 그도 매일 그 독을 빼내느라 상당한 공력을 쓸 수밖에 없어, 다행히 차분히 있습니다. 다만 사흘 전부터는 아무런 말도 하지 않고 있는 것이, 무언가를 골똘히 생각하고 있는 듯 보여 조금은 불안합니다."

"앞으로 더 조심해."

"네. 그리고 창저우에서는 대인께서도 좀 더 조심을 하시는 게 좋을 듯합니다. 이전에 스리리를 처음 압송할 때에도 여기서 도적들이……."

"걱정할 것 없어. 여기가 어차피 마지막 관문인 셈이니까."

이 말이 떨어지자마자 황원 저 멀리서 병사들이 다가오고 있는 모습이 보였다. 한 무리의 기병들이었다. 약 500명 정도는 족히 돼 보였다. 기병은 모두 검은색의 갑옷을 입고 흐린 하늘 아래에 엄청난 한기와 살기를 뿜으며 마차 행렬을 향해 달려오고 있었다. 왕치니엔이 웃으며 말했다.

"역시 대인께서 믿고 계신 구석이 있으셨군요?"

흑기병의 호위를 받은 마차 행렬이 창저우를 지나 북쪽을 향해 천천히 지나가고 있었다. 북제는 정확히 말해 경국의 바로 북쪽 방향이 아니라 동북쪽에 위치하고 있었다. 두 국가 사이에는 수많은 다른 제후국이 있었고, 그중 가장 동쪽에 위치한 해변과 맞닿은 부분에는, 그중에서도 가장 큰 도시이자 가장 번화한 항구 도시인 동이성이 자리 잡고 있었다.

북제로 가장 빨리 가는 길은 제후국들 여럿을 경유해서 가는 것이었지만, 이번 사절단은 안전을 고려하여 황원을 가로질러 가기로 했고, 그러자면 큰 강을 끼고 돌아가야 했다. 때문에 비교적 오랜 시간이 걸릴 수밖에 없는 상황이었다. 하지만 그 경로에서는 마적단들 정도를 제외하면 그다지 강한 세력이 없었기에 훨씬 더 안전하다 할 수 있었다.

판시엔은 여느 날과 다름없이 샤오은의 손에서 침을 뽑고 있었다. 샤오은은 오늘 평소와 달리 두 눈을 번쩍 뜨더니 판시엔을 뚫어지게 쳐다보았다. 하지만 판시엔은 전혀 당황하지 않고 침착하게 웃으며 말했다.

"후배 얼굴은 매우 두꺼워 오래 쳐다보셔도 상관없습니다."

"내가 궁금한 게 하나 있는데……"

샤오은은 다시 눈을 천천히 감으며 말했다.

"왜 너는 침을 놓을 때 내 팔을 묶는 것이냐? 내가 추측하기로는, 그렇게 함으로써 혈관을 튀어나오게 하려는 것 같은데, 매번 이렇게까지 고생해서 혈관에 놓는 것이 꼭 필요한 일이냐?"

"그럼요."

판시엔은 웃으며 말했다. 어차피 독약을 밥처럼 먹는 이런 괴물에게 일반적인 독약은 효과가 없을 것임을 알기에, 판시엔은 '정맥 주사' 방법을 차용하고 있었던 것이었다. 그가 살고 있는 이번 생에서는 당연히 정맥 주사라는 개념 자체가 없었지만, 그렇다고 판시엔이 쓰지 않을 이유는 없지 않은가?

샤오은은 잠시 침묵하더니 판시엔이 생각지도 못한 이야기를 꺼냈다.

"네가 쓰는 방식은 확실히 효과가 있어 보이고, 내 눈에 익기도 하다만……너무 늙었나 보군. 누가 너처럼 했었는지 도무지 기억이 나질 않아."

판시엔은 조금 놀랐으나 얼굴에는 티를 내지 않고 웃으며 말했다.

"샤오 선생님, 괜찮습니다. 천천히 생각하십시오."

"그런데, 너는 언제 나를 죽일 것이냐?"

샤오은의 말투는 여전히 담담했다.

다만 이 말은 너무도 갑작스러운 반면 너무도 자연스러웠기에 그는 하마터면 그의 작전에 말려 들어가 대답을 할 뻔했다. 하지만 판시엔은 그렇게 만만한 사람이 아니었다. 그는 천연덕스럽게 대응했다.

"무슨 말씀을 그렇게."

샤오은은 짧게 웃고 말을 이었다.

"천핑핑이 나를 순순히 북제에 돌려줄 리가 없는데."

판시엔은 고개를 저으며 말했다.

"전 게을러서인지 나이 드신 분처럼 많은 생각을 하지 않아요. 그저 제 임무만 끝내면 그만이지요."

"넌 썩 괜찮은 젊은이 같아 보여."

샤오은은 두 눈을 뜨고 그를 바라보았다. 그가 천천히 손목을 움직이니 또 다시 쇠사슬이 요란스럽게 덜컹거렸다.

"제가 어딜 봐서?"

"지금까지 쭉 봐 왔는데, 저 아가씨 마차에 자주 들락거리기는 하나, 정욕을 탐해 본분을 잊어버리는 짓을 하는 것 같지는 않더군. 그리고 매일 아침저녁 두 번씩 수련하던데, 그런 의지는 전성기의 나도 갖지 못했던 것이야."

판시엔은 웃으며 대답했다.

"능력 없는 새가 일찍 날 듯, 저도 실력이나 재능이 부족하니 더 열심히 해야 하지요."

샤오은은 고개를 저으며 말했다.

"네 재능은 매우 뛰어나, 실력도 이미 대단하고. 다만 아직 진정한 강자와 싸워보지 않아서 네 진짜 힘이 드러나지 않았을 뿐이야."

'그래서 진정한 강자인 당신과 지금 싸워보자는 거야 뭐야?'

마차는 창저우를 지나 북방군이 관할하는 지역으로 접어들었다. 옌샤오이 생각이 나긴 했지만, 흑기병이 보호하고 있는 한 누구도 쉽게 접근하지는 못할 것이라는 생각이 들었다. 샤오은은 여전히 침묵하고 있었고, 스리리도 여전히 침묵하고 있었는데, 사실 둘 다 점점 초췌해지고 있는 중이기도 했다. 그래도 최근에 판시엔은 스리리의 마차보다 샤오은의 마차에 더 자주 들렀는데, 그 이유 중 하나는 그래도 한 시대를 풍미한 노인의 이야기를 들으면서 무언가를 배워보기 위함이었고, 또 다른 하나는 며칠 안에 움직일 것이 분명해 보이는 노인에게 충분한 준비 시간을 주지 않으려는 것이었다.

"누구도 진정한 천하 통일을 이룰 수는 없어."

샤오은은 판시엔을 보며 담담하게 말했다.

"경국의 황제에게는 일찍이 두 번의 기회가 있었잖아요. 첫 번째는 3차 북벌 직후. 그때 경국의 군사력이 막강했던 것을 생각해보면 경국이 북제를 소멸시켜 버릴 수도 있었을 것 같은데."

샤오은은 고개를 저으며 말했다.

"당시 나는 감옥에 갇혀 있어 소식을 다 듣지는 못했지만, 요 며칠 네가 말하는 것을 모아 판단해 보면, 당시 경국 황제가 더 이상 나아가지 못했던 건 두 가지 이유 때문일 거야. 하나는 조정 내부의 문제, 또 다른 하나는 어떤 거대한 걸림돌 같은 것인데, 예를 들면 신묘 같은 것? 그 두 가지 중 그는 하나를 선택할 수밖에 없었고, 결국 북벌을 포기한 것이겠지."

"그런데 신묘는 너무 허무맹랑한 이야기 아니에요? 고작 그것 때문에 천하 통일의 기회, 권력에 대한 욕망을 버릴 수가 있다구요?"

샤오은은 그의 말에 어느 정도 일리가 있다 생각했지만, 또 다른 관점을 일깨워주었다.

"남북이 그렇게 오랜 시간 전쟁을 벌인 만큼, 한쪽을 소멸시킬 정도의 군사력이 있다 하더라도 사실 점령한 나라를 다시 안정시키는 데에도 오랜 시간이 걸리겠지. 게다가 동이성의 경우도 간과할 수 없고. 그들은 비록 국가라 할 수 없을지 모르지만 9품 고수들이 가장 많이 있는 곳이기도 하니, 만에 하나 남북이 싸우는 사이에 그 백치 같은 스구지엔이 고수들을 끌고 한번 지랄을 시작하기라도 하면 상황은 더 복잡해지겠지."

"삼각형이 가장 안정적이죠. 삼국지에 위촉오가 있었고. 사실 가장 안정적인 형태라고 할 수 있죠."

판시엔의 말에는 '삼각형', '삼국지', '위촉오' 등 이해할 수 없는 단어들이 잔뜩 섞여 있었지만, 샤오은은 그냥 무시하고 말을 이어갔다.

"지금 경국의 조정도 마찬가지지. 황제, 신하 그리고 네가 말한 그 미치광이 장 공주가 네가 말한 안정적인 형태를 하고 있지. 굳이 그 균형을 깨고 싶어 하는 자가 손해를 보게 되는 구도랄까."

"그렇다면 모든 사람들이 다 똑똑하다는 전제하에 모든 사람들은 그 균형을 유지하려고 하겠군요."

"지금의 경국은 안 돼."

샤오은은 그를 보며 미소 띤 얼굴로 말했다.

"왜냐하면 네가 먼저 손을 써버렸잖아. 그러니 상대방들도 움직이기 시작하겠지. 이미 징두는 혼란스러워지기 시작했을 거야. 내가 그 꼴을 못 본다는 게 조금 아쉽군."

징두에는 북쪽 국경 지방과는 달리 이미 봄이 완연했다. 나무에서는 새 가지가 나오고 수많은 꽃들이 피어나기 시작했다. 낮에는 제법 조용한 편으로, 백성들과 관원들은 모두 춘곤증이라도 걸려 졸고 있는 듯 거리에는 돌아다니는 사람들이 별로 없었다.

정오 무렵이 되자 침울한 얼굴을 한 서생 하나가 나이든 부인 하나를 부축해 징두 동쪽의 성문으로부터 들어오고 있었다. 모양새로 보아 모자 관계는 아닌 듯했는데, 그들은 객잔에 머무는 대신 곧바로 징두 서쪽에 있는 눈에 띄지 않는 어느 집으로 들어가 버렸다.

이 집의 진짜 주인이 도찰원 어사 대인이라는 것을 아는 사람은 극히 적었다.

감사원 4처가 강남과 연결된 소금 상인 및 탐관들에 대해 대대적인 수색을 벌이고 돌아온 이래, 과거 시험의 비리 사건도 결론이 났다. 그 결과 시랑 하나가 3천 리 밖으로 유배를 갔고, 17명의 관원들은 극형에 처해졌다. 황제 폐하의 뜻도 있었고, 증거도 워낙 명백했기에, 어느 누구 하나 감히 여러 말을 할 수 있는 상황이 아니었다.

예부 상서 궈요우즈는 참수형을 선고받았다.

이는 경국이 세워진 이래 참수형이 선고된 사람 중 가장 높은 직급을 가진 경우였기에, 이 소식이 전해지자마자 조정은 발칵 뒤집혔다. 들리는 바에 따르면, 태후가 직접 폐하의 궁까지 찾아가 설득해 겨우 감옥 내에서 교수형을 거행하는 것으로 계획이 수정되어, 궈 상서의 마지막 체면만큼은 지킬 수 있었다고 했다.

궈 상서의 교수형은 곧바로 집행되었고, 나머지 16명은 봄비가 오는 어느 날 야채 시장 앞에서 온 백성이 지켜보는 가운데 참수형을 당했다. 그 후로 며칠이 지나 형부 상서와 관련한 뇌물사건에 대한 감사원의 조사가 또 있었다. 대리사에서 심의하여 처분을 결정한 결과, 그는 결국 이저우(夷州) 지역의 판서로 강등되었고, 순식간에 1품에서 7품으로 내려앉은 꼴이 되었다. 게다가 이저우는 징두로부터 너무나도 멀리 떨어진 남쪽 지방인 만큼 한때 형부 상서였던 한즈웨이는 다시는 징두로 돌아올 수 없을 듯했다.

도찰원 어사 궈정은 표면적으로 관직에 큰 영향을 받지 않는 듯 보였지만, 더 이상 징두에는 있지 못하고 강남으로 파견되었다. 강남이 아무리 물 좋고 미인이 많기로 소문이 난 지역이긴 하나, 감사원 4처가 이미 그곳에 손을 써 그를 처리할 시간만 호시탐탐 엿보고 있는 듯했다.

이유를 무엇이라 둘러대든, 이 모든 일련의 사건이 감사원 제사 판시엔을 대신한 복수라는 것을 조정의 문관들은 모두 잘 알고 있었다.

이렇듯 복수와 복수를 거듭하고, 통제와 재통제를 거듭한 결과, 경국 조정은 결국 암묵적인 평형상태를 유지하고 있는 듯 보였다.

사실 이러한 지난 과정은 경국 관료 사회에서 수십 년째 변함없이 반복돼 온 진부한 주제라 할 수도 있었다. 이렇게 감사원과 재상 쪽이 어느 정도 적당히 복수를 끝마치고 났을 때, 이미 신양과 황후 쪽에서도 또 다른 복수에 착수중이었음은 아직 아무도 예측하지 못하고 있었다.

  부인 하나를 모처로 데려간 아까 그 서생은, 애석하게도 부친의 별고로 이번 춘시에 참여하지 못한 허종웨이였다. 그는 대학사 학생 출신으로서 항상 궈씨 집안과 가까이 지내왔다. 그렇기에 상서 대인이 죽고, 그의 친한 친구 궈바오쿤도 어딘가를 정처 없이 떠돌아다니고 있는 신세로 전락했다는 소식을 듣고, 누구보다 놀랐던 것도 그였다. 무엇보다 허종웨이를 분노하게 만든 것은, 동궁의 태자가 이 사건에서 있어 조그마한 도움조차 주지 않았다는 사실이었다.
  허종웨이와 함께 징두에 들어온 그 부인은 우보우안의 아내였다. 우보우안은 장 공주가 재상에게 붙였던 모사로서, 작년 북제와의 결탁 문제로 갑자기 죽임을 당한 바 있었다. 린뤄푸는 재상으로서, 자신의 아들을 죽음에 이르게 한 우보우안을 뼛속까지 증오하고 있었다. 우보우안이 죽은 후에도 동산로에 적지 않은 가산을 여전히 소유하고 있음을 잘 알고 있는 린뤄푸는, 그리하여 그 지방 관원 중 자신의 식객이었던 사람을 시켜, 반년이라는 짧은 시간 만에 그 많은 돈을 모두 빼앗았다. 그리고 우보우안의 아들마저 죄명을 씌워 죽음으로 몰았다.
  우보우안의 아내는 배운 것도 없고 재상의 세력에 대해서는 더더욱 아는 것이 없어, 그저 가만히 앉아 당하는 수밖에 없었다. 하지만 아들마저 잃고 나자 더 이상 어디 하나 기댈 곳이 없어진 그녀는, 억울함이라도 호소하기 위해 징두로 무작정 찾아오게 된 것이었다.

성 밖에서 잠시 목을 축이고 있던 그녀는 '우연히' 허종웨이를 만나게 되었다. 머리 회전이 빠른 허종웨이는 우씨 부인의 사연을 듣자마자 큰 소동을 일으켜 볼 수 있겠다는 계산으로, 그녀를 안심시키며 도움을 자청하여 그녀를 데려온 것이었다. 허종웨이는 자신의 옛 스승에게 부탁해 도찰원 어사의 비밀 공간으로 우씨 부인을 데려다 놓았다. 자신이 앞으로 꾸밀 사건으로 잘하면 재상을 몰락시킬 수도 있겠다는 생각에 그는 무척 기뻐 음흉한 미소를 지었다.

하지만 동시에 재상과 사돈지간인 판씨 집안도 생각이 났다. 언제나 자신을 냉대했던 판씨 집안의 아가씨를 떠올리자, 그의 마음에는 자신도 모르게 뜨거운 기운이 솟구치고 있었다.

며칠이 지나 도찰원 어사가 재상의 이름을 언급하며 이 일을 조정에서 폭로했을 때 첫 반응은 그리 뜨겁지 않았다. 어찌 되었던 우보우안이 북제와 결탁했다는 게 알려진 만큼 그의 편을 드는 사람은 많을 수가 없었다. 그런데 우씨가 대리사에 진술을 하러 가는 길에 '우연히' 자객을 만났는데, 또 '우연히' 2황자와 징왕 세자가 길을 가다 그 모습을 발견하고 우씨를 구해준 사건이 일어나게 되었다.

어찌 됐건 재상이 문관의 우두머리인 마당에, 이 일을 어떻게 처리한다 해도 조정은 큰 혼란을 피해갈 수는 없는 법. 하지만 아무리 태자나 2황자라 해도 쉽게 의견을 낼 수는 없는 일이었다. 다만 그날 밤 자신의 아들에게 이 소식을 전해 들은 징왕은 대노하며 급히 입궁했다.

그가 황제와 무슨 말을 했는지는 알 수 없으나, 그날 밤 황제는 큰 한숨을 내쉬며 또 다른 고민으로 접어들었다.

"동산로의 펑팅셩(彭亭生, 팽정생). 그가 11년 전 과거에 합격했을 때, 나는 처음으로 재상의 자리에 올랐지. 그때 그를 보고 말을 참 잘 듣는 학생이랑 생각했네만."

린뤄푸는 올해 마흔이지만 겉보기에는 더욱 늙고 초췌해 보였다.

"하지만 이렇게까지 말을 잘 들을 줄은 미처 몰랐네. 자네도 알겠지만, 이번 일은 내가 시킨 게 아니야. 우보우안은 어차피 이미 죽은 몸, 설령 내가 그의 집안을 풍비박산 내버리겠다 생각했다 한들 이렇게 뻔히 보이게 했겠는가?"

"펑 대인이 재상 대인의 생각을 미리 헤아려 이런 멍청한 짓을 한 건 아닐까요?"

린뤄푸의 심복이자 친구인 위엔홍다오가 미간을 찌푸리며 말했다.

"뭐라고?"

린뤄푸는 웃는 듯 마는 듯하며 그를 쳐다보았다.

"펑팅셩은 그렇게 멍청한 친구가 아니야. 우리 집 명의의 명령이 떨어지지도 않았는데 이런 식으로 자신의 관직과 명성을 걸고 도박을 할 사람이 아니네. 심지어 대낮에 징두 거리에서 암살을 시도했다고? 이런 일을 도대체 누가 꾸민 거야? 왜 이런 어이없는 짓을 두고 우리 집으로 와서 조사하고 있는 거야?"

위엔홍다오의 표정은 약간은 무뚝뚝해 보였다. 그는 자신의 긴 수염을 가볍게 쓰다듬으며 말했다.

"허종웨이는 동궁의 사람이지만, 그래봤자 장기판 위의 말에 불과합니다. 그런 그가 이렇게 대담한 행동을 하다니, 그 뒤에는 그를 받쳐주는 세력이 필시 있을 터인데, 그게 황후인지 장 공주인지는 모르겠습니다."

"당연히 윈루이지. 조정에 있는 그녀의 세력 대부분은 도찰원에 있으니, 이 세력으로 내게 복수하려는 것이겠지."

"복수의 명분은 뭘까요?"

"복수의 명분이라……그건 많지. 쳔이의 일이라던지, 사위와 관련된 일이라던지, 아니면 나와 그녀 사이의 사적인 일이라던지."

"여하튼 폐하의 의중이 중요하지 않겠습니까? 만약에 폐하께서 믿지 않으시면 다른 일이야 있을까요?"

"이번 같은 졸렬한 수법을 폐하께서는 이미 간파하고 계실 거야."

린뤄푸는 가벼운 탄식을 하고 말을 이었다.

"하지만 문제는 폐하께서 정말 간파하고 싶어 하시냐는 것이지."

"그건 또 무슨 말씀이신지?"

"며칠 전 징두에서 관원이 여럿 죽었는데, 문관의 수장인 나는 그 일에 대한 책임을 면치 못하는 게 정상이지. 어찌됐든 가장 중요한 것은 폐하께서는 내가 계속 재상을 맡는 것을 원치 않고 계시다는 것이야."

위엔홍다오는 공손히 말했다.

"사실 아직 일이 끝난 것은 아니니, 판 상서를 통해 말을 좀 전하면, 판씨 집안과 감사원의 관계도 밀접한 만큼 쳔핑핑이 재상 대인 편에 설 수도 있지 않겠습니까? 그러기만 한다면 도찰원 따위가 뭐라고 하든 폐하께서도 재상 대인 편에 서시지 않겠습니까?"

린뤄푸는 고개를 저었다.

"폐하께서는 그저 내게 그만 물러나 길을 좀 터주라고 하시는 것뿐이야."

"누구에게 길을 터준다는 건가요?"

"태자에게, 다시 말하면 미래의 폐하에게……."

린뤄푸는 갑자기 다른 가능성이 있을 수도 있다는 생각이 들어 눈을 가늘게 뜨며 말을 이었다.

"판시엔의 세력이 워낙 강력하니, 만일 내가 조정에 계속 남아있으면, 그가 감사원과 내고를 장악하는 것도 모자라 재상이 뒤에서 그를 바쳐주는 형국이 되는 것인데, 이런 엄청난 권력은 심지어 황자들도 가질 수 없는 것이지. 그래서 이전부터 판시엔에게도 여러 번 이야기하기도 했고. 숲에서 한 나무만 너무 튀면 그 나무가 베어지기 마련이라고. 원래 그런 것이지. 폐하께서는 판시엔이 좋은 신하가 되어 용의에 앉게 될 그 황자를 잘 보필하길 바라실 뿐이야. 그러니 나도 알아서 자리를 양보해야 하지 않겠나?"

위엔훙다오는 곁눈으로 린뤄푸의 입술에 엷은 미소가 번지는 것을 보았다. 다만 그 의미가 조소에 가깝게 느껴져 조금 놀랐다.

밖에서 큰보배가 물놀이 하는 소리가 들리자, 린뤄푸는 다시 만면에 온화한 미소를 띠고 몸을 일으켜 창 쪽으로 다가갔다. 그리고는 아무것도 모르는 채 밖에서 놀고 있는 큰아들을 가만히 바라보았다.

"내일 완알에게 일러 큰보배를 판씨 저택으로 데려가라 할 것이야."

위엔훙다오는 린뤄푸의 다음 말을 기다리고 있었다.

"내일 입궁해 사직을 고하면, 그래도 내가 몇 년간이나 고생한 것을 폐하께서도 지켜보셨으니, 이 늙은이에게 안정적인 노후 정도는 보장해 주시지 않겠는가."

위엔훙다오는 무슨 말을 할까 머뭇거렸지만, 린뤄푸는 냉랭하게 손을 저으며 말렸다. 그리고 침착하게 그를 한참 동안 바라보았다.

"펑팅성에게 편지를 쓴 게 자네인가?"

서재는 순식간에 침묵에 휩싸였다.

얼마의 시간이 흘렀을까? 위엔훙다오는 겨우 낮은 목소리로 대답했다.

"맞습니다. 이번 징두에서의 암살 시도 사건도 제가 재상 대인의 호위들을 시켜 하도록 조치한 것입니다."

"왜 그랬나?"

린뤄푸는 미간을 찌푸리며 곤혹스러운 듯 물었다.

"내가 재상으로 조정에 있는 동안 친구는 그저 자네 하나였는데……평소에 자네에게 자문을 구할 때에도 내가 항상 자네를 존중하지 않던가? 그런데 왜 그렇게 오랫동안 마음을 숨기고 있다 이제와서 이런 짓을 꾸민 것이며, 내 퇴로조차 모두 끊어버릴 정도의 일을 벌인 것인가?"

위엔훙다오와 린뤄푸는 반평생을 사귀어 왔으니, 정말로 일생의친구라 부를 법했다. 그런 만큼 그는 자연히 재상의 많은 비밀을 알고 있었고, 겨우 한 번의 모함일지라도 린뤄푸는 그저 물러설 수밖에는 도리가 없게 된 것이었다.

재상의 나이 들고 초췌한 얼굴을 보며 마음이 편치 않은 듯, 위엔훙다오가 말했다.

"친구야, 모든 사람들은 각자의 목표가 있지 않겠나. 내가 자네의 서재에서 이렇게 오래 있었던 것도 바로 오늘을 위해서였네. 이번 일은 내가 어떤 사람과의 오래된 약속을 지킨 것으로, 자네가 재상에서 물러날 시점이 올 때, 바로 그 시점에 그 사람에게 도움을 한번 주기 위한 것이네."

린뤄푸는 오랜 친구의 얼굴을 보며 입술 끝이 약간 올라갔다.

"윈루이가 자네에게 얼마나 많은 것을 약속했길래, 이렇게 오랜친구를 팔아서까지 영광을 구하려 하는 건가?"

위엔훙다오는 고개를 저으며 말했다.

"친구를 판 것도 아니고, 영광을 구하려고 한 것도 아니네. 다만폐하께서 자네가 물러나길 원하시는 것이고, 조정이 자네가 징두를떠났으면 하는 것이야. 영광을 구한다고 한 것에 대해서는……나는 원래……만일 자네가 내가 이 일에 관여했음을 모르고 넘어갔다면 자네와 함께 고향에 가서 노년을 함께 보내려 생각했었네."

린뢰푸는 이 말에 매우 놀랐다.

오랫동안 자신과 함께 했던 자신의 모사가 도대체 무슨 생각을 하고 있었던 것인지 갈수록 알기가 어려워졌기 때문이었다.

밤의 어둠이 징두를 뒤덮었다. 위엔홍다오는 하인의 도움을 받아 짐을 챙기고 실의에 빠진 듯한 표정으로 재상 저택의 문을 바라보았다. 그리고는 가볍게 탄식하며 마차에 올랐다. 마차에는 도찰원 어사가 기다리고 있다가 그를 냉랭하게 쳐다보며 물었다.

"위엔 선생, 언제쯤 대리사에 와서 증거를 제출할 것이오?"

위엔홍다오는 그 중년 남자를 쳐다보지도 않고 담담히 이야기했다.

"그럴 필요가 없을 듯하오. 재상 대인이 내일 입궁하여 사직을 고한다고 하니, 폐하께서도 이 사건을 더 이상 조사하길 원치 않으실 거요."

도찰원의 어사는 크게 노하며 꾸짖듯이 말했다.

"확실한 증거가 있으니 폐하께서는 반드시 그 간신을 감옥에 집어넣으실 것이야! 당신도 재상 옆에 그렇게 오래 있었으니 살아남을 수 있겠어? 당신이 만약 증거를 제출하지 않는다면 당신도 이 사건에서 벗어날 수 없을 것이네."

위엔홍다오는 여전히 냉랭한 어조로, 눈에서는 서슬 푸른 차가운 눈빛을 뿜으며 말했다.

"나는 오직 신양 쪽에서 오는 명령만을 받을 뿐이야. 내가 언제 당신 말을 듣고 계획을 실행했지?"

순간 어사는 아연실색하며 그제서야 사건의 전모를 알게 되었다. 재상의 심복이 결정적인 순간 자신의 오랜 친구를 배반한 이유.

이 계획의 배후에 장 공주가 있었던 것이었다.

이른 새벽, 한 대의 마차가 징두 서쪽 문을 통해 신양으로 향하고 있었다. 위엔훙다오는 우산 속에 몰래 감춰둔 날카로운 칼을 만지작거리며 마음속으로 계산을 하고 있었다. 신양에 있는 그 미친 장 공주가 오랫동안 숨겨놓았던 패, 즉 자신을 이후 어떻게 활용할지에 대해 예측하고 있었던 것이었다.

그의 마음속 깊은 곳에서는 재상 린뤄푸에 대한 일종의 죄책감 같은 것이 남아 있었다. 어쨌든 그들이 오랜 친구임은 부인할 수 없는 사실이었고, 심지어 가족보다도 더 많은 시간을 같이 보낸 사이였기 때문이었다. 솔직히 말해 린뤄푸가 그를 죽이지 않은 것만으로 그에게는 감사할만한 일이었다.

옆에 있던 하인을 물리고 나서 그가 탄 마차에는 그 자신 외에는 앞의 마부밖에 아무도 없었다. 마부의 채찍질을 보니 손목의 움직임이 매우 민첩한 것이 제법 무공이 있는 자 같았다.

한참이 지난 후, 마차는 18리 밖에 있는 역전(驛站)을 지나 개미 새끼 한 마리 없는 황량한 산길로 흙 연기를 뿜으며 진입했다. 그리고 마차가 천천히 멈추기 시작했다. 마부는 고개를 돌려 심상치 않은 눈빛으로 위엔훙다오를 보며 말했다.

"원장 대인께서 저더러 대신 감사의 뜻을 전하라고 하셨습니다."

그는 잠시 멈칫하고는 다시 낮은 목소리로 말을 이었다.

"개인적으로도 선생님이 정말 대단하다 생각합니다."

위엔훙다오는 아직도 남아 있는 가슴속 상처를 느끼며 대답했다.

"나 스스로는 대단하다 생각하지 않네. 신양에서의 계획에 대해서나 말해 보게. 아마 이번 일로 장 공주는 나를 확실히 믿게 되었을 것이야.”

그렇다. 그는 일종의 ‘못’이었다.

아주 오랫동안 쳔핑핑에 의해 재상 린뤄푸에게 박혀 있던 ‘못’. 하지만 이날 이후부터는 또 누구에게 박혀, 그 사람을 죽음으로 몰고 갈지 아무도 모르는 일이었다.

“모두 경국을 위한 일이네.”

“모두 경국을 위한 일이요?”

위엔훙다오는 신양의 장 공주에게로 가는 마차 안이었다. 그는 오래전 언젠가 나누었던 대화를 회상하는 중이었다. 아주 오래전에 장 공주가 지금의 재상을 좋아하기 시작했을 무렵, 위엔훙다오는 당시 감사원 2처의 뛰어난 첩자로 이름을 날리고 있었다. 그러던 어느 날 쳔핑핑으로부터 계획 하나에 대해 듣게 되었다. 새로운 신분으로, 새로운 인생을 살아가야 하는 종류의 계획이었다. 산과 같이 높은 지금의 권력을 가지지기 전의 린뤄푸와 그때부터 위엔훙다오는 좋은 친구가 되었다.

당시의 린뤄푸가 권력은 미미했지만, 기세만큼은 대단했다. 위엔훙다오는 침착하고도 무던하게 그의 곁을 지키며, 감사원이 물밑에서 계획한 여러 사건들의 절묘한 도움을 받아가며, 소위 린뤄푸의 ‘진정한 벗’이 되었다. 그 이후로 린뤄푸는 장 공주 덕에 한 해 한 해 지날 때마다 관료 사회에서 점점 더 탄탄대로를 걷게 되었다.

린뤄푸는 위엔훙다오에게 관직에 대한 권유를 수차례 했지만, 그는 단순히 린뤄푸의 식객이자 개인 모사로서 남아있던 것이었다. 이러한 상황은 린뤄푸로 하여금 위엔훙다오를 더욱더 유일한 ‘진정한 벗’으로 여기게 해주었다.

이런 린뤄푸의 믿음과는 달리 위엔훙다오는 시작부터 다른 사명을 가지고 있었던 것이다.

그는 이런 자신의 인생에 대해 점차 적응해 갔다. 계획에 본격적으로 착수한 이후에는 감사원으로부터 특별한 임무를 추가적으로 받은 적도 없으며, 그가 수행중인 이 임무에 대해 알고 있는 소수의 몇과도 만난 일이 거의 없었다. 감사원의 명으로 최근에 처리한 일이라고는, 창산에서 린뤄푸의 둘째 아들이 죽었을 때 그것이 동이성의 소행이라는 의견을 린뤄푸에게 전하는 것 정도였다.

위엔홍다오가 그렇게 말했기에, 린뤄푸도 그렇게 믿을 수 있었다.

위엔홍다오가 자신의 인생을 통틀어 린뤄푸를 배신한 것은 이번이 유일했다. 그리고 이번의 배신으로 재상은 조정에서 물러나게 되었다. 이것이 폐하의 뜻이었고, 그는 감사원의 일원으로서 그 뜻을 집행하는 자에 지나지 않았던 것이다.

린뤄푸는 이번 일로 세상에 대해 조금 더 많이 알게 되었으나, 다음날 궁에 들어가 사직을 고하면서도 심지어 판지엔에게조차 아무런 귀띔을 하지 않았다. 이후 린씨 집안은 어떻게든 판시엔에게 기댈 수밖에 없기에, 그는 사돈 집안이 이 흙탕물 싸움에 조금이라도 연루되지 않기를 원했다.

3월 이 한 달 만에 예부 상서 궈요우즈가 죽었고, 형부 상서 한즈웨이가 지방 관직으로 강등되었으며, 재상 린뤄푸가 조정에서 물러났다.

황제는 린뤄푸를 여러 번 만류하였으나 결국 그의 의지를 꺾을 수 없었고, 많은 돈을 하사해 고향으로 돌아가는 길을 편안케 했다. 도찰원은 더 이상 우보우안 사건에 대해 언급하지 못했고, 억울해하던 우씨 부인은 어디로 갔는지 아무도 모르게 사라졌다.

하지만 폐하는 허종웨이의 재능과 덕행을 칭찬하며, 그에게 과거 시험을 면제해 주었고, 도찰원의 어사라는 직함도 함께 주었다.

"이게 뭐지?"

판시엔은 마차에 앉아 종이를 가볍게 튕기고 있었다.

판시엔은 감사원의 제사 신분이지만 지금은 징두에서 떨어져 북방 국경 근처에 있기에, 징두의 소식을 며칠이 지난 후에야 받아 볼 수밖에 없었다.

그의 장인어른은 순수한 의도를 가진 '좋은 관리'라고는 말할 수 없어도, 재상이라는 자리가 그리 쉽게 얻어지는 것은 아니었다. 그런데 그런 백전노장의 간신이 경국의 관료 사회와의 암투에서 소리 소문도 없이 갑자기 백기를 들었다!

린뤄푸는 지난 일 년간 판시엔을 표나게 도와준 것은 없었지만, 판시엔이 그렇게 대관들과 척지는 행동을 하면서도 그들의 본격적인 복수를 피할 수 있었던 것도, 판시엔이 두 개 부처의 상서를 쓰러뜨릴 수 있었던 것도, 결국 재상이 뒤에서 버티고 있었기 때문임은 누구도 부인할 수 없는 사실이었다.

판시엔의 물음에 샤오은이 대답했다.

"네가 벌인 일들이 관료 세력을 약화시킬 명분을 경국의 황제에게 준 것이지. 네가 재상의 사위인 마당에 황제가 정말로 감사원을 너에게 주기로 한다면 재상은 반드시 물러나야 하는 것이야. 그가 어떻게 물러나는가에 대해서라면, 사실 황제가 신하 하나를 물러나게 하는 방법은 수없이 많고. 더군다나 네 황제는 지금까지 감사원의 그 괴팍한 인간을 활용하는 걸 좋아했잖아."

샤오은이 쳔핑핑을 두고 괴팍한 인간이라는 표현을 쓰기는 했지만, 사실 그는 쳔핑핑을 매우 신뢰하는 듯 보였다.

판시엔의 눈꺼풀이 미세하게 떨렸다. 그가 샤오은과 대화를 하면 할수록 느끼는 것이었지만, 그는 그렇게 오랫동안 감옥에 있었고, 심지어 경국 조정의 현재 세력 판세에 대해서도 많이 알고 있지 않음에도, 몇 가지 사실들만 듣고서도 상당히 정교한 분석을 내놓을 수 있었다. 그런 그에 비하면 판시엔은 자신의 능력이 상당히 초라하게 느껴졌던 것이다. 이 분석 또한 역시나 명불허전이라 생각하며 판시엔이 말했다.

"이제 점점 더 궁금해지네요. 왜 감사원은 선생을 잡은 뒤에 바로 죽이지 않은 걸까요?"

"왜냐하면 내 머릿속에는 아주 유용한 정보들이 많이 있거든."

"그럼 좀 더 악랄하게 대하는 것 정도는 가능했잖아요. 예를 들어 거시기를 잘라버린다던가?"

샤오은은 '거시기'가 무슨 뜻인지는 정확히 몰랐지만 그냥 말을 이어갔다.

"모든 일에는 지켜야 할 선 같은 게 있지. 만약 내가 참을 수 없는 선까지 너희들이 했다면 최소한 나는 스스로 죽을 능력쯤은 갖추고 있었으니까. 거기까지 대가를 치르긴 싫었던 거겠지."

여기까지 들어보니 샤오은의 말은 확실히 일리가 있어 보였다.

판시엔은 샤오은에게 예를 한번 표하고 마차에서 내려왔다. 그는 마차 옆에 서서 멀리 강가에 흔들리는 갈대숲을 보며 황제의 진정한 의도가 무엇인지에 대해 다시 한번 되짚어 보았다.

고인 물이 썩는 법이기에, 재상이 한 위치를 너무 오래 차지하고 있는 것을 제어한 것도 하나의 이유겠지만, 더욱 중요한 것은 감사원을 장악하게 될 자의 장인어른이 재상의 위치에 있다는 것이었으리라. 너무 많은 권력이 한 곳에 모이는 것은 그 권력을 가진 사람에게도 그렇거니와, 누구보다 황제에게 좋지 않은 상황이 될 터였다. 따라서 재상이 물러나지 않았다면 판시엔의 권력이 견제받아야 마땅한 형국이었다.

이런 상황에서 재상이 퇴임했다는 것은, 다시 말하자면 황제 폐하가 최소한 당분간은 판시엔의 권력을 견제할 필요가 없어졌다는 뜻이기도 했다.

'아버지와 쳰핑핑이 린씨 집안의 다른 사람들을 잘 보호해줬으면 좋겠는데.'

이어 판시엔은 일련의 사건에서 나타난 감사원의 역할에 대해서도 다시 생각해 보았다. 그리고는 자신도 모르는 새 분노의 감정이 솟구쳐 올랐다. 감사원은 폐하의 의도를 모르고 있었다 할 수 없을 텐데도, 감사원 제사의 신분인 자신에게 그 일에 대해 어떠한 언급도 없었기 때문이었다. 이와 관련해 스리리의 독에 관한 문제도 떠오르며 그는 마음속으로 분노와 함께 섬뜩함을 느끼고 있었다.

물론 쳰핑핑은 판시엔의 앞길에 계속해서 돌다리를 놓아주고 있는 중이었다.

하지만 문제는 그가 판시엔이 상대방과 어떠한 관계인지를 전혀 개의치 않은 채 냉정하게, 무정하게, 때로는 잔인하게 판시엔의 의견이나 감정과는 상관없이 그 다리를 놓고 있다는 것이었다.

오후가 되고 한참의 시간이 지나자 사절단은 드디어 경국과 북제 사이의 국경 근처에 위치한 커다란 호수에 다다르게 되었다. 이 호수의 이름은 그저 '큰호수'였다. 이런 이름이 붙을 만큼 이 호수는 유독 컸다. 판시엔은 이 큰호수를 바라보며, 만일 샤오은이 진짜 움직일 계획을 가지고 있다면 앞으로 며칠 사이에 일을 벌일 거라는 추측을 하고 있었다.

마차의 행렬은 속도를 천천히 늦추고 야영하기에 적절한 곳을 물색하고 있었다. 흑기병들은 겨울바람처럼 쌩하니 주변을 샅샅이 살피고 나서야 자신들의 부대로 복귀했다.

판시엔은 문득 무슨 생각에서였는지 마차에서 훌쩍 뛰어내려 한참 동안 들르지 않았던 마차로 가 장막을 젖혔다. 마차 안에 있던 스리리는 조금 놀란 듯했으나, 판시엔은 미소를 지으며 말을 걸었다.

"잘 살아 있는 거지?"

스리리는 한참 동안 얼굴을 비추지 않던 판시엔이 건넨 갑작스러운 친근한 말투에 당황하며 가볍게 대답했다.

"하찮은 개미들도 살려고 발버둥을 치는데, 하물며 이 여종(女奴)은 어떻겠습니까?"

판시엔은 여전히 '여종'이라는 칭호가 듣기 싫어 눈썹을 찌푸리며 본론부터 말을 시작했다.

"네 몸에 독이 있는데, 너는 그 독이 무엇인지 모르고 있을 것 같은데?"

"그래요?"

"별로 안 놀라는 눈치네?"

"감옥에서 살아 나오기도 했는데, 그것보다 더 놀랄 일이 있을까요? 감사원이 저를 통제할 목적으로 한 짓이라는 것쯤은 저도 잘 알고 있어요."

"너를 통제하려는 게 아니고 북제 황제를 겨냥한 거야."

스리리는 더 이상 침착할 수 없는 듯 조급해하며 물었다.

"그건 무슨 의미죠?"

판시엔은 스리리의 반응에 알 수 없는 이유로 불편한 마음이 들었다. 하지만 최대한 평정심을 찾아가고 있었다.

"이 독은 네 몸을 통해 북제 황제로 감염되기 위해 만들어진 거야."

스리리는 눈을 동그랗게 뜨고 판시엔의 눈을 바라보더니, 갑자기 입술을 깨물고 원망스러운 말투로 말했다.

"그런데 그걸 왜 저에게 알려주시는 거죠?"

"왜냐하면, 이 말을 들으면 네 태도가 조금은 바뀔 수도 있다고 생각해서지. 그러니 내게 말해 봐. 쳔핑핑이 네게 무엇을 약속했기에 순순히 그의 계획대로 움직이는 거야?"

스리리는 판시엔의 질문에는 대답하지 않고 가볍게 웃으며 말했다.

"됐어요. 어차피 판 대인이 제게 그 사실을 알려줬으니, 샹징에 들어가 해독 방법을 찾으면 될 일이네요. 대인께 정말로 감사드려야 하겠습니다."

"그 독이 목숨을 잃게 하진 않겠지만, 단언컨대 황실의 어의 정도의 실력은 돼야 해독할 수 있을걸? 너 설마, 북제 황실에 가서 네가 그런 독을 지녔다고 말할 건 아니지? 북제 황제가 네게 얼마나 정분이 있는지는 모르겠지만, 이 사실이 알려지면 최소한 너는 평생 황궁으로 들어가지는 못할 것 같은데?"

"제가 황실로 못 들어가면 또 어때서요? 대인과 감사원의 홍수초 계획은 물거품이 될 테지만, 그게 '여종'에게는 또 무슨 관계가 있나요?"

판시엔은 결국 폭발해서 꾸짖듯 말했다.

"여종이라 하지 말라고!"

하지만 스리리는 냉소를 띤 얼굴로 침착하게 말했다.

"정말 황당무계하십니다. 대인과 제 사이가 처음 만났을 때는 남녀 사이였다가, 이후 서로가 서로를 이용하고 난 후에는 서로 의지하는 사이가 되어야 한다는 게."

"아가씨가 그래도 상황은 제대로 파악하고 계셔서 참으로 다행이네요."

판시엔은 무표정하게 대답하였다.

"하지만 제가 왜 쳔핑핑과의 약속을 대인께 알려야 하죠? 대인은 감사원의 제사 대인이면서도 홍수초 계획에 대해서 상세히 알지 못하시나요?"

"이제는 상세히 알게 되었지. 하지만 천 원장이 어떻게 너를 설득한 것인가에 대해서는 잘 모르겠단 말이야. 넌 어차피 첸핑핑에게는 불쌍한 장기판의 말 하나에 불과한데도, 왜 내게 사건의 전말을 알려주지 않는 거지?"

"알려줘 봤자 제게 좋은 게 없잖아요."

스리리는 최대한 평정심을 유지하며 이야기하려 노력했다. 하지만 저렇게 아무런 감정도 없이 말하는 기생오라비 같은 얼굴을 보자 다시 냉랭해졌다.

"첸핑핑이 제게 줄 수 있는 것을, 대인도 줄 수 있다는 건가요?"

"첸핑핑은 늙었고, 난 젊잖아."

이건 또 뭔가.

스리리는 이 엄숙한 담판의 순간, 판시엔이 보여준 어조와 표정이 꺼림칙했다.

'그가 나에게 줄 수 있는 것을, 너도 줄 수 있겠어? 그는 늙었고, 나는 젊다.'

마차 안에서는 갑자기 이상한 분위기가 흘렀다.

판시엔은 다시 해명하듯 말을 이었다.

"사실 대충 예상은 하고 있어. 단, 네가 지금 계획하고 있는 일은 네 생각보다 큰일이야. 첸핑핑은 확실히 나이가 들었고, 어쩌면 몇 년 안에 죽을지도 모르는 일이잖아? 그러니 네가 내게 협조하는 게 성공 확률이 조금이라도 더 높지 않을까?"

"그렇게 했을 때 제게 무슨 이득이 있는지는 아직 답하지 않으셨어요."

"내가 네 몸의 독에 손을 써 줄 수 있다는 것, 그리고 이후 내가 감사원을 장악하게 되면 모든 수단을 동원해 북제 황실에서의 네 앞길을 도와주겠다는 것."

스리리는 냉소를 띠며 말했다.

"경국과 북제가 이웃사촌도 아닌 마당에, 감사원이 아무리 뛰어나다 한들 북제 황실의 일을 어떻게 도와주겠어요? 그리고 제가 언제 북제 황실에서 한자리를 얻고 싶다 했나요?"

판시엔은 순간 말문이 막혔다.

스리리는 갑자기 크게 한번 웃으며 말했다.

"알겠어요. 다른 사람이 들으면 안 되니 좀 가까이 오시죠."

판시엔은 약간 어리둥절해 하면서도 귀를 스리리의 입 가까이 가져갔다.

역시 남자라는 것은.

스리리가 아직 말을 시작하지도 않았지만, 그녀의 숨이 그의 귓불에 닿자 그의 마음은 점점 뜨거워지기 시작했다. 하지만 그녀의 말을 듣고 나자 누가 찬물이라도 끼얹은 것 같이 식어버렸다.

스리리는 웃는 듯 마는 듯한 얼굴로 판시엔을 쳐다보며 낮은 목소리로 말했다.

"제가 이제 말을 했으니 물어보겠습니다. 대인은 이 거래를 지켜내실 능력이 있으신가요?"

판시엔은 아직도 충격에서 벗어나지 못한 채로 고개를 저으며 말했다.

"그것보다 쳔핑핑 같은 사람이 네게 이런 계획을 말했다는 것을 못 믿겠는 걸."

"대인도 못 믿겠다 하는데, 그 사람이 제게 말하지 못할 이유가 뭐 있겠어요? 어차피 제가 떠벌리고 다녀도 천하에 있는 그 누구도 믿지 않을 텐데."

판시엔은 이 사건의 자초지종을 차근차근 처음부터 다시 짚어보고는 미소를 지으며 말했다.

"일찍이 징두에서 소문이 돌긴 했지. 네가 개국 당시 어느 황실 사람의 자손이라고. 처음 들었을 때는 네가 네 가치를 높이기 위해 낸 뜬소문 정도라 생각했는데, 오늘 보니……진짜 그 소문이 사실인 거구나."

스리리는 낮은 목소리로 말했다.

"제 진짜 이름은 리리스(李离思, 이리사)에요."

판시엔은 탄식을 하며 말했다.

"북제 황제가 네 신분을 개의치 않은 것, 천핑핑의 제안을 네가 쉽게 받아들인 것이 다 이유가 있었구만. 다만 지금 내가 꼭 해주고 싶은 말이 있어. 넌 젊은 처자고, 이 음침한 늙은 독사에 비하자면 너무 순수하니까, 꼭 조심. 만약 북제 황실이 조금만이라도 안정되면 천핑핑과의 약속을 포기하고, 아니 그냥 무시해 버리는 게 나을 거야."

스리리는 의아하긴 했어도, 많이 누그러진 목소리로 달콤한 웃음소리를 냈다.

"대인께서 관심을 써 주시니 감사합니다. 이제 제가 말을 했으니, 대인께서는 어떻게 해독해 주실 건지 말씀해 주시죠?"

"내일부터 본격적으로 재료를 찾아 볼게. 그리고 사절단 일이 끝나고 나면 감사원에서 네 동생을 인계받을 방법을 찾아보지. 아니지 정확히 말하면 세자(世子, 황제 형제인 왕의 아들)가 되겠구나. 세자의 안전 문제를 신경 쓸게. 더 이상 북제 모르게 그 세자가 경국에 숨어 지내지 않아도 되게 할 테니 걱정 마."

스리리는 좁디좁은 마차 안에서 몸을 일으켜 가슴에 두 손을 공손히 모으더니 판시엔에게 절을 올렸다.

"이번 수는 너무 조잡해."

신양성의 화려한 이궁(离宫, 수도 밖에서 황제가 머무르는 궁)에는 하얀색의 비단 장막이 봄바람에 흔들리고 있었다. 초봄의 날씨에도 이궁에는 싸늘한 기운이 돌았다. 궁에는 수많은 겨울 매화가 심어져, 징두의 광신궁과도 매우 흡사해 보였다. 하얀 비단 천 뒤로, 겁이 많고 나약해 보이는 아름다운 여자 하나가, 낮은 침대에 반쯤 몸을 기댄 채 예쁜 웃음을 지어 보였다. 그녀의 맞은편에는 심복 하나가 그녀와 바둑을 두는 중이었다.

심복의 성은 황(黃, 황), 이름은 이(毅, 의)였다. 이름은 평범했지만, 모략만큼은 뛰어난 인물이었다. 그는 침착한 미소를 지으며 말했다.

"장 공주 앞에서는 설령 국수(国手, 한 나라에서 바둑의 기량이 으뜸인 사람)라 하더라도 모든 수가 조잡해 보일 수밖에 없겠지요."

"설마."

리원루이의 아름다운 얼굴에 미소가 번졌다.

"그 아이가 워낙 똑똑하니, 일이 잘 풀리는 게 단지 판지엔과 황제 오라버니 때문이라고만은 생각하지 마. 그런데 난, 천핑핑이 내 이 잘난 사위를 왜 그렇게 좋아하는지 이해가 잘 안 돼."

황이는 자기의 허벅지를 가볍게 한번 치면서 말했다.

"설명할 방법은 없지만 굳이 설명해야 한다면, 폐하께서 판시엔을 좋아하시기 때문 아닐까요?"

"판시엔 이 아이는 문이면 문, 무면 무, 빠지는 게 하나 없으니 황제 오라버니가 탐낼 만도 하지. 다만 그 아이는 자신이 너무 똑똑하다고 생각하고 있는 게 안타까울 뿐이야. 결국 조잡한 '한 수'에 불과한데 말이야. 사절단이 제후국들을 피해 빙 돌아간다던데, 안전 때문이겠지? 하지만 황량한 초원에 넓은 호수까지 있으면 도망치기 그저 그만 아닌가?"

"보고에 의하면, 흑기병도 그곳에 있다고 합니다."

리원루이는 웃으며 말했다.

"그러면 샤오은이 도망가기를 포기하기라도 할 것 같은가 보지?"

"그런데 꼭 샤오은이 도망가려 할까요? 장 공주가 샹샨후와 한 밀약에 따르면, 샤오은이 안전하게 북제로 돌아가, 그 아버지와 아들이 손을 잡아야만, 북제 황실 권력의 4할 정도를 장악할 수 있는 것 아닌가요?"

"샤오은이 안전하게 북으로 돌아가도 북제 황실에 꼼짝달싹 못 하는 신세가 되면, 우리들과 샹샨후가 함께 청사진을 그리는 일은 불가능하지. 내가 내 명성을, 그리고 그 불쌍한 젊은 옌빙윈까지 판 것은, 어쨌든 샤오은의 자유를 위해서였어. 그리고 그 덕에 샹샨후로부터 승낙을 받아낸 것이니, 누구라도 샤오은이 자유의 몸이 되는 것을 방해하면 안 되는 거야."

"만약 샹샨후가 이후에 말을 바꾸면 어떻게 합니까? 그도 어쨌든 북제의 대장군인데."

"샤오은이 북제를 위해 목숨을 바칠까? 그리고 내가 약간만 손을 쓰면 샹샨후도 말을 바꾸지는 못 할 거야. 쟌씨 그 멍청한 집안도 그가 말을 바꿀까 걱정하는 것뿐인데."

황이는 미소를 지으며 대답했다.

"역시 장 공주께 대적할 상대는 없는 것 같네요."

"아첨할 것 없어."

리원루이는 수줍게 웃음을 지으며 말했다.

"그래봤자 황제 오라버니께는 한참 못 미치니까."

그녀는 갑자기 한숨을 한번 쉬고, 겹겹이 드리워진 하얀 비단 천을 보면서, 마음이 어디로 간 것인지 한참을 멍하니 있었다.

황이는 그 모습을 넋 놓고 바라보다가, 한참이 지나서야 정신을 차리고 말했다.

"지난번 전단지 일로 공주의 명성이 많이 더럽혀졌습니다만, 아직 누가 한 짓인지 알아내지 못했다 합니다. 다만 징두 수비 예씨 집안에서 전해온 소식에 따르면, 광신궁 자객 사건은 감사원이 깊이 관여된 듯하다 합니다."

장 공주는 여전히 멍하니 하늘을 바라보며, 그의 말을 듣지 않는 듯 보였다. 한참 후에 그녀는 부드러운 입술을 가볍게 움직이며 말했다.

"그런 작은 일에 너무 개의치 마. 우리는 이제 샹샨후를 우리의 배위에 태우기만 하면 되는 거야."

황이는 약간은 불만스러운 듯이 말했다.

"공주 전하가 이렇게까지 불철주야 조정을 생각하고 계신데, 뉴란지에 사건을 두고 그 멍청한 백성들과 부정한 관원들은 공주가 내고를 위해 판 공자를 죽이려 한 것이라고 아직까지 오해하고 있으니. 그건 사실 북으로 병사를 일으킬 명분을 공주가 황제 폐하께 찾아 드리기 위한 계획이었다는 것을 그 누가 알겠습니까······조정은 그로 인해 넓은 영토를 확보하게 되었는데, 이 일에서 누가 공주 전하의 공을 알아주겠습니까."

리원루이는 싫증이 나는 듯 손을 저으며 말했다.

"그만해."

하지만 황이는 마음의 응어리가 다 풀리지 않은 듯 이야기를 이어갔다.

"옌빙윈의 일도 그렇잖아요. 공주 전하가 비밀리에 계획하고 있던 일이 어이없이 세상에 알려지게 된 것인데, 지금 경국 백성들은 모두 공주 전하가 매국 행위를 했다고만 생각하는데, 그 멍청한 백성들은 도대체 공주 전하가 매국을 하면 무슨 이익이 있다고 생각하는 걸까요? 사람들은 사안의 표면만을 바라볼 뿐 공주 전하의 절묘한 책략이 실제 조정에 얼마나 많은 이익을 가져다주는지는 이해하지 못하지 않습니까?"

리원루이는 더 이상 그 이야기를 듣고 싶지 않은 듯 차갑게 말했다.

"위엔홍다오가 도착하면 내게 알려줘."

황이는 말을 더 이어가고 싶은 욕구를 가까스로 참았다. 장 공주는 그런 그를 보며 부드럽게 말했다.

"세상은 내가 미쳐도 너무 미쳤다고 웃고, 나는 세상이 바보 같아도 너무 바보 같다고 웃지. 하지만 황제 오라버니만 좋으면, 경국만 좋으면, 나는 아무것도 신경 쓰지 않아."

황이는 갑자기 등골이 오싹해졌다. 하지만 그게 어떤 느낌인지 몰라도 더 이상 아무 말도 하지 못했다.

"천핑핑은 자기 나름의 계획이 있지. 판시엔도 그 나름의 계획이 있을 거고. 사실 모든 사람들이 대외적으로 말하는 목적은 서로 다르지 않지만, 대내적으로는 조금씩 차이가 있어. 만일 샤오은이 이번에 도망가는 데 실패하면, 사절단에 연락해 이후 샹징에서의 계획에 판시엔의 협조를 부탁해 줘."

'아무리 그래도 어떻게 적과 손을 잡는다는 거지?'

그의 생각이라도 읽은 듯 장 공주는 조롱하는 듯 말했다.

"어떤 일은 너무 많은 생각을 하는 게 오히려 독이 돼. 네가 오늘 한 말이 날 감동시키기라도 했다 생각하는 거야?"

"소인이 어찌 감히……."

황이는 놀란 마음이 진정되지 않아 그저 고개를 숙이며 물었다.

"옌샤오이 쪽의 계획은 잠시 중지할까요?"

"왜 중지해? 판시엔 이 아이는……살아있든 죽어있든, 어쨌든 잘 생기고 어린 남자 아이잖아."

아름다운 여인이 천천히 아래 턱을 들자, 청초한 얼굴에 어떤 결심 같은 것이 번뜩이다 사라지는 게 보였다. 그녀는 마음속으로 생각하고 있었다.

'여자는 천하에서 빛을 발하지 못 한다고? 이전에 한 명이 있었으니, 그럼 내가 두 번째네.'

요 며칠 판시엔은 자신이 징두에서 가져온 약과 이곳 야생에서 구한 식물들을 배합하며 시간을 보내고 있었다. 그가 스리리에게 한 첫 번째 약속을 지키기 위함이었다. 물론 스리리가 일전에 자신을 죽이려 한 일을 잘 알고 있으나, 그래도 판시엔은 스리리의 신세가 조금은 딱하다고 생각하고 있었다. 이러한 감정은 솔직한 것이었다. 그의 그 감정은 약한 척이나 하는 장 공주에게 느끼게 되는 그런 감정과는 완전히 다른 감정이었다.

"넌 언제 북제로 간 거야?"

판시엔이 스리리를 보고 물었다.

"아주 어렸을 때요. 부모님이 저와 동생의 목숨을 구하려 사방을 뛰어다니셨는데도, 감사원의 추격을 결국 따돌리지 못해, 할아버지의 심복들이 거의 다 죽어버리고 말았지요. 그러니 사실 저희들을 받아 줄 곳은 아무데도 없었어요."

스리리는 고개를 떨구며 말을 이었다.

"사실 할아버지에 대한 기억은 거의 없고, 다만 당시 황권을 승계할 가장 유력한 친왕(亲王)이었다는 것 정도만 알고 있어요."

판시엔은 이 말을 듣자마자 그 일이 자신의 어머니가 주도한 일이라는 것을 알았기에 순간 마음이 철렁 내려앉았다. 그는 묵묵히 그

154

녀의 말을 듣기만 하고 있었다.

"감사원의 추격이 계속되자 결국 아버지도 황실 호위들의 칼에 죽임을 당하셨어요. 어머니가 운 좋게 저와 동생을 구해낼 수 있었지만, 그 넓은 경국 땅에 저희가 갈 곳은 없었던 것이에요. 여러 번 고민을 거듭한 끝에 결국 어머니는 이국으로 도망치기로 결정하셨고, 그러다 북제에 정착하게 된 거죠."

집안이 망하고, 아버지가 처참하게 죽임을 당하고, 고향을 떠나 머나먼 이국으로 간다. 고생에 고생을 거듭한 나날들이었으리라. 스리리는 강변에 옅게 끼어 있는 안개를 바라보며 탄식하듯 말을 이었다.

"숨어 있어도 비교적 평온했던 날은 그리 오래가지 못했고, 북제 황제가 저희의 신분을 알게 되면서 저희는 북제의 수도 상징으로 불려갔어요."

판시엔은 그제서야 겨우 입을 열 수 있었다.

"분명 선의로 그런 것은 아니었을 텐데."

"그럼 대인은 선의로 한다는 것인가요? 아니면 경국 황제는, 그리고 경국 조정은 저희 집안을 선의로 대한다고 생각하시는 거예요?"

판시엔은 말문이 막혀, 자책하듯 멋쩍은 웃음을 지었다.

"사실 저 말은 아버지가 돌아가시기 전에 하신 말씀……아버지께서 저렇게 이야기하셨어요."

이때 스리리는 무슨 생각을 하고 있는지는 몰라도, 천천히 두 눈을 감았다. 감은 눈꺼풀 사이에 긴 속눈썹이 가볍게 떨리고 있었다.

"그 뒤로 어머니는 병을 앓다 돌아가시고, 저와 동생은 의지할 데 없는 신세가 돼 버렸어요. 북제의 황실은 저희의 신분과 신세를 이용하길 원했기에 저희를 놓아주지 않았고, 그러다 보니 저희들은 북제의 황실에서 크게 되었죠."

"그럼 어렸을 때부터 북제 황제를 알고 있었던 거네?"

판시엔은 그녀의 옆으로 가서 외풍을 막아주며 말했다.

"그럼 너는 북제 황제와 죽마고우라 할 수도 있겠구만."

"죽마고우가 뭐죠?"

"아니야, 계속 얘기해 봐."

스리리는 어린 시절이 생각나는 듯 미소를 지으며 말했다.

"어렸을 때에는 황제나 왕이라는 게 뭐가 중요했겠어요. 황제는 저와 나이도 같았기 때문에 매일 황궁에서 뛰어놀았던 기억밖에 없어요."

"황제랑 그렇게 친했는데 왜 북제의 첩자가 되어서 경국에 잠입하는 고생스러운 임무를 맡게 된 거야?"

사실 이것이 판시엔에게는 가장 궁금한 것이었다.

"황제께서 저를 부인으로 맞이하고 싶어 했기 때문이에요……그리고 저는 경국에 복수하고 싶었고."

"아니 한 나라의 황후가 될 수 있는 판에 복수는 무슨 복수야?"

"사실 그 혼사는 북제 태후가 반대했어요. 대신 경국에 복수하려는 제 계획에 대해서는 그녀가 협조해 주었기에 경국으로 갈 수 있었던 거예요."

판시엔은 무슨 말을 하려다 잠시 머뭇거렸다. 스리리는 그의 생각을 읽기라도 한 듯 말했다.

"당신이 페이지에의 제자라는 것을 미리 알았다면, 그날 그렇게 맞이하지는 않았을 거예요."

자신이 약을 쓰긴 했어도 그녀의 사정을 다 들은 지금의 판시엔은 미안함보다 걱정이 앞서 불쑥 물었다.

"근데 약에 취해서 일어난 후에도 겁나지 않았던 거야? 자기 몸을 그렇게 아무렇게나 둬도 상관없어?"

스리리는 한참을 머뭇거리다 말했다.

"사실 이렇게 잘생긴 남자와 첫날밤을 보내는 것이라면, 그것도 괜찮다고 생각했어요."

갑작스러운 그녀의 말에 판시엔은 어떻게 대답해야 할지 몰라 자신도 모르게 말을 더듬고 있었다.

"이건……이건…….."

"그건……뭐요?"

스리리는 웃는 듯 마는 듯, 하지만 부드러운 눈빛으로 판시엔을 바라보고 있었다.

제4장

해당화, 하이탕?

밤이 다가오자 마차는 반원형의 모양으로 배치돼 천막을 보호하는 역할을 했다. 천막에는 모두 불이 꺼져 있었다. 사방이 조용한 가운데 저 멀리에서는 흑기병들이 주위를 감시하고 있었고, 야영지 근처는 감사원 관원과 호위들이 번갈아 가며 순찰을 돌고 있었다.

그중에서도 샤오은만은 마차에서 내리지 못했고, 삼엄하게 관리되는 마차 안에서 밤을 지새우고 있었다. 달빛을 받은 검은색 마차는 괴이한 빛을 반사하는 중이었다. 그때 검은 그림자 하나가 바람처럼 날아와 샤오은의 마차 곁으로 다가가더니, 열쇠 구멍에 기름칠을 하고 열쇠를 꽂았다.

아주 작은 소리 하나 없이 자물쇠가 '스르륵' 열렸다.

마차의 문이 열리자 샤오은은 천천히 고개를 들어 그 남자를 바라보았다. 샤오은을 묶어 놓고 있어야 할 족쇄와 수갑들은 이미 다 풀어져버린 상태였다. 샤오은은 마차에서 나와 야영지를 힐끔 바라보았다. 이렇게 순조롭게 일이 풀린다는 것이 오히려 문제가 아닐까 하는 의심이 생겼다. 하지만 그리 많은 생각을 할 여유가 허락되지 않은 그는, 이내 생각을 모두 멈추고 밤의 호숫가로 사라져 버렸다.

자고 있어야 할 판시엔은 이미 천막 안 의자에 앉아 있었다. 손가락으로는 찻잔을 가볍게 만지작거리고 있었는데, 찻잔 안 미량의 마취약은 아무도 알아내기 힘들 것이라 생각하고 있었다. 밖에서 나타나는 미세한 변화를 예민하게 느끼며, 그는 숫자를 세기 시작했다.

"하나, 둘, 셋, 넷……."

삼십까지 센 후, 그는 천막을 열고 밖으로 나와 검은 마차를 바라보았는데, 특별히 이상한 점은 없었고, 심지어 왕치니엔이 문 앞에 몰래 설치해둔 장치조차 건드린 흔적이 없었다.

이때 판시엔이 저녁 식사 후 차 대접을 하지 않은 왕치니엔과 심복들이 그의 뒤로 나타났다. 검은 개 세 마리가 입에 가죽 마개가 씌워진 채, 거친 숨을 헐떡이고 있었다.

판시엔이 손을 휘저었다.

"개를 풀어."

왕치니엔이 목줄을 놓자, 검은 개 세 마리가 굶주린 야수처럼 뛰어 나가며 냄새를 쫓아 어디론가 향했다. 바로 그때 무수한 칼날이 번쩍이더니, 독이 발라진 화살들이 개들을 향해 장맛비처럼 내려와 꽂혔다!

챙챙챙챙!

기습을 감행한 자객은 모두 세 명이었다. 이들은 미리 준비돼 있던 호위들에 의해 제압 당해 셋 중 둘은 몸이 삼등분이 되며 잘려 나갔고, 나머지 하나는 팔이 잘려 나갔다. 상황이 정리되자 가오다가 장검을 다시 등에 꽂았다. 이때 왕치니엔이 급히 달려와 아직 숨이 붙어 있는 마지막 한 명을 바라보았다.

"역시나 감사원에 몰래 숨어 들어와 있었구만."

왕치니엔은 익숙한 얼굴을 보며 예상하고 있었다는 듯 옆의 부하에게 일렀다.

"이놈을 잘 치료해서 죽지 않도록 해. 뭐라도 알아내야 해."

밖에서 한바탕 소동이 일었을 때, 판시엔은 이미 소매와 바짓단을 단단히 묶고 있었다. 옷 뒤에 달린 모자를 뒤집어쓰고 얼굴을 가린 채로, 검은 개들이 튀어 나간 방향을 따라 어둠 속으로 달려갔다.

그 뒤를 호위 일곱이 따라붙었다.

그가 샤오은의 몸에 주입했던 독약이 그토록 강했던 것은, 샤오은으로 하여금 독약을 배출하는 데 많은 힘을 쓰게 하려는 것 이외에도, 사실 그 향을 이용하기 위해서였다. 독약의 향은 매우 옅었으나 그의 모공 속 깊숙이 향이 남아 있었기에, 사람이 맡기는 힘들지 몰라도 개들만큼은 그 향을 맡을 수 있었다.

샤오은이 독약을 배출한다는 것을 알고 난 후, 판시엔은 적극적으로 이번 일을 계획했다. 이 계획에서 샤오은이 진짜 도망에 성공하게 된다면, 경국으로서는 옌빙윈을 돌려받을 방법이 사라지는 만큼, 사실 이 계획은 모든 것을 수포로 만들어 버릴 수도 있는 매우 위험한 계획이었다.

판시엔은 축축한 진흙 위에 서서 앞에 펼쳐진 갈대밭을 보며, 샤오은과의 거리를 침착하게 계산하고 있었다. 그리고 판시엔이 오른 주먹을 들자, 호위 일곱은 그 의미를 알아차린 듯, 사방으로 나뉘어 갈대밭으로 숨어 들어갔다.

샤오은은 최대한 숨소리를 죽이며 동북 방향의 국경선 쪽을 향해 이동하는 중이었다. 그는 그곳에 도착하기만 한다면 누군가 자신을 데리러 오리라는 것을 알고 있었기 때문이었다.

샤오은은 호숫가를 따라 돌아가고 있었고, 판시엔도 그를 따라 돌아가고 있었다.

샤오은의 입장에선 사절단의 통제를 벗어나 자기 사람과 접촉해야 했다.

판시엔의 입장에선 자신이 면밀히 준비한 이 기회를 꼭 잡아야 했다.

샤오은의 흔적이 선명해질수록 긴장감도 더해갔지만, 흔적으로 보아 그는 확실히 나이가 든 것 같았고, 계속 주입해 온 독약도 그의 몸을 많이 상하게 한 것 같았다.

휙!

얕은 수풀 속으로부터 밧줄이 튀어 올라 호위 한 명의 발목을 옭아맸다!

호위의 몸은 순식간에 공중에 떠올랐으나, 그는 당황하지 않고 재빨리 장검을 뽑아 그 줄을 끊어냈다. 하지만 그의 발이 다시 지면에 닿기가 무섭게 화살 한 발이 날아들었다. 그는 또 다시 칼로 재빨리 화살을 막아내고는 급히 어둠 속으로 다시 잠입해 들어갔다.

수풀 속에서는 귀를 찌르는 듯한 소리가 들려왔고, 사방에는 칼날이 번쩍였다. 한 명의 호위가 희생됨으로써 적의 위치를 파악할 수 있었던 것이다. 상황이 정리되자 호위대장 가오다가 다가가 죽은 자의 얼굴을 확인했다.

샤오은이 아니다.

하지만 샤오은은 분명 이곳에 있었다.

샤오은은 몹시 지친 몸을 이끌고 나무 위에 올라가 있었다. 달빛이 숲을 비추자 장검을 찬 호위 일곱이 보였다. 그들은 신중히 주위를 경계하며 점점 그에게로 다가오고 있었다. 이미 시간은 두 시진이나 지나가 동이 틀 무렵이 되어, 크나큰 호숫가에는 옅은 안개가 피어오르기 시작했다. 샤오은은 주위를 침착하게 둘러보고는 짙은 안개가 자신에게는 마지막 기회라는 것을 직감했다.

그는 움직이기로 결심했다.

휙휙휙!

세 발의 화살이 그를 향해 날아왔다. 그는 겨우 화살을 피하긴 했으나 자신의 위치가 노출되는 것은 피할 수가 없었다. 일곱 개의 장검이 공포스러운 그물이 되어 그를 포위한 채 상공으로부터 내려오고 있었다.

그때, 한 시대를 풍미했던 실력과 전투력이 결국 폭발하였다.

그는 순식간에 검을 피해 앞으로 몸을 움직인 후, 두 손으로 칼들을 쳐냈다. 그러자 장검은 힘없이 부러졌고, 그 장검을 들고 있던 두 명의 호위는 묵직한 소리와 함께 저 멀리 날아갔다. 샤오은의 위력이 얼마나 대단했던지, 두 사람이 나무에 부딪치는 충격으로 그들과 부딪힌 나무들은 쓰러져 버리고 말았다!

이틈을 타 몸을 숨기고 있던 판시엔은 전광석화처럼 샤오은에게 달려들었다. 그리고 검은빛을 내뿜는 비수를 샤오은의 목에 겨누었다. 하지만 샤오은은 침착한 눈빛을 버리지 않고, 마치 이 순간을 기다렸다는 듯, 날카로운 고함을 질렀다.

그는 한 손으로 비수를 쥔 판시엔의 왼 손목을 잡더니, 다른 한 손으로는 자신의 손가락을 구부려 독사의 송곳니처럼 판시엔의 두 눈을 찌르려 했다.

그 공격은 매우 빨랐지만, 아무리 빠르다 해도 우쥬의 나무막대기보다 빠를 수는 없었다. 판시엔은 순간적으로 오른손을 내밀어 샤오은의 손목을 잡았고, 그 잡은 손목에 패도 진기를 주입하기 시작했다. 그리고서 샤오은이 당황한 틈을 타 그에게 잡힌 왼손을 빼내, 자신이 쥐고 있던 비수로 샤오은의 손가락을 잘랐다.

그 비수는 다시 샤오은의 왼쪽 어깨로 파고들었다.

많은 시간이 지난 것 같았으나 사실 이 모든 동작은 두 사람이 추락하는 도중에 벌어진 일이었다. 떨어지기 직전 샤오은은 입을 벌려 판시엔의 얼굴을 향해 침을 내뱉었고, 판시엔은 몸을 살짝 틀어 그 침을 가슴으로 받아내는 동시에, 자신의 머리카락 사이에 꽂아 두었던 작은 독침을 샤오은의 목에 꽂았다.

얼마 지나지 않아 샤오은의 몸은 경직되어 갔고, 판시엔의 가슴도 답답해져 갔다.

두 사람이 떨어진 바닥에는 썩은 나뭇잎의 악취가 사방에 진동하고 있었다. 이때 가오다가 온몸에 피가 튀어 있는 판 대인을 발견했으나, 샤오은은 이미 흔적도 없이 사라져 버린 후였다.

"그 노인네는 끝났어."

판시엔은 기침을 두 번 하고는 조용히 말했다.

샤오은 또한, 자신이 이미 끝나버렸다는 것을 알고 있었다. 그는 땅에 떨어지자마자 본능적으로 도망쳐 나왔으나, 더 이상은 싸울 체력도, 힘도 남아 있지 않았다. 만일 이십 년 전이었다면 나무에서 떨어지는 그 순간, 판시엔을 죽이고 남았을 것이었다.

하지만 사람은 모두 언젠가는 늙는다.

그는 상처 입은 늙은 짐승처럼 동북쪽으로 몸을 끌고 있었지만, 이미 가망이 없음을 잘 알고 있었다. 다만 머릿속을 맴도는 것이 있었다면, 왜 판시엔이 마지막 공격을 하지 않은 것인가 하는 의문이었다.

도대체 무슨 힘이 이십 년간의 감옥 생활도 모자라 오늘처럼 중상을 입고도 그를 버티게 만드는 것일까? 짙은 안개가 깔린 숲을 통과해 산을 기어가다시피 올라, 광활한 고원 지대의 초원을 밟으니, 마침내 저 멀리 북제의 영토가 보였다.

'안개가 강을 건너간다'는 뜻의 시적인 이름을 가진 도시 우두허 (雾渡河, 무도하).

그곳의 집들 위에 얹어진 유리 기와들이, 동트는 햇빛을 받아 붉은빛을 반사하고 있었다. 외딴 시골집들이라 유리를 살 만한 여유가 없었지만, 일찍이 근처에 있던 유리 공장이 파산하자 그 공장의 유리 조각들을 주워 자신들의 지붕에다 붙여 놓았음을 그는 잘 알고 있었다.

사람은 한 치 앞도 보이지 않는 어둠 속에서도, 자신이 따라 가야 할 빛을 찾을 수 있는 법이다. 샤오은은 저 멀리 지붕 위의 유리 조각들이 반사하는 빛을 보며, 이십 년이 흘렀어도 세상은 아무것도 변한 게 없다고 생각하고 있었다.

선혈이 낭자했던 초원에서의 싸움은 이미 마무리되어 있었다. 200명 남짓한 흑기병들은 샤오은을 탈주시키려던 무리를 이미 모두 깔끔하게 정리하고, 검은 장벽처럼 초원의 한 편에 서 있었다.

"저 초원에 피를 흘리고 쓰러져간 젊은이들이 후알(虎儿, 샹샨 후上衫虎를 친근히 부르는 말)의 수하들이겠지?"

샤오은은 눈을 가늘게 뜨고 저 먼 곳을 바라보다 마른기침을 하기 시작했다. 그는 이제서야 판시엔의 계획이 무엇인지를 정확히 이해하게 되었다. 자기를 죽이지 않으면서 여기까지 쫓아오기만 한 것은, 저기 쓰러져 있는 북제의 병사들에게 그 책임을 넘기려 했기 때문일 것이다.

그때 그는 가늘고 긴 비수가 아무 기척도 없이 슬금슬금 다가오는 것을 느끼며 목 뒷덜미에서부터 소름이 돋았다.

"생각보다 강하지는 않네요."

판시엔의 침착한 목소리가 울려 퍼졌다.

샤오은은 마른 입술에 침을 한 번 묻히고 스스로를 조롱하듯 말했다.

"내가 생각한 만큼, 내가 강하지 않구만."

"선생의 경험으로 봤을 때 이게 함정이라는 건 쉽게 판단하셨을 텐데, 왜 굳이 계획을 감행한 건가요?"

사실 이 부분이 판시엔이 샤오은을 추적하는 내내 풀리지 않은 수수께끼였다.

샤오은은 순간, 왕치니엔과 대화에서 그가 무심결에 내뱉은 말, 아가씨와 신묘에 대해 이야기 나누던 장면이 떠올랐으나, 이를 판시엔에게 말하지는 않았다.

"왜 날 죽이지 않나?"

샤오은은 여전히 판시엔을 보는 대신 저 멀리 보이는 평화로운 마을을 바라보며 말했다.

"우리 같은 사람들은 일을 끝면, 변수가 생기기 쉽다는 것을 잘 알고 있잖아."

"제가 갑자기 뭔가를 실수했다는 생각이 들어서 그래요."

판시엔은 손에 쥔 비수를 꽉 쥐며 말했다.

"전 장 공주가 보낸 사람들이 당신을 데리러 올 줄 알았는데, 실상 그들은 북제 사람들이었네요."

"난 개인적으로 장 공주를 알지도 못하네."

판시엔은 정말 일이 이상하게 돌아간다 생각하며, 날카로운 눈빛으로 백발이 성성한 샤오은의 뒤통수만 바라보고 있었다.

"다시 한번 말하는데, 어차피 나를 죽일 거라면 여기서 죽이는 게 좋아. 그래야 내 탈출을 도우려 한 저 북제 병사들에게 책임을 씌울 수 있겠지. 만약 날 북제에 넘겨준 뒤 다시 죽이려 한다면, 최소한 네 동료들의 생사는 생각해 두어야 하지 않겠나?"

판시엔이 이번에 국경 근처에서 샤오은을 죽이려 한 계획은 사실 모험이었다. 더 정확히 말하자면 옌빙윈의 생명을 담보로 한 모험이었다. 사실 지금 샹샨후의 사람들이 샤오은의 탈출을 도우려다 죽었으니 만큼, 이 혼란한 상황에서 샤오은까지 죽었다 해도, 북제 황제가 그 사실만으로 옌빙윈을 돌려주는 것을 거절하기는 어려울 것이다.

즉, 샤오은의 말은 정확했다.

다만, 판시엔은 계속 이해되지 않는 한 가지가 남아 있었다.

예상대로라면 옌샤오이가 군대를 끌고 여기에 왔어야 했다는 것이다. 만약 장 공주를 끌어들이지 못한다면, 샤오은만 죽이는 것이 그에게 무슨 의미가 있을까.

샤오은은 무표정한 얼굴로 말을 이었다.

"너희들은 왜 나를 호랑이라 생각하는가? 난 그저 다른 사람이 모르는 사실 몇 개를 알고 있어, 이제껏 목숨을 부지할 수 있었던 것뿐이야. 경국에서 이미 이십 년이나 갇혀 있었는데, 북제에 가면 또 갇히게 될 신세이니, 사실 이 나이에 죽는 것이 뭐가 두렵겠는가……난 그저 자유를 원할 뿐이네."

"천 원장이 선생을 북제에 안전하게 돌려보낸 뒤에 다시 죽이라고 한 의미를 알 것 같기도 하고요……."

"천핑핑은……아무것도 몰라. 다만 날 죽일 수 없다는 것만 알고 있지. 나를 가둘 순 있지만 내 입에서 무언가를 듣기 전에는 날 죽일 수는 없지. 거만하게 계획만 세울 뿐, 사실 아무것도 모르는 병신 같은 놈이야!"

너무 격하게 소리친 나머지 샤오은은 기침을 해대기 시작했다. 상처가 이미 많이 벌어져 있어 기침과 함께 선혈이 푸른 풀밭 위로 튀었다.

"도대체 비밀이 뭐예요? 그러니까 무슨 일을 알고 있는 건데요?"

"심지어 천핑핑도 인내심을 잃고 나를 꺼내, 너 같은 젊은이의 무공 수련 사냥감으로 만들고 말았지."

샤오은은 조롱하듯 말을 이었다.

"그런데 설마 내가 그것을 지금 네게 말해줄 거라 생각하는 건가?"

"선생은 죽음도 두려워하지 않는다면서, 그깟 비밀 하나 말해주지 못하는 거예요?"

"젊은이, 이 세상에는 죽음보다 더 무서운 일들도 있네."

판시엔은 답답한 마음에 고개를 돌려 주변을 보았다. 장검을 들고 지근거리에서 조용히 지켜보고 있는 호위 일곱을 보며 판시엔은 미소를 한 번 지었다. 다시 한번 오른쪽으로 고개를 돌려보니 저 멀리서 질서 정연하게 대오를 이루고 서 있는 흑기병들이 보였다.

왠지 마음이 편안해졌다.

바로 그때!

판시엔은 아무런 징조도 없이 왼쪽으로 미끄러지듯 몸을 숙이며, 자신의 손에 들고 있던 독침을 수풀 속을 향해 찔렀다!

그리고 마치 독사처럼 공중으로 튀어 올라 비수를 수직으로 내리꽂았다. 그의 곁에 대기하고 있던 호위들은 판시엔의 갑작스러운 공격에 약속이나 한 듯, 일제히 장검을 뽑아 수풀 속을 공격했다!

모두의 예상과 달리 수풀 속에서 갑자기 나타난 것은 하얀 손.

마치 반딧불을 잡으려 하는 어린 여자아이를 연상시키는 하얀 손.

그 손은 너무도 쉽게 판시엔이 쥐고 있던 독침을 자신의 엄지와 검지 사이로 잡아냈다. 그러더니 그자의 그림자가 수풀 밖으로 날아올라 비수를 피하고는, 춤을 추듯 장검들을 하나하나 피해 나갔다. 그리고 마지막에 서슬 퍼런 칼날을 발끝으로 사뿐 밟고는 풀밭 위로 훌쩍 뛰어내렸다.

그자는 여자였다. 꽃무늬 두건을 두르고, 가슴팍에는 신선한 버섯 한 바구니를 든 여자. 좀 더 정확히는 시골 아가씨라고나 할까?

"죄송하지만 아가씨는……?"

판시엔은 그녀를 보며 마치 살랑살랑 불어오는 봄바람 마냥 부드럽게 물어보았다. 여자가 고개를 들었다. 외모는 그리 특별할 게 없어 미인이라고 부를 수는 없었으나, 두 눈동자는 이상하리만치 밝게 빛나고 있었다. 그 눈빛으로 푸른 새벽하늘 아래 저 드넓은 초원까지 모두 다 비출 수 있을 법한, 맑고 밝은 빛이었다.

판시엔은 잠시 정신이 나갔다. 그리고는 곧, 손을 공손히 모아 예를 올리며 말했다.

"저는 감사원 사람으로, 경국 황제의 명을 받아 중죄인을 북제로 호송 중입니다. 아가씨께서 왜 여기 계신지 모르나, 제가 실례를 범했다면 용서해 주시기 바랍니다."

이 시골 아가씨는 판시엔보다 강한 것이 확실했다. 그래서 판시엔은 만면의 미소로 더없이 공손하게, 어쩌면 자기도 믿지 못할 말들을 꺼내고 있었는지도 모른다. 시골 아가씨에게서 살짝 웃음이 피어났다. 그리 예쁜 얼굴은 아니지만, 그 웃음으로 생기가 돋아나, 매우 친근한 인상을 주었다.

"판 공자의 무기가 바늘인 것을 오늘에서야 알았네요."

상대방이 자기 이름을 아는 데다, 자신을 잘 아는 척하는 모습이 견디기 힘들어 판시엔은 쓴웃음을 지으며 말했다.

"제가 그렇게 유명한가요?"

"이 시대의 시선(詩仙)이니 천하가 모두 알고 있지요. 게다가 그 시선이 감사원 제사 대인의 자리에까지 앉았으니, 이런 황당하고 놀랄 만한 일을 모르는 사람이 어디 있겠어요?"

이 말을 뱉으며 그녀는 판시엔의 작은 바늘을 초승달 빛에 비춰 보았다.

"아, 뜻밖에도 이건 옷을 꿰매는 바늘이군요?"

그녀는 바늘귀의 구멍을 발견하고 뜻밖에 즐거움을 얻었다는 듯 기뻐했다.

'당연히 내 여동생이 준비해줬으니 옷을 꿰매는 바늘이겠지.'

"그런데 아가씨, 우리의 이런 한가로운 대화를 샤오은 선생은 듣기 괴로우실 것 같은데요……이미 피를 많이 흘리고 있어서."

샤오은은 판시엔의 이 말을 듣고 살짝 웃었다.

시골 아가씨도 웃었다.

"어차피 당신은 그를 죽일 것 아닌가요?"

"그럴 리가요. 북제의 반군이 죄인을 탈취해서 양국의 평화 협정을 파기시키려는 바람에 샤오은 선생이 죽을 뻔했지요. 하지만 살았습니다."

시골 아가씨가 허리에 손을 올리며 히히 웃는데, 정말 시골 아낙네와 다름이 없었다.

"판 대인은 시만 잘 짓는지 알았더니, 얼굴색 하나 안 변하고 거짓말도 잘하시는군요. 역시 말로만 듣던 천맥자답습니다."

"아가씨야말로 전설 속 그 천맥자 아니신가요? 저는 그저 열심히 살아가는 행운아 정도로 하지요."

시골 아가씨는 점점 재밌어진다는 듯 판시엔을 쳐다보았다.

그리고 둘은 길고 고요한 침묵 속으로 빠져들었다.

한참 후, 마침내 그녀는 자신을 소개했다.

"전 둬둬(朵朵, 타타)라고 해요."

"하이탕 둬둬(海棠朵朵, 해당타타)?"

"맞아요."

"하이탕 아가씨는 샤오 선생을 북제로 데려가려는 건가요?"

"둬둬라 부르세요, 그게 더 듣기 편해요."

이때 샤오은이 갑자기 조소를 지으며 쉰 목소리로 말했다.

"너희들이 천맥자는 무슨……그저 말장난하기 좋아하는 애들 주제에."

하이탕은 습지 위에 앉아 있는 샤오은에게로 천천히 다가가서 공손하게 말했다.

"스승님의 명을 받아 샤오 대인을 샹징까지 모시러 왔습니다."

샤오은 대신 판시엔이 두 손을 가지런히 모으고 부드러운 목소리로 대답했다.

"아직 국경도 넘지 않았는데, 하이탕……아니 둬둬 아가씨, 조금 급하신 것 같네요."

이 말과 동시에 판시엔은 자신의 오른손을 올렸다.

이 신호에 뒤에 서 있던 호위 여섯이 자세를 바꾸어 하이탕을 향해 당장이라도 돌격할 수 있도록 진영을 바꾸었다. 그리고 가오다는 언제라도 죽일 수 있다는 듯, 샤오은의 목에 장검을 겨누었다.

하이탕은 이 모습을 보고 침을 풀 속으로 던져버리고는 툭 던지듯 말했다.

"판 공자, 설마 제 앞에서 샤오 선생을 죽이시려구요?"

판시엔은 그녀의 말이 이상하게 들렸다.

물론 그의 직감이었을 뿐이었지만, 그는 항상 자신의 직감을 믿었다. 그녀는 샤오은을 데려가려는 것이 아니라 샤오은을 죽이러 온 것 같았다. 갑자기 판시엔의 머릿속이 복잡해지기 시작했다.

'도대체 샤오은이 어떤 의미이길래 쿠허조차 그를 죽이려는 것인가? 어차피 장 공주를 끌어들이지 못한 이상, 샤오은은 일단 살려 놓고 봐야겠다.'

판시엔은 의미심장한 미소를 지으며 호위들에게 샤오은을 엄호하여 흑기병이 있는 곳으로 끌고 가라고 명했다. 그리고는 꽃무늬 두건을 쓰고, 버섯 바구니를 들고 있는 하이탕 아가씨에게 달려들었다!

츠츠츠츠츠츠츠츠.

바람의 가르는 소리가 일곱 차례 들리고 나서, 판시엔은 모든 진기를 실은 비수를 이용해 공격을 감행하기 시작하였다. 하이탕은 평범해 보이는 단검 하나로 모든 공격을 가볍게 막아냈다. 판시엔은 그녀의 실력에 속으로 감탄하고서, 손에 있던 비수를 장화에 집어넣으며 공손히 예의를 갖춰 말했다.

"무기를 든 싸움에서는 아가씨의 상대가 되지 못할 듯 보이네요. 아가씨의 권법을 좀 가르쳐 주시지요."

하이탕은 어리둥절했으나 자신의 칼도 칼집 안에 천천히 집어넣었다.

그때 순식간에 앞으로 돌진해 온 판시엔이 꽃무늬 옷 아래 볼록하게 튀어나온 하이탕의 가슴팍을 향해 주먹을 날렸다. 그녀는 마치 버드나무처럼 부드럽게 자신의 몸을 뒤쪽으로 살짝 젖히고는 발뒤꿈치를 축으로 해서 반원을 돌고 나서, 바람처럼 사뿐히 그의 뒤로 날아가 그의 뒤통수를 향해 손바닥을 내리쳤다. 부드러운 공격이었지만 그 뒤통수 공격을 정면으로 맞으면, '시선(詩仙)'이 순식간에 '시의 혼령'이 될 수 있을 만큼 위력적인 공격이었다.

그때 판시엔은 뒤를 돌아보지 않은 채 자신의 장화에서 비수를 다시 꺼내 그녀의 겨드랑이 아래를 찔렀다!

그가 이토록 저열한 수법을 사용할 줄 하이탕이 상상이나 했겠는가? 하지만 그녀는 조금도 당황하지 않고, 손가락으로 비수의 측면을 튕겨버렸다. 비수는 옷을 살짝 찢으며 바구니에 꽂혔고, 대나무 바구니는 산산조각났다.

이어 엷은 향기를 뿜는 하얀 연기가 두 사람 사이로 퍼져나가기 시작했다.

본능적으로 하이탕은 숨을 참으며 재빨리 뒤로 물러섰다. 판시엔은 이를 기다리기라도 했다는 듯, 자신의 소매 아래 암궁 화살 세 발을 쏘았다. 하지만 하이탕은 꽃무늬 두건을 재빨리 펼쳐 그 화살마저 막아냈다.

판시엔의 마음에는 패배감이 몰아치고 있었다.

하이탕의 마음에는 분노와 역겨움이 올라오고 있었다.

"한 시대를 놀라게 한 젊은 판 대인을 일컬어 '고수'라 할 수 있을지는 몰라도, 이렇게까지 파렴치한 것을 보니 무도의 정신을 가진 '무인'이라고 할 수는 없을 듯하네요."

"저는 스스로를 무도의 고수라 생각해 본 적이 없으니, 강호의 규율 따위는 알지 못합니다. 저는 경국 감사원의 제사이고, 다시 말해 관원인데, 아가씨가 북제 사람으로서 이렇게 제멋대로 국경을 넘어와 공격을 해대니, 저는 아가씨를 잡아 죄를 다스리려 한 것뿐인데, 그 목적에 어떠한 수단을 쓰든 무슨 상관이 있겠습니까?"

하이탕은 이 말에 일리가 있다는 듯 잠시 눈을 감으며 그 말을 곱

씹어 보았다. 그리고 깊은 한숨을 한번 내쉬었다.

사실 그녀의 이 동작은 다음 공격을 준비하기 위해 진기를 모으려는 것이었다. 새벽바람에 초원의 풀잎이 가볍게 흔들리기 시작하자 하이탕의 단검도 부드럽게 판시엔을 향해 다가왔다.

부드러워 보였으나, 상당히 위협적인 공격이었다.

판시엔은 그가 마주하고 있는 9품 상(上) 실력의 절대 강자를 이길 방법이 없다는 것을 이미 잘 알고 있었다. 그래서 그는 비수와 자신의 양손을 내려놓고서 그녀의 공격을 피하기로 마음먹었다.

항상 실패했던 방법.

하지만 지금까지 그 상대는 우쥬 삼촌.

하이탕? 아무리 9품 어쩌고저쩌고 해도, 최소한 우쥬는 아니었다.

하이탕의 손에 있는 단검이 산들바람처럼 부드럽게 판시엔의 몸을 휘감았다. 판시엔은 펄쩍 뛰기도 하고, 털썩 주저앉기도 하고, 벌러덩 눕기도 하는 등 각양각색의 자세로 그 공격을 피했다. 남이 보면 다소 우스꽝스럽기도 한 장면이었다. 하이탕의 칼날은 그의 왼쪽 귀를 스치거나, 오른쪽 새끼손가락을 스치거나, 그의 목 옆의 이슬까지 벨 수 있어도 판시엔의 몸을 정확히 찌를 수는 없었다.

공격이 계속되자 하이탕의 눈에는 당황하는 기색이 역력했다. 그녀는 분명 판시엔이 자신의 적수가 될 수 없음을 잘 알고 있었다. 그가 궁지에 몰려 있다는 것도 잘 알고 있었다. 하지만 왜 마지막 일격을 이토록 날리기가 어려운지는 도무지 이해가 되지 않았다.

판시엔의 이마에서는 굵은 땀방울이 쉴 새 없이 흘러내리고 있었지만, 그는 계속되는 공격에 그걸 닦을 여유가 없었다. 하이탕의 공격을 아슬아슬하게 계속 피할 수는 있어도, 그가 이길 수 있는 방법은 없었다. 이럴 바에는 처음부터 사생결단의 심정으로 그녀에게 달려드는 편이 더 나았겠다는 생각도 잠시 들었으나, 이제 와서 더 이상 다른 방법을 찾을 수는 없었다.

바로 이때, '휙' 하는 소리와 함께 검은 화살 하나가 공중을 가르며 하이탕의 얼굴을 향해 날아왔다. 하이탕은 담담히 몸을 살짝 틀었다. 화살은 그녀의 뺨을 스치고 지나가 땅바닥에 꽂혔다.

두 발의 화살이 더 날아왔고, 이어 세 발의 화살이 더 날아왔다!

빗발치는 화살과 함께 우레와 같은 말발굽 소리가 점점 커지기 시작했다. 드디어 흑기병이 이 습지에 도착한 것이었다.

"운이 좋네."

하이탕은 다가오는 흑기병과 어느 정도 거리를 벌리며 멀어져 갔다. 그녀는 흐트러진 자신의 긴 머리카락을 손으로 빗으며, 저 멀리서 힘겹게 몸을 일으키고 있는 판시엔을 쳐다보았다. 판시엔은 쓴웃음을 지었다. 그리고 말할 힘도 없이 멀리 떨어져 가는 시골 아가씨에게 손을 흔들어 작별 인사를 했다.

습지에 다시 평온이 찾아오자 흑기병들은 말에서 내려와 일제히 외쳤다.

"흑기병, 제사 대인을 뵙습니다."

'드디어 끝났다'

"여기에는 도처에 독이 퍼져 있으니, 말들도 당황하고 불안해 할 수 있어. 너희들도 조심해."

"누군지 알아냈어?"

판시엔은 왕치니엔을 한번 보더니 냉랭하게 물었다.

"밤에 마차 문을 연 것은, 신양 쪽 사람이 감사원에 심어 놓은 자의 소행인 듯합니다. 샤오은을 우두허에서 접촉해 데려가려고 했던 사람들은, 위장을 하긴 했어도 북제 대장군인 뤼징(呂靜, 여정)의 사병들인데, 그는 십 년 전 샹샨후의 군대에 있었던 것으로 알려졌습니다."

판시엔은 고개를 끄덕이며 말했다.

"샤오은과 샹샨후의 관계는 이미 알고 있었으니 뤼징도 놀라울 만한 이름은 아니고. 이상한 것은 신양인데, 샤오은이 안전하게 북제로 돌아가게 할 수 있는 상황인데도 신양은 왜 그의 탈출을 도우려 했던 거지?"

그는 신양에 있는 장 공주와 북제가 어떤 밀약을 맺었는지에 대해 도무지 알 수 없어 머리가 아파오기 시작하였다.

"샤오은이 북제 황실의 손에 떨어지게 되는 것을 장 공주와 샹샨후가 원치 않기 때문 아닐까요? 보아하니 북제 황실은 샤오은이 필요한 게 아니라, 샤오은이 가지고 있는 비밀을 필요로 하는 것 같습니다."

"자네 말이 맞다면, 샤오은이 북제에서 다시 실권을 쥐기보다는 감옥에 갇히게 될 가능성이 더 크다는 이야기네."

판시엔은 자문자답하듯 이야기를 이어갔다.

"보아하니 북제의 젊은 황제도 샹샨후와 샤오은의 관계를 알고 있는 듯하고. 그런데 그 비밀이라는 게 뭐길래 다들 이러는 거지? 쿠허는 하이탕까지 보내 그를 죽여 입을 막으려 하고, 쳔핑핑도 그것 때문에 샤오은을 살려 두었다 하고 말이야."

"제가 생각해도 이번엔 좀 어리석었던 것 같아요. 당신을 죽이려 그렇게 고생하며 계획을 세웠는데, 결국은 당신을 보호하게 되어 버릴 줄이야."

판시엔은 말했다. 샤오은은 쉬어 버린 목소리로 대답했다.

"세상의 일이란 게 원래 그래. 되려 너무 순조로우면 이상한 거지."

"그렇지만 저는 당신을 죽이고 싶은 마음이 아직 있어요."

"하이탕은 쿠허의 제자인데, 북제에선 쿠허 그 대머리 새끼의 말을 안 듣는 놈이 하나도 없어. 그 아가씨가 내가 아직도 살아있다는 걸 아는 만큼 국경의 그 시체들을 자네가 설명할 방법이 없겠구만. 그렇다고 나를 다시 죽인다? 그럼 옌빙원을 돌려받을 방법이 없게 되고 말이지. 진퇴양난이구만."

"도대체 당신이 숨기는 비밀이란 게 뭐예요? 습지에서도 당신이 그 비밀을 말하려는 순간 그 하이탕인가 뭔가 튀어나와 당신을 죽이려고 하던데."

"네가 말한 장 공주와 난 일면식도 없고, 그녀는 당시 너무 어렸기에 그 비밀을 알 수도 없지. 보아하니 그 여자는 나의 생사를 가지고 내 의붓아들 샹샨후와 모종의 밀약을 맺은 듯한데. 쿠허는 내 입을 어떻게든 막으려 할 테니 언제든 다시 날 죽이려 할 테고. 넌 호기심이 많은 건지, 아님 다른 이유인지는 모르겠지만, 내 비밀을 알고 싶어 하는 만큼 나를 살려 두고 싶은 것이고……일이 이렇게 되었으니 네가 날 지켜주는 수밖에는 없구만."

"그러니까 제가 함정을 파 둔 걸 알면서도 도망치려고 했던 것이군요? 제가 최소한 당신의 목숨은 지켜줄 거라 생각했으니까."

"맞아. 이번에는 네가 진 거야. 그리고 난 그 패를 마지막까지 쥐고 갈거네. 안 그러면 네가 날 기꺼이 죽여버릴 테니."

"인정하죠. 전 그 당신의 패라는 것에 상당한 관심이 있으니, 이번엔 깨끗이 패배로 인정하고, 당신을 죽이는 것쯤은 잠시 보류하도록 하죠. 하지만 이번에 도망가지 못했으니, 당신이 안전하게 북제로 가 봤자 당신은 북제 황실 감옥에 갇히는 신세가 될 것이 뻔하고, 그 비밀을 지키면서 늙어 죽어가게 될 거라는 정도는 명심하는 게 좋을 거예요."

판시엔은 이 말을 하며 순식간에 손을 뻗어 숲속에서 싸울 때 샤오은에게 꽂아 놓았던 독침을 천천히 뽑았다. 샤오은은 무거운 신음소리를 내더니 얼굴에 매우 고통스러운 표정을 지었다. 전신의 크고 작은 상처들로부터 피가 동시에 쏟아져 나오기 시작했다.

"이 침이 당신 혈맥의 운용을 잠시 막아 두고 있었던 것인데, 그와 동시에 피를 멎게 하는 기능도 했었죠. 다시 말하자면 지금부터 당신은 20여 시진이 지나면 과다 출혈로 사망하게 된다는 거예요."

샤오은의 몸에서는 끊임없이 피가 흘러 그의 옷은 이미 피로 다 물들어 있었다. 그의 얼굴은 더욱 창백해졌고, 피 냄새와 늙은이 특유의 냄새가 함께 섞여 죽음의 냄새를 강하게 풍기고 있었다.

하지만 그의 입은 여전히 굳게 닫혀 있었다.

한참이 지난 후 판시엔은 이 방법도 소용이 없음을 알았다. 그는 다시 샤오은의 다른 혈에 침을 꽂으며 말했다.

"장모우한을 잡아서 당신을 위협하면 비밀을 말해주실래요?"

샤오은은 이 젊은이가 어떻게 자신과 장모우한이 형제 관계임을 아는지 어리둥절했다. 그는 판시엔의 말을 계속해서 듣고 있었다.

"물론 당신처럼 독사같은 자가 형제라 한들 신경을 쓰진 않겠지만."

판시엔은 웃는 얼굴을 하고 있었지만 상대를 압박하는 말투를 거두지 않았다.

"나중에 기회가 있으면 신묘에 대해 말하시는 게 좋을 거예요. 안 그러면 제가 직접 장모우한을 죽일 거니까."

"신묘? 신묘!"

샤오은은 자신도 모르게 쉰 목소리로 신묘라는 말을 두 번이나 중얼거렸다.

'이놈이 어떻게 내 비밀이 신묘와 관련돼 있다는 것을 알았지?!'

판시엔은 샤오은의 호기심을 만족시켜 주기라도 하려는 듯 말했다.

"신묘인지 어떻게 알았냐구요? 전 쳰핑핑이 세상에서 모르는 일이 하나 있다면, 그것은 신묘라고 확신하거든요."

'젠장 우쥬 삼촌의 기억만 돌아오면 이 고생을 할 필요도 없을 텐데.'

이 말을 끝으로 판시엔은 샤오은의 마차에서 내려왔다.

그는 내린 후 멈칫하며 두 눈을 감고 생각하더니, 이내 다시 그 마차에 올랐다.

"너는 감히 도망칠 생각을 했었고, 그래도 나는 너를 죽일 수 없으니, 너의 다리라도 부러뜨려 대가를 받아야겠어. 만약에 자살이라도 하고 싶다면 마음대로 해. 하지만 고향이 가까이 있는데 너에게 그럴 용기가 있을지 모르겠네."

마차에서는 두 번의 무거운 신음 소리와 함께 피 냄새가 스멀스멀 퍼져 나왔다.

"너 하이탕이라고 알아? 쿠허의 제자라던데."

판시엔의 말에 스리리는 알겠다는 듯 대답했다.

"말씀하신 게 뒤뒤예요?"

"응, 하이탕 뒤뒤. 오늘 그녀를 봤어."

이어서 판시엔은 오늘 일어난 일을 얘기해 주었다.

"신선 같은 인물로 상상하고 있었는데, 시골 아가씨 차림일 줄 누가 상상이나 했겠어?"

"뒤뒤는 보통 인물이 아니에요. 그녀는 어렸을 때부터 무도에 미쳐서, 시나 그림 같은 것엔 아무런 관심을 가지지 않고, 그저 쿠허 국

178

사만 따라다녔어요. 그러면서 채소 심고, 무술 수련하고, 꽃 심고, 또 무술 수련하고 그랬죠."

판시엔은 이 말에 농부 같은 모습의 징왕이 생각났다. 쿠허의 수하들은 무도 수련을 천인합일(天人合一)의 길이라고 여겨 자연을 매우 중시했다. 하이탕이 오늘 시골 아낙네처럼 보인 것도 결코 연출은 아니었던 것이다.

"대인도 조심하시는 게 좋을 거예요. 그녀는 진짜 엄청나거든요. 제가 도움을 드리고 싶어도 북제에 들어가기 전엔 그녀에게 말을 전달할 방법이 없으니."

"어차피 북제에 들어가면 그녀는 날 못 건드려. 양국 사이에 전쟁을 다시 일으키고 싶어 하는 게 아니라면."

판시엔은 스리리 앞에서 태연하게 말했지만, 사실 하이탕의 지극히 평범해 보이던 단검을 생각하면 등골이 오싹했다. 흑기병이 조금이라도 늦게 왔다면 자신은 아마 그 단검에 죽음을 당했을 것이었기 때문이다.

'이 빌어먹을 우쥬 삼촌은 내게 한마디도 안 하고 또 어딜 간 거야? 최소한 상자라도 주고 가야지. 상자를 주라고!'

멀리 국경선과 맞닿은 갈대밭 옆 차가운 호수에서는 머리 하나가 불쑥 올라오더니 물길을 따라 하류로 흘러가고 있었다. 한 시대 대종사의 제자, 북제 사람들에게 천맥자라 칭송받는 하이탕이 호수 위로 상반신을 드러낸 채, 치밀어 오르는 분노로 얼굴 가득 살기를 띠고 있었다.

그녀는 이미 반 시진 동안이나 독을 빼고 있는 중이었다.

연신 찬물 속으로 오르락내리락거렸지만, 그녀의 몸속에서는 불이라도 난 듯 뜨거운 기운이 계속해서 올라오고 있었다. 하이탕은 입술을 가볍게 물고 마침내 어떻게 된 사정인지 알겠다는 듯 낮은 목소리로 욕을 해댔다.

"이런 파렴치한 놈!"

판시엔이 그녀에게 사용한 것은 '독약'이 아니라 '춘약(春葯)'이 었다.

물론 춘약은 인류에게 상해를 입히는 약이 아니며, 오히려 인류의 번식을 촉진시키는 데 도움을 주는 약이다. 단, 하이탕이 독을 빼내기 위해 진기를 운용하면 할수록, 그 효과가 빨리 퍼지는 것을 막을 수 없었을 뿐이었다.

초봄의 차가운 호수에서, 아가씨 하나가 심장을 벌렁벌렁거리며, 몸이 달아오르는 것을 참지 못하고 있었다.

하이탕은, 판시엔이 어떻게 관원의 신분으로, 심지어 무도까지 했다는 인간이 이런 저급한 짓을 할 수 있나 싶어 화가 머리끝까지 났다. 독침을 잡으며 생긴 엄지와 검지 사이의 작은 상처를 보며, 하얀 연기가 퍼질 때의 그 순간을 생각하니 정말 돌아버릴 것 같았다.

"판시엔, 내가 널 반드시 죽인다!"

그녀의 벌렁거리는 심장과 달아오른 몸이, 엉뚱한 방향으로 욕구를 분출하게 만들어 버렸다.

판시엔은 왕치니엔과 함께 내일 우두허를 넘기 위한 계획을 짜는 중이었다. 국경을 넘어 인질들을 북제에 인계하기만 하면 무슨 문제가 생기든 북제의 책임이었기에, 내일까지만 무사히 보내면 될 일이었다.

"네 놈이 무슨 짓을 저질렀는지는 알지?!"

앞쪽 산길에서 분노로 가득 찬 목소리가 들려왔다. 젖어 있는 긴 머리의 낯익은 여자가 판시엔을 뚫어지게 쳐다보고 있었다.

왕치니엔은 속으로 크게 놀랐지만, 판시엔은 침착한 얼굴로 그에게 말했다.

"자네는 이제 가 봐."

왕치니엔은 조급하고도 걱정되는 마음에 어찌할 바를 모르며 진영으로 돌아갔다.

'흑기병이 습지의 독 때문에 말들에게 말썽이 생겼다던데, 그들이 제 시간에 못 돌아오면 어떡하지?'

판시엔은 고개를 약간 숙이며 하이탕을 보았다.

"저 친구가 가서 내 지원군들을 불러오는 게 걱정되지 않아?"

"넌 곧 내 손에 죽는 게 걱정되지 않아? 내가 3초식 안에 널 죽일 건데."

"한번 해 보든지……몸의 독은 잘 처리했나 보지?"

하이탕이 분노하며 던진 말을, 판시엔은 농으로 받았다.

그녀는 이게 그의 작전인지도 몰랐다. 어찌 됐든 이 둘은 죽음이라는 무거운 주제를 두고, 이런 일촉즉발의 순간에도 티격태격하는 친구처럼 말을 주고받는 중이었다.

"이런 파렴치한 놈!"

"고마워."

"해독약을 줘."

"내가 왜?"

"안 주면 널 죽일 거니까."

"그럼 날 죽이고 넌 매일매일 차디찬 호수에서 목욕이나 하셔."

담판은 결렬되었다.

어느 누구도 한 치의 양보를 하려 하지 않았다. 한 쌍의 젊은 남녀가 눈을 가느다랗게 뜨고 어린아이들처럼 서로를 노려보고만 있으니, 어찌 보면 우스꽝스럽기도 하고 익살스럽기도 한 장면이었다.

"샤오은은 죽었어?"

하이탕이 갑자기 화제를 틀었다.

"우리는 어차피 같은 목표를 가지고 있으니, 네가 그를 죽이기만 하면 이 모든 일은 없던 것으로 해 줄게."

판시엔은 고개를 저었다.

"나도 진짜 샤오은을 죽이고 싶긴 한데, 네가 죽이고 싶다고 하니 그러기가 싫어지네."

"이유가 뭔데?"

"이유는 없어."

또 한 번의 담판 결렬.

드디어 분노가 폭발한 하이탕이 먼저 칼을 뽑았다. 이번 그녀의 모습에는 자연주의고 천인합일이고 없었다. 살기를 품은 칼날이, 아직 꽃도 피지도 않은 나뭇가지를 무참히 잘라 버렸다.

판시엔은 겉으로는 태연한 척했으나, 이번에 그녀가 진짜로 자신을 죽이려 든다면 아무런 방법이 없다는 것을 알고 있었다. 그때 갑자기 하이탕이 눈썹을 약간 치켜 올리더니, 산 뒤쪽으로 걸어가며 뒤도 돌아보지 않고 말했다.

"난 저런 잡놈들 앞에서 하는 건 싫어. 따라오려면 오고."

'어디로 초청하는 거야? 죽음으로의 초청? 아니면……달콤한 밀회?'

판시엔은 무엇이든 상관없는 듯 웃으며, 뒷짐을 지고 그녀를 따라갔다. 두 사람의 그림자가 산 너머로 사라지는 순간, 몇 사람이 급히 수풀을 헤치며 나와 한 곳에 모였다. 가오다는 장검을 등에 쥐고 산을 바라보며 걱정되는 듯 말했다.

"왕 대인, 빨리 움직이면 따라잡을 수 있을 듯합니다."

왕치니엔은 걱정이 가득한 얼굴을 하더니 말했다.

"영웅은 호색이라더니……."

판시엔은 스스로도 인정하는 호색한이었으나, 이번만큼은 아니었다. 그가 그녀를 따라 나선 것은, 이후에 있을 두 사람 사이의 대화를 누가 엿듣는 것이 싫었기 때문이다.

"내가 해독해 줄 수 있어."

그는 젖은 옷을 입고 나무 위에 앉아 있는 여자를 보며 말했다.

"하지만 대신 너도 하나만 약속해 줘."

"협박은 안 통해."

"이건 협박이 아니야. 난 경국 감사원의 관원인데, 내가 호송하는 중범죄자를 네가 죽여버리려 하면, 어쨌든 난 막을 수밖에 없다는 걸 알잖아? 나도 이런 시정잡배 같은 수법이 좋아서 쓴 건 아니야."

하이탕은 조금 생각하는 듯하더니 물었다.

"내가 뭘 약속해주면 되는데?"

"내일 우두허를 넘어갈 때까지만 참아줘."

"그건 영원히 참아 달라는 말이잖아. 북제로 넘어가면 내가 어떻게 손을 써?"

"왜?"

판시엔은 순진한 척, 태연하게 반문했다.

하이탕은 진지했다.

"왜냐하면……나도 어쨌든 북제 사람이니 북제의 백성들을 생각하지 않을 수 있겠어? 나로 인해 협정이 파기되고, 그 책임이 북제로 넘어가면, 경국의 황실이 분노할 것이고, 결국 전쟁으로 이어질 텐데, 그러면 무고한 백성들만 죽어 나가게 되잖아."

하이탕은 약간 걱정되는 표정이었지만, 이내 결연한 얼굴로 다시 바뀌었다.

"그렇다고 스승님 말씀을 어길 수는 없어. 샤오은을 북제로 돌려

보내진 못해."

판시엔은 스리리가 했던 말이 생각났다. 앞에 있는 이 아가씨는 진실로 자신의 나라를 걱정하고 사람을 아끼는 여자라는 판단이 들었다.

확실히 그는 이런 사람들이 좋았다.

"근데 왜 너희 스승은 샤오은을 죽이고 싶어 하는 거야?"

"그걸 내가 너에게 해명할 필요는 없는 것 같은데?"

판시엔은 어쩔 수 없다는 듯 어깨를 으쓱하더니, 자신의 품에서 환약을 하나 꺼내며 부드럽게 말했다.

"아가씨에게 쓴 춘약은 내가 직접 만든 건데, 진기로는 빼내기 힘든 거야."

이 말을 하고는 그 약을 휙 던져 주었다. 하이탕은 순간 부끄러워하며 약을 받았지만, 이내 화를 못 참겠다는 듯 냉랭하게 그를 보며 말했다.

"내가 아직 답을 안 했는데 약을 주는 건 뭐지?"

판시엔은 탄식을 하며 등을 돌려 그의 드넓은 어깨를 그녀에게 보여주었다. 그리고는 산등성이의 야생화를 바라보며 읊기 시작했다.

북송 이청조 〈여몽령 如梦令〉
비 내리고 바람 거셌던 어젯밤, 깊은 밤 뒤에도 술기운 남아있어.
발 걷는 아이에게 물었죠, 해당화(海棠)는 그대로냐고.
그대는 알고 있나요 알고 있나요, 꽃은 시들어도 잎은 더 짙어졌음을.

昨夜雨疏风骤, 浓睡不消残酒。
试问卷帘人, 却道海棠依旧。
知否, 知否, 应是 绿肥红瘦。

시를 더 이상 짓지 않겠다고 한 이후로 처음 지은 시였다.

그가 말한 하이탕(海棠)이 사람을 말하는 것인가, 꽃을 말하는 것인가?

하이탕은 멍하니 그의 뒷모습만 바라보고 있었다.

"네가 싸우자면 싸우지."

판시엔이 돌연 돌아서더니 만면에 미소를 띠며 말했다. 하지만 그의 말투만은 결연해 보였다.

"그래도 내가 생각해 봤는데, 그렇게 하는 것보다는 양국의 평화를 위해 딱 하루만 그 늙은이의 목숨을 봐 주라."

하이탕은 자신의 눈앞에 있는 이 남자를 어떻게 이해해야 할지, 도무지 알 수가 없었다. 목숨을 걸고 싸우다, 춘약을 먹이더니, 시선(詩仙)이 되었다가, 갑자기 평화주의자?

"너는 더 이상 시를 짓지 않기로 선언했다 들었는데, 오늘 왜 시를 지은 거지?"

"시 구절에는 도(道)가 없어 국가와 백성들에게 무의미하니 시를 짓지 않겠다고 한 것이지만, 사실 난 하루 종일이라도 시를 지을 수 있어. 이 시는 작년에 비가 올 때 지은 것인데, 오늘 하이탕 아가씨의 모습을 보고 나도 모르게 읊게 된 것이니, 너무 당황하지는 말고."

하이탕은 살며시 미소를 지으며 말했다.

"너는 경국의 관원이니 무슨 수단을 쓰던 네 자유이니 만큼 이번 일로 널 원망하지는 않을게. 네가 지은 시는 물론 뛰어나겠지만, 난 시나 문장은 문외한이라 그 뜻을 몰라. 다만……해당화(海棠)는 물에 젖으면 안 돼. 꽃이 시들고 잎이 짙어지기 전에 썩어 버리거든."

이 말을 하고, 그녀는 몸을 돌려 떠났다.

그녀가 떠나버린 자리엔, 은은한 향기와 새들의 노랫소리, 그리고 난감해하는 판시엔만 남아있었다.

"대인, 그냥 그렇게 끝나 버린 겁니까?"

이렇게 묻는 왕치니엔의 얼굴에서 판시엔은 무언가 의심스러운 구석을 발견하고는 미간을 찌푸리며 말했다.

"자네가 제일 잘하는 것이 미행이니 물론 청력도 좋겠지?"

"그럼요."

"그럼 방금 내가 그녀와 한 대화도 엿들었겠네?"

판시엔은 미소 짓고 있었지만, 엄청난 압박감을 내비치며 물었다. 왕치니엔은 그제서야 상황의 심각성을 깨닫고 감히 숨길 수 없다는 듯 기어가는 목소리로 말했다.

"약간……."

"뭘 들었어?"

"대인이 지으신 아름다운 시구와……무슨 약 비슷한 것도 들은 것 같기도 하고……."

판시엔은 바로 '버럭'하며 경고하듯 말했다.

"결코, 절대로, 다른 사람들에게 말하면 안 돼!"

만약 경국 관원인 그와 하이탕이 춘약과 관련된 이야기를 했다는 소문이 퍼지면, 하이탕은 북제에서 다시는 얼굴을 들고 다니지 못할 터였다.

"네. 그건 그런데, 역시 대인께서는 보통 인물이 아니십니다. 그저 그 달콤한 몇 마디로 그 고수를 해치워 버리시다니……."

판시엔은 더 이상 그의 말을 들은 체도 하지 않았다.

사실 판시엔이 하이탕에게 쓴 춘약은 특수 제작했다거나 몸에 해로운 그런 류의 약이 아니었다. 모든 춘약이 그렇듯 해독제도 없고, 하루 정도만 지나면 저절로 괜찮아질 것이었다. 아마 지금쯤이면 하이탕도 괜찮아졌을 것이다.

하지만 판시엔은 스리리의 말과 하이탕이 하는 말을 듣고, 그녀의 품성을 믿었으며, 자신이 악의가 없음만 알려주면, 싸우지 않고도 해결해 나갈 수 있을 것이라 믿었을 뿐이다. 그 믿음 위에, 전생에서 보았던 소설 속 남녀 간의 알 수 없는 힘, 그리고 북송 이청조의 명시(名詩)가 조미료처럼 더해졌을 뿐이다.

어느 시대에나, 여자들은, 시를, 좋아한다.

그리고 판시엔은, 운이 좋다.

우두허 마을 외곽의 어느 작은 강. 그 강은 북제와 경국을 가르는 경계이기도 했다.

강에는 일찍부터 임시로 세워 놓은 다리가 하나 있었는데, 한 대의 마차만 간신히 지나갈 수 있는 좁은 폭의 다리였다. 북제의 관원들과 미리 그곳에 가 있던 경국 사절단 내 홍려사 관원들은 모두 그곳에서 판시엔이 이끄는 사절단을 기다리고 있었다.

첫 번째 마차가 다리를 건너자 평평하지도 않은 나무다리가 '끄억끄억' 소리를 내는 게, 곧 무너지기라도 할 듯 보였다. 걱정하는 판시엔을 보며 호우(侯)성을 가진 북제의 관원이 급히 해명하듯 말하였다.

"미리 시험해 봤는데 아무 문제 없습니다."

하지만 정작 판시엔이 걱정하는 것은 오늘 하이탕이 나타날 것이냐 하는 것이었다. 샤오은을 죽인다면 오늘 이 다리가 마지막 기회이기 때문이었다. 순간 그는 마음이 불안해지며 천천히 몸을 돌려 강의 동남쪽 바위 너머 백향나무 숲을 바라보았다.

나무들은 하늘을 찌를 듯 길고 곧은 창처럼 빽빽이 몰려 있어 매우 삼엄해 보였다. 그곳에는 꽃무늬 옷을 입은 시골 아가씨 하나가, 바구니를 들고 마차의 행렬이 다리를 통과하는 모습을 바라보고 있었다.

그 눈빛은 여전히, 더 없이 맑게 빛났다.

판시엔은 바위 쪽의 그녀를 바라보며 가볍게 고개를 숙였다. 하이탕은 그가 징두에서 상상하던 모습과 확실히 달랐는데, 그녀는 생각처럼 아름답진 않았지만, 또 생각보다는 아름다웠다.

생각처럼 아름답지 않은 것은 '외모'였고, 생각보다 아름다운 것은 그녀의 '마음'이었다.

강을 건너고 산을 넘은 사절단은 북제의 호위를 받으며 드디어 북제 관도(官道)에 진입했다. 판시엔은 공기의 냄새를 맡아 보고, 도로 옆에 나무들도 감상했다.

'여기가 경국과 다른 게 뭐야?'

관도를 지나가는 형세는 경국의 것과 더욱 비슷했다. 북제 호위 한쪽에는 금의위(錦衣衛), 경국 호위 한쪽에는 감사원이 위치했다. 지금 천하에서 가장 강한 두 나라의 은밀하고도 흉악한 특수 기구가, 나란히 걸어가고 있었던 것이다. 밀정과 첩보라는 것이 본래 잔인하고 무정한 것이니만큼, 쌍방의 손은 이미 상대방의 피로 얼룩져 있었다.

하지만 오늘은 양국의 우의를 다지기 위한 날이었다.

그들은 마침내 북제의 국경을 관할하는 곳에 도착했고, 판시엔은 곧바로 인수인계를 위한 교대 의식을 요청했다. 왕치니엔은 이곳부터 북제 샹징에 도착하기 전까지 또 다른 문제가 생길까 걱정하는 눈치였지만, 어차피 지금부터 문제가 생기면 북제의 책임이니, 판시엔은 거리낄 것 없이 곧바로 샤오은과 스리리를 넘겨주기로 결정했다.

북제의 금위위는 대부분 젊은 사람들이 채우고 있어 그들은 샤오은이 어떻게 생겼는지도 모를 뿐 아니라, 그를 어떻게 대해야 할지도 몰라 머뭇거리고 있었다. 지금의 특수 기구를 실질적으로 만든 장본인이라 볼 수도 있었지만, 그래도 시대가 북위에서 북제로 이미 바뀌었지 않은가?

잠시의 어색한 침묵이 지나자, 뜨거운 피로 들끓는 이 열혈 청년들은 결심이라도 한 듯, 수백 명이 동시에 말에서 내렸다. 그들은 반무릎을 꿇은 채 샤오은에게 예를 올리며, 한목소리로 외쳤다.

"샤오 대인을 뵙습니다!"

한편에서는 샹징에서 온 하녀들과 어멈들이 스리리의 마차로 다가갔다. 그들은 무엇을 그리도 바리바리 챙겨 왔는지 몰라도, 화장 도구를 잔뜩 들고 마차 안으로 들어갔다. 한참 후에야 스리리가 마차에서 내려왔는데, 모든 사람의 눈이 번쩍 뜨였다. 물론 판시엔도 예외가 아니었다.

'이게 스리리지. 류징허에서 제일 아름다운 여인. 북제 황제의 마음을 흔든 절세가인.'

하지만 북제 황실로 들어가게 되면 이제 둘이 만날 기회는 다시 없을 것이었다. 그때 갑자기 판시엔이 그 마차 앞으로 걸어가니, 어멈들과 시녀들 심지어는 북제의 관원들까지 기겁을 하며 달려와 막았다. 하지만 그는 그런 반응에 신경도 쓰지 않은 채 스리리 앞으로 가서 조용히 말했다.

"이번에 입궁하시면 몸 관리를 잘하십시오."

스리리는 내심 당황했지만, 최대한 담담하게 말했다.

"먼 길, 대인께서 고생하셨습니다. 소인이 손발(手足)을 어디 둘 곳이 없습니다."

"수족(手足)……당연히 괜찮을 겁니다. 걱정하지 마십시오."

이 간단한 대화에서 둘은 아무도 모르게 징두에 남겨진 스리리의 수족(手足), 즉 그의 동생의 장래에 대한 약속을 다시 한번 언급했던 것이다.

북제의 황제는 확실히 스리리를 매우 아끼는 듯했다. 그렇지 않다면 이렇게 신경을 써서 그녀를 마중하지는 않았을 것이기 때문이었다. 스리리가 경국 친왕의 손녀라 하지만, 한참의 시간이 지난 만큼 사실 그녀에게 특별한 이용가치가 있을 것 같지는 않았다.

'설마 북제 황제는 정말 '사랑'같은 것을 믿는 것일까? 하지만 황실이 어떤 곳인데, 태후가 가만히 있는다고? 그나저나 스리리는 어떻게 입궁을 할 수 있을까나.'

샤오은과 스리리를 제외한 나머지 사절단 행렬은 북제 금위군의 호위를 받으며 경국과 별반 다를 것 없는 북제의 관도를 지나가고 있었다. 이런 재미없고, 심지어 미녀도 없는, 메마르고 짜증나는 여행이 최대한 하루라도 빨리 끝나기를 판시엔은 기도하고 있었다. 그럼에도 이 길고 긴 관도는 영원히 끝날 것 같지 않았다. 마치 전생에서 그가 탔던 베이징행의 지루한 기차 안에 있는 듯한 느낌이었다.

그때, 아무런 징조도 없이 도로 끝에서 검은색 그림자가 나타났고, 숲 위로 돌출되어 있는 무언가가 사람들을 놀라게 했다.

판시엔은 이 검은 그림자가 먹구름이라고 생각해, 마부에게 비가 들이칠지 모르니 장막을 다시 치라 일렀다. 하지만 비는 내리지 않았다.

마차가 계속 앞으로 가자 모두가 그 검은 그림자의 정체를 선명히 볼 수 있었다. 하늘의 구름이 일제히 걷히며, 마치 멀리서 오는 손님들을 환영하듯, 봄의 따사로운 햇볕이 그 그림자의 자리를 대신하고 있었다.

그것은 커다란 성이었다.

샹징은 확실히 징두보다 더 높고 크며, 더 웅장해 보였다. 푸른색 돌로 만들어진 높은 벽은 약간 기울여진 듯 했는데, 멀리서 오는 사람들에게는 말로 표현하기 힘든 압박감을 주었다. 성문 앞은 이미 통제가 되어 있어 돌아다니는 사람은 하나도 없었고, 북제 담당 부처의 관원이 광장 앞에서 경국의 사절단을 맞이할 준비를 하고 있었다.

마차는 천천히 속도를 줄였다. 판시엔은 실눈을 뜨고 창밖에 내밀고 있던 머리를 다시 안으로 집어넣었다. 그는 이 도시가 이런 식으로 자기 앞에 불쑥 나타날 줄은 몰랐고, 자기에게 마음의 준비를 할 시간을 주지 않을 것이라는 것도 몰랐다.

이렇게 그는 북제의 샹징에 도착했다.

제5장

옌빙원

음악이 울리고, 쌍방은 예를 올려 인사를 했다.

북제 관원들의 의상은 화려하고 비싸 보였다.

경국의 사절단은 말도 지치고 사람도 지쳤다.

판시엔은 침착하게 이 귀찮은 과정을 겪고 있었는데, 자기소개를 할 때도 말없이 그저 간단히 목례만 했다. 대신 그의 모든 정신은 북제 샹징의 건축물에 쏠려 있었다. 이 거대한 성은 세월을 가늠할 수 없었는데, 푸른 돌의 가장자리가 이미 많은 비바람이 거쳐갔다는 것을 보여주고 있었고, 그럼에도 완고하게 견고함을 유지하는 듯 보였다.

"제사 대인을 뵙습니다."

판시엔의 감상을 끊어버린 이는, 북제 주재 경국 회관의 동사(同使) 린운(林文, 임문) 대인이었다. 판시엔은 시선을 성벽에서 거두며 말했다.

"여기선 저를 판 정사(正使, 사절단 대표)라고 불러 주시지요."

린운은 어리둥절했는데, 처음 인사를 할 때 인사를 받아주지 않고 반박의 말을 하는 것은 매우 드문 일이었기 때문이다. 눈치를 챈 사절단의 부사(副使, 사절단 부대표) 린정이 다가와 대신 해명했다.

"판 대인의 의미는, 오늘같이 양국의 우의를 다지는 날에 감사원의 신분을 언급하는 것을 북제가 그렇게 달가워하지 않을 것이라는 이야기입니다."

린운은 그제서야 이해가 된 듯, 미소를 지으며 말했다.

"판 대인의 말씀대로 하겠습니다."

판시엔은 그제서야 그 관원을 봤는데, 너무 익숙한 얼굴이었지만 누구인지 기억이 나질 않았다. 린정은 또 다시 해명하듯 말했다.

"린운 대인은 저의 사촌 형입니다."

"원래 그런 거였군요. 그럼 가족 두 분이 제 옆에 계시니, 이번 사절단 일은 일사천리가 될 듯하네요."

북제의 관원 한 명은 이미 그들 곁에 와 있었는데, 린운 대인 뒤에서 서 있기만 할 뿐, 아무 말도 먼저 하지는 않았다. 그제서야 린운 대인은 갑자기 그를 발견하고 기쁜 듯이 말했다.

"웨이화(衛華, 위화) 형님도 오늘 오셨습니까?"

판시엔은 린운이 '형님'이라고 부르는 북제 관원을 보면서 살짝 미소를 지었다. '형님'은 판시엔에게 말없이 인사를 하고, 린운과의 친분을 과시하듯 린운에게 웃으며 말했다.

"자네 사절단이 아니었으면, 이 시간에 미인들과 즐거운 시간을 보냈을 텐데."

판시엔은 속으로 이 사람은 리훙청처럼 입담이 좋다고 생각했다. 린운은 급히 판시엔에게 '형님'을 소개했다.

"이분은 북제 홍려사의 소경 웨이화 대인입니다."

그리고 다시 웨이화에게 판시엔을 소개하려는데, 웨이화는 웃으며 손을 저었다.

"판 대인은 천하가 아는데 무슨 소개가 필요한가?"

"과찬의 말씀이십니다."

"겸손의 말씀이십니다."

웨이화는 준수하게 생긴 편이었는데 눈빛은 약간 산만하게 느껴져서 관원으로 보이지는 않았다. 오히려 약간 방탄한 면도 없지 않아 보였다. 그는 크게 웃으며 말했다.

"소위 한 시대의 시선(詩仙)이면서 또 감사원의 제사, 그리고 이제 경국의 내고를 맡으실 분이고……그리고 사절단에 오시기 전에 과거 시험의 폐단 사건을 통해서 17명의 관원을 나가떨어지게 하고 어쩌고저쩌고……."

그는 '하하' 웃고는 다시 말을 이어 갔다.

"경국 황제 폐하는 무슨 생각이신지……판 대인 같은 이런 중요한 인물은 징두에서 안전하게 계셔야 할 텐데, 이렇게 저희 북제까지 보내시다니. 만약에……길에서 풍파를 만나기라도 하면 어떻게 합니까?"

"풍파가 어딘 들 없겠습니까?"

웨이화는 거기서 그치지 않았다.

"이 성이 아마 300년 정도 되었을 겁니다. 지금까지 외부의 적을 허락한 적도 없지요. 판 대인이 보시기에는 웅장하다고 생각하시지 않습니까? 경국의 징두성은 어떠한지 모르겠습니다."

"웅장한 것은 웅장한 건데, 너무 오래되어 수선이 필요할 듯 보입니다."

다른 사람들은 두 사람이 암중에서 서로를 비하하는 말을 조용히 듣고만 있었다. 그런데 웨이화는 갑자기 뜬금없는 말을 던졌다.

"여기서는 제가 주인이고, 판 대인은 멀리서 오신 손님이시니, 공무를 다 보신 후에 저에게 한번 대접할 기회는 주십시오."

'이 사람은 말마다 적의를 나타내고 있는데, 그렇다고 최악의 상황까지는 몰고 가지 않고……나와 일면식도 안 한 저 사람에게 내가 무슨 잘못을 한 거지?'

린운은 웃으면서 판시엔에게 설명했다.

"웨이화 대인이 바로, 작년 경국에 북제 사절단 대표로 간 장닝 후작의 큰아들이에요. 당시 궁중 연회에서 같이 술을 마시다 판 정사의 팔에 쓰러진 그분이 그의 아버지인 셈이죠. 그 뒤로 '경국에 대단한 젊은이가 있는데 시도 잘 쓰고 술도 잘 마신다'고 입이 닳도록 이야기를 하고 다니셨는데, 웨이화 대인은 매일 같이 그 소리를 들었으니 판 정사와 한 번 붙어보고 싶은 겁니다."

"그런 거였군요."

그리고 보니 웨이 대인이 장닝 후작과 닮은 것 같기도 하였다. 판시엔은 사실 장닝 후작과는 연회에서의 인연도 있고 반은 술친구라고도 할 수 있으니 쓴웃음을 지면서 공손히 손을 모으고 웨이화에게 말을 했다.

"웨이 형님이 만약에 부친의 복수를 하려 하시면 며칠만 기다려주시지요. 지금 쓰러지면 국가의 일을 못 보니, 양국 폐하께 누를 끼치게 될까 두렵습니다."

사람들은 모두들 한바탕 웃었는데, 이 말은 씨가 되고 말았다.

북제의 번화한 모습과 거리 사람들의 온화한 미소는 패전국의 나라라고 생각되지 않았다. 사절단은 웨이화의 인도를 받아 도시 서쪽에 있는 북제 홍려사 뒤쪽의 황실 별원에서 묵게 되었는데, 이는 북제 황실이 이번 사절단을 매우 중히 여긴다는 의미였다. 가는 길에 판시엔은 웨이화와 경국의 관직 사회에 대해서 몇 마디 나눠 봤는데, 그는 마치 징왕 세자와 안면이 있는 것 같았지만, 이렇게 먼 거리를 두고 그들이 어떻게 연결된 것인가는 알 수 없었다.

이미 감사원의 문서에서 보았지만 웨이화의 말을 들으면 북제 조정은 그렇게 온화해 보이지 않았다. 태후는 고작 30살 정도이고, 황제가 집권한 지도 그렇게 오래되지 않아서 조정을 완전히 장악하지 못하고 있는 듯 보였다. 다시 말해, 태후와 황제, 각각의 세력이 소리 없는 암투를 벌이는 듯 보였다. 다만 역설적으로 전쟁에서의 패배가 그런 암투를 잠시나마 잠재워 주고 있는 형상이었다.

샹샨후는 표면적으로는 이런 연유로 샹징으로 불러들여졌다.

판시엔은 모른 척하며 말했다.

"듣기로 샹샨후는 시대의 호걸이라고 하던데, 웨이 형님이 시간이 괜찮으실 때 저를 데리고 가서 인사 좀 시켜 주시지요."

"판 대인도 샹샨 대장군에 관심이 있소?"

"제가 단지 연약한 서생이 아닌 걸 아시지 않습니까? 야만인들과 싸우는 영웅들에 대해서 항상 존경심이 있습니다."

웨이화는 샹샨후에 대해서 어떻게 더 말해야 할지 모르는 듯, 판시엔의 표정 변화를 관찰하며 그저 웃고는 더 이상을 말을 이어가진 않았다.

별원에 도착해서 웨이화는 홍려사의 소경(少卿)의 신분으로 연회를 준비하였는데, 처음에는 술로 판시엔과 붙어 보려 했으나, 판시엔이 정말 술을 물같이 마시는 모습을 보고 이내 아버지에 대한 복수의 마음은 접기로 했다. 시시해져버린 연회가 끝난 후 모두들 돌아가고, 방에는 판시엔, 린운과 린졍 두 형제들, 가오다와 왕치니엔 이렇게 다섯 사람만 있었다.

"우리들은 샹징에 있으니 앞으로는 말이나 행동을 조금 더 조심들 하세요."

판시엔의 말에 이어 린운이 먼저 최근 샹징의 국면에 대해서 간단히 설명을 했다.

"샹샨후는 직위는 있지만 실무를 하지 않고 있는 거죠?"

북제에서 가장 능력 있는 장군이 그런 처지에 있다는 것이 조금은 이해할 수 없는 일이었다. 린운이 설명했다.

"샹샨후는 대장군이긴 하지만 샹징에서는 사병 백 명 정도밖에 없습니다. 샹징에는 샹징 수비군, 세 명의 대통령(大統領, 무관의 최고 지위 중 하나), 표기 장군 등……대장군이 더 높긴 하지만, 손안에 병사가 없으니 아무리 샹샨후라 하더라도 별 수 없는 것이지요."

린운은 약간은 조소하는 듯한 말투로 말을 이었다.

"호랑이가 우리 안에 갇혀 있으면 위세가 아무리 강해도, 사람을 놀라게 하는 것 외에는 할 수 있는 게 없습니다."

"호랑이를 싸우지 않게 하고 우리에 가둬 놓는 걸 보니, 북제가 돈이 넘쳐나는가 보네요."

"북제의 황제와 태후 간의 암투에서, 두 세력 모두 샹샨후를 영입하길 원하지만, 그보다는 샹샨후가 한쪽으로 쏠렸을 때의 상황을 둘 다 더 걱정하고 있으니, 일단 그저 놔 두고 있는 듯합니다. 다만, 샹샨후의 군대에서의 영향력은 막강해서, 지금 백여 명의 친위대밖에 없다 하더라도, 아무도 감히 그를 건드리고 있지는 못하는 상황입니다."

"사실 샹샨후가 샤오은을 구출할 때 사병들만 보냈다는 것이 좀 의아했는데, 이런 사정이 있었던 것이군요."

사절단이 편안하게 북제에 도착한 줄만 알았던 린운은 약간 당황해 했는데, 린정이 눈치를 채고 간단히 그동안의 일을 설명해 주었다. 린운은 다행히 판시엔이 다친 곳은 없는 듯 보여 안심하였지만, 다소 이해가 안 된다는 듯 물었다.

"샹샨후와 샤오은은 도대체 무슨 관계인거죠?"

"감사원의 판단이 잘못되지 않았다면, 샹샨후는 샤오은이 입양한 고아예요."

"입양한 고아?!"

사람들은 모두 크게 놀랐다.

"이것이 북제 조정이 안고 있는 큰 문제 중에 하나이죠."

판시엔은 이 말을 끝으로 더 이상 자세한 이야기는 하지 않았다.

이어서 린운은 다음날 있을 중요한 일들에 대해서 간단히 보고했다. 제일 중요한 것은 아침에 입궁하여 황제를 보는 일이고, 그다음은 홍려사에서 포로 교환의 실무를 논의하는 일이었다.

판시엔은 잠시 생각하더니 입을 열었다.

"오전에 입궁을 하니 홍려사는 오후에나 가겠군요. 오후 일은 부사 대인에게 좀 부탁할게요."

"정사 대인은……?"

"전 좀 더 중요한 일이 있네요."

포로 교환은 두 가지였는데, 하나는 전쟁 포로의 교환, 다른 하나는 샤오은과 스리리를 옌빙윈과 바꾸는 일이었다.

당연히 후자가 훨씬 중요했다.

판시엔은 황궁으로 가는 마차 안에서 연신 하품을 했다. 옆에 있는 다른 관원들도 사정은 마찬가지였다. 어젯밤에 자려고 누웠는데, 공식 연회가 끝났음에도 갑자기 웨이화가 미녀와 악단들을 끌고 다시 들어와 난리를 피웠던 것이다. 일행 중 린졍만 당황하지 않고 있었는데, 그는 겸연쩍은 웃음을 지으며 작년 북제 사절단이 징두에 왔을 때에도 똑같은 전략을 사용했다고 해명하였던 것이다.

입궁을 하며 주위를 한번 돌아보는데 북제의 황궁은 확실히 경국과 차이가 있었다. 넓어서 그런 것보다, 각각의 목재로 된 복도들이 여기를 방문하는 모든 사람들에게, 마치 얼마나 오랫동안, 얼마나 많은 위대한 인물들이 여기를 지나갔는지를 알려주는 듯한 느낌이었다.

얼마나 오래 걸어 들어갔는지 모르겠지만, 결국 북제 황궁의 정전(正殿)에 도착하였다. 그 앞을 지키고 있는 호위들은 결연한 표정이었고, 대충 봐도 최소한 7품 고수는 되어 보였다.

무거운 나무문이 열리고 몇 명의 태감들이 반쯤 몸을 굽힌 채 시중을 들러 나왔다.

"남경(南庆, 경국의 다른 명칭) 사절단 납시오!"

북제의 정전은 매우 광대했는데 그 내부의 공간도 매우 컸다. 기와 사이는 전부 비싼 유리로 만들어져 있어서 빛이 환하게 안을 비추고 있었기에, 궁전 내의 음산한 분위기를 모두 날려버리는 느낌이었다.

궁전의 양쪽은 검게 칠해진 목재로 된 둥근 기둥으로 받혀져 있고, 각각의 기둥마다 금색의 문양이 정교하게 새겨져 있었다.

둥근 기둥 사이로 층층이 비단 장막이 펼쳐져 있었고, 그 뒤로 흔들리는 사람들의 그림자가 보였다. 궁녀나 태감인 듯했다.

사절단은 태감의 인도하에 천천히 앞으로 걸어 들어갔다. 처음 이곳을 온 경국의 관원들은 마음속으로 다들 놀라고 있었다. 바닥은 모두 푸른 옥으로 만들어져 있었고, 그 위에 화려하고 아름다운 융단이 깔려 있어 밟는 느낌마저 사람을 온화하게 만들었다.

심지어 양쪽으로 맑은 물이 흐르고 있었으며, 궁전 안에 연못이 있었다!

물이 맑아 안을 다 볼 수 있었는데, 몇 마리의 금빛 물고기가 자유롭게 놀고 있었고, 검고 흰 두 마리의 큰 물고기가 하얀 모래 바닥에 엎드려 있었다.

린정은 마음속으로 탄식을 할 수밖에 없었다. 이러한 사치스러운 궁전이 당시 천하제일이었던 북위를 계승한 것이긴 하지만, 그런 사치스러움이 결국 국력을 약화시켜 경국에 연이은 패배를 당하게 한 요인이라 생각했기 때문이다.

긴 길의 뒤편에는 북제 조정의 모든 신하들이 있었고, 그 중앙에는 역시나 용의(龍椅)에 북제의 천자(天子)가 앉아, 점점 가까워지는 경국의 사절단원들을 관심있게 바라보고 있었다.

사절단은 바닥에 절을 하여 적국의 황제에게 예를 올렸다.

"일어들 나시게."

북제의 황제는 미소를 지으며 마치 남경의 신하들을 자기 발 밑에서 엎드리게 할 수 있다는 사실에 만족하는 듯했다.

일어난 판시엔은 북제 황제의 온화한 시선이 자기에게 향해 있음을 인지하였다.

이 젊은 황제는 친정(親政)을 한지 2년밖에 되지 않은 올해 열일곱 살로 판시엔과 동갑이었다. 문(文)에서는 장모우한을 스승으로 두고, 무(武)에서는 쿠허의 수제자를 스승으로 두었는데, 결과적으로는 문무(文武) 둘 다 별 볼 일이 없었다.

그렇게 여색을 밝히지 않는다는 점은 경국의 황제와 비슷하였지만, 노는 것을 좋아하고, 신하들에게는 꾸짖기 보다는 상을 많이 내리는 편이었다. 그리고 그에게 가장 중요한 태후에 대해서는 공경하기도, 무서워하기도, 때론 분노하기도 하였다.

그리고 이 젊은 황제는 확실히 '사랑'을 믿고 있는 듯 보였다.

이것이 판시엔이 북제의 천자를 처음 보고 떠오르는 생각들이었는데, 순간 자기가 실례를 하고 있음을 느끼고 급하게 고개를 숙였다. 한 나라의 주인이 보고 있을 때, 신하 된 신분으로는 절대 상대방을 같이 바라볼 수 없었기 때문이다.

사절단 정사 판시엔이 이렇게 어리둥절하고 있었기에, 어쩔 수 없이 부사의 신분으로 린징은 그를 대신하여 경국 황제의 친서를 읊고 있었다.

'양국의 우의는 영원하며, 한 시대의 형제 관계로서……'

당연히 딴저우에서 두부를 파는 동알도 속지 않는 말이었다.

그 뒤로 북제 황제가 동의의 뜻을 표하고, 이어서 북제 대신들이 하나 둘 나와서 미사여구를 남발하고……하지만 판시엔이 유일하게 관심있는 것은 황제의 옆에서 가볍게 흔들리는 발, 주렴 뒤에 앉아 있는 사람이었다.

북제의 진정한 권력자 황태후.

한참 후에야 용의에 앉은 천자가 드디어 하품을 하기 시작하였다.

"사절단들이 멀리서 온다고 고생을 하였으니 이제 물러가서 쉬시게."

판시엔은 진심으로 감사하는 마음에 만면에 미소를 띠고 바닥에 엎드려 두 번 절을 한 후, 다른 관원들에게 어서 가자는 눈치를 주었다.

하지만 예상치도 못한 일이 발생하고 말았다.

"판……공자?"

북제의 황제는 엷은 미소를 띠고 판시엔을 보며 가볍게 그를 한

번 불렀다.

"자네는 남아 짐과 한담(閑談)이나 나누어 주게."

대신들은 놀랐다.

'폐하께서 어떻게 외국의 사절단을 직위로 부르지 않고 공자라고 부를 수 있단 말인가?'

판시엔도 놀랐다.

'이 황제가 나에 대해 뭘 안다고 저러는 거지?'

"외신(外臣)이 처음이라, 궁에서 어떻게 해야 할지 몰라 참으로 황송하옵니다."

"괜찮네, 괜찮아. 이번에 판 공자가 온다는 걸 알고 짐은 매우 기뻐했네. 짐도 판 공자의 시집을 항상 읽고, 심지어 태부(太傅, 황제의 스승) 대인도 공자의 재능을 침이 마르도록 칭찬하였네. 오늘 나랏일은 끝났으니 판 공자는 짐과 편하게 황궁의 경치나 구경하러 가세."

'북제 황제 태부는 장모우한의 아들이 맡고 있는데, 그가 나를 욕하지 않고 나의 재능을 칭찬했다고?'

사절단이 물러가자 황제는 조금 편안해진 듯, 허리를 한번 쭉 펴고는 판시엔을 바라보고 웃음을 지었다. 그리고 용의에서 '폴짝' 뛰어내려와, 태감이 건네주는 수건으로 손을 아무렇게 한번 닦고, 판시엔의 어깨를 한번 쳤다.

"가세, 내가 남경의 시선(詩仙)에게 북제의 선궁(仙宮)을 보여주겠네."

판시엔은 뜻밖에 폐하에게 아이들 같은 습관이 아직 남아있는 듯한 생각이 들어 쓴웃음을 지었다. 그때 마침 주렴 뒤에서 가벼운 기침 소리를 들을 수 있었다.

북제의 황제는 약간 멈칫 하더니, 얼굴을 약간 찡그리며 돌아서 주렴을 마주하고, 예를 한번 올렸다.

"모후, 아들이 판시엔을 보고 기뻐 잠시 예를 차리지 못한 듯하니 모후께서 용서해 주십시오."

궁녀가 주렴을 천천히 젖히니 맑고 가벼운 소리가 울리며 귀티나는 부인 하나가 그 뒤에서 걸어 나왔다.

판시엔은 재빨리 고개를 숙였지만 곁눈질로 주렴 뒤의 그 사람의 두 발을 주시하고 있었다.

그 부인은 금으로 장식된 꽃무늬 비단 신발을 신고 있었는데 매우 화려해 보였다.

그 화려한 신발 뒤에, 또 다른 두 발이 보이기 시작했다!

'이 세상에서 누가 감히 주렴 뒤에서 태후와 같이 앉아 북제 황제와 사절단의 대화를 들을 수 있는 거야?!'

그 두 발에 신겨진 신발은 전체적으로 면으로 만들어져 있었는데, 밑창은 여러 개의 포를 겹쳐 만들어진 듯했고, 색은 검은색과 하얀색으로 단조롭게 만들어져 있었다. 다만 발꿈치 쪽에 꽃 모양 무늬가 있었는데, 이는 설날에 농촌에서 많이 볼 수 있는 새 신발이었고, 그게 지금 북제의 황궁에서 나타난 것이다.

판시엔은 신발을 보자마자 누구인지 직감했다. 그리고 놀란 나머지 실례를 무릅쓰고 고개를 들어 얼굴을 확인하니, 역시나 꽃무늬 두건을 쓴 하이탕.

판시엔과 하이탕의 시선이 한 곳에서 부딪히니, 황궁의 공기마저 불안해진 듯했다. 하지만 그 찰나 그는 시선을 거두고 앞에 있는 귀부인에게 절을 올렸다.

"외신(外臣) 판시엔, 태후를 뵙습니다."

'왜 이렇게 예쁘게 생긴 거야? 뭐뭐가 오늘 기필코 궁에 들어와 보겠다고 하더니, 설마 뭐뭐가⋯⋯.'

태후는 여기까지 생각하다 급히 정신을 가다듬고 황제에게 말을 했다.

"황상의 아가씨 스승이 돌아왔으니, 판 대인이랑 궁을 돌아다니실 거면 같이 가세요."

황제는 하이탕과 같이 가는 것을 탐탁지 않는 듯 난색을 표하였으나, 어머니의 명령을 어길 수는 없는 노릇이었기에 하이탕을 바라보며 말했다.

"스승님은 언제 샹징에 돌아오셨나요?"

"폐하, 어제 돌아왔습니다. 스승님께서 최근에 샹징에 사악한 자가 너무 많다고 하시며 특별히 저를 입궁하라 하셨습니다."

샹징에 사악한 자? 당연히 춘약을 사용한 판시엔을 말한 것이다.

아름다웠다. 정말 너무 아름다웠다.

북제의 황제가 '신선의 궁전'을 구경시켜 준다는 말이 과언은 아니었던 듯싶었다. 하지만 안타깝게도 판시엔은 북제의 사람이 아니다. 더구나 지금 옆의 두 여자는 절세미인도 아니다. 심지어 한 사람은 북제 황제, 한 사람은 그를 흠씬 두들겨 패 준 하이탕 아가씨였기 때문에, 최대한 빨리 이 상황이 끝나기를 바라고만 있었다.

한참을 걸은 후 젊은 황제가 드디어 지쳤는지, 앞에 보이는 시원한 정자를 손으로 가리켰다. 태감들이 '튀어' 나와 정자를 깨끗이 정리하고, 향을 피우고, 좋은 차를 올렸다.

"판시엔, 자네가 보기엔 짐의 이 궁의 풍경이 어떠한가?"

걸어오면서도 몇 번 한 질문을 다시 한번 황제가 물었다.

"궁이 산 중에 있고, 산 중에는 나무가 있으니, 참으로 아름답습니다. 천인합일(天人合一)의 느낌에 감탄하지 않을 수 없습니다."

"응?"

황제와 하이탕은 모두 의아한 시선으로 판시엔을 바라보았다.

황제는 아무 생각 없이 물어본 것이었는데, 판시엔의 입에서 천인합일의 단어가 나올지는 몰랐던 것이다. 북제의 국사인 쿠허 일파가 제일 중요시하는 것이 천인합일이요, 자연의 법칙을 따르는 것이었기 때문이다.

"외신이 말한 것에 잘못된 것이라도 있습니까?"

황제는 하하 웃으며 말했다.

"어디 잘못된 게 있겠는가. 판시엔 자네는 역시 한 시대의 시선이라 할 만하네. 아무렇지 않게 몇 마디 했는데, 그 말귀 안에 도리를 표현하다니. 아름답기 그지없네."

하이탕도 잠시 생각을 하는 듯하더니 덧붙였다.

"판 공자가 풍경을 가지고 도리를 말하니, 역시 훌륭한 인재라 불릴 만합니다."

하지만 이 말이 끝난 후 다시 정자에 앉아 차를 마시며 큰 의미 없는 대화가 반복되었다. 사실 샹징에 들어온 바로 다음날 황제가 판시엔을 황궁에 남으라 한 일은 규율에 어긋난 것이었다. 어쨌든 그는 다른 나라의 신하 아니겠는가.

그러던 중 갑자기 황제가 물었다.

"판 공자, 자네는 짐이 왜 자네를 남으라고 한 줄 아나?"

판시엔은 드디어 올 것이 왔다고 생각하며 공손히 말했다.

"폐하께서 알려주십시오."

"짐이 자네의 시집을 좋아하기 때문이야. 짐은 확실히 자네의 시를 좋아하는데 담박서점에서는 너무 비싸게 파니, 북제에서 별도로 판 경의 시집을 저렴한 가격에 팔았네. 짐이 이렇게 그대를 중요시하는데 그대는 어떻게 보답할 것인가?"

판시엔은 감사의 의미로 공손히 예를 한 번 올리고, 속으로 욕을 퍼부어 대기 시작하였다.

'이 세상에도 역시 해적판이 있었구만. 담박서점의 북방 쪽 매출이 7할로 줄어서 예 지배인이 고민을 거듭하고 있었는데, 지금 네가 한 짓을 보고, 서점의 주인인 내가 감사해 하라고?'

하이탕은 갑자기 끼어들며 말했다.

"폐하, 담박서점은 판 대인이 하는 장사입니다."

황제가 살짝 놀란 듯 말했다.

"판 경은 시를 짓는 사람인데 어떻게 장사도 하게 되었는가?"

판시엔은 쓴웃음을 지며 대답했다.

"그저 푼돈을 버는 정도입니다."

하이탕은 또 끼어들었다.

"천하에 가장 큰 서점에서 버는 돈을 어떻게 푼돈이라 할 수 있나요?"

황제는 둘을 보며 의아한 듯 물었다.

"스승님과 판 경은 남북에서 내 놓으라 하는 인물들인데, 오늘 보자마자 어린아이들처럼 말싸움 하기를 즐기시는 겁니까?"

하이탕은 오늘 자기의 말이 이전과 달리 약간 경솔했다 생각하며 당황해하였다. 판시엔은 그런 그녀를 보며 웃으며 말했다.

"하이탕 아가씨는 상업이 천한 직업이라 생각하시나요?"

예씨 가문이 상업의 중요성을 아무리 증명했다 하더라도 아직 많은 사람들은 장사한다는 것을 비교적 천하게 생각하고 있는 사회였다. 하지만 예상치도 못한 하이탕의 대답이 귀에 들렸다.

"사농공상 중에, 천하의 사람들이 하는 모든 일 중에, 어찌 귀천이 있을까요?"

판시엔은 그녀의 이러한 점이 특히나 좋았다.

태후가 보낸 하이탕이 곁에 있으니, 황제도 내심 깊은 곳의 말을 판시엔과 나누기가 힘들어 보였고, 천자의 얼굴에는 점차 피곤한 기색이 드러나기 시작하였다. 판시엔은 원래 하이탕이 조금 구색을 맞추다 가리라고 생각했는데, 하이탕은 너무나도 편안한 얼굴로 마치 황제는 신경도 쓰지 않는다는 눈치였다.

황제는 갑자기 몸을 돌리며 너무나도 침착하게, 완전히 열일곱 살의 시선이라고 볼 수 없는 눈빛으로 판시엔을 바라보며 말했다.

"자네가 보기에는 짐의 이 천하가, 남경과 비교해서 어떠한가?"

'북제와 남경을 비교하라고? 남경의 신하가 북제의 황제 앞에서?'

"모르겠습니다."

"하하. 짐은 남경이 왜 자네를 사절단의 정사로 파견했는지 몰랐는데, 짐이 좋아하는 한 시대의 시선(詩仙)이, 사실 언변이 좋은 변사였는지 오늘에서야 알게 되었네."

"외신은 관직에 오른 지 1년 밖에 되지 않아 많은 부분에서 부족함이 많으니, 폐하께서 많은 가르침을 주십시오."

"만약에 짐이 남으로 가면, 판 경이 볼 때에는 얼마나 가능성이 있어 보이나?"

황제의 얼굴은 여전히 침착했으나 위엄이 퍼지고 있었다.

이것이야 말로 민감하고 난감한 문제였고, 천하에서 오직 두 사람만이 물을 수 있는 질문이었다. 경국 황제, 북제 황제.

판시엔은 더 없이 침착하게 대답하였다.

"일말의 가능성도 없어 보입니다."

"어찌 그리 생각하는가?"

"북제의 사람들은 전쟁을 생각하지 않으니 필히 위험합니다. 경국의 사람들은 전쟁을 많이 하니 위험합니다. 그렇기 때문에 어느 한 쪽이 아닌, 두 분의 폐하께서, 한 분은 강성해지려고 노력하고,

한 분은 안정하게 유지하려고 노력할 때에만, 양 극단의 평형을 이룰 수 있습니다."

황제는 잠시 침묵하더니 갑자기 입을 열고 물었다.

"너희 경국의 황제는 도대체 어떤 사람인가? 짐도 일찍이 편지를 두 번 정도 나눠본 적이 있지만 도대체 모르겠네."

'경국의 황제를 평가하라고? 경국의 신하가 북제의 황제 앞에서?'

판시엔은 이번엔 차라리 입을 닫고 있기로 결정했다.

황제는 그의 모습을 보더니 크게 한 번 웃고 말했다.

"너희 황제는 어쨌든 늙었고, 짐은 커가고 있는 중이니, 나중에 짐이 말을 몰고 남하(南下)할 때 판 경이 짐을 위해 시를 지어 주길 기대하겠네."

판시엔은 비굴하지도 거만하지도 않게 말했다.

"폐하께서 남하(南下)하시면 손님이 되니, 외신이 반드시 시를 지어 축하해 드리겠습니다."

두 사람 모두 남하(南下)를 이야기하고 있었지만, 북제 황제는 경국을 치러간다는 의미이고, 판시엔은 북제 황제가 경국의 감옥에 갇힌다는 의미였다.

"샹징은 줄곧 태평성대였지만, 작년에 양국 간에 오해가 있기도 했으니, 혹시 누가 도발을 한다 하더라도, 판 경이 짐의 얼굴을 봐서 많이 참아 주시게."

'천자의 얼굴을 보고 참아 달라고?'

판시엔은 자기가 그렇게 대단한 사람도 아닌데, 왜 한 나라의 주인이 자기를 이렇게 높게 평가하는지 이해가 되지 않았다.

"짐이 조금 피곤하네, 판 경은 이제 돌아가게나. 마지막으로 판 경이 시를 더 짓지 않는다고 선언한 것에 짐이 좀 실망했다는 것만 알아 두게."

"그 점은 폐하께서 용서해 주시길 바랍니다. 시는 마음의 언어인데 외신이 최근 심사가 복잡하여 시가 지어지지 않을 뿐입니다."

"시는 감정에서 지어지는 것인데, 머지리 같은 짐을 보고 시 쓸 마음이 사라져 버린 것은 아닌가 걱정이 될 뿐이네."

판시엔은 온 얼굴에 구슬 같은 땀을 흘리기 시작했다.

황제는 그 모습을 보고 갑자기 '하하' 웃었다.

"어제 태후가 짐에게 시를 하나 보여주었는데……'그대는 알고 있나요 알고 있나요, 꽃은 시들어도 잎은 더 짙어졌음을.'"

황제는 말을 잠시 멈추더니, 미소를 지으며 마지막 말을 이었다.

"판시엔 자네는 정말 대단한 인재야."

판시엔은 난처했다.

하이탕은 더욱 난처했다.

판시엔과 하이탕은 앞에 보이는 궁궐의 검은 건축물을 향해 수려하고 그윽한 풍경을 따라 걷고 있었다. 판시엔은 하이탕의 뒤에서 그 길의 풍경을 무심한 듯 쳐다보며 걸었는데, 얼굴에는 억지로라도 미소를 지으려 노력하며, 그녀와 일정한 거리를 두었다.

마침 그 상황은 의도하지 않게 하이탕의 걷는 자세를 자세히 보게 만들었다.

그녀는 한걸음을 가면서 세 번쯤 좌우로 흔들렸는데, 이건 사람을 유혹한다기 보다는 시골 아가씨가 도랑을 걸어가는 느낌이었다. 그녀는 두 손을 조잡한 외투의 주머니에 넣고서 상반신은 그리 흔들리지 않았지만, 하반신은 발을 이용해서 바닥을 끌고 가듯이 움직였기에, 어떻게 보기에는 매우 게으르고 산만해 보였다.

하이탕은 자기의 뒤에서 불꽃이 튀고 있는 눈빛이 자기의 허리와 엉덩이를 바라보는 느낌을 받았다. 결국 참지 못하고 얼굴을 휙 돌려 판시엔의 두 눈을 보았는데, 마치 그의 몸에 있는 부드러운 살갗을 모두 벗겨버릴 듯한 무서운 눈빛을 보냈다.

판시엔은 그제서야 상대방이 뭔가 오해를 하고 있다는 것을 알고 쓴웃음을 지으며 말했다.

"그저 아가씨의 걷는 모습이 특이해서, 혹시 걷는 중에도 수련을 하는가 싶어 마음속으로 대단하다 생각하고 있었을 뿐이에요."

하이탕은 그 모습에 더 화를 내며 말했다.

"수련하는 것 아니에요. 전 어려서부터 이렇게 걸었고, 태후께서도 여러 번 고쳐보려 했지만 결국 안되었으니까, 판 대인의 눈에 거슬리면 앞으로 가서 걸으시죠."

'왜 내가 저 인간에게 이걸 설명하고 있지?'

'화를 내는 건 또 뭐야?'

하이탕은 여전히 발바닥을 끌면서, 두 손을 옷에 집어넣고, 산만하게 앞으로 걸어갔다.

그는 결국 그 모습에 웃음이 터졌다.

"판 대인은 왜 웃는 거죠?"

"저는 참 아가씨의 걷는 자세가 마음에 드네요."

하이탕은 어리둥절했지만 눈에서는 분노의 기운이 느껴졌다.

"만약에 거짓이라면 천벌을 받겠습니다."

판시엔이 이렇게까지 말했지만 하이탕은 믿지도 못할뿐더러 이해가 되지 않았다. 그녀는 이 걸음걸이가 황실에서 얼마나 많은 사람들에게 웃음거리가 된지 잘 알고 있었기 때문이다.

'이 젊은 놈이 이걸 좋아한다고? 누굴 놀리나.'

그 순간 춘약 사건이 다시 떠오르며 그녀는 더욱 어이없어 했다.

하지만 여전히 한 젊은 여자와 한 젊은 남자는, 앞뒤로 나란히 서서 조용히 걷고만 있었다.

판시엔이 불쑥, 진지하게 이야기했다.

"옌빙원의 일에 아가씨께서 도움을 좀 주시죠."

"저는 정사(政事)에는 관여하지 않습니다."

"그럼 아가씨가 샤오은을 죽이려고 한 것은 뭔가요? 만약에 샤오은이 죽었으면, 그건 양국의 정치적 협의에 큰 영향을 끼치는지 모르고 있었다는 말인가요?"

"판 공자는 왜 제가 나서기 전에는 샤오은을 죽이려고 했다가 저를 보고 생각을 바꿨나요?"

"그건 제가 샤오은의 비밀에 관심이 있기 때문이죠."

"제가 샤오은을 죽이고 싶은 것은, 그 비밀이 매우 복잡한 일을 만들어 낼 수도 있기 때문이에요."

두 사람은 약속이나 한 듯 발을 멈추고서 한 그루의 큰 나무 아래 섰다.

판시엔이 다시 한번 진지하게 입을 열었다.

"이 세상에서 영원한 비밀 같은 것은 없어요."

"샤오은이 살아 있으면 많은 사람들이 죽을 수 있어요."

판시엔은 그녀가 말하는 '백성을 아끼는 마음'이 어떤 면에서는 비열해 보인다고 생각하는 동시에, 그렇다고 그녀 때문에 자기의 생각이 바뀌지는 않을 거라 생각했다.

하이탕은 화제를 돌리며 말을 이었다.

"폐하께서는 어떤 일을 판 공자에게 부탁하고 싶어 해요."

'그런데 왜 자리를 안 피해 준 거야?'

"그럼 하이탕 아가씨가 대신 말씀해 주시겠어요?"

"저도 몰라요. 만약에 스리리와 연관된 것이라면, 이후에 저에게도 알려주세요."

'한 나라의 황제가 자기에게 뭘 도와 달라는 거야? 설마 진짜 스리

리? 내가 북제 사람도 아니고, 샹징에서 아무 힘도 없는데 어떻게?'

"스리리는 불쌍한 아가씨예요. 좋은 아가씨이기도 하고……판 공자가 도와줄 수 있다면 좀 도와주세요."

다시 두 사람은 침묵하며 천천히 앞으로 걸어갔다.

판시엔이 갑자기 앞으로 몇 보 가더니, 하이탕과 나란히 서서 걸어가기 시작했다.

하이탕은 그를 한번 힐끔 봤지만, 아무 말도 하지는 않았다.

판시엔은 마음을 편하게 하고, 옆에 여자의 걸음걸이를 따라했다.

고개를 약간 들고서 시선은 사방을 살피고, 그의 옷에는 주머니가 없었기에 대신 뒷짐을 지면서 걸어갔다. 판시엔의 얼굴에는 온화한 미소를 띠고 있었고, 옆의 여자에겐 눈길 한번 주지 않는 듯 보였다.

하이탕은 그가 왜 자신의 자세를 따라하는지 몰라 심사가 불편했지만, 그저 무시하기로 하고 천천히, 산만하게 걸었다. 판시엔은 허리를 한 번 쭉 펴고 하품을 하며 기지개를 켰다.

해가 중천에 뜨고, 두 쌍의 발바닥을 끄는 소리가 점차 하나로 모아지며, 사람을 더 없이 졸리게 하고 있었다. 두 사람이 발을 끌어 황궁을 걸어가는 모습은, 마치 농촌에서 한 부부가 밭에서 일을 마치고 낮잠을 자러 집으로 돌아가는 모습같이 보였다.

"저번에 준 해독약에는 진피가 너무 많이 들어가 쓰더군요."

판시엔은 자신이 속임수 쓴 것을 상대방이 간파했음을 느꼈다.

"저는 감사원의 관원이라 항상 모종의 수단을 쓰는 것이니, 아가씨가 개의치 않았으면 좋겠네요. 만약에 정말 언짢았다면, 다음에 아가씨가 저에게 그 약을 한번 쓰시지요."

"기회가 있으면 당연히 쓰겠죠."

판시엔의 말은 경박했다.

하이탕은 만만한 여자가 아니다.

판시엔은 땀을 비 오듯 흘리며, 상대방보고 들으라는 듯이 큰 소리로 말했다.

"어두운 밤은 저에게 검은색의 눈동자를 주었지만, 저는 그것을 이용하여 빛을 찾으려고 할 뿐입니다."

이는 전생에 어디선가 들은 명언 같은 것이었는데, 분위기를 바꿔 보려 한 말이 아니나 다를까, 하이탕은 약간 놀라며, 그를 보는 눈빛이 무의식적으로 약간 변한 듯 보이기도 하였다.

판시엔은 '헤헤' 웃으며 계속해서 말을 이었다.

"물론 어두운 밤에, 검은 눈으로, 기회가 있다면, 하이얀 살을……."

하이탕은 결국 웃음이 터져버렸다.

마차는 샹징의 거리를 따라 예부(礼部) 쪽으로 움직이고 있었고, 사방에 어림군(御林軍, 황제의 친위대)의 병사들이 엄호하고 있어 안전하게 느껴졌다. 다만 오늘은 북제에서 공무를 보는 첫날인데, 새벽부터 입궁했다가, 뜻하지 않게 황제와 이야기하다가, 하이탕과 걷다가……아직 밥도 한 끼 못 먹고, 뱃속에 있는 거라곤 황제가 준 차밖에 없었다.

안 그래도 심사가 불편한 판시엔이 사납게 옷소매를 한번 '휘' 저으며 예부 관아의 정문을 나왔다. 린징도 홍려사 쪽에서 급하게 달려오며, 그를 향해 고개를 젓고 있을 뿐이었다. 네 사람은 다시 한 마차에 올랐는데, 린징이 먼저 입을 열었다.

"웨이화 소경이 궁을 나선 후에 실종 되어 버렸습니다."

"다른 곳도 마찬가진 듯하네. 북제가 뭔가 시간을 끌고 있는 것 같아."

왕치니엔은 미간을 찌푸리며 말했다.

"시간을 끄는 게 무슨 이익이 있을까요? 우리가 돌려줄 사람은 이미 돌려줬는데, 그들이 계속 이렇게 마냥 시간을 끌 수는 없을 텐데요."

판시엔은 고개를 저으며 말했다.

"우리가 최대한 빨리 옌빙윈을 구해야 할 것 같아."

"구하다니요?"

"웨이화 집으로 가자."

"장닝 후작 저택으로요?"

린졍은 난감하다는 듯이 말을 이었다.

"그 사람은 태후의 친형제인데, 저희가 외국의 사절단 신분으로 이렇게 갑자기 찾아가는 것은 규율에 많이 어긋나 보입니다만."

"아예 그냥 북제 황제의 수하에 있는 어사(御史)가, 내일 아침 장닝 후작이 경국과 상통했다고 상주문을 올려 준다면 제일 좋겠네."

마차는 예부를 떠나고, 어림군은 여전히 따라오고, 아주 먼 발치에서 밀정 같은 것도 따라오고 있었다. 왕치니엔이 조용히 주의를 주었다.

"제사 대인, 금의위(锦衣衛)의 사람들도 우리를 미행하는 듯합니다."

"어림군이 호위하고 있는데, 설마 우리가 어디로 샐까 봐 걱정하는 거야? 됐어, 신경 쓰지 마. 그냥 며칠 동안은 북제에 있는 감사원 밀정들과 연락하는 것을 급하게 추진하지 말고."

조정의 명령을 받아 사절단을 감시하고 있는 밀정들은 다소 의아해 했는데, 경국의 사절단들이 예부를 나온 뒤에 왜 가장 번화하고 사치로운 슈쉐이쟈(秀水街) 거리를 돌아다니는지 이해가 안 되었기 때문이다. 그곳은 유리 제품 같은 사치품들만 파는 거리였고, 일반 백성들은 접근도 못하는 곳이었다.

한 밀정이 눈썹을 찌푸리며 물었다.

"이 남쪽 야만인들이 왜 여기를 돌아다니는 걸까요?"

다른 이가 대답했다.

"외국을 왔으니 좋은 물건을 사서 돌아가야지. 듣자하니 남쪽 야만인들이 돈은 많다고 하던데, 유리 제품 정도는 사가야 하지 않겠나?"

"바보 같은 새끼!"

또 다른 이가 꾸짖었다.

"천하의 유리제품은 모두 남경에서 생산되는데, 무슨 얼토당토않은 이야기야?!"

슈웨이쟈 거리의 사람은 많지 않았지만, 지나다니는 사람들은 한눈에 봐도 매우 돈이 많아 보였다. 상점들은 적당한 거리를 두고 있었는데, 그중에 7개의 상점은 주변 상점과 달리 가로로 달린 간판을 걸고 있었고, 각각 유리제품, 비누 종류, 향수, 비단, 술 심지어 장난감 같은 것도 팔고 있었다.

어림군이 호위하는 판시엔 일행의 기세가 만만치 않았지만 어느 가게에서도 적극적으로 호객 행위를 하지는 않았다.

다만 특이한 것은 7개 간판의 글씨체가 모두 똑같았다는 것인데, 다른 사람들은 이상한 느낌을 받지 못했지만, 판시엔은 한 눈에 어떤 의미인지를 알아챌 수 있었다. 검은 상자 안에 담겨 있던 편지의 글씨체.

그 수많은 글씨체 중에 어머니의 것임을 확신할 수 있는 이유는?

너무 못썼기 때문이다.

"대인, 장닝 후작 저택으로 가기로 하지 않았습니까?"

"당연히 선물을 사러 왔지. 어떻게 빈손으로 갈 수가 있나?"

판시엔은 비단을 파는 곳, 유리 제품을 파는 곳, 장난감을 파는 곳을 모두 한번 들러 둘러봤다. 유리를 파는 곳은 경국 내고(內庫)가 생산하는 유리를 북제에서 파는 곳이었고, 그 주인은 경여당의 학생 출신이고, 성이 위(余, 여)씨 인 것을 알 수 있었다. 다만 유리 제품을 파는 곳에서는 주인의 면을 보고 몇 개의 제품을 대충 샀을 뿐.

그리고는 곧장 술을 파는 가게로 들어갔다.

이 상점의 주인은 이미 하인의 보고를 받고, 이들이 고향에서 온 고관들임을 알고서, 문 앞까지 나와서 공손하게 인사를 하며 맞아주었다. 판시엔은 의자에 앉아 한번 쓱 둘러봤는데, 여기서 파는 술이 모두 이름난 비싼 술임을 단번에 알 수 있었다. 그는 주인을 불러 물었다.

"여기서 제일 좋은 술이 뭔가?"

주인의 성은 셩(盛, 성)이었는데 기분이 좋은 듯 재빨리 안으로 들어가, 긴 유리병에 담긴 술을 가져왔다. 그 병 안에는 사람을 유혹하는 듯한 붉은 빛의 술이 담겨 있었는데, 색은 짙었지만 걸쭉하지는 않았다.

"포도주?"

"판 대인은 과연 시선(詩仙), 주선(酒仙)이라 불릴만 하십니다. 훌륭한 포도주 맞습니다."

셩 주인이 잔을 가져와 시음하라 술을 한 잔 올리니, 판시엔은 손목으로 '휘휘' 술잔을 돌리고서, 우선 그 향을 맡고 살짝 입에 머금은 뒤, 그 맛을 보았다. 왕치니엔을 포함한 주위의 모든 사람들은 이 동작을 처음 보았다.

'역시 대인은 명문가의 자제야, 멋져!'

판시엔은 시음을 한 후 주인에게 말했다.

"이 술을 주게. 그리고 독주도 있으면 몇 개 가져와 봐."

셩 주인은 신이나 재빨리 하나하나를 올려놓고, 판시엔에게 한 잔씩 따라서 시음을 권했다. 하지만 판시엔은 하나같이 별로 마음에 들지 않았다. 그의 불만족스러운 얼굴을 보고서 주인은 조용히 말했다.

"북제에서는 독주가 금지되어 있어서……대인이 좀 이해해 주십시오."

'이 세상에서 돈을 가지고 못 사는 게 있다고? 거짓말 하시네.'

그는 많은 말을 하지 않고, 그저 고개를 저으며 불만족스러움을 표출했다.

셩 주인은 다시 그를 보더니, 결심을 한 듯 다른 술 두 병을 가지고 왔다.

판시엔은 조그마한 자기로 된 잔에 술을 따라 살짝 입에 털어 넣었는데, 점점 미간 주름이 깊어지더니 한참을 아무 말도 하지 않았다.

왕치니엔이 결국 참지 못하고 물었다.

"대인, 어떠신가요?"

판시엔은 '습습' 그 입에 남은 향을 다시 한번 빨아들이고, 목에 약간 타는 듯한 느낌이 자극하는 쾌감을 또 한 번 느끼고서, 큰 소리로 칭찬하며 말했다.

"좋은 술이야, 확실히 좋은 술이야! 이름이 뭔가?"

"마오타이(茅台)입니다."

"이름도 좋구나!"

'어머니, 당시에 진짜 심심했나 보군요.'

술을 다 사고 계산을 한 후, 네 명은 일어나서 밖으로 나갈 준비를 하였다.

그때, 셩 주인이 판시엔에게 눈짓을 했다. 판시엔은 세 명을 먼저 밖으로 내보낸 후, 셩 주인을 따라 뒤에 있는 방으로 따라 들어갔다.

그 방에는 아무도 없었고, 수상할 정도로 조용했다.

셩 주인은 갑자기 다른 사람이 된 듯, 몸을 곧게 세우고선 엄숙한 얼굴로 판시엔에게 절을 했다.

"내고(內庫)의 셩화이런(盛怀仁), 사위님을 뵙습니다."

사실 오늘 선물을 사러 왔다는 것은 표면상의 목적이었고, 실제로는 북제에서의 내고 경영이 어떻게 되고 있는가를 살펴보러 온 것이었다. 그래서 판시엔은 셩 주인이 자기를 '사위님'이라고 부른 것이 전혀 놀랍지 않았다.

내고는 지금 장 공주에 손에 있기 때문에 그녀의 심복도 당연히 북제에 잠복해 있을 터. 판시엔은 그 심복 중 누군가는 자기를 찾아올 거라 예상하고 있었다. 이전부터 장 공주가 북제와의 밀약에 다른 무언가가 있을 것이라 생각했는데, 만약에 신묘의 비밀과 관련된 것이 아니라면, 분명 샹샨후와 관련이 되어 있었을 것이다.

지금 샤오은이 북제에 갇혀버렸으니, 장 공주가 샹샨후가 원하는 샤오은의 '자유'를 찾아주기 위해 행동을 취한다면, 당연히 사절단의 정사 신분인 판시엔에게 연락할 수밖에 없었던 것이다.

셩화이런이 그를 '사위님'이라고 불렀으니, 분명 장 공주의 심복 중에 심복일 것이다. 판시엔은 그를 보며 고개를 끄덕이고는 말했다.

"나에게 할 말이 뭐지?"

셩화이런은 말을 하지 않고, 대신 편지 한 통을 건네주었다.

판시엔은 마차에 올라 소매 춤의 편지를 만지작거리며 아무 말도 하지 않았지만, 자신 곁에 정보를 분석하는 전략가가 없음을 아쉬워하고 있었다. 왕치니엔은 추적에 능하고, 가오다는 상당한 무술 실력을 가지고 있지만, 자기를 도와 '판단'할 사람은 없었던 것이다. 옌빙윈을 빨리 꺼낼 수 있다면, 앞으로의 계획 수립에 많은 도움이 될 것이라는 생각을 하고 있었다.

판시엔이 타고 있던 마차는 샹징의 조용하고 아름다운 부촌의 거리를 지나 장닝 후작 저택 문 앞에 멈췄다. 일행이 어림군까지 포함해 적지 않은 숫자였기에 문밖은 제법 소란스러웠다. 다만 저택 문안에 있는 하인들은 이 상황을 어떻게 대처해야 할지 몰라 허둥대고 있었다.

사람들의 차림새는 확실히 남경에서 온 사절단이었다!

이 세상에서 다른 나라의 신하가 이국땅의 고관 대작의 저택에 마음대로 오는 경우가 어디에 있단 말인가. 만약에 필요하다면 미리 그 행보를 양국에 허락을 받는 것이 엄중한 규율이었다.

판시엔이 후작 저택으로 들어갈 준비를 하자 어림군의 웨이(魏) 통령도 다급히 앞을 가로막으며 말했다.

"판 대인, 타국 사절단이 조정의 대신과 왕래를 하는 것은 절대 안 될 일입니다. 판 대인과 장닝 후작이 정말 사이가 좋다면 더더욱 들어가시면 안 됩니다. 이후에 후작이 정말 곤경에 처해지면 어쩌시려고 이러시는 겁니까?"

'그런 곤경에 취해지게 하는 것이 나의 목적이야. 그의 아들 웨이화가 하루 종일 숨어만 있는데 누가 그를 불러 낼 수 있는데?'

"상관없습니다. 이미 오전에 황실에서 폐하께 말씀드렸고 상관없다 하셨는데, 더 이상 무슨 신경을 쓸 필요가 있겠습니까?"

'이 일을 황궁에 가서 요청했다고?'

그 사이 판시엔은 세 명의 수하를 데리고 이미 후작 저택의 문 앞에 서 있었다. 하인들도 더는 어쩔 수 없다 생각하며 예를 올렸다. 판시엔은 하인들의 적절한 태도에 만족하며 미소 지었다.

"남경에서 술친구가 왔다고 전하거라."

'이 젊은 사절이 술친구라고?'

이때 마침 옆에 문이 열리면서 한 사람이 나와 판시엔에게 절을 하며 말했다.

"후작 대인께서 들어오라 하십니다."

판시엔조차도 이렇게 쉽게 들어올 줄 몰랐다. 그는 들어가자마자 의자에 앉아 있던 한 명의 중년 남성을 보면서 '하하' 웃으며 다가가, 격렬하게 포옹을 하며 말했다.

"일 년 동안 후작 어르신의 풍채가 더 좋아지신 듯하네요."

장닝 후작은 태후의 형제로 신분이 매우 높았으니, 어디서 이런 '격렬한' 인사를 받아 봤겠는가. 그는 두 번 기침을 하고서 약간 머리가 아픈 듯이 말했다.

"일 년 동안 판 대인의 명성은 더 높아졌더군. 그나저나 오늘 여기는 무슨 일인가?"

"어제 샹징에 도착했고, 오늘은 새벽부터 입궁해 한참을 폐하와 이야기를 했어요. 샹징에는 의지가지없으니, 당연히 여기를 와서 후작 어르신을 뵙는 게 예의 아니겠어요?"

장닝 후작은 사오십 살 정도 되는 나이에, 얼굴은 하얗고 눈은 약간 부어 있어, 과도한 주색(酒色)의 흔적이 사라지지 않은 듯 보였다. 판시엔은 상대방의 옷에서 풍기는 술 냄새를 맡으며, 어제도 무슨 일이 있었는지 짐작이 되었다.

'역시 선물은 적절했어.'

장닝 후작은 술과 여자를 좋아할 뿐만 아니라, 실제로 '그저 그렇게' 살아가는 사람이었다. 태후에게 두 명의 남자 형제가 있는데, 그 중 장안 후작은 이번에 패전하긴 했지만, 군을 이끄는 장군으로 그보다는 나았다. 나머지 한 사람인 이 장닝 후작은, 그저 샹징에 머물러 있으면서 대충 시간을 보내고 있었는데, 그런 사람이니 판시엔이 여기를 들어오는 것에 대해서도, 사실 무슨 의미인지를 잘 모르고 있는 것이었다.

판시엔이 오늘 여기에 온 것은 첫 번째, 태후의 형제와 관계를 좀 더 쌓으려는 것이고, 두 번째는 사라져 버린 웨이 소경을 끌어내기 위함이었다.

아니나 다를까 좋은 술이 올라오자, 장닝 후작의 눈에는 웃음이 번지기 시작하였다.

그는 태후의 형제인데 판시엔이 감사원의 제사라 한들 뭘 그리 중시하겠는가.

그는 단지 하인들이 판시엔이 왔다 했을 때 젊고 준수한, 특별히 술을 잘 마시는 놈을 떠올렸을 뿐이었다. 그리고 지금 좋은 술을 보자, 역시 자기가 사람 보는 눈이 있다고 생각하고 있었다.

"후작 어르신, 좀 전에 들어올 때 웨이 통령이 후작 어르신이 나중에 곤란해지실 수도 있다고 하던데요."

"무슨 소리야! 손님이 왔는데 문전박대를 한다고?! 작년에 징두에 갔을 때 신치우 대인이 날 잘 대접했으니, 오늘은 내가 자네를 대접하는 것인데, 누가 여러 말을 해!"

'이렇게만 가면 되겠다.'

판시엔은 술을 연거푸 마시고 앞의 장닝 후작을 보니, 그의 창백한 얼굴이 약간 붉어지며 이미 좀 정신이 흐릿해지는 듯 보였다. 그는 이 기회를 틈타 자기가 원하는 것을 말하고 후작의 대답을 듣고 있었다.

"판 대인, 그러니까 진무사(鎭撫司)의 지휘사(指揮使)인 션(沈) 대인을 만나고 싶다는 건가?"

"듣자 하니 당시 샹징에서 반란이 났을 때, 후작 어르신이 태후의 친필 편지를 들고 나가서, 션 대인이 이끄는 금의위의 세력을 동원해 대세를 만회할 수 있었다고 하더라구요. 그때부터 션 대인이 관운이 트였다고 하던데, 후작 어르신과 사이도 좋고. 그러니 후작 어르신께서 중간에 서서 소개 한번 해 주십사 하는 거예요."

이 이야기가 장닝 후작 일생에서 유일하게 내세울 만한 빛나는 이야기였다.

장닝 후작은 이미 취한 기운이 짙어졌지만, 얼굴에는 거만한 기색을 잃지 않고 있었다. 하지만 그렇게 멍청한 그도 여전히 판시엔의 이야기는 좀 이상해 보였기에 판시엔을 바라보며 다시 물었다.

"판 대인, 자네는 사절단의 신하인데, 진무사의 지휘사를…… 그건 좀 규율에 너무 맞지 않는 듯 하네만."

"후작 어르신도 아시지만, 사절단의 신분으로 이국에 나와 있으니 불편한 곳이 한두 군데가 아니에요. 어차피 후작 어르신을 속일 수는 없으니 솔직히 말하지요. 소인이 징두에서 너무 많은 고관들의 눈 밖에 나고, 심지어 폐하도 그렇게 절 보호해 주지 않으니, 이번 사절단을 기회로 삼아서 북제에 한번 기대보려고 하는 거예요."

장닝 후작은 들으며 연신 딸꾹질을 해대며 고개를 끄덕였지만, 마음속으로는 어떻게 해야 할지 몰라 걱정이 가득했다.

작년에 북제가 전쟁에서 지고 나서 태후와 관련한 고관들이 모두 쫓겨나고, 장안 후작도 강등되어 집으로 돌아가고, 심지어 자기도 직접 북제 사절단을 이끌고 경국으로 가서 그 굴욕적인 협의를 해야 했고……지금 판시엔이 말한 것은 이미 샹징에도 소문이 퍼져 익히 듣긴 했다. 그가 춘시 부정 사건을 고발하면서 재상도 무너지고, 예부 상서와 여러 고관들이 참수당하고, 그는 미움을 받고…….

"근데 왜 자네는 션 대인을 보려는 건가?"

"돈을 좀 벌어 보려구요. 어찌 후작 어르신도 같이 해보시겠습니까?"

'돈을 번다'라는 말에 장닝 후작은 순간적으로 관심이 확 생겼다.

술자리에 다른 사람은 없었지만, 판시엔은 후작의 술잔에 술을 채우며 최대한 조용히 말했다.

"후작 어르신은 제가 아무리 늦어도 내후년에는 경국의 내고를 장악한다는 것을 잘 아시잖아요. 그리고 내고 생산품의 4할은 북제에서 팔린다는 것도 아실 거구요. 이런 상황에서 제가 진무사와 관계를 맺어 놓지 않으면 어떻게 마음이 편할 수 있겠어요?"

"설……설마 자네 지금 밀수를 할 생각인가?"

장닝 후작은 술이 제법 깬 듯했는데, 반은 놀라서 깼고, 반은 즐거워서 깼다.

'경국이 최근에 이렇게 잘 나간 게 무엇 때문인가? 그 예씨 여주인이 남겨 놓은 장사 때문 아닌가? 만약에 그중에서 조금만 챙긴다 하더라도 엄청난 숫자가 될 텐데?'

그는 앞에 있는 경국 사절단 젊은이가 이렇게 간이 크다는 것을 믿을 수는 없었지만, 만약에 상대방이 밀수를 하려고 한다면, 진무사와 관계를 맺어야만 가능하다는 것은 확실하다고 생각했다.

'북제에 문제가 생길 것은……하나도……없잖아? 이놈이 남경 내고의 돈을 탐내는 것인데, 북제에게 손실이 될 수 없지. 밀수를 한 물건은 가격이 쌀 것이고, 그렇다면 황실에서도 그 물건을 매입하는데 돈을 아낄 수 있고. 태후나 황제 조카도 당연히 좋아할 일이고, 이런 손해 볼 것 없는 장사를 안 할 이유가 뭐가 있어?!'

그는 술을 한 잔 거하게 들이켰다.

"좋아! 내가 선 대인과 만남을 주선하지! 다만……."

"다만?"

"판시엔, 다만 자네는 이 일을 하기 전에 황실의 동의를 얻어야만 하네."

"그게 무슨 말씀이세요!"

판시엔은 단호하게 말을 이었다.

"오늘 말한 것은 원래 딱 세 명만 돈을 벌어보자는 것이었는데, 후작 어르신이 말하신 대로 하면, 제가 제 목을 북제의 조정에 바치는 꼴만 되잖아요."

"그 말이 맞는데, 황실 몰래 이런 큰일을 벌이기엔······사실 난 엄두가 안 나네."

"그럼 어르신은 천천히 생각하시죠."

판시엔은 냉랭하게 말을 이었다.

"하지만 이번 일은 저와 제 가문의 운명이 달려 있으니 다른 곳에 말하시면 안 됩니다."

'이놈이 어디서 이런 협박을? 네 놈이 진무사를 혼자 상대할 수 있을 것 같아?!'

판시엔은 상대방의 표정이 변하는 것을 보면서도, 속으론 '오늘은 이만 하면 성공이야.'라 생각하고, '하하' 웃으며 화제를 빨리 돌렸다. 최소한 겉으로는 더 이상 후작과 충돌하지 않으려고 노력했다.

장닝 후작도 말을 그렇게 하였지만 이미 생겨버린 욕심에 속으로는, 태후에게 북제가 잃을 것이 없는 이 좋은 장사를 어떻게 설득할 것인가, 셴 지휘사와 이놈을 어떻게 만나게 해 줄 것인가를 생각하고 있었다.

후작은 마침내 다시 한번 술잔을 들며, 거만하게 소리쳤다.

"내 동생이란 놈은 간이 작아 이런 일을 못하니, 북제를 위해서 이 일은 내가 처리해야겠구만. 자네도 너무 걱정하진 말게."

취기는 올라왔지만 밥은 잘 먹지 못했고, 감정은 두터웠지만 뜻이 그렇게 잘 맞지 않았다.

판시엔은 물러가겠다고 고하고 마차에 올라 숙소로 돌아가려 준비하고 있었다. 바로 이때 앞에서 급하게 달려오는 말발굽 소리가 들리더니 마차 옆에 섰다.

판시엔이 마차의 장막을 젖히고 보니 역시나 장닝 후작의 큰아들, 홍려사의 소경 웨이화가 급하게 나타났다. 판시엔은 이로써 오늘 장닝 후작 저택에 온 목적을 모두 달성하였다. 웨이화는 판시엔을 보며 이를 '악' 물고 낮은 목소리로 말했다.

"판 대인, 지금 뭐 하시는 겁니까?"

판시엔은 딸꾹질을 하며 술냄새를 웨이화에게 펄펄 풍기며 말했다.

"나와 자네 아버지는 술친구인데, 샹징에 왔으니 당연히 들려야 하지 않겠나?"

"대인은 일국 사절단의 정사로서 일거수일투족을 조심해야 하고, 오늘 같은 자리는 반드시 국사가 끝난 후, 홍려사나 예부를 통해서 주선했어야 타당합니다. 대인이 갑자기 이러시면⋯⋯오늘 일을 혹여나 조정 대신들이 알게 되면, 아버지가 나중에 궁에서 어떻게 해명을 합니까?"

"후작 어르신은 대범하신 분이라 그런 것은 전혀 개의치 않으시던데? 소경 대인은 어르신과 많이 다르구만."

"아버지가 술을 좋아하시는 건 세상 사람들이 다 아는 사실이지만⋯⋯판 대인, 진짜 뭘 하시려고 이러시는 겁니까?"

"내가 뭘 하려고 하냐고? 자네 아버지에게 좋은 장사를 하나 추천했네."

웨이화는 이 말이 무슨 말인지는 몰랐지만 분명히 사악한 계획일 거라는 느낌을 받았고, 억지로 '판시엔에 대한', 그리고 '아버지에 대한' 화를 꾹꾹 참고 있었다.

"판 대인, 그냥 직접적으로 말하시지요."

"내가 오늘 온 건 자네를 찾으러 온 거야. 자네가 숨어 버렸잖아. 내가 예부의 담당자도 찾아봤는데 그 사람도 없어졌어. 그럼 내가 한번 물어보지. 난 누구를 찾아 일을 진행해야 하나?"

"현재도 경국 사절단이랑 예부가 상의해서 일을 진행해 나가고 있는 것 아닌가요?"

"물론 국경 문제도 진행되고 있고, 포로 교환도 진행되고 있지. 하지만 자네가 더 잘 알고 있겠지만, 난 다른 일도 해야 하거든. 내일 난 그 사람을 꼭 만날 걸세."

"절차가 복잡한데, 대인이 보고 싶다고 바로 보실 수 있을지 모르겠습니다."

"그래? 그럼 됐어. 내일 다시 자네 아버지를 뵈러 오겠네."

판시엔은 비꼬듯이 말을 이었다.

"술을 털어 넣고, 마음도 털어 놓고, 장사를 이야기하고, 이렇게 매일 보내는 것도 즐겁긴 하지."

말이 끝나자마자 마차도 즐거운 듯, 다시 움직이기 시작했다.

웨이화는 화가 치밀어 올라 마편을 하인에게 던져 버리고 집안으로 걸어 들어가며, 하인들에게 오늘 판시엔이 와서 무엇을 했는지 소상히 물었다. 설명을 다 듣고서 웨이화의 마음이 조금은 누그러졌는데, 어차피 판시엔이 말한 일은 가능하지 않을 거라 생각했기 때문이다.

하지만 거실에 들어가서 아버지가 아직도 술을 마시고 있는 것을 보자, 웨이화는 다시 한번 화를 꾹 참으며 일단 공손히 예를 올렸다.

장닝 후작은 그의 집에서 가장 출세한 아들이 돌아오는 것을 보고 기쁘게 말했다. 다만 발음이 꼬였을 뿐. 딸꾹질을 했을 뿐.

"이리 와라. 집에 오늘 손님이 왔었는데 그 내가 말하던 판시엔이라는 놈이야. 꺽, 이놈은, 아니 글쎄 이 좋은 술을 두 병이나 가져왔지 뭐냐."

그 모습에 웨이화는 더 이상 참지 못했다.

"아버지, 상대방은 적국 사절단의 관원인데, 오늘일을 조정에서 알게 되기라도 하면, 아버지는 어떻게……."

장닝 후작은 아들의 말을 끊었다.

"뭐가 어때서? 난 북제 태후의 형제인데! 집에 손님이 왔는데 대접하는 것도 안 된다는 거냐?!"

"그 사람은 손님이 아니고 경국 사절단의 관원이잖아요!"

웨이화의 목소리도 더욱 커지고 있었다.

"우리 집은 다른 집과 다르잖아요! 고모의 면을 생각해서라도 오늘 판시엔을 집으로 들이면 안 되었죠!"

하지만 웬일인지 웨이화가 화를 내자 장닝 후작은 오히려 부드러워졌다. 그는 술잔을 부드럽게 손에 품었는데, 얼굴에는 한 편의 처량함이 드러났고, 약간 흐느끼듯 말했다.

"어떤 사람은 면이랄 것도 없구나. 네 고모가 황실에 들어간 이후로, 네 아버지라는 사람은 면도 없는 사람이 되었구나. 내가 누구냐? 나도 장모우한 대가의 제자야. 그런데 주위 사람들에게 난 누구냐? 너도 눈이 있으면 한번 봐라. 조정 대신 중 누가 날 찾아오기나 하느냐?"

그는 한숨을 쉬며, 중얼거리듯 말을 이었다.

"아들아, 애비를 태후의 형제로만 보지 말거라. 판시엔이라는 그놈은, 한 시대의 시선(詩仙)이라 불리우는 그놈은, 최소한 애비의 면을 살려주었다."

웨이화는 점점 마음속으로 상황이 파악이 되기 시작했는데, 그의 집이 권세가 있어 보이지만 사실상 조정에서의 평가는 매우 낮았다.

심지어 그가 고작 홍려사 소경이 된 것도, 황실에서 잘 봐준 편이라고 생각하는 사람도 있었다.

그는 탄식을 하며 당시에 아버지가 무언가 큰일을 준비하고 있었지만, 고모 때문에 그것을 포기하고 그저 후작으로 평범하게 살아간다는 사실이 떠올랐다. 그래서 매일 술에 기대고 살아가며 많은 말도 하지 않는다는 것도 알고 있었다. 이때 그는 판시엔이 한 말이 생각이 나서 다시 부드러운 말투로 물었다.

"판시엔이 아버지께 장사 같은 걸 제안했다고요? 그는 남경 감사원의 제사인데 또 무슨 장사를 한다고. 그리고 장사를 하는데 왜 아버지가 필요하다는 건가요?"

"난 그저 션 대인과 판시엔 사이에 다리를 놔 주는 것뿐이야."

"션 삼촌이요?"

"그래. 판시엔의 부친은 남경의 호부 상서이고, 그는 지금 황실 사위의 신분이니, 곧 남경 내고를 이어받겠지. 보아하니 그는 지금 내고에다 살짝 손을 담그고 싶어 하는 듯해. 하지만 북제에서 무엇을 도모하려 할 때, 션 대인이 없으면 오래가지 못하지."

"설마 그가 준비하는 것이⋯⋯밀수예요?"

"그건 함정이에요!"

웨이화는 바로 이어 급하게 외쳤다. 이것이 그의 첫 반응이었다.

장닝 후작은 동의하지 않는 듯 고개를 저었다.

"그가 날 협박하거나 하진 않았어."

"아버지는 이번 양국의 협약을 잘 모르시잖아요. 판시엔은 지금 그 일 때문에 이러는 것인데, 폐하께서 그 협약의 이행을 늦출 수 있는 만큼 늦추라고 했기 때문에, 판시엔이 급해서 술책을 쓰는 거예요. 근데 아버지가 거기에 말려 들어가시면 안 돼요. 장사가 진짜인지는 모르겠지만, 만약에 판시엔에게 션 대인을 만나게 해줘 버리면,

그 협약을 끌 만한 명분이 없어지는 거예요."

"폐하께서 늦출 수 있을 만큼 늦추라고 했다고? 하지만 어쨌든 그 사람은 내어줄 것 아니냐. 그 사이에 우리들에게 이익이 된다면 판시엔을 도와주면 되는 것이지, 그게 무슨 상관인 게야? 그리고 무서워할 건 또 뭐야? 어쨌든 너의 고모도 황실에 있는데."

웨이화는 어떻게 설명해야 좋을지 몰라 한참을 고민하다 조용히 말했다.

"아버지는 판시엔이 말한 게 사실이라고 생각하세요? 아들은 그가 왜 그렇게 위험한 일을 하려고 하는지 도무지 이해가 되지 않네요."

"동물은 먹이에 목숨을 걸고, 사람은 재물에 목숨을 거는 법."

장닝 후작은 아직 술기운이 남아 있는지, 스스로 대단한 통찰력이 있는 듯 생각하며 거만하게 말을 이었다.

"내고? 엄청난 돈이지. 관리를 하더라도, 어쨌든 판씨 집안 것은 아니잖아! 부친이 호부 상서라 국가 재정을 책임지지만 얼마나 벌 수 있는데? 만약에 나중에 판시엔이 진짜 내고 물건들을 밀수해서 북제에다 팔면, 그게 얼마나 되는지는 알고 그러는 거냐?!"

웨이화는 똑똑한 사람이었기에 그게 얼마나 큰돈인지는 금방 알 수 있었다. 확실히 공포스러울 정도의 돈이었다.

장닝 후작은 다시 술을 한 잔 따르며, 몇 번 딸꾹질을 한 뒤 이야기했다.

"시를 쓰는 사람도 밥은 먹어야 한다는 걸, 너도 알아야 해."

이 말이 끝난 후, 한 때 북제의 인재 중 하나였던 사람, 지금은 북제를 좀먹는 벼룩 같은 사람이 책상 위에 쓰러져, 술에, 잠에 곯아떨어졌다. 전신에 좋은 술이 퍼져 있었겠지만, 풍기는 향이 좋지만은 않았다.

마차에서 왕치니엔 옆에 앉은 린졍은 자는 척하며 두 눈을 감고 있었다. 그는 자기 앞에서 왜 밀수와 같은 이야기를 대 놓고 이야기했는지 이해가 되지 않았기 때문이다.

"자네들은 아마 진짜 믿을 수 없겠지?"

왕치니엔은 진짜 믿었고, 가오다도 믿었다.

내고를 장악했는데, 자기의 이익을 조금도 취하지 않는다? 장 공주는 그러지 않을 수 있다. 그녀에게 내고는 어차피 황실의 것이니까. 하지만 판시엔은? 내고는 원래……예씨 집안 것이고, 다시 말해 자기 것이었지 않았나.

최소한 언젠가는 그 자신이 가져와야 한다고 생각하고 있었다.

판시엔이 자기 것이라고 생각하는 상품을 밀수해서 낮은 가격에 판다? 어느 바보가 이런 짓을 하겠는가?

이 상황이 매우 절묘한 것은 아무도 판시엔의 진짜 생각을 알 수가 없다는 것이었다. 판시엔의 계획을 들은 모든 사람들은 판시엔이 내고라는 금맥에서 일부의 금을 훔치려는 것이라 생각했지, 그가 그 금맥을 모두 가져오려고 하는 것은 알 수가 없었다.

판시엔은 애당초 금을 일부 훔칠 생각이 없었다. 금맥을 모두 가져오려는 생각이었다.

"자는 척하지 마시게."

린졍은 난감한 듯 두 눈을 뜨고, 두려운 눈빛으로 판시엔을 쳐다봤다. 판시엔이 자기 앞에서 3대가 멸할 만한 일을 대 놓고 말했는데, 그가 경국으로 돌아가는 길에 자기 입을 막기 위해 자기를 어떻게 해버릴지도 모른다고 생각했기 때문이다.

판시엔은 웃으며 그의 눈을 한번 보고 어깨를 가볍게 두드리며 말했다.

"모르는 척하는 건가? 자네 앞에서 말한 것은, 자네가 아는 것이

나의 계획에 거리낌이 없었기 때문이네. 저녁에 자네는 편지를 써서 징두에 보고를 하게. 조정에서는 아마 나의 의도를 알 수 있을 걸세."

'조정이 몰라 줘? 황제만 알면 되지.'

린졍의 마음속 깊은 곳에는, 눈앞에 있는 젊은 대인이 진짜로 경국 역사상 최대의 탐관이 될 거라 생각하지 않았기에, 침을 한 번 삼키고 진지하게 물었다.

"대인, 오늘 왜 장닝 후작 저택에 간 겁니까?"

"첫 번째, 북제 태후와의 관계를 맺기 위해서. 북제 황제는 그런대로 사절단에 잘해주고 있는 듯한데 태후는 잘 모르겠거든. 두 번째, 션 대인을 만나게 해 줄 사람은 장닝 후작밖에 없다고 생각했네. 마지막으로 후작이 내 말을 믿든 안 믿든, 웨이화를 놀라게 해서 불러낼 생각이었네. 그래야 그가 일을 좀 빨리 진행시켜주지 않겠나."

"허나 왜 이런 복잡한 수를 써서 진무사의 션 지휘사를 만나시려고 하는 겁니까? 그 사람은 실질적인 권리를 가진 고관이라, 장닝 후작과 달리 쉽게 만나 줄 것 같지 않습니다만……."

"그러니까 장닝 후작의 의중을 떠 볼 필요가 있었던 것이지. 설령 그를 못 만나게 된다 한들 나쁠 것은 또 뭔가? 그런데 왜 굳이 보려고 하냐고? 사실 이건 감사원과 관련한 일이라 린 대인에게는 좀 말해주기가 그렇네."

린졍은 다시 한번 판시엔의 신분을 생각하며, 말을 더 할 수 없었다.

"이제는 무엇을 해야 하죠? 적국 샹징에 있다 보니 정보가 확실히 적은데, 샹징에 있는 4처의 사람들의 눈과 귀를 좀 이용해야 하지 않을까요?"

"이전에도 말했지만, 아직은 움직이지 마. 적절한 시간이 아직 오지 않았어. 그럼 우린 뭘 할 거냐고? 일단 오늘 잘 자고, 내일 웨이

화가 우리에게 옌빙윈을 만나게 해주기만을 기다리고 있으면 돼."

판시엔은 말을 하며 웃었다. 하지만 아무도 그가 옷 속에 아직 뜯어보지 않은 편지를 만지며 걱정하고 있는 것을 눈치채진 못했다.

판시엔은 편지를 읽은 후 무표정하게 찢어 버렸다. 편지는 황이(黃毅)라는 사람이 쓴 것인데, 판시엔도 들어 본 적이 있는 이름이었다. 그는 신양 이궁의 모사였는데, 감사원의 정보에 따르면 장 공주와 애매모호한 남녀 관계도 있다고 했다.

"구하라고?! 내가 불을 구하는 프로메테우스도 아니고!"

쳰핑핑과 장 공주의 요구들은 각각 간단하지만 명확했다.

쳰핑핑은, '옌빙윈을 구하고 샤오은을 죽여라.'

그 스스로도 비밀을 알 수 없으면 어느 누구도 그 비밀을 알게 하기 싫으니까. 그 기회에 판시엔이 조금 더 성장할 수 있으니까.

장 공주는, '옌빙윈은 모르겠지만 샤오은을 구해라.'

왜냐하면 샤오은이 살아서 샹샨후와 손을 잡는다면, 북제의 황제와 태후 사이에서 줄다리기하면서 북제를 괴롭힐 수 있으니까.

비록 장 공주의 전체 계산과 기획을 알 수는 없었지만, 최소한 그녀가 샹샨후와 모종의 밀약을 맺은 것은 확실해 보였다.

판시엔은 장 공주를 대단하게 생각하지만 가까이하고 싶어 하지 않는 사람으로서, 그녀를 상대하기 위해서 행동을 취할 기회만 엿보고 있는 사람으로서, 이렇게 그녀 쪽에서 온 편지를 머나먼 타국에서 받아 본다고 하는 것이 사실 약간은 황당하기도 하였다.

'젠장 어떻게 하라고?!'

수는 적었지만 다양한 방면의 소식들이 사절단에게도 전해지고 있었다. 사절단은 이미 샤오은이 비밀리에 샹징에 들어와서 황제와 태후, 그리고 진무사의 션 대인만 알고 있는 모처에 감금되어 있다는 것을 확인할 수 있었다.

사실 이건 매우 이상한 일인데, 국경 근처에서 인계 받을 때에는 그렇게 시끄럽게 난리를 치더니, 되려 샹징에 도착하고 나서는 아무 소리 없이 잠잠해져 버린 것이다. 샹샨후와 샤오은이 죽었으면 하는 사람들은 분명 모종의 계획을 세우고 있을 것이라 생각되었다.

판시엔의 입장에서 샤오은의 생사는 이제 더 이상 고려 요소가 아니었다. 정확히 말하면 샹징에 있는 감사원 4처의 밀정들을 움직이지 않는다면, 샤오은의 일에 자기가 관여할 수 있는 능력이 없었다. 더 정확히 말하자면 우쥬 삼촌이 도와주지 않는다면 방법이 없었다.

'근데 우쥬 삼촌은 어디로 간 거야?'

하지만 판시엔이 현재 중시하고 있던 문제에 대해서는 진전이 있었다. 장닝 후작이 움직이기 시작한 것인데, 션 대인의 약속이 비밀리에 주선되고 있었다. 판시엔은 그 배후에는 태후가 있다는 것을 쉽게 짐작할 수 있었다.

'상대방이 자기를 완전히 믿지 않는다. 하지만 한번 해 보지 뭐.'

'나도 상대방을 완전히 믿지는 못하지만 미끼를 던져 놓고 한번 보지 뭐.'

웨이 소경은 표면적으로는 아직도 미루고 있는 듯했지만, 일이 이전보다 빨리 진행된다는 느낌은 받을 수 있었다. 물론 판시엔이 요구한 속도에는 미치지 못하였지만, 며칠이 지난 후 결국 홍려사와 진무사가 같이 상주문을 올려, 사절단이 옌빙윈을 만날 기회를 얻어낼 수 있었다. 판시엔은 속으로 약간 흥분되기 시작했는데, 그와 일면식도 안 했지만 줄곧 대단하다고 생각했던 옌빙윈 공자를 곧 만날 수 있다 생각했기 때문이다.

옌빙윈이 갇혀 있던 곳은 교외에 경비가 삼엄한 한 장원(庄园)이었는데, 장원에서 멀지 않은 곳에 병사들이 진을 치고 있었으며, 장원 내외측에 북제의 금의위가 경비를 서고 있었다.

장원의 큰 철문이 천천히 열리고, 마차는 직접 그 안으로 들어갔고, 얼마 지나지 않아 작은 건물에 도착하게 되었다.

이 건물은 샹징의 다른 건물들과 달리 그렇게 오래되어 보이지는 않았고, 외벽은 돌로 견고하게 만들어져 있었으며, 밖의 초원에서 보면 건물이 한 눈에 들어오게 되어 있어, 사람을 감금하기에는 적절한 곳으로 보였다.

오늘 판시엔은 왕치니엔만 데리고 왔다. 가오다는 호위이고 린운, 린정은 홍려사 관원들이기 때문에, 감사원 일에 관련시키기에 적절하지 않다고 생각했기 때문이다.

웨이화는 침착한 얼굴로 말했다.

"판 대인, 여기 도처에 새가 지저귀고, 꽃향기가 나고, 바람도 솔솔 불지 않습니까? 우리 조정에서 남경 사람에게 최대한 편의를 제공해주고 있었습니다."

"아무리 절경이라 하더라도 오래 갇혀 있으면 감옥과 다를 게 뭔가요?"

두 사람 옆에 있던 금의위 부지휘사는 말했다.

"감옥이라 하더라도 경국 감사원의 감옥보다는 훨씬 나을 듯싶네요."

이 말은 샤오은을 언급한 말이었다.

"이런 쓸데없는 말 할 시간에 빨리 들어가서 봅시다."

판시엔은 샤오은이 받은 고문을 떠올리며, 갑자기 옌빙윈의 상태가 걱정되기 시작하였다.

옌빙윈을 보기 전까지 판시엔은 여러 장면들을 생각하였다. 예를 들어 공자가 고문대에 올라 피부가 벗겨지고, 손가락에 장침들이 꽂혀 있으며, 손발톱이 다 벗겨서 생살을 드러내는 모습. 피부들이 모두 인두 같은 것에 지져지고, 이가 모두 뽑혀 노인처럼 말을 못하고 있는 모습.

물론, 이것은 제일 처참한 장면이었다.

판시엔은 이런 장면들도 생각했다. 예를 들어 부드러운 침대에 누워 흐르는 구름 같은 비단 이불을 덮고, 전신이 발가벗겨진 채로, 북제의 내놓으라는 미인들이 그를 둘러싸서 포도주와 음식을 먹여주고 있고, 포도주가 옌빙윈의 탄력있는 근육질 가슴으로 떨어져 옆에 한 미인이 그것을 부드러운 손으로 닦아주고 있는 모습.

물론, 이것은 가장 안 좋은 장면이었다.

마지막으로 이런 상상도 했었다. 옌빙윈이 상처 입은 맹수처럼 달려들어 자신을 산산 조각내고, 감사원에 엄청난 원망을 가지고선 스스로의 생사는 더 이상 신경 쓰지 않는 듯 공격하는 장면.

당연히 이것은 가장 가능성이 없는 장면이었다.

무엇을 상상했던, 판시엔이 그 방에 들어갔을 때 판시엔은 인류의 상상력이 참 빈곤하다 생각할 수밖에 없었다.

그는 앞에 있는 의자에 앉아 있는 젊은이를 보면서 입이 벌어졌는데, 상상할 수도 없었던 옌빙윈의 모습에 무척 놀라, 벌린 입으로는 아무 말도 하지 못했다.

웨이 소경과 부지휘사도 생각지 못했는지, 자신들도 모르게 소리를 지르고 있었다.

방의 장식들은 소박했다.

옆 눈으로 '휙' 살펴보니, 큰 침대 하나, 책꽂이 하나 그리곤 몇 개의 일상 용품들만 놓여 있어 고문을 하는 장소라고 생각되기 보다는 일반적인 집의 방처럼 느껴졌다. 판시엔은 자기가 오기 전에 일부러 이렇게 꾸며 놓은 것은 아닌지 의심이 들었다. 하지만 여전히 눈은 그 의자를 바라볼 수밖에 없었다.

의자에는 냉랭한 표정의 젊은이가 앉아 있었는데, 그의 얼굴은 상당히 준수했다. 다만 그 젊은이의 무릎에 한 명의 아가씨가 엎드려 있었던 것인데, 그 아가씨의 흐느끼는 소리가 조용한 방 안에 울리고 있었다.

판시엔은 두 입술은 천천히 다물고서 쓴웃음을 지으며, 마음속이 좀 어지러워졌다. 그가 그렇게 걱정했던 감사원 밀정의 수장이 감옥에서 이런 연애 행각을 벌일 줄을 어떻게 알았겠는가?

이 젊은이는 확실히 옌빙윈이 맞았고, 그는 몇 명이 건물 안으로 들어오는 것을 묵묵히 보고 있었다. 다만, 그중 두 명이 경국 관원의 복장을 하고 있는 것을 발견하고는 미간을 살짝 찌푸렸다. 그 찌푸림은 무릎에 울고 있던 여자마저도 정신을 들게 만들어, 그 여자도 놀란 듯이 사람들을 바라보게 되었다.

아가씨는 눈썹이 깨끗하고 눈이 맑았으며, 미간에는 온순한 기운이 있었다. 아마 제법 귀한 집안의 아가씨처럼 보였으나, 그렇다고 이 삼엄한 감옥을 어떻게 들어올 수 있었는지는 여전히 의문이었다.

"션 아가씨?"

웨이화는 크게 놀라며 외쳤다.

"여봐라! 빨리 와서 아가씨를 모시고 나가거라!"

'션?'

판시엔은 점점 상황이 재밌게 돌아간다고 생각을 했다.

밖에서 경계를 서고 있던 몇몇의 금의위들이 달려 들어오자 웨이화는 경직된 얼굴로 욕을 하기 시작했다.

"일을 도대체 어떻게 하는 거야?! 션 아가씨가 이런 험한 곳에 들어오게 하다니!"

부지휘사는 분노에 찬 얼굴로 말도 없이 병사들에게 귀싸대기를 올렸다.

웨이화는 그녀의 옆으로 가서 부드럽지만 설득하듯이 말하고 있었다.

"셴 아가씨, 어서 돌아가세요. 만약에 이를 셴 삼촌이 아시면 가만히 두지 않을 거예요."

판시엔은 옌빙윈과 어떤 말도 하지 않은 채, 그 아가씨만을 바라보고 있었다. 이 아가씨의 성은 셴이고, 여기를 들어올 수 있는 것을 볼 때, 말할 필요도 없이 셴 대인의 여동생일 것이다. 다만 이 아가씨가 옌빙윈과 무슨 관계인지는 쉽게 판단할 수 없었다.

'설마 옌 공자가 미남계를?'

셴 아가씨는 천천히 몸을 일으켰지만, 여전히 말 한마디 하지 않는 옌빙윈을 쳐다보고 있었다. 그 눈빛에 점점 미칠 듯한 원망과 한이 서려지며, 한 자 한 자 똑똑히 말하기 시작하였다.

"이것만 이야기해 줘요. 당신이 한 말 중에 하나라도 진실은 있었나요?"

옌빙윈은 여전히 아무런 감정도 없는 듯 그녀를 쳐다보며 조용히 말을 했다.

"셴 아가씨는 제가 남경의 감사원 4처 관원이라는 것을 이제 아셨는데, 그럼 자연히 제가 대답을 하지 않아도 알 수 있을 것이라 생각합니다."

웨이화는 아가씨가 계속 말을 해서 남경 관원들의 웃음거리가 될까 걱정되어 빨리 그녀를 내보내려 했다.

셴 아가씨는 냉랭하게 금의위 관원의 손을 뿌리치며, 다시 옌빙윈을 보고 처량한 목소리로 외쳤다.

"좋아요 좋아, 참으로 따뜻하고 정의로운 옌빙윈이군요!"

'참으로 따뜻하고 정의로운 옌빙윈!'

이런 간절한 말은 얼마나 가슴이 무너지고 절망적인 말인가.

판시엔을 비롯한 몇몇은 탄식을 금치 못했고, 웨이화는 분노에 찬 얼굴로 옌빙윈을 바라보며 당장이라도 부숴버릴 것 같았다.

더 이상 흐느끼는 소리가 들리지 않았다.

판시엔은 탄식을 하며 말을 했다.

"참으로 따뜻하고 정의로운 여자군."

'그 아가씨가 선중(沈重, 심중)의 누이라 하더라도, 설령 옌빙윈이 북제에 잠입해 있는 동안 사랑의 감정에 엮여 버렸다 하더라도…… 그래도 옌빙윈이 어떤 사람인가? 15년 만에 북제에서 잡은 남경의 밀정 중 가장 고위직 아니야. 이렇게 삼엄한 곳에 당당히 들어와서, 또 하필 계획이라도 한 듯 내 앞에서 이런 장면을 연출한다?'

판시엔은 갑자기 마음이 크게 동하며, 이건 분명 북제가 만들어낸 어떤 음모라고 생각했다.

옌빙윈은 몸을 일으키지도 않은 채 자기의 찻잔에 차를 따르고 있었다. 그의 양쪽 눈썹은 마치 서리와 같이 냉랭해 보여, 마치 아무도 신경 쓰지 않는다는 느낌을 주고 있었다. 심지어 그 자신의 생사까지도.

웨이화는 겨우 화를 가라앉히고 옌빙윈을 보면서 말했다.

"옌 공자, 결과가 어찌되었던 우리도 한 때는 좋은 친구지 않았나……하지만 지금 상황은 나도 너를 용서해 줄 수 있는 범위를 넘어갔다는 것을 잘 알 것이고, 너도 이번에 북제를 떠나면, 다시는 북제 땅을 밟을 생각도 하지 마. 폐하께서 이미 션 대인을 통해 명령을 했는데, 만약에 네가 다시 오면, 너를 꼭 참수시키고 말 것이야!"

옌빙윈은 반쯤 고개를 숙이고 마치 아무것도 듣지 않은 듯이 찻잔을 가볍게 만지고 있었다. 그가 작년에 감옥에 갇힌 뒤로, 그 전까지

샹징에서 대단한 인재로 알려져 있던 그가, 일순간에 타고난 벙어리
가 되어 버린 듯하였다.

판시엔은 무표정하게 웨이화를 보며 말했다.

"전 오늘 저 친구를 보러 왔지만, 언제 저 친구를 사절단으로 데려
갈 수 있는지 확실한 날짜를 알고 싶네요."

"사절단으로는 못 가네. 그가 몰래 샹징을 빠져나가게 만들 수밖
에 없어. 자네도 알다시피 샹징의 많은 사람들이……그를 죽여 버리
려고 할 거야."

"북제 황제가 공식적으로 명령을 내렸듯이, 우리는 옌 대인을 사
절단으로 데려갈 거예요. 숨겨서 나가게 하는 것도 할 수 있지만, 지
금은 그럴 필요가 없다고 생각되네요."

샤오은과 스리리가 샹징에 이미 들어왔고, 황제의 명이 내려졌기
에, 웨이화도 시간을 끌 명분은 없었다. 거기에다 판시엔이 제기했
던 다소 황당했던 장사에 대한 제안이, 이미 황실과 션중의 마음을
크게 흔들고 있었다.

"알았네. 내가 곧 절차를 진행하겠네."

"그럼 이제, 잠시 자리 좀 피해 주실래요?"

웨이화는 잠시 고민했지만 속으로, 어차피 곧 옌빙윈이 사절단으
로 돌아갈 마당에 둘만의 시간을 주는 것이 크게 문제가 될 것이라
생각지 않아, 승낙을 하고 방을 나갔다.

방에는 판시엔, 왕치니엔……그리고 여전히 말이 없는 냉혈한 옌
빙윈 밖에 없었다.

그는 의자를 당겨 옌빙윈의 앞에 앉으며 입을 열었다.

"난 판시엔이라고 해."

옌빙윈은 앞에 있는 남자가 자기를 징두로 데려갈 사람이며, 감사
원에서 이곳에 보낸 사람 중 가장 직급이 높은 사람일 것이라고 생

각하고 있었다.

하지만 갑자기 그의 이름 '판시엔'을 듣자, 옌빙윈의 손가락은 천천히 찻잔에서 떨어지며, 고개를 들고 그를 한번 바라보았다.

판시엔은 그가 자신을 조소하는 듯, 경멸하는 듯한 눈빛으로 바라보는 것에 놀랐다.

"호부 시랑 판지엔의 사생아, 어렸을 때 딴저우에서 성장했고, 술을 좋아하고, 재능은 없다. 이 정도."

옌빙윈이 처음 입을 열어 한 말이었다. 그의 목소리는 냉랭한 얼굴과는 안 어울리게 무척 부드러웠다.

"당신이 여기에 와서 뭐하는 거예요?"

"옌 대인이 반년 동안이나 갇혀 있다 보니, 세상 변화를 잘 모르나 보네요. 우선 아버지는 호부 상서로 승진하셨어요. 두 번째로 재능 없는 사람이 사절단의 정사로 여기 오게 되었어요. 그 정사가 해야 할 가장 중요한 일이 바로, 대인을 경국으로 데려가는 일이네요."

"제가 무슨 근거로 당신을 믿어야 하죠?"

"나 판시엔은 지금 감사원 제사를 맡고 있거든."

판시엔은 옌빙윈이 특별히 조심하는 것을 이해할 수 있었고, 자기도 북제의 한 계책일 수 있다고 생각하는 것이 정상이라 생각하며, 허리춤에서 제사 명패를 꺼내서 보여주었다.

옌빙윈은 명패를 한번 훑어보고는 표정이 더 어두워졌다.

그는 이 명패를 정확히 위조한다는 것이 어렵다는 것은 잘 알고 있었지만, 아직 이 젊은 사람이 감사원의 제사라는 것을 감히 믿을 수는 없었다. 제사 대인의 직위가 감사원에서 8처의 관할을 넘어서는 초연한 존재이며, 사실상 그 8처를 모두 견제할 수 있는 막강한 권한을 가졌다는 것을 알고 있었기 때문이다.

반년 동안의 감옥 생활에서 그는 일찍이 마음을 닫아 버렸기 때문에, 어떤 변화나 어떤 위험도 감히 부담하지 않으려 했다. 만약에 그가 첩보망에 대한 어떤 한 정보라도 흘리게 된다면 너무나 큰일 이었기 때문이다.

줄곧 침묵하던 왕치니엔이 앞으로 와 조용히 말했다.

"옌 대인, 판 대인은 최근에 제사로 임명되었어요. 이번에 북제에 대인을 구하러 오신 겁니다."

"감사원 1처의 왕 대인?"

"내 신분까지 확인할 필요는 없어."

판시엔은 웃는 얼굴로 가볍게 옌빙원의 어깨를 두드리며 말했다.

"이 일은 어차피 곧 끝날 거니까, 자네는 사절단에 돌아가서도 계속 침묵하고 있어도 돼. 보아하니 쳰핑핑이나 너희 아버지를 만난 다음에야 말을 하고 싶어 하는 것 같네."

옌빙원이 미간을 찌푸리는 모습이 무언가를 주저주저하는 듯 보였다. 하지만 판시엔은 그 미간에서 다른 의미가 살짝 내비치는 것을 알아차렸다.

그는 두 손가락으로 옌빙원의 옷깃을 살짝 잡았다.

옌빙원이 그를 한번 보고는 약간은 농담처럼 가벼운 목소리로 말했다.

"보고 싶어요?"

판시엔은 고개를 끄덕이고 침착하게 그의 흰 두루마기를 젖혔다. 매끄러운 그의 피부에서 옷이 분리되면서 아주 작지만 이상한 소리가 났다.

옌빙원은 얼굴색 하나 변하지 않고, 눈썹 또한 미동도 하지 않았다.

판시엔은 얼굴이 구겨졌다.

하얀 옷에 가려져 있던 옌빙원의 목 피부에 빨갛고 파란 상처가 보였는데, 이미 새로운 살이 돋아난 듯 보였고, 목에 이 정도로 상처가 많다면 전신은 얼마나 고통스러웠을지 상상이 되는 듯했다.

왕치니엔은 순간 화가 나서 욕을 몇 마디 해댔다. 하지만 판시엔은 이내 평정을 되찾고 옌빙윈에게 말했다.

"그래도 상처들이 제법 오래되어 보이네."

"3개월 정도."

"북제가 우리 올 시간을 계산한 것이고, 그래서 3개월 동안은 고문을 하지 않은 것이야. 그럼에도 상처가 이 지경인 것을 보니 고생이 참 많았겠어."

"대인이 쓸데없는 곳에 관심을 가지실 필요는 없습니다."

'내 분석이 전문적이지 않았다는 건가?'

"협의 사항을 확인하기 전에 저는 아무 말도 할 수 없습니다. 제가 궁금한 것은 저를 구해내는 대가가 무엇이냐는 것입니다."

두 사람의 대답을 듣기도 전에 옌빙윈은 숨을 한번 고르더니, 사납게 말을 이었다.

"차라리 저에게 말해주지 마세요. 조정은 멍청하게 치엔룽완 초원지대를 저 같은 무능한 놈과 바꿨겠죠."

"걱정 마. 설령 네가 원한다 해도, 폐하가 그렇게까지 하실 바보는 아니야."

판시엔은 어쩔 수 없다는 듯이 이번 협정의 대략적인 내용은 옌공자에게 말해주었다.

실내는 갑자기 이상한 분위기의 침묵에 빠지더니, 옌빙윈은 고개를 떨구고서 한참 동안 말을 하지 않았다. 판시엔이 겨우 말을 하려했을 때, 옌빙윈은 자문자답하듯이 입을 열었다.

"샤오은과 저를 바꿨다구요?"

"이런 바보 멍청이 같은 놈들!"

옌빙윈은 맹렬히 고개를 들며 조소와 분노의 시선으로 판시엔을 똑바로 쳐다보았다.

줄곧 사람이 아닌 듯이 냉정하고 침착하던 옌빙윈은 확실히 대단한 밀정이었는데, 이 순간적인 분노의 폭발이 북제에 있는 경국 밀정 두목의 위세와 장악력을 증명해 주는 듯하였다. 그의 눈에 있는 분노의 불꽃을 보면서, 판시엔마저 피하고 싶은 생각이 들었기 때문이다.

옌빙윈은 입을 닫고 부르르 떨더니, 아주 작은 목소리로, 아주 빠른 속도로 폭발하는 대나무 줄기처럼, 판시엔의 귀에 대고 쏘아댔다.

"샤오은은 통제되고 있는 거죠?"

"우두허 이후에는 북제 금의위에 인도했고, 샹징에 도착했다고 예측하고 있네."

"그를 죽일 방법이 있는 거겠죠?"

"없어."

"그의 비밀은 알아냈겠죠?"

판시엔은 순간 한기를 느끼면서 재빨리 옌빙윈과 약간 거리를 떨어뜨리며 상대방의 두 눈을 보고 물었다.

"너……는 그 비밀을 알아?"

"북제에 4년 동안 있으면서 북제의 황실이 그를 계속 원하고 있는 것을 알았죠. 그 비밀의 구체적인 내용은 모르지만……북제 황실이 그렇게 중요하게 생각하는 거라면, 그렇게 간단한 것은 아니겠죠."

옌빙윈이 말을 잇다가, 불쑥 물었다.

"대인은 샤오은이 어떤 사람인지는 알고 있는 거예요?"

"내가 웬만한 사람들보다는 잘 알고 있다고 믿고 있지."

"알고 있는데도 일을 이렇게 만든 거예요?"

"폐하와 원장 대인의 의미는 명확했어. 샤오은은 늙었고, 너는 젊다. 그러니 이번 교환은 실질적으로 경국에 이익이다."

옌빙윈은 다시 침묵에 빠지며 생각했다. 그는 조정이 샤오은과 자기를 바꿀 생각을 할지 몰랐는데, 한편으로는 감격하면서, 다른 한편으로는 좌절감이 몰려왔다. 자기가 북제 금의위에 생포되는 굴욕을 당하지 않았으면, 조정이 그런 대가를 치를 필요도 없었을 것이니, 이것은 확실히 부끄러운 일이었다.

그는 크게 실망하여 하얀 두루마기 속의 그의 몸조차 쪼그라들어 버린 듯했다.

"넌 똑똑한 사람이잖아. 일이 이렇게 된 이상, 넌 반드시 무사히 경국으로 돌아가야 해. 아니라면 경국의 손실은 걷잡을 수 없게 되는 거야."

옌빙윈은 판시엔의 이 말은 정확하지만, 말할 필요도 없는 쓰레기 같은 말이라는 것도 알았다.

"3일 후에, 나는 사절단에서 자네를 기다리겠네."

판시엔은 미소를 지으며 왕치니엔을 데리고 나갔고, 밖에서 지키고 있던 웨이화와 부지휘사와 같이 마차를 나눠 타고 사절단으로 돌아갔다.

마차에 탄 판시엔이 한참을 침묵하자, 왕치니엔이 조심히 물었다.

"판 대인, 무슨 생각을 하시는지?"

"왜 션 아가씨가 거기서 나왔지? 북제가 우리의 마음을 교란시키려는 수로 보여. 최소한 조정의 옌빙윈에 대한 신임을 약화시키려고 하는 것이겠지."

"그게 어떻게 가능할까요? 옌 대인의 충정심은 조정이 모두 잘 알고 있을 텐데요."

"일이라는 것은 어쨌든 복잡해질 수도 있는 거야. 무언가를 하고 싶어 하는 욕구, 그 자체가 결점을 만들어 내지……그건 그렇고 옌빙윈은 이제 돌아갈 수 있는데, 왜 기뻐하지 않는 듯 보이지?"

"왜냐하면 그것에 대한 대가가 너무 크기 때문이죠. 만약에 옌 대인이 자기의 대가가 샤오은이라는 것을 알았다면, 처음 잡혔을 때 스스로 목숨을 끊었을 겁니다."

판시엔은 이러한 정신상태가 잘 이해가 되지 않았다.

"설마……우수한 감사원의 관원이라는 건……진짜……."

그는 한참을 생각을 하다 겨우 말을 이었다.

"진짜 이렇게 국가를 위해 희생하길 마지않는다고?"

"당연하죠. 감사원 관원의 신분은, 혹은 조정의 밀정이라는 신분은, 반드시 이런 희생정신이 있어야 하는 것이죠. 우리들은 하나의 '문구' 아래에서, 어떤 수단도, 어떤 희생도, 허락이 되지요."

"하나의 '문구'?"

"모든 것은 경국을 위해서."

왕치니엔은 이전과 달리 매우 진지하게 말했다.

판시엔은 손가락으로 무의식적으로 이 말을 적어 보고 있었다.

"모든 것은 경국을 위해서? ……원래 모두 이상주의자였구만."

조정의 문서가 공식적인 관방의 경로를 통해서 사절단에 왔으니 당연히 무슨 비밀은 아니었고, 곧 북제 태후의 생일 연회가 있으니 참석하라는 내용이었다. 조정은 이 연회가 끝나면 바로 돌아오라고 명령을 내렸다.

하지만 판시엔은 이 일에는 관심도 없었다.

판시엔의 관심은 오직 옌빙윈.

그가 경국으로 가게 되면 현재 비어 있는 감사원 1처의 처장이 되리라는 것은 이미 공공연한 사실이었다. 만약에 판시엔이 감사원을 진짜 이어받게 되는 날이 온다면, 물론 천핑핑이 죽고 난 후겠지만, 3처와 8처 말고는 감사원 내에 그의 심복이 없다는 것이 문제였다.

원래는 북제에서 옌빙윈과 우의를 다지고 1처와 4처의 지지를 얻어낼 생각이었는데, 생각지도 못하게 그가 판시엔에게 적의를 나타내고 있었던 것이다.

　'그놈은 왜 그러는 거야?'

　"대인, 시간이 되었습니다."

　왕치니엔이 옆에서 조그마한 목소리로 일러주었다.

　판시엔은 고개를 끄덕이고 별원을 나왔는데, 그 뒤에서 린정과 린윈 두 형제는 정사 대인이 자기들을 두고 또 어디를 가는지 궁금해하고 있었다.

　경국의 감사원 제사의 신분으로 북제의 금의위 진무사 셴중 대인을 만나러 가니, 따지고 보면 밀정의 수장들끼리 만나는 자리이기에, 최대한 비밀리에 진행하는 것이 좋았다.

　비가 오는 길을 얼마나 갔는지 모르겠지만, 마차는 어느 골목에 멈추었다. 왕치니엔은 검은 옷을 입고 판시엔에게 우산을 씌워주고 있었으며 호위들은 등에 장검을 지고 아무 말 없이 판시엔의 양쪽에 서서 그를 지키고 있었다.

　"판 제사, 여기로 가시지요."

　길 안내를 맡은 금의위 관원이 무표정하게 말했다. 만나기로 한 장소는 큰 길 옆의 작은 골목에 있었는데, 점점 가까워지며 그 변화한 모습이 드러나자, 판시엔은 참지 못해 웃음이 터졌다.

　"보기에 기방의 후원 같네."

　"제사 대인의 청력이 좋으시군요. 이곳은 기방 반산림(畔山林)의 후원입니다. 셴 대인은 여기서 귀한 손님을 모시길 좋아하십니다."

　반산림은 북제의 가장 고급 기방이었는데, 북제의 황제도 종종 여기서 손님을 치른다 했다. 판시엔은 그저 재밌다는 듯이, 물이 고인 돌바닥을 밟으며 안으로 들어갔다. 지켜보던 금의위의 관원들은 너무 어린 감사원 제사의 등장에, 다소 의아해하고 있었다.

제6장

절벽의 끝

판시엔이 뒷짐을 지고 정원을 구경하는 중 큰 원탁이 마련되었는데, 족히 열다섯 명은 앉을 수 있는 탁자에, 지금은 단 둘만 앉아있었다. 그중 한 명은 엄청난 부자처럼 비단 모자를 쓰고 손가락에 옥반지를 끼고 있었다. 그 부자가 판시엔을 보며 입을 열었다.

"판 제사, 명성은 많이 들었지만 오늘 직접 뵈니, 역시나 평범하시지 않으시네요."

판시엔은 그가 자신을 제사의 관직으로 부르는 것을 보고 확실히 공식적인 조정의 외교 담판은 아닌 것을 확인했다. 그는 원탁의 한 켠에 앉아 맞은편의 부자를 보았는데, 매우 짙은 눈썹이 마치 방금 그림에서 나온 듯 보여 웃음이 나왔다.

"션 대인의 눈썹은 천하를 호령할 듯한데, 어떻게 소인에게 이렇게 격식을 차리시는 건가요?"

그 부자가 금의위 진무사의 지휘사 션중이다. 판시엔은 션중이 북제의 금의위에서 엄청난 권력을 가지고 있고, 실제로 몇 안 되는 천하의 대단한 인물이라 들었는데, 이처럼 일반적인 부자의 모습으로 나타날 줄은 몰랐었다.

"격식을 차린 게 아니에요. 판 대인의 시작(詩作) 이름이 천하에 알려져 있고, 본인도 매우 대단하다고 생각하고 있었어요. 심지어 두 달 전에 들려온 소식에서는 감사원 제사 대인이 되었다고……이……이 부분은 잘 이해가 안 되긴 하는데, 쳰 선생은 도대체 무슨 생각이신 건가요? 판 대인 같은 인물을 어떻게 우리들 같은 어두운 구멍의 쥐처럼 살아가게 하다니……."

"션 대인은 너무 겸손하시군요. 저는 재물을 보고 천 리를 달려왔는데, 무엇을 하던 첫 번째는 조정의 이익을 생각하는 것이고, 두 번째는……제 자신과 집안의 안위 같은 거 아니겠습니까?"

판시엔의 말이 조금은 직접적이었기에, 션중은 처음 본, 지금 앞에 앉아 있는 경국의 관원을, 조금은 낮게 평가할 수밖에 없었다. 젊은 사람이었기에 그럴 수 있다고 생각했는데, 다만 쳰핑핑이 무슨 생각인지, 더 나아가 경국 황제는 어떻게 이 황당한 일을 동의했는지 잘 이해가 안 되었을 뿐이었다.

"황금이나 재물 같은 것들을 싫어하는 사람이 있을까요? 본관은 다만 그런 일에 우리 진무사가 무슨 이득을 볼 수 있을지는 잘 모르겠습니다."

판시엔이 손을 한번 '휘휘' 저으니, 왕치니엔과 일곱 명의 호위들이 물러갔다. 이를 본 션중도 수하들에게 물러나가라고 했는데, 다만 한 명만 물러나지 않고 션중 옆을 지켰다.

'이 사람은 뭐지? 돈은 많아 보이는데, 그렇다고 북제 황실에서 파견한 사람은 아닌 듯 보이고. 무슨 자격으로 물러나지 않고 여기 남아 있는 거지?'

"이분은 췌(崔, 최) 공자입니다."

션중은 그를 소개했다.

췌 공자는 일어나서 판시엔에게 예를 한 번 올렸는데, 얼굴에는 자신감이 가득해 보였다.

"경국 사람?"

션중은 '하하' 크게 한번 웃은 후 말했다.

"두 사람이 몰랐단 말이에요? 이 췌 공자는 남경 췌씨 집안의 둘째 아들입니다. 징두에서 제법 유명한데."

"션 대인, 이게 지금 무슨 의미이죠?"

션중은 날카로운 눈빛으로 대답했다.

"판 대인이 장사를 이야기하러 오신 것 아닌가요? 대인께 알려드려야 할 것 같군요. 사실 이 장사는……본관이 이미 오랫동안 하고 있었던 겁니다. 그러니 오늘 알고 싶은 것은, 판 대인이 더 좋은 조건을 저에게 제시할 수 있는가에 대한 것이지요."

판시엔은 고개를 약간 기울여 그 췌 공자라는 사람을 물끄러미 바라보다, 불쑥 물었다.

"췌 공자, 오늘 여기 온 것은 공자 생각인가요, 아니면 집안 어르신의 생각인가요?"

"이런 좋은 기회를 제가 놓칠 수가 있겠습니까?"

사정이 여기까지 이르니 판시엔은 돌아가는 상황을 이해할 수 있었다. 이 췌 공자는 췌씨 집안의 이익을 대변하는 것이 확실해 보였고, 그 배후에는 신양의 장 공주가 있을 것이다. 물론 판시엔은 장 공주가 내고를 이용하여 밀수를 할 수 있다 생각했었다.

다만 문제는 션중, 이 북제 금의위의 지휘사가, 장 공주의 대변인을 이 은밀한 담판장에 끌고 들어올 줄은 생각지도 못했다는 것이었다!

더욱 판시엔을 분노하게 한 것은, 이 췌씨 성을 가진 이놈이 이 탁자에서 상대방 옆에 앉아, 상대방의 장기말처럼 움직이고 있다는 사실이었다.

장 공주가 지금 자기에게 부탁한 것이 있는데, 어떻게 자기가 만든 판을 깨려고 손을 쓸 수가 있겠는가? 그렇다면 오늘 이 상황은 분명, 이 병신 같은 놈의, 머저리 같은 생각일 것이었다!

판시엔이 적극적으로 먼저 션중을 찾은 목적은 하나, 장사의 길을 한번 탐색해 보려는 것이었고, 또 다른 하나는 신양 장 공주 쪽 자금의 원천을 찾아보려고 한 것이었다. 하지만 북제의 조정에서 이렇게 나온다는 것은, 암중의 일을 공공연하게 들춰 보자는 이야기밖에 되지 않았다.

그의 불만족스러운 얼굴을 보고 션중은 미소를 지으며 말했다.

"판 제사, 여기서는 다 말하셔도 돼요. 모두 돈 벌자고 하는 일이고, 췌 공자와 제사 대인이 하는 장사는 꽤나 크니까, 제가 양쪽에서 모두 이익을 얻지는 않을 거예요."

이런 어이없는 말에 판시엔은 겨우 평정심을 찾고, 췌 공자를 보면서 담담하게 말했다.

"췌 공자가 이렇게 큰 장사를 할 정도로 간이 큰지 몰랐네요."

"판 대인보다 간이 크기야 하겠습니까?"

췌 공자는 미소를 지으며 대답했다. 다만 션중은 순간 이상한 분위기를 느껴 황급히 해명했다.

"췌씨 집안에는 남경 조정에도 높으신 분들이 몇 있으니, 두 분의 집안 모두 소위 권문세가라 할 수 있지요. 두 분도 이 기회에 좀 친해지시면 좋을 듯 보입니다.”

판시엔은 션중에게 차갑게 말했다.

“션 대인, 저의 신분을 잊으셨나 봅니다. 권문세가 따위가 저의 눈에 찰 리가 있겠습니까?”

이 말을 하고 그는 일어나 인사도 하지 않고 밖으로 나가버렸다. 분위기가 너무 음산해서 금의위의 누구도 감히 말리지 못했다.

밖에서 마차소리가 울리더니 그는 그렇게 무례하게 떠나버렸다.

판시엔의 이런 반응은 전혀 예상치 못한 듯 션중은 놀라고 있었다. 그가 관직에 오른 지가 몇십 년이니 별의 별 담판을 다 봤는데, 오늘 같은 상황은 처음 본 것이다. 그는 눈동자를 한번 굴리더니 다시 침착을 되찾고 웃으며 말했다.

“췌 공자, 판 공자가 다혈질이었군요.”

췌 공자는 얼굴이 완전히 일그러져 있었는데, 판시엔의 말이 그의 자존심을 건드렸기 때문이다.

‘권문세가 ‘따위’……? 누가 감히! 심지어 눈에 차지 않는다고! 그럼 판씨 집안은 뭔데?’

그의 어두운 얼굴이 뜬금없이 창백해지기 시작했다.

‘아니지. 감사원 제사……장 공주 사위……!’

그는 고개를 ‘휙’ 돌려 션중을 바라보았다. 눈빛에는 엄청난 원망의 의미가 담겨 있었다. 그는 이를 ‘악’ 물며 조용히 말했다.

“션 대인, 오늘 절 여기 부른 게 절 속이시려 한 건가요? 설마 제가 죽는 꼴을 보고 싶은 건가요?!”

“감사원에 편지를 보내 췌씨 일가와 신양 장 공주와의 관계를 알아봐 달라고 해.”

판시엔은 차를 마시며 왕치니엔에게 말을 했다.

"지금 장 공주가 직접 나서진 못할 텐데요."

"나도 그건 당연히 알지."

판시엔은 장 공주가 일을 할 때 황제 폐하의 암묵적인 허락을 받는다는 것을 알고 있었고, 지금 장 공주는 자기에게 요청한 게 있기 때문에 더더욱 불가능한 일이었다.

"하지만 신양 쪽이 조정에서 얼마나 많은 세력을 가지고 있나 확인하고 싶어."

"네. 췌 공자가 아직 밖에서 무릎을 꿇고 있는데, 대인……어떻게 할까요? 그래도 췌씨 일가가 징두에서는……."

"더 꿇고 있으라 그래. 경국 사람으로서 북제의 무기로 활용되기나 하고. 내가 내 장모를 대신해서라도 좀 가르쳐야겠어."

한참이 지난 후.

비가 점차 그치고, 처마를 타고 빗물이 '똑똑' 떨어지고 있었다. 판시엔은 옷을 챙겨 입고 나가, 계단 앞에 무릎을 꿇고 있는 췌 공자 앞으로 가서, 한참을 말없이 서 있었다.

또 한참이 지난 후.

"자네 집안이 북제에서 장사를 하고 싶으면 어떻게 해야 하는지 이제 알았을 거야."

췌 공자는 말없이 절을 했다.

"오늘 일은 내가 직접 신양에 편지를 써서 너를 한 번 살려주지. 장 공주가 너를 어떻게 하는지는 그녀의 사정이지만, 내가 샹징에 있을 때에는 더 이상 네가 북제의 사람들과 같이 있는 모습을 보고 싶지 않아."

췌 공자는 여러 번 절을 했지만, 무슨 말을 감히 하지는 못하였다.

"다시 한번 이야기하는데, 난 감사원의 제사로서, 설령 장 공주가 너희를 보호한다 하더라도, 만약에 내가 너희를 물 먹이려 하면 다양한 방법이 있다는 것을 명심해."

판시엔은 상대방을 한심하게 쳐다봤다.

"하지만 이러한 저급한 위협에도 불구하고 너 같은 멍청한 놈들에게는 다시 한번 정확히 말해 줘야 할 필요가 있더라고. 다시 한번 북제에 놀아나면 많이 안 좋을 거야. 알아들었어?"

"네, 판 대인."

췌 공자는 중얼거리듯이 말했다.

"소인이 죄를 알겠습니다."

이 작은 일을 거치고 나서, 신양 쪽도 조심스럽게 사절단을 지지했고, 북제 쪽도 판시엔의 역량을 알게 되었다. 정확히 말하자면 남경 감사원의 실력을 알게 된 것이다.

션중은 지금까지 신양 쪽과 연락을 했기에, 당시 판시엔이 장닝 후작에게 밀수를 이야기했을 때 그다지 중요하게 보지 않았는데, 지금의 상황을 보니 들리던 소문이 뜻밖에도 진짜였던 것이다.

'판시엔은 미래에 내고를 장악하게 될 것이고, 장 공주가 권세를 잃게 되고, 만약 션중의 진무사가 판시엔에게 밉보이면, 엄청난 부가 끊겨 버린다.'

북제의 황실은 이 일을 알고 나서 태후가 션중을 크게 문책하였고, 사실 췌 공자가 그날 밤 사절단 앞에서 무릎 꿇은 이야기를 듣자마자, 션중도 어떤 수를 쓰더라도 다시 판시엔을 만나야 한다는 것을 직감했다.

그가 예상치 못한 것은, 판시엔이 더 이상 이야기를 하려 하지 않았다는 것이다.

션중은 여러 번 판시엔을 초청했으나 모두 냉담하게 거절당하고 말았다.

"대인, 도대체 어떻게 하실 생각이신가요?"

왕치니엔은 판시엔의 심복중의 심복이니 모든 일을 웬만하면 다 알고 있었다. 그러니 현재 장 공주와 판시엔이 화해하는 이 분위기가 도무지 이해가 되지 않았던 것이다.

"나도 내가 뭘 하고 싶은지 다 알지는 못해. 하지만 장 공주가 지금은 나에게 바라는 것이 있으니, 나도 이 기회를 이용해서 이익을 봐야겠지."

왕치니엔은 여전히 이해가 안 되었는데, 판시엔도 더 이상 이해시킬 방법이 없었다.

그날 오후, 한 대의 마차가 옆문을 통해 사절단이 머무는 곳으로 들어왔는데, 장식이나 마부의 차림새나, 겉으로는 그냥 일반적인 마차였다. 하지만 사절단의 모든 사람들은 매우 긴장하고 있었다.

하얀 긴 두루마기를 두른 젊은이가 마차의 문을 열고 땅에 발을 딛었다.

그는 그곳에 서서, 머리 위의 하늘을 보고, 고개를 내려 자기를 바라보고 있는 사람들을 한번 쭉 훑어보았다. 익숙한 감사원 관원들의 냄새에, 무의식적으로 가볍게 미소를 지었다.

판시엔은 앞으로 가서 옌빙윈의 오른손을 잡고 조심히 그를 부축하며 말했다.

"집에 돌아온 것을 환영하네."

옌빙윈은 처음 잡혔을 때 자신이 곧 죽을 거라 생각했다. 그래서 판시엔의 환영의 목소리를 들으니 뭔가 가슴이 뭉클해왔다.

그곳에 문관은 없었고, 7명의 호위들 외에는 모두 감사원 관원들이었는데, 눈앞에 걷기도 힘들어 하는 젊은이를 보자 일제히 절을 올렸다.

"옌 대인을 뵙습니다!"

소리는 크지도, 격양되지도 않았지만 사람들의 진실된 마음을 느낄 수 있었다. 옌빙윈은 웃으며 조용히 말했다.

"살아서 나오다니, 저도 참 의외네요."

"너의 손가락이 아직 다 안 뽑힌 게 의외네."

이 두 명의 감사원 관원의 대화는 조용했지만 온화했고, 그 둘밖에 들은 이가 없었다.

옌빙윈이 사절단으로 돌아왔으니 이제 북제에서의 임무의 반은 완성되었다. 판시엔은 옌빙윈을 내실로 데리고 들어가 말했다.

"옷을 벗어."

옌빙윈은 판시엔의 말을 다행히 오해하진 않았다.

그는 천천히 하얀 옷을 벗어 소위 나체가 되었다. 판시엔은 상자에서 약통을 꺼내어 손가락으로 덜어낸 후 옌빙윈의 몸에 고루고루 바르기 시작했다. 예상을 했지만 생각보다 전신의 상처가 심각했다.

"전 항상 대인이 운이 좋은 사람이라고만 생각했어요. 하지만 상처를 보면서도 침착한 걸 보니, 제 생각보다는 강한 것 같군요."

판시엔의 손가락이 옌빙윈의 왼쪽 가슴 아래에서 멈칫 했는데, 뼈가 부러졌다 다시 붙은 것 같이 볼록 튀어 나와 있었다.

"그건 네가 나의 성장 이력을 몰라서 그런 거야."

"전 제가 잘 알고 있다고 생각했는데요. 판 대인이 열두 살이 되기까지의 인생은 제가 특히 잘 이해하고 있지요."

판시엔은 그를 보며 아무 말도 하진 않았다.

"오늘 대인이 직접 상처를 치료해 주셔서 감사합니다. 다만 상처 치료약을 만드는 부분에서는 제가 대인 보다 한 수 위일 듯하니, 다음부터는 제가 하겠습니다."

판시엔은 그의 말을 무시한 채 그저 약을 계속 바르고 있었다.

"이거 먹어."

그는 약을 다 바른 후 아무렇지도 않게 환약을 옌빙원의 입으로 넣으며 말했다.

"상처 치료나 해독에 있어서는 페이 선생 외에 감히 내 앞에서 거만하게 굴기 힘든데."

"페이 선생이 누구죠?"

"감사원에 페이 성을 가진 다른 사람이 또 있나?"

"설마 그 페이 선생?"

"그 늙은 괴물 말이야."

판시엔은 따뜻한 물에 손을 씻으며 말했다.

"고문을 너무 오래 받아서 심맥이 상했어. 내공이 많이 손상되었을 거야."

그는 대충 상대방에게 주의를 줬는데, 옌빙원은 듣지도 않은 듯 여전히 침착했다. 판시엔은 그 모습을 보며 마음속으로 칭찬하며, 이 거만하지만 대단한 젊은이를 자기 손에 넣어야겠다고 생각했다.

"돌아가서 잘 요양해야 하고, 손톱은 모두 뽑았는데 치료를 잘못한 게 아니고 일부러 그런 거고, 어차피 다시 날 거야. 뼈가 잘못 붙은 곳이 있는데, 7처의 그 대머리가 다시 부러뜨려 줄 거야. 내가 치료해 주기만 하면, 천핑핑 그 절름발이처럼 되지 않을 것 같아."

그의 농담 섞인 말을 듣고 옌빙원은 매우 기괴하다 생각했는데, 감사원이 천하에 밀정을 두고 있지만, 어떤 사람도 천 원장을 감히 '절름발이'라고 부르지는 못했기 때문이다.

옌빙원은 판시엔이 어떻게 이렇게 젊은 나이에 벌써 감사원의 제사가 되었는지 무척이나 궁금해졌다. 이런 생각 중에 갑자기 가슴에 타는 듯한 통증이 몰려왔고, 최대한 참아 보았지만 결국 참지 못하고 무거운 소리를 한번 토해 냈다.

"상관없어. 독을 빼내는 과정이야. 다만 너의 몸에 얼마나 많은 독이 남았는지 모르니 좀 강한 약을 썼을 뿐이야. 어쨌든 내 옆에 있으면 네가 죽진 않아. 좀 참으면 좋아져."

옌빙원은 이마에서 연신 구슬 같은 땀방울을 흘리고 있었고, 약을 바른 상처 부위에서 계속 타는 듯한 통증이 밀려와 극도로 아파하고 있었다.

"대인의 이 해독 방법은 누구에게 배운 건가요? 전 믿지 못하겠는데."

"말했잖아."

"설마 진짜 페이지에의 제자? 아니야, 페이지에는 대인 같은 제자가 없는데."

"그러고도 지금 나의 12살까지의 인생을 잘 안다고 자신하는 거야? 심지어 나의 스승님이 누구인지 모르면서?"

옌빙원은 한참 말을 하지 않았다.

"옌 형씨, 나에게 뭐가 그렇게 불만이야?"

이것은 판시엔의 심리적인 공격이었다.

어차피 옌빙원을 설복시켜야 하는 그로서는, 상대방이 그에게 어떤 원한을 가지고 있는지 알아야 할 것이기 때문이다. 그렇게 하지 않으면 나중에 분명히 문제가 생길 것이었다.

옌빙원은 여전히 침묵하고 있었는데, 마치 그 화제는 이야기하고 싶지 않다는 눈치였다. 하지만 왜 그런지 몰라도 통증이 점점 가라앉으며 약간 어지러움을 느꼈는데, 판시엔의 얼굴을 보면서 분노가 올라오고, 동시에 북제에서 고생했던 나날들이 연상되며, 마치 말이 통제가 안 되는 것처럼 두 입술이 열리더니, '불쑥' 말을 뱉었다.

"당신이 기억하는지 모르겠지만, 4년 전 딴저우에서 일어났던 그 암살 사건이 아직도 해결되지 않고 있지."

판시엔은 여전히 차분하게 약을 정리하고 있었지만, 마음속으로는 조금 놀랐다.

그는 당연히 그 사건을 기억한다. 그때 처음으로 살인이라는 것을 했고, 아직도 그때의 느낌을 지울 수는 없었다.

"그게 너와 나 사이의 관계와 무슨 상관인데?"

"그 자객은 4처 사람이었는데, 제가 그 이유 때문에 북제로 와서 늙은 쥐처럼 생활한 거예요."

"그러니 네가 날 원망한다고?"

판시엔은 갑자기 웃음이 터졌다.

"난 네가 오히려 나에게 고마워해야 할 것 같은데."

"왜 그러죠?"

옌빙윈도 혼미함과 어지러움이 약간 괜찮아진 듯, 다시 냉정을 되찾고 물었다.

판시엔은 그의 두 눈을 보며 말했다.

"왜냐하면 내가 보기엔 넌 타고난 밀정인데, 그러니 넌 뼛속까지 이런 걸 좋아하는 거야……북제에 잠입했던 4년 동안 긴장의 연속이었을 테지만, 내가 볼 때 너에게는 이보다 더 충실했던 인생은 없었을 것 같은데."

"만약에 대인이 좋아하신다면 한번 시도해 보시지요."

판시엔은 말없이 웃으며 약상자를 등에 메고 나가서 문을 닫아 버렸다.

'대단한 놈이네. 약기운에서 그렇게 빨리 깨어나다니. 내가 미약을 쓴 걸 알면 정말 난리나겠는 걸.'

판시엔은 옌빙윈의 이야기에서 약간 놀라기도 했지만, 상대방이 자기에게 왜 그러는지 이유도 알았기에, 오히려 약간 안심이 되었다.

4년 전 딴저우에서의 암살 사건이 옌빙윈을 북제로 파견하게 했고, 결국 그가 감사원 북제 밀정의 우두머리가 된 것이다. 그리고 4년 후 자기가 그를 직접 구해 경국으로 데려간다.

판시엔은 옌빙윈과의 인연이 이렇게 깊은지 몰랐는데, 순간 불교의 윤회(轮回)가 떠오르며 저도 모르게 웃음이 나왔다.

"대인, 셩 사장이 술을 보내왔습니다."
"너희들이 알아서 해, 난 그를 보기 싫어."
'장모가 집요해, 집요해…….'
"셩화이런이 편지도 보내왔습니다."
판시엔은 편지를 한 번 자세히 읽고는 걱정스러운 표정으로 혼잣말로 말했다.
"도대체 뭐 하자는 거야?"
이어 뒤로 돌아 후원 쪽으로 들어가니, 옌빙윈이 상당히 경계하는 눈치였다. 심지어 판시엔이 방문을 열었을 때, 이미 옌빙윈의 손은 칼 옆으로 가 있었다.
"진정해. 여기에서 널 암살할 사람은 없어."
옌빙윈은 천천히 눈을 뜨고 판시엔의 손을 바라보며 물었다.
"어디서 온 편지예요?"
판시엔은 편지를 한 번 흔들며 웃는 얼굴로 말했다.
"장 공주"
"그게 저와 무슨 상관이죠?"
"징두로 돌아가기 전까지 넌 감사원 북제 밀정 대장이잖아. 조정에서 일이 있다면 넌 나에게 당연히 자문을 해 줘야지."
"말해 보시지요."
판시엔이 장 공주 관련한 내용을 자세히 말해 주는 것을 들은 후 옌빙윈은 미간을 찌푸리며 물었다.

"장 공주는 왜 그 일을 하려고 하는 거죠?"

"난 너의 의견을 듣고 싶은 것인데, 이 일에 감사원 손을 빌려야 할까?"

"장 공주는 샹샨후가 샤오은을 구출하는데 우리가 협력하길 원하지만, 감사원은 샤오은이 죽기를 원하고 있으니, 우리가 어떻게 협력할 수 있나요?"

"지금 북제 조정의 국면은 어떻게 돌아가고 있지?"

"한쪽은 태후, 한쪽은 황제, 그리고 군을 이끄는 샹샨후······샹샨후는 샹징으로 돌아온 후 세력이 많이 줄어서, 태후나 황제 중 한 편에 도움을 받아야 하는 형국이죠."

판시엔은 간단하고 정확한 판단에 만족하며, 계속하라는 눈짓을 보냈다.

"대인의 말에 따라 샤오은이 샹샨후의 의부(義父)라면, 그리고 쿠허 국사가 샤오은이 죽길 원한다면, 결국 샹샨후는 황제 쪽으로 붙겠네요."

"왜 그렇지?"

"태후는 항상 쿠허의 말을 듣기 때문이죠."

"태후가 젊긴 한데······쿠허 국사가 아직까지 그런 것에 관심이 있는 거야?"

옌빙윈은 한참을 무슨 뜻인지 생각했다.

마침내 이 젊은 대인이 자신의 말을 단단히 오해했다고 생각하며, 조금은 경멸하는 눈빛으로 말을 했다.

"대인이 생각하는 그런 종류의 일이 아닙니다."

옌빙윈은 이어서 북제의 내력에 대해 이야기를 늘어놓았는데, 그 말을 듣고서 판시엔은 전반적인 자초지정을 알게 되었다.

경국이 세 번의 북벌을 통해 결국 북위를 와해시켰고, 그 뒤 쟌씨 집안이 다시 북제를 건국했다. 하지만 개국 황제는 12년 전에 죽어 버렸고, 당시 태후와 몇살 밖에 안 된 어린 황제만이 광활한 황궁에 남겨지게 되었다. 경국이 북벌을 멈추기는 했지만 쳔핑핑은 이 좋은 기회를 놓칠 수 없었기에, 샹징의 몇몇 왕들과 귀족들을 매수해 결국 황실을 전복할 세력을 만들어 냈다. 태후와 황제는 황궁에 갇힌 신세가 되어 버렸는데, 이때 쿠허가 쟌칭핑 대사의 친구라는 명분으로 황궁으로 들어갔다.

밖에서는 삼천 명의 병사들이 황궁을 포위하고 있었는데, 쿠허는 황궁의 대전(大殿) 앞에 홀로 앉아, 무수한 창과 화살을 홀로 막아 냈으며, 그 뒤로는 누구도 감히 황궁으로 직접 들어올 생각을 하지도 못하였다.

그 뒤 웨이 태후의 형제, 지금의 장닝 후작이 하수도를 통해 밖으로 나와 금의군의 셴중과 연락을 했고, 마침내 황실에 충성하는 세력을 모아 배반 세력들을 정리하고서야, 지금의 형상을 유지할 수 있었던 것이다. 하지만 그 뒤에 쿠허는 더 이상 이 일을 입에 올리지 않았고, 태후도 침묵하고 있으며, 당시 배반 세력의 가문들 또한 아직도 권세를 누리고 있었다.

그래서 샹징의 권력 관계가 조금 복잡한 것이었다. 어찌되었든 지금 태후가 아직 황궁에 남아 있을 수 있었던 것은 모두 쿠허의 명성과 실력 때문이었다고 해도 과언이 아니었다.

"쿠허, 졸라 멋진데."

판시엔은 허벅지를 한 번 치며 감탄하며 말했다.

"몇 천의 군사를 한 명이 막아 냈다고?"

옌빙윈은 '졸라'를 몰랐지만, 천하가 존중하는 4대 종사를 향한 상대방의 언어가 너무 경박하다 생각하며 설명했다.

"쿠허 대사는 세상일에 관여하지 않는 초연한 존재이지만, 만약에 그가 나서면 그 누구도 쉽게 맞서지 못하지요. 쿠허는 당시에 누구라도 용의에 앉으려 하면, 그가 다 죽여 버리겠다고 선언을 해 버렸죠."

"대종사라……."

판시엔은 옌빙윈의 말을 들으면서 대종사라는 존재가 확실히 이후에 귀찮아 질 수도 있을 거라 생각했다.

"판 대인은 너무 젊어서 대종사도 신경 쓰지 않는 건가요?"

"대종사는 됐고, 샹징 일이나 계속 이야기해 봐. 태후가 쿠허의 말을 듣는데, 쿠허는 샤오은이 죽길 원하니까……."

옌빙윈이 말을 끊었다.

"근데 왜 쿠허가 샤오은을 죽이려고 하는 건가요?"

"내가 가진 정보에 따르면 그래."

판시엔은 하이탕과의 일, 신묘의 비밀 같은 것은 말하지 않았다.

"샹샨후는 그럼 황제 쪽으로 붙어야만, 샤오은의 목숨을 구해볼 기회라도 있겠네……옌 대인, 우리가 이 일에서 이득을 얻을 방법이 있을까?"

"북제의 실력이 약하진 않지만……전 그들이 영원히 승리자는 될 수는 없다고 생각해요. 샤오은이 북제로 송환되는 일로, 최소 일 년 정도는 태후와 황제가 이루고 있던 균형이 깨질 거예요. 저는 이 일을 계획한 경국 조정의 사람이 대단하다고 생각해요."

샤오은의 북제 송환을 계획한 이는 장 공주이다. 판시엔은 차갑게 말했다.

"그리 대단한 사람은 아니야. 이 일의 대가는 너라는 것을 잊지 마."

"무슨 말인가요?"

"장 공주는 너를 북제에 팔아넘긴 거야. 그리고 샹샨후와 계획해서 샤오은의 북제 송환을 만들어 냈지……넌 그 사람의 손에 있는 장기말에 불과하지만, 장기말도 스스로 자각을 해야 하고, 너를 움직이고 있는 그 손을 대단하다 생각할 수 있지만, 너 스스로에 대해서도 가치를 인정할 필요도 있어."

판시엔은 고의적으로 약간 조롱하듯이 말했는데, 옌빙윈에게 장 공주에 대한 원한을 심어주기 위해서였다. 하지만 여전히 옌빙윈은 마치 듣지도 않은 척 여전히 침착했고, 다시 그 계획에 대해서 이어 말하고 있었다.

"어쨌든 우리는 이번 일에 손을 쓰면 안 된다고 생각해요. 샤오은의 생사는 쿠허의 의도에 의해 결정될 수밖에 없고, 그러니 사절단이 그 일에 관여할 수도, 관여할 필요도 없어요."

"나도 너의 생각에 동의해. 너의 의견을 듣고 싶은 일이 하나 더 있어."

판시엔은 췌 공자에 대한 이야기를 그에게 설명해 주었다. 이번에도 옌빙윈은 무덤덤하게 물었다.

"대인은 어떻게 하시고 싶은데요?"

"감사원의 의견에 따르면 우리들은 신양 장 공주 쪽이 북제에서 얻고 있는 이익을 점차 줄이게 해야 해."

"그게 감사원의 의견이에요? 듣기로는 제사 대인이 곧 내고를 장악하게 된다던데."

"옌 대인은 반년 동안 갇혀 있었음에도 소식은 엄청 빠르네."

"이 일들을 저에게 말하는 이유가 뭔가요?"

"북제에 관련해서는 네가 가장 잘 알고 있고, 네가 없으면 사실상 북제에서 나의 능력이라고 할 것도 없지."

"판 대인은 소인을 너무 높게 평가하시는군요."

"난 지금까지 단 한 번도 네가 단순한 꼭두각시라고 생각해본 적이 없어. 나는 옌 대인이 원하기만 한다면 판을 흔들 수 있는 인물이라 생각해."

"그렇지만 제가 왜 대인을 도와야 하죠?"

"왜냐하면 난 너의 상사니까. 난 너에게 도움을 요청하는 게 아니라 너에게 명령하는 거야."

옌빙윈은 여전히 이런 말에 조금도 흔들리지 않으며 냉정하게 말했다.

"제사 대인이 진짜로 감사원을 넘겨받게 된 후에 다시 논의해도 늦지 않을 것 같네요."

판시엔은 멈칫했다.

"사실 이유는 간단해. 장 공주가 우리의 공통된 적이니, 나도 네가 필요하지만 너도 내가 필요해."

옌빙윈은 잠시 생각을 하다 마침내 고개를 끄덕였다.

"그런 거라면……처음부터 대인의 계획이 그냥 쓰레기 같다고 말해 드릴 걸 그랬네요."

"뭐라고?"

"장 공주가 밀수로 가져가는 이익을 줄일 거라면, 애당초 선중을 찾아가면 안 되었어요."

"그럼 누굴 찾았어야 한다는 건가?"

"선중과 장닝 후작은 모두 태후의 친지이자 심복이에요. 그들은 이미 장 공주와 거래를 오래 해 왔죠. 그러니 그것을 흔들고 싶었으면, 젊은 황제를 찾아 갔어야죠."

"근데 아직 황제의 마음을 잘 모르겠거든."

"북제의 황제는 단순하고, 쉽게 흥분하는 사람이에요."

옌빙윈은 손가락으로 동그란 원을 만들며 말을 이었다.

"단순하고 다혈질인 사람은 반드시 돈이 필요하죠."

판시엔은 그를 한참 쳐다본 후 말했다.

"난 널 믿어."

"지금은 절 믿을 가치가 있을 거예요."

판시엔은 속으로 안도의 한숨을 내쉬며, 그의 어깨를 '툭툭' 쳤다.

"걱정 마. 지금 세상이 그들 것으로 보여도, 결국은 우리들 거야."

이 말을 하고 그는 방을 나갔다. 홀로 남겨진 옌빙윈은 이 이상한 말의 의미를 되짚어 보고 있었다.

그 후로 옌빙윈은 더 이상 숨기지 않고 자기가 가지고 있는 정보와 분석으로 판시엔의 이후 행동에 대해 자문하기 시작했다. 다만 판시엔이 북제의 첩보망에 대한 언급을 할 때에는 여전히 그는 입을 닫고 있었다.

우선 황제를 접촉할 방법을 찾아야 했고, 판시엔은 원래 샹샨후를 방문할 계획을 가지고 있었지만 옌빙윈이 결연히 반대했다. 그가 볼 때에, 샹샨후는 필요하다면, 적극적으로 우리를 찾아올 것이라 생각했기 때문이었다.

"와……그 셴 대인 아가씨라는 사람의 능력이 대단한데? 네가 여기 숨어있는 것을 어떻게 알고 지금 여기…….."

판시엔은 약간 놀리듯이 말했다.

옌빙윈은 여전히 무심하게 말했다.

"셴중에게 여동생을 처리 좀 하라 그러세요."

'이 새끼는 어떤 단련의 과정을 겪었길래 이런 냉혈한이 된 거야?'

셴중은 판시엔을 몇 번이나 초청하였지만, 판시엔은 대충 이런 저런 핑계를 대며 거절해 버렸다. 사실 거절할 충분한 명분도 있었는데, 이틀 동안은 항상 이 시골 아가씨를 따라다니며 이야기를 나눴기 때문이다. 그 아가씨의 신분은 셴중이고 장닝 후작이고 간에 건드리기 힘들었다.

샹징의 조용한 골목에서 한 남자와 한 여자는 산보를 하며 담소를 나누고 있는데, 그 소리가 가볍게 날아올라 꿀을 탐하는 나비들을 방해하고 있을 뿐이었다.

하이탕은 두 손을 외투에 집어 놓고, 발을 질질 끌면서, 게으른 어멈의 자세처럼 걸어가고 있었다. 판시엔도 황실에서처럼 그녀의 '청소 걸음걸이'를 배우며 같이 걸어갔다. 하이탕은 그 모습을 보면서 말했다.

"저는 이 걸음걸이가 편하다고 느끼는 것뿐이에요. 다른 사람들이 어떻게 보는지는 신경 쓰지 않아요."

'확실히 이렇게 걷는 것이 편하긴 한데, 너무 느리잖아? 이럴 바엔 그냥 침대에 누워서 쉬지?'

"편하려면 침대에 누워 있는 게 더 편하지 않아요? 하이탕 아가씨가 원하면 우리도 침대에 누워서 편안하게 인생을 이야기하면……."

하이탕은 그를 매섭게 쳐다봤다.

판시엔은 겸연쩍게 웃었는데, 그는 하이탕과 무슨 남녀관계를 생각하지는 않았지만, 다만 이상하게 그녀는 자신을 편안하게 해준다고 생각했다.

하이탕은 늘어져 있는 나뭇가지를 무심하게 꺾으며 말했다.

"듣자 하니 판 대인이 며칠 전에 셴중 대인을 만났다고 하던데요?"

"좋지 않게 헤어졌어요."

쿠허는 조정에 떨어져 있다지만 여전히 태후 쪽에 기울어져 있으니, 그녀가 그 질문을 하는 이유는 이미 짐작하고 있었다.

"좋지 않게 헤어졌다고요? 전 다만 판 대인이 그런 장사를 언급하면, 나중에 남경에서 곤란하지 않은 건지 궁금하네요."

"아가씨의 말이 잘 이해가 안 되네요."

"태후께서는 대인의 제안에 엄청 관심 있어 하던데."

"제가 요즘 손님들을 거절하면서 아가씨와 산보를 하는 이유는, 아가씨가 조정의 일에는 관여하지 않는다 생각해서인데……실망이군요."

"제가 볼 때에는 이런 말을 제가 하지 않으면 실망한다는 게 맞는 것 같은데요."

하이탕은 판시엔의 말의 실제 의미를 잘 알고 있다는 듯 말했다.

"태후가 대인보고 입궁을 하라 그러시네요."

판시엔은 '하하' 웃으며 공손히 손을 모아 예를 올렸다.

"하이탕 아가씨께서 수고가 많으셨습니다."

둘은 더 이상 그 화제를 이어가지 않고 다시 철학, 신학 같은 심오한 이야기들을 토론하기 시작했으며, 판시엔은 그저 전생에서 배운 몇 마디 현학적인 말들을 뜻도 모르면서 이야기했는데, 하이탕을 놀라게 하기에는 충분해 보였다.

북방의 날씨가 항상 그렇듯이, 앞에는 여전히 태양이 있었지만, 갑자기 우레와 같은 소나기가 내리기 시작했다. 판시엔은 우산을 펴서 하이탕의 머리 위에 씌워줬다. 빗물이 거리를 적시고, 판시엔은 도처에 비를 피하려는 사람들을 바라보면서, 곁눈으로는 하이탕을 관찰하고 있었다. 이때 거리에는 물이 흥건했기에, 그는 '청소 걸음걸이'를 더 이상 하지 못했다.

'넌 아직도 그렇게 걸을 수 있나?'

하이탕은 아직도 그렇게 걸었다.

판시엔은 어깨를 으쓱하며, 자세히 관찰해 보니 하이탕의 두 발은 어떤 힘에 의해 물에 닿지 않고 있었는데, 그는 아무리 생각해도 그렇게 할 수 없었기에 의아한 듯 말했다.

"하이탕 아가씨는 물 위에 떠다니고 있는 거네요!"

하이탕은 여전히 그를 무시하며 그렇게 걸었다.

"아가씨가 그렇게 걷는 게 편하다는 걸 더 이상 믿지 못하겠네요."

"전 옌빙원이 맘에 안 들어요."

하이탕은 돌연 화제를 돌렸다. 판시엔은 당황하지 않고 침착하게 대답했다.

"하이탕 아가씨는 항상 산에 칩거하거나 황궁에 있다고 들었으니, 저희 경국의 옌 대인과는 특별한 왕래가 없었을 거라고 생각되는데요."

"여자를 속여 자기의 이익을 챙기다니, 파렴치한 놈."

"저희는 관원들이라 일반적인 백성들과는 다르잖아요. 어떤 상황에서 저희는, 원치 않는 일을 해야 한답니다."

판시엔은 옌 공자가 9품 상(上)의 고수에게 찍히는 것을 원치 않았기에, 그를 대신해 해명하고 있었다.

"파렴치한 것은 그래도 파렴치한 것이죠. 관원의 신분과는 무관하게 보이는군요."

"호걸이 반드시 무정할 필요는 없다지만, 그렇다고 마음이 너무 부드러우면, 이 혼란한 세상에서 어떻게 살아남을 수 있겠습니까?"

"판 대인은 세상이 어지럽다 생각하는 군요?"

"사람의 마음이 어지러운 거지요."

"판 대인은 어지러운 세상에서 영웅이 나올 거라 생각하는군요?"

"영웅을 바라는 것이 아니라, 부끄럽지 않게 살아가는 대장부를 원할 뿐이죠."

두 사람의 말이 여기서 끊겼다.

작은 사당 밖에 도착했기 때문이었다. 마침 그때 절묘하게 비도 그치고 있었다. 이곳은 샹징의 외곽이었기에 아주 고요했고, 사방에는 사람의 흔적도 보이지 않았다.

나뭇잎 하나가 사당 앞의 돌계단에 떨어졌다.

사당 문이 천천히 열리는데, 판시엔은 사당 안에 향로가 놓여 있는 탁자 옆에 앉아 있는 여자를 바라보며, 점점 정신을 잃어가고 있었다.

"스 아가씨, 오랜만이네요."

하이탕은 웃음이 터졌다.

"판 대인이 대장부가 되길 원하신다더니, 제가 예상했던 것처럼, 그저 호색한이 맞았군요."

판시엔이 우산 접는 것을 보던 스리리는, 예를 올리고 미소를 지으며 말했다.

"호걸이 반드시 무정할 필요가 없고, 여색을 좋아한다고 장부가 아니라고 할 수 있는가?"

"호걸이 반드시 무정할 필요가 없고, 여색을 좋아한다고 장부가 아니라고 할 수 있는가?"

하이탕은 천천히 스리리의 말을 반복하였다.

판시엔이 당황한 기색을 최대한 감추려 노력하며 물었다.

"스 아가씨는 언제 샹징에 들어오셨는지?"

"대인께서 신경써 주신 덕분에 3일 전에 들어왔습니다. 대인께서 기억해 주셔서 감사할 따름입니다."

판시엔은 이어서 그녀와 가벼운 말을 몇 마디 나눴다.

그들을 바라보는 하이탕의 눈동자에는 웃음기가 가득했는데, 둘은 고의적으로 어색한 사이를 연출했지만, 어떻게 하이탕을 속일 수가 있으랴. 판시엔은 그런 하이탕을 원망섞인 눈빛으로 바라보았다.

'이 아가씨는 왜 날 스리리에게 데려온 거야? 스리리를 시중들던 그 늙은 어멈들은 다 어디로 간 거지? 자기가 외신(外臣)의 신분으

로 황제가 원하는 여자와 일체의 접촉을 하지 않아야 한다는 것을 설마 다들 모르고 있다고?!'

하이탕은 해명하듯 입을 열었다.

"여기는 제가 사는 곳이에요. 리리는 지금 입궁할 명분이 없어, 폐하께서 저에게 임시로 돌보라고 하신 것뿐이에요."

그제서야 판시엔은 스리리가 일찍이 하이탕과 북제 황실에서 같이 커온 친한 사이였다고 말한 것이 떠올랐다. 사당은 한적한 곳에 떨어져 있었으나, 그렇다고 조심하지 않을 순 없었기에, 그는 물러서며 하이탕에게 말했다.

"저는 밖에서 아가씨를 기다리고 있을게요."

사당에서 그가 나가기를 기다렸다가 하이탕은 스리리의 눈을 깊게 쳐다보며 말했다.

"내가 그를 데려와 너에게 보여줬는데, 넌 그와 이야기할 게 없어?"

스리리는 고개를 들고 약간 망연한 눈빛으로 조용히 말했다.

"내가 그를 보고 싶지 않다고 말했잖아. 그도 아마 나를 보고 싶지 않을 거고. 지금 문밖에서 널 원망하고 있을지도 몰라. 아무리 네가 쿠허의 제자지만 앞으론 이렇게 마음대로 행동하지 말아 줘."

하이탕은 웃으며 말했다.

"한 번 보는 건데 뭘 그래. 폐하도 그렇게 옹졸한 사람이 아니야."

"아가씨는 도대체 왜 저를 데려와 스리리를 만나게 한 건가요?"

판시엔은 차 탁자 한 편에 앉아 약간 걱정되는 눈치로 물었다.

"아까 옌빙윈을 언급했었잖아요. 저는 판 대인도 그런 인간인지 한번 보려고 한 거죠. 〈석두기〉에 나온 그 린따이위(林黛玉, 임대옥)를 버린 쟈바오위(賈宝玉, 가보옥) 같은 멍텅구리 같은 공자인지."

판시엔은 자기가 베껴 쓴 〈홍루몽〉 이야기가 나오자 마음속으로 움찔 했다.

"하이탕 아가씨가 오해했네요. 스리리 아가씨는 그저 제가 압송한 죄인일 뿐, 저는 그녀와 얽힌 것이 없어요."

"대인이 제 말을 오해했네요. 오늘 대인을 여기로 데려온 것은, 제가 부탁드리고 싶은 게 있기 때문이에요."

"그건 또 갑자기 무슨 말이에요?"

"저번에 폐하께서 판 대인과 대화를 나눌 때, 진짜 말씀하고 싶었던 일이죠."

"알죠. 근데 그때 북제 황제는 아가씨가 옆에 있어서 말을 못했던 것 아닌가요?"

"폐하께서는 확실히 저에게 알리고 싶어 하시지 않죠. 하지만 그분의 고민과 저는 마치 친구같이 몇 년을 같이 했죠. 심지어 그 고민을 해결할 수 있는 사람은 북제에서 저 하나밖에 없어요."

"조정에서 스리리의 입궁을 그렇게 반대하는데, 당신네 황제는 왜 기어코 입궁 시키려고 하는 거죠? 지금도 스리리가 하이탕 처소에 있는 걸 보니 태후가 여전히 반대하고 있는 것 아닌가요?"

"판 대인은 지금 이 일 뒤에 숨겨진 진상을 알고 싶은 건가요?"

"맞아요. 사실 전 황실이나 왕의 집안이 감정을 가진 사람들인지 모르겠거든요."

"황제나 왕들도 사람인데, 남녀 간의 관계를 어떻게 쉽게 말할 수 있나요?"

판시엔은 고개를 저으며, 당나라의 현종과 양귀비의 관계는 아주 특별한 예외일 뿐이라고 생각했다.

하이탕은 '불쑥' 말했다.

"판 대인은 이미 혼사를 치렀잖아요."

판시엔은 약간 당황했지만 이내 완알을 떠올리며 얼굴에 행복한 미소를 짓고 있었다.

하이탕은 그의 표정을 바라보며 마음속으로는 탄식을 하며 말을 이었다.

"판 대인은 부인을 매우 사랑한다고 들었는데, 만약에 누가 둘 사이를 방해하면 어떻게 하실 거예요?"

'말이라고 하는 거야? 목숨을 걸고 죽여야지.'

여기까지 생각이 이르니 황제의 감정도 조금은 이해가 되는 듯했지만, 그와 동시에 이상하게, 황제의 그 대상이 스리리라고 하니 약간 섭섭한 마음도 들었다.

하이탕은 말했다.

"아무도 폐하께서 스리리를 궁에 들이는 것을 찬성하지 않죠. 스리리가 남경에서 신분상 문제가 있었기 때문에, 어찌 보면 당연한 반응이에요. 하지만 저에게는 쉽지 않은 문제랍니다."

"그녀는 당신들 북제를 위해서 목숨을 바친 사람이에요. 근데 경국의 신하인 제가 그녀를 위해 말을 할 수 있을까요? 사실 이 문제는, 그녀를 북제에 인계한 이후부터 저하고는 상관없는 문제에요."

"폐하와 저는 단지 판 대인의 지혜를 얻고 싶어 하는 겁니다."

"하이탕 아가씨는 정말 오지랖이 넓네요."

"판 대인은 순식간에 한 시대의 시선(詩仙) 자리에 올랐고, 동시에 남경에서 실권을 가진 인물이 되었지요. 만약에 판 대인의 지혜마저 통하지 않는다면, 이 일은 누구도 해결하지 못한다고 생각해요."

"알았어요. 우선 제가 생각해 보죠. 다만, 성공한다는 보장은 못 해요. 관건은 태후인데, 태후가 마음을 바꾸지 않는다면 어쨌든 성공할 수 없어요."

하이탕은 일어서 가볍게 고개를 숙이며 말했다.

"감사 인사를 먼저 드리겠습니다."

"보아하니 아가씨와 스리리의 사이가 얕아 보이진 않네요. 그리고 만약에 나중에 제가 뭔가를 아가씨에게 부탁할 때, 오늘 일을 꼭 기억해야 해요."

"북제의 조정과 관련된 일이 아니면 기꺼이."

"제가 부탁할 일이 영원히 없을 수도 있고, 생긴다 하더라도 경국 내 문제일 테니 너무 걱정 마세요."

"그렇다면 언제든지 말씀하세요."

작은 사당을 빠져나온 후, 판시엔이 기지개를 한 번 켜면서 곁눈으로 자신을 미행하는 금의위 사람을 보니, 절로 웃음이 나왔다.

시원한 바람이 불어와 그의 뺨을 스치고 지나갔다.

스리리와 황제의 관계는 여전히 잘 이해가 안 되었지만, 그 문제가 징두에 있는 부인과 여동생을 떠올리게 해서 기분만은 조금 따뜻해졌다.

길가에는 가끔씩 행인이 지나가고 있었고, 가끔씩 마차도 열심히 일하고 있는 상인들 앞으로 지나갔다. 판시엔은 얼굴에 따뜻한 미소를 지으며, 천천히 그 골목을 지나가고 있었다.

한 대의 짐수레를 끌고 있던 사람이 처음부터 그의 뒤를 쫓아왔는데, 수레가 그의 몸을 스치고 지나가는 순간이었다.

판시엔은 손목을 한 번 뒤집어 몰래 손에 쥐고 있던 검은 비수로 그를 찔렀다!

짧은 신음 소리와 함께 비수는 밀정의 목을 베었고, 밀정은 그 자리에서 즉사하였다!

곧바로 그는 수레를 발로 뒤집어 버리고서 그림자처럼 골목의 끝으로 날아갔다. 손가락에 끼우고 있던 독침을 쫓아오던 다른 한 사람 가슴의 혈맥에 꽂았다. 이어 그 옆에서 놀라고 있던 한 사람을 세 발의 암궁 화살로 죽여 버렸다. 독침을 맞은 그 사람의 목을 비틀어 마지막 숨을 끊어 버린 후, 옷을 뒤집어 입고 옷 뒤에 달려 있는 모자를 푹 눌러쓰며, 최대한 얼굴을 가린 채로 움직였다.

오늘은 그 누구도 자기를 미행하는 것을 허락할 수 없었다.

그 골목을 벗어나 큰 길로 나오니 행인들은 점점 많아졌고, 그는 고개를 숙인 채 침묵하며, 그 행인들 사이로 걸어 들어갔다.

마침 다시 비가 내리기 시작하며 그의 마지막 남은 흔적마저 지워 주는 듯 보였다.

샹징 남쪽에는 평민들이 거주하는 곳이 있었는데, 쟝쟈디엔(张家店, 장가점)이라고 불렸다. 이곳에는 원래 은둔하는 사람들이 많았는데, 최근 몇 년간 치안이 좋아져 점점 번화해지기 시작한 곳이었다. 하지만 부자 동네가 아니었기에 작은 잡화점 같은 것이 많이 있는 그런 거리였다.

그 길에서 세 번째 위치한 기름을 파는 가게도 평범한, 그저 그런 곳이었다. 동이성에서 운반되어 오는 해외의 잡종 기름을 파는 곳이었고, 기름은 가격이 싸고 색은 다소 탁했지만, 그래도 맛은 괜찮은 편이었다. 어느 곳이나 넉넉지 않은 사람은 많았기에, 이 집은 간판을 걸지 않고도 장사는 잘 되었지만, 그렇다고 이윤이 많지는 않아 직원이라고 해봐야 주인과 젊은 친구 하나밖에 없었다.

오늘은 비가 오락가락해서 거리에 사람들이 많지는 않았다. 기름 장사는 날씨와 상관없었기에, 당장 사람이 많지 않아도 주인은 그렇게 급해 보이지 않았다. 그저 가게 밖에 긴 의자에 앉아서 멍하게 거리를 쳐다보고 있었을 뿐이다.

일하는 젊은 친구는 주인이 늙어 가는지, 최근 1년 사이에 멍하게 거리를 바라보는 횟수가 점차 늘어나고 있다고 생각했다.

"어르신, 기름을 사려고 하는데요."

한 사람이 가게 앞에 서서 은은한 햇빛마저 가려버렸다.

주인은 손을 저으며 안으로 들어가라 했다.

모자를 푹 눌러쓴 남자는 편안해 보이는 얼굴로 가게 안으로 들어가 젊은 직원에게 말했다.

"젊은이, 기름을 사고 싶은데."

'기름집에 와서 기름을 사고 싶다니. 이런 쓸데없는 말을 왜 하지?'

하지만 젊은이는 공손하게 응대했다.

"어떤 기름을 찾으세요? 잡종 기름 말고도 최근에 들어온 식물 기름도 있어요."

"잡종 기름 반 근만 줘."

"알겠습니다."

그는 무게를 달면서 다시 물었다.

"어떤 포장으로 해 드릴까요?"

"항아리가 있나?"

"있지요. 나무 항아리 한 개에 동전 세 냥입니다."

손님은 항아리에 든 기름을 건네받았지만, 다른 고민이 있는지 떠나지 않았다.

"더 필요하신 게 있으신가요?"

"참기름도 있나?"

'참기름도 있나?'

이 말은 매우 조용하고 온화했으나, 밖에 있는 주인의 거친 손이 미세하게 떨리고 있었다.

젊은 직원은 어이없다는 듯이 말을 받아냈다.

"이런 곳에 그렇게 고급 기름이 있을 리가 있나요? 이 마을에서 누가 그런 것을 먹을 수 있나요?"

이 말을 하는 중에 주인은 이미 계산대로 와서, 직원에게 저리 가라 한 후, 만면에 미소를 띤 그 손님을 보며 해명하듯 말했다.

"참기름은 너무 비쌉니다. 제사 때나 이용하는 것이라 평소에는 찾는 사람이 없습니다. 아직 제사를 지낼 날이 반년이나 남았으니, 이 작은 가게에는 재고가 없습니다."

"제사를 하늘에 지내기도 하지만, 사람에게 지낼 수도 있지요."

주인은 더욱 공손하게 말했다.

"그럼 얼마나 필요하신지 말씀해 주시면, 주문해서 구해 놓겠습니다."

결국 대화는 가장 중요한 순간에 이르렀다.

두 사람의 목소리는 더욱 작아지기 시작했다.

"저는 7근 329전 4호……가 필요합니다."

주인은 주판을 두드려 보다가 갑자기 얼굴에 난색을 표하며 말했다.

"돈을 계산하는 게 좀 복잡하니, 내실로 들어가서 다시 이야기하시는 게 어떠실까요?"

"그렇게 하시지요."

주인은 직원에게 몇 마디 하고 손님을 데리고 안으로 들어갔다. 그제서야 젊은 직원은 원래 이 사람이 손님이 아니라 참기름을 팔러 온 도매꾼이라는 것을 알게 되었다는 듯이 혀를 한번 내밀었다.

'그럼 처음부터 이야기를 하지.'

그 참기름 도매꾼은 당연히 판시엔이었다.

내실은 그가 생각했던 것과 달리 햇빛이 들어오는 밝은 곳이었다. 차도 없이, 인사말도 없이, 주인은 그의 두 눈을 보면서 조심스럽게 물었다.

"손님은 남쪽에서 오셨습니까?"

판시엔은 고개를 끄덕였다.

주인은 손가락을 이용해 어떤 모양을 만들었다.

'옌빙원이 만들어 놓은 절차가 더럽게 복잡하네.'

판시엔은 다른 숫자를 다시 말하였다. 주인은 그의 신분을 확인하자 드디어 안심이 되는 듯, 한참을 소매에서 찾더니 독이 든 칼을 자기 몸 옆에 꺼내 놓았다.

만약에 온 사람이 북제의 첩자라면 주인은 바로 자기의 목숨을 끊을 것이었다. 사실 이 부분은 옌빙원이 생포되었을 때부터 옌빙원 자신 스스로에게도 굴욕적이라고 생각해 왔던 부분이기도 했다.

주인은 그를 보며 물었다.

"대인은 감사원에서 어떤 직책이신지?"

"지금 그럴 이야기를 할 상황은 아닌 듯 보이는데."

"장장 1년 동안 위에서 소식이 없었습니다. 수장이 잡혀버린 뒤, 조정에서는 그분의 뒤를 이을 사람을 보내지 않았고, 그래서 저는 '겨울잠'을 준비하라는 의미인지 알았습니다."

'겨울잠'이란 적국에 잠입한 모든 밀정이 더 이상의 노출을 피하기 위해 모든 활동을 중단하는 것이고, 그 기간은 짧게는 한 달 길게는……십 년이 될 수도 있었다.

밀정의 수장이 잡히는 일은 거의 불가능에 가까운 것이었는데, 수장은 현장에서 정보의 수집이나 운송을 담당하지 않기 때문이다. 장공주의 한 번의 미친 짓으로, 감사원 전체 첩보망이 무너질 뻔한 것이었다. 조정과 감사원도 수장이 잡히다 보니 어찌할 도리 없이 일 년이라는 시간을, 고민만 하고 보냈던 것이었다.

"일 년간의 공백이 자네들을 녹슬게 만들지 않았길 바라네."

"그 점은 걱정하지 마십시오."

"세 가지 일이 있네. 제일 급한 것은 샤오은이 어디에 갇혀 있는지 알아주는 일이야. 그리고 태후와 황제 사이에 가장 큰 문제가 무엇인지 알아주게."

사실 황제가 바보가 아니라면 어머니인 태후와 대립각을 세우는 것은 자신에게 아무런 도움이 되지 않았음을 알 터였다.

"샤오은의 일이 가장 급한 것이고, 황실의 사정은 천천히 알아봐 주게. 세 번째와 관련해서는 자네가 일단, 내고에서 줄곧 북제에 밀수를 하고 있었다는 사실을 알아야 할 듯하네."

주인은 약간은 의아하다는 듯이 물었다.

"그건 신양 쪽과 관련된 문제인데, 감사원이 관여하기로 결정한 건가요?"

"일단 조사만 해 주게……최대한 자세히 조사를 하되, 그들이 알게 해서는 안 돼. 일단 상황을 파악하고, 만약에 나중에 감사원이 손을 쓸 때가 되면, 다시 알려주겠네."

"알겠습니다."

판시엔은 마음속으로는 다른 생각을 가지고 있었는데, 췌 공자의 일을 보며 지금 평화의 이유가, 장모가 자기에게 원하는 게 있으니 잠시 참고 있는 것인지, 아니면 자신을 그녀 편으로 만들기 위해 살짝 떠 본 것인지가 명확하지 않았기 때문이다.

"제가 어떻게 대인께 보고를 드리면 됩니까?"

"두 달 안에는 새로운 수장을 정식으로 파견하긴 힘들 거야. 그러니 임시 연락책이 너와 연락할 수 있도록 조치를 취해 두었네."

"대인께서도 조심하는 게 좋을 것입니다. 샤오은 대인이 감금된 이후로 사방에 금의위가 퍼져 있습니다."

"걱정하지 말게. 그 사람은 감사원 내에서도, 미행을 당하지 않을 수 있는 가장 뛰어난 사람이니까."

그가 말하는 것은 당연히 왕치니엔. 일생을 다른 사람의 미행을 했던 사람이니, 역으로 그를 미행하는 것은 거의 불가능에 가까웠다.

많은 이야기를 나누는 것은 또 다른 위험이었기에, 판시엔은 이내 일어서서 나왔다. 도매상이 내실에서 나와 문밖으로 나가는 것을 본 젊은 직원은 재밌다는 듯이 주인을 향해 말했다.

"주인님, 이렇게 빨리 참기름을 가져다 놓게요?"

주인은 웃으며 말했다.

"그래, 큰 장사 거리가 생기겠는 걸."

판시엔은 손에 들고 나온 기름 항아리를 잘 처리한 뒤 사절단으로 향하고 있었다. 하늘은 이미 어두워져 있어서 사람은 거의 보이질 않았다. 강가의 다리에 올라, 화장 분말로 지문 등 남길 수 있는 흔적들을 꼼꼼히 지워, 강에다가 버렸다.

강에서 내려왔을 때에는 처음 그 골목에 들어선 것처럼, 모자를 벗고 옷을 뒤집어 입어서, 마치 방금 하이탕 아가씨와 이별을 하고 나온 듯, 깨끗하고 준수한 얼굴을 하고 있었다.

그가 어깨를 으쓱거리며 사절단에 도착해 보니, 주위를 둘러싼 금의위가 자신을 바라보는 눈빛이 달라져 있음을 느꼈다. 그가 죽여 버린 미행자의 소식이 이미 션중의 귀에 들어갔을 테니, 그들이 마치 '언제 복수할 수 있을까'만 생각하는 눈빛을 하고 있는 것도 당연해 보였다. 하지만 판시엔의 머릿속에 그것을 신경 쓸 여유는 없었다.

판시엔은 옌빙윈에게 오늘 있었던 일을 간략하게 설명해 주었다.

"저는 대인이 흔적을 안 남겼을 거라 믿고 싶네요. 만약 이후에 첩보망에 문제가 생기면 제가 직접 대인을 욕보일 겁니다."

"그것보다 지금 하나의 통로로 움직이는데, 내 생각에는 여러 사람이 동시에 움직이는 게 좋을 듯해. 덜 안전하긴 하겠지만, 지금 일은 시간이 생명이니, 일단 왕치니엔에게 연락책을 맡겨서 그렇게 하는 게 좋을 듯한데, 자네 생각은 어때?"

옌빙원은 왕치니엔을 기용한 것이 그래도 현명한 일이라 생각하며 말했다.

"왕치니엔은 제가 안심할 수 있을 것 같네요……감사원에서 처음 북제에 잠입시킨 밀정 중에 한 명이니까요."

'이건 또 무슨 말이야?'

"대인의 계획은 샹샨후와 협력해서 샤오은을 탈출시키는 것이지만, 그래도 저는 너무 깊이 관여를 하진 않았으면 좋겠네요."

옌빙원은 조정의 문제로 감사원의 밀정들이 너무 많은 희생을 하는 게 싫은 것이었는데, 판시엔은 알고 있다는 듯이 말했다.

"걱정 마, 나도 분수껏 할 생각이야."

"샹샨후는 진짜 호걸이에요. 물론 샹징에서 기댈 곳이 없어 장 공주의 도움을 청한 게 좀 안타깝네요. 작년에 북방에 자기 세력들을 던져두고 샹징에 온 것은, 분명 장 공주와 맺은 밀약 때문이겠죠. 북제 황제가 그를 위해 샤오은을 송환했고, 그는 황실에게 샹징에 돌아오는 것을 약속한 것인데……다만 태후는 샤오은의 죽음을 원하니, 심복인 션중이 아주 면밀히 이 상황을 관찰하고 있을 것이고, 샹샨후가 샤오은을 구출하는 그 순간, 그것을 핑계 삼아 션중도 어떤 움직임을 취할 것이 분명해 보이네요."

"그들이 싸우게 놔두는 것이, 어쨌든 우리들 입장에선 손해 볼 게 없다는 것이지?"

그 기름집의 장사는 확실히 더 잘되는 듯 보였다. 사람들이 최근 1년 사이에 가장 많이 드나들고 있었기 때문이다. 사절단에도 사람들이 더 많이 드나들었는데, 셩 사장이 계속 편지를 들고 술을 실어 날랐기 때문이다. 어쨌든 마침내 샹샨후와 신양 쪽이 얻고자 하는 정보가, 드디어 판시엔의 손에 들어오게 되었다.

이러는 와중에 판시엔은 하이탕과 같이 입궁을 했다. 태후가 그들을 보자고 한 일 때문이었다. 하지만 그는 입궁을 하고 사절단으로 돌아온 후부터, 이유는 모르겠지만, 매우 기분이 상해 있었다. 방에서 판시엔은 냉랭하게 린졍에게 묻고 있었다.

"이 사절단의 정사가 린 대인인가요, 아니면 저 인가요?"

린졍은 생각지도 못한 질문에 불안해 하며 대답하였다.

"판 대인, 왜 그런 말씀을 하시나요? 사절단은 당연히 판 대인이 이끄시는 것이지요."

판시엔은 냉소를 지으며 말했다.

"그럼 린 대인이 저에게 설명 좀 해 주시죠. 왜 태후가 갑자기 저에게 북제의 공주와 경국의 대황자의 혼사를 오늘에서야 말했을까요? 그게 얼마나 큰일인데! 홍려사와 태상사는 최근 며칠 동안 이미 공주의 혼인에 대한 일을 처리했다고 하던데, 저는 이제서야 알게 되다니요!"

'원래 절차가 그런 건데 왜 그러시나, 난 또 무슨 일이라고.'

"대인, 그 일은 저에게 나무랄 일이 아닙니다. 사절단은 태후의 친필 서신을 북제의 태후에게 전달했고, 그 내용은 저도 몰랐습니다. 혼사를 확정한 건 그 두 분이고, 물론 황실에서 소문은 들렸지만, 그렇다고 제가 뭘 말할 수 있겠습니까? 원래는 소문이라도 워낙 큰일이라 살짝 말씀드리려고 했는데, 대인께서 요즘 항상 밖에 계시다 보니 시간을 놓친 것뿐입니다."

린졍은 웃는 얼굴로 서신을 건네주며 말을 이었다.

"폐하와 태후께서 이 혼사를 원하신다는……사실……두 가지 좋은 일이 더 포함되어 있는데, 우선 판 대인께 축하드려야 하겠습니다."

"축하는 무슨! 젠장할!"

판시엔은 그 일을 생각하자, 다시 화가 머리끝까지 솟구치며 욕을 뱉었다. 린졍은 놀라 번쩍 튀어 오르며 재빨리 말했다.

"조정의 일은 조정의 규율이 있고, 황실의 일은 황실의 규율이 있으니, 대인 너무 괘념치 마시지요."

판시엔은 이 정략결혼이 무슨 상황인지 이미 알고 있었는데, 현재 경국과 북제는 천하에서 제일 강한 두 나라로, 둘이 정략결혼을 한다면, 변방의 제후국들은 긴장을 할 수밖에 없었다. 물론 가장 머리 아픈 곳은 동이성의 스구지엔일 것이다.

판시엔은 한참이 지난 뒤 겨우 평정심을 찾았다.

"참, 자네가 방금 말한 다른 두 가지 좋은 일은 뭔가?"

'대황자의 혼사가 나와 무슨 관련 있다고, 나에게 축하한다는 거야?'

린졍은 웃으며 말했다.

"대인이 직접 서신을 보시지요."

"그냥 자네가 말해."

"대황자의 혼사 이후에, 2황자의 혼인도 이뤄진답니다. 폐하께서는 2황자와 징두 수비 예씨 집안 아가씨, 예링알의 혼사를 내년 봄에 치르라고 명하셨다 합니다."

'나를 사부라고 불렀던 그 어린 여자가 지금 결혼을 한다고?'

판시엔은 예링알이 걱정되었다.

'황제가 도대체 뭘 하려는 거지? 예씨 집안과 2황자를 한데 묶는다? 설마 정말……태자의 자리를 바꾸려고?'

"근데 이 일들이 나하고는 무슨 관계가 있는 건가?"

린운이 가로채 듯 끼어들었다.

"대인 축하드립니다. 폐하께서는 또 명을 내리셔서, 대인 집안의 아가씨가 현명하고 덕이 있어 경국의 인재라 불릴 만하니, 특별히 징왕 세자 리훙청과의 혼사를……."

'나의 집의 아가씨?'

판시엔은 약간 망연한 듯.

'나의 집은 어느 집이지?'

잠시 멍해졌다가.

'설마 판씨 집안을 말하는 건가? 판씨 집안의 아가씨는 내 여동생? 뭐뭐가 리훙청에게 시집을 간다고?!'

"안 돼! 절대 안 돼!"

모든 사람들의 예상을 깨고, 판시엔은 갑자기 몸을 일으키며 맹렬히 손을 저었다!

몇몇의 관원들은 입을 벌린 채 아무 말도 못하고 있었는데, 이 좋은 일에 왜 이런 격렬한 반응을 보이는지 알 수 없었기 때문이다. 판씨 집안으로 말하면, 스난 백작은 호부 상서로 경국의 돈을 만지고 있고, 판시엔은 감사원의 제사이고, 폐하의 명으로 재상의 딸과 혼인을 했고, 이제 그 집의 아가씨가 폐하의 명으로 정정당당하게 황제의 동생인 징왕의 아들과 혼인을 하게 되었는데……이는 명명백백히 황제 폐하의 은총이며, 이전에도 앞으로도 벌어지기 힘든 일인데…….

판 대인의 반응은 갑자기……안 돼?!

판시엔은 순간적으로 정신을 잃고 추태를 보였지만, 이내 사람들의 놀란 표정을 보고 정신을 차린 후 근엄하게 '하하' 웃으며 말했다.

"당연히 안 되지. 리훙청 이놈은 매일 기방을 다닌다던데, 이 혼사 때문에 나를 대접한답시고 기방에 계속 다니면서 술과 주색을 부

284

리면 안 될 일이지. 그럼 내가 당연히 동생을 그놈에게 시집 못 보내지 않겠나?"

사람들은 판씨 집안과 징왕 집안이 좋은 것도 알고, 그와 징왕 세자의 친분도 알고 있었기에, 속으로 '장난이었구만.' 하고 생각하며 재빨리 같이 웃었다.

어떤 사람은 판 대인과 이제 같이 다녀야 하겠다며, 그러면 징왕 세자와 같이 술도 먹고 미인도 만날 수 있을 거라며, 농담을 받아치기도 했다. 판시엔도 화색이 만면하여 사람들과 한담을 한바탕 하니, 영락없이 여동생의 혼인 소식에 너무나 기뻐하는 오빠의 모습이었다.

사람들이 물러간 뒤, 판시엔은 혼자 조용한 후원으로 가 복도의 기둥 옆에 서서, 남쪽의 하늘에 떠 있는 별들을 보며, 오랫동안 아무 말도 하지 않았다.

'누이가 시집을 간다.'

'누이가 시집을 간다!'

판시엔은 그 별들을 보며 눈을 껌뻑껌뻑하면서, 머릿속에 계속해서 이 말을 반복하고 있었다.

판시엔은 언젠가 이런 날이 올 줄 알았지만 무의식적으로는 이 생각을 거부하고 있었다. 설령 그때 황제가 명백히 언급을 했을 때에도, 여전히 이 생각을 거부하고 있었다. 판시엔이 혼인을 한 이후, 다음은 판뤄뤄의 혼사임이 명백했지만, 여전히 이 생각을 거부하고 있었다.

그는 가볍게 옆에 있는 기둥을 치며, 여전히 얼떨떨해하고 있었다.

일찍이 여동생이 이 문제를 꺼냈을 때, 오빠로서 반드시 좋은 집에 시집가게 해주겠다고 맹세도 했었다. 하지만 막상 일이 벌어지니, 머릿속이 엉망진창 되어 버리면서 사고를 할 수가 없었고, 숨쉬는 것조차 힘들게 느껴졌다.

탁! 탁! 탁! 탁!

그의 손바닥이 기둥을 치는 소리가 집 안에 조용히 퍼지고 있었다.

"너무 시끄럽네요."

한 명의 냉혈한이 기둥 쪽으로 고개를 돌렸다. 판시엔은 여전히 말이 없었는데, 오늘 너무 놀라 여기에 한 명이 더 있다는 사실도 잊고 있었다.

"오늘 대인의 심사가 조금 불편해 보이네요."

옌빙윈은 그에게 관심이 있다기보다, 항상 모든 것을 숨기고 겉으로는 밝은 표정만 짓던 감사원 제사가, 오늘은 왜 이렇게 탄식하는지가 궁금했던 것뿐이었다.

판시엔은 어두컴컴한 밤하늘을 바라보며 조용히 말했다.

"내 누이가 시집을 간다네."

"판씨 집안의 아가씨요? 징두에서 이름난 인재이니, 폐하께서 정해 주셨겠군요."

"맞아. 나의 미래의 매부는 징왕 세자 리홍청이야."

"징두 사람들은 모두 징왕 세자가 대인의 여동생을 좋아한다는 걸 알죠."

"뭐라고? 근데 난 왜 지금까지 모르고 있었지?"

"이번 혼인으로 인해서, 황실을 제외하고는 판씨 집안에 대항할 집안은 없겠군요. 축하드립니다."

판시엔은 옌빙윈의 표면적인 축하의 이면에는 다른 의미가 들어 있음을 알고 있었기에, 웃으며 맞받아 쳤다.

"그래, 너무 좋다."

"좋다면서 왜 그렇게 표정이 어두운 거예요?"

"리훙청은 내 친구인데……매일 기방에 드나들던 방탕한 인간이 나의 매부가 된다고 생각하니, 아니야, 누가 되었던 여하튼 걱정이 되네."

"판 대인은 기방도 안 가신다는 거예요?"

판시엔은 갑자기 기분이 상해서 더 이상 옌빙원과 말을 하지 않았다.

방 안에는 초도 켜지 않았고, 밤하늘엔 적막하게 별들만 떠 있으니, 집은 어두컴컴하고, 외롭기 그지없었다. 그는 옌빙원을 바라보며, 이 밤의 어두움도 그의 냉정함은 지우지 못한다는 생각이 들어, 갑자기 마음이 동하며 말을 뱉었다.

"차라리 네가 여동생에게 장가올래?"

"개소리!"

옌빙원은 제사 대인의 황당한 소리에 자기도 모르게 꾸짖듯이 말을 했다.

"맞아, 자넨 그저 자신만 사랑하는 사람이었지. 그런 자네가 여자의 마음을 어떻게 알겠어? 말한 김에, 자넨 션 아가씨의 일은 어떻게 할 거야? 불쌍한 션 아가씨."

옌빙원은 여전히 무표정했지만, 판시엔은 마침내 그의 눈에서 유감과 침울한 눈빛을 보는데 성공했다고 만족해하며 그의 말을 들었다.

"저는 대인 같이 음탕한 도둑놈은 아니에요. 션 아가씨는……저는 그녀와 어떤 일도 없었어요."

판시엔은 옌빙원과 션 아가씨가 앞으로 만날 수 없을 거라는 걸 알았고, 지금 옌빙원이 어떤 감정을 느끼는지는 몰랐지만, 최소한 그 아가씨에 대한 죄책감은 가지고 있다고 생각했다.

"션 아가씨가 자네에게 시집올 방법은 없겠지만, 만약에……그러니까 진짜 만에 하나 그런 가능성이 있다면, 자네는 어떻게 할 건데?"

"전 지금까지 일어나지 않을 일에 대해서 생각해 본 적이 없네요."

옌빙윈은 냉랭하게 말했다.

판시엔은 그저 웃으면서 그곳에서 걸어 나왔다.

옌빙윈은 사라져 가는 그의 그림자를 보면서 깊은 생각에 빠졌다.

세 개의 혼사는 마치 세 곡의 노래 같았다.

어느 누구도 판시엔의 고민을 알지 못했고, 그 또한 어떻게 말을 해야 할지 몰랐다. 먼 타국의 땅에서 우쥬 삼촌도 없고, 어느 누구와 말할 수도 없었다.

모든 일을 언어로 표현할 수 있다지만, 이 일만은 말로 할 수도, 말을 할 상대도 없었다.

하지만 옌빙윈의 말처럼 불가능한 일을 생각하면 뭐 하는가? 뤄뤄가 원하면 행복을 빌어주면 될 일이고, 원하지 않는다면 그때 가서 다른 방법을 생각하면 될 일이었다.

이렇게 생각하니 판시엔도 최소한 겉으로는 침착을 찾아 가는 듯 보였다.

판시엔은 며칠 동안 두 번 입궁했는데, 가장 중요한 일은 당연히 양국의 정략결혼에 관한 일이었다. 하지만 그를 정작 기쁘게 한 일은, 태후의 압박에 선중과 장닝 후작이 결국 고개를 숙일 수밖에 없었던 것. 그들은 마침내 내고의 북제 밀수 통로에 대한 재설정과 이익 분배에 대해서 다시 판을 짜기 시작했다는 것이었다.

이 계획에서 가장 큰 이익을 보는 사람은, 판시엔이었다.

하지만 애당초 판시엔의 계획은 여기서 그치지 않았다. 물론 판시엔이 이를 통해 취한 이득으로 그의 자금력에 많은 도움을 받기는 할 것이다. 하지만 더 중요한 것은 밀수 통로가 바뀌면 신양에서 들어오는 물건도 줄어들 것이고, 이는 장 공주의 세력이 약해질 수밖에 없다는 것을 의미하였다.

그럼에도 불구하고 이 상황을 장 공주가 눈 뜨고 바라볼 수밖에 없는 것은, 그녀에게 지금 가장 중요한 것이 판시엔이 샹샨후와 협력하여 샤오은을 구출해 내는 것이었기 때문이다. 하지만 그동안 장 공주가 경국의 이익 보다는 자기의 이익을 앞세운다 생각한 판시엔에게 장 공주의 이번 일에 대한 태도는 다소 의외였다.

이번 일에서 옌빙원의 기획 능력은 빛을 발하기 시작했다. 판시엔이 그 계획서를 보자마자 감탄하지 않을 수 없었다. 그의 계획은 매우 간단했고, 가장 안전한 수단을 썼으며, 가장 안전하게 북제에 잠입해 있는 밀정들을 보호할 수 있었다.

밀정들은 여러 종류였는데, 옌빙원이 관리하는 밀정들은 기름집의 주인부터, 모종의 관원들까지 매우 포괄적이었다. 물론 어떤 밀정들은 드러나 있기도 했는데, 예를 들면 술을 파는 셩 사장 같은 경우였다. 최근 며칠 동안 다양한 종류의 밀정들이 1년 동안의 '겨울잠'에서 깨어났고, 이제 모든 준비가 다 되었다.

샹샨후가 움직이기만 하면 시작되는 것이다.

"북제의 조정은 정말 멍청해. 자네를 이렇게 빨리 내보내서 자네의 실력을 발휘하게 하다니. 나 같으면 열 명이라도 안 바꿀 것 같은데."

옌빙원은 전혀 감동하지 않는 눈치였다.

"샤오은이 탈옥을 하지 않으면, 금의위도 그를 죽일 방법이 없어요. 어쨌든 샹샨후는 군대에서의 영향력이 상당히 높기 때문이죠. 그리고 대인도 직접 관여하면 안 돼요. 만약 쿠허가 진짜 이 일에 관여하겠다고 생각하면, 대인은 죽을지도 몰라요."

판시엔은 대답하지 않았다.

샤오은의 비밀을 듣기 위해선, 그 자신이 직접 위험을 감수하는 방법밖에는 없었기 때문이다.

북제 6년, 6월, 6일, 연속된 세 번의 6, 북제에서는 축제 같은 날 이다.

판시엔은 전생에서 '666'을 마귀와 연관되어 생각하는 미신을 믿 지 않았다. 그래서 오늘, 안정감과 자신감이 충만했다.

그는 무기들과 약물들을 허리춤에, 내의 속에 잘 챙겼다. 장검을 등에 메고, 세 발 연속 나가는 암궁 화살은 여느 때처럼 왼손 소매 춤 에 잘 고정시켰다. 다리에 있는 검은색 비수는 이미 그의 신체의 일 부가 되어, 그다지 주의를 기울이지 않아도 되었다.

문이 열리고, 왕치니엔이 인사를 한 번 올렸다.

판시엔은 고개를 끄덕여, 시작하자는 뜻을 전했다.

왕치니엔은 판시엔 옆에 앉아 있는 사람을 힐끗 보고 난감한 미 소로 웃었다.

"제 손기술이 대인보다 너무 떨어집니다."

"자네는 천하를 다니면서 도적질을 했었는데, 나보다 분장술이 떨어진다고?"

"옆에 있는 저분은 대인이 직접 분장해 주신 거 아닌가요?"

왕치니엔은 작은 칼로 판시엔의 눈썹을 밀고서 분장을 시작하였 다.

성 남쪽의 큰 저택에서 열몇 명의, 머리부터 발끝까지 검은 옷을 입은 장정들이, 횃불을 들고 묵묵히 대기하고 있었다. 상석에는 한 명의 중년 남성이 눈을 감고 생각에 빠져 있었는데, 오른손으로 매끄러운 검은 의자의 팔걸이를 부드럽게 만지고 있었다.

그는 북방에서 야만족들과 7년 동안이나 싸운 샹샨후 대장군.

천하의 무수한 명장들을 굴복시킨 그야 말로 북제의 군대에서 가장 강한, 명성이 가장 높은 거물이었다.

그는 천천히 눈을 뜨고 차가운 눈빛으로, 앞에서 무릎 꿇고 있는 사람을 보며 조용히 말을 했다.

"황실에서는 나에게 퇴로를 만들어 주지 않겠다 하니, 나도 앉아서 죽을 수만은 없지. 이번 계획은 조심해라. 그 남쪽 오랑캐들이 어떤 생각을 가지고 있는지 모르니까."

대장군의 목소리는 크지 않았지만 매우 두꺼워, 마치 북이 '웅웅' 울리는 듯하였다.

무릎을 꿇고 있던 사람의 이름은 탄우(譚武, 담무)였는데, 두 주먹을 앞으로 하여 예를 올리며 대답했다.

"대인, 남경 야만인들은 교활하니, 대인도 조심하십시오."

"나도 나의 분수는 지킬 줄 안다."

대장군은 오늘 입궁을 했는데, 젊은 황제도 그에게 분명한 믿음을 주지 않았고, 태후는 여전히 샤오은을 감금하고 있으니, 결국 결단을 내렸다.

"황실에서는 더 이상 어떠한 기회도 놓치려 하지 않는구나."

'비록 젊은 황제가 여성스러운 면이 있긴 하지만, 뼛속에는 쟌칭펑 장군의 기질이 남아 있을 테니, 의부의 비밀을 알아내어 천하를 통일할 수 있는 기회를 어떻게 저버릴 수 있겠는가? 그렇기에 의부가 살아서 감옥을 나올 기회는 없다!'

그는 수십 년간 의부가 마주했을 처량함과 고생이 떠오르며 마음이 무거워졌다.

그가 손을 '휘휘' 저어 개시를 알렸다.

탄우는 반 무릎 자세로, 최종 명령을 받아 들고 떠났다.

샹샨후는 후원으로 갔다.

그의 부인은 며칠 후 있을 태후의 생신 연회 선물을 준비하고 있었다.

샹징의 숭무문 외곽 조그마한 저택의 정원에는 북쪽에서 흔히 볼 수 있는 큰 나무가 심어져 있었다. 칼처럼 곧게 뻗은 이 나무는, 여름비를 맞아 한창 풍성해져 있었고, 밝은 나무색 때문에 밤에도 비교적 잘 보였다. 판시엔은 진기를 조절해 맥박을 최대한 조절하고서 나뭇잎 사이로 저택 안을 주시했다.

샹샨후의 행동이 시작되기만을 기다리고 있었다.

밤이 깊었음에도 저택은 여전히 고요했다. 여느 때처럼 저 멀리 강가에서는 아이 우는 소리가 들려왔고, 하늘의 별들도 구름 속으로 들어가고 있었다.

그야말로 별다른 것 없는 샹징의 어느 하룻밤이었다.

탈옥은, 어떠한 조짐도 없이 시작되었다!

한 대의 마차가 정원으로 통하는 문에 서서히 다가갔다. 같은 시각 회색 천에 쌓인 작은 수레도 아무 소리 없이 정원 뒤쪽의 벽으로 다가갔다. 아직 정원을 지키고 있는 호위들은 아무 낌새를 채지 못한 듯 보였고, 판시엔은 높은 나무 위에서 이 장면을 하나하나 눈에 담고 있었다.

마차에서 중년의 남성이 내렸다. 그와 동시에 몇 개의 검은 그림자가 정원 주위를 포위했다.

"누구냐!"

드디어 샤오은을 지키고 있던 금의위가 경계심을 드러냈다. 그는 벽 위에서 상반신만 드러낸 채, 육중한 활을 그 중년에게 겨누고 있었다.

그 중년의 남성은 샹샨후의 심복 탄우였다. 탄우는 그저 웃고만 있었는데, 그 순간 검은 그림자 두 개가 어느새 좌우로 나타나더니, 활을 들고 있던 금의위에게 인정사정없이 화살을 쏘았다.

선혈이 하늘로 솟구쳤다!

"공격!"

탄우가 가벼운 목소리로 명령했지만, 그 대답 소리는 천지를 울리는 듯했다. 마차에서 팔 척이나 되는 거인이 나타나 쇠망치로 문을 치기 시작한 것이다.

'펑!'

나무문은 순식간에 산산조각 나 버렸다. 하지만 탄우는 안으로 들어갈 수 없었다. 나무문 뒤에 철문이 하나 더 있었던 것이다!

거인이 다시 철문을 부수는 사이, 금의위도 정원에서 대응할 준비를 하고 있었다. 탄우의 또 한 번의 명령 소리와 함께, 검은 옷을 입은 십여 명의 사람들이 죽음을 불사하는 듯, 벽을 뛰어 넘어 들어가기 시작했다. 샹징 만을 수비하고 있던 금의위의 관원들이 어떻게 '진정한 군인'을 상대할 수 있겠는가.

하늘 가득 선혈이 낭자하는 동안, 금의위의 대오는 뒤로 조금씩 밀려가고 있었다.

그 순간 마치 징이 찢어지는 듯한 소리가 들렸다. 드디어 거인이 철문을 부숴버린 것이다. 정원의 입구를 막고 있던 철문이 '쿵' 소리와 함께 뒤로 넘어갔다. 하지만 이미 준비하고 있던 또 하나의 금의위 부대가 거인을 향해 일제히 화살을 쏘았다. 그 거인은 온몸에 화살을 맞으면서도 무거운 발을 안쪽으로 움직이기 시작했다. 세 걸음 정도 옮겼을 때, 결국 그 거대한 신체는 엄청난 피를 흘리며 정원의 바닥에 고꾸라지고 말았다.

그와 동시에 탄우와 몇몇의 고수들은 정원 안으로 바람처럼 들어가고 있었다. 그들은 벽을 뛰어넘어 들어온 십여 명의 그림자와 함께 엄청난 전투력으로, 수적인 열세에도 불구하고 금의위를 대부분 처리해 버렸다.

마치 상어가 한 무리의 작은 물고기들을 삼켜버리는 듯했다.

하지만 나무 위의 판시엔도, 군대를 지휘하는 탄우도, 이렇게 쉽게 끝나지 않으리라는 것을 알고 있었다.

선발대로 저택 안으로 들어간 세 명의 고수가 입에 피를 토하며 튕겨져 나왔다. 건물 안에 매복해 있던 금의위 고수들의 실력을 가늠해 볼 수 있는 장면이었다.

"샤오(蕭, 소) 부지휘사님께서 친히 나오실 줄은 생각지 못했군요."

탄우는 냉랭하게 청색 옷을 입고 서 있는 고수를 바라보며 말했다. 상대방은 금의위에서도 몇 손가락 안에드는 고수이자, 선중 밑에서 진무사의 부지휘사를 맡고 있는 샤오위엔빙(蕭元炳, 소원병)이었다.

"태후께선 이미 너희 같은 반역자들이 올 줄 알고 계셨네. 난 단지 어떤 새끼들인지 보고 싶어서 온 것이야."

그의 목소리에는 자신감이 넘쳐 흐르고 있었다. 탄우는 자기가 상대방의 적수가 안 된다는 것을 알고 있었지만, 얼굴에는 조금도 당황한 기색이 없었다.

그리고 조용히 정원의 뒤편을 바라보았다.

판시엔의 시선은 이미 정원 뒤쪽의 벽으로 이동해 있었다. 판시엔은 자세를 고쳐 나무 아래로 내려갈 준비를 하면서 속으로 외쳤다.

'폭파!'

순간 엄청난 폭발음이 천지를 흔들었다!

벽은 벼락이라도 맞은 듯, 큰 구멍이 뚫려 버렸다. 그와 동시에 담 아래 매복해 있던 서른 명 남짓한 금의위 군사들은 벽돌의 파편에 맞아 피투성이가 된 채 죽어 버렸다. 3처가 만든 이 폭탄은 감사원이 샹샨후에게 줄 수 있는 최대한의 성의 표시였다.

벽의 구멍 사이로 검은색 마차가 안으로 들어갔다. 그리고 이어 몇몇 사람이 여기저기서 떨어지는 돌멩이와 자욱한 먼지를 뚫고서 따라 들어갔다. 그들은 얼마 후 거동이 불편한 사람을 업고 나와 마차에 올라타고서 저 멀리 골목 입구로 사라져 버렸다.

조금 전 등에 업혀 나온 백발의 노인은 멀리서 보아도 샤오은임을 알 수 있었다.

이상한 것은, 판시엔이 아직 나무를 내려오지 않았다는 것이다.

그 순간 샤오위엔빙은 죽음을 불사한 탄우의 공격을 막아내느라 정원 뒤쪽에서 일어난 상황에 신경 쓸 겨를이 없었다. 혹시나 몰라 서른 명의 금의위를 뒤쪽에 배치해 놓았었는데, 누가 폭탄이 터질 거라 생각이나 했겠는가. 그가 이러한 생각을 하는 찰나의 순간을 기회 삼아 탄우는, 살아남은 몇 안 되는 부하들과 함께 재빨리 현장을 빠져나오려 했다.

그는 멈칫할 수밖에 없었다.

타타타타.

모든 사람들의 예상과 달리 이미 사라져야 했던 마차가, 전속력으로 다시 돌아오고 있었던 것이다!

"왜 돌아오는 거야?!"

탄우는 당황해하며 외쳤다. 마차는 여기저기 부서져 있었고, 마부석에 앉아 있던 군인은 절망적인 말투로 외쳤다.

"장군, 매복에 당했습니다!"

이 말과 함께 그는 가슴의 상처를 왼손으로 잡으며 쓰러졌다. 그와 동시에 골목 끝에서부터 말발굽 소리가 들리기 시작했다. 그 소리는 점차 가까워지고 있었고, 갈수록 더 많아지고 있었다. 매복해 있던 말을 탄 금의위 군사들이, 초라하게 남겨진 마차와 몇 안되는 검은 그림자들을 포위해 버렸다.

"생포해."

금의위 대열이 갈라지며 지휘사인 션중이 나와서 미소를 지으며 말했다.

"샹샨 대장군이 나에게 이런 기회를 주다니, 참으로 고마워해야 할 일이야."

샤오은 구출 계획은 실패하였다.

그리고 션중에게는 마침내 샹샨후를 무너뜨릴 기회가 찾아온 것이다.

탄우의 얼굴에는 절망하는 기색도, 경악하는 기색도 없었다. 그저 분노와 원망만 가득했다. 이 상황도 사전에 예상했던 것이었기 때문이었다. 다만 션중이 매복해 있었다면 마차가 돌아올 게 아니라, 그쪽에서 불길이 치솟았어야 했었!

판시엔은 여전히 나무 위에서 일련의 사건들을 주시하고만 있었다.

이번 구출 계획에서 공격은 샹샨후 쪽이, 구출 후의 호위는 신양 쪽과 감사원 쪽이 맡기로 한 것이었다. 다시 말해 장 공주와 옌빙윈은 움직이지 않은 것이다.

물론 판시엔도 움직이지 않았다.

"짐이 샤오은을 돌려받기로 했네."

296

젊은 황제의 비밀 서신을 통해 샹샨후에게 이렇게 말했었다. 이 말 한마디에 모든 것을 뒤로한 채 샹샨후는 샹징으로 돌아왔다.

샤오은이 북제로 온 것은 맞았다.

하지만 샹샨후가 생각한 모습은 아니었다. 북제의 황실은 샹샨후의 세력을 약화시킬 기회만을 노리고 있었다. 그게 바로 오늘. 오늘 일로 샹샨후를 끝내진 못하겠지만, 군대 내에서 그의 명성에는 상당한 타격을 줄 수 있을 것이었다.

경국과 결탁 한 죄는 그렇게 만만한 것이 아니었다.

션중은 만족스러운 표정으로 탄우를 바라보았다.

"저런 폭발물을 가지고 장난칠 인간들은, 남경의 감사원밖에 없지."

탄우는 갑자기 허공에 대고 큰 소리로 외쳤다.

"이런 개 같은 남경 새끼들."

그리고서 그는 뜻밖에도, 션중에게 공손하게 예를 올리며 말했다.

"션중 대인, 이 말은 꼭 전해주십시오."

"무슨 말이냐?"

"저를 죽인 자는……판시엔입니다!"

탄우는 말이 끝나자, 검이 번쩍하며 아래서 위로 올라가더니, 다시 한번 번쩍하며 그의 목을 스쳐 갔다. 훼손되어버린 그의 얼굴이 땅바닥에 떨어져 버렸다.

곧이어 아홉 번의 소리가 울리며, 아홉 개의 훼손된 얼굴이 바닥에 떨어져 탄우의 떨어진 얼굴 쪽으로 굴러갔다.

이 모든 상황을 지켜본 션중은 한참을 침묵한 후 조용하게 말했다.

"나라를 위해 죽은 용사들이다. 안타깝게 남경 새끼들의 음모에 당한 것뿐이니, 잘 묻어 주거라."

그 순간 다 부서져 버린 마차에서 불길이 치솟기 시작하였다.

션중이 무슨 생각을 하고 있는지는 몰랐지만, 그는 싸늘한 눈빛으로 불길에 휩싸인 마차를 바라보고만 있었다. 샤오 부지휘사는 그를 슬쩍 한번 쳐다보고, 조금은 다급하게 말했다.

"대인, 폐하께서는 샤오은을 살리라……."

션중은 음흉한 미소로 부지휘사에게 조용히 말했다.

"태후는 죽이라 하셨네."

샤오 부지휘사는 마음속으로 놀라며 이어진 션중의 혼잣말을 듣고 있었다.

"그렇게 오래 갇혀 있다 나왔는데, 어차피 자유를 얻지 못할 바에는……죽는 것도 나쁘지 않은 선택일 수 있지."

불길이 사그라들자, 금의위 검시관이 재빨리 가서 세세히 조사를 한 후 션중에게 보고했다.

"샤오은이 맞습니다."

"다리에 상처는 최근에 생긴 것이 맞더냐?"

"네, 두 달 이내에 생긴 상처였습니다."

"치아는?"

"그를 인계 받을 당시의 기록과 일치합니다. 세 개가 없습니다."

여명이 밝아 오기 전 가장 어두운 시간, 난잡하게 어질러진 작은 정원은 이미 정리되고 있었다. 뒤쪽 벽에서 운 좋게 살아남은 몇몇 금의위 관병들은, 먼지를 뒤집어쓴 채 피투성이가 된 얼굴을 하고 신음하고 있었다.

의원들이 이들을 부축해 마차에 싣고 있었다.

판시엔은 드디어 나무에서 조용히 내려와 부상자들이 옮겨지는 그 방향으로 따라가고 있었다.

부상자들을 실은 마차는 아주 멀리 이동하여 이름 없는 저택으로 들어갔다. 이곳이 진무사 소속인지 관아 소속인지 알 수는 없었다. 부상자들은 몇 개의 방에 나뉘어져 치료를 기다리고 있었고, 피 묻은 옷을 입은 의원들 몇 명이 이 방 저 방을 바삐 드나들었다.

판시엔은 뒤쪽으로 돌아가 벽 모퉁이에 놓인 대나무 광주리 뒤에 몸을 숨겼다.

얼마 지나지 않아, 구석에 있는 방에서 신음 소리가 들려왔다. 아주 작은 소리였지만 판시엔은 똑똑히 들을 수 있었다. 그리고 누군가가 그 방에서 느릿느릿 기어 나왔다. 그 사람은 금의위 군복을 입고, 모자를 눌러쓰고 있었지만, 몇 가닥의 흰 머리카락이 빠져나와 바람에 날리고 있었다.

두 사람은 길게 뻗은 조용한 길을 따라 샹징성의 서쪽 문까지 이동했다.

성문이 열리자 문밖에서 반 시진 동안 기다리던 농민들이 밀려 들어왔다. 이 난리통을 틈타 조용히 빠져나온 노인은 어렵사리 샹징성 서쪽에 위치한 옌산(燕山) 산자락에 도착해 있었다.

그곳은 수풀이 어지럽게 우거진 곳이었다.

잠시 후 노인은 낡아 빠진 옷으로 갈아입고, 등에 땔감을 지고서 산에서 나왔다.

태양이 동쪽으로 떠오르기 시작했다.

샤오은은 아침 일찍부터 부지런하게 땔감을 구하러 온 늙은 농민처럼 보였다.

'샤오은이 늙긴 늙었구만. 몸만 늙은 게 아니라 머리도 늙었어. 이 새벽에 누가 땔감을 구하러 오냐는 거지. 땔감은 저녁에나 구하러 가겠지.'

샹징 밖에도, 샹징 안에도 모두 평화로워 보였다.

금의위의 밀정이 보고를 하고 있었다.

"남경 사절단 쪽은 조용합니다. 들리는 바에 따르면, 린운 대인이 지난밤 노래 부르는 기생 둘을 데려와, 판 정사를 모시게 했답니다. 밤새 잠도 자지 않았다고 합니다."

"판시엔이 사절단에 있었다는 게 확실해?"

션중은 관복을 벗고 어느새 부티나는 모습으로 돌아와 있었다.

"그렇습니다, 대인. 판시엔의 얼굴을 알고 있는 몇몇이 계속 감시하고 있습니다."

이 말에 션중은 웃었다.

"그놈이 가만있을 놈이 아니지. 허다오런(何道人, 하도인)은 출발했느냐?"

"네. 랑타오(狼桃, 랑도) 대인도 출발했습니다."

션중은 천천히 눈을 감고 무언가를 깊이 생각했다. 한참이 지난 후, 그는 혼잣말처럼 중얼거렸다.

"이 남쪽의 야만인들은 판시엔이 사절단에 있는 것처럼 꾸미려고 하는구만. 이때 판시엔을 죽일 수만 있으면……그들은 말도 못하고 속 꾀나 썩을텐데."

션중이 눈을 번쩍 떴다. 그의 두 눈은 노련한 독수리처럼 잔인하고 인정머리라고는 하나도 없어 보였다.

"야만인들이 몇십 년 동안 꾀만 늘었어. 하지만 원래 제 꾀에 제가 넘어가는 것이지."

판시엔은 밤새도록 지켜보느라 피곤에 절어 있었다. 동시에 그 노인의 정신력에 감탄하고 있었다. 하지만 이 모든 것이 너무 순조로워 보였기 때문에, 불안한 마음은 감출 수가 없었다. 판시엔은 순간 어떤 다른 가능성이 머리에 스치며, 나무를 내려와 샤오은과 반대 방향으로 되돌아갔다.

그리고 흔적도 없이 사라졌다.

감사원과 장 공주가 그들만의 계획이 있었듯이, 샤오은도 자신의 계획이 있었다.

샤오은이 가는 방향의 왼쪽에는 군대의 말을 키우는 목장이 있었던 것이다. 샹샨후가 이곳을 접선 장소로 정한 것에는 다 이유가 있었다. 샤오은은 어깨를 살짝 기울여 등 뒤에 거대한 산처럼 지고 있던 땔감부터 내려놓았다. 그리고 허리를 몇 번 두드리고, 땅바닥에 털썩 주저앉으며 말했다.

"이제 나와."

말이 끝나자마자 작은 풀들이 살며시 떨리기 시작했다.

그리고 온통 검게 차려 입은 검객이 산길로 서서히 고개를 내밀기 시작했다. 검객은 마흔 살 정도 되는 나이에 미간사이로 침착함과 노련함이 묻어 나오고 있었다.

"허다오런?"

이 검객은 북제에 몇 안 되는 9품 고수 허다오런. 그가 바로 뉴란지에 사건에서 판시엔이 죽인 북제의 고수 청쥐슈(程巨樹)의 스승이었다. 그는 우선 공손히 샤오은에게 예를 올렸다.

"후배, 샤오 선생님을 뵙습니다."

"옛날 젊은 칼잡이가, 이제는 금의위 최고의 검객이 되었구나."

"이미 오래전 일입니다. 그리고 저는 금의위의 개가 아니라 태후의 명을 받고 샤오 선생님을 편히 쉬게 해 드리러 왔습니다."

"천하는 결국 폐하의 것임을 알아야 해."

허다오런은 별다른 대꾸 없이 살짝 한번 웃고는 주변을 둘러보았다.

"판씨 성을 가진 젊은이도 볼 수 있을 거라 생각했습니다만."

"한 시대를 풍미한 내가 결국은 미끼였구만."

"어르신 너무 상심하지 마십시오. 그 친구가 물러설 때를 아는 것을 보니 운이 매우 좋아 보일 뿐입니다."

이 말을 끝으로 검집에서 검을 꺼내 들었다.

그리고 하늘에서 전속력으로 하강하는 새처럼 샤오은의 심장을 향해 검을 겨누고 돌진하였다!

검은 살짝 빗나가 샤오은의 왼쪽 어깨를 찔렀고, 검을 뽑아 다시 심장을 겨루려는 찰나, 그가 무거운 신음 소리와 함께 뒤로 살짝 물러났다!

샤오은은 여전히 바닥에 앉아 있었지만 오른손에는 팔뚝 굵기 만한 나뭇가지를 들고 있었다. 놀랍게도 그는 자신의 왼쪽 어깨를 내주는 대신, 허다오런의 정강이를 내려친 것이다. 허다오런은 본래 그의 실력이면, 상처 입은 노인네 하나 죽이는 것은 식은 죽 먹기라고 생각하고 있었기에, 이번 공격은 그를 상당히 당황하게 만들었다.

샤오은은 기침을 하며 말했다.

"판시엔이 내 다리를 부러뜨려 버렸으니, 나도 일단 네 다리를 부러뜨려야 공평한 싸움이⋯⋯."

이 말이 다 끝나기 전에 허다오런은 다시 검을 휘둘렀다.

그는 용처럼 맹렬한 기세로 힘겹게 앉아 있는 샤오은 주변을 맴돌면서 공격했다. 반면 샤오은은 나뭇가지 하나에 의지한 채, 앉아서 공격을 막아내고 있었다. 그의 나뭇가지는 독사의 혀처럼, 주변을 탐색하다 갑자기 나오는 듯 날카로웠다. 샤오은의 나뭇가지는 여러 번 산산조각 났지만 여전히 버티고 있었다.

그가 땔감을 지고 온 것이 단순히 농민을 흉내 내기 위한 것만은 아닌 듯 보였다.

얼마나 지났을까.

태양은 더욱 강렬한 빛을 뿜어내고 있었고, 숲속에도 여름의 더위가 점점 차오르고 있었다. 샤오은의 옷에는 군데군데 크고 작은 구멍들이 생겼고, 그곳에서는 피가 흘러나오고 있었다. 심지어 가슴과 배에는 몇 개의 깊은 상처들도 보였다. 하지만 허다오런도 검을 잡은 오른손이 미세하게 떨리기 시작했다.

"이제 나와. 판 아무개는 오늘 오지 않을 듯싶네."

샤오은은 눈꺼풀을 들고 지금까지 숨어 있던 또 다른 적을 보며 조용히 말했다.

"쿠허가 이 친구도 보낸 걸 보니, 늙은이의 마지막 체면도 남겨 줄 생각이 없구만."

그자는 양손에 곡도(구부러진 칼)를 쥐고 있었는데, 칼날 위에는 강철 가시들이 수없이 돋아나 있었다. 그는 샤오은에게 다가가 예를 올렸다.

"하이탕이 샤오 선생을 샹징까지 모신 것은, 폐하께서 선생을 살려 두라 명했기 때문입니다. 다만 오늘 선생께서 탈옥의 중죄를 지으셨으니, 제가 어쩔 수 없이 손을 써야 하는 상황이 되어 버렸습니다. 선생께서 양해해 주시지요."

"쿠허나, 쿠허의 제자나, 그 제자의 제자나 다 똑같구만. 겉으로는 대의가 어쩌니 하지만, 속으로는 결국 날 죽일 명분을 찾고 있을 뿐인데, 뭘 그리 말이 많아?"

그자가 바로 쿠허의 수제자, 북제 황제의 무술 스승, 랑타오였다.

그는 스승을 욕보이는 말을 듣자, 더 이상 많은 말을 하지 않고 양손에 들고 있는 곡도로 샤오은의 머리를 쪼개 버릴 듯이 달려들었다!

샤오은은 격하게 포효했다.

50년 동안 연마한 순수한 내공을 그 순간 폭발시킨 것이다. 그는 양손바닥을 내밀며 랑타오를 향해 장풍을 발사했다!

그것이 샤오은의 마지막이었다. 랑타오는 가볍게 손목을 돌려 칼등으로 샤오은의 손등을 내리쳤고, 곡도를 다시 한번 회전시키며 마지막 일격을 가하기 시작하였다.

바로 그때!

풀숲에서 한 사람이 세찬 바람을 일으키며 튀어나와, 교전 중인 두 사람 사이로 돌진했다!

옆에 검을 들고 서 있던 허다오런이 기다리던 그 순간이었다!

그는 판시엔이 나타나는 그 순간만 기다리고 있었다!

그는 검을 쥐고 군더더기 없는 동작으로 모든 진기를 실어 상대방을 베어버렸다!

하지만 달려오던 그 그림자는 공중에서 살짝 몸을 틀고 그 공격을 피해버렸다!

우쥬에게 너무 많이 맞은 탓에, 판시엔은 더 맞는 것도 쉽지 않았다.

허다오런이 검으로 허공을 베었고, 진기의 발산으로 가슴이 답답해 왔다.

랑타오의 곡도는 이미 샤오은의 양쪽 어깨를 파고든 상태였다. 그 순간 갑자기 공중에서 검 하나가 랑타오의 뒤통수를 향해 내리 꽂히고 있었다. 하지만 랑타오는 뒤통수에도 눈이 달린 듯, 샤오은의 어깨에서 칼을 빼내어 순식간에 공격해 오는 검 중간지점을 쳐 내며 판시엔의 공격을 막아냈다.

그 공격에 판시엔의 검은 반토막이 났다.

판시엔은 검을 버렸다.

대신 몸안의 진기를 끌어올려 주먹을 내지르기 시작하였다. 랑타오는 고개를 휙 돌리며 양손바닥으로 주먹을 막아냈다. 강한 기운들이 맞붙는 순간이었다. 무명의 패도 진기와 쿠허의 천일(天一) 진기가 정면 대결에 들어간 것이다.

공중에 몸을 띄운 판시엔은 하늘의 기운을, 땅을 밟고 있는 랑타오는 땅의 기운을 받고 있었다.

이 긴박한 순간 랑타오는, 갑자기 팔목에 걸려있던 곡도를 등 뒤로 뻗으며 샤오은의 가슴을 찔렀다. 원래 그의 곡도는 팔목에 가느다란 쇠사슬로 연결되어 있었던 것이다. 만약 판시엔과 샤오은 두 명을 상대하여 둘 다 죽일 수 없다면, 쿠허의 뜻에 따라 샤오은을 먼저 죽여야 했기 때문이다.

이 공격과 함께 판시엔과 랑타오는 서로 튕겨져 나갔고, 샤오은은 숨이 거의 끊어질 상태였다. 이를 본 판시엔은 어쩔 수 없이 마지막 선택을 했다.

현 세상에 온 후, 가장 모험적인 선택이었다.

판시엔은 랑타오의 곡도는 신경도 쓰지 않는 듯, 전광석화처럼 손을 뻗어 샤오은의 옷깃을 거머쥔 뒤, 살짝 무릎을 굽혔다. 랑타오의 곡도는 판시엔의 왼쪽 종아리를 내리쳤다.

탕!

하지만 그것은 몸을 자르는 소리가 아니었다.

판시엔은 비수를 때린 랑타오의 공격을 맞고, 벼락이라도 맞은 듯 어마어마한 통증을 느끼고 있었다. 하지만 통증을 신경 쓸 겨를이 없었다. 아직 온전한 오른발로 발돋움을 하여, 아무도 없는 앞쪽으로 몸을 날렸다.

랑타오는 그쪽을 바라만 보고 있었다.

판시엔은 샤오은을 잡은 채, 절벽 아래로 떨어졌다.

제7장

신묘

랑타오와 허다오런은 절벽으로 천천히 걸어가 고개를 내밀고 아래쪽을 바라보았다. 햇빛이 강렬해지고 있었지만, 계곡을 두르고 있는 운무까지 흩어지게 할 수는 없었다. 젊은이와 노인이 그 운무 아래로 떨어진 후, 둘의 모습은 그림자도 찾을 수 없었다.

한참 후에 무거운 물건이 바닥에 떨어지는 소리를 들을 수 있었다.

그 소리는 아주 작았다. 하지만 이 깊은 절벽 아래의 소리가 위까지 들려왔다는 것은, 엄청난 충격을 받았음이 분명해 보였다.

허다오런은 말했다.

"죽었군."

"샤오은은 쉽게 죽지 않지. 판시엔은……내가 보기엔, 더욱 쉽게 죽을 인간이 아니야."

"그렇다고 해도 이 절벽을 올라올 순 없을 듯하네."

허다오런의 이 말에 랑타오는 다시 한번 아래를 쳐다보았다. 깎아지른 절벽의 표면은 미끌미끌하게 보여, 4대 종사라 하더라도 쉽게 올라오기 힘들 것처럼 보였다. 그제서야 랑타오는 허다오런의 말을 인정한다는 듯 말했다.

"션중에게 알려서 산 아래를 찾아보라 해야겠네."

"왜 판시엔은 샤오은을 필사적으로 구하려고 한 거지?"

이것이 허다오런의, 풀리지 않는 숙제였다.

"왜 판시엔의 실력이 하이탕이 말한 것 보다 훨씬 뛰어난 거지?"

이것이 랑타오의, 풀리지 않는 숙제였다.

절벽에서 뛰어내린다면 무슨 생각을 하게 될까?

죽음을 눈앞에 둔 사람에게 든 생각은 무엇일까?

절세미인?

무공의 절대 비급?

죽음을 한 번 경험한 판시엔의 머릿속에는 다음과 같은 생각만이 이어지고 있었다.

'내가 업고 있는 사람은 고수다. 계산해 놓은 착지 지점에 정확히 떨어지면 둘 다 살 수 있다. 조금이라도 엇나가면 죽는다. 그럼 완알과도 빠빠이다. 엄마가 남겨 놓은 재산하고도 빠빠이다. 근데 젠장, 우쥬 삼촌은 어디 간 거야?!'

샤오은을 따라오다 다른 가능성을 염두해 두고서 반대방향으로 사라진 판시엔이 한 일은 이것이었다. 너무나 순조롭게 진행되는 것이 불안했던 그는, 선중의 음흉한 눈빛이 떠오르며, 또 다른 매복의 가능성이 떠올랐다.

그렇다면 자기 혼자서 어떻게 해 볼 수가 없을 거라 생각했다.

가장 좋은 선택은 샤오은을 데리고 도망치는 것이었는데, 그러면서도 고수의 추격을 피해 낼 수 있는 곳은 바로 절벽밖에 없었다. 다행히 절벽 중간쯤, 암석이 앞으로 평평하게 나온 부분 안쪽으로, 작은 동굴 하나를 발견할 수 있었다.

판시엔의 양다리가 계산해 둔 착지 지점인 암석 위로 떨어지자, 패도 진기가 반응하며 그 충격을 완화시켜 주었다. 다만 랑타오에 맞은 왼쪽 다리는 충격을 버티지 못했기에 판시엔은 신음 소리를 내며 무릎을 꿇고 말았다.

그 긴박한 순간에도 큰 돌을 하나 집어 절벽 아래로 떨어뜨렸고, 한참 후에 그 돌이 바닥에 떨어지는 소리를 들을 수 있었다.

"미친놈. 자네가 어떻게 올라가나 한번 보겠네."

이것이 죽음을 앞 둔 샤오은의, 풀리지 않는 숙제였다.

판시엔은 어깨를 으쓱했지만 비밀은 말하지 않았다.

대신 샤오은에게 환약을 하나 건네주었다. 샤오은은 사양하지 않고 그 약을 삼킨 후 화간 난 듯 말했다.

"이십 년 전만 해도, 나에게 상대도 안 되던 인간들이었는데."

"늙은이가 지난 이야기를 계속 하면 죽을 때가 다 된 거래요."

"난 원래 곧 죽을 몸이야. 근데 넌 아직 젊은데 왜 곧 죽을 날 구하려고 한 거냐? 심지어는 절벽에서 뛰어내려? 여기서 어떻게 올라가려고……나는 칼에 맞아 죽고, 넌 굶어 죽겠구만"

"선생의 양아들은 싸움이나 할 줄 알지, 이런 일은 아예 처리를 못 하네요."

판시엔은 대답은 하지 않고 머리카락 사이에 꽂아 둔 침을 꺼내 샤오은 신체의 혈에 꽂아 지혈을 하며 화제를 돌렸다.

"선중이 그 집을 포위했을 때 이미 나머지 계획들도 다 금의위에게 탄로났다는 것을 알았을 텐데, 왜 계속 한 거예요?"

"뭘 계속해?"

"부상당한 관원으로 꾸며서 접선지로 간 것이요. 어르신의 머리라면 그곳에 또 다른 매복이 있다는 걸 짐작할 수 있었을 텐데요."

"난 장장 스무 해 동안이나 감옥에 갇혀 있었어. 그러니……죽더라도 잠시나마 자유를 느껴보고 싶었을 뿐이야."

판시엔은 이 말을 하는 그의 시선이 향한 곳을 같이 바라보았다. 동굴 맞은편의 미끄러운 절벽에는, 마치 벼락이라도 맞은 듯 갈라진 틈이 있었다. 그리고 그곳에서 작은 나무가 굳건히 자라나, 다소 처량해 보일지라도, 경이로운 녹색의 광경을 펼쳐내고 있었다.

"갈색의 절벽과 녹색의 나무, 파란 물과 하얀 안개. 죽기 딱 좋은 곳이구만."

마침 산바람이 살랑살랑 불어오고 있었고, 샤오은의 늙고 창백한 얼굴도 미세하게 떨리고 있었다. 곧 죽는다고 해도 별 이상할 게 없어 보였다. 판시엔은 잠시 머리를 긁적이고는 샤오은의 얼굴을 바라보았다. 늙은 동지의 피부는 흡사 석회를 발라 놓은 귤껍질처럼 푸석하게 갈라져 있었다.

판시엔은 잠시 생각해 보더니 페이지에가 목숨이 위태로울 때 먹으라고 남겨준 귀한 환약을 꺼내, 반으로 자른 후 잘게 부수어 샤오은의 입에 넣어 주었다.

샤오은의 얼굴에 미세하게 혈색이 살아났다.

"무슨 약이냐?"

"사실 저도 잘 몰라요."

판시엔도 정말 그 약의 성분을 알지는 못했지만, 약효는 확실히 좋아 보였다. 샤오은은 숨소리도 강해졌고, 정신도 조금씩 맑아지는 듯 보였다. 그렇지만 이 약도 일시적인 기운만 되찾아 줄 뿐. 늙은이의 목숨을 구할 수 없다는 것을 아는 판시엔은, 재빨리 말을 건넸다.

　"매복은 짐작하고 있었는데, 군대가 아니라 두 명의 고수일 줄은 저도 몰랐네요."

　"일을 너무 크게 만들고 싶지 않았던 것이지. 황제가 이 일을 알아 버리면 그들도 골치가 아플 테니까. 너도 나를 구한 게 황제와 같은 이유겠지? 그런데 황제야 신묘를 이용해 천하 통일을 이루려고 하는 거지만, 넌 거기에 집착하는 이유가 뭐냐?"

　"저만의 이유가 있지요."

　"그게 뭔지 말해 줄 수는 없고?"

　이 순간만큼은 시골 노인과 동네 청년이 정자에서 다정히 말을 주고받는 것 같았다.

　"그럼 어르신께만 살짝 알려드릴까요?"

　그는 결심이라도 한 듯이 빙그레 웃으며, 자신의 최대 비밀을 앞에 있는 노인에게, 처음으로 이야기하기 시작했다.

　"믿으실지 모르겠지만, 저에게 이번 생은 덤으로 주어진 여행 같은 거예요. 마치 죽었다가 살아난 것 같은 느낌. 그러니 저는 가능한 많이 이 세상 구석구석을 돌아다니고 싶고, 많은 사람을 만나고 싶고, 많은 것을 느끼고 싶고, 할 수 있는 모든 것을 해보고 싶어요. 신묘? 허무맹랑한 이야기라고 생각되지만, 만에 하나 그곳이 진짜 있다면? 가보고 싶네요."

　"환생?"

　샤오은은 생각보다 진지하게 그의 말을 듣고 있었다.

　판시엔은 그 모습에 웃음이 터졌다.

"이상하죠? 그래도 어쩔 수 없지만 저는 매우 진지하답니다."

이 말과 함께 고개를 돌려 깊이를 가늠할 수 없는 절벽을 바라보았다. 이내 깊은 한숨을 내쉬고는 한참을 아무 말도 하지 않았다.

판시엔이 자신의 비밀을 우회적이지만 털어놓았던 것은, 첫 번째 샤오은은 죽어가고 있었고, 두 번째 그는 어차피 믿지 않을 것이라 생각했으며, 가장 중요한 것은 그의 비밀을 알고 싶으면 자신도 뭔가를 말해야 한다고 생각했기 때문이다.

"미친놈."

이건 샤오은이 오늘 두 번째 하는 '미친놈'이었다.

다만 이번에는 만면에 미소를 띠고 있었다.

"개똥만도 못한 비밀을 알겠다고 목숨을 버리려 하다니."

"맞아요. 목숨과 비교하면 사실 비밀은 아무것도 아닌데."

"부탁 하나만 해도 될까?"

판시엔은 갑자기 정신이 번쩍 들었는데, 지금까지 샤오은은 그 수많은 고난을 당해왔지만 자신에게 '부탁'이라는 단어를 쓴 적이 없었기 때문이었다. 판시엔은 재빨리 대답했다.

"죽은 사람의 소원도 들어주는데, 비록 죽어가고 있지만 아직 엄연히 살아있는 어르신의 소원 하나 못 들어 주겠어요? 부담 말고 말해 보세요."

샤오은은 다소 기괴한 목소리로 말했다.

"난 죽음이 두렵진 않아……하지만 내가 죽으면 너 혼자 여기 남을 텐데……아마 배가 많이 고파 오겠지……그렇더라도 내 시체에는 손대지 말게."

판시엔은 순간 무슨 뜻인지 몰랐지만, 이내 알아차리고 구역질이 난다는 듯이 말했다.

"어르신의 늙어 빠진 몸뚱이를 먹었다간 제 이가 썩어버리겠네요."

"정말 배가 고파지면 아무도 모를 일이란다, 아가야."

판시엔은 진짜 구역질이 날 것 같았다.

"됐어요. 줘도 안 먹어요. 근데 죽음이 두렵지 않다면서, 죽은 뒤에 일을 걱정하는 거예요?"

"이 세상에서 죽음을 두려워하지 않는 사람은 많지만, 그런 인간들도 사마귀는 무서워하지."

샤오은은 잠시 멈칫 하고, 말을 이었다.

"나도 죽음은 두렵진 않지만, 네가 나의 살점들을 먹는다는 상상만으로도 무서워……인육은 실제로 먹기가 역겹지. 하지만 당시 쿠허는 맛있게 먹더라고."

'만민의 숭배를 받고 있는 대종사이자, 일국의 스승, 국사의 직책을 맡고 있는 쿠허가 인육을 먹었다는 것인가?'

하지만 순간 다른 확신이 들었다.

'샤오은과 쿠허는 같이 신묘에 갔구나. 둘이 가는 길에 인육까지 먹었다는 것은 그 길이 험난했다는 거야.'

"어르신과 쿠허는 언제 신묘에 갔었나요?"

샤오은은 다시 침묵에 빠졌다.

판시엔은 마음이 바빠졌지만, 죽어가는 노인에게 마지막 시간을 주듯, 그도 아무 말을 하지 않았다.

아무런 조짐도 없었다.

"신묘는 북쪽에 있어."

"얼마나 북쪽이요?"

"북쪽, 온통 눈으로만 덮인 그곳, 북쪽 마지막 관문인 북뢰관(北牢关)부터 장장 3개월을 걸어갔지."

동굴 밖은 점차 어두워져 갔고, 판시엔은 조금 긴장하고 있었다.

지금 이 순간, 그는 최소한 반은 성공한 것이었다. 그는 심호흡을 한 번하고 최대한 편하게 샤오은에게 다시 물었다.

"어르신, 신묘가 있던 곳의 경치는 멋지던가요?"

"그냥 큰 사당인데 경치랄 게 있겠나……너……너의 고향에 대해서나 말해줘 봐. 그곳은 경치가 좋니?"

"저는 딴저우 사람인데요, 딴저우도 시골이라 경관이라 할 것도 없어요. 다만 저희 집 정원에는 나무가 두 그루 있었는데, 한 그루는 대추나무였어요. 그리고 나머지 한 그루도……대추나무였어요. 헤헤."

"신묘에는 그런 나무도 없었어. 그저 눈, 눈, 온통 눈에 둘러싸여 설산에 숨겨져 있었어. 나도 들은 이야기지만, 1년에 딱 두 번만 그 모습을 드러낸다 하더라고. 더구나 간절한 사람의 눈에만 보인다나."

샤오은의 초췌한 목소리가 작은 동굴 안에 울려 퍼지기 시작하였다.

샤오은의 인생에서 '신묘'가 표면적으로는 매우 중요한 의미를 가지고 있는 듯 보였다. 그가 신묘와 그 신녀를 안다는 이유 때문에, 쳔핑핑은 두 발을 내주면서까지 그를 붙잡아 경국에 가뒀다. 쿠허는 그 이유로 그를 죽이려 했고, 북제의 황제는 그 이유로 그를 이용해 천하 통일을 이루려 했다.

하지만 샤오은 스스로에게는? 그저 단순한 하나의 사당일 뿐이었다.

"판시엔, 자네는 신의 존재를 믿나?"

판시엔은 샤오은의 질문에 그가 현재 세계로 온 일련의 과정, 상자 안에서 본 편지의 내용들이 머릿속을 스쳐갔다. 그리곤 고개를 끄덕이며 조용히 말했다.

"저는 이 세상 어느 누구보다도 신의 존재를 믿습니다."

"그럼 신이 무엇인지 좀 알려줘."

"제가 그걸 안다면, 제가 곧 신이겠지요."

"허허, 멋진 대답이네. 너 같이 어린 나이에 그런 분별력이 뛰어난 사람은 거의 보지 못했네. 당시 어린 폐하도 그랬으면 좋았으련만."

판시엔은 마침내 샤오은이 이야기를 하기로 결심한 듯 보였다. 그는 기대감에 약간은 긴장되기 시작했다.

"40여년 전의 세상이 어땠는지 아나?"

"북위국의 전성시대 아니었나요? 마음만 먹으면 언제든지 천하를 통일시킬 수 있었다고 들었는데."

"맞아, 그 당시 나는 그런 나라의 황제 친위대 수장이자, 황제의 심복이었지."

샤오은은 과거의 영광에 도취한 것도 아니고, 그렇다고 원망스러워하지도 않는 듯, 담담하고 침착하게 과거의 일을 서술하고 있었다.

"그리고 그때 북위의 조정을 떠받치고 있는 것은 두 쌍의 형제들이었어."

"그중 한 형제는 어르신과 장모우한이겠네요."

"사실 내 동생이 나보다 한참 뛰어났어. 그리고 그는 나보다 정이 많지. 내가 20년 동안이나 경국에 갇혀 있었는데도, 나를 기억해 주고 있었다니. 나는 그에게 항상 죄책감이 있어."

"근데 왜 사람들은 두 분이 형제인 것을 모르는 거예요?"

"내가 평판이 너무 안 좋았기 때문이야. 난 너무 많은 사람을 죽였어. 그러니 선비인 내 동생이 나를 좋아할 수가 없지. 나 또한 그와 엮이기에는 미안했고."

"그럼 또 다른 형제들은 누구예요?"

"쟌칭펑과 쿠허"

"쟌칭펑이요? 지금 북제 황제의 아버지? 한 시대를 풍미한 명장?"

'당시 태후와 황제를 지켰던 쿠허가……쟌칭펑의 친구가 아니라 동생이었어?!'

"사실 쿠허는 쟌칭펑에게 철없는 동생이었는데, 어렸을 때부터 고행자의 길을 걷겠다면서 천인합일(天人合一)의 도를 찾아 신묘에 가려고만 했었지. 당시 신묘에 대한 말은 많았지만, 모두 떠도는 소문에 불과했고, '고행자'란 말은 그럴 듯해 보여도, 실상은 거지보다도 못한 삶이었지."

"하지만 결국 신묘는 진짜였잖아요."

"그러니까 말이야."

샤오은은 두 눈을 질끈 감으며 말했다.

"당시 선황이 돌아가시고 젊은 황제가 황위에 오른 후, 갑자기 불로장생의 약을 찾겠다며 신묘를 언급하기 시작했어."

"그때만 하더라도 북위는 천하에 무서울 것이 없었으니, 오래 살고 싶은 건 당연하지 않을까요?"

"쿠허는 그 기회를 놓치지 않고, 사절단을 꾸려 신묘를 찾아 나서야 한다고 황제를 설득하기 시작했지. 황제도 솔깃하지 않을 수 없었고……폐하께서 자연히 그 일을 심복인 나에게 시켰지. 쿠허는 자기가 제안했으니, 당연히 참여해야 한다고 주장했고. 그래서 조그만 단서 하나만 가지고, 천여 명의 사람들을 이끌고, 북쪽으로 무작정 떠나게 된 것이야."

쇠약하지만 담담한 목소리가 동굴 안에서 쉼 없이 울려 퍼졌다. 동굴 밖의 하늘은 이미 어둑어둑 해졌는데, 판시엔은 샤오은의 말을 경청하면서, 가끔씩 기회를 보아 질문도 던졌다.

그러는 동안 머릿속에서는 재빠르게 신묘로 가는 한 장의 지도를 만들어 나가고 있었다.

　시간은 40여년 전으로 거슬러 올라가고, 판시엔은 천 명의 사람으로 꾸려진 탐험대의 모습을 바라보고 있다. 온 하늘이 눈바람으로 뒤 덮인 곳에서, 옷을 겹겹이 껴입고, 가죽 신발을 신은 사람들의 행렬이 눈에 선하게 그려진다. 뼈 속까지 파고드는 추위에 사람들은 두 눈 만을 밖으로 내어놓고 있다.

　탐험대를 이끄는 두 사람, 전성기를 누리고 있는 샤오은, 그리고 경건한 표정의 고행자 쿠허.

　북으로 걸어가면 갈수록 험난해지고, 사람은 적어지고, 어떤 사람은 동사하고, 어떤 사람은 빙곡에 떨어지고, 어떤 사람은 맹수들에 갈가리 찢겨 죽음을 맞이한다. 탐험대의 행렬은 점차 짧아지고, 탐험대의 분위기는 점차 험악해진다.

　천지가 하얀 눈으로 뒤덮여 있다. 몇몇은 그 눈에 눈이 멀었다.

　샤오은은 그들을 냉정히 버린다.

　하지만 이 모든 일은, 너무나 조용히 이뤄지고 있다.

　탐험대는 한참을 걸은 후, 끝이 없을 것만 같던 눈밭의 끝에서 거대한 설산을 만나게 된다. 말이 설산이지 두껍게 내려앉은 눈 때문에 차라리 빙산이라고 부르는 게 맞을 것 같다.

　빙산의 중간에는 안쪽으로 향하는 좁은 길 하나만 있다.

　백여 명 남짓한 탐험대는 그곳에서 주둔하며, 신묘의 흔적을 찾는다는 일념 하나로 몇 날 며칠을 보냈으나, 어떠한 것도 발견할 수 없다.

　겨울이 오고, 큰 눈이 내려, 산에 갇히고, 해까지 없어지고, 식량마저 떨어진다.

　가장 강한 자가 최후에 살아남는다.

최후에 살아남은 자가 가장 강하다.

샤오은과 쿠허는 서로 등을 맞대고 앉아있다.

그들의 주변에는 시체들만 쌓여 있다.

"그건 하늘의 분노였어."

동굴 안에서 샤오은이 어렵게 눈을 뜨며 말했다. 충혈이 심해진 눈동자에 끝없는 공포가 밀려들고 있었다.

"인간이 신묘를 찾으려 한 시도에 하늘이 진노한 것이지. 순식간에 끝도 없는 어둠이 내려왔네."

판시엔은 다시 한번 신묘의 위치를 확인할 수 있었다.

"그건 극야라고 부르는 현상이에요."

"극야?"

"요즘 징두에서 젊은이들이 즐겨 쓰는 말이에요. 신경 쓰지 마세요."

샤오은은 다시 기억에 빠져, 공포스러운 눈빛으로 말을 이어갔다.

"쿠허가 그때, 인육을 먹기 시작했어. 너무나도 맛있게. 하지만 여전히 하늘을 향해 간절한 기도는 드리더군. 난 그 모습을 보고 그를 경멸할 수밖에 없었어."

그는 멈칫했다.

"그런데……하늘이 갑자기 밝아졌어. 마치 그의 기도가 신묘를 감동이나 시킨 것처럼."

이 말을 하고는 갑자기 샤오은은 미친듯이 큰 웃음을 짓기 시작하였다.

"하늘이 갑자기 밝아졌어! 그것도 나와 쿠허가 죽기 직전에 말이야. 불연듯, 희망이란 게 생기기 시작하더군. 계속 살아갈 힘이 솟아났어."

"그래서 결국 신묘를 찾게 되었군요."

뼈만 앙상하게 남은 두 사람이 힘겹게 장막에서 걸어 나오고 있다. 움푹 팬 눈두덩이와 누렇게 뜬 얼굴, 숨 쉴 때마다 드러나는 퉁퉁 부은 잇몸. 이것이 알려 주고 있는 신호는 하나이다.

두 사람에게 죽을 날이 머지 않았다는 것.

두 사람은 실눈을 뜬 채 빙산 같은 설산을 멍하니 바라보고 있다. 하지만 힘들게 찾아온 신묘가 어디 있는지는 알 방법이 없다. 새하얗게 눈으로 덮여 버린 이곳은 아무것도 없이 깨끗하기만 하다.

별안간 푸른 하늘에서 한 줄기 빛이 내려온다.

그 빛이 설산에 이르러 희한하게 굴절되면서, 공중에 떠 있는 듯한 사당 하나를 드러나게 한다. 그 거대한 사당은 산 위에 세워진 듯, 아니 떠 있는 듯, 검은색의 벽과 옅은 회색의 처마로 된 형언할 수 없는 장엄한 모습이다.

멍하니 산 쪽을 바라보고만 있던 쿠허는, 돌연 땅바닥에 엎드리며, 사당을 향해 구슬프게 대성통곡하기 시작한다.

샤오은은 여전히 서서 멍하게 바라만 본다.

그가 정신을 차렸을 때에는 이미 다리에 힘이 풀려 바닥에 주저앉아 있었고, 그렇게 한참을 일어나지 못한다.

그렇게 신묘를 마침내 맞이하게 된다.

얼음과 눈 사이로 돌계단이 나타났다 사라지기를 반복한다.

쿠허와 샤오은은 설산을 무턱대고 기어 올라가기 시작한다. 두 사람의 얼굴은 격동, 감동, 안도감, 즐거움, 흥분 그리고 공포의 복잡한 감정들로 수시로 변하고 있다.

쿠허의 얼굴에는 공포보다는 광기가 서려 있다. 수행자에게 직접 신묘를 마주하고, 그 돌계단에 이마를 조아릴 수 있다는 것, 그것은 평생의 소원이다.

설산 위에 있는 거대한 사당은 곧 닿을 듯이 보인다.

다가갈수록 점점 멀어져 간다.

반나절을 올라갔지만, 오히려 더 멀어진 듯 보인다.

검은 돌벽은 형체가 없는 신기루 같은 그림자 같고, 언제든 설산으로 사라져 버릴 듯 보인다.

일 년에 두 번만 모습을 드러낸다는 신묘.

그들은 이 기회를 놓칠 수는 없다. 얼마나 올라갔는지 모르겠지만, 고드름에 찔린 상처에서 피가 흥건히 배어 나와, 하얀 눈 밭에 두 사람의 핏줄기만 무심히 흘러내리고 있다.

'턱!'

쿠허의 손바닥이 신묘 앞 돌계단에 닿았다. 어린 고행자는 미칠 듯한 희열과 말로는 형용할 수 없는 감동을 억누르지 못하고, 자신도 모르게 다소 방자하게, 돌계단을 두 번이나 내려친다.

샤오은은 그보다는 조금 느리게, 소매 속의 무기를 숨긴 채, 약간의 두려움을 가지고 신묘의 정문을 바라본다. 칠 척(尺) 정도 되어 보이는 신묘. 마치 신이 인간 세계에 던져 놓은 한 권의 책처럼 보인다. 북위국 황궁은 신묘 문의 축소판처럼 보이지만, 그 웅장함만은 비할 바가 아니다.

그는 신묘의 문으로 걸어가서 손을 뻗는다.

하지만 그 거대한 문에는 손끝 하나 댈 수 없다. 손가락을 앞으로 내밀수록, 문은 이상한 방식으로 뒤로 물러선다.

신묘가 눈앞에 있지만, 저 먼 하늘 끝자락에 있는 것 같다.

사십 년 후의 이 동굴에서 죽음을 앞둔 샤오은의 두 눈에, 슬픔과

낙담의 기운이 가득했다.

"난 들어갈 수 없었네."

판시엔은 꽉 쥔 두 손에서 약간 힘을 빼며 가볍게 말했다.

"그건 예상할 수 있었어요. 들어갈 수 있었다면, 지금 4대 종사가 아니라 5대 종사가 있었겠죠."

"쿠허도 들어갈 수는 없었어. 당시에 가장 강하다는 나와 그, 모두 들어갈 방법이 없었네."

"그럼 어르신도 신묘가 뭔지 모르는 거예요?"

샤오은은 다소 무기력하게 말했다.

"신묘의 정문에는 긴 현판이 있었는데, 너무 오래 되어서 정확히 뭐라고 쓰여 있는지 볼 수는 없었지만, 하늘이 인간 세상에 남긴 부호 같은 것이라 생각했어."

"어떤 모양의 부호였는데요?"

"물(勿, 아니 물)……."

샤오은은 어렵게 손가락으로 허공에 그림을 그리듯 글자를 썼다.

"잠용물용?(潜龙勿用, 물에 잠겨 있는 용은 쓰지 않는다는 뜻으로, 아무리 천하를 품을 만한 영웅이라도 자신의 능력을 닦으며 조용히 때를 기다린다는 뜻)"

"그리고 세 개의 같은 모양의 부호가 더 있었네."

샤오은은 말을 하며 다시 손가락을 위아래로 한 번, 다시 위아래로 한 번, 그리고는 두 개의 원호를 그리고, 마지막으로 손가락으로 허공에 점을 찍는 동작을 하였다.

판시엔은 그의 손가락을 보면서 한참을 생각했지만, 그 부호는 어떠한 단서도 떠오르지 않았다. 그는 신묘와 자기의 환생과의 관계, 어머니와의 관계 등을 생각하며 약간은 실망한 듯 말했다.

"이 이야기가 이렇게 간단히 끝나버리는 건 아니겠죠?"

"그래……쿠허는 평생을 찾아 헤매던 목표가 앞에 있는데 도저히 접근할 방법이 없다는 것을 알고 실망을 했지만, 그럼에도 고행자인 그는 여전히 경건하게 엎드려 연신 고개를 땅에 조아렸어. 하지만 난 좀 더 현실적이었지. 신묘의 큰 벽을 따라 산 옆으로 돌아가, 안과 밖을 연결하는 하수도 같은 것이 있나 찾아보았네."

"그게 말이 되나요?"

"당연히 실패했지. 생각해 보니 신묘를 앞에 두고 세속적인 방법을 쓰려했다니……참 간도 큰 착각이었어."

"그래서요?"

"그래서 신묘 정문으로 돌아갔는데, 쿠허가 가슴에 무엇을 품고 있더군. 내가 그에게 물으려는 찰나……."

샤오은의 말이 느려지기 시작하자 판시엔의 심장도 같이 떨리기 시작하였다.

"신묘의 문이……열렸어."

"네?"

판시엔은 저도 모르게 자기 몸을 샤오은 쪽으로 조금 더 가까이 옮겼다.

"신묘의 문이 열리고, 내가 기쁜 마음으로 들어가려 할 때, 세상에서 가장 큰 문에서, 세상에서 가장 예쁜 아이가 나오더군."

"가장 예쁜 아이요?"

"응, 꼬마 선녀님."

샤오은이 멍청하게 신묘의 문을 바라보고만 있을 때, 여자 아이 하나가 자기 품으로 달려온 것이다. 그 순간 쿠허는 맹렬히 문으로 달려가 신묘 안에 있는 검은빛과 싸우고 있었다. 당시 이미 9품 상(上)의 고수였던 쿠허와 검은빛이 싸우자, 설산은 커다란 혼란에 빠져버린 듯했다.

샤오은은 여자 아이를 안고 어떻게 해야 할지 모르고 있을 때, 그 아이가 쿠허를 향해 소리를 질렀다.

"도망가!"

어린아이 입에서 나온 이 말은 마치 황제가 말하는 것처럼 느껴졌다. 그리곤 여자 아이는 자기를 품에 안고 멍청하게 서 있는 샤오은의 귀싸대기를 날리며 말했다.

"너도 도망가!"

쿠허는 날 듯이 신묘 정문에서 물러섰고, 샤오은도 그 아이를 안은 채 열 보 정도 문에서 떨어졌다. 다행히 사람의 그림자처럼 보이는 그 검은빛이 사그라들며, 신묘 안으로 들어가더니, 더 이상 쫓아오지는 않을 듯 보였다.

쿠허는 이미 옆에서 피를 토하고 있었다.

샤오은은 속으로 자기가 옆으로 돌아갔을 때, 이 여자아이와 쿠허가 어떤 약속 같은 걸 했다고 생각했다.

'쿠허가 품에 안고 있는 것을 여자 아이에게 받는 대신 신묘에서 도망가는 것을 쿠허가 도와준다? 다만……이 여자 아이는 누구지?'

"날 안고, 저 사람 데리고 가자!"

여자 아이는 추웠는지 샤오은의 품에 얼굴을 파묻고 명령하듯 말했다. 샤오은은 감히 거역할 수 없어 한 손으로 쿠허의 옷깃을 잡아 끌고 설산을 뛰어내려 왔다.

얼마나 뛰었는지 모르겠지만, 그들이 출발한 천막으로 다시 돌아와 있었다. 샤오은은 그곳에 망연히 앉아 숨을 가다듬으며, 정신을 차리려고 노력하였다.

'나는 왜 뛰어내려 왔지? 폐하의 불로장생의 약을 찾지도 않았는데, 왜 이 아이의 명령을 들은 거지? 신묘 안의 그 신선은 왜 나를 쫓

아오지 않는 거지?'

고개를 돌려보니 어린아이는 쪼그리고 앉아 코를 막은 채 천막 안에 널브러져 있는 먹다 남은 인육과 뼈를 바라보고 있었다.

"인류란 참으로 불쌍하고 꼴 보기 싫은 것들이야."

이 말을 하며 어린아이는 고개를 돌려 샤오은을 쳐다봤다. 그제서야 샤오은은 그녀의 생김새를 제대로 볼 수 있었다.

물처럼 맑고 눈처럼 순수한 그 아이의 두 눈은, 마치 별처럼 반짝이고 있었다.

칠흑 같은 동굴에서 판시엔의 표정은 보이지 않았지만, 판시엔의 미세하게 떨리는 목소리가 울려 퍼졌다.

"그 여자 아이는 몇 살 정도 되어 보였어요?"

"네 살, 많아야 네 살."

샤오은은 여전히 그 여자 아이의 얼굴을 바라보고 있는 듯한 얼굴로 말했다.

"내가 그 아이를 안았을 때, 너무 가벼워서 마치 존재하지 않는 것처럼 느껴졌어."

"그녀도 네 살?"

"그녀 '도'?"

"아니에요. 그 여자아이가 누군지 알아냈어요?"

샤오은은 확신에 찬 목소리로 말했다.

"당연히 알지, 그녀는 속세를 사모해 신묘에서 도망쳐 나온 꼬마 선녀였어!"

판시엔은 웃음이 터지며 손을 절레절레 저었다.

"선녀는 무슨……그녀는 신묘에서 무언가를 훔쳐서 나온……아가씨에요."

샤오은은 판시엔의 자신감이 넘치는 목소리에 기침을 하기 시작
했다. 마치 그 기침은 여전히 멈출 듯 보이지 않아, 판시엔은 침을 하
나 그의 목에 있는 혈맥에 꽂아 넣었다.

이제 샤오은의 마지막이 다가오는 듯 보였다.

죽어가는 노인은 여전히 그때의 판단을 고집했다.

"그녀는 선녀였어."

판시엔은 그와 논쟁을 할 시간이 없었기에 화제를 바꾸며 물었다.

"네 살의 그 어린아이가 상자를 움직이진 못했을 텐데, 누가 대신
상자를 메고 따라왔나요?"

"무슨 상자?"

판시엔은 그가 더 이상 숨길 이유가 없다 생각했기에, 그가 당시
에 우쥬 삼촌은 보지 못했다고 확신했다.

'우쥬 삼촌은 당시 어머니와 어떤 집에서 같이 나왔다고 표현했
는데, 그럼 그 집은 어디지? 어머니의 편지에 따르면 우쥬가 일전에
강자와 큰 싸움을 벌이러 신묘에 갔다고 했고, 우쥬는 거기서 기억
을 일부 잃었다고 했는데…… 우쥬는 근데 왜 신묘와 싸우려고 한
거지?'

"그래서 마지막은 어떻게 되었어요?"

판시엔은 정신을 차리고 앞에 당장 죽어도 이상할 것 없는 노인
네를 보며 이야기를 재촉했다. 하지만 그 뒤에는 샤오은은 쿠허가
받은 물건을 볼 수 없었다는 것, 그가 선녀에게 불로장생의 약을 부
탁하자 특별하지 않은 환약을 하나 건네받았다는 것, 그것이 전부
였다. 그리고 그 '선녀'는 신묘의 위치를 누구에게도 말하지 말라는
경고와 함께, 어떤 이가 불쌍하다는 마지막 말을 남기고 사라져 버
렸다는 것이다.

"그런 다음에 둘이 북위로 돌아온 거겠네요. 물론 그 불로장생의

환약은 어르신이 드셨을 거고."

"사람이라면 그 유혹을 뿌리칠 수 없었지. 물론 먹고 나서 불로장생의 약이 아니라 그저 체력을 보강시켜주는 약이라는 것을 알게 되었지만. 선녀도 사람을 속이더군."

"어르신이 말하는 '선녀'는 사람 속이는 걸 가장 좋아할 거예요."

판시엔은 자신의 말에 소름이 끼치며 혼잣말을 중얼거렸다.

"설마 그녀의 죽음도 거짓인 건가?"

"죽긴 누가 죽어? 선녀는 죽지 않아."

판시엔은 그의 말을 들은 체도 안하고 자리에서 일어났다. 그리고 마지막 질문을 던졌다.

"근데 왜 쿠허는 어르신을 필사적으로 죽이려 한 거예요? 들어 보면 신묘의 위치 말고는 다른 것도 없구만."

"모든 사람들은 신묘가 어떤 의미인지를 알고 있어. 신묘의 위치가 알려지면 천하에 엄청난 혼란이 올 거야. 지금 북제의 황제든, 너희들 경국의 황제든, 아니면 천하의 강자들은 모두 신묘를 찾으려 하겠지."

"그저 큰 사당일 뿐이라면서요? 거기까지 가서 꼭 참배를 해야겠데요?"

"쿠허는 신묘 앞에서 절을 한 번 한 것으로 대종사가 되었어. 넌 쿠허가 아직도 대단한 성인(圣人)으로 보이나? 나를 죽이면 그곳을 알 수 있는 사람은 이 세상에 남지 않겠지. 그는 이미 신묘에서 충분한 이득을 얻었으니, 다른 어느 누구에게도 그 기회를 주고 싶지 않을 뿐이야."

판시엔은 샤오은의 생각도 일리가 있다고 생각했다. 하지만 그의 머릿속에 그것보다 신묘가 무엇일까에 대한 생각으로 가득 차 있었고, 무의식적으로 신묘의 현판에 쓰여 있다는 '勿'자를 연신 허공에

다 쓰고 있었다.

"그리고 쿠허와 난, 선녀에게 위치를 알려주지 않겠다고 맹세를 했으니, 어찌 보면 그 이유도 일부 있겠지."

"그 맹세에 대해서 너무 중요하게 생각하지 마세요. 어르신도 이미 저에게 말해주셨잖아요."

"난 곧 죽을 몸이니까……그리고 너도 여기서 죽을 거고."

판시엔은 미안하다는 웃음을 지으며 말했다.

"그건 제 생각과 다르네요."

어둠이 짙게 내리깔린 적막한 계곡에는 풀 한 포기조차 보이지 않았다. 곧게 뻗어 마주보고 있는 두 개의 절벽 사이에서 보이는 것은 칠흑 같은 어둠, 그것뿐이었다. 판시엔은 찢어진 왼쪽 바지를 단단히 동여매면서, 조그마한 목소리로 말했다.

"그 꼬마 선녀의 성은 '예', '예칭메이'라고 불려요."

"예칭메이? 무슨 개소리야?! 예씨 집안의 주인이……그 꼬마 선녀라고?"

"어르신이 생각하기에 그녀 외에 천하를 이렇게 바꿀 수 있는 인물이 또 있나요?"

"원래 그런 거였군, 그런 거였어!"

샤오은은 다시 한번 기침을 하기 시작했다.

"경국이 이렇게 짧은 기간에 강대해 진 것은 신묘 때문이었군. 그런 거였어."

"틀렸어요. 어르신이 이제 곧 죽을 테니, 제가 비밀을 하나 더 알려드리지요. 예칭메이는 신묘에 사는 선녀가 절대 아니에요. 그녀는 우리들과 같은 그저 보통 사람이에요."

샤오은은 판시엔의 말을 별로 믿지 않는 듯, 마치 죽기 전 마지막 질문이라도 던지는 듯 조심히 물었다.

"그런데 왜……꼬마 선녀는 나를 붙잡아 경국에 가뒀을까?"

그는 당시 북위 밀정의 대장으로, 예씨 집안과 감사원의 관계를 잘 알고 있었다.

"당시에 경국은 적국의 밀정 대장인 어르신을 죽여야 했겠지요. 하지만 쳰핑핑은 어르신을 가두긴 했지만, 죽이지는 않았잖아요. 어르신이 그녀를 이 세상에 데리고 나와 준 빚을 갚느라 그런 게 아닐까요?"

"그럼 넌……도대체……콜록 콜록……누구냐?"

"저요?"

한참의 침묵이 지난 뒤 판시엔은 마침내 입을 열었다.

"전 예칭메이의 아들이에요."

판시엔은 이 익숙하지만 어색한 세상에서, 모든 사람에게 이 말을 외치고 싶었다. 그럴 기회가 없었을 뿐. 여명이 다가오기 전 가장 어두운 순간, 두 사람만 있는 작은 동굴에서, 그는 결국 이 말을 처음으로 뱉었다.

'나는 예칭메이의 아들이다.'

이 말을 뱉은 순간 밤바람이 가져다준 자유가, 그를 가볍게 안아 주는 것 같았다.

"네가……그녀의 아들이라고?"

"전 어머니를 가지고 거짓말하지는 않아요."

샤오은은 기침을 격렬하게 하더니, 웃는 듯 마는 듯한 목소리로 말했다.

"그래서 신묘에 그렇게 관심이 있었구나……."

노인은 죽기 직전에, 마지막 조각이 맞춰졌다.

"어쩌면 네가 이 동굴에서 살아나갈 수도 있겠구나……설령 그렇더라도 신묘에는 가지 말아라."

판시엔은 대답을 하지 않았다.

샤오은은 여전히 절벽의 계곡에 시선을 둔 채 조용히 말했다.

"난 항상 죽음이 두렵지 않다고 생각했었고, 그저 자유를 찾고 싶다고만 생각했지. 하지만 죽음을 앞둔 지금, 난 사실 죽음이 두렵네……."

"이 세상에서 죽음이 두렵지 않은 사람은 없어요."

판시엔은 샤오은의 닫혀가는 눈꺼풀을 보며 조용히 말했다.

"하지만……죽음이 꼭 끝은 아닐 수도 있어요. 어쩌면 어르신은 이제 완전히 새로운 세계에 갈 수도."

이것이 그의 가장 큰 비밀이었다.

판시엔은 샤오은의 어깨에 손을 올려보니 그의 근육에서는 이미 힘이 빠지고 있었다. 절벽 밖의 하늘은 여전히 어두웠고, 짙은 안개를 뚫고 비치는 한 줄기의 빛이 그의 얼굴을 신성하게 비추고, 다시 피로 물든 그의 손을 비추니, 한 시대를 풍미한 밀정의 두목이 해탈에 이르는 듯한 느낌을 주었다.

"네 고향 집에는 대추나무가 없었지……?"

이것이 샤오은이 이 세상에서 물은 마지막 질문이었다.

판시엔은 샤오은의 몸에서 마지막 침을 뽑으며 그의 죽음을 확인했다. 그는 그의 주검을 말없이 한참을 바라보다 말했다.

"대추나무는 거짓말이었지만……죽은 뒤에 더 좋은 세상에 갈 수도 있다는 것은 진짜였어요."

이 말을 마지막으로 판시엔은 그의 시체를 동굴의 가장 안쪽으로 옮겨 놓은 뒤 동굴 입구로 나와 섰다.

손을 뻗어 휘휘 저었다.

하얀 안개만 그의 손에 따라 움직일 뿐, 그가 손에 쥘 수 있는 것은 아무것도 없었다.

금의위는 계곡 밑에서 두 사람의 시체, 최소한 흔적이라도 찾고 있었다. 미끌미끌한 이 절벽에서 뛰어내려서 안전하게 착지할 거라 생각할 수 있는 사람은 없었고, 더구나 어떤 사람이 그 미끌거리는 절벽을 기어올라 갈 수 있을 거라 생각한 사람은 더욱 없었다.

판시엔의 몸은 종잇장처럼 절벽에 찰싹 붙어 있었다. 등 뒤의 짙은 안개는 도마뱀처럼 기어올라가는 그의 몸을 효과적으로 숨겨주고 있었다. 진기를 이용해 벽을 올라가는 것은 딴저우 절벽에서부터 황궁의 벽까지, 그가 가장 잘 하는 일이었지만, 오늘 진기를 너무 소모해버린 터라 한 치의 긴장도 늦추지 않고 있었다.

판시엔은 정상에 올라 고개를 돌려 계곡과 맞은편을 번갈아 쳐다보았다. 여전히 계곡은 조용했고, 건너편의 숲속에서는 아무것도 없었다. 다만 그는 누군가가 계속 자신을 바라보고 있다는 느낌을 지울 수가 없었다.

어떤 이의 눈이, 언제든지 발사될 수 있는 화살처럼 자신을 보고 있다는 느낌.

그는 절벽 위에 오르자, 고개를 숙이고 몸을 돌린 뒤 아무 생각없이 재빨리 뛰었다. 생각하려 하면 이미 늦을 것 같다는 느낌이 들었기 때문이다.

사절단이 묵고 있는 별원 밖에서 가오다는 장검을 손에 들고 호랑이처럼 눈을 부릅뜬 채, 별원 앞에 있는 그 사람들을 바라보고 있었다. 도련님은 하루 종일 밖에 나오지 않았고, 찾아오는 모든 북제 관원들의 방문을 모두 거절하였다. 하지만 지금 온 사람들은 판시엔이 입궁하라는 북제 황제의 명을 받고 온 금의위 관원들이었다.

판시엔이 사절단에 없다는 것을 아는 사람은 몇 안 되었다.

금의위 지휘사 션중은 판시엔이 사절단에 없기를 희망했지만, 밤새도록 판시엔의 시체를 찾을 수 없었다. 결국 그는 판시엔이 어디에 있는 것인지 새로운 의심이 들기 시작하였던 것이다. 사실 판시엔이 술에 취했다는 이유로 북제의 관원들을 문전 박대하는 것은 어디에서도 찾아볼 수 없는 결례였다.

별원 앞은 폭발하기 직전이었다.

그때 길 입구에서 '스윽스윽'하는 소리가 전해져 왔다.

그건 거리를 청소하는 소리가 아니고 발걸음 소리였다.

북제 사람들은 그 소리를 들으며 크게 기뻐하며, 다 같이 예를 올렸다.

"하이탕 아가씨를 뵙습니다."

하이탕은 아직 잠이 안 깬 듯한 게슴츠레한 눈으로 두 손을 외투 주머니에 넣은 채, 하품을 하며 말했다.

"여기에서 왠 소동이에요?"

"소인, 사절단 정사 판시엔 대인에게 입궁하라는 황제의 명을 전달하러 왔는데, 호위들이 들여 보내주질 않습니다."

이어 홍려사와 금의위 관원들도 말을 했는데, 결론은 모두 판시엔을 한번 보고 싶다는 것이었다.

하이탕은 무슨 영문인지 모르겠다는 눈치로 가오다에게 물었다.

"왜 못 들어가게 하는 거예요?"

가오다는 이 여자의 신분을 알았지만, 더 중요하게는 도련님의 친구이기 때문에 재빨리 진지한 목소리로 대답하였다.

"대인께서 어젯밤에 과음을 하셔서 지금 쉬고 계시는데, 아무도 방해하지 말라 하셨습니다."

"그럼 제가 직접 가서 볼게요."

이 말을 하면서 그녀는 이미 별원 안으로 들어가고 있었다. 돌계단에 서있던 린운은 잠시 당황한 기색을 띠었지만, 그렇다고 그녀를 말릴 수도 없었다.

가오다는 그의 앞으로 급히 달려와 칼집으로 그녀를 막으며 말했다.

"아가씨……윽!"

말이 곧 신음으로 바뀌었다.

하이탕은 별다른 손을 쓰진 않았는데, 그녀의 몸은 이미 가오다의 뒤에 가 있었다. 하이탕은 그의 어깨를 살짝 두드리며, 눈이 부실 듯한 눈빛으로 가볍게 말했다.

"전 판시엔의 친구잖아요. 그도 지금 저를 보고 싶을 거예요."

가오다는 그녀를 막을 수도 없었지만 그렇다고 도련님을 단독으로 보게 할 수는 없었다. 그는 다시 몸을 돌려, 그녀의 뒤를 따라 집 안으로 들어갔다.

"하이탕 아가씨 좋은 아침입니다."

소금물과 치간 칫솔을 든 왕치니엔이 입술에 거품을 가득 묻히고, 하이탕 아가씨가 반드시 지나가야 하는 복도에서 말을 걸었다.

하이탕은 미소를 지을 수밖에 없었는데, 상대방이 고의적으로 시간을 끌고 있다는 것을 알고 있었기 때문이다. 하지만 조급해하지 않고 말했다.

"왕 대인 손에 들고 있는 게 뭔가요?"

왕치니엔은 '치간 칫솔'을 입에서 꺼내어 하이탕에게 자세히 보여주며, '헤헤' 웃으며 말했다.

"대인께서 발명하신 칫솔이지요."

"칫솔? 이를 닦는 거요?"

"그럼요."

"왜 버드나무 가지를 쓰지 않는 거예요?"

"왜냐하면 이 녀석이 훨씬 쓰기 좋거든요. 부드럽고 꼼꼼히 닦을 수 있어요."

왕치니엔은 비위를 맞추듯이 설명하다, 자기의 입에 있던 칫솔을 하이탕 아가씨의 면전에 들이댄 것이 큰 실례라고 생각이 들자, 급히 거두고 연거푸 죄송하다 말하였다.

하이탕은 웃으며 고개를 젓고서, 다시 안으로 걸어 들어갔다.

왕치니엔도 손에 들고 있는 것들을 하인들에게 던져 놓고 따라 들어갔다. 사십이 다 되어 가는 그가 토끼보다 빨리 뛰어가는 도중에 하이탕에게 말을 걸며, 판 대인이 술을 너무 많이 마셨다는 둥, 이 시간에 아직 잠에서 안 깼을 거라는 둥, 아가씨가 잠시 기다리시는 게 어떻겠냐는 둥……

하지만 모든 사람들은 알고 있었다.

하이탕이 여기 온 이상, 그녀가 판시엔을 보는 것을 말릴 수는 없다.

굳게 닫혀 있는 나무문을 하이탕이 직접 손을 내밀어 열었다. 뒤에 있던 왕치니엔은 대인이 시간을 잘 맞췄는지 확신이 없었기 때문에, 그의 이마에 식은땀이 줄줄 흐르고 있었다.

하이탕은 방 안에 있는 큰 침대를 보면서 입을 열었다.

"왕 대인은 이제 물러가지요."

왕치니엔은 미동도 하지 않았다.

이어 피곤에 절은 듯한 차가운 목소리가 방 안에 울려 퍼졌다.

"왕치니엔, 꺼져."

왕치니엔은 눈에 순간 기쁜 기색이 돌았지만, 이내 침착하게 몸을 숙이며 말했다.

"네, 대인."

하이탕은 방으로 들어가 아무렇지 않은 듯 조금도 조급해하지 않고, 책상에 앉아 주전자에서 차를 한 잔 따라 마셨다. 그리곤 침대 옆에 둥근 의자에 앉았다.

침대 비단 이불 밑에는 창백한 얼굴의 판시엔이 웃음기 서린 눈으로 그녀를 쳐다보며 물었다.

"계속 볼 준비가 되어 있나요?"

하이탕은 손으로 입을 가리며 하품을 한 번 했다.

"만약에 태후께서 나보고 직접 보고 오라 하지 않았으면, 전들 아침부터 찾아와 대인의 추태를 보고 싶겠어요?"

"저도 제 얼굴이 마음에 들지는 않지만, '추태'라는 단어는 좀 거슬리는 군요."

그리곤 시선을 아래 이불 속으로 떨어뜨렸다.

"그렇다고 이분도 그렇게 추한 사람은 아닌데."

그의 풀어 헤쳐진 가슴에는 긴 머리를 한 아름다운 여자가 얼굴을 파묻고 누워있었다. 하이탕은 그 여자를 못 본 체 하며 다시 하품을 하면서 말했다.

"그렇다고 아름다운 모습은 아니네요."

"여전히 계속 볼 준비가 되어 있나요?"

"판 대인은 제가 보는 데서 할 준비가 되어 있나요?"

하이탕은 역시 만만하지 않았다.

판시엔은 결국 탄식을 했다.

"여자가 어떻게 같은 여자를 이렇게 곤란하게 하나요? 참나. 하이탕 아가씨, 잠시만 자리를 피해주시면 감사하겠습니다. 저의 품속에 계신 아가씨가 옷을 좀 걸칠 수 있도록 시간을 주시지요."

잠시 후, 기생은 옷을 챙겨 입고 고개를 돌려, 떠나기 싫은 듯, 조금은 원망스럽게, 조금은 부끄럽게 판시엔을 바라보았다. 그리고 경외하는 표정으로 하이탕에게 예를 올린 뒤, 치마를 살짝 올려 종종걸음으로 방에서 나갔다.

'연기력 짱인데!'

판시엔은 두 손을 깍지 끼고 머리 뒤에 얹은 자세로, 여전히 침대에 누워 있었다. 상반신은 여전히 헐벗었지만 그리 신경 쓰지 않는 눈치였다. 하이탕도 조금도 부끄러운 기색 없이, 그렇다고 꾸짖지도 않고, 마치 나무막대기를 보듯이 그를 바라보며 직접적으로 말했다.

"대인은 이틀 동안 샹징에서 어떤 일이 벌어졌는지 모르나요?"

판시엔은 웃음이 터졌다.

"하하 제가 아무리 게으르다 해도, 샹징에서 무슨 일이 있었는지도 모를까요? 샹샨후가 수하들을 많이 잃었고, 샤오은은 죽음을 당했고. 스승님께서 많이 좋아하시겠네요. 축하드려요."

하이탕은 상당히 압박감 있는 눈빛으로 그를 쳐다보았다.

판시엔은 신경도 쓰지 않는 듯 미소를 지으며 말을 이었다.

"그러니까 제가 의심을 사지 않기 위해서 사절단에 틀어 박혀 있었던 거잖아요. 아가씨도 양해해 주실 거라 믿어요."

'이 인간이 생각보다 일을 딱 부러지게 하는 인물이었구만.'

그녀는 드디어 일어나 다시 외투에 두 손을 집어넣더니, 갑자기 관심이라도 생긴 듯 그의 적나라한 가슴을 바라보았다. 판시엔은 순간적으로 진기를 이용해 얼굴을 붉게 만들었다.

"얼굴은 왜 빨개지는 거예요?"

"혈기가 왕성한 거죠."

하지만 지난밤 진기를 너무 소모한 탓에 금세 하얗게 변했다.

"금방 하얘지네요?"

판시엔은 한숨을 내쉬며, 민망한 웃음을 지었다.

"잠자리가 힘들었네요."

"밤이 너무 짧아서?"

"너무 길어도 힘들어요."

하이탕은 못 들은 척 무시하고 화제를 돌렸다.

"대인이 만들었다는 치간 칫솔……저도 하나 줘요."

판시엔은 어디로 튈 줄 모르는 대화에 당황하며 말했다.

"그건 북제에서도 파는 걸로 알고 있는데……."

"대인이 만든 것만 못해요. 귀한 집 자식인데, 그런 것까지 관심이 있는지는 몰랐네요."

"저에 대해서 아가씨는 모르는 게 아직 많아요."

하이탕은 다시 가려다 발걸음을 멈추었다.

"대인이 남경으로 돌아가면 저에게 약속하신 일은 어떻게 할 거예요?"

판시엔은 하이탕의 중구난방 질문에 더 이상 못 견디겠다는 듯이, 무거운 눈꺼풀을 마지막으로 들어 올리며 말했다.

"일단 좀 잡시다. 이따 제가 찾아 갈게요."

"판시엔이 아니란 말이야?"

허다오런은 하얀 얼굴이 더 창백해지며 입을 열었다. 금의위가 밤새 수색했으나 어떠한 단서도 찾을 수 없었기에, 새벽부터 황실에 요청해서 사절단에 직접 들어가 확인해 달라고 했는데, 예상치도 못하게 판시엔이 침대에 여자랑 누워있었던 것이다!

랑타오는 눈을 감고서 말했다.

"판시엔이 맞네."

허다오런은 미간을 찌푸렸다.

"얼굴이 듣던 거랑 좀 다르던데."

옆에서 듣고 있던 셴중이 끼어들며 말했다.

"얼굴이야 분장을 하면 되는 것이고, 문제는 절벽에서 떨어졌는데 멀쩡하다고? 남경에 고수가 많긴 한데……천핑핑 옆에 '그림자'라는 자객이 있지만, 아무도 얼굴을 못 봤단 말이지. 판시엔이 감사원 제사니까……이렇게 보면 그 '그림자'일 수도 있겠군."

허다오런은 거친 말투로 내뱉었다.

"누구였던 상관없고. 지금 중요한 건 샤오은이 죽긴 한 건가?"

"샤오은은 죽었네."

랑타오가 한치의 망설임도 없이 말했다. 그가 샤오은의 가슴을 찌르는 그 순간부터, 샤오은의 죽음은 시간 문제였기 때문이다.

둘의 대화를 조용히 듣고 있던 선중이, 불쑥 말했다.

"어쨌든, 이만하면 됐어."

판시엔은 하이탕과 모레 만나기로 약속했는데, 왠지 모르게 기대가 되었다. 스스로 생각을 해봤지만 남녀 간의 문제는 아닌 듯했고, 그저 단순한 기대감 같은 것이었다.

판시엔은 항상 말할 상대가 필요했는데, 정확히 말하자면 샤오은과의 대화를 경험한 후 자신의 이야기를 모두 솔직히 이야기할 수 있는 사람이 필요했다.

하지만 아무도 없었다.

이런 이상한 감정이 그의 마음속에서 휘몰아치고 있었다.

징두에서 비가 내리던 그날 밤 상자를 열어보고 나서, 판시엔은 더 이상 자기가 이 세상에서 외롭지 않을 거라 생각했었다. 이 세상 어느 곳에서나 어머니, 그 여자의 숨결과 흔적을 찾을 수 있었기 때문이다.

하지만 그는 지금 이 순간, 여전히 외롭다는 생각이 들었다.

샤오은의 비밀을 들었지만 그녀의 흔적을 더 이상 찾을 수 없었기 때문이다.

제8장

북제 황제의 비밀

"판 대인, 알아냈나요?"

옌빙윈은 침착하게 판시엔을 쳐다보며 말했다.

"너무 늦었어, 샤오은이 죽어버렸잖아."

판시엔은 천연덕스럽게 말했다. 그 비밀은 우선 혼자 간직하고 있는 것이 낫다고 생각하고 있었기 때문이다.

옌빙윈은 조금은 의아한 듯한 표정을 지었지만, 이내 다시 침착하게 고개를 저으며 말했다.

"며칠 동안 고생한 계획인데, 결과가 안 좋아서 안타깝네요."

"그 절름발이 양반도 20년 동안 알아내지 못한 것을, 내가 어떻게 알아내겠어?"

    판시엔은 옌빙윈 앞에서 천핑핑을 고의적으로 '절름발이'라 불렀
는데, 사실 거칠고 추잡한, 나아가 비열하기까지 한 방법이었지만,
옌빙윈 같은 냉혈한을 자기 사람으로 만들기 위해서는 어쩔 수 없
는 방법이었다. 옌빙윈 같은 똑똑한 사람에게는 오히려 이런 방법
이 통하기 마련.

    판시엔은 왕치니엔에게 고개를 돌리며 말했다.

    "돌아갈 준비를 하자고."

    "네, 대인. 그나저나 어젯밤에 방에 있었던 그 '가짜상품'은 어떻
게 처리할까요?"

    판시엔은 그의 말이 죽여서 입을 막는다는 의미인지 바로 알아차
리고는 고개를 저으며 말했다.

    "데리고 돌아가야지."

    옌빙윈은 다소 찬성하지 않는 듯한 말투로 말했다.

    "만약에 북제에 들키면 어떻게 해요?"

    "들키면 또 어떻게 하냐고? 설령 들킨다 해도, 북제가 어떻게 할
건데? 자네가 1년 갇혀 있더니 간이 많이 작아졌구만."

    판시엔은 둘을 번갈아 쳐다보며 웃으며 말했다.

    "자네들은 하이탕이 몰랐을 거라고 생각하나? 그녀도 방법이 없
었을 뿐이야."

    이번 봄에 판시엔은 자기와 얼굴이 비슷한, 감사원의 젊은이 하
나를 찾으라 명했었다. 그리고 그 사람을 누구의 눈에도 안 띄게
'안방'에 잘 모셔 놓고 있었다. 처음 계획은 사절단이 돌아갈 때,
'안방 사람'을 판시엔인 척 돌아가게 하고, 판시엔은 샹징에 계속 숨
어서 샤오온을 죽이는 일이나, 신묘의 비밀을 알아내는 일 등을 처
리하려고 했었다.

    하지만 장 공주와 샹샨후가 결탁을 하고, 하이탕이 나타나고, 우

쥬 삼촌은 상자를 들고 가서 나타나지도 않고……일이 변하고 또 변하다 보니, 결국 '안방사람'은 팔자 좋게도 어제 판시엔 대신 밤새 술을 마시고, 기생을 껴안고 자는 역할을 하게 된 것이었다.

샹징성에서 아름답기로 유명한 위취웬허(玉泉河, 옥천강) 강가에는 녹음이 짙게 깔리고, 북쪽에서 날아온 백로들이 날고 있었다. 이곳은 강의 상류인데 황궁과 가까워 경비가 삼엄하였기에, 일반 백성들은 발을 딛지도 못하는 곳이었다. 판시엔은 하이탕과 어깨를 나란히 하여 강가를 걸으며, 별 의미 없는 일상 이야기를 하며 걷고 있었다.

참으로 이상했다.

하이탕은 예쁘기는커녕, 자태가 맵시 있거나 단아하지도 않아, 영락없는 시골 아가씨 같았다. 하지만 판시엔은 그녀와 같이 있을 때마다, 특별하게 편안하고 자유로운 느낌이 들었던 것이다.

하이탕은 걱정하듯 물었다.

"태후께서 허락을 안 하실 듯해요. 대인이 생각하는 다른 방법이 있나요?"

"북제 황제가 부인을 얻는 일에 경국 사람인 제가 왜 도와야 하는지를 아직도 모르겠네요."

판시엔은 하이탕을 바라보며, 별로 내키지 않는다는 듯이 말했다.

"그리고 아가씨가 스리리랑 좋은 친구라면, 스리리의 뜻을 알아보는 것이 먼저이지 않을까요?"

"만약에 스리리가 일찍이 당신을 차지할 수 있었다면, 그녀가 샹징에 오지도 않았을 거예요. 대인이 그렇게 매정하게 그녀를 대해 놓고, 지금 와서 스리리를 생각하는 척하는 거예요? 지금 대인이 원하는 것도 스리리가 입궁하는 거잖아요. 남경에 돌아가서도 북제에 연락책이 하나 더 생기는 셈이고."

판시엔은 하이탕이 자신의 마음을 정확히 꿰뚫고 있어서 조금 당황했다. 마치 자기 안에 숨겨져 있던 이기심과 무정함이 만천하에 알려지는 느낌이었던 것이다. 그는 어쩔 수 없이 쓴웃음을 지으며 말했다.

"저는 그래 봤자 일개의 신하에 불과한데, 어떻게 모든 것을 제 뜻대로 할 수 있겠어요?"

"결국 제 말에, 최소한 암묵적으로 동의했다고 들리네요. 원래 그런 거였군요. 더 이상 말을 말죠."

판시엔은 주저주저하다 어렵게 진솔한 이야기를 하기 시작했다.

"근데 황실에 들어가면, 평생 걱정하며 살아야 한다는 걸 알잖아요. 아가씨는 스리리랑 자매 같은 사이인데, 그녀가 그렇게 살길 원하는 거예요?"

"폐하는 괜찮은 남자예요. 그리고 스리리는 어차피 남경 사람이라 샹징에서 잘 살려면 황실의 보호막 안에 있는 것도 괜찮은 선택이구요."

판시엔은 하이탕의 호수처럼 빛나는 눈을 바라보았다. 그는 이번 생에서 만난 사람 중에 이렇게 빛나는 눈빛을 가진 사람은, 예링알과 하이탕, 두 명 밖에 없었다. 하지만 예링알이 사악함이 전혀 없는 천진한 눈빛이었다면, 하이탕은 세상을 바라보는 통찰력을 가진 후에 나타나는 명석하고도 담담한 눈빛이었다.

"그럼 판 대인은 항상 음모에 둘러싸여 사는 지금 삶이 피곤하지 않아요?"

"이 세상에서 아가씨처럼 자유롭게 살 수 있는 사람은 드물어요. 모든 사람들은 각자의 목적을 가지고 있죠. 아가씨야 밭에 채소나 심으며 살 요량이지만, 저는 스스로를 위해서 살아야 하고, 나아가

제 주변 사람을 생각해야 하고. 오늘도 생각해야 하지만, 미래도 생각해야 하죠."

이 말을 마치고선 그는 품에 있는 종이를 하이탕에게 건네주며 말했다.

"제가 그렇게 대단한 사람은 아니에요. 기껏해야 조금 총명하다 할 정도밖에 안되죠. 아가씨가 제가 짠 계획이 가능한지 직접 한번 보세요."

하이탕은 종이에 적힌 계획을 자세히 읽고서 한참을 생각하다, 깊은 숨을 한 번 들이마신 후, 다시 빛나는 눈으로 판시엔을 바라보며 말했다.

"근데 태후께서 믿으실까요?"

"태후께서 이 일로 황제와 끝을 볼 생각이 아니라면, 태후께서도 명분이 필요한 것뿐이겠죠. 그녀가 믿든 안 믿든, 명분의 설득력만 충분하면 돼요."

판시엔이 짠 계획은 사실 간단했다.

전생에서 알고 있던 한무제(汉武帝, 전한의 제7대 황제, 기원전 141-기원전 87)가 구익 부인(钩弋夫人, 무제(武帝)의 아내이자 한 소제(昭帝)의 어머니)을 입궁 시킨 일화를 본 딴 것이다.

한무제가 황하강으로 순시를 갔을 때였다. 그런데 어느 법술사가 갑자기 이곳에 상서로운 구름이 나타났으니, 분명 기이한 여인이 있을 거라고 말했다. 이에 한무제가 구름이 떠 있는 곳을 찾아가 보니, 술사의 말대로 그곳에는 아름다운 소녀가 있었다.

아름답기는 하였지만 어려서부터 불치병을 앓아 밥도 제대로 못 먹는 여인이었다. 심지어 손이 오그라든 채로 굳어 있어, 아무도 그 손을 펴주지 못하고 있었다. 하지만 그녀의 아름다움에 빠져들어 버린 한무제는 그녀를 직접 찾아가는데, 한무제를 본 그녀는 기적이 일어난 듯, 두 손이 펴지면서 건강한 사람이 된 것이다. 더 기이한 것은, 그녀의 오른손에서 작고 작은 옥으로 만들어진 갈고리가 나왔다는 것이다.

"한무제가 어느 시대 황제인가요?"

"제가 지어낸 황제예요. 그 이야기도 지금 상황에 비유해서 만들어 낸 것뿐이고."

"그래서 지금 우리는 어떻게 해야 한다는 거예요?"

"아가씨가 누구죠?"

하이탕은 침묵에 빠졌다.

'지금 이 여자가 내 질문을, 설마 철학적인 질문으로 생각하는 건 아니겠지?'

"아가씨는 쿠허의 제자 아닙니까? 쿠허는 북제의 스승, 국사 신분이구요. 태후도 그 사람의 말에 의지한다면서요? 만약에 쿠허가 샹징의 서쪽 하늘에 상서로운 구름이 나타났으니 기이한 여인이 있을 거라고 하면, 설득력이 있을까요, 없을까요?"

하이탕은 웃었다.

"근데 사부님이 이런 황당한 소동을 일으키려 하실까요?"

'인육도 드신 분이 이 까짓게 무슨 소동이라고.'

"하하, 제자들은 아끼시잖아요."

하이탕은 직접적인 대화를 하고서야 그림이 그려지는 듯, 질문을 하기 시작했다.

"그런데……리리의 신분을 샹징의 모든 사람들이 아는데, 갑자기 '기인'이라 하면 믿을까요?"

"그래서 거기 적혀 있는 대로, 우선 그녀를 북제의 사당에 몇 달 살게 해요. 출가를 선언하는 거죠."

"출가는 또 무슨 의미예요?"

"평생 신을 모시기로 결정했다는 것인데, 그냥 혼인을 안 하겠다는 선언 같은 거라 이해하면 돼요."

"혼인을 안 하겠다니요?"

"답답하네. 그냥 신분을 바꾸고 시간을 보내는 것뿐이고, 때가 되어 명분이 만들어지면, 없는 일 치고 입궁을 시키는 거죠."

"근데……이게 가능할까요?"

"거기에 주의해야 할 것도 몇 개 적혀 있으니, 다시 한번 잘 읽어 보세요. 제 생각에는 가능하다면, 쿠허 국사가 스리리를 제자로 받아주는 게 좋을 듯해요."

하이탕은 다시 한번 읽고 생각을 해 보니, 다소 황당한 측면도 있었지만 불가능한 일은 아니라고 생각이 되어 판시엔에게 고맙다는 인사를 했다.

판시엔은 하이탕의 부탁에 따라 계획을 짜기는 했지만, 여전히 황제가 왜 스리리를 입궁시키려 하는지, 태후는 왜 기어코 반대를 하는지에 대해서는 모르는 것이 찜찜했다. 하이탕은 그 비밀을 알고 있을 텐데 눈치로 보아 자기에게는 알려주지 않을 듯싶었다.

그런데 갑자기.

이런 생각 와중에 자기도 모르게 소름이 끼쳤다. 몇 번 보았던 북제 황제의 모습과 태도를 생각해보다, 황당무계하고도 대담한 생각이 머릿속을 스치고 지나갔던 것이다.

하이탕은 생각에 빠진 그를 한 번 힐끗 보더니 신경 쓰지 않고 계속 걸었다. 판시엔도 그저 아무 말 없이 그녀 옆에서 걸어갔다.

얼마 지나지 않아 뜻 밖에도 주변과 전혀 어울리지 않는 작은 정원이 나타났는데, 대나무 울타리가 둘러져 있었고, 작은 우물도 있었다. 돌로 된 탁자가 서쪽 그늘에 놓여 있었고, 다양한 색깔의 병아리들이 조용히 모이를 쪼아 먹고 있었다.

이곳이 바로 하이탕이 채소를 심고 가꾸는 정원이었다.

판시엔은 자연을 이야기하던 하이탕이, 황궁 옆 이 비싼 땅에서 정원을 가지고 있다는 것이 불편해서 탄식을 했는데, 하이탕은 그의 생각을 읽은 듯 담담하게 해명했다.

"제가 원해서 이러는 것이 아니에요. 황실에서 계속 절 불러대더니, 알아서 저에게 마련해 준 것뿐이에요."

이런 솔직한 대답이 판시엔은 좋았다. 북제에서 '성녀(圣女)'라고 불리는 존재였지만 항상 자연스럽고 진실된 모습의 그녀였다.

판시엔은 이내 바짓단을 말아 올리고 하이탕과 땅을 다지기 시작하였다. 하지만 농사일을 해 본 적이 없는 판시엔은 결국 구경꾼 신세로 전락하고 말았다.

해가 중천에 뜨자 하이탕은 긴 의자를 그늘에 가져다주었고, 판시엔은 그 의자에 앉아 차가운 차를 마시며 두 눈을 감고서, 마치 집에 온 것처럼, 편안하게 휴식을 취하기 시작하였다. 하이탕은 그를 슬쩍 보고 웃은 뒤, 자신도 머리에 묶고 있던 꽃무늬 두건을 풀어 이마의 땀을 닦아내고 의자에 앉아 뒤로 누웠다.

두 개의 긴 대나무 의자에서 젊은 남녀 한 쌍이, 시원한 바람을 맞으며, 한가롭게 휴식을 취했다.

한참이 지난 후, 하이탕은 침묵을 깨며 말했다.

"너 진짜 이상한 사람이야."

"너도 이상해."

판시엔은 여전히 눈을 감은 채 말했다.

"최소한 지금은 네가 어떤 사람인지 잘 모르겠어."

두 사람의 대화에 이미 존칭은 사라져 버렸다.

이전에 하이탕이 춘약에 당해 분노에 찼을 때에도 그런 적이 있었지만, 그때와 지금은 느낌이 많이 달랐다. 판시엔은 뭐 그때도 그렇고 지금도 그렇고, 별 생각 없이 상대방이 하는 대로 할 뿐이었지만, 훨씬 편하다고 느끼고는 있었다.

하이탕은 이 상황이 재밌다는 듯 웃으며 말했다.

"나에 대해 반드시 다 알 필요는 없잖아."

"모든 사람은 다 목적이 있는데, 넌 그걸 잘 모르겠거든."

"나의 목적?"

하이탕은 손에 든 두건으로 부채질을 하며 물었다.

"근데 목적이라는 것이 꼭 있어야 해?"

"살아가려면 목적이 있어야지. 또 목적이 있어야 살아가는 거고."

"동어 반복인데."

"뭘 그리 따져. 그냥 되는대로 말하는 것뿐이야."

판시엔은 기지개를 켜며 말을 이었다.

"난 그냥 너랑 쓸데없는 말을 하는 게 좋아. 그렇네. 너랑 대화할 때는 목적 때문에 살아가는 게 아니라, 그 자체로 살아있다는 느낌을 주는 것 같아."

"진짜 쓸데없는 말이네."

"난 그저 네가 좋아."

판시엔은 이 말을 하고 웃음이 터져버렸다.

"너나 나같이 친구가 없는 사람들에게도, 말할 대상은 필요하잖아."

"판 대인은 재주도 많고 명성도 하늘을 찌르고 있는데, 어떻게 친구가 없을 수 있나요?"

이유는 모르겠지만, 하이탕은 다시 존칭을 쓰기 시작했다.

판시엔은 신경 쓰지 않고, 반말로 계속 했다.

"난 진짜 친구가 없어. 넌 북제의 아가씨고 난 남경의 젊은이라 적이라 할 수도 있지만 난 널 친구처럼 생각해. 너도 내가 북제에 있다고 날 죽이지는 못 할 걸?"

하이탕은 그를 가만히 보면서, 이 남경의 잘나가는 관원이 외모는 번드르하지만 역시 개자식이라고 생각했다.

"대인은 권문세족의 자녀로, 징두에 들어가자마자 명성을 얻었죠. 앞으로도 막힘없는 탄탄대로를 걸을 듯 보이고. 심지어 양국의 황제들도 대인을 눈여겨보고 있지요. 그런데도 지금 불만이 있다구요?"

"고독해. 외로워."

하이탕은 어이가 없었다.

"판 대인의 수하에 옌빙윈 같은 대단한 인물이 있고, 경국 감사원의 실세를 가졌고, 집에는 아름다운 부인에, 여동생도 이름난 인재이고, 아버지가 고관 대작이니 만나는 사람은 죄다 대단한 사람들일 텐데, 지금 고작 고독하고 외롭다고 투정부리는 거예요?"

"아버지는 아버지고, 아내는 아내고, 동생은 동생이고, 옌빙윈은 부하고, 만나는 사람들은 모두 이해관계이고."

판시엔은 자신도 왜 이렇게 하이탕 앞에서는 솔직하게 말하는지 모르겠다고 생각하면서도 진지하게 말을 이었다.

"내가 투정부린다 생각해도 좋고, 내가 고독한 척한다고 생각해도 좋아. 결론적으로는, 관직의 삶이 나하고 잘 안 맞는 것 같아. 그리고……이런 아들로 살아가는 것도 별로 즐겁지 않고."

"판 대인은 나하고 친구가 되고 싶다 하지 않았어요?"

"친구냐 아니냐가 중요하겠어? 최소한 난, 너랑 있으면 편해. 요즘 나의 상황은 그런 편한 느낌을 가지는 것도 어려워."

"만약에 저에게 숨겨진 의도가 있다면요?"

"아가씨가 그런 위인은 못 된다는 걸 압니다."

판시엔의 말에는 강한 믿음이 실려 있었다.

하이탕은 짜증이 났지만, 판시엔은 그녀의 기분은 개의치 않은 듯 다시 한번 기지개를 켜고 말했다.

"배고파."

'뭐 이런 인간이 있어?!'

"쌀도 있고, 물도 있고, 채소도 있으니까 네가 해 먹어."

판시엔은 탄식을 하며 말했다.

"사내 대장부가……부인 외의 여자에게 배고프다고 말 하는 것은, 술 고프다고 하는 것일세."

샹징에서 가장 호화롭고, 가장 조용하고, 가장 격조 있는 기방 백세송거(百岁松居)에 오늘 귀한 손님이 오기로 되어 있었다. 상당히 귀한 손님이었기 때문에 주인은 공손하게 모든 손님을 내보내고, 삼층 건물에 고요함만 남긴 채, 문밖까지 나가 손님을 기다리고 있었다.

다만 기방의 지배인만은 영문을 몰라 너무 이상하다 생각하고 있었다. 그도 북제 조정의 웬만한 거물들은 다 알지만, 오늘 오는 귀한 손님들의 신분이 좀 이상하다 생각했기 때문이다.

남자는 남경의 시선(詩仙)이요, 여자는 황제의 아가씨 스승이라.

길이 내다보이는 우아한 방에서, 판시엔은 풍경을 바라보며 술잔을 비우고 있었다. 석 잔을 마셨을 때쯤, 그는 주인을 불러 술을 바꿔 달라 소리쳤다. 주인장은 가장 비싼 술을 내었음에도 바꿔 달라 하자, 어쩔 수 없이 북제에서 그나마 유명한 칭미즈(青米子)라는 술로 바꿔 내었다.

판시엔이 그제서야 고개를 끄덕였다. 하이탕은 그 모습이 의아한 듯 물었다.

"앞에 나왔던 술은 마오타이(茅台)라고 천하에서 으뜸가는 독주였는데, 판 대인은 좋아하지 않나 보죠?"

"난 마오타이를 진짜 좋아하지."

판시엔은 그녀를 바라보며 담담히 말했다.

"하지만 지금은 그 술을 마시고 싶지 않네."

마오타이의 맛은 경여당의 맛이고, 예칭메이의 맛이고, 판시엔과 뗄 수 없는 맛이고, 심지어 그가 가장 좋아하는 맛이었지만, 판시엔은 오늘 이 자리에서만은 그런 맛을 피하고 싶었다.

하이탕은 다시 아무 말 없이 술을 들이붓고 있는 판시엔의 모습을 바라만 보았다. 마치 재밌는 일을 감상하고 있는 사람처럼 눈을 반짝이고 있었다.

한껏 취기가 오른 판시엔은 살짝 흐리멍텅해진 눈빛을 하고 있었지만, 훨씬 유쾌한 웃음을 짓고 있었다. 이내 판시엔은 젓가락을 그릇에 두드리며 노래를 부르기 시작했다.

"조상님의 은덕이네, 우연히 은인을 만난 건 조상님의 은덕이네. 어머님의 덕분이네, 은공을 쌓으신 어머님 덕분이네. 그분이 살아생전 곤경과 빈곤에서 사람을 구하신 덕분이네. 모진 삼촌과 간사한 형처럼 돈만 쫓지 않으셨기 때문이네. 착한 일, 나쁜 일 모두 응당 대가를 치르게 되어 있으니 시시비비를 모두 하늘이 가려주신 것이네."

이것은 전생에서의 〈홍루몽〉, 현생에서의 〈석두기〉의 '조상님의 은덕'이라는 부분이다.

하이탕의 눈이 더욱 반짝이고 있었다.

판시엔은 긴 한숨을 쉬고, 다시 한잔을 들이켜며 말했다.

"하이탕. 오늘 날 말리지 마."

왜 취하려고 하는 것일까? 시대를 초월해 술을 마시는 이유는 기쁘거나 슬프거나 또는 답답하거나.

판시엔은 답답했다.

그가 처음 이 세상에 다시 태어났을 때, 그는 그저 마음대로 살고 싶었다. 최소한 사지는 멀쩡하지 않은가. 손해볼 것 없는 장사라고 생각했다. 만약 완알과 뤄뤄 그리고 우쥬가 없었다면 그렇게 살았을 것이다.

그런데 심지어 천핑핑은 자신에게 황제를 넘어 천하를 굽어보라하고, 샤오은은 자기에게 신묘의 비밀을 털어놓았다.

이 모든 게 예칭메이부터 시작되었다.

하지만 어머니인 그녀가 그립다.

그런 그 자신이 싫었다.

그래서 마오타이를 마시는 순간, 술잔을 던져 깨버리고 싶은 충동이 들었던 것이다.

〈석두기〉의 '조상님의 은덕'의 내용은 참 그의 신세와 많이 닮았다.

그래. 그렇게도 생각할 수 있는 것이 아닌가. 다행히 다시 태어났고, 다행히 은인들을 만났고, 그건 어머니가 공을 많이 쌓으신 덕택이라 생각할 수 있는 것 아닌가. 덕분에 큰 힘 들이지 않고 재화와 부를 가지게 되었고, 지금도 많은 사람들의 도움을 받고 있지 않은가.

생각이 여기에 이르니 판시엔은 속으로 다짐했다.

'축복받은 인생(留余庆), 남은 인생을 축복하자(庆余年).'

'그런데 도대체 뭘 해야 하지?'

하이탕은, 밝게 빛나는 두 눈이 마치 판시엔의 마음을 꿰뚫어 낸듯이, 천천히 말했다.

"힘들고 가난한 사람들을 도우면서 사는 걸 추천할게요."

판시엔은 갑자기 자기 생각에 대답이나 한 듯한 이 말에 놀라, 가만히 듣고만 있었다.

"판 대인, 권력을 쥐더라도 '도의(道義)'만은 잊지 마세요. 사람은 야수들과 다를 게 거의 없어요. 단지 '의(義)'를 중시한다는 것밖에 없죠. 판 대인과 저는 다른 나라 사람이지만, 천하의 사람들은 나라와 상관없이 각각 하나뿐인 생명체에요. 대인이 만약 '도의'를 생각한다면, 천하에 전쟁이 다시 일어나는 것만은 막아 주세요."

천하의 전쟁을 막는다.

이것이 하이탕의 목적이었고, 판시엔이 줄곧 추측해 온 하이탕의 목적이었다. 이 때문에 하이탕은 북제 오기 전 마지막 순간에도, 그를 죽이지 않았던 것이다. 하이탕이 말했기 때문에 그 말이 자연스러웠고, 판시엔도 믿었다.

판시엔은 자신도 모르게 여느 때 보다 진지하게 말했다. 술은 취했지만 말투도 이전과 달리 진지해졌다.

"'의(義)'를 중시한다고 해서 '의'를 행한다 장담할 수 없고, '이익(利)'을 추구한다고 해서 '의'가 없다고 할 수는 없습니다. 목적만 정확하다면, 수단을 가릴 필요가 없다고 생각합니다."

이 말에 놀란 것은 하이탕이 아니라 판시엔 자신이었다.

무심결에 뱉은 말이 그가 앞으로 어떻게 살아야 하는지를 알려준 것 같았기 때문이다. 판시엔은 앞에 있는 하이탕을 보고 갑작스럽게 빙그레 웃으며 말했다.

"고마워."

하이탕은 그가 술에 취했다고 확신했다.

판시엔은 증명이라도 하듯이, 생뚱맞은 감사 인사를 끝으로, 흐느적거리다, 기분 좋게 탁자 위에 쓰러졌다. 적인지 친구인지도 모르는 아가씨 앞에서, 심지어 적국의 기방에서 인사불성이 된 것이다.

사실 정말 바보 같은 행동이었다.

하이탕은 쓰러진 그의 뒤통수를 보며 정말 하고 싶었던 말을 했다.

"대인의 재주를 펼치기에 경국은 좋은 무대에요. 그리고 대인은 전쟁을 할 생각이 없으니 나의 친구인 셈이죠. 그러니 대인이 높은 자리에 오르게 된다면, 사소한 행동 하나도 조심하고, 만민을 위해 더 생각하고, 절대 자만해지지 않기를 바래요. 그것이 바로 '바른 길(正途)'이에요."

판시엔이 이 말을 들었는지, 아니면 술주정인지, 대답했다.

"걱정 마, 난 이제 시작이야."

하이탕은 어이없어하며 한참을 쳐다보다, 마침내 어린아이처럼 달콤하게 잠든 판시엔을 보면서, 미소를 지으며 나직하게 말했다.

"알다가도 모를 사람이네. 〈석두기〉를 썼다는 조설근 선생이 결국 너구만."

판시엔은 머리가 지끈거렸다. 그런데 어디선가 따뜻하고 부드러운 손길이 다가와 그의 태양혈을 가볍게 눌러주었다. 그는 조금 놀랐지만 여전히 두 눈을 감은 채로 태연하게 말했다.

"여기가 어디지?"

술을 너무 마셔서 그런지 목이 갈라졌다. 이내 관자놀이에 있던 손 하나가 떨어지더니, 조심히 찻잔 하나를 그의 입으로 가지고 왔다. 한 모금 마시고 꿀물임을 알아차리고서, 자기도 모르게 웃음이 나왔다.

그는 하이탕이 자기에게 독을 넣었을 거라 생각지는 않았다. 왜냐하면 그녀에게 어떤 이득도 없기 때문이었다. 하지만 문득 뭔가 잘못되었음을 느꼈다. 은은한 향이 풍기고 있었는데, 청아한 향이었지만, 맡자마자 갑자기 아랫도리가 불끈하며 마음이 동하였기 때문이다.

그 향은 점점 가까워지며 부드러운 무언가가 자기 뒷머리를 받쳐주었는데, 부드럽고 아름다운 몸의 굴곡이 느껴지자, 판시엔은 마음이 불같이 솟구치더니, 참기 힘들 정도에 이르렀다.

그는 맹렬히 두 눈을 뜨고, 침착한 듯하지만 숨길 수 없는 욕망의 눈동자를 하고, 옅은 푸른색의 소매 속으로 나와있는 백옥 같은 손을 보며 말했다.

"리리?"

스리리는 몸을 살짝 돌려 부드럽게 그의 품 안으로 쓰러지며 기대에 찬, 한편으론 원망스러운 눈빛으로 그를 바라보았다.

두 사람은 위험한 순간이 있었지만, 마지막 선만은 넘지 않았었다. 심지어 판시엔은 사당에서 그녀를 본 이후로, 더 이상한 남녀관계로 얽히는 일은 하지 않겠다고 다짐했었다. 하지만 지금 따뜻하고 백옥 같은 손이 그의 가슴을 부드럽게 애무하는 이 익숙한 느낌……

'방금까지 하이탕과 술을 먹고 있었는데, 지금 스리리랑 이러고 있다고?'

판시엔은 어떻게 된 것인지 느낌이 왔다. 다만 하나가 이해가 안 되었다.

정확히 말하자면 자기가 이해하기에 세상이 너무 빨리, 너무 쉽게 돌아가고 있었다.

초여름의 샹징은 바람이 불지 않으면 매우 무더웠고, 비가 내리지 않으면 사방에서 먼지가 일어 소위 좋은 날씨는 아니었다. 다행히 지금은 날도 저물고 밤바람도 살짝 불어와, 조그마한 사당 안의 찌는 듯한 열기는 사라진 뒤였다. 처마에 듬성듬성 솟은 나뭇가지 위로 커다란 보름달이 걸려있었다.

판시엔은 마치 강간범이 도망가듯이, 허리띠를 단단히 여미며 사당을 뛰어나왔다. 준수한 얼굴에는 지금 이 순간을 믿을 수 없다는 황당한 표정이 가득했다.

사당 입구에서 이상한 느낌을 받고, 머리를 '휙' 돌려 지붕 위에 보름달을 배경으로 앉아서 자기를 바라보고 있는 여자를 보며, 통렬히 욕을 해댔다.

"이런 미친! 사부나 제자나 다 또라이구만."

판시엔은 그동안 자기가 수줍은 듯, 달콤한 듯, 순진한 듯 꾸미는 것을 좋아했지만……오늘 밤에 이 사건을 맞닥뜨리고 드디어 분노가 폭발해서, 그가 아는 욕이란 욕은 다 퍼붓고 있었다.

하이탕은 지붕에 쪼그리고 앉아, 마치 보모가 사랑병에 걸린 아이를 쳐다보듯, 그를 바라보고 있었다. 그녀는 이렇게 판시엔이 빨리 깨어날 줄은 몰랐다는 듯이 놀라는 표정이었지만, 눈빛에는 부끄러움과 장난기를 숨길 수가 없었다.

"너무 빠른 거 아니야?"

판시엔은 부끄러움과 분노가 치밀어 올랐지만, 하이탕의 말에 실소가 나왔다.

'도대체 저 여자는 뭐야?'

하이탕은 뭔가 알았다는 듯, 자책하며 말했다.

"페이지에의 제자였지……약을 좀 더 많이 썼어야 했는데."

달빛이 떨렸다. 나뭇가지도 떨렸다.

그녀는 나부끼듯이 아래로 내려와 판시엔의 옆으로 왔다.

사당의 문을 열면서 같이 걷자는 눈짓을 보냈다.

사당 밖은 온통 어둠뿐이었다. 저 멀리 우물에서 우렁찬 개구리 울음소리가 들려와 농가의 분위기를 한층 무르익게 해줬다. 하지만 판시엔의 마음에는 원망이 무르익어가며 차가운 목소리로 쏘아 물었다.

"무슨 약을 쓴 거야?"

"춘약."

하이탕은 당연하다는 듯이, 정정당당하게 말했다.

"북제에서 가장 좋은 걸로."

"너……너!"

판시엔은 삿대질을 하며 말을 못 이었는데, 순간 그 손으로 그녀의 콧대를 콱 부러뜨리고 싶은 욕구가 치밀어 올랐다.

"난 경국의 신하고, 그녀는 곧 북제 황제의 여인이 될 사람인데……넌 진짜 간댕이가 부어올랐구나!"

"판 대인이 저에게 춘약을 쓰실 때에도, 간댕이가 작지는 않았을 것 같습니다만……."

"그때는 적이었고, 지금은 친구……."

판시엔은 말을 하다 바로, 자신이 그렇게 떳떳하진 않은 것을 느꼈다.

"황궁에서 대인이 뭐라 말하셨죠?"

며칠 전 황궁.

판시엔이 말했다.

"정 그렇게 마음에 걸리시면, 저에게 약을 쓰셔도 됩니다……그 약을."

하이탕은 말했다.

"기회가 있으면 당연히 쓰겠죠."

기회가 있으면, 당연히 쓰겠죠.

기회가 있으면, 당연히 쓰겠죠?!

판시엔의 말은 확실히 경솔했다.

하이탕의 말은 확실히 무거웠다.

"저는 뭐 그리 대단한 고수가 아니에요. 저는 그저 원수를 갚고 싶은 불쌍한 소녀일 뿐이랍니다."

"그래도 스리리는 아니지. 너랑 자매 같은 사이라며. 오늘 일이 뭘 의미하는지 알잖아?"

"리리가, 널 좋아해."

하이탕은 미소를 지으며 말했다.

"너도 리리를 싫어하는 것은 아니니까, 우리 몇몇의 자매들과 이야기 해봤는데 다 괜찮다던데?"

사실 그녀는 〈석두기〉를 쓴 조설근 선생이 곧 판시엔인 것을 알고 나서 이 계획에 더욱 확신이 생겼었다.

판시엔은 갑자기 조용해지더니, 한참 후에 하이탕을 바라보며 억울한 듯 말했다.

"내가 너에게 춘약을 쓴 것은 당시 위기를 모면하기 위해서, 비록 네가 미인은 절대 아니지만, 내가 이 한 몸 희생하겠다는 마음으로 한 건데, 그 원한 때문에 스리리를 끌어들이는 건 아니지……."

하이탕이 평소에 아무리 호탕하고 초연하다지만, 젊은 아가씨 앞에서 이 말은 아니지……하이탕은 야심한 밤 초원에 사냥을 나온 한 마리의 늑대 같은 눈빛을 하고 판시엔을 노려보았다.

판시엔은 그제서야 조금은 냉정을 되찾은 듯 담담히 말했다.

"나야 그냥 없는 일처럼 할 수 있다지만, 네가 사부에게 혼날까 걱정이다."

하이탕은 길게 심호흡을 한 번 한 후, 침착하게 예를 갖춰 인사를 했다.

"오늘 대인을 계략에 빠지게 한 점, 대인께서 널리 양해 부탁드립니다."

"그런 계획은 많이 짜세요. 어떤 남자가 굴러들어오는 복을 차나요……하지만 넌 안 된다."

판시엔이 고의로 놀린 말에, 이상하게 하이탕은 화를 내지 않으며 조용히 말했다.

"태후 연회에서 보자."

판시엔은 이상하게 침착한 하이탕의 얼굴이 수상했지만 그저 돌아섰다.

"연회가 끝나면 바로 돌아가야 하니까 그 전에 스리리를 한 번 더 보게 해 줘."

하이탕은 판시엔의 그림자가 어둠 속으로 사라져 가는 것을 바라보고만 있었다. 그 모습이 웃겨 보였는지, 하이탕은 갑자기 웃음이 터지기 시작했다. 그녀의 밝은 두 눈은 기쁨과 환희로 가득 차 있었다.

그런데 오늘 일이, 그녀가 이렇게까지 즐거워 할 일인가?

'오늘 밤 일? 하이탕 말이 맞을 수도 있고, 아니라도 어쨌든 지나간 일이야. 잊자.'

판시엔은 이미 목욕을 마치고, 의자에 앉아 옌빙윈의 보고를 받고 있었다.

"지금까지 모두 네 명이라고?"

옌빙윈은 보고를 이어갔다.

"맞아요. 4년 동안 총 네 명의 첩만 입궁을 했어요. 북제의 황제는 어려서부터 천인(天人)의 도를 수행했고, 국가를 다스리는 것을 보면, 매우 영민한 군주로 보여요. 가슴에 큰 뜻을 품으면, 남녀 간의 일에 흥미를 잃는 것도 당연한 일이지요."

"그럼 아직 아들은 없겠네?"

"황제가 젊으니, 황실에서도 그렇게 급하지 않은 눈치에요."

"급하지 않다고? 아니야 됐어. 왕치니엔에게 모레 입궁 계획과 경국으로 돌아갈 계획이나 잘 짜라고 전해 줘."

판시엔은 속으로 싸늘하게 콧방귀를 뀌고는 손짓으로 옌빙윈에게 물러가라 했다.

옌빙윈은 제사 대인이 비밀을 잘 이야기하지 않는다는 것을 알고 있었다.

그의 생각은 정확히 맞았다.

판시엔은 감사원의 제사였지만 많은 정보를 다른 사람들과 공유하지는 않았다. 예를 들어 오늘 밤에 어떤 일이 있었는지, 예를 들어 북제의 황제가 혹시…… 동성애자일 수도 있다는 의심 등등.

북제 황궁의 정문이 서서히 열렸다. 그러자 청산에 자리 잡은 아름다운 폭포수가 아래로 멋지게 떨어지며, 마치 검은 처마를 다 날려 버릴 듯한 기세로 다시 한번 사람들 앞에 나타났다. 오늘은 북제 태후의 생신 연회였는데, 남다른 초대장도 받았으니 안 올 도리가 없었다.

사실 판시엔은 빨리 집으로 돌아가고 싶었다.

북제의 군신들은 천하에서 가장 진귀한 물건들을 황궁 안으로 옮기느라 정신이 없었다. 청룡 옥석이라든지, 동이성에서 배로 옮겨온 기이한 종이라던지, 북방의 눈 덮인 지역에서 천 년에 한 번 볼까 말까 한 꼬리 두 개 달린 설표범 등등.

다만 샤오은 사건에서 의심만 있지 증거가 없어 속을 끓고 있던 몇몇 북제 관원들은, 판시엔에게 싸늘한 시선을 던지며 노기를 꾹 참고만 있는 듯 보였다.

태후의 생신 연회라지만 선물 이외에는 일반 귀부인의 연회랑 다를 바는 없었다. 몇 가지 다른 점은, 북제의 한 무장이 도발했는데 가오다가 처리해 주었다는 것, 랑타오가 도발해 죽음의 위협을 느꼈지만 '친구' 하이탕이 대신 나서 주며 자기를 지켜 주었다는 것, 황제가 예전과 다름없는 웃는 얼굴로 판시엔을 연신 쳐다봤지만, 그는 이미 황제에 대한 선입견이 생겼는지 온몸의 털이 쭈뼛쭈뼛 섰다는 것.

위험한 순간들이라 할 수도 있었지만 어차피 경국으로 돌아가면 끝인 일이었다.

북제의 황제도 취향이 아무리 그렇다 한들, 경국의 신하인 그를 어떻게 할 것인가?

다만 연회가 끝나고 북제 황제는 첫 만남의 그날처럼, 한담을 나누자는 상투적인 명분으로 그를 하이탕과 함께 화영궁(華英宮)으로 초대했다. 하지만 이 야심한 시각에 젊은 황제가 자신을 남게 했고, 동시에 황제의 개인적인 문제가 연상되며, 판시엔은 머리가 지끈 아파오는 듯했다.

"폐하께서 판 대인의 도움을 필요로 하시는 거예요."

하이탕은 말했다. 판시엔은 북제의 황궁에서 손님이지만, 그녀는 반 주인에 가까웠다.

바로 그때 젊은 황제는 이미 화영궁으로 들어오고 있었다. 그는 손을 저으며 판시엔과 하이탕이 인사하는 것을 말린 후, 오른손으로 자기의 외투를 벗어 뒤따라오던 어린태감에게 '휙' 던졌다. 한 벌로 된 얇은 옷만 걸친 황제는 매우 활기차 보였다.

이어서 황제는 낮은 침대에 앉아 두 발을 들었고, 준비하고 있던 태감이 조심스럽게 그의 발에서 신발을 벗겨내니, 황제의 맨발이 드러났다.

하이탕은 황제의 이런 사적인 모습이 익숙한지 전혀 놀래지 않는 눈치였다. 하지만 판시엔은 왜 그가 이런 모습까지 자기에게 보이는지 몰랐기에 놀랐지만, 자연스레 시선을 낮은 침대 위를 향하게 한 뒤, 황제의 가슴, 그리고 황제의 발을, 아래위로 두 번 훑어보았다.

크지 않다.

작지 않다.

가슴이 크지 않고, 발이 작지 않다.

여자가 아니라 남자다.

"모친은 조용한 걸 좋아하시네."

젊은 황제는 낮은 침대에 기대고 비스듬히 누워서 태감이 건네주는 제비집을 먹으며 말했다. 그리곤 궁녀와 태감들을 모두 물리자 화영궁은 순식간에 조용해졌다.

판시엔은 가볍게 몸을 굽혀 예를 올리며 말했다.

"폐하께서 어떤 분부가 있으십니까?"

경국의 사신의 조심스러운 모습을 보자, 황제는 장난기가 발동하며 대답했다.

"판 경, 모레 돌아갈 때 공주를 잘 보살펴 주게."

판시엔은 그제서야 그 중요한 일이 생각난 듯 살짝 놀랐다. 옌빙윈의 정보에 따르면 공주는 항상 궁에서 컸고, 황제와는 이복형제 사이였다. 그녀의 생모가 무슨 죄를 지었는지 몰라도 빙궁에 내쳐져 죽었기에, 공주도 태후의 사랑을 받지 못하고 컸다 한다.

그렇다 보니 이런 정략결혼의 희생자가 된 터였다.

하지만 그렇다면 황제도 공주와 깊은 정 같은 것은 없을 텐데, 지금 황제의 말이 무슨 의미인지 잘 이해가 되지는 않았다. 하지만 이어지는 말에 판시엔은 자기의 추측이 틀렸다는 것을 알았다.

"공주가 이제껏 궁을 떠난 적이 없네. 이번에 혼인 때문에 경국을 가게 되면 천자인 짐도 더 이상 그녀를 돌봐줄 수 없지 않겠나."

"폐하 염려 마십시오. 경국의 대황자는 걸출한 영웅 같은 인물로,

만민의 존경을 한 몸에 받는 몸입니다. 공주와 대황자는 금실 좋게 백년해로하실 것입니다. 조정의 대신들도 공주에게 예를 다하여, 한 치의 소홀함 없이 대할 것입니다."

"그게 무슨 소용인가? 판 경, 짐은 자네를 친구로 생각하네……남경에서는 자네가 공주를 많이 보살펴 주게."

판시엔은 다시 한번 깜짝 놀랐다.

'기껏해야 고작 네 번 봤을 뿐인데, 한 나라의 천자인 황제가 나를 친구라 불러?'

"판 경, 처음 봤을 때 짐이 자네의 시와 문장을 좋아한다고 말하지 않았나? 그것들은 자네가 말한 것과 다름없으니, 짐은 자연히 자네와 일 년 동안 항상 말을 나눈 것과 다름이 없네. 그러니 짐이 자네를 친구로 여기는 것에 문제가 없다네."

판시엔은 이게 무슨 일인가 싶었지만, 어쨌든 북제 황제의 은총을 받는다는 것은 감사한 일이었기에, 황송하다는 말로 성은에 대해 감사 인사를 올리려는 순간. 북제 황제의 맑고 담담한 목소리가 이어 들리기 시작했다.

다만, 그 목소리에는 원망의 기운이 실려 있었다.

"그런데 판 경은 짐을 멀리하고 싶은지, 며칠 동안 입궁해서 짐과 이야기도 나누지 않고……심지어 이런저런 일로 짐을 속이기나 하고."

"일이 좀 많았습니다. 홍려사랑 태상사, 두 곳을 뛰어다니다 보니……폐하께서는 일이 더 많으실 터인데, 타국의 신하가 감히 어떻게 방해를 하겠습니까?"

"그래? 짐은 자네가 며칠간 아가씨 스승과 거리를 걷거나……술을 마시느라 바쁜지 알았네만."

이 말이 나오자 하이탕조차 좌불안석이 되어 재빨리 말을 했다.

"뒤뒤는 항상 판 대인의 〈천인합일〉을 배우고자 했고, 덕분에 많은 것을 배우게 되었습니다."

"알았네. 그럼 판 경이 지금 준비하고 있는 그 일은, 언제까지 짐에게 속일 것인가?"

식은땀 한 방울이 판시엔의 이마에서 흘러나왔다.

하지만 마음속의 두려움을 드러내지 않기 위해, 바닥에 떨어뜨리지 않도록 노력하고 있었다. 그는 재빨리 머리를 굴렸다.

'스리리와의 일이 드러나 버린 것인가? 진짜 그런거면 설령 황제가 스리리를 그렇게 좋아하지 않는다 해도, 북제에서 날 살려 돌려보내지는 않을 것 같은데.'

그는 곁눈으로 하이탕의 얼굴을 보니, 그저 평온해 보이기만 하였다.

약간의 원망도 있었지만 스리리의 일이라면 하이탕이 저렇게 편하게 있을 수는 없다는 생각에, 다소 안심하며 공손하게 물었다.

"폐하께서 무엇을 두고 그리 말씀하십니까?"

두 번째 드는 생각은 샤오은의 탈옥과 관련된 일이었는데, 그 사건은 하이탕이 사건의 진상을 추측할 수는 있을지언정 확신을 할 수는 없었고, 그 외 사람은 생각지도 못하는 일이었다. 그러니 스리리와 관련한 일만 아니면 판시엔은 지금 별달리 두려워할 일이 없다 생각하며 마음을 진정시키고 있었다.

생각지도 못한 황제의 이어지는 말에, 판시엔은 하마터면 의자에서 굴러 떨어질 뻔했다!

"짐이 그럼 한번 묻겠네. 자네의 린(林, 임) 누이는 어떻게 된 건가?"

황궁에 벼락이 한 번 내리치는 듯했다.

판시엔은 마치 그 벼락을 맞으며 '하늘이시여'를 외치고 있는 듯했다.

판시엔은 순간 나무토막처럼 몸이 굳어버려 감히 아무 말도 입 밖에 낼 수 없었다.

'북제의 황제가 어떻게 나의 사랑하는 부인 린완알(林婉儿, 임완아)이, 나의 '사촌 누이'인 것을 안다는 말인가! 그렇다면 북제의 황제가 나의 진짜 신분을 안다는 거 아닌가! 내가 경국 황제의 아들임을 안다는 것인가! 내가 고모의 딸과 혼인했다는 것을 안다고?!'

'이건 아니지! 이건 말이 안 되지! 이건 불가능해! 천하에서 나의 진짜 신분을 아는 사람은 절대 다섯 명이 넘지 않는데, 그 사람들은 그 비밀을 말할 리가 없어. 근데 설마 북제 황제가 그것을 어떻게든 알아냈다고?'

'아니야. 북제 황제도 일국의 천자이지. 할 수 있는 게 많지. 북위 황제도 신묘의 단서를 찾아냈었어. 설마 진짜 어디서 흔적을 찾아 알아낸 거라고? 그렇지 않고서는 내 부인을 어떻게 나의 린 '누이'라고 부를 수 있는 거야?!'

북제의 황제는 안절부절못하는 판시엔을 싸늘한 눈빛으로 보고 있다가, 갑자기 낮은 침대의 팔걸이를 세차게 내리치며 꾸짖듯 말했다.

"말하거라!"

'말하긴 뭘 말해! 니미랄, 니 애미다!'

판시엔은 겉으로는 최대한 침착해 보이려 노력하며 머리를 빠르게 돌리고 있었다.

'쳐? 하이탕을 못 이기는데. 튀어? 북제에 신분이 까발려지면 태자, 대황자, 2황자……이 인간들이 굶주린 늑대가 되어 달려들 텐데. 그리고 그 황실의 마마들…….'

아무리 생각해도 여기서 어떻게든 해결해 볼 수밖에 없었다. 그는 태연한 얼굴을 하고 우선 상대방의 조건이나 들어보자고 생각하며 되물었다.

"폐하, 무슨 이야기이신지?"

북제의 황제는 일어나 부드러운 신발에 발을 넣고서, 다시 신기도 귀찮은지 질질 끌면서 천천히 판시엔에게 다가왔다.

그의 표정은 분노에서 환희의 웃음으로 바뀌고 있었고, 그 웃음 뒤에는 약간의 흥분과 함께 기대가 섞여 있었다.

이 표정을 보며 판시엔은 확신했다.

'이런 변태 새끼.'

북제의 황제는 약간 미친 듯이, 판시엔의 두 어깨를 잡으며 앞뒤로 흔들었다!

동시에, 낭랑한 목소리와 웃음소리가 울려 퍼지고 있었다.

"판시엔아, 판시엔아. 짐을 속이느라 고생했네. 천하를 속이느라 힘들었겠어."

'이게 진짜 미쳤나? 어쩌라는 거지?!'

하이탕은 옆에서 폐하의 이런 열광적인 표정을 보며, 또 한편으로 넋이 나간 판시엔의 모습을 보며, 참지 못해 웃음이 터져버렸다.

"조 공자!"

황제도 웃음이 터졌다.

"조설근 공자! 빨리 짐에게 말해 주게. 린 누이, 린다이위(林黛玉, 임대옥)가 마지막에 쟈바오위(贾宝玉, 가보옥)랑 이어지는 건가 마는 건가?"

판시엔은 그제서야 상황 파악이 되었다.

북제 황제가 조설근이 어떻게 자기인지 알았는지 모르겠지만, 그는 순간 다리가 풀리며 의자에 주저앉아 버렸다. 그리곤 별말 없이 옆에 찻잔을 집어 벌컥벌컥 마셨다.

황제는 빙그레 웃으며 그를 바라보았다.

"오늘 〈석두기〉의 결말을 이야기하기 전에는 여길 못 나가네."

판시엔은 여전히 아무 말도 없이, 오랫동안 침착을 되찾으려 노력했다. 한참이 지난 후 그는, 거의 나오지 않는 목소리로 입을 열었다.

"폐하……〈석두기〉를 쓴 사람이 저인지 어떻게 아셨습니까?"

하이탕은 미소를 지으며 얄밉게 말했다.

"〈석두기〉가 담박서점에서만 나오고, 조설근 선생은 나타나지도 않으니, 담박서점 관계자들만 조 선생이 누군지 알 거 아니에요? 〈석두기〉는 세상에 나오자마자 천하를 휩쓸고 있는데, 얼마나 많은 사람들이 작가가 누군지 알고 싶겠어요. 어제 술 마실 때, 판 대인이 술기운에 말을 많이 하다 보니, 그 말에서 자연히 전 알게 되었던 거죠. 오늘 폐하께서 한 번 더 떠보신 건데, 오늘로써 대인이 인정했다 봐야겠네요. 어쨌든 뒤뒤의 생각이 맞았어요."

판시엔은 어찌 말을 해야 할지 몰라 쓴웃음만 짓고 있었다. 그는 사실 〈석두기〉의 작가로서의 명성은 필요하지 않았기 때문이다. 하지만 작가가 판시엔임을 확인한 북제의 황제는 너무나도 기쁜 듯이, 연신 질문을 쏟아 내고 있었다.

"판 경, 빨리 좀 말해 보게. 쟈바오위(가보옥)는 마지막에 몇 번째 아가씨랑 이어지는 건가?"

'북제 황제도 음란 소설 애호가였구만.'

잠시 후 판시엔은 겨우 정신을 차린 후 대충 핑계를 대며 말했다.

"폐하, 외신이 대충 68장(章)까지만 썼는데, 실제로 이후의 이야기는 아직 생각하지 않았습니다."

북제 황제는 이 말을 듣고 깊은 탄식을 하고서, 옆의 하이탕을 힐끔 쳐다보며 판시엔의 귀에만 들리는 목소리로 살짝 물었다.

"37장(章)에 있는 시 모임 이름이 하이탕(海棠, 해당화)이던데 아가씨 스승과 관련이 있는 것인가?"

판시엔은 곁눈질로 살짝 하이탕을 쳐다보니, 하이탕 아가씨의 눈썹이 미세하게 떨리고 있었다. 그녀의 능력이라면 이 작은 소리도 들을 수 있을 거라 생각하며, 미소를 한 번 짓고서 대담하게 큰 소리로 대답했다.

"폐하, 작가는 글로써 뜻을 전달할 뿐입니다. 많은 말을 드리지 못하는 것을 용서해 주십시오."

폐하는 애매모호한 표정으로 말했다.

"그럼 판 경 빨리 돌아가게. 다음 장(章)이 나오는 대로 짐에게도 꼭 부쳐주고."

판시엔은 '네' 대답은 했지만, 감히 더 말을 하지는 못했다.

하늘에 달이 떠 있는 가운데, 나무 아래 푸른 돌바닥의 황궁 길을 두 사람이 걷고 있었다. 여름밤이었지만, 판시엔은 등을 축축이 적신 식은땀 때문에, 밤공기가 싸늘하게 느껴졌다. 그는 옆에 있는 하이탕에게 원망 섞인 목소리로 말하고 있었다.

"〈석두기〉를 내가 쓴지 알았다면서……왜 나에게 한마디도 안 했어? 좀 전에 놀라 죽을 뻔했잖아?"

"네가 그렇게 오랫동안이나 세상을 속일 줄 누가 알았겠어?"

하이탕은 무심한 듯 이야기했다.

"근데 왜 그렇게 놀란 거야? 조 공자가 너라는 거 말고, 숨기는 게 또 있었던 거야?"

"넌 나에게 숨기는 게 없어?"

하이탕은 입술을 삐죽했지만 대답을 하지는 않았다.

그런 하이탕을 보며 판시엔은 그녀의 긴 눈썹이 눈에 들어오며 순간 그녀가 청순하고 아름답게 보였다. 그녀의 눈동자는 오늘 따라 유난히 더 맑게 빛나는 것 같았다. 이는 은빛 달의 마법이라고 하는 것인데, 어떤 여자도 은색 달빛에 물들면 요정으로 변해 버리고 만다.

그는 뒷짐을 지고 천천히 걸으며 말했다.

"이번에 네가 날 한 번 속였지만, 내가 이 일로 복수는 하지 않을게. 너도 그 이유는 잘 알겠지?"

"이미 나 보고 도와 달라 한 일이 있잖아? 그게 뭔지는 몰라도, 남경과 관련된 일에 외부인이 필요할 수도 있겠지."

"나나 너나 진짜, 참 돌려 말하길 좋아해. 앞으로는 좀 더 솔직해지는 건 어때? 내가 너의 도움이 필요한 일을 미리 상정하고 말한 건 아니야. 하지만 그런 날이 오면 사람을 보내서 부탁 좀 할게."

하이탕은 그를 힐끗 한 번 보고 생뚱맞은 질문을 했다.

"듣자 하니, 너는 부인을 엄청 사랑해서, 딴저우에서 시중들던 하녀도 첩으로 들이지 않았다며?"

"갑자기 너무 개인적인 질문인데?"

"남자가 여자를 보자마자 사랑에 빠진다, 또 여자는 남자를 보자마자 온몸이 떨린다는 게 뭔지 궁금해서. 내가 본 대부분 사람들은 이렇게 생각해. 딸들은 애지중지하지만, 아들은 대충 진흙탕에 구르게 하고, 여자는 모두 보물, 남자는 모두 도둑놈. 또 혼인을 안 한 처녀는 진주, 결혼한 부인은 생선 눈깔……."

꼬리에 꼬리를 물고 이어지던 말을 멈춘 하이탕은 자기를 바라보는 판시엔의 차분한 눈동자를 의식했다. 그리고 작은 목소리로 말했다.

"사실 이 세상은 남자 위주로 돌아가잖아. 넌 어떻게 생각해?"

판시엔은 한 번 웃었고, 답은 하지 않았다.

하이탕은 뜬금없이 예를 올리고, 진지하게 말했다.

"뒤뒤가 천하의 여자를 대신하여, 판 공자께서 여자를 위한 소설을 써 주시고, 여자의 불평등한 대우에 대해 생각해 주신 점, 감사 인사 드립니다."

판시엔은 아무렇지 않게 대답했다.

"어쩌면 그냥 내가 이 세상 사람들이랑……근본적으로 달라서 그런 거일 수도 있어."

황궁을 나오니 하이탕은, 황제의 글 스승인 태부 대인이 밖에서 그들을 기다리고 있는 것을 발견했다. 다만 판시엔은 알고 있었다는 듯이 덤덤하게 인사를 했다.

하이탕은 태부 대인에게 예를 올린 뒤, 판시엔에게 말했다.

"내일은 내가 배웅할게."

판시엔은 그녀의 말의 숨은 의미를 알아차리고, 고맙다는 표시로 고개를 끄덕인 후, 태부 대인의 마차에 올라탔다.

하이탕은 어둠 속으로 사라져 가는 마차를 보며 속으로 생각했다.

'세상 사람들의 눈에 그가 무언가 달라 보이는 건 사실이지만, 스스로 세상 사람들과 다르다고 말하는 건 또 무슨 경우지?'

더위가 극성을 부렸다. 시기적으로 봤을 때 1년 중 가장 더운 시기는 지나갔지만, 북제는 대륙의 동북 쪽에 위치하고 있어 가을이 다가오고 있는데도 유난히 더웠다. 초여름에는 비라도 많이 내렸지만, 지금은 그마저도 없었다. 머리 위를 내리쬐고 있는 태양만이 다소 경망스럽게 사람들의 옷을 벗기고 있었다.

샹징의 남문 밖에서 황색의 가마가 성문 안으로 다시 들어가고 있었다. 황제가 직접 나와 사절단을 배웅한 것인데, 사실 이는 예법에도 맞지 않는 일이었지만, 황제는 고집스럽게 친히 와서 판시엔을 배웅했다. 그 바람에 고관 대작들과 태부까지 성 밖으로 몰려와 사절단을 배웅하고 있었다. 다만 장닝 후작과 션중은 보이지 않았다.

맑은 바람이 스치고 지나갔다.

판시엔의 마음도 덩달아 상쾌해졌다. 판시엔은 옷깃의 단추를 풀며 문득 '이런 폭염에 갑자기 신선한 바람이 분다고?' 생각하는 찰나, 아니나 다를까 옆에서 왕치니엔이 우거지상이 되어 부채를 부쳐주고 있었다.

판시엔은 '피식' 한 번 웃더니 꾸짖듯이 말했다.

"1년밖에 안되는데 그 얼굴은 뭐야? 부인이랑 딸은 내가 잘 돌볼 거니까, 걱정 마."

사절단이 옌빙원과 떠나면, 감사원의 북제 밀정들은 지휘할 사람이 필요했는데, 왕치니엔을 북제 주재 경국 홍려사 거중랑의 신분으로 그 일을 맡게 한 것이다. 왕치니엔도 이 일이 이후 관직의 승진에 도움이 된다는 것은 알고 있었지만, 불안하고 긴장되는 것은 어쩔 수 없었다.

"대인, 대인의 말씀을 하루라도 듣지 않으면, 귓가에 가시가 돋을까 봐 걱정되는 것뿐입니다."

판시엔은 웃음이 터졌다.

"북제와 쓸데없이 충돌하지 말고, 몸 잘 챙기고. 1년 후에 돌아오면 성대한 연회를 열어 줄게."

말을 이렇게 했지만 판시엔도 아첨하는 그에게 이미 익숙해져 버렸고, 왕치니엔은 누가 뭐래도 그의 심복이었기 때문에 아쉽기는 마찬가지였다. 하지만 장 공주의 자금 통로를 끊어 내기 위해서는 어쩔 수 없는 선택이었다.

그때, 갑자기 성 안에서 준마 한 필이 달려 나오는데, 차림새가 관원은 아니고 어느 집안의 하인처럼 보였다. 그 말은 태부 옆에 멈추더니, 하인은 얼굴이 울상이 되어 태부에게 문서 하나를 건넨 뒤, 손가락으로 성 쪽을 가리켰다.

태부는 무슨 소식을 들었는지 몸이 한 번 크게 휘청했다.

태부는 천천히 성 밖으로 나오고 있는 마차를 보면서, 슬픔에 젖은 얼굴로 연신 고개를 젓고 있었다. 그는 깊은 한숨을 내쉬고, 천천히 판시엔이 있는 곳으로 다가왔다.

판시엔은 태부가 전해주는 물건을 받고 약간은 의아해했는데, 그것은 다름 아닌 그가 쓴 시집이었기 때문이었다. 다만 책 위에는 구불구불한, 초췌한 필적으로 쓰인 글씨가 더해져 있었다.

'장모우한 주(注)'

태부는 여전히 만감이 교차하는 얼굴로 판시엔을 보며 말했다.

"이것은 스승님께서 대인에게 드리는 것입니다."

그의 목소리는 깊은 슬픔을 담고 있었다.

"장 선생님이……돌아가셨습니다."

판시엔은 그 시집을 들고서 순간적으로 할 말을 잃었다. 어젯밤 장모우한을 만난 것이 이렇게 마지막이 될 줄은 생각지도 못했기 때문이다.

어젯밤 태부가 궁으로 온 것은 판시엔을 장모우한에게 데리고 가기 위함이었다. 황제의 스승 태부는 장모우한의 수석 제자이기 때문이다. 몸이 좀 안 좋아 보이긴 했지만, 어젯밤만 해도 판시엔이 쓴 시구절의 의미를 두고 열정적으로 토론하던 장모우한이었다.

지금 판시엔의 머릿속엔 그런 장모우한이, 형 샤오은의 죽음을 두고 한 말이 머릿속을 떠나지 않고 있었다.

'사람은 모두 죽는다네. 그러니 살아있을 때 '잘' 살아야 하는 것이지. 형님처럼 사는 것은 정말 아무 의미가 없어. 형님은 무수한 살인을 저질렀으니, 그렇게 죽는 것도 당연한 것이지……나는 정말 자신 있었다네. 나의 형님보다 훨씬 더 즐겁게 살 자신이 있었어…… 그리고 죽음이 점점 다가오니 권력, 지위, 재화 이런 것은, 눈앞의 구름 같은 것일 뿐임을 알게 되었네. 자네도 그런 것을 보고 살아선 안 되네.'

장모우한은 판시엔에게 '그런 것을 보고 살 수 없다'라 하지 않고 '그런 것을 보고 살아서는 안 된다'라는 표현을 썼었다. 그런 장모우한이, 마지막 연구 성과를 판시엔에게 준 것이다. 그 의미는 그리 단순하게 보이지 않았다.

이쯤 되자 주위에 있던 관원들도 이 소식을 하나둘 알게 되었고, 그들 사이로 이내 깊은 슬픔이 번지기 시작했다. 그들의 시선은 하나둘 판시엔에게로 향했는데, 경계심과 분노, 그리고 의심이 담겨 있는 눈빛이었다. 장모우한 일생의 유일한 오점이 자기로 말미암은 것이었으니, 판시엔도 그들의 생각을 충분히 이해할 수 있었다.

침울하고 조용한 분위기의 성문에서, 두 대의 마차가 덜컥거리는 소리를 내며 밖으로 나오고 있었다. 마차의 형체가 약간 변형된 것으로 보아, 안에는 아주 무거운 물건이 담겨 있는 듯했다. 마차를 몰고 온 하인은 판시엔에게 다가와 떨리는 목소리로 말했다.

"판 대인, 대인께서 이 물건들을 남경으로 가져가 잘 보관해 달라는, 어르신의 마지막 유언입니다."

태양 빛에 눈이 부셔 실눈을 뜨고 있던 판시엔은, 천천히 천막을 열고 안에 있는 물건을 바라보았다.

마차에는 미인이나 보석은 없었지만, 한가득 책이 쌓여 있었다. 장모우한이 평생 수집한 책들일 것이고, 펼쳐볼 필요도 없이 모두 귀중한, 희귀본이거나 구하기 힘든 원본이라는 것을 알 수 있었다.

판시엔은 예측은 했지만 놀람과 함께 감동이 밀려왔다.

하인은 다시 공손히 책 한 권을 판시엔에게 건네주며 말을 했다.

"판 대인, 이것이 어르신께서 친히 작성하신 서적의 목록입니다. 뒷부분에는 서적을 보관할 때 주의 사항이 적혀 있습니다."

판시엔은 손에 쥐고 있던 천막을 놓으며, 진지하게 두 손을 모아 예를 올렸다.

"대형, 걱정 마십시오. 설령 판시엔이 죽더라도, 이 서적은 대대손손 전해질 것입니다."

태부는 은사의 뜻이 무엇인지 이해하고 있었기에, 자기도 모르게 가벼운 탄식을 하였다.

서적을 준다는 것은 일종의 상징이었는데, 장모우한은 단순히 서적을 '선물'한 것이 아니라, 자신의 지위를 '전승'하겠다는 태도를 밝힌 것이었다. 북제의 문신들이 제아무리 잘났다 하더라도 지금 이 순간부터는, 판시엔의 존재를 쉽게 볼 수 없는 일이었다.

판시엔은 이제 천하의 선비들로부터 일종의 '인정'을 받은 셈이었다.

잠시의 침묵이 흐른 후 판시엔은 청회색의 성벽을 바라보았다. 그는 옷을 정리한 후 최대한 깊숙이 허리를 굽혀, 장모우한의 제자로서 처음 예를 올렸다. 태부는 이 모습에 조금 놀랐는데, 마음속 깊은 곳에서는 안심이 되며, 판시엔에게 가볍게 예를 올렸다.

폭죽이 울리며 사절단의 출발을 알렸다. 폭죽의 연기와 날리는 종이 조각들이 마치 장모우한의 영혼을 불러오는 듯했지만, 곧 흔적도 없이 사라지는 것이, 마치 인생의 무상함을 말해주는 것 같기도 했다.

마차가 점점 움직이며 서쪽 방향으로 나아가기 시작하였다. 모여 있던 북제의 관원들은 장모우한의 서적이 남경 사절단을 따라 멀어지는 것을 보며, 자기들도 모르게 일제히 탄식하였다.

한 편에선 일생 동안 장모우한의 가르침을 받았던 몇몇 대학사들이 이미 울다 지쳐 쓰러질 것처럼 비틀거리고 있었다.

마차는 샹징성의 웅장한 성벽이, 푸르고 빽빽한 수풀 산림에 가려질 때 즈음, 첫 번째 역전에 도착했다. 이곳에서 하룻밤을 묶고, 다음 날 길을 떠나야 하는 것이 규율이었다.

판시엔은 대황자와의 혼인을 위해 남경으로 가는 북제 공주에게 말을 걸어 보았으나, 공주 또한 장모우한의 죽음에 울음을 그치지 못하고 있었다. 스승이 죽었는데도 가보지 못하는 마음이 전해져, 그는 이내 말을 줄이고 홀로 역전 안으로 들어갔다.

잠시 후 그는 역전의 후문 밖에 있는, 사람 키보다 큰 수수밭 사이로 사라졌다.

수수밭 바깥쪽에는 정자 하나가 덩그러니 있었다. 정자 옆에는 사람이 오가지 않는 오래된 길이 나 있었고, 그 길 끝에 마차가 한 대 서 있었다. 그리고 정자에는 두 명의 아가씨가 서 있었다.

바람이 불어와 수수가 미세하게 흔들렸고, 그 사이로 판시엔이 모습을 드러내며 천천히 정자로 다가갔다. 그는 풍만한 아가씨를 보며 온화하게 말했다.

"샹징에 왔는데, 대화도 제대로 한 번 못해 보고 떠나게 되었네."

스리리는 그에게 가볍게 인사를 한 후 떨리는 목소리로 말했다.

"대인을 뵙습니다."

판시엔은 말을 이어가며 옆에 있는 하이탕에게 살짝 눈짓을 주니, 그녀는 웃으며 여전히 두 손은 주머니에 넣은 채, 먼발치로 떨어졌다. 그녀가 떨어지자마자, 판시엔의 온화했던 얼굴은 흔적도 없이 사라지며, 그는 정색을 하고서 말했다.

"입궁하게 되면 일거수일투족을 조심해. 태후는 만만치 않은 사람이니까, 속이는 것이 쉽지는 않을 거야."

"그런 말밖에 할 게 없어요?"

정자 안의 분위기가 순식간에 굳어져 버렸다.

"대인이 믿으실지 모르겠지만, 리리는 대인과 대화하는 게 좋아요. 북제로 오는 길 마차 안처럼……."

'이 여자는 어디까지 진심인 거야?'

"대인, 해독해 주셔서 감사드립니다. 이 말은……진심이에요."

"난 쳔핑핑이 아니야. 이익이 대립하는 상황에서도, 가능하면 유한 방법을 써서 목적을 달성하는 것이 좋지. 나도 북제 황제가 너 때문에 중독되는 것을 원하지 않아……하기야 지금 보니 그럴 가능성도 없지만."

스리리는 볼이 빨개졌는데, 그녀의 생에서 가장 친한 이 남자가, 이미 무언가를 알아차린 듯 보였기 때문이다.

"아가씨는 이제 입궁하면 지체 높은 분이 될 터이니, 감사원이 통제하려 해도 안 되겠지. 그러니 아가씨와 나 사이의 약속은, 우리 둘이 마음먹기에 달려있어."

"대인 염려 마세요."

판시엔은 아름다운 그녀를 계속 보고 있자니, 정신이 순간적으로 몽롱해졌다.

"소식 기다릴게. 항상 조심하고. 내가 너의 집안 원한을 풀어주는 일은, 그리 오래 걸리지 않을 테니 걱정 말고."

스리리는 그의 말을 못 믿겠다는 듯이 그를 바라봤지만, 판시엔은 본 체도 안 하고 미소를 지으며 종이를 하나 건네주었다.

"이 사람을 통해 연락해. 이 종이는 태워버리고. 네가 나와의 약속을 못 지켜도 어쩔 수 없지만, 날 북제에 팔아 버리면 곤란해. 물론 너도 날 팔아 버리는 게 자신에게 좋을 것은 없겠지만, 어쨌든 너무 위험한 일은 하지 말라는 거야."

판시엔은 잠시 멈칫했다.

"그리고 만약에……북제 황궁 생활이 견디기 힘들면, 나에게 이야기해. 내가 방법을 찾아볼게."

"대인, 고맙습니다."

스리리는 이 말을 하며 고개를 숙였는데, 자기가 떠나야 할 시간이 다가온다는 것을 의미했기 때문이다. 그녀는 슬픈 표정으로 말을 이었다.

"이번에 헤어지면 언제 다시 만날 수 있을지 모르겠네요. 리리는 그런 생각을 할 때마다 가슴이 찢어질 듯해요."

이 말과 함께 그녀는 홀연히 정자를 떠났다.

혼자 남겨진 판시엔은 그녀의 마지막 말의 의미를 골똘히 생각하면서, 그녀의 떠나는 뒷모습을 바라보았다. 그리고 떠나는 마차의 모습을 보다, 큰 한숨을 쉬며, 주먹으로 정자의 기둥을 '퍽'하고 쳤다.

한 사람의 그림자가 정자 위로 날아왔다.

"뒤뒤는 훔쳐 듣지 않았어요."

"네가 듣고 있었으면 내가 말을 안 했겠지."

"판 대인, 이번에 북제를 떠나면……우리는 또 언제 만날지 모르겠네?"

"곧 다시 만날 것 같은데?"

판시엔은 이 말을 하고서 화제를 돌렸다.

"근데 네 스승님은 어디로 간 거야? 북제에 왔는데도 대종사를 찾아뵙지 못한 건 좀 아쉽네."

하이탕은 잠시 생각하더니 특별히 숨길 것도 없다는 듯이 말했다.

"남경 사절단이 오기 3일 전에, 나무 조각 같은 것을 받으시더니, 샹징을 떠나시더라고. 근데 태후와 나 포함해서, 어디 가셨는지 아무도 몰라."

"샹징에 있는 동안 내가 이것저것 한 일들을 모른 척해줘서 정말 고마워. 그리고 북제에 보내는 내고 물건들에 대해서는, 선중하고 장닝 후작과 이야기하는 중이야. 하지만 너희 황제가 이것으로 이득을 보려면, 선중부터 해결하셔야 할 거야. 그가 보기와 다르게 만만치 않은 사람 같더라고."

"그건 너와 나의 비밀 같은 거지."

판시엔은 그녀의 빛나는 눈을 보면서 한 자 한 자, 똑똑히 말했다.

"이 세상에서 손위 처남을 제외하고, 너처럼 순수한 바보는 처음 본다. 너와 나의 비밀이 어디 있어? 이번에 북제에서 네가 날 도와준 것을, 사형들이 눈치 못 챘을 것 같아?"

하이탕은 입을 삐죽거리며 말했다.

"뭘 말하고 싶은 건데?"

"내가 말하고 싶은 것은, 너와 황제가 태후의 그림자를 벗어나려고 하는 게, 단순히 궁중 암투 같은 것에 그치지 않는다는 것이야. 내가 아무리 자금을 조달하는 것을 돕는다 하더라도 쉽지 않은 일이야. 북제도 엄청난 대국인데 이런 잔재주 가지고 되겠어?"

하이탕은 그제서야 웃으며 말했다.

"뭔가 오해하고 있는 것 같은데?

"응?"

하이탕은 마치 다른 화제를 꺼내는 듯 불쑥 말했다.

"난 스승님을 존경하고 도리를 중요시 여기는, 착한 학생이랍니다."

판시엔은 무슨 말인지 한참을 생각하다, 어차피 물어도 대답을 하지 않을 듯해서 그도 마지막 하고 싶은 말을 던졌다.

"이 세상은 그들 것이기도 하지만, 우리들 것이기도 해. 하지만 결국은······우리들 거야. 뭐뭐, 그동안 도와줘서 고마워."

하이탕은 마침내 주머니에서 손을 꺼낸 뒤 수줍은 아가씨처럼 인사를 하며 말했다.

"판 대인, 별말씀을."

판시엔은 한 보 앞으로 가, 다소 무례하게 그녀를 한 번 안았는데, 웬일인지 천하의 고수인 하이탕도 아무 말 없이, 그의 품에 안겼다. 그는 그녀를 살짝 떼어 놓으며 진지한 얼굴로 미소 지으며 말했다.

"내가 너의 진정한 친구가 될 수 있다면, 너무 좋을 것 같아."

하이탕도 친밀한 포옹에 조금도 당황하거나 불안해 하지 않고, 담담하게 미소 지으며 화답했다.

"나도."

하이탕은 정자 옆에 서서, 옛길로 사라져 가는 판시엔의 그림자를 쳐다보고 있었다. 그녀는 고개를 약간 갸웃한 뒤, 지난 일을 떠올리며 미소 지었다.

'참 재밌는 놈이야. 남경에서 아름다운 변화가 생길지도 모르겠네. 그나저나 〈석두기〉의 하이탕 시 모임은, 진짜 나와 관계가 있는 건가?'

생각이 여기에 이르자 그녀는 고개를 저으며, 무의식적으로 두건을 정리하려 손을 머리 위로 올렸다. 뭔가 잘못되었다. 그녀는 바로 반응하며 얼굴이 달아올랐는데, 그가 그녀를 안을 때 약간 긴장을 하였는데, 그런 탓인지, 저 도둑놈이 자기의 꽃무늬 두건을 훔치는 것도 모르고 있었던 것이다.

판시엔은 그때 수수밭을 가로지르며, 얼굴에 순진한 기쁨의 미소가 번지고 있었다. 북제의 일이 마침내 비교적 원만하게 끝났다. 더불어 옌빙윈 같은 냉혈한도 만났고, 하이탕 같은 청아한 꽃도 만났고. 비록 이해관계에서는 약간 충돌되는 점이 있었지만, 그럼에도 그들과의 대화는 너무 즐거웠다.

쿠허가 육식을 하는 것, 쳰핑핑 절름발이가 변기 위에 쪼그려 앉는 것, 북제 황제가 자녀를 가지는 것……그리고 판시엔이 친구를 사귀는 것.

불가능해 보이지만 꿈꾸는 것들.

그는 꽃무늬 두건을 품에 넣고 앞의 수수들을 밀어내며 가볍게 흥얼거렸다.

"잃어버렸네, 잃어버렸네, 손수건을 잃어버렸네……."

제9장

귀국

가을로 들어선 경국 북방의 평원에는, 햇빛이 지나가는 구름 사이로 비추다 말다를 반복하고 있다.

하늘이 구름과 태양을 가지고 멋들어지게 빛과 그림자 놀이를 하고 있었지만, 땅에서 일하고 있는 백성들은 작물 수확을 하느라 바빠, 하늘의 놀이에는 관심조차 없었다. 올해에는 비가 많이 온 터라 남방에는 큰 홍수가 났지만 북방의 사람들에게는 남의 일이었고, 큰비로 인해 올해 농작물이 상했을까 걱정할 뿐이었다.

길 양쪽에 드넓게 펼쳐진 논에서 벼가 베어져 나갔다.

벼 베는 소리는 한 곳으로 모여 가더니 시간이 갈수록 무언가 만족스러운 느낌의 일사불란한 소리가 되어 갔다. 농민들은 웃통을 벗고 누런 땅만 바라본 채, 앙상한 등을 하늘로 향하게 했다. 벼를 벨 때마다 갈라지고 솟아나기를 반복하는 등 근육을 무심한 하늘에게 내보이고 있었던 것이다.

그래서 논 가운데 길에서, 끝도 보이지 않는 마차 행렬이 들어오고 있는 모습을, 농민들은 알아차리지 못하고 있었다.

봄에 북제로 떠났던 경국의 사절단이 드디어 돌아왔다. 달라진 것은 마차의 행렬이 조금 더 길어진 것뿐.

북제 공주의 마차와 장모우한이 준 서적을 실은 마차가 늘어났기 때문이다. 남쪽으로 내려오는 길은 비교적 순탄했고, 공주도 장모우한이 죽은 슬픔에서 이내 벗어난 듯, 가끔씩 판시엔에게 말을 걸기도 하였다.

하지만 그 대화는 곧 끊겨 버렸다.

창저우를 벗어나자마자 공주 마차에 한 사람이 늘어 버렸기 때문이었다. 그 사람은 매일 눈물로 세수하는 처량한 모습이었는데, 그 사람을 어떻게 할지는 옌빙윈에게 맡길 수밖에 없을 듯 보였다.

돌아오는 길에 상시로 감사원에서 정보가 날아왔는데, 남방 지역의 이상한 살인 사건에 대한 단서를 찾지 못하고 있다는 일 외에 특별한 일은 없었다. '특별한' 일은 북방에서 갑자기 전해져 왔는데, 가히 천하를 놀라게 할 만한 소식이었다.

션중이 죽었다!

비 내리는 어느 날 밤, 서른 명이나 되는 금의위의 호위를 받으며 이동하던 션중은, 샹샨후의 긴 창에 찔려, 가마 안에서 즉사하였다.

당당한 금의위 진무사 지휘사, 샤오은 이후 북제 밀정의 우두머리였던 션중이 이렇게 어이없이 죽다니!

왕치니엔이 적어 보낸 당시 상황 묘사를 보며, 판시엔은 소름이 끼쳤다.

'비 오는 날 밤, 샹샨후는 온몸에 검은 갑옷을 두르고 손에 긴 창을 쥐고서 길게 뻗은 길 위에서, 말을 급히 내달리다 한 번의 공격으로, 션중의 머리에 창을 꽂았다.'

그 후 샹샨후가 다시 창을 휘둘렀을 때에는, 이미 주위의 호위들은 몸이 산 채로 찢겨 있었다 한다. 샹샨후가 창을 거둔 뒤에야 잠시 멎었던 비도, '감히' 다시 내리기 시작했다고 했다.

이는 순전히 '무력'만으로 조정의 모든 권력에 도전장을 내민 것과 같았다.

판시엔은 머리가 지끈 했는데, 이런 무자비한 샹샨후가 샤오은의 구출 작전에서 남경의 배신, 그리고 그 아버지의 죽음이라는 결과 때문에, 자신에게 한을 품고 있을 것이기 때문이었다.

더 놀라운 것은 션중의 죽음 이후 황실의 반응이었는데, 밤새 아무 반응이 없다가, 다음날 한 것이라고는, 샹샨후의 작위를 몰수하고 가택 연금을 시킨 것이었다.

사실 그 이후가 정말 놀랄 만한 일인데, 황제가 션중이 최근 몇 년간 저지른 범죄와 위법 사실들을 공표한 것이었다. 션중의 집안과 금의위까지도 대대적인 청소에 들어갔으며, 다시 군이 활개치기 시작했다.

션중의 명예는 그의 죽음과 함께 묻혀 버리게 되었다.

황실의 이런 조치는 샹샨후에 대한 황실의 고민을 단적으로 보여 준 것이었다. 죽이자니 군의 반발을 살 것이고, 놓아주자니 후환이 두려운 것이었다. 하지만 판시엔이 놀란 것은, 그가 하이탕에게 조언해 준 지 얼마 되지도 않아, 황제가 이렇게 신속하게 션중을 정리해 버린 것이다. 그것도 이렇게 잔인하게.

북제에서 생긴 일련의 사건이 판시엔은 걱정되기도 했지만, 어차피 자신이 할 수 있는 일이 없다는 생각이 들자 더 이상 고민하지 않기로 하였다. 그 대신 징두를 눈앞에 둔 지금, 판시엔은 가족에 대한 그리움이 밀려오고 있었다.

판시엔은 징두에 도착하기 전 마지막으로 챙겨야 할 일이 떠올라, 뒤에 있는 마차에 몸을 옮겨 자는 척하는 옌빙윈을 바라보며 말했다.

"네가 싼 똥은 네가 치워. 이제 곧 징두에 도착하는데, 그녀를 공주 전하 마차에 계속 둘 거야? 북제의 중범죄자 집안사람을 비호해 주는 건데, 발각되면 경국 조정의 체면이 어떻게 되겠어?"

옌빙윈은 억지로 눈을 떴지만, 판시엔에게 눈길도 주지 않고 담담히 말했다.

"선중의 죽음은 북제 황실 권력 다툼의 일환이지요. 그녀의 생사는 북제 황실에서 관심도 없을 거예요."

"그녀의 생사에 너도 관심이 없는 거야? 내가 알아서 해도 되는 거야?"

"그녀를 죽이세요. 그녀는 우리에게 아무 도움이 안 돼요."

"말은 좋네."

판시엔은 미소를 지으며 고개를 저었다.

"난 네가 대단한 인물인진 알았지만, 스스로도 속일 수 있다고 생각하는지는 몰랐네."

옌빙윈은 고개를 돌려 창밖의 농부들이 벼를 수확하는 모습을 바라보며, 말없이 입술만 한 번 훔치고 있었다.

징두의 밤. 거리 위에 판씨 저택의 등만이 환하게 켜져 있었다. 정문에는 모든 식객과 호위들이 기대에 찬 눈빛으로 서 있었으며, 저택 안에는 류씨의 지휘 아래 시녀들과 어멈들은, 차를 끓이고 제반 준비를 하느라 정신이 없었다.

사절단이 징두 외곽에 도착했다는 소식이 전해졌지만, 황궁에 인사를 하는 등 절차에 따르려면, 판시엔은 내일이나 집에 도착할 수 있었다. 하지만 완알은 오늘 밤에 올 것이라 말을 했다. 군주라는 신분이 보통 신분인가? 그녀가 오늘 도착한다면, 도착하는 것이었다.

"오셨어요, 오셨어."

누군가 멀리서 달려오는 말을 보며 소리를 지르자, 기다리던 사람들이 일제히 외쳤다.

"도련님, 집에 돌아오신 것을 축하드립니다!"

판시엔은 말없이 웃음만 지어 보인 뒤, 돌계단을 두 칸씩 성큼성큼 올랐다. 시녀들이 건네주는 물수건으로 대충 얼굴을 닦고, 적당히 따뜻한 물로 입을 헹궜다. 시녀들뿐 아니라 류씨도, 예전의 계산적인 얼굴이 아닌, 진심으로 기뻐하는 듯 보였다. 류씨는 물수건을 받아 들며 말해주었다.

"아버지는 서재에 계셔."

판시엔이 고개를 끄덕이자, 뚱뚱한 검은 그림자가 '불쑥' 튀어나왔다.

'몇 개월 되었다고, 회계 천재 꼬마가 이렇게 컸지?'

"내가 먼저 할 일이 있으니까, 이따 보고해."

"이 작은 도련님 오늘 기분이 괜찮아서 봐준다."

판시엔은 어이가 없었지만, 어쨌든 기분 좋은 날.

빨리 완알을 봐야 했기에 '하하' 웃고는 안으로 걸음을 재촉했다.

혼례를 치른 판시엔은 판씨 저택 뒤편으로 자신의 거처가 따로 있었지만, 판씨 저택과는 연결되어 있는 구조였다. 여동생도 완알과 서로 사이가 좋아, 대부분 판시엔의 집에서 생활하고 있었다. 그런데 문제는 집의 대문을 열고 들어갔지만 완알과 뤄뤄 둘 다 마중을 나오지 않은 것이었다. 옆에서 시녀 하나가 급히 걸어가는 판시엔을 겨우 따라와 말했다.

"아가씨도 계시고, 아씨도 아직 계십니다."

'이게 도대체 뭔 말이야?'

판시엔은 당연한 이 말에 어이없어하며, 속으로 '교육을 다시 해야겠네.' 생각하며 대꾸도 하지 않았다. 그는 날아가듯 침실에 도착하여 문을 밀었다.

안에서 잠겨 있었다.

다시 힘을 주어 문을 두드렸다. 만약에 그가 부인을 존중하는 마음이 없었다면 문을 부술 뻔했다. 안에서, 시녀 스스의 불안한 목소리가 들렸다.

"도련님, 아씨가 주무시니 두드리지 마세요."

'상공이 천 리 길을 달려왔는데, 완알이 문을 잠그고 나를 보지 않겠다? 이게 무슨 일이야?!'

그는 방 안에 희미한 불빛을 보고 '꾹' 참으며, 소매를 '휙' 하고 돌려 옆에 있는 방으로 향했다. 이번에는 두드리지도 않고 그냥 문을 밀고 들어가 버렸다. 방 안에 있던 아가씨가 놀라 소리도 못 지르고 일어났는데, 그녀는 판시엔임을 알아보고서 조용한 목소리로 말했다.

"오라버니 돌아왔어?"

"뭔 일이야? 지금 내가 왔는데, 반갑지도 않은 거야?"

판뤄뤄는 미소를 지으며, 그의 소매를 잡고 앉으라고 한 뒤 말했다.

"얼마나 안 봤다고 이 소란이야. 동생이 소리라도 질러야 오라버니가 만족할 거야?"

'냉정한 동생 같으니.'

판시엔이 말도 못 하고 있을 때 뤄뤄는 이미 찻잔을 건네주고 있었다. 하지만 이내 방 안은 이상한 침묵 속으로 빠져들고 있었다. 마치 상대방이 먼저 입을 열기를 기다리고 있는 눈치였다. 결국 판시엔이 동생을 아끼는 마음에 참지 못하고 탄식을 한번 하며 입을 열었다.

"이렇게 혼자 괴로워할 필요가 있어? 어떤 일이든 내가 돌아오길 기다렸다 다시 해결하면 되잖아?"

"그래서 오라버니 기다리느라, 오늘까지 미룬 거야."

판시엔은 일어나 그녀의 침대 밑에 있는 보따리와 상자를 꺼내고, 탁자 위에서 상자를 열어 안에 있는 것들을 털어냈다. 몇 장의 은표, 몇 개의 진주 비녀, 그리고 몇 개의 은자가 탁자 위에 떨어지며, 댕그랑댕그랑 소리를 냈다.

그는 탁자 위의 물건들을 한참을 바라보았다.

"집을 나가는데 이것들만 들고 간다고? 턱도 없어."

판뤄뤄는 말없이 소매 안에서 비수를 하나 꺼내 놓았다.

판시엔은 화가 나기도 하고, 기쁘기도 하고, 안타깝기도 했다.

"너, 이 천금 같은 동생아. 네가 세상이 얼마나 위험한지는 아는 거야? 아무리 시집을 가고 싶지 않다고, 이렇게 집을 나가버릴 생각을 하다니. 아버지가 얼마나 걱정하실지는 생각 안 한 거야? 그리고 또 나는?"

판뤄뤄는 한참을 고개를 숙이고 있다 입을 열었다.

"아버지가 진짜 날 아낀 적이 있어? 오라버니는……설마 오라버니는 어렸을 때 나보고 자기의 운명은 자기가 개척해야 한다고, 특히 혼인 같은 인생 대사는 자기가 결정해야 한다고 가르친 걸 잊었어?"

'이 세상에서 이런 반역적인 생각을 가진 여자가 또 있을까? 심지어 그것을 몸소 실천에 옮기는 여자가?'

지금 그가 동생에게 했던 말들이, 자기를 찌르는 비수처럼 날아오고 있었다.

"잠시 진정하고, 네가 아직 홍청과 만나본 적이 별로 없잖아. 나중에 행복하게 살지 어떻게 알아?"

"이 동생은 어렸을 때부터 세자를 알아 왔어. 난 그를 좋아하지 않아."

판시엔은 순간 멍해졌는데, 동생이 그의 얼굴 앞에서 그의 말을 단호하게 반대한 것이 처음이었기에, 놀라지 않을 수가 없었다. 하지만 이내 그는 웃음이 터졌는데, 그 웃음소리는 진심에서 터져 나온 듯 보였다.

'어린 꼬마 아이가 이렇게 커서, 결국 자기의 생각을 표현하는 방법을 익혔구나!'

"뤄뤄, 너 나 믿어 안 믿어?"

판시엔은 격려해 주는 말투로 물었다.

판뤄뤄는 그제서야 얼굴을 좀 피고서 고개를 끄덕였다.

"집 나가는 생각은 접어. 대신 이 일은 내가 책임지고 처리해 줄게."

판시엔의 승낙의 말을 듣자, 뤄뤄는 그제서야 한 달 동안 그녀를 사로잡았던 고민과 불안들이 한 줄기 가을바람이 되어 날아가는 듯했다.

'그래 오라버니가 돌아왔어. 오라버니는 내 편이야.'

판뤄뤄는 마음이 편안해지고서야, 지금 뭐가 크게 잘못되었다는 것을 느꼈다.

'오라버니가 집에 방금 돌아왔는데, 그렇다면 아버지의 서재 아니면 새언니와 같이 있어야 하는 건데? 왜 내 방에 먼저 들어온 거지?'

판시엔은 그제서야 재빨리 동생에게 묻고 있었다.

"완알이 왜 저러는 거냐?"

판뭐뭐는 북제에서 며칠 전에 전해진 소문이 생각나 장난기 가득한 얼굴로 웃으며, 그를 문밖으로 밀어내며 말했다.

"그 일은 여동생이 돕기가 힘들 듯하옵니다. 오라버니께서 직접 가서 물어보시지요."

그리고 냉정하게 문을 닫아 버렸다.

판시엔은 약간 화가 나기도 했지만, 어쩔 수 없이 천천히 침실을 향해 발걸음을 옮기고 있었다. 침실에 가까이 가니 안에서 가냘프게 시를 읊는 소리가 흘러나왔다.

판시엔은 한 소절만 듣고서도 이게 다 무슨 소동인지 알게 되었다.

"그대는 알고 있나요, 알고 있나요. 꽃은 시들어도, 잎은 더 짙어졌음을……."

'이 시는 북제 황제와 태후, 그리고 하이탕밖에 모르는데 어떻게 징두까지 퍼진 거지?'

판시엔은 기침을 두 번 한 후, 문을 밀었다.

다행히 안의 자물쇠가 풀려 있었다. 어차피 한 판 할 건데, 한 판 할 장소마저 못 들어가게 한다는 것은 예의가 아닌 법.

"도련님."

스스는 그의 옷을 받아 들고 재빨리 물수건을 가지고 왔다. 판시엔은 손을 저으며 이미 닦았다는 눈치를 주었다. 그는 이 시녀의 사악한 웃음을 보면서 탄식을 한 번 하였다.

'아무리 어려서부터 나와 같이 컸지만, 아무리 내가 귀천 없이 대했지만, 스스도 이 연극을 볼 마음에 들떠 있는 거야?'

이때, 린완알은 침대에 누워서 이불을 어깨 밑까지 덮고 있었다. 검은 머리칼이 약간 엉클어진 것을 보니, 정말 방금 잠에서 깬 듯 보였다. 커다란 눈으로 상공이 다가오는 것을 보고 있는데, 그 눈에서 화난 모습은 찾아볼 수 없었고, 오히려 '응응' 콧소리를 내며 말하였다.

"상공, 마중 안 나갔다고 화 안 내실 거죵?"

판시엔은 웃음이 터졌다.

침대에 앉자마자 '3불(不) 정책'이 시행되었기 때문이다.

'이해하려 하지 말라, 숨기려 하지 말라, 말을 하지 말라.'

바로 손을 이불 밑으로 넣어 그녀의 차가워진 손을 만지작만지작. 몇 달 동안 너무나 그리워했던 완알의 통통한 작은 손이었다.

스스가 여전히 방 안에 있었기에, 린완알은 부끄러워 그쪽을 한 번 곁눈질했다.

판시엔은 바로 알아듣고 고개를 들어 쳐다보니, 스스는 아픈 사람도 없는데 탁자 위에 있는 약상자를 만지작거리고 있었다. 다만 눈만은 판시엔 쪽을 힐끔 쳐다보고 있었는데, 판시엔은 참다못해 꾸짖었다.

"이런, 빨리 안 나가!"

스스는 그제서야 웃으며 예를 한 번 올리고, 문을 닫고 나갔다. 마침 이때, 문밖에서는 시녀 스치가 방 안으로 간식을 담은 접시를 들고 들어가려 했는데, 스스는 급히 그녀를 막았다. 스치는 순간 놀랐지만, 이내 곧 무슨 의미인지 알아차리고 접시를 든 채로 이야기했다.

"그래도 방금 집에 돌아오셔서 배고프실 거라, 뭐 좀 드시게 해야 하는데."

"간식일 뿐이잖아. 어차피 지금 저녁도 준비하고 있고. 그러니까 다시 말해, 우리 도련님은⋯⋯지금 뭘 좀 먼저 드셔야겠다는 거야."

스치는 스스의 말이 순간 너무 경박하다고 느껴 어쩔 줄 몰라 하다, 들고 온 음식 접시를 방 옆에 내팽개치고는 방에서 멀리 도망가

버렸다. 스스도 너무 했나 싶어 급히 따라갔는데, 이내 방에서 멀리 떨어진 조용한 곳에서, 둘이 키득키득 대는 소리가 새어 나오고 있었다.

판시엔은 목이 마른지 침대 옆에 찻잔을 집어 들고 목을 축이고서, 완알에게도 반잔 정도 건네주었다. 완알은 그제서야 약간 화나기도 하고, 부끄럽기도 한 마음에, 그의 팔뚝을 한 번 물으며 말했다.

"짐승 같은 놈, 이런 초저녁에. 하인들이 다 알았을 텐데, 나보고 앞으로 어떻게 고개를 들고 다니라고!"

"잠시의 이별도 신혼으로 돌아가게 한다는데, 이렇게 오래 떨어져 있다 한 번 잡아먹은 건데 누가 이러쿵저러쿵하겠어? 그리고 내가 이렇게 짐승같이 달려들지 않았으면, 내가 밖에서 뭐 하고 다녔는지 네가 의심하지 않겠어?"

이 말에 린완알은 오늘 하루 종일 준비한 계획을, 짐승 같은 놈 때문에 순식간에 잊어버린 자기가 바보 같다는 생각이 들었다. 그래서 그를 천천히 일으켜 세우면서 말을 했다.

"네가 말을 안 했으면 잊을 뻔했네. 그 시는 뭐야?"

판시엔은 마른 입술을 훔치며 재빨리 대꾸했다.

"내가 너에게 쓰는 편지에는 시를 안 써줬다고 화내는 거야?"

"기분 나빠."

'이 세상 여자 중에 완알 같이 당당하게 질투를 하는 여자가 또 있을까?'

"질투하는 거야?"

"난 널 독점하려는 그런 속 좁은 여자는 아니거든. 스스랑 스치도 언젠가 첩으로 들여야 할 거 아니야."

'이건 또 뭐야?'

"시 한 편 이잖아. 너를 위해서는 매일 써 줄 수도 있는걸."

"시 한 편? 소문에는 북제 샹징에서 매일 같이 하이탕 아가씨랑 놀러 다니고, 술 마시고, 비 오는 날에도 산책하고 했다던데? 이미 무슨 미담처럼 전해져."

판시엔은 더 할 말이 없었다. 이건 북제의 황제가 분명 고의적으로 퍼트린 소문이었다. 하지만 완알이 상당히 난감했을 거라 생각했기에, 또 뭐라고 해명해야 할지 몰라, 그저 그녀의 말을 듣고만 있었다.

"그……하이탕이라는 아가씨는 예뻐?"

판시엔은 당연히 하이탕을 이 순간에 칭찬할 수도 없었고, 그렇다고 거짓말을 할 수도 없었다. 그래서 하이탕을 최대한 깎아내렸다.

이것이 시대를 떠나 모든 남자들이 부인 앞에 하는 가장 파렴치한 행위이다.

"하이탕은 북제 국사 쿠허의 마지막 제자고, 황실에서 지위도 높아. 이번 사절단을 이끄는 몸으로서 국가와 조정의 이익을 생각하면, 그런 인물과 가까워져야 하지 않겠어?"

"그게 아니라 나는, 이 하이탕이라는 아가씨를 둘째 부인으로 둘 수 있냐고 묻는 거야."

'이건 또 무슨 개뼈다귀 같은 질문이야?'

"그런 여자들은 눈도 높을 테니, 상공 같은 사람이나 눈에 찰 수 있겠지. 다만 그녀의 신분을 보면 경국에서 자리를 주기도 쉽지 않을 텐데, 내가 화난 것은 왜 그런 것도 생각하지 않고 일을 저질렀냐는 거야!"

"난 그녀를 부인으로 두지 않을 건데 무슨 생각을 해?"

완알은 더 어이가 없었다.

"상공, 설마 여자를 건드려 놓고 버리는 거예요?!"

판시엔은 연신 손을 저었다.

"안 건드렸는데, 뭘 버려?"

린완알은 의심의 눈초리로 그를 보며 물었다.

"시를 써 준 게 마음을 건드린 게 아니라고?"

"마음을 건드려?"

판시엔은 한참을 침묵하다, 샹징에 있었던 많은 일들을 차근차근 알려주었다.

"하이탕은 무술의 고수야. 대종사 외에는 가장 강한 사람들 중 하나야. 나도 그녀를 상대하려면 무기는 준비해야 하지 않겠어?"

"그게 상공이 말한 마음을 산다는 거야?"

"그래. 마음을 공략하는 게 가장 상책이지."

린완알은 탄식을 하며 말했다.

"상공의 그 전략은……정말 파렴치하네요."

이렇게 부부 싸움은 시작하지도 않은 채, '양쪽 다' '어이없이' 끝나버렸다.

진정한 판시엔은 오늘 대황자와 다툼에 대해서 부인에게 말해 주었다. 그녀가 궁에서 살았기 때문에 이런 일에 자문을 얻기에는 적격이었기에, 판시엔도 혼인 이후에는 그녀와 상의하는 것에 익숙해져 있었다.

북제에서 경국으로 돌아오는 일은 모두 순조로웠지만, 징두에 들어오기 직전에 대황자와 약간의 다툼이 있었다. 징두 밖 마지막 역전에 도착했을 때, 입성하는 일정이 대황자와 겹치게 되었다는 이유로, 예부와 홍려사로부터 며칠 대기해 달라는 부탁을 받은 것이다.

예법상 황제의 아들인 대황자가 먼저 입성하는 것이 맞았지만, 타국에서 돌아온 사절단에는 북제 공주가 같이 있었기 때문에, 사실 관원들 입장에서는 모호한 상황이었다.

이런 경우 황제가 명령을 내려 정하는 수밖에 없었는데, 웬일인지 황제도 아무런 말을 하지 않고 있었다. 결국 판시엔과 대황자는 징두성 밖에서 마찰이 생겼고, 대황자를 맞이하러 나온 태자와 2황자, 그리고 아홉 살밖에 되지 않은 3황자가 완알까지 언급하며 중재 아닌 중재를 하여, 대황자가 먼저 입성하는 것으로 마무리되었지만, 대황자와 군부는 판시엔에게 상당히 화가 난 상태였다.

이 모든 것은 사실, 판시엔이 고의적으로 만든 상황이었다.

사절단이 징두로 돌아오는 길에 조정에서 서신을 하나 받았는데, 대황자와 입성 일정이 겹칠 듯하니, 최대한 천천히 돌아와 달라는 것이었다. 하지만 판시엔은 그 서신을 찢어 버리고는 원래 일정대로 징두로 달려온 것이다.

표면적 이유는 가족을 보고 싶다는 이유였지만, 사실 대황자에게 일부러 밉보일 기회가 왔다고 생각했기 때문이다.

판시엔은 감사원 제사의 신분으로서, 황자들과 교류를 해서도 안 되고, 편향되게 행동해서도 안 된다. 하지만 판시엔의 신분은 조금 더 복잡했다. 황자들은 각자 조정에서 자기의 세력이 필요했고, 모든 '신하'의 신분을 가진 사람들은, 누구나 황자들 중 누군가에겐 줄을 설 수밖에 없었는데, 그래야만 부와 권력을 유지할 수 있기 때문이다.

판시엔도 단순한 '신하'의 입장이라면, 황자들 중 어느 하나에게는 편향되어 있어야 했다. 최소한 판시엔과 황자들의 거리가 일정하지 않고, 편차가 있어야 했다. 이것이 '신하'로 남길 바라는 황제의 입장에서도 원하는 바일 것이다. 그렇다면 황제는 판시엔에게, 천핑핑 만큼의 '충정심'이 있는지만 확인하면 될 터.

다시 말해 만약 판시엔이, 표면적인 이유가 감사원 제사의 신분이라 하더라도, 정말로 모든 황자들에게 편향되지 않게 행동한다면? 그리고 천핑핑이 확인시켜 준 그의 신분이 사실이라면? 황제는 판시엔이 단순히 '신하'로 남기를 원하지 않을 수도 있다는 의심을 가질 수밖에 없을 것이다.

한 손에 감사원, 다른 한 손에 내고를 가지게 된, 실제로 어느 황자들도 가질 수 없는 막강한 권력을 가진 판시엔이, 태자를 포함해 다른 황자들과도 편향 없이, 일정한 거리를 유지하고 있다? 판시엔의 진정한 신분을 아는 황제는, 그의 의도를 의심할 수밖에 없다.

이것이 판시엔의 가장 큰 두려움이었던 것이다.

그래서 이 기회를 틈타 대황자에게 일부러 밉보이려고 한 것이다. 하지만 판시엔의 은밀한 고민을 완알은 알 수가 없었기에, 대황자에게 도발처럼 비칠 수 있었던 그 행동은 멍청한 행동이었다고 단호하게 말했다.

이는 옌빙윈과도 같은 판단이었다.

"그냥 내가 왜 그런 행동을 했는지는 신경 쓰지 말고, 이 일로 인해 황실의 사람들이 내가 대황자의 적이 되었다고 생각할 수 있는지만 판단해줘."

완알은 그의 눈을 보며 말했다.

"그렇게 생각하지 않을 거야."

"대황자와 군부가 진짜 화가 많이 났다니까?"

"감사원이 관원들과 백성들에게는 음산하고 공포적인 기구가 맞지만, 모든 사람들이 싫어하는 것은 아니야……최소한 군부와 감사원의 관계는 매우 좋아. 추밀원의 친씨 집안의 원로와 대황자 모두 관계가 좋은 거지."

"하지만 이번에 대황자가 징두로 돌아오면서 병권을 내놓을 수밖에 없었을 텐데, 군부에서의 의견이 대황자에게 큰 영향을 끼치지 않을 수도 있지 않을까?"

'상공은 왜 모든 황자들과 똑같이 일정한 거리를 유지하며 잘 지내지 못할까?'

"상공, 황자들이 모두 나의 사촌 오라버니라는 것을 잊은 건 아니지? 그리고 굳이 따지자면, 대황자 오라버니와 내 관계가 가장 좋아. 그러니 나를 봐서도, 대황자 오라버니는 상공과 적이 될 수는 없지."

판시엔은 완알이 어렸을 때 항상 대황자 생모인 닝 재인의 궁에서 놀았다는 말이 떠오르며, 자기가 계획을 했을 때 이 부분을 놓쳤다는 생각이 번쩍 들었다. 하지만 어쩌면 무의식중에 완알과 황자들을 연관시키기가 싫었을 수도 있다고 생각했다.

린완알은 판시엔을 안심시키듯 이야기했다.

"황자들은 서로 민감한 관계이니, 그 싸움에 휘말리고 싶지 않다는 생각은 이해되지만, 아직 폐하 삼촌이 건장한데, 그런 일이 발생하더라도 아직 많은 시간이 남았어."

"멀리 보지 않으면 항상 문제가 생기더라고. 내년에 내가 내고를 이어받게 되면, 너희 오라버니들이 날 가만히 두겠어?"

"그럼 차라리 내가 창산에서 제안했던 생각은 어때?"

완알은 확실히 장 공주의 딸인 듯 진짜 판시엔의 모사처럼 행동했다.

판시엔은 고개를 저으며 부드럽지만 결연하게 말했다.

"나의 권력을 줄이는 게 답이겠지. 감사원과 내고를 한 사람이 장악한다는 것은 확실히 큰 권력이니까. 하지만 내고를 포기하진 못할 것 같아. 감사원은 더 포기하지 못하겠고……사실 둘은 하나야. 돈을 지키려면, 힘이 필요하니까."

이 말에 린완알은 재빨리 외쳤다.

"좋은 방법이 있어!"

판시엔은 눈을 번뜩이며 말했다.

"무슨 방법?"

린완알은 침착하게 그를 보며 말했다.

"하이탕 아가씨를……둘째 부인으로 두면, 다 해결돼."

'이건 뭐-지?'

"하이탕 아가씨는 9품 상의 고수이니 언젠가 대종사가 될지도 모르잖아. 우리 집안에 대종사가 있고, 뒤에 쿠허가 있으면, 누가 감히 우리들을 건드리겠어? 징두 수비군 예씨 집안을 봐봐. 예류원이 버티고 있으니 조정에서도 함부로 못 하는 거잖아."

판시엔은 그녀의 말에도 일리가 있다고 생각했지만, 그보다 지금 부인이 자기를 시험해 보는 것인지 아닌지가 더 중요한 문제였기에, 정색하며 대답하였다.

"난 그 여자와 남녀 간의 정분이 없었다니까. 심지어 그녀는 너무 못생겼어!"

완알은 어이없어하며, 벼락같은 소리를 질렀다.

"이런 외모 지상주의, 호색한, 악마 같은 인간!"

판시엔은 '헤헤' 웃었지만 예씨 집안을 생각하자, 곧이어 예링알과 2황자의 혼사가 연관되며, 그 또한 막강한 권력이 될 텐데, 황제가 도대체 무슨 생각을 하는지 알 수가 없었다.

"근데 예중은 징두 수비군 대장에서 사직할 생각은 없대?"

린완알은 고개를 저었다. 판시엔은 탄식을 한 번 하고, 화제를 돌려 물었다.

"어머니에게 서신이 온 적은 없어?"

역시 린완알은 고개를 저었다. 장 공주가 완알에겐 어쨌든 친어머니인데, 둘 사이에 별다른 감정은 남아 있지 않은 듯 보였다. 판시엔은 그 모습에 마음이 그렇게 편하지만은 않았다.

이때 밖에서 스스의 소리가 들려왔다.

"도련님, 아씨, 식사하세요. 아버님이 몇 번이나 재촉하셨어요."

판시엔은 아버지의 엄숙한 얼굴이 떠오르며, 튀어 오르듯 일어나 옷을 챙겨 입고 나갔다. 천 리를 달려와 집에 돌아왔는데, 부모님께 먼저 인사를 드리지 않았다니. 완알을 보자마자 욕정이 앞서, 예의 따위는 까마득히 잊어버리고 있었던 것이다.

완알은 약간은 원망하는 눈빛으로 그를 바라봤지만, 이내 그녀도 옷을 챙겨 입고, 마치 아무 일도 없었던 것처럼, 판씨 저택으로 황급히 넘어갔다.

거실에서는 하녀들이 옆에서 시중을 드는 와중에, 중앙의 의자엔 호부 상서 판지엔이 엄숙한 얼굴로 앉아 있었다. 그리고 그 옆으로 류씨와 판뤄뤄, 판스져가 여느 때처럼 앉아 기다리고 있었다.

판시엔과 린완알이 들어가자 뤄뤄와 스져는 일어나 인사를 하고, 판지엔은 판시엔에게 눈빛 하나 주지 않고 며느리만 쳐다보며, 어색한 미소를 짓고 고개를 끄덕였다.

판지엔은 공무가 바빠 가족들과 식사하는 경우가 거의 없었지만, 오늘은 판시엔이 처음 징두로 돌아왔으니, 나름 격식을 차려 식사를 하는 것이었다. 식사하는 도중 거의 들리지 않을 듯한 조용한 목소리로, 판지엔이 판시엔에게 말했다.

"너 작위를 얻게 되었다."

1급 남작(男爵, 공작-후작-백작-자작-남작 순), 정2품.

사절단의 공로로 받게 되는 작위였지만, 스난 백작이 호부 상서로 승급된 것에 보충적인 의미밖에는 없었다. 판시엔은 아버지를 보며 말했다.

"정식으로 성지(조旨, 황제의 명을 담은 공식 문서)는 언제 내려

올까요?"

부자는 서재에 앉아 한참 이야기를 나눴는데, 사절단 일은 이미 비밀이 없는 데다, 감사원과 관련한 일에 대해선 판지엔이 먼저 들으려 하지도 않았기 때문에, 사실 특별한 이야기는 없었다. 다만 판시엔은 판지엔의 귓가의 희끗희끗한 머리카락을 보며, 처음으로 무거운 마음과 함께 약간의 죄책감이 들기도 했다.

천핑핑의 말이 맞았다.

판지엔이 판시엔에게 빚진 것은 없었지만, 판시엔은 판지엔에게 많은 것을 빚지고 있었다.

"내일 입궁하면 성지를 내리실 거다."

판지엔은 류씨가 매일 밤 가져다주는 과즙을 먹으며 말했다.

"이번에 사절단 일은 나쁘지 않게 처리했다. 천 원장도 공로를 많이 칭찬했고, 폐하께서도 인정하시더구나."

"사실 제가 특별히 잘한 건 없어요."

"어떤 때는 하는 것 보다 안 하는 것이 중요하다."

판시엔은 이 말이 대황자와의 일을 암시하는 것으로 생각했는데, 예상외로 판지엔은 다른 일을 언급했다.

"내가 그렇게 감사원을 가까이하지 말라 그랬는데, 결국 천핑핑 그 늙은 개자식과 한통속이 되다니……."

판지엔은 자기가 한 말에 자기가 기분이 상한 듯 갑자기 꾸짖듯이 말했다.

"편안히 내고나 이어받으라고 했더니, 그게 얼마나 얻기 힘든 기회인데, 네가 어떻게 이런 식으로 내 말을 안 들을 수가 있느냐?!"

"아버지도 아시지만, 신양 쪽에서 곱게 넘겨 주려고 하지 않는데, 감사원의 힘을 이용 안 하면 어떻게 내고를 지켜 내겠어요?"

"그래도 장 공주가 폐하의 친여동생이고, 태후가 가장 총애하는 딸이며, 완알의 친어머니기도 하니까……어쨌든 지나간 일은 최대한 잊도록 하여라."

"아버지 너무 걱정하지 마세요. 아들이 최대한 조심하도록 하겠습니다."

판지엔은 만족한 듯한 표정으로 말했다.

"진정한 강자만이 약해 보일 수 있는 거야."

판시엔은 아버지 말의 의미를 마음에 새기며 물었다.

"아버지, 이번에 보내주신 가오다를 포함한 호위 7명을 저에게 주시면 안 돼요?"

"알다시피 그들의 훈련과 관리는 내가 맡고 있지만, 황실을 대신해서 하는 것뿐이야. 네 뜻이 그러니, 내가 너 대신 황실에 말은 해보겠다마는, 폐하께서 허락해 주시지 않을 것이다. 너무 기대는 하지 말거라."

판시엔은 가오다를 포함한 7명의 호위들이 자기를 지켜준다면, 지금보다 훨씬 안정감을 느낄 듯했다. 충정심이라면 으뜸인 왕치니엔과 그 수하의 감사원 조직원들이 있긴 하지만, 무술에 있어서는 확실히 그렇다할 실력을 지니고 있지 못했다. 물론 그도 이 호위라는 조직은 감사원과 같이 황제 직속의 은밀한 특수 조직이라, 상시로 자기를 지켜주는 임무를 맡는다는 것이 힘들다는 것쯤은 알고 있었다.

판지엔은 아들의 아쉬워하는 표정을 보며, 아들이 아직 어리다는 생각이 불쑥 들며 자기도 모르게 웃음이 나왔다. 그리고 화제를 돌려 말을 했다.

"네가 북제에 있는 동안 스챤리라는 젊은이가 인사를 드리러 몇 번 왔었는데, 내가 보기에는 재능이 괜찮아 보이더구나."

판시엔은 아버지가 자신의 관직에서의 앞길을 위해서 여러 계획을 하고 있다는 것을 알고 있었다. 지금은 아버지와 재상 대인의 그

림자가 있어서 필요 없을지 몰라도, 언젠간 판시엔도 '자기의 사람'
이 필요하기 때문이다.

그 말을 끝으로 판지엔은 손을 저어 그를 방으로 돌아가게 하였
다. 판시엔은 뤄뤄의 일이 떠올랐지만 지금은 때가 아니라고 생각하
고, 예를 올린 후 서재를 나왔다.

그가 서재를 나가는 뒷모습을 보며, 판지엔은 만족한 표정을 짓
고 있었다.

'오늘만 같다면 아버지로서 무엇을 더 요구할 필요가 있을까?'

그도 아들이 마지막에 무언가를 말하려다 참는 모습을 봤지만, 어
쨌든 앞으로 판씨 집안은……이 아이가 끌어갈 일이었다. 생각이 여
기에 이르니, 비록 지금 은퇴는 하였지만, 어쨌든 딸 하나로 이렇게
많은 것을 얻어낸, 린 재상이 참 복도 많다는 생각이 들었다.

오늘은 아침 일찍 조정의 회의가 있는 날이다. 판시엔은 처음 참
석하는 자리라, 문관들이 서 있는 대열의 맨 끝에, 다시 말해 용의
(龍椅)와 가장 멀리 떨어진 곳에 긴장하며 서 있었다. 그 자리는 아
무도 주목하지 않는 곳이었으며, 심지어 황제의 말소리도 들리지 않
을 듯 보였다.

입궁은 여러 차례 했었지만, 그때마다 판시엔은 후궁에서 황실의
마마님들과 담소를 나누거나, 완알과 산책하는 것이 전부였다. 황궁
의 정전(正殿)이자 조정의 회의가 열리는 태극궁(太极宮)은 멀리서
몇 번 보았을 뿐, 들어와 본 것은 오늘이 처음이었다.

들어와서 보니 대들보 위에 용과 봉황 조각이 새겨져 있었고, 넓
은 궁 안에는 은은한 향이 퍼져 있는 가운데, 황동을 주조해서 만든
학과 기이한 동물들이 양옆으로 늘어서 있었다. 하지만 하늘과 물이
어우러진, 화려하면서도 아름다운 북제의 황궁과 비교해보면 외관

상으로는 훨씬 별로였다.

그럼에도 불구하고 이곳은 특별한 기운 같은 것이 있었는데, 그 것은 바로 권력의 향기였고, 그것은 중간에 위치한 용의에서 뿜어져 나오고 있었다. 정확히 말하자면 용의와는 관계가 없었고, 그 의자 에 앉은 중년의 남자로부터 풍겨 나오고 있었다.

그의 궁전은 북제처럼 방대하고 아름답지 않았으며, 그가 먹는 음 식들은 동이성 만큼 화려하지 않았지만, 그 '본인'은, 이 세상에서 가 장 큰 권력을 가진 남자였다.

오늘 조정 회의의 의제는 대황자와 북제 사절단에 관련한 것이었 다. 대황자가 서쪽에서 이끌고 있던 군사의 향후 배치와 군사들의 논공행상이 필요했던 것이다. 대황자는 이미 작년의 성지로 왕에 봉 해졌으니, 10만 병사들에게도 무언가를 해주어야 했기 때문이다.

북제 사절단과 관련해서는 열 마디 말보다 한 장의 지도가 모든 것을 말해주고 있었다. 황제가 새롭게 확정시킨 천하의 지도. 황제 는 가만히 앉아서 그 지도를 이글거리는 눈빛으로 바라보고 있었다. 눈치 빠른 신하들은 우레와 같은 목소리로 일제히 만세를 외쳤다. 하지만 그 땅은 사실, 황제와 대신들이 아닌, 칼과 창을 들고 싸운 젊 은 병사들의 피와 살을 맞바꿔서 가져온 것이다.

이어서 태감과 중서령(中书令)이 황제의 조서를 읽는 목소리가 울려 퍼지기 시작하였다. 본래 서군(西军)에 대한 논공행상이 먼저 였으나, 대상이 너무 많고 협의할 내용이 남아 있어, 며칠 뒤에 발표 하기로 하였다.

그다음은 사절단에게 내려지는 상이었기에, 모든 대신들은 '판시 엔'이라는 이름이 언제 나올지만을 기다리고 있었다.

"……1등 남작, 정2품."

그제서야 모든 대신들은 황제의 분별 있는 결정에 안도의 한숨을 내쉬었다.

대신들은 각자의 계산은 달랐지만, 판시엔이 너무 높은 작위를 받는 것을 경계하고 있었기 때문이다. 신치우와 판시엔 등은 성은이 망극하다는 외침과 함께 엎드려 고개를 조아렸다.

그 장면을 바라보던 모든 신하들은 '더 말할 것이 있으면 하고, 없으면 물러가라'라는 황제의 말만 기다리고 있었다. 황제는 담담히 입을 열었다.

"자네들은 남아 있게."

황제는 용의 근처에 있는 몇몇 고관들을 쳐다보고 있었다. 재상이 퇴임한 후 적절한 인물을 찾지 못한 터라, 몇 명의 대학사와 상서들이 그 일을 나누어서 하고 있었다. 그리고 오늘은 태자와 대황자도 대전(大殿)에 들었으니, 자연히 어서방(御书房, 황제의 서재)에서 논의할 사항들이 더 있었다.

모든 신하들은 이상할 것 없다는 듯, 하나둘 태극궁을 빠져나가고 있었다. 하지만 다음 들려온 황제의 목소리에 그들은 모두 질투와 부러움을 느끼게 되었다.

"판시엔, 너도 남아라."

모든 신하의 눈빛이 판시엔에게 쏠렸다.

판시엔도 불안하긴 마찬가지였다.

나이로 보나 경력으로 보나 지위로 보나, 황제의 서재인 어서방에 들어간다는 것은 너무 과하다고 생각했기 때문이었다. 하지만 황제의 말을 누가 거역하겠는가? 판시엔은 이미 조용히 태감을 따라가고 있었다.

세 번 정도 방향을 바꾸고 두 번을 돌아 들어가니, 그리 멀지 않은 곳에 황제의 서재가 있었다. 공간은 그리 넓게 보이지 않았고, 좌측에 있는 사람 키 높이의 빗금무늬 나무 선반에 서적이 가득 채워져 있었다. 황제는 이미 용포를 벗고 남색의 편한 옷으로 갈아입어 정전에서 보다는 한층 편안해 보였다.

낮은 침대에 몸을 비스듬히 누이고 있던 황제가, 찻잔을 탁자 위에 내려놓으며 대충 손을 '휘휘' 저었다. 그 손짓에 태감들은 서둘러 비단 방석이 놓인 둥근 의자 일곱 개를 들고 왔다.

일곱 명의 대신들은 예를 한 번 올린 후 자연스럽게 착석하였다. 하지만 태자와 대황자는 공손한 자세로 황제 옆에 서 있었는데, 그게 이곳의 규율인 듯 보였다.

모든 대신들은 앉았고, 판시엔은 서 있었다.

판시엔은 최대한 튀어 보이지 않을 만큼 뒤로 물러섰다.

판시엔은 아버지 판지엔을 봤지만, 그는 고개를 숙이고 그에게 눈길 한 번 주지 않았다. 이 모습을 본 태자는 살짝 웃고 있었고, 대황자는 관심 없는 듯 연일 하품을 해댔다.

황제는 그 모습을 보고, 알 수 없는 웃음만 짓고 있었다.

잠시 후, 흥경궁에서 어린 동생에게 책을 읽어주고 있던 2황자가 3황자의 손을 잡고 들어왔다. 아들들의 화목한 모습을 본 황제는 만족한 얼굴로 가볍게 고개를 끄덕였다. 하지만 태자의 얼굴에는 어색한 웃음이 번졌는데, 속으로는 2황자의 연출에 욕을 한 사발 해대는 것 같았다.

"판시엔에게 의자를 가져다주거라."

네 명의 아들들이 모두 침대 옆에 선 후 황제는 대충 말했다.

판시엔은 놀라며 재빨리 말했다.

"소신, 감히 그럴 수 없습니다."

판지엔을 제외한 대신들은 모두 미간을 찌푸렸다.

'최소 조정에 선 지 20년이 지나서야 나도 황제 앞에 자리를 얻었는데, 처음 어서방에 들어온 이 젊은 놈이, 무슨 근거로?'

태자는 대신들의 표정을 보고는 황제에게 공손히 말했다.

"부황, 판시엔은 젊으니 아직 서 있어도 될 듯합니다."

이 말은 너무 평화로운 말이었다.

대신들 그리고 판시엔, 모두 마음속으로 감사의 표시를 하고 있었다.

이때, 대황자도 몇 마디 거들었다.

"부황께서 저희 형제들도 국사를 의논하는 것을 들을 때에는 서 있으라 하셨는데, 이후 태자를 보좌하기 위해서 조정 대신들에게 학생 같은 자세로 배워야 한다고 가르치셨기 때문입니다……."

말은 여기서 그치지 않았지만, 의미는 명확히 이해할 수 있었다.

'판시엔은 젊다, 처음 조정에 참석했다. 무슨 공적이 있더라도, 어떤 덕행을 했더라도, 우리 황자들은 널 스승님처럼 대접할 수 없다.'

황제는 조금은 직설적이고 성격이 조급한 큰아들을 보며 말했다.

"판시엔은 이 자리에 맞지 않지……하지만 오늘은 앉아야 해. 그것은 하나의 상 같은 것이니라."

모두들 이 의미를 이해하지 못했기에, 어서방은 순식간에 조용해졌다.

황제는 자기의 아들들을 바라보며 갑자기 소리쳤다.

"너희들도 장모우한의 책을 받아올 수 있다면, 짐이 너희들을 앉게 해 주겠느니라!"

황제는 대신들에게 고개를 돌렸다.

"이게 단지 문인들만의 일이라고 생각지 말아라. 문인이란 누구인가? 너희들도 다 책을 읽는 문인들이다. 무(武)로 공을 세우고, 문(文)으로 다스리는 것인데, 짐은 무의 공에 있어서는 부족하지 않으나, 문치의 전략에서는 부족함이 많다……천하를 통틀어 영토를 확장하는 것은 쉬우나, 천하 사람들의 마음을 얻는 것은, 어려운 일 중에도 가장 어려운 일이니라."

대황자는 이 말에 동의하지 않는 표정이었지만, 감히 말을 하지는 못하였다.

황제는 이어서 말했다.

"천하를 곧 빼앗을 수 있으나, 천하를 곧 다스리진 못한다. 문학의 도는 허무맹랑해 보일지 몰라도, 선비들의 마음에 직결되는 일이다. 짐이 세 번이나 북벌을 시도하여 북위를 혼란에 빠트렸음에도, 쟌씨 일가가 그 혼란 중에서도 그렇게 빨리 북제를 다시 세울 수 있었던 것은, 무엇 때문에 가능한 것이었는가? 문인들이 모두 그들을 '정통'이라고 인정했기 때문이다. 천명을 받든다는 것도, 문인들이 만들어 낸 개념 아니더냐……대학사 슈우(舒芜), 예부 상서 옌싱슈(颜行书), 그들도 모두 경국의 신하이지만, 북위에 가서 과거를 본 적이 있는데, 그게 다 무엇을 뜻하는지 알고 있지 않느냐?!"

슈 대학사와 옌 상서는 급히 몸을 엎드려, 황송하다 외치고 있었다.

황제는 손을 저었다.

"짐은 그대들을 탓하는 게 아니다. 모든 문인들이 마음이 그렇다는 것이다. 짐은 천명을 받들고, 문인들의 마음을 사는 일이, 매우 중요하다는 말을 하는 것이다. 각 군현에서도 어진 인재와 현명한 벼슬아치들을 두면, 여론도 더 좋아질 것이다."

이어서 황제는 큰아들을 보며 꾸짖었다.

"짐은 네가 무슨 생각을 하는지 안다. 하지만 만약에 군을 일으킬 때 적이 저항을 덜 하면, 너의 병사들도 덜 죽을 것 아니냐? 그럼에도 넌 동의하지 않을 수 있느냐?!"

대황자는 침묵하고 있었다.

황제는 마지막으로 말을 했다.

"마차 한가득 실린 낡은 서적은, 짐에게 더 많은 인재들을 모을 수 있게 해줄 것이고, 짐에게 적지 않은 병사를 살리게 해줄 것이다. 그럼에도 짐이 판시엔에게 상으로 의자에 앉도록 하는 것이, 안 될 것이 있겠느냐?!"

대신들은 황제가 경국이 아니라 천하를 강조하는 모습에 놀라면서도, 천하 통일과 사절단이 가져온 책을 연결하는 것이, 조금은 이상하게 들렸다. 더욱 이상한 것은, 판 상서가 아들에 대한 일에 한마디도 하지 않고 있다는 것이었다.

하지만 누가 무슨 말을 더하겠는가?

하나, 둘 일어나 황제의 영명함을 칭송했다.

판시엔은 침착한 얼굴로 성은에 감사 인사를 하고, 태감이 가져다 주는 의자에 앉았다. 판시엔이 의자에 앉으면서 '불필요'해 보이는 논쟁이 끝이 났다.

'그런데 천하 통일과 마차가 왜 직접적인 연관이 있는 거지? 그리고 황제는 내가 곤란해지는 걸 알면서도, 기어코 왜 이 난리를 치는 거지?'

어서방에서는 본격적으로 영토 확장과 국사에 대한 논의를 하기 시작하였는데, 판시엔은 감히 끼어들고 싶어도, 실제로 아는 바가 거의 없어 끼어들 수 없었다. 한가로워진 판시엔은 단지 한 편에 보이는 지도를 보고 하이탕 아가씨를 떠올리며, 언젠가는 피로 물들 이 세상에 대해 생각하며 마음이 우울해졌다.

그때 갑자기 익숙한 단어가 그의 귀에 내리꽂혔다.

"경들도 모두 알다시피 내고가 표면적으로 황실의 소유지만, 상당히 많은 것에 연관되어 있다는 것을 알 것이네."

황제가 말을 이었다.

"신력(新历) 3년, 남방의 물길을 트고, 북방의 추위를 견디게 해 준 것도 모두 내고 때문이었네. 몇 년간 내고의 장사들이 상당히 어려워졌다고는 하지만……광혜고(广惠库)에 은이 없다는 것이 말이 되는 소린가?!"

광혜고는 내고에서 관리하는 10개의 금고 가운데 은표(银票, 지폐 돈)를 관리하는 곳이고, 금과 은을 보관하는 곳은 성운고(承运库)였기에 황제의 말에는 어폐가 있었지만, 그게 무엇이 중요하겠는가. 어쨌든 두 개의 금고는, 황실의 장사인 내고와 국부를 관리하는 호부가 같이 관리하고 있었으며, 다시 말해 장 공주와 판 상서의 소관이었다. 10년간의 호부의 실적을 보면 판지엔에게 누가 말을 대겠냐마는, 그럼에도 판지엔은 급히 일어나 황제에게 죄를 청하고 있었다.

황제는 그를 쳐다보지도 않은 채 말을 이었다.

"정치 개혁이 흐지부지되었다고 하지만, 짐이 내고만은 이렇게 놔두어서는 안 된다고 생각하네. 과거의 영광까지는 바라지 않지만, 매년 조정에 어느 정도의 도움은 되어야 하지 않겠나?"

황제의 목소리는 크지 않았고, 어투도 그렇게 강하지 않았지만, 위세만은 깊고도 무거웠다.

"윈루이가 신양으로 돌아갔으니, 누군가는 이 일을 맡아야 할 텐데, 자네들이 추천해 보게."

이 말은 요식행위, 지금은 한 편의 연극이었다. 황제가 이미 판시엔에게 내고를 이어받게 하고자 결정한 일은, 징두의 모든 사람이 아는 일이었다. 더구나 조금 전 황제가 '의자를 소재로 한 연극'을 통해 판시엔을 치켜세운 일이, 마치 사람들에게 이번엔 어긋나게 행동하지 말라는 암묵적인 '경고'처럼 다가왔다.

더구나 내고의 상황이 황제의 말처럼 그리 엉망이 아니라는 것도 모두 알고 있었다. 매년 강남 지역에서 북제로 보내는 화물의 양만

봐도, 최소한 수백만 냥 은자 정도는 되어 보였고, 감사원 운영이나 영토 확장도, 내고의 공식적인, 또는 비공식적인 지원이 없으면 사실 불가능한 이야기였다.

대신들은 이런 생각을 하면서, 호부와 내고를 한꺼번에 관리하게 될 판씨 집안이 부럽기도 했지만, 머리가 꽤나 아플 거라 생각하기도 하였다.

하지만 이 문제에 대해서 누구도 앞장서서 판시엔의 이름을 말하기는 꺼려했다. 심지어 판지엔도 자기 아들의 이름을 말할 수도 없는 노릇이었다.

순식간에 어서방은 어색할 정도로 조용해져 버렸다.

황제도 차가운 눈빛으로 조용히 찻잔을 들어 입에 가져갈 뿐이었다.

"소자가 추천하기로는…….."

"소자가 추천하기로는…….."

어서방의 침묵은 두 사람의 목소리로 깨져버렸는데, 동시에 말한 두 명은 태자, 그리고 2황자였다. 2황자는 태자를 한번 보고서 겸손하게 웃으며 말했다.

"태자가 좋은 사람을 추천하겠다니, 소인은 경청하겠습니다."

황제는 이 모습을 보고 아무 말도 하지 않았다. 태자는 동궁의 주인이고, 미래 경국의 황제가 될 사람이니, 양보하지 않고 말했다.

"부황, 소자는 판시엔을 추천합니다."

어서방 사람들은 물 흐르듯이 당연한 흐름에 잠자코 있었다. 하지만 황제는 예상과 달리 2황자에게 다시 물었다.

"네가 추천하는 사람은 누구이냐?"

2황자는 수줍은 미소를 지으며 대답하였다.

"소자가 추천하고자 하는 사람도 판 대인, 판시엔입니다."

황제는 심오한 눈빛으로 판시엔을 바라보았지만, 판시엔은 마치 그 눈빛을 보지 않은 듯, 침착하게 감사의 인사를 드리려는 찰나, 황제는 담담히 말을 했다.

"너희 두 형제가 모두 판시엔을 추천하니 판시엔으로 정하지. 가을이 지나 성지를 내리되, 지방 군현까지는 알릴 필요 없네."

판지엔와 판시엔 부자 두 명이 나란히 일어나, 성은에 감사함을 표하고 연신 황송함을 외치고 있었다. 여전히 황제는 그들을 본 체도 하지 않고, 대신 두 아들에게 말했다.

"이미 정해졌으니 짐이 한번 물어보자. 너희들은 왜 둘 다 판시엔인 것이냐?"

태자는 잠시 생각한 후 말했다.

"소자는 대략적으로 생각한 것인데, 판 상서 대인이 국부를 맡고 있으면서 성과가 탁월했습니다. 판시엔은 그 집의 공자이니, 재물을 만지는 데 재능이 있을 것이라 생각했습니다."

2황자도 웃으면서 말했다.

"소자도 비슷한 생각이었습니다. 내고는 재물을 다루는 곳이니 청렴한 대신이 맡는 것이 옳을 텐데, 판 공자는 재능이 뛰어나고 학식이 높은 선비이니, 그 자리에 적합할 것이라 생각했습니다."

"아 그래?"

황제는 얼굴색 하나 변하지 않고 말했다.

"이치상으로는 겨우겨우 맞는 것 같기는 하구나. 하지만 다른 이유는 없느냐?"

태자와 2황자는 둘 다 속으로 생각했다.

'지금 아버지가 우리 둘을 겨뤄보려는 것인가?'

활이 당겨졌는데 어찌 쏘지 않을 수 있을까? 태자가 먼저 태연하게 말했다.

"둘째 형님의 말은 지극히 맞습니다. 하지만 내고의 감찰을 감사원이 맡고 있는데, 판 대인은 감사원의 제사이니, 이후의 일이 훨씬 편하다는 면도 생각할 수 있을 듯합니다."

제일 어린 3황자가 듣기에도 조금은 이상한지 '히히' 거리며 불쑥 말을 끼어들었다.

"태자 형님의 말에 의하면 판시엔은 스스로를 조사하는 거네?"

어린아이의 말은 무례해도, 그저 어린아이의 말일 뿐.

하지만 태자나 대신들 모두 그 말에 당황하고 있었다. 마침 이때 2황자는 곤란한 듯 말을 꺼냈다.

"부황, 소자는 잘 모르겠습니다."

황제는 태자를 질책하지도 않았고, 그렇다고 2황자의 말도 수긍하는 듯이, 그저 담담히 2황자에게 물었다.

"판시엔을 추천하는 다른 이유는 없다는 것이지?"

판시엔은 당사자로서 난감해하며, 그저 2황자의 불안한 목소리를 듣고 있을 수밖에 없었다.

"사실……한 가지가 더 있긴 한데……소자가 판 대인과……친하기 때문입니다."

침착하게 자기의 둘째 아들을 쳐다보던 황제가, 갑자기 큰 소리로 웃기 시작하였다.

"천 가지 만 가지 이유보다, 그 이유 하나면 되는 거지……내고가 무엇이냐? 황실의 장사이자 금고인데, 판시엔이 내고를 관리한다면, 그가 황실과 가까워져야 맞는 말이지."

태자는 한편에서 듣고 있으면서, 마음속으로 탄식을 하며 생각했다.

'둘째 형이 역시나 만만치 않네. 아버지 생각을 읽어내다니. 아, 난 왜 못 한 거지?'

오늘의 회의는 평소보다 오래 진행된 듯 보였다. 실제로 시간은 점심을 먹을 때를 훌쩍 넘긴 상태였다. 황제는 시각을 확인하더니, 태감들에게 대신들과 황자들이 같이 먹을 수 있도록 식사를 준비시켰다.

　판시엔은 처음으로 황제와 같이 식사를 하는 것이었지만, 상상했던 것만큼 괴롭지는 않았고, 오히려 판씨 저택에서 아버지와 같이 먹는 식사 자리보다 편하게 생각되었다.

　판시엔은 그제서야 긴장이 풀린 듯 배가 많이 고파왔고, 황제와 대신들이 나누는 이야기에 끼지도 않고, 심지어는 듣지도 않고, 음식을 허겁지겁 먹기 시작했다. 그의 젓가락이 닭고기를 하나 집었을 때, 황제의 입에서 익숙한 이름이 불리우는 것을 듣게 되었다.

　"판시엔은 이리 오게."

　판시엔은 자기도 모르게 재빨리 젓가락을 놓고, 명랑한 미소를 지은 채 재빨리 황제 곁으로 가서, 예를 한 번 올렸다. 대신들은 무슨 일인지 궁금해하며 귀를 쫑긋 세우고 있었다. 황제는 웃으며 그를 한번 보고선 말했다.

　"류징허 강변에 있는 찻집에서 짐이 너에게 무엇을 허락했는지 기억하느냐?"

　"소신, 그때 폐하를 알아보지 못한 죄, 죽어 마땅하옵니다."

　판시엔은 이해가 되지 않았지만, 황제는 편안하게 웃으면서 그때 있었던 일을 대신들에게 재밌게 이야기하기 시작하였다. 그리고 마지막에 판시엔을 바라보며 말을 하였다.

　"짐이 그때, 너의 여동생의 혼처를 정해주기로 하지 않았느냐? 그래서 징왕 세자와 맺어주기로 했는데, 네가 보기에는 이 혼사가 어떠하냐?"

이때 판시엔은 마음속은 쓰라렸지만, 얼굴에는 만면에 감동의 기색을 띠고서, 아버지와 함께 연신 절을 하며 성은에 감사함을 표시했다. 이 광경을 본 대황자는 미간을 찌푸렸고, 태자는 판시엔을 끌어들이려고 한 게 잘한 선택이라 생각하며 미소를 짓고 있었다.

오히려 징왕 세자와 친한 2황자만은, 표정 변화 없이 음식만 느릿느릿 씹고 있었다. 태자는 그런 2황자를 보며 속으로 생각했다.

'둘째 형은 정말, 가식의 끝이구만.'

판시엔은 노을이 질 무렵에나 황궁 문을 나섰다. 황궁 앞에는 징왕 세자가 기다리고 있었는데, 판시엔은 그를 보자마자 고민이 더욱 깊어졌다. 하지만 겉으로는 여전히 오랜만에 만난 반가움을 표시하고 있었다.

"자네의 얼굴에 붉은빛이 도는 것을 보니, 오늘 좋은 일이 많았나 보네?"

징왕 세자가 친근하게 말했다.

"몇 달 만에 만났는데, 만나자마자 절 놀리는 건가요? 제가 아무리 잘나간다 해도 징두에서 다섯 번째로 높은 형님을, 이 박복한 놈이 어떻게 따라가겠어요?"

이 말은 사실이었는데, 태자와 세 명의 황자들을 제외하면 젊은 공자들 중에는 징왕 세자가 가장 신분이 높았다. 다만 판시엔이 말하는 느낌이 이전과 달라 세자는 약간 의아했는데, 갑자기 자기의 혼사를 떠올리며 이유를 알겠다는 듯, 크게 한 번 웃었다.

세자가 귀국 환영회 장소로 잡은 곳은 일석거.

징두를 처음 왔을 때 징왕 세자를 알게 된 것도 여기였다. 리홍청은 도처에서 판시엔을 지키고 있는 감사원 관원들을 보고 탄식하며 말했다.

"사절단은 황제 직속의 호위들이 지켜주지, 밥 먹을 때는 황제 직속의 감사원 관원들이 지켜주지, 자네가 어딜 봐서 박복하다는 건가?"

"호위들이야 사절단을 지켜준 것이고, 징두에 들어오자마자 돌아가 버렸어요. 감사원에 대해선……뉴란지에 사건이 있은 후, 저를 징두에 혼자 돌아다니게 할 수 있겠어요?"

"자네도 좀 그래. 감사원 제사였으면 미리 좀 알려줄 것이지……형부에서의 소동이 없었으면, 난 아직도 모르고 있을 뻔했어."

뉴란지에 암살 사건 때에는 판시엔이 아직 시로써 이름을 날릴 때도 아니었고, 생각해보면 제사의 신분으로 이렇게까지 보호받을 이유는 없었다.

다시 말해, 황제가 왜 이렇게 그를 신임하는지 아무도 이해하기 힘들었다.

이는 사실 2황자도 이해하기 힘든 부분이었다.

하지만 판시엔은 더 말은 하지 않고, 그저 손을 닦고 술부터 마셨다.

"징두의 술맛도 잊을 뻔했네요."

음식들이 나오고, 둘은 북제의 일들을 이야기하며, 편안한 분위기의 술자리가 이어졌다. 여느 때처럼, 이홍청은 점점 더 취해가고 있었던 반면, 판시엔은 어느 때보다도 정신이 맑아져 있었다.

"나도 다 아네. 오늘 황궁에서 자네에게 내고를 맡겼다며?"

리홍청은 취기를 이기지 못하는 듯, 정확하지 않은 발음으로 말했다.

"나중에 나도 떡고물 좀 챙겨주게."

아무리 웃는 이야기라지만, 황실의 자손인 징왕 세자가, 신하인 판시엔에게 부탁으로 할 일은 아니었다. 판시엔은 조금 의아해하며 그를 보며 말했다.

"세자는 왕의 집안 아들이잖아요. 황실을 제외하면 징두에서 가장 부자라고 할 수도 있고. 폐하의 돈까지 넘볼 필요가 있을까요?"

리훙칭은 자조하는 듯한 말투로 말했다.

"자네도 알다시피 내 씀씀이가 좀 크잖아. 비록 경여당의 몇몇 지배인들이, 집안의 장사나 재물을 돌봐주고는 있지만, 그 정도로 어떻게 풍족하다 하겠나……아버지는 폐하의 친형제이지만, 최근에는 아무 일도 안 하려고 하시고. 요즘엔 심지어, 궁에도 거의 들어가시지 않네. 안분지족 하는 왕에게, 누가 그리 도움을 주려 하겠나? 그렇다고 내 신분으로 지방의 관리들이랑 직접 상대하는 것도 부적절하고."

"그 말은 아무도 안 믿을 걸요?"

리훙칭은 자조가 냉소로 바뀌었다.

"아무짝에도 쓸모없는 존귀한 신분일 뿐이야. 내고는 결국 황실의 것이니, 자네가 조금 건드려도 돼. 몇 년간 고모가 내고를 관리할 때, 태자가 얼마나 많이 챙겨갔는지는 아무도 몰라. 자네 때문에 몰락한 궈씨 집안에서, 최소한 13만 량 정도의 순수한 은이 몰수되었다는데, 내고가 비었다고? 자네가 우저우(梧州, 오주)에 있는 태자의 행궁을 보면, 백성들의 고혈이 모두 어디로 간 것인지 금방 알게 될 것이야."

우쥬 삼촌의 말이 맞았다.

이 세상에는 믿을 사람이 하나도 없었다.

오늘 밤 리훙칭이 판시엔을 초대했을 때, 2황자를 대표한 그가, 자기와 친밀하다는 것을 과시하고 싶어 한다는 것을 알았지만 거절하지 않은 것은, 판시엔 스스로도 그만큼 리훙칭과 개인적으로 친하다고 생각했기 때문이었다.

그런 그가, 자기 앞에서, 철면피처럼, 이렇게 큰 거짓말을 할지는 몰랐던 것이다.

판시엔은 리훙청의 심복이 류징허 기방의 모든 장사에 몰래 관여하고 있다는 것을 알고 있었다.

기방 장사가 그렇게 떳떳한 것은 아니고, 심지어 세자의 신분에도 맞지 않았지만, 실제로 엄청난 돈을 챙겨가고 있다는 것을 알고 있었다. 이 사실은 매우 은밀한 것이었고, 심지어 감사원 2처도 잘 모르고 있던 사실이었지만, 판시엔은 스리리와 뉴란지에 사건이 있은 후, 위엔멍(袁梦)이라는 기녀를 몰래 조사해 보면서 알게 되었던 것이다.

즉, 리훙청이 지금 대놓고 판시엔 앞에서 울상을 지으며 돈 없는 척을 하는 것은, 리훙청은 이상한 행동이 아니라 생각하고 있었지만, 판시엔은 확실히 이상한 행동이라 생각했다.

판시엔은 2황자가 내고의 돈을 탐내는 것은 아니라는 것을 알고 있었다. 단지 동궁에서 그동안 내고를 통해 장난친 것을, 판시엔의 손을 빌려 파헤침으로써 태자를 끌어내리려고 하는 것이다.

생각이 여기에 이르자, 흥도 떨어지고, 술도 떨어지고.

판시엔은 리훙청을 두 번 쳐보고는 반응이 없자, 그가 진짜 취했든, 취한 척하는 것이든, 신경도 쓰지 않고 일어나 나와버렸다.

일석거의 나무 대문은 이미 열려 있었는데 초가을 밤바람이 한 번 스치고 지나가더니, 평범한 차림의 중년 남성이 어디서 나타났는지 황송하게 판시엔에게 절을 하고 있었다.

'리훙청이 오늘 여길 다 빌렸다고 했는데……심지어 밖에 호위들도 있을 텐데 어떻게 들어온 거지?'

그 사람은 멈칫하는 판시엔을 보며 급히 해명하였다.

"저는 췌칭취엔(崔清泉, 최청천)이라고 하는데, 일석거의 주인입니다. 판 대인께 인사드리러 왔습니다.”

'역시, 일석거의 주인이었군.'

판시엔은 적당히 웃는 얼굴로 몇 마디 하고서 돌아가려다 발걸음을 멈췄다.

“췌(崔)씨?”

“맞습니다. 대인께서 북제에 있는 둘째 공자에게 가르침을 주신 것 때문에 한번 찾아뵈려고 했는데, 혹시나 불편하실까 걱정되어……오늘 대인께서 여기 오신 김에 인사드리는 겁니다.”

판시엔은 무표정하게 고개를 끄덕였다.

췌씨 집안은 징두에서 제법 유명한 집안인데 북제에서 판시엔에게 밉보였으니, 무슨 방법을 쓰더라도 그와의 관계를 풀려고 할 것은 당연지사였기 때문이다.

췌칭취엔은 아무렇지 않은 듯 두 손을 내밀고서, 상자를 하나 건넸다.

“작은 산삼인데, 뭐 그리 대단한 건 아니고, 숙취에 특히 좋습니다. 이미 깨끗하게 씻었으니, 생으로 씹어 드시는 게 제일 좋습니다.”

판시엔이 여전히 말없이 고개를 끄덕이니, 텅즈징이 상자를 건네받았다.

마차 안에서 판시엔이 상자를 열어보니, 그게 어딜 봐서 산삼인가? 몇 겹의 두꺼운 은표가 들어있었는데, 대충 봐도 2만 냥 정도는 되어 보였다!

텅즈징은 옆에 앉아 그 모습을 보며 말했다.

“췌씨가 손이 크긴 하네요.”

판시엔은 생각이 더욱 많아지고 있었다.

마차가 어느 조용한 골목에 이르자 판시엔은 마차에서 내린 후 호위들을 다 물렸다. 텅즈징도 판시엔 주변에 은밀히 감사원 관원들이 숨어서 호위하는 것을 알기에 별말 없이 물러났다.

판시엔이 어두운 그림자 진 곳을 보며 손짓을 하니, 한 명의 감사원 밀정이 소리 없이 그에게 다가왔다. 그의 이름은 덩즈위에(邓子越, 등자월). 왕치니엔이 가장 신뢰하는 조직원이었으니, 판시엔의 심복 중에 하나이기도 했다.

"감사원에게 이부(吏部) 상서, 흠천감(钦天监) 감정(监正), 도찰원(督察员) 좌부도어사(左副都御史), 이 세 사람이 췌씨 집안 장사와 얽힌 게 있는지 알아보라고 해."

"제사 대인, 성지가 없으면 황실을 조사하기는 어렵습니다."

덩즈위에는 감사원의 직급이 제법 높았기 때문에, 대신들의 직책을 듣자마자 그 배후에 2황자가 있다는 것을 알고 있었던 것이다.

"몇몇 대신들을 조사하는 건데 몰래 하면 되지, 뭘 그렇게 겁내나?"

덩즈위에는 자신의 말이 제사 대인의 심기를 건드렸다 생각하며, 재빨리 '네' 대답하였다. 판시엔은 그를 보면서 한마디 지적했다.

"왕치니엔은 물어야 할 것과 안 물어야 할 것을 잘 알고 있었지. 자네가 그 역할을 이어받았으니, 그 부분을 잘 명심하게."

이 말을 하고서 판시엔은 그가 가지고 있는 상자를 덩즈위에의 품 안에 넣어줬다.

덩즈위에는 그 상자를 열어볼 엄두는 못 내고 판시엔을 따라 걸어가다, 겨우 용기를 내어 물었다.

"대인, 소인이 이후에 감사원의 누구와 연락을 하면 되겠습니까?"

사실 그는 이 말을 물어도 되는 것인지도 확신은 안 섰다.

"정식적인 통로를 거치지 말고, 1처 무티에(沐铁)를 직접 찾아가."

판시엔은 마지막 말을 덧붙이고 그를 보냈다.

"그 상자 안에 든 것은 자네 것이 아니고, 자네 조직원들 거야."

판시엔은 밤길을 혼자 걸으며, 오늘 리훙청을 만난 일부터 일석거의 췌 주인을 만난 일까지 일련의 사건을 정리해 보고 있었다. 리훙청은 그가 2황자 사람이고, 판시엔도 2황자 편에 서기를 바란다고 명시적으로 밝혔다. 판시엔은 황자의 암투에는 끼고 싶지 않았지만 리훙청과 계속 친분을 가졌던 이유는, 그의 판시엔에 대한 마음에 어느 정도 진실성을 느끼고 있었기 때문이다.

그런 그가 오늘 처음으로 판시엔에게 거짓말을, 그것도 큰 거짓말을 한 것이다.

판시엔은 그것을 알고 있었기에 거짓말의 내용은 큰 문제가 될 리 없었지만, 기존에 잠시 스쳐 갔던 일련의 사건에서 든 의심들이 다시 떠오르기 시작하였다.

뉴란지에 사건은 스리리와 장 공주가 재상 집안에 심어 놓은 첩자, 우보우안이 꾸민 일로 드러났지만, 어쨌든 자신은 징왕 세자의 부탁을 받고 2황자를 만나러 가는 길이었다.

'2황자가 이를 모르고 있었을까?'

재상 대인이 물러나게 된 결정적인 사건은, 허종웨이와 우씨 부인이 대낮에 징두 거리에서 암살당할 뻔한 사건의 배후에 재상 대인이 있었다는 것인데, 그 암살 사건에서 허종웨이와 우씨 부인을 '우연히' 구출한 것이 2황자와 징왕 세자였다.

'이것이 과연 우연일까?'

판시엔을 가장 머리 아프게 한 것은 췌씨였는데, 북제에서 일어난 일로 췌씨 집안 뒤에 장 공주가 있다는 것은 알고 있었지만, 리훙청이 거짓말을 한 오늘 갑자기 나타나 그에게 돈을 준 것은, 우연치고는 너무 교묘했다.

리훙청을 처음 본 것도 일석거, 오늘 본 곳도 일석거, 리훙청이 가장 자주 다니는 곳도 일석거. 일석거의 주인은 췌씨.

'장 공주가 태자가 아닌 2황자와 연결되어 있다는 것인가?'

하지만 아직까지 의심과 직감만 있을 뿐.

확신을 줄 수 있는 물증은 없었기에, 감사원에게 2황자의 조정 내 세력들과 장 공주의 사람인 췌씨 집안의 관계를 알아보라 시킨 것이다.

'그런데 왜 2황자가 나와 맞서려고 하지?'

생각이 여기에 미치자, 판시엔은 어차피 지금 결론을 낼 수 있는 일은 아니라 생각했다. 그래서 감사원의 조사 결과를 보고 다시 생각해보기로 결정했다. 어쨌든 누가 방해를 하던, 판시엔은 내고와 감사원 중 어느 것도 포기할 생각은 없었기 때문이었다.

'그나저나 누구도 믿지 말라고 조언해준 우쥬 삼촌은 어디에 간 거야? 나도 못 믿겠다는 건가?'

제10장

감사원 1처장

다음날 판시엔은 티엔허다다오 길가에 위치한 감사원 건물로 들어가고 있었다. 지나치는 감사원 관원들이 공손히 인사를 했지만, 그는 웃는 얼굴로 인사를 대신하고서 곧장 감사원의 그 밀실 안으로 들어가 문을 열었다. 그곳엔 이미 감사원 여덟 개 부처 중 일곱 명의 처장들이 도착해 있었다.

판시엔은 쳰핑핑의 오른쪽에 앉았는데, 스승님이 보이지 않아 원장에게 물어봤지만, 강남에 놀러 갔다는 이야기만 들을 수 있었다. 이내 판시엔은 북제 관련 일을 보고했고, 처장들은 밀정의 첩보망이 안전하다는 사실만으로도 다행이라 생각하는 것 같았다.

이어진 감사원 인사이동에 관한 내용은 사람들의 예상을 빗나갔는데, 원래 1처 처장 자리가 공석이 된 후 후임자를 정하지 않은 것은, 옌빙윈이 돌아와서 그 자리를 맡게 하기 위한 것이라 생각해 왔는데, 갑자기 그를 4처의 처장으로 임명한 것이다

'그럼 지금 4처 처장 옌뤄하이는 어떻게 되는 것이고, 1처는 누가 맡게 되는 것이지?'

천핑핑은 기력이 있는 듯 없는 듯, 눈꺼풀을 올리며 말했다.

"옌뤄하이가 감사원에 너무 오래 있었다는 이유로 사직서를 냈네. 내일부터 이부(吏部)로 가서 한직을 맡을 것이야."

말하는 모습을 보아하니, 천핑핑은 옌뤄하이의 사직을 탐탁지 않게 생각하는 듯했다. 하지만 천핑핑의 생각이 무엇이든, 한 집안에서 감사원의 2개 부처의 처장을 맡게 되는 것을, 조정에서도 달갑게 생각하지 않을 것은 분명했다. 감사원의 권력이 너무 막강한 탓이다.

2처의 처장이 고개를 저으며 말했다.

"1처 처장의 자리가 너무 오래되었는데, 그렇다고 무티에는…… 충정심은 둘째라면 서러울 정도지만, 지금 보면 아첨만 잘할 뿐, 실제 능력은 부족하다 보는 게 맞을 듯합니다. 1처가 조정의 관원들을 감찰하는 곳이다 보니 권력이 막강할 수밖에 없는데, 반드시 실력 있는 사람이 맡아야 할 것입니다."

다른 처장들도 모두 동의하는 듯이 고개를 끄덕이고 있었다.

천핑핑은 고개를 돌려 판시엔을 한 번 보더니 말했다.

"오늘부터 1처의 처장은 없네. 판 제사가 모두 관리하게."

이 말의 소리는 크지 않았지만, 사람들의 마음속에 미치는 영향은 지대했다.

원래 제사라는 위치가 제한 없는 권한을 가지고 있었지만, 실무를 진행할 조직은 별도로 가지고 있지는 않았다. 그런데 판시엔이 제사에 1처의 처장을 겸하게 된다면, 사실 1처의 지위가 다른 부처보다

반 등급이 올라가는 것일 뿐 아니라, 판시엔이 원장 대인을 제외하고는, 감사원의 명실상부한 제1의 실권자가 되는 일이었다.

판시엔도 다소 놀랐다.

"원장 대인, 지금 제사의 직분도 겨우 해내고 있고, 지금까지 실무를 해본 경험도 없는데, 갑자기 1처까지 맡으라 하시면……감사원에 해를 끼치게 될까 걱정됩니다."

천핑핑은 한마디로 쐐기를 박아 버렸다.

"그러니 경험을 쌓으라는 것 아니야."

다른 처장들이 모두 나간 후, 천핑핑은 얼굴색을 바꾸더니 꾸짖듯이 말했다.

"옌빙윈은 성격이 침착한 편이니, 네가 그 여자를 징두로 데리고 오자고 했을 텐데, 왜 쓸데없는 일을 하고 그래."

판시엔은 억울하다는 표정으로 말했다.

"그건 저와 상관없는 일이에요. 그 여자는 시종 북제 공주 마차에 있었는데, 제가 죽일 수도 없잖아요."

"사절단이 징두로 돌아오는 동안 흑기병들을 붙여 놨었는데, 너의 묵인이 없었다면 그 여자가 어떻게 사절단에 들어왔을까?"

판시엔은 순간 적절한 핑계가 떠오르지 않아 탄식하며 대충 얼버무렸다.

"어쨌든 악연일 뿐이에요."

그리고서 그는 천핑핑의 무릎 담요를 천천히 펴주며 화제를 돌렸다.

"천천히 하시죠. 너무 급한 결정 아니셨나요?"

"매일 같이 일이 터지는데 어떻게 급하지 않을 수가 있겠느냐?"

천핑핑의 초췌한 얼굴에는 어떠한 표정도 없었고, 수염도 거의 없는 턱이 그의 주름을 더욱 깊어 보이게 하였다.

"나는 샤오은과 몇 살 차이 나지도 않아."

판시엔은 마음이 무거워지며, 북제에서 비밀스럽게 행한 일을 보고 했는데, 다만 샤오은과 동굴에서 있었던 일은 밝히지 않았다.

"스리리는 언제 입궁을 할 수 있을 것 같으냐?"

사실 판시엔은 그것보다 '언제 스리리의 동생을 넘겨받을 수 있나요?'를 묻고 싶었지만, 아직은 시기가 아니라고 생각하며, 그의 물음에 대답하였다.

"제가 사람 하나를 시켜서 진행 중인데, 사실 별일도 아니라서, 곧 결과가 나올 거예요."

첸핑핑은 여전히 무표정하게, 1처를 맡을 때의 주의 사항들을 몇 가지 이야기해 주었다.

"폐하께서는 항상 네가 1처를 맡길 원하셨다. 1처는 조정 대신들을 감찰하는 곳이라, 1처 관원들은 황실과 가까워지기 쉬우니, 너도 항상 주의하는 게 좋을 것이야."

'황제는 왜 자기 아들들이 사고 치는 것을 나보고 막으라는 거야?'

"이번에 북제에서 한 일은 제법이었다. 네가 왕치니엔을 남긴 의도는 알겠다만, 그 일도 폐하의 허락 없이 해서는 안 된다는 것을 명심해라."

"원장님도 아시지만 제가 내년에는 내고를 이어받아야 하는데, 그 전에 내고의 병폐들을 정리해 놓지 않으면, 그것들이 다 제 책임이 될 거예요. 그럼 결국 내고를 정상화시키지 못하게 될 것인데, 폐하께서도 그것을 원하시진 않을 듯한데요?"

"췌씨 집안의 배후에 장 공주가 있다지만, 어쨌든 지금까지 내고의 물건을 북제에서 팔아왔는데, 그 사람들을 다 정리해 버리면, 그 뒤에 그 역할을 대신 맡을 사람은 고려한 것이냐?"

판시엔은 그가 좋은 사람을 소개해주는지 알고서 공손히 귀를 기울이고 있었다.

의외로 쳔핑핑은 손을 저으며 말했다.

"내가 하고 싶은 말은 감사원은 내고와 불가분의 관계에 있다는 것이었다."

판시엔은 조금 실망한 듯 물었다.

"그건 또 무슨 말인가요?"

"감사원을 유지하는데 비용이 상당히 많이 든다는 건, 너도 짐작할 수 있을 것이야. 하지만 감사원은 모든 관원들을 감사하는 조직이라, 조정과 엮이면 곤란하기 때문에, 조정이 관리하는 국고에서 돈을 받기가 어려워. 다시 말해 지금까지 감사원이 독립성을 유지할 수 있었던 것은, 내고에서 모든 것을 감당해 왔다는 것이다."

"감사원의 봉록이나 경비들은 모두 내고에서 나온다는 것이군요."

"그렇지. 그러니 내고가 돈이 많아질수록, 감사원도 더욱 독립적이게 되는 것이지. 그리고 넌 내고를 이어받게 되는 동시에 감사원을 이어받을 사람이니, 이 부분을 잘 고려해야 해."

"폐하께서 그런 말씀은 안 하셨는데요?"

"그러니 네가 싸워야지!"

쳔핑핑은 차가운 눈빛으로 그를 바라보며, 말을 이었다.

"만약에 누군가 감사원을 와해시키려 시도한다면, 넌 반드시 싸워야 한다! 감사원마저, 지금의 도찰원이나 대리사 같은 유명무실한 조직이 되어 버린다면, 우리의 경국은……당시 북위의 그 썩은 국가로 전락하는 거야. 알아들었느냐?!"

판시엔은 1처 처장을 맡은 이후 며칠간, 1처의 기강을 잡는 일에 눈코 뜰 새 없는 시간을 보냈다. 조직에서 수장의 역할이 얼마나 중요한지를 깨닫게 해주는 며칠이었는데, 천하에서 가장 규율 있고 무서운 조직, 감사원조차도 예외가 아니었기 때문이었다.

며칠 동안 내부 감사를 통해 조정과 결탁한 몇 명의 관원들을 축출해 냈으며, 또 일부는 7처에 보내 공개 심사를 받게 하기도 하였고, 한 번의 폭풍이 지나간 후에야 1처는, 다시 이전의 기강을 찾아가기 시작하였다.

오늘 판시엔은 1처 관아의 건너편에 있는 신풍관(新風管) 2층에 앉아 밖에 떨어지는 빗방울을 보며, 오랜만에 여유로운 시간을 보내고 있었다. 그는 사실 관아에 앉아서 사무를 보는 것에 익숙하지 않았기 때문에, 건너편 작은 음식점의 방 하나를 빌려 간식을 먹으면서 사무를 보기도 하였던 것이다.

아래층에서 발걸음 소리가 울리기 시작하자, 덩즈위에는 정신을 바짝 차리고 허리춤의 칼을 움켜쥐었다. 온 사람은 1처의 무티에였는데, 그는 종이 하나를 판시엔에게 공손히 건네었다.

판시엔은 종이를 받아 들고 내용을 한 줄 한 줄 자세히 살펴보았는데, 그의 미간이 점점 찌푸려지고, 그의 얼굴색이 점점 어두워졌다.

이전에 덩즈위에에게 2황자와 췌씨 집안의 일을 조사하라 했을 때, 의외로 아무런 증거를 밝혀내지 못하자 이번에 무티에에게 직접 시킨 것인데, 무티에에게는 일종의 시험 같은 것이기도 하였다. 그 종이에는 췌씨 집안이 돈을 건넨 조정의 모든 대신들의 이름이 적혀 있었는데, 놀라운 사실은, 2황자와 관련되어 있는 대신들의 이름이 없었다는 것이다.

'한 명도' 없었다!'

'췌씨가 그렇게 큰 집안인데 심지어 이부 상서(史部尚书)나 흠천감(钦天监) 감정(监正)에게도 돈을 건네지 않았다고?'

"이게 전부인 게 확실해?"

무티에는 고개를 끄덕였다.

"2처 쪽에도 확인했어?"

"2처는 매우 협조적이었습니다. 그리고 저의 요청이 원장님의 명령인지 알고 있으며, 제사 대인이 시키신 흔적은 어디에도 없습니다."

"2처 쪽에도 다른 정보가 없다…….'

지금 그에게 가장 큰 적은 장 공주인데, 그녀가 신양에서 징두를 움직이려면, 그녀와 연결되어 있는 황자가 분명히 있을 것이기 때문이다.

무티에에게 물러가라 한 후, 판시엔은 종이 위에 빼곡히 적힌 작은 글씨들을 보면서 깊은 생각에 잠겼다. 거기에는 췌씨 집안이 최근 몇 년 동안 돈을 건넨 이들의 명단, 시간, 이유 등이 자세히 적혀 있었다. 고관을 포함한 대부분의 관원들이 연루되어 있었는데도, 2황자와 관련된 흔적은 하나도 찾아볼 수 없었다.

그의 직감은 2황자라고 말하고 있었지만, 이 빼곡하게 적힌 정보에서 그가 필요한 정보는 하나도 없었던 것이다.

깨끗한 것은 괜찮아도, 너무 깨끗한 것은 문제가 된다.

그의 직감은 더욱더 2황자로 향하고 있었다. 그에게 마지막 기댈 곳은 냉혈한 옌빙윈 밖에 없다는 생각을 하며 자리에서 일어났다. 덩즈위에가 물었다.

"대인 어디로 가십니까?"

"옌씨 저택으로 가자."

옌씨 저택은 1처 관아로부터 그리 멀지 않은 곳에 있었다. 저택은 그렇게 크지 않았지만, 이곳에 사는 부자(父子)가 대외적인 모든 밀정들을 책임지고 있다는 사실이 떠오르자, 판시엔은 좀 더 진지해질 수밖에 없었다.

감사원 관원들의 품계는 감사원 초기부터 낮게 설정되어 있었는데, 대신 수월히 직을 수행하기 위해 내놓은 방편이, 작위를 수여하는 것이었다. 옌뤄하이는 몇 년 전 2등 자작이었는데, 그의 아들을 북제에 보내는 대신 황제는 3등 백작으로 올려주었다. 또, 호부 상서인 판지엔이 1등 백작인 것을 고려해 보면, 황제가 감사원 관원들을 얼마나 후하게 대하고 있는지 알 수 있었다.

하지만 옌씨 저택의 명패에는 여전히 자작으로 되어 있었고, 글자색 역시 금색이 아닌 검은색으로 되어 있어, 그들 부자가 얼마나 겸손한지에 대해 상징적으로 보여주고 있었다.

옌씨 저택의 하인들이 검은색 비옷을 입은 사람을 보자 그의 신분을 알아차린 듯, 재빨리 내려와 판시엔 일행을 맞아 주었다.

판시엔은 옷 뒤에 달린 모자를 벗고, 약간 젖어 있는 머리를 털며 물었다.

"옌 공자가 집에 있나?"

"제사 대인, 도련님은 안에 계십니다."

판시엔은 고개를 가볍게 끄덕이고 우의를 벗고 어깨에 걸쳤다. 그는 처음 옌씨 저택에 온 것이었기에 이것저것 궁금했다. 하지만 저택 안으로 들어가는 길에 별달리 특이한 점은 없었고, 빗물에 젖은 정원과, 어느 집에서나 볼 수 있는 작은 돌로 쌓여진 산만 우두커니 놓여져 있었고, 그 산을 끼고 돌자 바로 저택의 안마당에 도착했다.

정작 특이한 것은, 복도에서 빗소리를 들으며 앉아 있는 두 사람의 모습이었다.

수하들을 다 물린 후, 판시엔은 혼자 최대한 발소리를 내지 않고 그곳으로 다가갔다.

빗물에 젖은 기둥 근처의 돌계단, 이미 반쯤 물에 잠긴 복도 끝,

그곳에 두 사람이 의자에 앉아 미동도 하지 않은 채, 가을비가 내리는 풍경을 멍하니 바라만 보고 있었다.

한 사람은 당연히 얼마 전 징두로 돌아온 옌빙윈, 다른 한 사람은 천 리를 도망쳐 온 션씨 아가씨.

두 사람은 의자에 앉아, 말없이, 서로 눈길 한 번 주지 않고, 빗줄기가 만들어낸 주렴에 자신의 눈빛이 반사되어 상대방에게 전해지기만을 바라는 사람들처럼 보였다.

옌빙윈은 여전히 얼음처럼 차가운 얼굴을 하고 있었지만, 그 눈동자만큼은 예전보다 많이 온화해진 듯 보였고, 션씨 아가씨는 집안이 망한 처참한 고통에서 많이 벗어나, 눈동자에 약간의 부끄러움이 보이고 있었다.

서로를 원망하는 듯, 두 남녀가 서로에게 눈길 한 번 주지 않는 것이, 마치 서로의 존재를 없는 사람처럼 여기는 듯 보였다. 판시엔의 눈에는 그 풍경이 조금 기괴하게 느껴졌다.

판시엔을 더욱 당황하게 만든 것은, 션씨 아가씨가 하녀의 복장을 하고 있다는 것.

심지어는 발목에 방 안으로 연결되는 족쇄를 차고 있다는 것!

판시엔은 그들 뒤에서, 헛기침을 한 번 하였다.

옌빙윈은 그를 보자, 당황하기보다 화난 기색을 표하였다. 션씨 아가씨는 어떻게 대처해야 할지 모르는 듯, 재빨리 몸을 일으켜 가볍게 인사를 한 후 방 안으로 들어갔다.

족쇄에 묶인 쇠사슬이, 비에 젖은 복도 바닥에 끌려, 처량한 소리가 울려 퍼졌다.

판시엔은 아가씨가 일어선 의자에 앉아 저택 정원을 바라보며, 약간은 놀리는 어조로 말을 시작했다.

"천신만고 끝에 징두에 왔으니, 이곳에 축하해 주는 사람들로 북

적일 줄 알았는데, 네가 말없이 울고 있는 션씨 아가씨를 바라보고
있는 모습만 보게 될 줄은 몰랐네."

옌빙윈은 진지하게 해명하듯 말했다.

"첫 번째, 전 그녀를 보고 있지 않았고, 두 번째, 그녀가 울고 있
지 않았어요."

판시엔은 '쯔쯔' 거리며 말했다.

"따지기는……."

"아버지께서 조정의 관원들과 사귀는 것을 좋아하지 않으시니, 집
이 당연히 썰렁하지요."

"네가 북제 가기 전부터 징두에 이름이 알려져 있었고, 지금 돌아
와서 승진도 했는데, 아무도 찾아오지 않는다고?"

"아버지께서 세 마리 개를 키워, 항상 집 앞을 지키게 하세요."

"엥? 근데 난 왜 못 봤지?"

"개들이 그동안 짖느라 지친 데다, 오늘은 비가 와서 찾아오는 사
람도 없을 테니 쉬게 한 것뿐이에요."

판시엔은 순간적으로 할 말이 없었다.

"대인은 무슨 일로 오신 거예요?"

옌빙윈의 이 말은, 판시엔과 일부러 일정한 거리를 두려고 하는
느낌이었다. 판시엔은 그런 자세가 가정 교육에서 비롯될 수 있다고
생각하며, 품속에서 원통을 꺼내 그 속의 문서를 건네주었다.

옌빙윈은 대충 한 번 읽더니 조금 불편한 듯 말했다.

"대인은 저를 너무 믿으시는 것 같네요. 이건 모두 1처 관할인데,
저에게 보여 주시는 것만으로도 규율을 어기시는 겁니다."

"날 계속 피해 다닐 수 있다고 생각한 건 아니지? 그리고 날 계속
'대인(大人)' 대인 하는데……이왕 신분이 그러하니, 네가 날 멀리하
면, 내가 제사 신분을 이용해 널 1처 관원으로 둘 수도 있어……그러

니까 그 입 닥치고, 날 도와주기나 해."

"지금 지위로 위협하시는 건가요? 그럼 전 원장 대인에게 가서 직접 말할 겁니다!"

"언제든지. 절름발이 노인네가 너의 말을 들어주면 인정. 내가 진걸로."

옌빙윈은 가슴이 답답해졌지만, 다시 냉정을 찾으려 노력하며 싸늘한 목소리로 말했다.

"그래서 알고 싶으신 게 뭔 데요?"

"딱 하나."

판시엔은 일어나 옌빙윈 앞에 서서, 그의 얼굴을 보고 한 자 한 자 똑똑히 이야기했다.

"2황자와 췌씨 집안이 서로 관계가 있는 건지 없는 건지만, 나에게 알려 줘."

"신양 쪽과 2황자가 결탁했다는 이야기는 들은 적이 없는데, 왜 갑자기 2황자인거죠?"

"직감."

판시엔은 재빨리 설명했다.

"신양과 관련한 일은, 처음부터 내가 너에게 숨기지 않아서 잘 알 거고, 장 공주는 우리에게 공통의 적 같은 거니, 더 이상 설명할 필요는 없고. 2황자에 대해서는……내가 북제에서 반년이나 있다가 돌아왔는데, 그가 너무 조용하단 말이지……근데 최근 1처 보고서를 통해 알게 된 건데, 조정에서 아무 기댈 곳 없던 2황자가, 갑자기 엄청난 세력을 가지게 되었더라고. 많은 관원들이 그와 비밀리에 접촉하고 있어."

사실 유리한 위치를 점유하고 있는 태자는, 기본적으로 아무것도 안 해도 자기의 미래를 보장받을 수 있다.

하지만 열세를 가지고 있는 2황자는 전혀 다른 이야기였다. 황제가 되기 위해서는 무엇인가를 해야만 하는 것이다. 깨끗한 건 괜찮지만, 너무 깨끗한 건 이상하듯이, 조용한 건 괜찮지만, 너무 조용한 것은 문제였다.

조용히 있던 개가 사람을 갑자기 물 수는 있지만, 조용히 있던 황자가 갑자기 황제가 될 수는 없었다.

옌빙윈은 그를 심오하게 쳐다보며 말했다.

"결국 황위 싸움에 들어가기로 하신 거군요?"

"아니야. 그저 준비하는 것뿐이야. 그 싸움에 들어가긴 싫은데, 그 싸움 때문에 내가 피해 보긴 싫거든."

"대인은 그럼……태자 편인가요?"

"뭔 개소리야."

옌빙윈은 잠시 생각해보더니, 미소를 지으며 말했다.

"맞다. 대인은……폐하 사람이었죠?"

판시엔은 이 말을 인정하지는 않았지만, 어쨌든 옌빙윈은 자기를 도울 것이라는 것을 알았다. 옌빙윈은 그제서야 문서를 자세히 읽기 시작하더니, 이내 고개를 저으며 말했다.

"1처의 능력이 이전만 못 한 듯하지만, 그래도 대략적인 윤곽은 잡혀 있네요. 그래도 이것만 가지고 알 수 있는 것은 없어요. 정보는 결국 비교, 대조를 통해서만 그 진상을 알 수 있는 거니까요. 무티에라는 사람은 개별 사안에 대해서는 나름 능력이 있는 것 같아 보이지만, 이런 복잡하게 얽힌 사건은, 그에게 무리로 보이네요."

"그러니 내가 자넬 찾아온 거 아닌가."

"대인은 그렇게 절 믿으세요?"

옌빙윈의 오늘 두 번째 같은 물음이었다.

판시엔은 들은 체도 안 한 채, 직접적으로 말했다.

"얼마나 걸릴까?"

"다음 달부터 4처 처장을 공식적으로 맡아야 하니까, 이번 달 말까지는 소식을 드릴게요."

"다른 필요한 것은 없고?"

"이 사건이 너무 커졌을 때, 제가 희생양이 되긴 싫어요."

"걱정 마. 난 원래 양을 좋아해."

이렇게 말하며 판시엔은 크게 웃게 시작하였다.

그는 진심으로 기뻤는데, 북제에서처럼 뭔가 둘만의 '비밀' 같은 것을 찾은 것도 좋았고, 더 중요한 것은 옌빙윈이 2황자를 조사하는데 이렇게 한 번 발을 들여놓게 되면, 이후에도 자기와 한 배를 탈 수밖에 없다는 것을 알았기 때문이다.

옌빙윈을 자기편으로 만든다는 것은, 판시엔에게는 천군만마를 얻은 것과 다름없었다.

"아 참. 혹시⋯⋯대인의 사병 좀 빌려주실 수 있으실까요?"

옌빙윈은 약간 걱정스러운 기색으로 말을 이었다.

"남쪽에서 연쇄 살인 사건이 일어났는데, 몇 개 지방에 걸쳐 있는 방대한 사건이네요. 형부에서는 이미 많은 관원들이 죽었지만, 범인이 누군지 짐작도 못 하고 있고. 폐하께서 감사원으로 이관해서 조사하라고 명령하셨어요."

판시엔도 소문으로 들어서 알고 있었지만, 일반적인 살인 사건 정도라 생각해 크게 신경 쓰지 않았었다.

"4처가 그것을 이어받은 후에도 무려 13명의 밀정들이 죽어 나갔는데, 아직도 그 흔적조차 찾지 못하고 있어요. 보고서에 따르면 상당한 고수라고 하던데, 몇 품 고수인지는 정확히 몰라도 최소한⋯⋯9품은 될 거라고⋯⋯."

이 말에 판시엔은 크게 놀랐다.

9품 이상의 고수들이 천하에서도 몇 되지 않을 뿐 아니라, 그들은 이미 각 나라에서 중요한 역할을 맡고 있었다. 예를 들어 경국의 옌샤오이처럼 대장군이거나, 북제의 허다오런처럼 황실이나 조정의 자객 역할을 하고 있었다. 아니라면 동이성의 상인들을 지켜주는 역할을 한다거나, 아니면 스구지엔 밑에 들어가 단순히 무술을 닦을 수도 있었다.

다시 말해, 부귀영화를 누리든 강호에서의 지위를 선택하든, 그들은 자기가 원하는 걸 할 수 있었다. 그런데 연쇄 살인? 강간이나 도적질? 9품 고수가 이런 일을 할 이유도, 한 적도 없었다.

판시엔은 혼잣말처럼 중얼거렸다.

"그런 변태새끼는……그냥 살인의 쾌감을 좋아하는 건데……."

옌빙윈은 '변태'의 뜻은 몰랐지만 무시하고 말을 이었다.

"4처가 너무 큰 손실을 봤어요. 다른 도움이 필요한데, 9품 이상의 고수는 아버지의 위치로도 접근하기 힘들고, 감사원에 말을 해 봤지만, 폐하께서 동의하지 않으실거라 그러고. 이제 기댈 수 있는 곳은, 대인밖에 없어요."

"1처에 그런 고수가 있을 리 없고……집안 호위들도 7품 고수 2명 정도가 고작인데……."

옌빙윈은 재빨리 말을 가로채며 말했다.

"그게 아니라 제가 빌려달라고 한 건, 가오다를 비롯한 7명의 호위예요."

"여기서 또 마음이 통하는구만. 나도 마음은 굴뚝 같은데 결과는 헛된 망상에 불과했던 것 같아. 황실에서 나에게 그들을 어떻게 주겠어?"

"그건 모를 일이죠. 어쨌든 그들이 대인 수하로 오게 된다면 4처에 며칠만 좀 빌려주세요."

'진짜 가오다가 내 수하가 될 수 있다고?'

"만약에 그런 날이 진짜 온다면, 당연히 빌려주지. 아 참, 션씨 아가씨는 요즘 좀 어떻게 지내?"

옌빙원은 이상하게 이 화제에는 과민반응이었다. 다시 냉혈한의 얼굴로 변해 차가운 목소리로 말했다.

"대인, 제발 자중 좀 하세요!"

"자중은 개뿔!"

판시엔은 웃는 얼굴로 꾸짖었다.

"아가씨에게 족쇄 채운 게 너지? 그것도 아가씨보고 자중하라는 의미야? 너야말로 그 연쇄 살인범이랑 똑같아……변태새끼."

옌빙원은 여전히 '변태'라는 말의 뜻은 몰랐지만, 무언가 안 좋은 단어라는 것을 알아채며 맞받아쳤다.

"그러니까 애초에 제가, 그녀가 사절단으로 피신하게 하지 말자 하였잖아요! 제가 지금 이렇게까지 속을 썩고 있어야겠어요?!"

"아니 그렇다고 저렇게 할 필요는 없잖아. 족쇄고 뭐고, 네가 이 집에 있는 한, 저 여자는 한 발자국도 안 나갈 것 같은데?"

"그럼 대인은 무슨 다른 방도가 있는 건가요?"

옌빙원은 냉소를 띠며 말을 이었다.

"북제 공주가 징두에 온 지 며칠 되었다고, 대황자 저택으로 절 부르시더니, 그녀를 잘 보살펴 달라고 하더라구요. 그녀가 아무리 진중한 여자라고 해도, 북제에서 중죄를 지은 집안의 아가씨인데, 죽이고 싶어도 죽일 수도 없고, 풀어주자니 풀어줄 수도 없고. 이제 뭐 어떻게 합니까?"

이때 방 안에서, 희미한 울음소리가 들리기 시작하였다.

판시엔도 대황자가 이 상황을 알게 되었다는 것은, 확실히 좋은 상황은 아니라 생각했다.

"그럼 그냥 내가 우리 집으로 데리고 갈게."

옌빙원은 한참을 침묵하다, 이윽고 고개를 끄덕였다.

옌씨 저택에서 출발한 판씨 집안 마차 안에서, 판시엔이 위로하듯 말했다.

"셴씨 아가씨 너무 걱정 마세요. 며칠 지나서 일이 좀 잠잠해지면, 다시 옌씨 저택으로 돌려보내 드릴게요."

그가 2황자를 조사하는 것은 기본적으로 장 공주와의 오래된 원한 때문이었다. 그 이유도 그렇지만, 사실 사건 자체가 너무 크고 위험했다.

판시엔은 옌빙원을 신임하고 있었다. 하지만 신임이라는 것도, 대부분의 경우에는 이해관계에 기초한 것이기 때문에, 셴씨 아가씨를 그의 집으로 데리고 가는 것은 그에게 일종의 보험 같은 것이었다.

그는 이런 생각과 함께 비 내리는 밖을 바라보다, 문득 일 년 전 그 검은 상자를 열어 봤을 때에도 비가 오고 있었다는 생각이 떠올랐다. 그날의 복잡한 감정이 떠오르고, 이어서 지금 음산한 향기를 풍겨내는 자신이 연상되며, 싫어도 인정할 수밖에 없는 하나의 결론에 이르게 되었다.

'내가 이 세상을 바꾸려고 한 일은 아직 시작도 안 했는데, 이 세상이 이미 나 자신을 많이 바꿨구나.'

스난 백작 저택의 후원은, 누가 보아도 탐낼 만큼 넓었다. 오늘은 하늘이 유달리 맑았는데, 가을날 메뚜기가 푸른 풀잎 사이에서 이리저리 뛰어다니고 있고, 나무 위의 매미도 오늘이 마지막인 듯, 목청 터지게 노래를 부르고 있었다. 큰보배는 담장 아래 구석에서 개미를 잡고 있었고, 몇몇의 집안 아가씨들은 화원 한 켠에서 한가하게 담소를 나누고 있었다.

판시엔은 그쪽을 실눈을 뜨고 쳐다보니, 오늘도 예링알과 로우쟈(柔嘉) 군주(君主)가 와 있었다. 예링알은 곧 2황자의 부인이 될 사람이긴 했지만, 그녀가 그를 여전히 사부라 생각하고 있었고, 판시엔 또한 맑은 눈을 가진 그녀에게 위화감 같은 것은 느끼지 않았다. 다만, 최근 며칠 동안 판시엔이 고의적으로 리훙청의 초대를 거절하고 있었기에, 그의 동생인 로우쟈 군주는 피해서 숨어다녀야 했다.

그는 진기를 이용해 풀밭을 살짝 딛고서, 벽을 넘어 저택 밖으로 나갔다.

징두의 남쪽에는 왕치니엔이 마련해 둔 작은 집이 있었는데, 판시엔이 가장 안쪽 방 안에서 기지개를 켜고 있었다. 이곳이야말로 가장 안전한 은신처였는데, 왕치니엔과 쳔핑핑 외에는 이 장소를 아는 사람이 없었고, 가족들도 그가 여기에서 공무와 사무를 처리하는 것을 모르고 있었다.

덩즈위에가 정중하게 두 개의 죽통을 책상 위에 올려놓고 나갔다. 밀랍으로 봉해진 것은, 아직 누구도 뜯어보지 않았다는 것을 의미했고, 대나무 마디에 새겨져 있는 은밀한 기호는, 정보를 전달하는 밀정들만 알 수 있는 표식 같은 것이었다. 두 개의 죽통은 비슷하게 생겼지만, 그 기호를 보면 북쪽의 두 개의 독립된 노선에서 온 극비 서한이었다.

하나는 스리리가, 나머지 하나는 하이탕이 보낸 것.

스리리의 서한에는 중요한 정보 같은 건 없었다. 그녀가 출가는 선언했지만, 아직 궁에 들어가지는 못하였다. 그리고 션중의 죽음은 태후의 세력에 타격을 주었지만, 막대한 영향을 준 것은 아니었다. 샹샨후는 아직까지 가택 연금 중이다.

쿠허는 샹징에 왔지만 두문불출하고 있는데, 스리리의 생각은 중상을 입은 듯 보인다는 것이었다. 판시엔은 이 부분에서 잠시 웃었는데, 천하에서 쿠허를 상처 입힐 수 있는 사람은 나머지 세 명의 대종사밖에 없었기 때문이었다.

하이탕의 서한에는 쿠허 관련된 내용은 없었다. 사실 하이탕과 그는 어떤 약속이 있다기보다, 서로 돕는 관계였다. 그래서 어떤 정보보다는 단지 '상서로운 일이 발생하게 하는 일'을 잘 처리했는지 정도가 궁금했을 뿐이다.

스리리에게는 시 한 수만 적어 위로의 마음을 보냈고, 하이탕에게는 그 일에 대해 잘 처리해 달라고 간단히 회신하였다. 하이탕에게는 아무 일도 아니었지만, 판시엔에게는 스리리의 입궁 외에도 더 중요한 의미를 가질 수 있는 일이었기 때문이다.

북제에서 온 서신을 받기 위해 여기 온 것도 있었지만, 사실 그를 최근 가장 괴롭히는 일은 뤄뤄와 리훙청의 혼사였다. 세자의 인품이 어떻든, 쌍방의 정치적 입장이 무엇인지가 중요한 게 아니라, 단지 여동생이 좋아하냐 안 좋아하냐의 문제였는데, 판뤄뤄의 입장은 확고했다.

'안 좋아한다.'

하지만 확실히 간단한 일은 아니었다. 황제가 정한 혼사이니, 서로 어울리는 집안의 자녀들이 맺어지게 된 것이다. 이 혼사를 가지고 트집잡을 이유도, 그럴 사람도 없었다.

그러니 그에게 남은 방법은, 두 가지밖에 없었다. 첫 번째, 2황자를 주시하다 시시각각 무너뜨릴 방법을 찾아내고, 거기에 리훙청을 연루시켜 그것을 빌미로 혼인을 무른다. 두 번째, 황제가 거부할 수 없는 이익상의 유혹을 던져주고, 뤄뤄가 잠시 징두를 떠나도록 한다. 전자의 단점은 일이 얼마나 커질지 모르겠다는 것이고, 후자의 단점은 다소 황당무계하다는 것, 그리고 판시엔 스스로도 자신이 없다는 것이었다.

"한 장군의 공은 병졸 만 명의 죽음으로 이루어진다더니, 설마 동생의 혼인을 파기하자고, 만 명의 죽음을 초래해야 하는 건 아니겠지?"

'정 안되면 우쥬 삼촌에게 뭐뭐를 데리고 천하를 떠돌아다니며 여행이나 가 달라 부탁해야겠어. 그걸로 설마 삼족을 멸하기라도 하겠어?'

"최근에 궁에서 무슨 소식 없었어?"

린완알은 창가에서 수를 놓다, 판시엔의 갑작스러운 질문에 고개를 들어 반문했다.

"무슨 일 생겼어?"

"너의 그 무정한 삼촌이 나에게 1처를 맡기셨네. 조정의 대신들에게 얼마나 더 밉보이게 될지 가늠도 안 돼. 그 대신들의 진정한 주인들은 모두 황실에 있으니, 앞으로 관심 좀 더 가져줘."

"폐하 삼촌이 널 좋아하는지 모두가 알고 있는데, 마마님들도 당연히 좋은 말만 하지."

"폐하를 뵌 적도 몇 번 없는데, 사실 그 총애가 어디서 오는지 모르겠어. 폐하께서 널 아껴서 날 잘 봐준다는 이유 말고는 잘 이해가 안 돼."

"슈 귀비는 요즘 침이 마르도록 널 칭찬하고 있고, 이 귀빈은 어차피 우리의 친척이고. 황후는 그저 항상 담담하게 계시고, 나머지 첩들이야 말할 자격도 없지 뭐."

판시엔은 부인의 판단을 믿고 있었지만, 슈 귀비의 칭찬은 마음에 좀 걸렸는데, 사실 몇 마디 나눈 적도 없고, 돈을 가져다 바친 적도 없기 때문이다.

"닝 재인 쪽은 뭐라고 이야기하셔? 알다시피 대황자랑 일이 좀 있었잖아."

"닝 이모는 사실 별 관심이 없어. 그 일에 대해서는, 두 마리 토끼 새끼들이 그저 한 번 소동 피운 거 정도로 생각하시던데?"

"그래도 부군을 위해서 좋은 말씀 좀 많이 해주시지요."

"항상 부군이 남에게 밉보이신 것을, 저에게 정리해 달라고 하시네요. 제사 대인께서 더 할 말씀이 없으시면 전 물러가겠습니다. 수를 좀 놓아야 하거든요."

"도대체 무슨 수를 놓길래 그러시는 걸까……."

판시엔은 웃으며 나가려고 하는 찰나, 갑자기 제일 중요한 인물을 잊어버리고 있었다는 게 떠오르며, 약간 머뭇거리다 물었다.

"태후는 뵌 적 있어?"

린완알은 수를 놓고 있던 손을 멈칫하더니, 고개를 끄덕이며 말했다.

"응, 근데 아무 말도 하지 않으셨어."

후궁의 진짜 주인은 태후였다. 하지만 판시엔이 몇 번이나 입궁할 때마다 만나주지 않았고, 완알과 같이 갈 때에도 병을 핑계로 마다하였다. 신기한 것은 완알이 혼자 입궁을 하면 우리 보배라 부르며 매우 기뻐하며 맞아 주었는데, 그런 완알이 이번에 찾아갔을 때 아무 말도 하지 않았다는 것은 다소 불안한 상황이었다.

판시엔은 순간 소름이 끼쳤다.

'태후가 나의 진짜 신분을 눈치챘나?'

린완알은 무언가 말을 하려다 멈추었다. 대신 조심스럽게 질문을 했다.

"근데 2황자 오라버니와는……?"

"아무 일 없어."

"예링알이 오늘 이야기해 줬는데……네가 공무를 보는데 조금 어려운 지점들이 있다고. 근데 둘째 오라버니는……겉으로 보기에는 편하고 부드러워 보여도, 사실 성격이 고집스러운 면이 있어서, 이왕 부득이하게 조사하게 되었다면, 질질 끌지 말고 신속하게 끝내 버리는 게 오히려 나을 거야."

판시엔은 부인의 걱정스러운 표정을 보고, 고개를 끄덕이며 장난스럽게 말했다.

"그러게, 네가 어렸을 때 그를 '돌대가리'라고 불렀다며?"

"그 정도로 편한 것처럼 보이지만, 꼭 하겠다고 마음먹은 것은 어떻게든 하더라고."

"2황자를 조사하는 게 그 자신에게도 좋은 점이 있어. 내가 볼 때 황제께서는 이미 태자에게 황위를 물려주신다고 결정하신 거야. 다만, 2황자나 일부 조정의 신하들이 아직 그것을 잘 모르고 있는 것 같긴 한데, 이쯤에서 빨리 정리하는 게, 그에게나 다른 사람들에게나 모두 좋은 거지."

린완알은 더 이상 말을 하지 않기로 하고, 그저 우스갯소리를 던졌다.

"어떻게 그런 생각을 하시게 되셨을까? 머리를 많이 굴리셨겠네."

'네 부군은 진짜 똑똑하다고! 온화한 척 연기를 잘 할 뿐이지.'

하마터면 이 말을 뱉을 뻔했지만, 그는 미소를 띠며 농담을 받았다.

"제가 감히 책사님을 따라갈 수 있겠습니까, 책사님은 황실에서 도망쳐 나온 선녀님이신데."

"넌 황실이 어렵게 느껴져?"

"성현께서 말씀하시길, 이 세상에서 기방과 황실은 모두 어둠이 지배하는 곳이니, 실로 사람이 살기 힘든 곳이라 하셨습니다."

린완알은 안타까운 듯, 판시엔의 얼굴을 부드럽게 만지며 말했다.

"황실이 꼭 그렇지만은 않아. 삼촌이 여색을 밝히지도 않고, 태후께서 천자의 혈통을 헤치려고 하는 어떤 일도 용납하지 않으실 거야. 그리고 생각보다 폐하는 엄하신 분인데, 그분의 총애를 두고 싸운다고? 기본적으로 총애가 없는데 뭘 두고 싸운다는 거야? 그리고 황후는 뭐 특별히 왈가왈부하는 사람이 아니니까, 몇몇의 마마님들이나 황자들이나 그저 탁자에 마작 패나 깔아 놓고, 거기서 지지 않으려고 하는 것뿐이야. 사실 황실이나 왕의 집안이나, 또 권문세가의 집안들이나 다 비슷해."

판시엔은 약간 놀랐는데, 자기가 생각한 만큼 복잡하지 않고, 실제 그럴 수도 있다는 생각이 잠시 들었기 때문이다. 그는 머리를 긁적이며 헤헤 웃고는 말했다.

"그래서 부인의 마작 실력이 뛰어난 거군요."

린완알은 다시 수를 놓기 시작하며, 귀찮다는 듯이 말했다.

"며칠 뒤에 국화를 보러 꽃놀이를 갈 거니 잊지 말아요. 매년 황궁의 마마님들이 가는 황실 행사예요. 가는 것은 확실한데, 우리가 어떻게 해야 할지는 잘 모르겠네요. 조만간 황실에서 태감이 와서 말을 전할 거예요."

"꽃놀이?"

판시엔은 무정해 보이는 황실 사람들도 꽃놀이를 간다는 사실이 좀 어색하게 느껴져, 별말 하지 않고 그의 서재로 돌아왔다.

잠시 후, 아직 해가 떨어지지 않은 때, 옌빙윈이 약속 시간에 맞춰 들어왔다.

"네가 체포하라는 사람들은 일단 잡아 놨는데, 그 사람들이 이 일에 얼마나 도움이 될지는 모르겠네."

감사원에서 체포한 두 관원들은 비록 품계가 낮은 말단 관원들이었지만, 옌빙원이 생각하기에는 2황자와 장 공주와의 관계를 밝히는 데 중요하다고 생각한 사람들이었다.

옌빙원은 그들을 신경 쓸 필요도 없다는 듯, 앞에 있는 문서를 가리키며 말했다.

"이미 끝났어요."

"이렇게 빨리?"

판시엔은 문서도 보지 않고 직접적으로 물었다.

"그래서 결론은?"

"대인의 판단이 맞았어요. 신양 쪽은 북제와 동이성에 밀수로 보내는 물건들이 상당하더군요. 표면적으로만 본다면, 동궁 태자가 그 이익을 가져가는 것처럼 꾸며졌지만, 실질적으로는, 그 이익의 대부분은 밍(明, 명)씨 집안을 통해 2황자에게 들어가고 있었어요. 조정의 관원들을 매수한 것 같고, 각 지방의 관료들도 연루되어 있는 것 같아요."

"밍씨? 췌씨 집안과 사돈 관계에 있는, 그 밍씨?"

"맞아요."

"내고에서 어떻게 그렇게 많은 이득이 2황자로 갈 수가 있는 거지?"

"당연히 징두를 거쳐 가는 물건들에 대해서는 건드릴 수 없고, 대신 강남에서 여러 지방의 경로를 통해 동이성과 북제로 들어가는 건데, 그 중간에 몇몇 황실 상인들의 손을 거쳐 분산되었다가, 결국에는 2황자에게 들어가는 구조예요. 그 중간 과정은 매우 복잡한데, 말로 하긴 어렵고, 상세한 구조는 문서를 보시는 게 나을 거예요."

판시엔은 잠시 동안 깊은 생각을 하는 듯 침묵하다, 갑자기 입을 열었다.

"입궁해서 폐하를 뵈야겠어. 같이 갈래?"

"안 가요. 그리고 이 일을……진짜 공개하실 거예요?"

"장 공주와 2황자가 이렇게 은밀히 결탁하고 있다고는 하지만, 우리도 이렇게 쉽게 발견했는데, 너 설마 폐하께서 모르고 계실 거라 생각하지는 않겠지? 그럼 첸 원장은 모르고 있을까?"

"황실에서 의심은 하고 있겠지만, 우리들의 손에 실질적인 증거가 없잖아요."

옌빙윈은 고개를 떨어뜨렸다.

"주그어가 장 공주와 결탁해 일을 벌이다가 어떻게 되었는지 잊지 마세요. 대인이 이 일을 만천하에 밝혀 버리면……징두는 엄청난 혼란에 빠질 거예요."

그는 침착하게 말하고 있었지만, 판시엔은 그 뒤에 어떤 냉혹함 같은 것을 느낄 수 있었다. 이번 조사 결과는 많은 것을 옌빙윈의 능력에 기인하고 있었는데, 그는 그것을 이용해 태평한 경국 조정에 혼란을 일으키기 싫다는 의도를 표시한 것이었다.

결론적으로 말해서 옌빙윈은 판시엔에게 충성하기보다, 폐하에게 충성하는 것이었고, 감사원과 경국에 충성하는 것이었다.

판시엔은 그를 살짝 한 번 보고 물었다.

"넌 지금 이 일을 덮는다는 게 무슨 의미인지는 알아?"

"그건 모르지만, 이 일이 공개되면 가장 어려움을 겪을 사람이, 대인의 부인이라는 것은 알고 있어요."

판시엔의 이 모든 행동은, 무슨 생각을 하고 있는지 짐작이 안 되는 황제를 압박해, 장 공주의 권력을 빼앗아 버리기 위함이었다.

"난 나의 부인을 존중해. 하지만 그녀가 어려워진다는 이유로, 내가 하는 일을 멈추진 않을 거야."

"대인이 원하시는 게 도대체 뭐예요?"

판시엔은 창가로 가서 천천히 지고 있는 석양을 바라보았다.

정원 한편에서는 한 아녀자가 나무의 가지들을 정리하고 있었다.

"조정에 돈이 없어. 남쪽의 강이 범람해서 제방이 소실되고 많은 사람들이 죽었는데 그것을 보수할 돈이 없어. 아버지가 매일 같이 이 문제로 시름하고 계시는데, 사실상 내고의 도움이 없이는 해결하기 불가능해. 내고가 폐하의 것이라지만……너도 잘 알다시피 내고의 도움이 없이는 경국이 돌아가지 않아."

그는 눈을 가느다랗게 뜨고 계속 말을 이었다.

"장 공주가 그것을 장난치고 있는 거야. 그것을 이용해서 관원들의 충성과 권력을 맞바꾸고 있는 거지. 정확히 이야기하면, 폐하의 돈으로, 폐하의 신하들을 매수하고 있는 것이지."

판시엔은 잠시 멈추었다 말을 이었다.

"돈은 돈일 뿐이지만, 그것을 어떻게 사용하는지는 매우 중요해. 관리들이 집에 놔두고 곰팡이나 슬도록 하는 것보다는, 그것을 사용해 제방을 보수해야지. 그러니까 내가 췌씨 집안을 급하게 조사한 거야. 아니면 장 공주와 2황자가 그 돈을 다 써버릴 수도 있으니까."

판시엔은 다시 심호흡을 한 번 하고 비장한 목소리로 말했다.

"물론 이 일이 공개된다 해도, 폐하께서 친여동생을 어떻게 하겠어? 2황자도 적당히 주의 한 번 주시겠지. 하지만 나는 그 폐하의 분노를 한 몸에 받을 거고, 관직을 박탈당해 멀리 보내질 건데. 그때, 날 딴저우로 보내주신다면 그나마 다행인 거고. 하지만 어쨌든 경국을 위해서는 내고를 조사하고 바로잡아야 한다고 생각해."

판시엔의 말을 들으며, 옌빙윈은 다소 생경하게 느껴졌다.

'내가 알고 있는 판 제사가 맞아?'

"하지만 대인이 내년에 내고를 이어받고 나서, 다시 조사하는 것이 순리에 맞지 않을까요?"

"우리들 경국에 먹을 양식이 없어요. 하루라도 빨리 새어 나가는 돈을 막아야 해요. 그 돈으로 남쪽 이재민들에게, 죽이라도 한 그릇 먹여야 하는 겁니다. 다른 일은 기다릴 수 있지만, 밥을 한 끼라도 못 먹으면 허기가 밀려오는 법이에요."

'이 사람이 진짜 내가 알던 사람이 맞아? 자기 몸 희생도 마다치 않는 성인군자였다고?'

"날 성인군자 같은 걸로 볼 필요는 없어. 사실 모든 일은 나를 위해서 하는 일이기도 하니까. 내년에 그들이 나에게 순순히 내고를 내어 줄까? 그러면 그 사람들의 자금줄이 끊기는 건데? 설령 준다고 하더라도 그동안 손실은 어떻게 처리해? 나보고 그들이 잔치를 벌이고 남긴 음식이 담긴, 깨진 그릇이나 들고 있으라고?!"

판시엔은 고뇌를 하듯 말을 이었다.

"이제는 의심이 들어. 폐하께서 장 공주와 2황자가 벌인 일에 대해, 나를 희생양으로 삼으려고 하시는 게 아닌지. 그들은 폐하의 친동생이고 아들이지만, 고작해야 난 황실과 관계없는 일개의 신하인데, 손실이 난 황실 장사의 책임에 대해 내게 물으면, 신하인 내가 무슨 말을 할 수 있겠어?"

만약에 쳔핑핑과 판지엔이 지금까지 판시엔이 한 말을 듣고 그의 표정을 보고 있었다면, 분명 두 손의 엄지를 번쩍 치켜들어 그의 연기력을 칭찬하며 이렇게 말했을 것이다.

'네가 고작해야 황실과 관계없는 일개의 신하라고? 이런 뻔뻔한 새끼.'

하지만 옌빙윈은 천하가 뒤집힐만한 그 비밀을, 어떻게 알 수 있겠는가. 판시엔이 연기하는 그의 '속마음'과 '처지'를 듣고 속으로 감탄하고 있을 뿐이었다.

'별로라고 생각했던 이 사람이⋯⋯강직한 신하였구나!'

옌빙윈은 판시엔을 진심으로 걱정했다.

"처음에 황실에서 내고를 맡으라는 제안을 했을 때, 왜 거절하지 않은 건가요? 내고는 확실히……독이 든 사과네요."

"네가 믿든 안 믿든, 나는 천하의 백성들을 위해 이 일을 할 거야."

옌빙윈은 여전히 겉은 차가워 보였지만 마음은 조금 따뜻해진 듯, 벌떡 일어나 판시엔에게 예를 올렸다.

그리곤 안정적인 목소리로, 심복의 입장에서 충언을 올렸다.

"이때 내고를 건드리는 것은 그리 적절해 보이지 않아요. 대인의 강직한 성격으로 보자면, 공문을 써서 대리사 벽에다 낱낱이 붙여, 장 공주와 관원들이 내고에서 얼마나 개인적 이득을 챙겼는지 쓰시려고 하겠지만……백성들에게 실질적인 도움이 안 될 것 같아요. 왜냐하면 내고에서 새어 나가던 돈들을, 이 짧은 시간에 회수한다는 건 불가능에 가깝기 때문이죠. 그리고 너무 많은 관원들이 연루되어 있어 그 사람들이 한꺼번에 문제가 되면, 조정이 안 돌아갈까 걱정되네요."

판시엔은 정말 걱정스러운 표정으로 다시 물었다.

"그럼 다른 의견이 있어?"

"우선 잠시 이 일은 덮어두고……상서 대인이 국고를 맡고 계시니, 남쪽 재난 문제는 방법을 생각하고 계실 거예요. 대인이 북제에서 준비하는 일도 시간은 좀 필요하니, 이번 겨울이 지나가고, 감사원과 왕치니엔이 남북으로 호흡을 맞춰, 우선 췌씨 집안을 정리해 버리면서, 신양 쪽의 자금줄을 끊어 내는 게 우선이에요. 그런 후, 제사 대인이 내고를 장악한 뒤, 장부와 횡령 사건을 조사하며, 격렬한 천둥소리를 천하에 울리게 하는 것이 좋을 듯 보여요."

"신중해야 하는 일인데, 왕치니엔이 북제에 머문 기간이 짧아 그쪽을 잘 장악하고 있나 모르겠네. 췌씨를 정리할 때, 깨끗하게 뿌리를 뽑아야 할 텐데……"

"그 부분은 제가 책임질게요."

판시엔은 속으로는 매우 기뻐했지만, 겉으로는 태연하게 물었다.

"다시 북제로 가겠다고?"

"제 심복들은 지켜보고 있을 필요는 없어요."

판시엔은 그의 눈을 보며 말했다.

"난 더 많은 권력을 쟁취할 거고, 그 권력으로 내가 원하는 일을 할 거야. 그 과정에서 많은 사람의 도움이 필요하겠지. 하지만 지금, 난 너의 도움이 필요해……당연히 지금 한 번이 아니라 내년 봄에도 한 번 더."

옌빙윈은 무슨 말인지 이해한 듯 고개를 숙이고, 손을 앞으로 모으고 예를 올린 후, 자리를 떴다.

"대단한 인내력이야. 결국 션씨 아가씨가 어떠냐는 말 한마디를 안 묻네."

판시엔은 무표정하게 창가에 서서, 지는 석양 아래 반쯤 다듬어진 나무를 보며 혼잣말로 말했다.

그리고 그는 깊은 한숨을 내쉬며, 관직 사회라는 것이 갈수록 자신을 놀라게 한다고 생각했다.

누가 스난 백작의 저택에까지 밀정을 심어 놨을 거라 생각이나 했겠는가!

그가 형부에서 제사의 신분을 만천하에 밝힌 그날 이후로, 감사원 1처가 판씨 저택에 심어 놓은 밀정들은, 눈치 있게 자신들의 신분을 밝히면서 물러갔다. 하지만 우쥬 삼촌의 아무도 믿지 말라는 가르침이 없었으면, 그리고 리홍청의 거짓말 사건을 겪지 않았으면, 저 나무를 다듬고 있는 아녀자에게 어떠한 주의도 기울이지 않았을 것이다.

판시엔은 성인 군자, 또는 순수한 의미의 '좋은 사람'이 되고 싶은 마음은 없었다. 더욱이 무엇을 위해 스스로를 희생하고 싶은 마음도 없었다. 장 공주, 그리고 그 깊이를 알 수 없는 2황자와 대적하고 있는 것은, 단지 그들이 자신의 생사와 관련된 문제를 건드리고 있기 때문이었다.

다시 말해 내고를 이어받는다는 의미는, 그들에게 싸워서 이기거나, 아니면 숨죽이며 죽어가거나 였다. 그리고 내고는 애초에 예씨 집안의 장사로, 그가 물려받아야 할 것으로 생각하고 있었다.

그렇다고 옌빙원에게 한 말이 모두 연기였던 것은 아니다.

'인생을 어떻게 살아야 하는가? 자기를 사랑하고, 처와 가족 그리고 세상 사람들을 사랑하는 것이다. 자기를 사랑해야만, 다른 모든 사람들을 사랑할 수 있다.'

멍청하지만, 부귀영화를 누리며 다른 이를 괴롭히고 사는 것도, 하나의 인생이다.

성실하지만, 비굴하게 남에게 휘둘려 사는 것도, 하나의 인생이다.

군을 이끌고 정벌을 나가, 수많은 사람을 죽이고 천하 통일을 이루는 것도, 또 다른 인생의 한 모습일 것이다.

하지만 두 번째 인생을 사는 그는, 남들보다 비교적 자기가 원하는 것을 정확히 알고 있었다.

약한 자에겐 약하게 강한 자에겐 강하게, 그렇게 호방하고 대범하게 살아가는 것, 할 수 있다면, 돈도 많이 벌고 아름다운 여자들도 사귀며, 이 아름다운 세상의 풍경을 최대한 즐기는 것, 그것이야말로 진정 찬란한 삶이었고, 그가 살고 싶은 인생이었다.

그 자신의 생명과 물질적인 생활이 보장된다는 전제에서, 되도록이면 세상을 아름답게 만들고 싶었다. 하지만 세상이 아름다워지려면, 우선 이 세상 사람들이 마음껏 웃으면서 살아갈 수 있어야 할 것이다.

판씨 저택에서 나눈 옌빙윈과의 대화는, 신속하게 경국에서 가장 은밀한 통로를 통하여, 황궁의 어서방과 쳔핑핑의 책상 위로 전달되었다. 쳔핑핑의 반응은 비교적 간단했는데, 감사원의 모든 권한을 일시적으로 판시엔에게 준다는 명령을 내렸다. 하지만 어서방 안에서 황제는 고개만 끄덕일 뿐, 아무런 입장 표명도 하지 않았다.

황제는 판시엔의 최근 행보를 흡족해하고 있었다.

감사원이 한 마리의 사나운 개라 하더라도, 그 개는 사람을 물어 죽일 용기도 있어야 했고, 그렇다고 아무나 물어 죽이면 안 된다. 황제가 판시엔에게 그 개를 맡긴 것은, 판시엔이 그 개를 다룰 능력이 있는지를 보고 싶었던 것이다.

더욱 중요한 것은, 판시엔이 자신의 진정한 신분을 알았을 때에도 '개 주인'의 역할에 만족할 것인가였는데, 지금까지 황제가 보기에는 그런 듯 보였기 때문이다.

황제가 흡족해 하는 또 다른 이유는, 판시엔이 옌빙윈과의 대화에서 노출한 감정이나 생각들이, 자연스럽게 당시의 그 여자를 떠올리게 했기 때문이었다. 또한 그 대화에서, 판시엔의 자기에 대한 충정심도 일부 엿볼 수 있었다.

수척하게 마른 황제의 얼굴 위로 안도의 미소가 스쳐 지나가고 있었다.

황제는 옆에 있던 태감을 보고서 말했다.

"홍스샹, 자네가 보기에 판시엔은 어떠한가?"

홍 태감은 몸을 살짝 구부려 예를 올리고는 초췌한 얼굴에 어떠한 감정도 드러내지 않고 말했다.

"과하게 작위적입니다."

황제는 크게 웃었지만, 아무 말도 하진 않았다. 그는 우쥬가 판시엔 곁에서 이야기해 주지 않는 한, 판시엔이 자기가 짠 판을 알아차리지 못할 거라 생각했다. 그래서 판시엔이 자기를 속이기 위해 연극을 할 것이라 생각하지 않았다.

'우 대인은 지금 남쪽에 있지 않은가.'

"이 일을 어떻게 처리하실 겁니까?"

홍 태감은 2황자와 장 공주가 벌인 일에 대해 물어보았다.

황제는 무심하게 이야기했다.

"아직 연극이 시작도 안 했는데, 하지 말라 할 수는 없는 거 아닌가?"

황제가 생각하기에 리윈루이는 경국의 이익으로 보자면 과보다는 공이 컸고, 2황자는 자기의 친아들이었다. 또한 이 문제가 알려지면 가장 충격 받을 사람은 태후였는데, 평소 충효를 중시해 온 경국의 황제로서 이 문제도 부담이 되었다.

하지만 젊은이가 능력과 패기를 가지고 과감하게 일을 처리할 수도 있을 거라는, 당시 쳔핑핑의 말은 일리가 있었다고 인정할 수밖에 없었다. 판시엔은 말할 것도 없지만, 그 옌빙윈이라는 젊은 관원도 지켜볼 가치가 있었다.

궁녀들이 촛불을 밝히고 밖으로 나가자, 어서방에는 다시 고요가 찾아왔다. 황제는 판시엔이 올린 상주문을 기다리고 있었다. 판시엔이 정말 자기의 뜻대로 움직인다면, 즉 자기의 계획대로 '일개의 고독한 신하'에 만족한다면, 아무리 늦어도 오늘 밤에는 그가 조사한 내용을 자기의 책상에 올려놓을 것이다.

'만약에 판시엔이 옌빙윈의 뜻에 따라 그 사건을 덮어버린다면?'

황제는 미간을 찌푸렸다. 판시엔이 아무리 조정과 경국의 평화를 생각한다 하더라도, 황제를 기만하는 행위는 받아들일 수 없는 일이었다.

'삐그덕' 소리와 함께 어서방 문이 열렸다. 태감 하나가 상주문이 든 상자 두 개를 들고 들어왔다. 성실하고 근면한 황제가 밤까지 상주문을 읽는 것은 이미 황궁의 오래된 규칙같이 되어있었기 때문이다.

황제는 상주문을 읽으며 입가에 온화한 미소가 번져갔다.

그는 감사원 비밀 통로로 올려진 은밀한 상주문을 읽고 있었는데, 판시엔이 관직에 오른 뒤 처음으로 올리는 문서였다.

한참 후, 그 상주문을 촛불에 태워버리고서, 붉은 먹으로 하얀 백지에 단 두 자만을 적은 후, 다시 상자에 넣어 밀봉하였다.

판시엔이 암암리에 생각하는 것과 달리, 황제는 기본적으로 아들이나 여동생 따위는 안중에도 없었다. 왜냐하면 어느 누구도 이해하지 못하는, 황제 스스로의 영웅심과 자신감이 있었기 때문이었다.

판시엔이 결국 상주문을 올렸다는 것에 황제는 대단히 흡족해하고 있었다. 판시엔이 동궁 태자의 편에 서서 2황자를 공격한 것이 아니고, 황제와 경국을 생각해서 그랬다는 것에 만족한 것이었다. 그래서 또 다른 상주문을 보고 난 후에는, 분노와 경멸감이 들 수밖에 없었다.

도찰원 어사가 집단으로 감사원 제사 겸 1처 처장인 판시엔을 탄핵해 달라는 상주문을 올린 것이다!

상주문의 한 장, 한 장이, 마치 도발하는 듯한 눈빛을 가지고 황제를 노려보고 있었다.

탄핵 소식을 가장 먼저 접한 것은 판시엔이었다. 황제에게 상주문이 도달하기 전에 이미 알고 있었던 것이다. 도찰원은 감사원이 생긴 이후로는 종이호랑이 같은 조직이 되어버렸지만, 마치 자기도 호랑이임을 알아 달라는 듯, 관례적으로 탄핵의 상소를 올려왔기 때문에 탄핵 자체는 놀라운 일이 아니었다.

하지만 판시엔의 위치와 신분을 생각했을 때, 그를 탄핵하겠다는 것은 이번에는 뭔가 단단히 마음을 먹은 듯 보였다.

'판시엔은 사익을 위해 부정을 저지르고, 사사로이 뇌물을 받았으며, 법을 왜곡해 횡포를……다이(戴) 태감이 야채 시장의 감독관을 지내고 있는 조카의 부정을 막기 위해 판씨 집안의 정실부인 류씨에게 천 냥을 건네고…….'

판시엔이 싸늘한 웃음을 지었다. 한 번 보아도 무엇이 문제인지를 알 수 있었기 때문이다. 상주문의 내용은 진부하다는 표현도 아까울 정도였지만, 다이 태감이 언급된 순간 무슨 상황인지 파악이 되었다.

다이 태감은 2황자 사람이었는데, 감사원이 2황자와 신양 쪽을 조사했다는 사실이 외부로 새어 나간 것이다. 형부에서 그의 다리를 부러뜨리고 싶어 했던 전임 도찰원 좌도어사가, 장 공주가 키워 온 기생오라비였다는 생각이 떠오르며, 동시에 재상을 끌어내린 허종웨이가 아직 도찰원에 있다는 생각이 들었기 때문이다.

이런 생각을 하고 있을 때 비밀 상주문에 대한 회답이 왔다. 금색 비단으로 둘러 싼 상자를 열어 보았는데, 뜻밖에도 하얀 종이 위에 붉은 글씨로, 단 두 글자만이 적혀 있었다.

"안쯔(安之, 편히 살아라)."

판시엔의 성은 판(范), 이름은 시엔(閑) 그리고 자(字)는 안쯔(安之).

이것으로 판시엔은 옛날에 자신의 자(字)를, 황제가 지어주었다는 것을 자연스럽게 알게 되었다.

'상주문에 대한 답으로 안쯔? 편히 살아라?'

황제의 의도가 무엇이었던, 판시엔은 정말 '편하게' 지냈다. 탄핵의 상주문이 올라가면, 어쨌든 답변서를 써서 올리는 게 당연한 절

차이자 경국의 법이었지만, 판시엔은 줄곧 모르쇠로 일관하며, 자신은 떳떳하다는 듯 사방으로 놀러 다녔다.

사실 판시엔은 이 사건은 아무것도 아닌 사건임을 알고 있었기에 스스로 해결할 수도 있었지만, 이참에 자신에 대한 황제의 태도를 확인하기로 한 것이다. 왜냐하면 이런 일도 나서 주지 않는다면, 이후에 장 공주, 그리고 2황자와 마찰이 생겼을 때에는 뻔한 결과였기 때문이다.

그리고 판시엔은 자신의 신분에 대해 확인해 볼, 또 다른 기회라고 생각했다. 쳔핑핑을 처음 만났을 때 나눴던 대화, 그리고 그 외에 수많은 정황들이 자기의 진정한 신분을 말해주고 있었지만, 황제가 직접 말하지 않는 한, 그가 '확신'은 할 수 없는 노릇이었다. 심지어 황제는 지금 그가 이미 짐작하고 있다는 걸 모르는 듯 보여, 상황이 더 재밌게 느껴졌다.

결국 판시엔은, 황제가 자신을 위해 어디까지 해줄 수 있는지, 감히 황제를 시험해 보는 중이었던 것이다.

제11장

2황자

"너는 감사원에 봄담고 있으니, 법률에 의해 많은 특권을 가지고 있다. 이후에 일을 할 때에는 조금 더 신중하게 하여, 짐의 '체면'을 깎아내리지 말거라."

도찰원이 결심을 한 듯 상주문을 올린 탄핵 사건은, 이렇게 싱겁게 판시엔의 승리로 끝이 나버렸다.

'짐의 체면'은 판시엔을 향한 경고인 듯했지만, 도찰원을 비롯한 대신들에게는 '짐의 체면'까지 언급하였으니, 더 이상 말을 하지 말라는 엄중한 경고처럼 들렸다. 비 오는 날 비장한 분위기로 시작한 조정의 회의는, 이 한마디에 끝났다.

판시엔은 황제가 표면상으로는 이 사건에 자기편을 들어줬지만,

결과가 그다지 만족스럽진 않았다. 물론 다른 모든 대신들은 폐하가 그를 보호하고 있다는 것을 명확히 알 수 있었고, 속으로는 이 정도로 끝나서 다행이라고 생각하고 있었다. 왜냐하면 사실 그 상주문의 내용은 모든 대신들에게도 적용될 수 있는 내용이었고, 그렇게 생각하면 그 탄핵 사건은 현실적으로는 원래 성립할 수 없었다.

다만 '체면'과 '태도'의 문제, 그 이상도 그 이하도 아니었다.

"안쯔야, 안쯔야, 너는 왜 안분지족을 하려 들지 않느냐?"

조정 회의가 끝나고 내려오는 돌계단에서 호부 상서 판지엔이, 그를 부축하러 온 아들에게 쓴웃음을 지으며 말하였다. 판씨 부자가 황궁 문 앞에 이르렀을 무렵, 어린태감 하나가 뛰어와 슬그머니 황제의 말을 판시엔에게 전했다. 판시엔은 서둘러 태감을 따라 뒤쪽에 있는 궁으로 다시 발걸음을 돌렸다.

그때, 빗물이 흥건한 황궁의 바닥에, 도찰원 어사들이 무릎을 꿇고 엎드려 있는 모습이 눈에 들어왔다. 조정의 회의를 끝낸 도찰원 좌도어사는, 분노한 표정으로 그들 옆에 똑같은 모습으로 무릎을 꿇더니, 관모를 벗어 왼쪽 가슴에 가져다 대었다.

이 모습을 본 대신들은 도찰원이 아직 단념하지 않음을 알 수 있었지만. 화가 자신들에게도 미칠까 서둘러 궁을 떠났다. 마지막까지 그들 옆에 있었던 사람은 의외로, 판지엔이었다. 호위를 시켜 우산을 가져오라 한 후, 어사들을 지켜주라 하였다.

비는 이미 그쳤지만, 잠시 후에 다시 비가 내릴 수도 있었기 때문이다.

"짐은 너를 위해 나서 주고 싶었다. 하지만 이번 일은 너, 그리고 너의 집안 어른과 관련된 일이니, 짐도 더 관여하지 않은 것뿐이다."

황제의 이 말에 판시엔은 모골이 송연해졌다.

황제가 언급한 집안 어른은 장 공주. 황제는 이미 도찰원의 상소가 신양 쪽과 관련되어 있음을 알고 있었던 것이다. 판시엔은 황제의 태도가 여전히 불분명한 듯 보여 속으로 쓴웃음을 짓고 있는 그때, 황제가 느닷없이 온화한 표정을 지으며 그를 그윽이 바라보았다.

"짐이 너에게 보여줄 그림이 있다."

판시엔은 가슴이 철렁하며, 수많은 생각들이 머릿속을 스치고 지나갔다.

천핑핑은 어머니의 유일한 초상화가 황궁에 있다고 말했었다!

이때 어서방의 문이 열리고, 판시엔도 잘 알고 있는 호우 공공이 다급한 표정으로 들어와, 폐하에게 조용히 몇 마디를 건넸다. 판시엔은 진기를 운용하여 그 이야기를 엿들었는데, 듣자마자 놀라지 않을 수가 없었다.

'도찰원이 너무 무리하는데?'

황제의 낯빛이 점점 어두워졌다.

"황궁 앞에 무릎 꿇고, 관모를 벗었다고? 짐의 어리석음을 간언하는 것이냐? 그럼 짐이 얼마나 어리석은지 보여 줘야겠다. 전하라! 도찰원 어사는 조정의 신하로서 기강을 어지럽히고, 감사원을 모함했으며, 정사를 황폐하게 만들었다. 허나 후회는커녕 명성을 좇아 만행을 저지르니, 이에 곤장……30대에 처한다!"

판시엔은 황제가 진정으로 화내는 모습을 처음 보았는데, 그야말로 등골이 오싹해졌다. 곤장 30대면, 그 어사들은 설령 운 좋게 죽지 않더라도, 반신불수가 될 것이기 때문이다. 무엇이 더 좋은지는 모르겠지만.

사실 그들은 확실히 운이 좋지는 않았다. 황제가 판시엔에게 그림을 보여주는 거사를 치르려는 순간, 그들이 황제의 감정선을 끊었기 때문이었다.

이를 어떻게 용서할 수 있겠는가!

어두운 마차 안에서, 젊은이의 입가에 엷은 미소가 번져갔다. 의도적으로 보이지 않으려는 생각을 지닌 수줍은 미소였다. 엷게 흩어진 속눈썹은 경국 사당 벽화 속의 인물처럼, 고풍스럽고 존귀한 분위기를 자아내고 있었다. 그는 가볍게 탄식하며 말했다.

"그가 왜 나를 조사하려고 하는 거지? 설마 내가 그를 정말 좋게 보고 있다는 걸 모르는 거야?"

그는 허리춤에 달린 향주머니를 가볍게 만지며, 은은하게 퍼지는 꽃향기를 마셨다. 그리고 천천히 부드러운 마차 벽에 기대어 반쯤 눈을 감았다.

"내가 그를 좋게 보는 것은 자연스러운 일이지만, 아버지는 왜 그를 아끼시는 거지?"

아무도 말을 받아 주는 사람은 없었다.

"왜?"

"왜 그럴까?"

수줍은 미소가 점점 사라지며, 그는 향주머니를 만지던 손을 코끝으로 가져갔는데, 마치 잔향을 조금이라도 빼앗기고 싶지 않은 듯 보였다.

"모르겠어."

"그렇지만 방법이 없어."

젊은이는 탄식을 한번 하고서는 고개를 돌려 포도송이 가지 하나를 집어 들어 무표정하게 입에 던져 넣었다.

"아버지가 그를 너무 사랑해."

"나보다 더 사랑해."

신경질적으로 입꼬리를 당겨 웃던 그가 태자와 신양에 있는 고모를 떠올리자, 손을 '휘휘' 저으며, 옆에서 비굴하게 무릎 꿇고 앉아 있던 어사에게 말했다.

"화해하자 전해."

도찰원 어사 허종웨이는 이번 행동에 참여하지는 않았는데, 2황자의 눈에서 진절머리가 난다는 눈빛이 번뜩이자, 더 이상 아무것도 묻지 못했다.

도찰원 어사들은 곤장을 맞아 살점이 찢기고 피를 철철 흘렸다. 그러니 이 소식은 자연스레 금세 징두에 퍼져 나갔다. 이 일로 황제는 감사원의 권위를 다시 한번 확인해 줬을 뿐만 아니라, 판시엔이라는 젊은이를 황제가 어떻게 생각하고 있는지, 재차 강하게 천명한 것이기도 하였다.

판시엔은 어서방에 앉을 자리가 생겼고, 감사원에 지위도 있고, 어사가 그를 탄핵하자 황제는 체면과 곤장으로 답하였으니, 황금빛 글씨에 두꺼운 검은 테두리가 둘러진 것과 다름이 없었다.

"허종웨이라는 어사 대부가 오늘도 찾아왔습니다. 오늘도 불릴까요?"

판씨 집안 호위 텅즈징이 곤혹스러운 듯이 물었다.

판시엔은 허종웨이라는 사람을 잘 알았다. 징두에 처음 와서 대화했을 때에는 궈바오쿤에 빌붙고 있었음에도, 끈질기게 판시엔을 쫓아다니며 권력을 탐했던 사람이었다. 그가 재상을 무너뜨려 어사 대부가 된 과정도, 판시엔은 소상히 알고 있었다. 심지어 이렇게 매일같이 거절하는 데에도 매일같이 다시 찾아오는 이유도, 판시엔은 잘 알고 있었다.

최근 판시엔이 리훙청마저 고의적으로 피하다 보니, 2황자의 어쩔 수 없는 선택이었던 것이다.

"까짓것, 보자."

판시엔은 상대방에게 자기의 태도를 명확히 보여주는 것이 낫다고 생각했고, 그럼 최소한 선전포고는 하고 정정당당하게 싸우는 것 아니겠는가.

허종웨이는 방 안에서 이미 오래 기다렸는지 약간은 짜증나는 표정이었는데, 판시엔을 보자마자 언제 그랬냐는 듯, 급히 일어나 공손히 예를 드리며 말했다.

"판 대인을 뵙습니다."

판시엔은 손을 저었다.

"처음 본 사이도 아닌데 뭘 그래?"

작년에 일정 기간 동안, 허종웨이는 자주 판씨 저택에 인사를 드리러 왔는데, 그가 판씨 집안에 빌붙으려 한 건지는 모르겠지만, 허종웨이는 판시엔에게 이미 그의 판뤄뤄에 대한 마음을 들켜버렸을 거라고는 생각지도 못하고 있었다.

판시엔은 원래 이렇게 숨기는 것이 많은 사람을 좋아하지 않았기에, 그저 깔끔하게 선을 그어버렸다. 판시엔이 상대해 주지 않으니, 허종웨이도 다른 방법은 없었던 것이다.

허종웨이는 서재에 듣는 이가 없는 것을 확인하고, 직접적으로 말했다.

"앞서 있었던 일 때문에 왔습니다."

"앞서 있었던 일?"

판시엔은 눈썹을 약간 치켜들며 허종웨이를 바라보았다.

"앞서 있었던, 무슨 일? 잘 모르겠는데."

허종웨이는 거무스름한 얼굴에 충직한 미소를 지으며 말했다.

"생각해보니 제가 착각했었네요. 앞서 아무 일도 없었지요……오늘은 그저 2황자를 대신하여 차를 전달해 드리러 온 것뿐입니다."

판시엔은 차 상자를 보면서 아무 말도 하지 않았는데, 속으로는 자기가 이 선물을 받으면 곧, 며칠 전 어사의 탄핵 사건을 잊겠다는 의사표시가 된다고 생각했다. 2황자 입장에서는 사건을 먼저 일으킨 건 본인이지만, 결과적으로는 판시엔이 이득을 봤으니, 이쯤에서 정리하자는 의미와 같은 것이었다.

"허 대인이 착각하셨다는 이야기를 들으니, 저도 한 가지 일이 막 떠오르네요."

판시엔은 갑자기 미소를 지으며 태연하게 말했다.

허종웨이는 이 모습이 2황자와 너무 닮았다고 생각하며, 속으로 놀라고 있었다.

"대인은 어떤 일을 말씀하시는 건지?"

허종웨이는 알 수 없는 불안감을 느끼며 말했다.

판시엔은 무표정하게 말했다.

"본관이 봄에 징두를 떠나 북제로 간 후에 징두에서 많은 일이 있었는데, 심지어 장인어른께서 자리에서 물러나 버리시고."

허종웨이는 입술이 바싹 말라가며 감히 말을 못 하고 있었는데, 결국 가장 걱정하던 일이 생겨버린 것이었기 때문이다.

판시엔은 다시 미소를 짓고서 물었다.

"허 대인은 우보우안이 누군지 아시지요?"

허종웨이는 정신을 바싹 차리고서 말했다.

"재상 집안의 모사로 기억합니다."

"허 대인은 과연 옛정을 귀히 여기시더군요. 올해 봄에 대인과 우보우안의 미망인이 같이 징두로 들어왔다 하던데, 지금은 어디에 계신지 모르겠네요."

허종웨이는 이를 악물고서 일어나, 공손히 예를 드리며 용서를 구했다.

"판 대인, 소인은 당시 궈씨의 죽음을 듣고 상심하여, 우씨 부인을 징두로 데리고 왔습니다. 부인하지 않겠습니다. 재상 대인이 물러나신 것과 소생과는 뗄 수 없는 관계가 있습니다. 다만 경국의 법률에 의거하여 한 일이고 감히 대인을 속일 생각은 없었습니다. 제발 아량을 베풀어 주십시오."

말은 이렇게 했지만, 그는 판시엔이 진심으로 용서할 거라고 생각하지도 않았고, 자기도 이미 2황자의 세력을 등에 업고 있었기에, 결연한 표정으로 말을 덧붙였다.

"비록 일반 백성 허 아무개 씨를 나무라시더라도, 2황자 전하의 마음은 진심이니 이 선물만은 부디 거절하지 말아 주시기 바랍니다."

"본관도 엄연한 조정의 관원의 신분으로서, 일반 백성 허 아무개 씨를 특정해서 나무랄 수는 없네. 다만 판 아무개 씨도 한 명의 보통 사람이니, 그 사람이 사적인 원한을 기억하고 있는 것뿐이오."

허종웨이는 그를 사납게 한 번 쳐다보면서 오늘 온 일이 이미 허사가 되었다는 것을 느끼고 있었다. 그는 말없이 일어나 예를 한 번 행하고, 소매를 정리하며 떠날 준비를 하였다.

판시엔은 갑자기 몇 발짝 앞으로 가더니, 발로 허종웨이의 허리를 후려 찼다!

허종웨이는 '끄응' 소리와 함께 바닥에 쓰러져 버렸다. 그도 나름 이름이 있었고, 도찰원의 어사 대부였는데, 이런 수모를 당하니 화가 치밀어 오르며 외쳤다.

"너……네가……감히 날 쳐?!"

"네가 처맞은 거지! 스스로 집까지 찾아와서 처맞길 원하는데, 어찌 못 본 척할 수 있을까?"

판시엔은 이어 주먹으로 몇 대 더 갈겨버렸는데, 상대방을 죽일 수는 없었지만, 이미 허종웨이는 반쯤 죽어 있었다.

허종웨이가 필사적으로 구르고, 기어가며, 저택 밖으로 나가려는 찰나.

공중을 가르며 날아오는 판시엔의 마지막 발차기에 일격을 당했고, 이어 차 상자가 표창처럼 날아왔다.

판시엔은 허둥대며 정신없이 도망치는 그의 그림자를 보며, 아직도 기분이 풀리지 않았는지 아무렇게 욕을 해댔다.

"장인어른을 건드리고도 이 집에 와서 화해를 하자고? 이런 개새끼, 매를 벌고 자빠졌네."

옆에서 보던 텅즈징이 쓴웃음을 지으며 말했다.

"도련님, 이 일이 알려지면, 어르신이 노하시지 않을까 걱정입니다."

"짖는 개새끼 한 마리 때린 것뿐인데, 뭘 그리 걱정해?"

허종웨이는 자기가 구타당한 일을 외부에 알리지 않았지만, 2황자는 자연스레 알고 있었다. 다만 판시엔이 무엇을 믿고 이리도 날뛰는 지가 더욱 의아했다. 그는 표면적으로는 조정에 별다른 세력이 없어 보였지만, 신양 장 공주의 도움으로 조정에서 실질적으로 그에게 충성심을 보이는 사람이 적지 않았기에, 사실상 판시엔은 그에게 큰 위협은 아니었다.

'뛰어난 재능을 가진 문인 정도라 생각했는데, 왜 갑자기 앞뒤 안 보는 미친놈처럼 변한 거지?'

그러하기에 그는, 허종웨이 사건도 단순히 의협심에 기반한 사건 정도로 치부해 버렸고, 판시엔이 허종웨이를 신나게 패줬으니, 이후에는 잠잠해질 것이라 생각했다. 신양에 보내는 서신에도 그렇게 적어서 안심시켰다.

신양의 이궁. 징두를 떠난 지 1년 된 장 공주 리윈루이가, 소녀처럼 귀엽게 하품을 하더니, 들고 있는 낙엽을 바닥에 떨어뜨렸다. 턱을 살포시 괴고, 눈동자를 가볍게 한번 굴리고, 아름다운 자태로 물었다.

"위엔(袁) 선생이 보기에는 어때?"

평생의 친구를 팔아버린 위엔훙다오는, 이미 신양 쪽으로 투신해 한 명의 모사가 되어 있었다.

"2황자가 천생에 거만한 성격이 있어서, 적을 얕본 것 같습니다."

"판시엔은 아직 젊은데 적이라고 부르는 걸 보니, 위엔 선생도 너무 신중해."

"사위분이 만만한 사람은 아닙니다. 북제의 일은 그가 전력을 다하지 않아, 결국 공주 전하의 절묘한 수를 실행시키진 못하였지만, 손에 피하나 묻히지 않고 북제 황제를 설득해서 션중을 죽인 인물입니다. 과소평가할 수는 없습니다."

장 공주가 낮은 침대에서 천천히 몸을 세우니, 화려한 의복 사이로 새하얀 목과 등이 드러났다. 그야말로 한 마리의 아름다운 백조같아 보였다.

"그 녀석이 샤오은을 구출해 내지 않은 것은 차치하더라도, 션중을 그렇게 만들어 버렸어. 그 자리가 비니까, 북제에 물건을 보낼 방법이 없네."

줄곧 조용히 있던 황이가 부드러운 목소리로 말했다.

"지금 북제의 태후와 상의 중이긴 한데, 태후가 장닝 후작을 진무사 지휘사로 임명하는 것을 북제 황제가 강하게 반대하고 있습니다."

장 공주는 냉소를 띠며 말했다.

"북제 태후는 정말 멍청인가 봐. 그저 눈에 안 띄는 심복 하나 밀어 넣으면 되는 걸, 기어코 형제를 그 자리에 앉히겠다고. 설마 자기의 아들이 진짜 바보인지 아는 건가?"

위엔훙다오는 다시 화제를 징두로 돌렸다.

"공주 전하, 북제의 일보다는 징두의 일이 더 중요할 듯 보입니다."

위엔훙다오는 신양에 온 지 얼마 지나지 않아 장 공주의 신임을 얻었는데, 황이는 그게 질투 날 정도로 싫었다.

"징두에서 소란은 있었지만, 곧 안정될 듯 보입니다. 폐하께서 직접 선택하신 감사원을 이어받을 사람이, 폐하의 친아들과 풀 수 없는 갈등 관계에 빠지는 것을, 폐하께서 원하지 않으실 겁니다."

위엔훙다오는 냉소를 지으며 말했다.

"폐하께서 어찌 생각하시는지는 몰라도, 판 대인이 손해 볼 장사는 안 할 사람이라는 것은 확실히 압니다. 이번 도찰원의 탄핵 사건으로, 그는 당연히 복수를 하려 할 겁니다."

황이는 그를 보지도 않고 반박했다.

"판시엔이 그 일을 감히 더 크게 만들 수 있는 배짱이 있단 말입니까?"

그제서야 장 공주는 엷은 미소를 지으며 말했다.

"위엔 선생의 말이 맞아. 내가 너무 급하게 도찰원에게 그 녀석을 건드리라고 한 것 같아. 내 사위는 말이야……진짜 소동을 일으키는 걸 너무 사랑해. 아마 분명 그 녀석은 둘째에게 또 달려들 거야. 둘째에게 화해하라고 전해. 얼마나 타격을 입었는지 몰라도, 그냥 화해하라고."

그녀의 웃음에 이궁은 더욱 밝고 아름다워졌다.

황이는 어떻게 말을 해야 할지 몰랐고, 위엔훙다오도 잠시 정신을 잃은 듯 보였다.

흠천감(欽天監), 이부(吏部)에서 연이어 다섯 명의 관리가 낙마했다. 감사원의 어둠이, 징두 전체를 다시 휘감기 시작했다. 이들 모두가 2황자와 연결되어 있다는 내막을 알 수 없는 징두의 백성들은, 단지 판시엔이 도찰원 어사들의 탄핵 사건에 분노하여 복수하는 중이라고 생각했다.

황제는 판시엔의 편을 들어주는 대가로, 감사원이 더 이상 도찰원에게 손을 대는 것을 금지시켰기 때문이다.

하지만 판시엔이 일을 벌이는 것은, 어떤 방법을 써서라도 2황자에게 타격을 주어야 했기 때문이다. 2황자가 다시 신양 쪽 말을 듣더라도, 조금은 더 신중해지도록, 그래서 판시엔 자신이 덜 번거로워지도록, 상황을 만들어야 했다.

2황자의 반응은 의외였는데, 허종웨이가 판씨 저택에서 쫓겨난 이후로는 별다른 화해를 청하지도 않았고, 그렇다고 반격을 하지도 않았기 때문이었다. 너무 깨끗한 것도, 너무 조용한 것도, 너무 공격을 하지 않는 것도 문제였다. 마치 2황자가 생각지도 못한 패를 쥐고서, 적절한 시기만을 기다리고 있는 것 같았기 때문이다.

"포월루(抱月楼)는 뭐 하는 곳이야?"

판시엔의 물음에 무티에가 음탕한 표정을 짓자, 그는 웃는 얼굴로 꾸짖었다.

"자네는 손주 볼 나이가 아닌가? 아직도 그런 힘이 있어?"

"포월루는 최근에 생긴 기방인데, 그 기세가 대단한 걸 보니 배후에 거물이 있는 것 같습니다."

판시엔은 지금까지 기방으로 가장 유명했던 류징허의 배후에, 징왕 세자 리홍청이 있다는 것을 알고 있었다.

"얼마나 대단하길래 류징허를 밀어낸 거야?"

"온갖 나쁜 짓은 다 하고 다닌다고 합니다. 몇 개월 사이에 이미 몇 명의 기녀가 죽었다고⋯⋯그런데 징두 관아도 그저 지켜보고만 있는 것을 보면, 배후에는⋯⋯아무래도 황자가 있는 듯합니다."

판시엔은 미간을 찌푸리며 속으로 태자이거나 2황자라고 생각했는데, 대황자는 매일 군부에서 무술 대결이나 하고 있으며, 심지어 최근에 폐하에게 상도 많이 받아 돈이 필요하지는 않을 것이었고, 3황자는 그서 아홉 살이었기 때문이다.

"가서 한번 조사해봐. 배후에 황자가 있다면, 그곳에서 징두 관리들과 접선을 많이 할 것이니, 기방에 밀정을 파견할 방법도 찾아보고."

"내부 관리가 상당히 엄격하다고 들었습니다. 그리고 생긴 지 얼마 안 되다 보니, 새로운 사람을 몰래 파견하기도 만만치 않고. 그리고 감사원은 조정의 신하들을 감찰할 수는 있지만, 민간의 상인들을 직접 조사하는 것은 업무 범위에도 벗어난 일입니다."

"답답하네. 감사원이 기녀를 조사하진 못하지만, 기녀를 관리하는 관아를 조사할 수는 있지 않나. 어쨌든 방법을 찾아봐."

오늘은 징왕의 생일 연회가 있는 날. 연회에 유일하게 판 상서 집 안사람들만 초대를 받았다. 판시엔은 최근에 의도적으로 리훙청을 피하고 다녔지만, 이날만은 별수가 없었다.

징왕 저택에 들어가자 만감이 교차하였는데, 이 저택의 호숫가에서 두보의 시를 처음 읊으면서 시작된 일이, 이후에 장모우한의 서적들을 받는 일까지 이어진 것이었기 때문이다.

리훙청이 손에 꽈리즙을 들고서 판시엔을 맞아 주었다. 판시엔은 시회(詩會)에 참석하기 위해 이곳에 처음 왔을 때, 이 즙을 먹고서 겨우 마음을 안정시켰던 기억을 떠올리며, 꽈리즙을 한 모금 마셨다.

"그날이 기억나네요."

"그날과 달리 이제는 감사원 권력을 쥐고 있는데, 꽈리즙을 파는 장사꾼들도 잡아들여서 편하게 마시지 그래."

판시엔은 그의 말에 가시가 있는 것을 알아차렸다.

"오늘은 피해갈 수 없다는 걸 알았는데, 주먹 대신 꽈리즙을 가지고 나오셔서 이상하다 했어요."

리훙청은 콧방귀를 뀌고, 그를 데리고 저택으로 들어가며 말했다.

"요즘 내가 별로 기분이 좋지 않다는 걸 알 거야. 자네는 태자 사람도 아니면서 2황자에게 요즘 왜 그러나? 나도 그렇고 2황자도 이해를 못 하시네."

판시엔은 뭉게구름이 떠 있는 가을 하늘을 가리키며 말했다.

"제가 일부러 사람들에게 밉보이려고 하겠어요? 다 저분의 뜻이죠."

"내가 바보로 보이나?"

징왕은 그의 눈을 쳐다보며 말했다.

"농담이 아니라, 자네가 볼 때 내가 진짜 바보 같은지 말해보게."

판시엔은 진지하게 대답했다.

"어떤 면에서 보면 진짜 바보죠."

리훙청은 판시엔이 하늘을 가리키고 있는 것을 두고 물은 것이었다.

판시엔은 리훙청이 황자 간의 다툼에 기어코 끼어드는 것을 두고 말한 것이었다.

징왕 저택 정원의 풀들은 잘 정리되어 있어, 마치 길 양쪽으로 황금빛 양탄자가 깔려 있는 것 같았다. 판시엔은 이 모든 것이 징왕이 직접 고생해서 다듬은 것인지 알고 있기에, 이번엔 그 풀들을 가리키며 말했다.

"이것 보세요. 이것이야말로 인생이예요."

"자네도 정원을 다듬는 데 취미가 있다면, 2황자에게 강남에 적절한 땅을 하사하라고 말을 전해 줄게."

"최근 이 일이 제 생각이 아니라는 말을 믿지 않으시는군요."

리홍청은 판시엔의 말이 진짜인지 아닌지 확신이 안 섰는데, 만약에 진짜라면 황제의 2황자에 대한 총애가 예전과 같지 않다는 의미였기에, 다소 언짢은 기분이 들었다.

"물론 제 개인적으로도 2황자를 좋아하지는 않아요."

"자네가 처음 징두에 들어왔을 때부터, 나와 2황자가 잘해 주지 않았나? 최선을 다했다고는 할 수 없을지라도, 최소한 동궁보다는 친했다고 할 수는 있지 않나?"

판시엔은 이 말에 대답 없이 웃기만 하였다.

징왕의 생일 연회가 아직 시작하지 않아 두 사람은 바로 후원으로 가지 않고 서재에 가서 차를 한 잔 마시기로 하였다.

판시엔은 리홍청을 보며 물었다.

"친했다구요? 도찰원이 저를 탄핵한 것도, 친해서 그러신 건가요?"

리홍청은 멈칫했다.

"도찰원은……고모의 뜻이었어. 그 이유는 자네가 더 잘 알 것이고. 근데 자네가 징두에 돌아오자마자 고모와 2황자 관계를 파헤친 건, 진짜 누구 생각인 거야?"

판시엔은 잠시 생각을 했는데, 결국 뉴란지에 사건에서의 의심은 언급하지 않기로 결정하며 둘러 말했다.

"제 개인적인 이유도 있다고 말씀드렸잖아요. 제가 내년에 내고를 이어받았을 때, 빈 껍데기를 받을 수는 없는 거잖아요."

"아무리 그래도 고모가 자네의 장모이고, 완알의 친어머니인데, 그렇게까지 하겠어? 자네가 한 보 양보하게, 모두가 좋은 게 좋은 거 아닌가?"

"저야 양보는 할 수 있겠죠. 하지만 전 지금, 세자가 걱정된다고 말하는 거예요. 세자가 지금까지 2황자 편에 선 것은, 만약에 2황자가 황제가 되는 날이 오면, 징왕 집안이 더 편해질 거라고 생각하는 거잖아요. 그럼에도 불구하고, 지금도 우리가 그를 '2' 황자라 부르고 있는데, 설령 그가 황제가 된다 해도, 지금 우리의 태도를 웃어넘기기만 할까요?"

"그 말을 자네가 아닌 다른 사람들이 했으면, 졸렬한 도전이라 받아들였을 것 같은데?"

"그동안 저랑 많은 일을 같이 겪었잖아요……봄에 류징허 강변에서도 말했지만, 황자 자리다툼에 끼어들지 마세요. 세자가 능력이 있다는 것은 제가 잘 알지만, '왕'이라는 신분이 부유하게 살 수 있다 해도, 신분의 특수성 때문에 개인적인 조직이나 사병 같은 것은 한 명도 두지 못하잖아요. 그러니 현실적으로는 지금의 저보다도 할 수 있는 게 적은데, 어떻게 황자들 사이에서 버텨낼 수 있을까요?"

리훙청이 대답하기도 전에 그는 일어서며 말을 이었다.

"지금 제 말을 속으로는 비웃을지 모르겠지만, 폐하께서는 이미 결심이 서신 것 같아요. 2황자는 앞으로 별로 편히 지내지는 못할 거예요. 그러니 세자도, 그와 거리를 두는 편이 좋을 것 같아요. 이 말은, 뭐뭐를 생각해서 하는 말이에요."

리훙청은 답답한 듯 쓴웃음을 지며 말했다.

"자네도 모르는 게 있어. 2황자도, 싸우고 싶어 싸우는 게 아니야. 그리고 나와 2황자는 그동안의 정이 있어, 남모른 척할 수가 없네."

판시엔은 그의 말에 연신 고개를 저으며, 더는 말을 하지 않았다.

생일 연회가 시작되고, 징왕은 긴 수염을 나부끼며 중앙에 앉아 있었다. 오늘 징왕은 왕이나 화농같은 모습이라기보다 마치 강남의 소금 상인 같이 부유한 상인의 모습에 가까웠다. 자기의 아들과 판시엔이 같이 걸어오는 모습을 보며, 징왕은 '하하' 웃으며 손짓을 했다.

"판시엔, 넌 내 옆으로 와."

판시엔이 세상에서 제일 두려워하는 것이 징왕의 거친 말이다. 그는 쓴웃음을 지으며, 마지못해 끌려가듯 징왕 옆자리에 앉았다. 완알은 그의 옆에서 자기를 바라보고 있었고, 뤄뤄는 완알 옆에서 그저 말없이 앉아 있었다.

뤄뤄를 보며 방금 전 그녀의 이름을 팔면서까지 리훙청에게 했던 말이 생각나 조금은 자괴감 같은 것이 느껴졌다. 하지만 이내 생각을 지우고 술잔을 들어 징왕에게 한 잔, 맞은편의 아버지에게 한 잔, 그 옆의 류씨에게 한 잔을 올렸다.

후래자 삼배.

연회라 했지만 두 집안 사람밖에 없었고 음식도 별로 맛이 없어서, 세 차례 술잔이 돌았지만 징왕은 흥이 돋지 않는지 술병을 내려놓으며 판지엔에게 말했다.

"너는 아이들을 어떻게 관리한 거야? 매일같이 욕지거리나 해대는 거 아니야? 네가 여기 있으니, 판시엔하고 애들이 아무 말도 못하잖아."

판지엔은 사슴 꼬릿살을 씹으며 무심하게 말했다.

"너보다는 관리를 잘하겠지. 최소한 나는 자식들 앞에서 욕은 안 하니까."

"니미랄 씨팔!"

징왕이 '욱'했다.

"딸 앞에서, 내 욕하지 말랬지?!"

로우쟈 군주(郡主)는 아버지의 욕을 듣고서 체면이 없는지, 부끄러운 눈빛으로 판시엔을 쳐다봤다.

판지엔은 그 말을 듣고 얼굴이 어두워지더니 같이 버럭했다.

"그 입 좀 닥쳐!"

완알은 판씨 집안으로 시집와서 처음으로 두 집안이 같이 있는 것을 보았는데, 시아버지가 '입 닥치라'는 말을 하는 것을 듣자, 움찔하며 판시엔의 소매를 살짝 잡았다.

판시엔은 그저 대수롭지 않게 여겼다.

'평소에는 그렇게 근엄하신 아버지인데, 이상하게 징왕만 만나면 기생들이나 후리고 다니던 그 시절로 돌아간단 말이야.'

징왕은 판지엔의 입 닥치라는 말을 듣고 다시 욕을 하려다 순간 자기가 한 말을 떠올리며, '아이고' 탄식 한 번, 쓴웃음을 한 번 짓고 욕 대신 손을 올려 자기 입을 한 대 때렸다.

판시엔은 그래도 용서할 수 없는지, 젓가락을 들어 징왕의 코를 가리키며 말했다.

"아들도 곧 장가를 가는데, 언제 철들래?!"

"미안 미안. 실언이었어. 실언."

그리고 주위 사람들은 한번 '쓱' 둘러보고는 흉악하게 한마디 했다.

"너희들은 아무것도 안 들은 거다."

이어 난감한 듯 헛기침을 두 번 하고, 옆에 있는 판시엔에게 물었다.

"시엔아, 너의 어머니는 딴저우에서 어떻게 지내시니?"

린완알은 이 말을 듣고서야, 시아버지가 삼촌에게 왜 입 닥치라

했는지 이해가 되는 듯 웃음이 터져버렸다.

판시엔은 속으로 '두 분 싸움에 왜 나를 끼우시는 거야?' 생각하며, 할머니의 근황에 대해 대략 설명해드렸는데, 어쨌든 건강하시다는 인사치레의 말들이었다. 하지만 그는 문득 좋은 생각이 떠올랐다.

"흥청도 한가한 듯 보이는데, 혹시 어르신, 시간 괜찮으시면 내년에 딴저우에 같이 놀러 가실까요? 아시지만 거기 꽃차가 엄청 유명합니다."

리흥청은 속으로 생각했다.

'이놈이 별수를 다 쓰네.'

징왕은 판시엔을 한번 보고, 무슨 의미인지는 알겠다는 듯이 실눈을 뜨고 말했다.

"좋은 생각이네. 내일 입궁해서 황제 형님께 말해보지……근데 어차피 내년엔 넌 같이 못 가. 강남 가야 되잖아?"

"제가 왜 강남을 가요?"

징왕은 눈을 동그랗게 뜨며 물었다.

"너는 평소에는 그렇게 똑똑하더니, 심지어 2황자도 너를 당해내지 못하는데 그게 무슨 바보 같은 말이냐? 강남을 안 가고, 어떻게 내고를 이어받아?"

판시엔은 여전히 모르겠다는 듯이 물었다.

"내고랑 강남이 무슨 관계 있는데요?"

징왕은 본인이 더 이해가 안 된다는 듯 판지엔을 보며 말했다.

"지금 네 아들이 바보처럼 보이려고 하는 거야, 아니면 진짜 바보야?"

판지엔은 판시엔을 보면서 말했다.

"저놈이 지혜는 없고 잔머리만 있는지 알았는데, 오늘 보니 잔머리도 없네."

린완알이 참다못해 거들었다.

"상공은 어찌 내고의 가장 큰 공장 세 개가 모두 강남에 있다는 것도 모르고⋯⋯삼촌, 그냥 술이나 드세요. 이런 재미없는 이야기는 왜 계속하시는 거예요?"

징왕은 하마터면 입 안에 있던 술을 뿜을 뻔했다.

"딸은 시집가면 끝이라더니, 그래도 내가 네 삼촌인데, 이제 판씨 집안 편을 드는 거야?"

"제가 보기엔 삼촌이 제 상공을 아끼시는 것 같은데, 그걸 왜 저에게 돌리신데요."

리홍쳥은 옆에서 말없이 대화를 듣고 있었지만, 자신의 아버지가 자신보다 판시엔을 더 좋아하는 모습을 보면서, 기분이 좋지만은 않았다.

술자리가 무르익어가고, 생일 축하주가 몇 번 돌고, 징왕은 취기가 돌며 기분이 좋아지고⋯⋯결국 징왕의 말들은 점점 산으로 가고 있었다.

두 집안의 혼사가 이뤄지면 뤄뤄에게 빨리 애부터 가지라는 둥, 로우쟈가 두 살만 더 먹으면 병신 같은 놈들에게 줄 바에는 차라리 판시엔에게 시집을 보내야겠다는 둥. 뤄뤄는 아무 말도 할 수 없었는데 반해, 리홍쳥은 애정 어린 눈빛으로 미래의 부인을 쓱 쳐다보았다.

판시엔은 뤄뤄를 한 번 보고, 눈치 빠르게 화제를 자기에게로 돌렸다.

"로우쟈를 저에게 주신다니, 어르신 너무 과음하신 것 같은데요. 군주 신분에 둘째 부인은 로우쟈에게 너무 하신 것 같은데⋯⋯?"

로우쟈는 자신의 속도 모르는 오라버니를 조금은 원망하는 눈빛으로 슬쩍 봤다.

징왕은 이미 술이 취해, 판시엔의 말에 대노했다.

"징두 새끼들은 죄다 병신들인데, 딸을 그놈들에게 어떻게 줘?! 그리고 내 딸인데 네 부인으로 격이 안 맞다는 거냐?!"

그리고 완알에게 눈을 돌리며 물었다.

"쳔알, 네가 싫은 거냐?"

"제가 무슨 의견이 있겠어요. 삼촌이 태후 할머니만 설득시키면, 그렇게 정해지는 거죠."

징왕은 '태후'라는 말을 듣자마자 술이 확 깨는 듯, 다시 한번 맹렬히 거친 말을 퍼부었다.

"로우쟈가 다 좋은데, 성격이 너무 약해 빠져가지고……판시엔에게 빨리 안 주면, 그 둘째 부인 자리마저 북제 그년에게 뺏겨버리는 거잖아. 안 돼 안 돼. 북제의 그 여우 같은 년에게 줄 수 없어."

그리고 갑자기 판지엔을 풀린 눈으로 바라보며 물었다.

"그년 이름이 뭐였더라?"

판지엔도 술을 많이 먹었는지 연신 딸국질을 하면서, 다소 거만하게 말했다.

"하이탕, 북제에서 성녀(聖女)로 대접받는다지. 쿠허의 마지막 제자이기도 하고. 근데 어찌 내 모자란 아들놈에게 빠졌나 몰라."

이 말에 다들 웃음이 터졌는데, 류씨 부인은 입을 가리고 웃고 있었고, 판스져와 리홍청은 다소 과장되게 웃었다. 하지만 가장 난감한 것은 판시엔이었는데, 오른손으로 옆에 있는 완알의 작은 손을 꼭 잡으며, 왼손으로는 술잔을 쥐고 겸연쩍게 말했다.

"자, 다들 술 한 잔씩 하시지요."

"그 하이탕인가 뭔가……."

징왕은 판시엔의 행동에 신경도 쓰지 않고, 계속 말을 이었다.

"쿠허의 마지막 제자가 아니라던데……."

"나도 그 이야기를 듣긴 했는데, 좀 이상하더라고. 하이탕은……."

판지엔은 자기의 아들을 한 번 보고서 말을 이었다.

"역사적으로도 가장 어린 나이에 9품 상의 고수가 되었고, 북제에서는 심지어 천맥자라는 이야기도 있다던데……쿠허가 아직도 만족 못하고 다시 제자를 받기 시작했다?"

리훙청도 그 소문을 아는지 미간을 찌푸리며 말했다.

"혹시 북제의 음모가 아닐까요?"

징왕은 다시 '버럭'했다.

"음모는 니미랄, 그게 음모면, 쿠허가 밥을 처먹는 것도 음모냐? 다 큰 놈이 맨날 그렇게만 생각하고 있으니 아직까지 그 모양 그 꼴이지."

아버지의 말을 리훙청은 '꾹' 참고 듣고만 있었는데, 판스져만이 그의 감정을 동감하듯이 술잔을 내밀어 부딪혀 주었다.

판지엔은 징왕이 아들 훈계하는 것을, 더는 못 들어주겠다는 듯이 말했다.

"음모는 아닐지라도, 갑자기 새로운 제자를 받아들이는 게 이상하긴 하지. '하늘에서 상서로운 기운이 내려왔다'라는 명분은 더 기괴하고."

징왕은 판지엔의 말에 다시 정신을 가다듬고 최대한 신중하게 말했다.

"4대 종사는 인간계에 최정점에 있는 사람들이고, 비록 그중 한 명은 누군지 모르지만, 어쨌든 나머지 세 명 모두 몇 년간이나 제자를 안 받고 있었는데, 이번에 갑자기 쿠허가 다시 제자를 받는다? 이유를 떠나서 큰 사건이야. 그쪽 세계와 상관없는 우리들에게는 별일 아니지만, 무공을 수련하는 사람들에게는 좋은 기회나 다름없지. 사실 무공은 둘째치고, 쿠허 밑으로 들어가면 최소한 천일도(天一道)

문파와 좋은 관계를 가지게 되는 거 아니야? 경국에도 그런 기회를 가지는 사람이 나온다면, 폐하께서도 분명 좋아하실 거야."

징왕의 말을 마지막으로, 불편하기 그지없던 술자리가, 드디어 마무리되었다.

판시엔은 판지엔과 징왕이 하이탕을 거론하면서부터 긴장하고 있었는데, 그래도 그들의 마지막 대화를 듣고 일이 그의 계획대로 흘러가는 것을 알게 되어, 조금 마음이 놓였다.

공식 연회가 끝나자, 류씨는 후원으로 가 징왕 집안의 몇몇 아녀자들과 이야기를 나눴고, 젊은이들은 술을 깨기 위해 호숫가로 가 바람을 쐬었다.

그리고 만취한 듯한 징왕과 판 상서 둘은, 외진 곳에서 따로 한담을 나눴다.

"판시엔이 최근에……너무 거칠어졌어. 네가 좀 신경 써."

징왕은 좀 전과 달리 맑은 눈을 하고 있었고, 판 상서는 편안한 얼굴을 하고 있었는데, 좀 전의 술주정뱅이 노인들의 모습은 온데간데없었다. 판지엔은 가볍게 '알았어' 하고서는 말을 이었다.

"말을 몇 번 했는데, 도무지 말을 듣지 않네."

징왕은 차갑게 '흥'하며 말했다.

"너나 내가 하지 않으면, 설마 그 늙은 절름발이 새끼에게 시키려고? 그놈은 머릿속에 온갖 사악한 생각밖에 없어서, 귀신도 그놈이 무슨 생각하는지 몰라."

"쳔핑핑도 너희 집 출신이잖아."

"너희들 때문에 머리가 아파. 아니다, 난 어차피 그 사건 이후로, 그저 모든 게 담담해졌어……그래도 판시엔 그 녀석은 좋단 말이야. 폐하께서 그놈을 너무 압박하지 않았으면 좋겠네. 나중에 감당을 어떻게 하려고."

"너도 알다시피 난 그 일에서 발언권이 없어."

"나의 형님은 진짜 사악해. 판시엔이 정확히 보고 있어. 어차피 둘째에게는 기회가 없어. 그런데 조정 대신들의 대부분은 멍청하게 그걸 모르고 있더라고."

"홍청과 2황자가 너무 가깝게 지내던데, 네가 한마디 해줘."

"나의 아들놈은 나랑 다른 것 같아, 나처럼 안분지족을 못 해."

징왕은 깊은 숨을 내쉬었다.

"2황자는 책만 너무 많이 봤어, 지이미랄 씨팔. 그 완알의 애미인 그 미친년하고 놀아나니 사단이 안나? 그리고 내 아들놈, 병신같이 또 거기에 붙어먹고……지이미랄 씨팔!"

판지엔은 미소를 지으며 농을 던졌다.

"2황자 어머니는 폐하의 여자이니 네가 씨를 팔 수가 없고, 세자의 어머니는……네가 씨를 파는 건 추천할 일이니, 내가 말리지는 않지."

"이런. 하하. 홍청의 애미가 죽은 지도 벌써 몇 년이나 되었는데, 그런 농담해서 뭐하나? 아니다, 그것도 좋네. 기방에서 맨날 여자나 끼고 놀던 놈이, 요즘 갑자기 근엄한 척하니까, 난 네가 거시기를 떼버린 줄 알았지. 그런 농담하는 것 보니까 아니네."

징왕은 스스로 다듬은 정원들을 둘러보며 말을 이었다.

"어렸을 때, 우리 셋 모두 여기서 컸잖아. 보모가 항상 형님이랑 나만 돌본다고, 정작 친아들은 챙기지 못해서 넌 항상 꼬질꼬질했지."

판지엔은 어렸을 때 기억이 떠올랐다. 그때 청왕은 지금 황제의 아버지인데, 지금의 징왕보다도 못한 처지였다. 권력이라고는 아무것도 없는, 또 야심이라고는 찾아 볼 수도 없는 그저 허울 좋은 '왕'.

판지엔이 아무리 판씨 가문의 먼 친척 중 하나일 뿐이었어도 나름 권문세가의 아들이었는데, 판지엔의 어머니가 허울뿐인 '왕'의 집에 들어와 보모를 하면서, 판씨 가문 사람들에게 얼마나 괄시를 받았을까는 상상치도 못할 일이었다.

"지금 이렇게 될 줄을 누가 알았겠나?"

판지엔은 미소를 지으며 말했다.

"어머니는 어깨에 힘 좀 주고 다니셔도 될 것 같아. 폐하를 비롯하여 우리들을 다 키워 내셨으니."

"셋이 싸우면 항상 우리 둘이 편 먹고 형님에게 대들었었지. 물론 그래도 우리가 항상 졌지만. 너도 기억하지? 어렸을 때부터 형님은 악랄했어."

징왕은 친형이니 편하게 말을 했지만, 판지엔은 폐하를 욕되게 할 순 없었기에, 그저 웃으며 말했다.

"그때 누가 쳔핑핑 보고 폐하를 도우라고 한 거야? 폐하 나이가 너보다 많았지, 쳔핑핑 힘이 나보다 셌지, 그러니 우리가 어떻게 이기겠어?"

"맞아, 사실 난 싸워서 이길 생각은 못 해봤고, 그저 안 싸울 수 있으면 좋다고 생각했었어. 이번에 둘째를 조사한 것도, 형님이 내고를 정리해서 은전이 부족해진 문제를 해결하려고 그러는 건데, 그걸로 애들끼리 저렇게 싸우게 만들어 버리다니, 진짜 악랄해."

판지엔은 호부 상서로 경국의 재정 상황을 잘 알기에, 대신 변명하듯 이야기했다.

"폐하를 그렇게 볼 일만은 아니야. 실제 나라에 돈이 너무 많이 부족해. 태후가 건재하니 폐하께서도 장 공주에게 너무 심하게 할 수도 없고. 기왕 판시엔이 폐하의 칼이 되기를 원하는 것 같으니, 그놈은 잘 해낼 것 같아. 쳔핑핑이 성격은 좀 지랄 맞아도, 판시엔이 손해 보게 만들지는 않을 거란 걸 너도 알잖아? 그저 우리는 옆에서 지켜나 보자고."

징왕은 그를 한참을 쳐다보다, 답답한 듯 말했다.

"너는 말이야, 변한 게 없어. 항상 뭘 숨기고 있지. 심지어 나에게도 솔직하게 말을 안 해."

판지엔은 겉으로 웃었지만, 대답은 하지 않았다.

징왕 저택에서 집으로 돌아온 판시엔은 서재에서 동생 뤄뤄랑 둘이 차를 마시고 있었다. 완알에겐 눈치를 줘서 잠시 나가 달라고 한 것이다.

"내가 너의 어떤 점을 가장 높게 평가하는지 알아?"

판뤄뤄가 백옥 같은 손으로 머리끈을 풀고 고개를 가볍게 흔드니, 검은 머리카락이 하얀 옷을 걸친 그녀의 어깨까지 떨어졌다. 그녀는 찻잔 속의 차를 손가락으로 살짝 찍어, 자기의 미간을 부드럽게 문질렀다. 이는 판시엔이 고민될 때마다 하는 습관적인 동작을, 뤄뤄가 자기도 모르게 배운 것이었다.

"오라버니, 걱정돼 죽겠으니까 놀리지 마."

"놀리는 게 아니라, 오늘 징왕이 혼사 이야기를 꺼냈을 때, 나도 난감하던데, 넌 얼굴색 하나 안 변하고 침착하게 있더라고. 그건 정말 대단한 것 같아."

"오라버니가 없을 때에는 좀 당황하기도 했는데, 이제는 오라버니가 있으니까 오라버니만 믿고 있어."

세 번의 '오라버니'라는 소리가, 세 개의 큰 산처럼, 판시엔의 어깨를 눌렀다.

"폐하께서 정한 혼사이고, 징왕과 아버지 두 분 다 좋아하고, 세자가 화류계에서 이름이 좀 나긴 했지만, 징두에서 가장 뛰어난 인재 중 하나인 것도 사실이다 보니, 솔직히 말해, 이 혼사를 물리기가 만만치는 않네."

뭐뭐는 입술을 한 번 살짝 오므린 후, 천천히 입을 열었다.

"어쨌든……오라버니 말에 따를게."

"너 스리리 기억하지?"

"오라버니를 죽이려고 했던 여자?"

"맞아, 근데 난 그녀를 볼 때마다, 뭔가 다르다고 생각했어. 그녀가 한 일이 다 옳은 것은 아니었지만, 최소한 그녀는 생각하고, 원하는 대로 행동하더라고……북제에서의 마지막 날, 그녀에게 왜 그런지 물어봤더니, 스리리는 자기 집안이 어렸을 때 망해버려서 부득이하게 이곳저곳 도망 다니게 되었는데, 그때 여러 경험을 많이 해서 그렇다는 거야."

"만 리를 다니고 만 권의 책을 읽는 것은 인생에 큰 도움이 될 것이다. 오라버니의 말과 통하네."

"맞아, 그게 내가 북제로 간 이유이기도 하지. 다만 책이야 언제나 읽을 수 있지만……."

판시엔은 잠시 머뭇거리다 말을 이었다.

"하지만 이 세상을 돌아다니며 여러 풍경들을 보는 것은, 쉽지 않은 일이잖아? 특히 너 같이 고관 백작의 아가씨는."

"딴저우에서 1년 보낸 것 말고는, 작년에 간 창산이 전부인데, 뭐."

"그래서 한번 해보고 싶어?"

판시엔은 그녀의 눈을 보고 물었다.

판뭐뭐는 잠시 생각하더니, 힘을 주어 고개를 끄덕였다.

그녀는 판시엔의 소위 '망치는 교육'을 받고 자란 셈인데, 그 교육의 힘이 발휘되고 있는 것이었다. 일반적인 고관 대작의 아가씨들과 달리, 지금 세상에서는 어찌 보면 '바보 같은 욕망'이 생겨버

린 것이다. 경국의 여자들은 혼인 전에 징두성 정도는 마음껏 돌아
다닐 수 있지만, 그것마저 혼인하면 끝이고, 심지어 여행은 상상도
못 할 일이었다.

뤄뤄는 그런 인생을 정말로 원하지 않았던 것이다.

판시엔은 뤄뤄의 눈에서 생각을 읽어내며, 어차피 자기가 동생
의 마음에 창을 열게 해줘서 그녀에게 바깥 풍경을 보게 해줬으니,
이제 그녀가 문을 열고 밖으로 나오길 도와주는 건 자기의 책임이
라 생각했다.

"내가 방법을 생각해 볼게. 아직 모든 것은 기획 단계일 뿐인데,
오늘 징왕과 아버지의 대화를 들으니, 가능할 수도 있을 것 같아. 사
실 처음에는 나도 반신반의했거든."

똑똑한 판뤄뤄는 금세 눈치를 채고 놀란 듯이 물었다.

"설마……오라버니는 지금 날, 쿠허의 제자로 만들 생각이야?!"

판시엔은 그녀의 머리를 쓰다듬으며 온화한 미소를 띠고 말했다.

"이제 정신이 좀 들어?"

"근데 그게 가능할까?"

"불가능할 건 또 뭐야?"

판시엔은 힘을 주어 말했다.

"쿠허가 어차피 '하늘에서 상서로운 기운이 내려왔다'는 오묘한
명분을 내걸었고, 경국 사람도 상관없다는데, 명분만 잘 맞춰주면
되지. 그리고 넌 이름난 인재인데, 그도 너 같은 사람이 제자로 들어
오면 얼마나 체면이 살겠어?"

판뤄뤄는 오라버니의 이 말이 그저 자기를 웃으라고 한 소리라고
생각하며 말했다.

"오라버니도 알지만, 난 어차피 무술은 못해."

"세상의 모든 도(道)는 다 통하게 되어 있는 거야. 시를 짓는 것과

싸우는 것도, 사실상 큰 차이가 없어. 대종사정도 되면 당연히 그 이치를 알 거야."

"그럼 '상서로운 기운'은 어떻게 해?"

"그거야말로 별거 있어? 며칠 뒤에 집 주방에서 생선 한 마리 훔쳐서, 거기에다 종이 한 장 집어넣으면 되지."

판뤄뤄는 약간은 웃겼지만, 판시엔의 말에 뭔가 눈치를 챘다.

"오라버니가 사실 이전부터 이 일을 미리 준비해 놓고 있었던 거야?"

판시엔은 '헤헤' 웃으며 말했다.

"너의 눈을 속일 수가 없네. 북제 있을 때 네 혼인 이야기 듣자마자 바로 준비했지. 만약에 네가 홍청에게 시집가길 원하면, 그만 하면 될 일이고, 네가 원하지 않는다 하면, 계획대로 진행하면 되는 것이고."

판뤄뤄는 마음이 좀 편해졌는지, 오라버니를 놀리듯이 말했다.

"소문대로 오라버니와 하이탕 아가씨의 관계가……심상치 않네요."

판시엔은 변명할 여지가 없었는데, 만약에 그와 쿠허의 천일도 문파와의 관계가 긴밀하지 않다면 생각할 수 없는 계획이었다. 다시 말해 하이탕과의 관계가 없었으면, 불가능한 계획이었다. 하이탕이 그가 술 취한 날 저지른 일을 생각해보면, 그 관계를 맺기 위해 그가 지불한 대가는 엄청 큰 것이었다. 그렇다고 그날 일을 여동생에게 설명할 수도 없는 노릇이라, 그저 마지막으로 그녀의 의사를 다시 한번 확인했다.

"어쨌든 진짜 북제를 가고 싶은 거지? 하기야 한 번쯤은 경국을 벗어나 공부해 보는 것도 좋아."

하지만 판뤄뤄는 판시엔의 예상과 달리, 다시 한번 고개를 숙이고 오랫동안 생각을 하더니, 한참 후에 걱정스럽게 물었다.

"근데……아버지는 어떻게 하지?"

"내가 징두에서 효도하면 되지. 넌 걱정 말고, 2년 편안하게 놀고, 그다음에 다시 생각해 보자."

"하지만……이렇게 한다고 진짜 혼사를 미룰 수 있을까?"

"쿠허는 어떤 면에서, 북제 황제보다도 대단한 인물이야. 폐하께서도 말을 할 수가 없을 거야. 그리고 표면적으로는, 혼인을 물리는 것도 아니고, 2년 미루는 것뿐인데, 징왕 집안도 이해할 거고."

"설마 그렇게 간단하게 끝날까?"

판뤄뤄는 자신의 '파혼'이 이렇게 복잡한 일들을 만들어 내는 것이 불편해진 듯, 차라리 자신이 이 악물고 한 번 참는 게 낫지 않을까 생각이 들었다. 판시엔은 그녀의 표정을 보며 생각을 눈치챈 듯, 재빨리 말을 돌렸다.

"뤄뤄야, 이 일에서 가장 중요한 게 뭔지 알아? 네가 지금 열여섯 살밖에 안 되었다는 거야, 열여섯 살! 아직 발육도 다 안 끝났는데, 시집을 간다고? 이건 명백하게 학대야, 학대!"

판뤄뤄는 오빠의 말에 민망해져, 그를 주먹으로 한 대 때리며 말했다.

"오라버니가 어떻게 그런 말을 해?"

그리고 잠시 멈칫하고서, 결심한 듯 반박했다.

"그러니까 새언니도 시집왔을 때, 열여섯 살이 안 되었잖아?"

판시엔은 머리가 아픈 듯 자신의 이마에 손을 얹고서, 오랫동안 말을 이어가지 못했다.

"만약에 징두를 떠나서 천하를 한번 볼 수 있다면 진짜 즐거울 것 같아."

판뤄뤄는 마침내 눈동자를 빛내며 말했다.

"그저 오라버니를 떠나 있는다는 것이 두려울 뿐이야."

판시엔은 그제서야 안심을 하고서 말했다.

"이 바보야. 누구나 자립한다는 것을 배울 때에는, 모두가 두려운 거야. 어쨌든 좋아. 제일 중요한 건 너 자신의 생각이었는데, 네가 원한다고 했으니, 지금부턴 내가 다 처리해 줄게. 나의 둘도 없는 누이동생인데, 세상에서 둘도 없는 여자가 되어야지."

판뤄뤄는 오라버니의 말에 엄청 감동했지만, 내색하진 않고 그저 방을 나왔다.

조용한 후원을 걸으며 하늘을 바라보았는데, 하늘에 짙게 깔린 구름이 바람을 따라 동쪽으로 움직이고 있었다. 가지런하게 정리된 조그만 나무들을 손으로 훑고 걸어가면서, 내년에 있을 이국 타향에서의 생활을 그려봤는데, 최소한 징두에서의 답답한 공기는 벗어나는 것 같아 순간 기분이 좋아졌지만, 이내 공허함 같은 것도 동시에 밀려왔다.

그녀는 자기도 모르게 주먹을 꽉 쥐었다.

하지만 이내 나뭇잎에 찔려 손이 약간 아파왔는데, 그와 동시에 스승이 자기에게 한 두 손을 소중하게 아끼라는 말이 생각나며, 전광석화처럼 손을 거두었다.

'북제를 갈지 말지는, 스승님이 돌아오시고 나서 결정하는 게 좋겠어.'

"뤄뤄랑 무슨 비밀 이야기했어?"

완알은 뤄뤄가 멀어지는 모습을 보며 방 안에 종종걸음으로 들어오며 물었다.

판시엔은 신비스러운 느낌을 주며 대답했다.

"……말할 수 없어."

완알은 삐친 듯 성큼성큼 걸어서 화장대에 앉아서 빗질을 했다. 판시엔은 그녀에게 다가가 그녀의 머리를 빗겨주며 말했다.

"너와 누이의 머리카락은 진짜 부드러워."

"요즘 보면 나랑 붙어있을 때에도 나보다 다른 곳에 더 마음을 쓰는 것 같아."

판시엔은 태연하게 말했다.

"붙어있을 때에는 마음을 쓰기보다, 눈을 써야 하는 것 같은데?"

린완알은 상공의 말에 갑자기 부끄러워져 일어서려 했지만, 오히려 그의 품에 안겨버렸다. 판시엔은 그녀 가슴의 부드러운 살에 얼굴을 파묻고, 숨을 깊이 쉬어 그녀의 체취를 들이마시며 말했다.

"요즘 내가 정말 갈망하는 일이 있는데, 어디부터 시작해야 할지 모르겠네."

린완알은 그의 말에 얼굴이 더욱 달아올라 몸부림을 쳤지만, 판시엔은 오히려 더 꽉 안으면서 부드럽게 말했다.

"동생이랑 이야기 한 일을 지금 말할 순 없는데, 곧 다 말해 줄게."

린완알은 마음이 좀 풀렸는지 궁금한 듯 물었다.

"그렇게 조심스러운 일이야?"

"천하에서 제일 큰 소동이 날지도 모를 일이야. 맞아. 비밀 이야기하니까 생각났네. 판스져가 요즘 신출귀몰하던데, 그놈도 무슨 비밀 같은 게 있는 거야? 그리고 너도 매일같이 수를 놓고 있던데 그것도 비밀이야?"

린완알은 약간 긴장을 하며 말했다.

"줄지 말지, 생각 중이야. 너 하는 거 봐서."

"어차피 나에게 줄 거네. 군주 마마, 상을 내려주십시오."

린완알은 입술을 쭉 내밀며 말했다.

"안 줘."

판시엔은 사악한 웃음을 지으며, 두 손으로 그녀의 부드러운 허리 살을 비비고 꼬집어 대자, 린완알은 당황하며 이상한 소리를 지르기 시작했다. 이내 린완알은 자기가 졌다며 숨을 가쁘게 내쉬고서, 품에서 무언가를 꺼내 판시엔의 얼굴 쪽으로 던졌다.

"줄게, 줄게. 이제 놔 줘!"

향기로운 바람이 얼굴을 스치며 한 장의 손수건이 날아들자, 판시엔은 손을 빼서 재빨리 집어 들었다. 고개를 숙여 보는 순간, 그는 그저 멍청하게 그것을 바라볼 수밖에 없었다.

황궁에서 쓰는 최상품의 천이었다. 실도 최상품의 실이다. 금색, 황색, 홍색, 녹색 가릴 것 없이, 모두 수저우(苏州)에서 생산된 최고급 실이다. 수에 담긴 의미도 훌륭했다. 한 쌍의 원앙, 그리고 푸른 물결 위에 드리워진 복숭아 나뭇가지에는 세 송이의 꽃이 피어 있었다.

다만……실력이 형편없었다.

실들이 듬성듬성 놓여 있었다. 실 옆으로 나 있는 많은 구멍이, 수 놓는 사람의 수없는 망설임을 대변해 주고 있었다. 안정적이고 여유로운 자태를 뽐내야 할 원앙은, 괴물 같은 물새가 되어 버렸고, 거기에 복숭아꽃까지 더해지면서, 후기 현대 해체주의 작품이 되어 버린 것이다!

파도치는 푸른 물결은 몇 개의 직선으로 된 선으로 이루어져 있었지만, 그나마 제일 잘된 부분이었다. 아쉬운 것은 푸른 실과 함께, 노란 실도 같이 사용했다는 것이다.

'이 작품은 황하강이 물새로 변하는 과정을 표현한 것인가?'

판시엔은 보고 또 보고, 다시 한번 보고……결국 참지 못하고 웃음이 터져버렸다.

웃음소리는 너무 커서, 판씨 저택 전체에 생생하게 울려 퍼지고 있었다. 스스로를 가장 잘 아는 완알은 창피해서 일찌감치 뭐뭐 방에 도망가 있다가, 자기를 모욕하는 듯한 웃음소리를 듣고는 화가 난 나머지 벌떡 일어나 방으로 돌아갔다.

그녀는 판시엔에 코끝에 딱밤을 때리는 손 모양을 취하며 소리쳤다.

"웃지 마!"

판시엔은 부인이 화가 나 볼에 잔뜩 공기를 넣은 모습에 더 큰 웃음이 터지며, 의자에서 몸을 가누지 못하는 사람처럼, 앞뒤로 '휘청휘청' 하였다.

린완알은 부끄럽기도 하고, 또 화가 나기도 하고, 생각해보면 스스로도 웃기기도 하여, 재빨리 앞으로 가 판시엔의 손에 있던 자기의 '작품'을 다시 빼앗으려 했다. 그렇다고 빼앗길 판시엔도 아니기에, 그는 급히 품 안에 집어넣으며 정색하며 말했다.

"나에게 수를 놓아준 건데, 어차피 준 거, 뺏어 가면 안 되지."

그가 미친 듯이 웃긴 했지만, 사실 완알은 어려서부터 궁에서 컸으니 수를 놓은 경험이 없는 게 당연했다. 실력을 떠나 그녀가 수를 놓아 자기에게 선물했다는 자체에, 판시엔은 감동하지 않을 수 없었다.

그는 그녀의 손가락 끝이 빨갛게 부어오른 것을 보며 가슴이 아파 '후후' 불어 주며 말했다.

"다음부터는 수를 놓지 마. 대신, 내가 수를 놓아 너에게 줄게. 딴 저우에서 심심했을 때 배운 적이 있어."

린완알은 이 말에 마음이 좀 녹긴 했지만, 이내 다시 입술을 내밀었다.

"상공은 나보다 예쁘게 생겼는데, 수 놓는 것도 나보다 잘한다고?"

그러고는 다시 입술을 오므리며, 곧 울 것처럼 말했다.

"판시엔, 너 때문에 내가 못 살겠다!"

판시엔은 그녀의 볼살을 부드럽게 만지며 말했다.

"네가 그렇게 말하면, 징두 아가씨들이 다 자살이라도 해야겠네? 그리고 비교할 사람이랑 비교해야지. 문무를 겸비한 불세출의 인재인 나랑 비교하면 어떻게 해?"

그의 어이없는 자화자찬을 듣자, 완알의 울음이 어이없는 웃음으로 변하며, 손가락으로 판시엔의 미간을 콕 찍으며 말했다.

"이 득의양양한 것 좀 봐봐."

판시엔은 너무나 천연덕스럽게 말했다.

"너를 데려왔는데 당연히 득의양양해야지."

린완알은 순간 놀랐지만, 이내 그의 품 안에 손을 넣고는, 무언가를 더듬어 찾기 시작했다.

판시엔은 그 손을 재빨리 잡으며 말했다.

"나에게 주기로 했잖아, 근데 또 뭘 찾아?"

린완알의 눈빛을 번뜩였다.

"내 것은 주기로 했고, 이제 네 것을 찾는 거야."

이 말과 동시에, 그녀는 판시엔의 품에서 꽃무늬 두건을 꺼내었다.

판시엔이 하이탕에게 훔친 그 손수건.

"네가 내 것을 원하니까, 이건 내가 대신 보관하고 있을게."

그는 이 모든 것의 전말을 알게 되며, 비록 그가 하이탕과 남녀 간의 그런 것은 없었지만, 그렇다고 지금 변명할 재간도 없었다. 그는 갑자기 말을 더듬기 시작했다.

"완알, 뭔가 오해가 좀 있는데, 그러니까 너에게도 말한 적이 있지만, 음⋯⋯그 하이탕은 진짜 생긴 게 별로야⋯⋯너의 상공인 나의 눈에, 그런 여자가 보이기나 하겠어?"

린완알은 '흥' 했다.

"처음에, 맨날 날 칭찬할 때부터 이상하게 보였어. 그때는 그냥 네가 달콤한 이야기를 잘하는 사람이라고 생각했었지. 그런데 나중에 뭐뭐 이야기를 들어보니 네가 진짜 나를……예쁘다고 생각했다며? 확실히 너의 취향이 좀 다른 것 같긴 한데, 어쨌든 그런 너의 말을 누가 믿겠어?"

판시엔은 '버럭' 했다.

"감히 누가 우리 부인이 안 예쁘다고 해?!"

"말 끊지 말고."

그녀는 한 손으로 하이탕의 꽃무늬 두건을 '휘휘' 저으며 득의양양하게 말했다.

"이건 지금부터 내 거야. 불만 없지?"

"없지, 없어."

린완알은 '히히' 웃으며 밖으로 나가려다 문 앞에서 멈칫하더니, 고개를 '획' 돌리고 말했다.

"근데 하이탕 아가씨를 둘째 부인으로 들이던가, 아니면 마음을 접던가 해야지. 사내대장부가 되어 가지고, 이런 손수건이나 품에 넣어 놓고 그리워하고 있다니. 도대체 책임감이라는 건 찾아볼 수가 없어. 내가 다 부끄러워지네."

판시엔은 얼굴이 약간 붉어지며, 갑자기 다른 생각이 들며 급히 물었다.

"완알, 내가 기억하기로, 우리가 혼사를 치르기 며칠 전이 너 생일이었던 것 같은데. 그럼 그때 열여섯 살이 넘었던 거지?"

린완알은 영문을 모르겠다는 듯이, 눈을 크게 뜨고, 고개만 끄덕였다.

판시엔은 그제서야 안심하며 말했다.

"그럼 됐어. 아주 좋아."

제12장

기방 살인 사건

다음날, 판씨 저택 앞의 마차에서 스챤리는 스승님의 음흉하게 미소 짓는 얼굴을 보면서 불안에 떨고 있었다. 판시엔이 춘시에서 눈여겨본 네 명 중에 세 명은 최종 합격하여 지방 관직으로 발령이 났고, 유일하게 스챤리만 낙방하였다. 판시엔이 사절단에서 돌아온 이후에 그를, 판씨 저택에 식객으로 머물게 하였고, 그에게 판시엔을 '스승님'으로 부르게 했다. 스챤리의 일은 평소에 집안에서 판시엔 대신 공문을 쓰는 일이었는데, 오늘은 뜬금없이 스승님이 그를 데리고 집 밖으로 나선 것이다.

판시엔은 스챤리와 덩즈위에의 불안해하는 모습을 보면서 말하였다.

"가서 포월루를 한번 보자고……요즘 일도 잘 안 풀리고 하니, 바람 한번 쐬는 거야."

판시엔은 1처에 들러, 신분이 드러나지 않는 일반 마차에 타고 서쪽으로 향했다. 마차가 3층으로 된 목조 건물에 앞에 서니, 일꾼이 나와 능숙하게 말고삐를 넘겨 받았고, 말끔한 차림새의 안내인이 판시엔 일행을 맞아 주었다.

판시엔은 눈썹 부분을 조금 손대고 왼쪽 뺨에는 판스쪄처럼 곰보 자국을 몇 개 그려 넣었는데, 크지 않은 변화였지만 소식이 빨리 전달되지 않는 이 사회에서는, 그가 판 제사임을 쉽게 알아보기 힘들었다.

포월루는 목재 건축물로 상당히 높았는데, 북쪽에서 가져온 고급 목재로 지어졌다. 이른 시간이었지만 1층에는 적지 않은 손님들이 와 있었고, 한 켠의 낮은 무대에는 소박하게 꾸민 여인들이 고금을 연주하고 있었다.

판시엔은 이 기방을 보면 볼수록, 만만치 않은 곳이라는 느낌이 들었다. 세 명은 2층으로 올라가 난간 쪽에 위치한 자리에 앉았는데, 난간 밑에는 푸른색과 황금색의 칠이 된 신선궁의 그림이 그려져 있었고, 이런 곳까지 세심하게 신경 쓸 수 있다는 것만 보아도, 주인의 재력을 가늠할 수 있었다.

판시엔은 이곳의 배후에 황자가 있을 거라는 무티에의 판단에 상당한 믿음이 갔다.

포월루는 확실히 기이하게 느껴졌는데, 그 기이함은 고상함과 특이함에서 나왔다. 다른 기생집과 달리 포주나 기생 어미가 와서 맞아 주지도 않았고, 심지어 가슴골을 드러낸 농염한 여인의 모습도 보이지 않았다.

포월루는 길가에 붙어 있었지만, 그 뒤에는 좁지만 긴 형태의, 징두에서 유명한 소우후(瘦湖)라는 호수를 끼고 있었다. 판시엔은 호수 양쪽으로 독립된 형태의 분홍색으로 물들어 있는 작은 집들을 보며, 저곳이 진정한 기방이고 지금 있는 곳은 단순히 손님을 접객하는 술집 정도임을 알아차렸다.

명산을 찾아가면 산 앞에 깔린 안개를 보며 감정이 고조되듯이, 3층의 우아한 목조 건물은 명산 앞의 운무 역할을 하고 있었던 것이다. 여기까지 생각하니 판시엔은, 진심으로 영입할 수만 있다면 이곳의 주인을 내고를 운영하는 데 쓰고 싶은 생각이 들었다.

하지만 판시엔은 기본적으로 기방 영업에 대해서, 단순하지만 확고한 생각을 가지고 있었다. '손님은 손님, 기녀는 기녀. 손님이 돈을 내면 기녀는 몸을 판다. 아무리 고깃덩어리를 시가 쓰인 종이로 감싸도 고기는 고기다.' 다시 말해 포장이 어떻든 본질을 변화시킬 수는 없는 것이다.

심지어 호숫가에 있는 작은 집들은 보면서, '저 집들 정원의 흙속에는 도대체 얼마나 많은 연약한 여자들의 시체가 있을까?' 생각이 들면서 자기도 모르게 고개를 젓고 있었다.

음식들이 나오고, 시중을 드는 사람도 군더더기 없고, 음식들도 하나같이 모양도 맛도 모두 훌륭했다. 스챤리는 약간 긴장한 듯 보였고, 덩즈위에는 한시도 경계를 늦추지 않는 듯 보였다. 술이 석 잔정도 돌고, 스챤리가 미간을 찌푸리며 개미 같은 목소리로 물었다.

"쳔 공자, 오늘 우리는 여기서 뭘 하는 겁니까?"

오늘 판시엔의 이름은 쳔 공자였다. 당연히 쳔핑핑을 생각하며 만들었다.

"징두에서 가장 사치스러운 곳을 한 번 즐겨보는 거지……."

이 말과 함께 주위에 아무도 없는 것을 확인했다.

"무티에가 나에게 이곳을 설명할 때, 주저주저하더라고. 분명히 뭔가 숨겨진 게 있어."

"하지만 굳이 대인이 직접 오실 것까지야……."

"여기서 여자 네 명이나 죽었어. 그 정도의 악랄함은 쉽게 볼 수 있는 것이 아니야."

"형사 사건은 징두 관아에서 처리하는 게 일반적인데, 대인……아 마 다른 생각이 있으신 듯 보입니다."

덩즈위에는 술기운이 돌자 조금은 대담하게 말했다.

"징두 관아 부윤 어른은, 직무 유기를 하고 있는 것이고……."

그는 여기까지 말하고 판시엔을 한 번 보았는데, 그가 고개를 끄덕이자 이윽고 최대한 조용한 목소리로 말을 이었다.

"감사원조차 여기 주인을 알아내지 못했네. 그러니 엄청 수상한 거지."

'감사원도 주인을 찾아내지 못했다고!'

판시엔은 스챤리의 표정을 보며 덤덤하게 말했다.

"8처가 모두 곤란해 하는 걸 보니 감사원 내부의 누군가가 여기 를 보호해 주는 것 같아."

감사원은 가히 천하에서 가장 전문적이고 체계적인 조직이라고 하지만, 전임 1처 처장이 장 공주와 결탁한 전례도 있었고, 심지어 주그어가 그 일로 죽은 지 며칠 지나지 않아서 다시 황자들과 접촉 을 하는 감사원 관원들도 나타나기 시작했다.

판시엔은 감사원의 제사로서 이 부분은 절대 용서할 수 없는 일이 었다. 배후에 있는 황자도 문제였지만, 감사원 내에 누가 결탁되어 있는지 보는 일이 가장 중요한 일이었던 것이다.

스챤리는 여전히 긴장한 채로 물었다.

"그럼 제자는 무엇을 하면 될까요?"

"그저 편하게 놀면 돼. 경치도 보고 꽃도 꺾고……공금을 이용해서 너에게 한 턱 내는 거야."

판시엔은 순간 시뻘겋게 달아오른 스챤리의 얼굴을 보며 물었다.

"설마 이런 곳에 처음 오는 거야?"

스챤리는 부끄러워하며 대답했다.

"제가 무능해서 그렇습니다."

판시엔은 진지하게 충고했다.

"기방에서 '무능'이라는 단어만은 절대 쓰면 안 돼."

등이 켜지고 사람들이 모여들자 포월루에서 하루 중 가장 바쁜 시간이 시작되었다. 마차들이 끊임없이 들어오고 평범한 차림의 남자들이 내리고 있었지만, 걸음걸이나 숨길 수 없는 거드름을 볼 때, 조정의 관원들임을 한눈에 알아차릴 수 있었다. 그리고 그들은 하나같이 부유한 상인들을 대동하고 왔다.

판시엔은 이 광경을 보면서 웃으며 말했다.

"이따가 한창 즐길 때에 주의할 게 있는데, 주인과 관련한 것은 묻지 말고 아가씨들의 일상 같은 것만 물어봐. 자세하면 자세할수록 더 좋고."

덩즈위에는 심부름꾼처럼 보이는 아이를 한 명 부르며 말했다.

"이제 아가씨들 좀 불러와."

이 말과 함께 아이의 손에 작은 금이 쥐어지자, 아이는 깜짝 놀라며 안내인에게 부유한 상인들이 왔다고 알렸다. 안내인이 서둘러 올라와서 부드럽게 일찍부터 알아뵙지 못했다는 몇 마디 진부한 말을 하고서, 세 사람을 데리고 아래층으로 가면서 줄곧 말을 걸었다. 마치 세 사람의 신분과 배경을 알아내려는 듯 보였다. 덩즈위에는 자연스럽게 강남에서 소문을 듣고 왔으며, 여기에 무슨 재밌는 것이 있는지 모르겠다고 말하였다.

안내인은 웃으며 대답했다.

"어르신, 여기 포월루에서 어르신이 생각 못하는 것이 있을 순 있지만, 저희들이 못 하는 것은 없습니다."

세 사람이 호숫가에 독립된 집 하나의 정원으로 들어서자마자 아름다운 여인들이 그들을 맞아주었다. 마치 집으로 돌아온 상공을 맞이하는 부인들 마냥 자연스러웠다. 풍만한 여자들을 보며 어쩔 줄 몰라 하는 스챤리를 보며 판시엔은 말했다.

"긴장 풀어, 넌 호랑이 같은 부인도 없잖아."

판시엔이 두루마기를 벗자, 옆에 여자는 깔끔하게 받아 들고서 나긋나긋하게 말했다.

"술을 이미 한잔하신 듯 보이는데, 노래를 들을까요, 아니면……술을 더 올릴까요?"

판시엔은 낮은 침대에 오르며 말했다.

"술상도 차리고, 노래도 듣자. 그리고 넌 먼저 와서 나 좀 주물러 줘."

"어르신은 배려심도 많으셔."

판시엔은 이런 곳에서는 돈을 쓰면 쓸수록 시중드는 여자들도 잘해 준다는 것을 알고 있었다.

뒤에서 어깨를 주무르던 여인이 갈수록 몸을 굽히더니, 어느새 그녀의 따뜻하고 부드러운 몸이 판시엔의 등에 바짝 붙었다. 순간 정신이 든 판시엔은 자기가 너무 급했는지, 이름도 묻지 않았다는 것을 알아차렸다.

"아가씨는 어찌 불러야 하지?"

"옌알(妍儿, 연아)이옵니다."

그녀는 부드러운 가슴을 천천히 판시엔의 등에 가져다 대었고, 조금은 뜨거운 숨을 그의 귀에 살짝 불어넣었다. 판시엔은 참지 못하고 웃음이 살짝 나왔는데, 손으로 귓구멍을 긁으며 말했다.

"간지러워."

봄의 기운이 방 안에 가득 채우고 있던 그때, 노래를 부르는 아가씨는 이미 방에 들어와 있었다.

'그녀도 포월루에서 일한다고?'

그 아가씨의 이름은 상운(桑文)으로 징두에서 제법 이름난 소리꾼이었다.

판시엔이 혼인 전에 완알, 뤄뤄 등과 함께 피서 갔을 때 초청한 적이 있었기 때문에, 그는 단번에 그녀를 알아볼 수 있었다. 상운은 다소곳이 인사를 한 후, 방 한쪽 구석에 자리를 잡았다.

"공자님들, 듣고 싶은 곡이 있으십니까?"

판시엔은 내심, 그녀가 자신을 알아보지 못하는 듯하여 다행이라 생각하며, 징두에서 가장 흔한 곡조 중에 하나를 대충 말했다. 그녀가 손가락으로 현을 튕기며 입술을 가볍게 열어 노래를 부르기 시작하였다.

노래는 부드럽고 아름다웠다.

노래가 끝나자 판시엔은 누구보다 먼저 진심을 담은 반응을 보였다.

"참으로 듣기 좋네!"

이어 고개를 살짝 숙여 품속의 아름다운 옌알의 얼굴을 바라보고 웃었다.

"이 노래는 옌알을 위한 곡이네. 봄날 가녀린 꽃줄기 같고, 가을 달처럼 동그란 얼굴을 하고……."

판시엔은 다소 경박스럽게 옌알의 손가락을 타고 곧장 그녀의 소매 안으로 손을 넣어, 그녀의 부드러운 팔을 조물락조물락거렸다. 이어서 다른 손으로 그녀의 아래턱을 들며 감탄사를 늘어놓았다.

"참으로 미인이야. 살짝 취한 것처럼 보이지만, 그렇다고 부끄러워하지는 않네."

그리고는 얼굴이 시뻘겋게 달아오른 스챤리를 보았다.

"이 노래는 너의 품에 있는 아가씨를 위한 것인가 보다."

판시엔의 농담에 방 안에 있던 여인들은 모두 입을 가리고 웃기 시작했다.

옌알도 달콤하게 웃으며 판시엔에게 술을 권했다. 옌알도 우아하게 한 잔을 받아 마시며 속으로 생각했다.

'이렇게 사람 마음을 잘 가지고 노는 사람이 있었나? 혹시 위엔(袁) 언니가 말한……그 관원인가?'

밤이 깊어 가고. 판시엔은 정욕에 휩싸여 바보가 되어버린 덩즈위에와 스챤리를 서둘러 옆방으로 보내 버렸다. 덩즈위에는 감사원 사람이기는 하나 3처 출신이라 탐문을 하는데 익숙지 않은 듯 보였고, 스챤리는 오히려 아가씨에게 잡아먹힐까 봐 걱정될 정도였다. 결론적으로 둘 다 도움이 안 되었다.

심지어 술을 먹을 때 술에 춘약 성분의 약이 미세하게 섞여 있는 것을 알아차렸지만, 기방에서 흔히 사용하는 방법이라 판시엔은 별다른 조치를 취하지 않았다.

방 안에서 상운은, 쳔 공자를 점점 경계하는 눈빛으로 쳐다보았다. 노래가 끝났는데도 불구하고 자기를 남아 있으라 한 의미가 무엇인지 불안했기 때문이다.

옌알 또한 다소 불편했다. 포월루에서 잘나가는 기생의 몸인데, 왜 이 젊은 공자가 자기에게 만족을 못 하고 상운을 남긴 것인지 이해가 안 되었기 때문이었다. 심지어 상운은 기녀가 아니었기에 그가 원해도 그녀와 밤을 지낼 수도 없었다.

옌알은 상운을 대신하여 몇 마디 설명을 해주려는 찰나, 갑자기 판시엔은 그녀의 몸을 확 끌어당겼다. 그녀는 자기도 모르게 다리에 힘이 풀리고, 몸이 달아올라, 그의 품속으로 엎어져 버렸다.

"좀 전에는 아가씨가 나의 어깨를 주물렀으니, 이제는 내가 널 주물러 줄게."

경박했다. 판시엔은 한 손을 그녀의 얇은 허리에 넣어 가볍게 매만지며, 다른 손으로는 그녀의 태양혈 주변을 눌러 주고 있었다. 옌알은 감히 거부할 수 없는 기운과 함께 안정적인 느낌을 받으며, 정신이 점점 혼미해졌다.

그녀의 긴 속눈썹이 '사르르' 눈 아래로 떨어지고 있었다.

옌알을 보고 있던 상운은, 그녀가 그 남자의 무릎을 베고서 아무런 움직임도 보이지 않자, 너무 놀라 입을 가리고 몸을 일으켰다.

"긴장하지 마, 자는 것뿐이니까."

판시엔은 온화하게 말하며 옌알의 머리를 살짝 들어 자기 무릎 대신 부드러운 베개를 받쳐주었다. 판시엔의 움직임에 옌알은 가벼운 신음 소리를 내었는데, 어떤 달콤한 꿈을 꾸고 있는 것 같았다. 상운은 그제서야 조금은 안심이 되었지만, 여전히 경계를 풀지 않고 언제든 도망갈 준비를 하고 있었다.

판시엔은 웃는 듯 마는 듯 상운을 쳐다보며, 검지손가락을 입으로 가져가 그녀에게 조용히 하라는 뜻을 전했다.

상운이 눈을 한 번 깜빡이니 판시엔은 이미 그녀의 옆으로 와 있었고, 그녀는 놀라기도 하고 부끄럽기도 하여, 도망가고 싶은 마음이 더욱 앞섰다.

"좋은 시절 아름다운 경치는 어느 하늘에 있고, 즐거운 마음은 어느 집 정원에 있을까……매정한 사람아, 나를 기억도 못 하고."

이 노래 가사는 판시엔이 작년 피서지에서 상운에게 지어준 것이었다. 그녀는 경악하며 '쳔 공자'를 다시 한번 쳐다보았는데, 그의 눈동자에서 매우 익숙한 느낌이 들었고, 이내 작년에 보았던 얼굴과 그의 얼굴을 비교해 보기 시작하였다.

상운은 입이 절로 벌어지며 눈동자에는 기쁨과 괴로움의 감정이 복잡하게 교차하고 있는 듯 보였는데, 마치 판시엔에게 할 말이 많은 듯이 보였다.

판시엔은 고개를 저으며 그녀의 입을 막고서 침대 뒤로 가더니, 진기를 운용해 손가락을 칼처럼 만들어 침대보를 잘라 한 데 뭉치고, 동으로 만들어진 관의 구멍을 막아버렸다. 포월루는 확실히 만만한 장소가 아니었는데, 이곳 주인은 단순히 돈을 버는 데만 만족하지 않는 듯했고, 음탕한 대화들 속에서 고관과 귀족들의 은밀한 대화까지 수집하고 있었던 것이다.

상운은 이를 '악' 물고서, 그저 일어나 판시엔을 향해 절을 올렸다.

그는 의자에 앉아, 한 손으로 기절해서 침대에 잠들어 있는 옌알에게 이불을 덮어주며 말했다.

"내가 묻는 말에만 대답해."

상운은 아직 자고 있는 옌알이 신경 쓰이는지 힐끔힐끔 쳐다보며 머뭇거리고 있었다.

"그녀는 한동안 깨지 못할 테니 걱정 마."

상운은 그제서야 고개를 끄덕였다. 판시엔은 전후 사정 묻지 않고, 그저 직접적이고 간단하게 물었다.

"포월루와 계약서 가지고 있어?"

상운은 그제서야 판 대인인 자기를 도와주려고 하는 의도를 확신하며 말했다.

"네, 하지만 그들이 강제로······."

그녀의 말이 다 끝나기도 전에, 판시엔은 계속 물었다.

"누가 뭐라고 하면서 오늘 여기 들어오라고 했어?"

그는 오늘 강남에서 온 '쳰 공자'라 하였는데, 그 정도의 신분으로는 상운이 들어와 노래 부르는 대접을 받을 수는 없었다.

그녀는 앞에 있는 판 대인이 자신 외에도 자신이 이전에 몸담고 있던, 하지만 무슨 이유에선지 갑자기 문 닫아버린, 천상간(天裳间)의 복수를 해 줄 수 있다고 생각하며 망설임 없이 말했다.

"그들은 대인이 형부의 13관아 사람일 거라 추측했고, 최근의 살인 사건을 비밀리 조사하기 위해 여기 왔을 거라 했어요. 그래서 제일 유명한 옌알도 여기에 배석시킨 것이고."

판시엔은 그들이 잘못짚긴 했지만 수상한 냄새를 맡은 것은 참 대단하다 생각하며 본격적인 질문을 시작했다. 상운이 포월루 주인을 알 수는 없겠지만 최소한 실마리는 잡을 수 있을 거라 생각했기 때문이다. 상운은 판시엔이 왜 그것에 관심을 두는지 알 수 없었지만, 곰곰히 생각해 본 뒤 기억을 더듬으며 말했다.

"상서항(尚书巷) 거리와 관련이 있을 거예요. 주인이 올 때마다 마차 위에 아카시아 나뭇잎이 묻어 있었는데, 그 나무의 원산지는 북제고, 징두에서는 그 거리에만 심어져 있어요."

판시엔이 의심스러운 눈빛으로 그녀를 바라보자, 상운은 재빨리 해명하듯 말했다.

"어렸을 때 상서항 거리에서 몇 년 살았던 적이 있어서 제가 알고 있는 거예요."

"여기 기생 어미 이름을 알아?"

"이름은 모르고, 성이 위엔(袁)인 것만 알아요."

상운이 빠르고 간결하게 대답하는 모습에 판시엔은 만족했다.

"아가씨는 너무 치밀해서, 감사원에 데려와 일을 시키고 싶네."

상서항 거리에 상서들이 사는 것은 아니다.

그곳은 개국 공신들 중, 국공(国公)의 작위를 받은 사람들이 사는 곳이었는데, 지위가 매우 높아 조정의 영향력은 있었지만, 황제가 엄격히 관리하고 있었기 때문에 대부분 안분지족하며 살고 있었다.

그리고 기생의 책임자가, 성이 위엔씨 라는 말을 듣자마자, 판시엔은 당연히 류징허에서 가장 유명했던 징왕 세자 리홍청의 수하인 위엔멍(袁梦) 아가씨가 떠 올라, 쓴웃음을 지을 수밖에 없었다.

생각보다 유용한 정보를 얻게 된 판시엔은 상운과 가볍게 몇 마디 더 나누었는데, 초여름에 개업한 포월루가 짧은 시간 내 징두의 기방들을 평정하는 과정에서, 무지막지하고 잔인한 방법들을 사용했다는 것을 알게 되었다. 심지어 상운마저 억지로 여기로 들어오게 만든 것을 보면, 엄청난 권력이 배후에 있음은 명확해 보였다.

"이틀 뒤에 사람을 보내 널 빼내 줄게. 조금만 참아."

판시엔의 이 말에 그녀는 감동하여 눈물을 흘리며 그에게 절을 올렸다.

판시엔은 이미 그녀의 절을 한 번 받았었기에 서둘러 일어나 그녀를 부축하려 손을 뻗었다.

이때, 집 밖에서 분노에 가득한 소리가 폭발하듯 울려 퍼졌다.

"개새끼, 죽여버리겠어!"

눈이 뒤집혀 진 중년 남자가, 방문을 산산조각 내며, 맹수 같은 기세로 판시엔의 가슴에 손을 뻗으며 달려들었다!

"안 돼!"

상운은 아연실색하여 그 광경을 보고 소리치며 일어났다.

판시엔은 살짝 몸을 옆으로 돌리고서, 오른손을 소매에서 대충 꺼내서, 맹렬히 달려드는 굳은 손바닥을 가볍게 때렸다.

가벼운 한 번의 접촉에, 천둥 같은 소리가 울려 퍼졌다!

중년 남성은 투석기에 올려진 돌처럼 날아가 버렸다!

빨리도 와서, 더 빨리도 가버렸다!

그는 부수고 들어온 방문 뒤로 한참이나 더 날아가서는, 집의 대문마저 부수고, 그 뒤에 있는 호숫가로 빠지면서 엄청난 물보라가 사방으로 튀어 올랐다.

판시엔은 뒷짐을 지고서 평온하게 방 안에 서서 그 광경을 보고 있었다.

'온화하기 그지없던 판 대인에게, 이렇게 사나운 모습이 있었다고?'

상운은 얼굴에 눈물 자국 가득히 치맛자락을 부여잡고 호숫가로 달려갔다.

상운은 징두에서 유명한 소리꾼이었기에, 포월루 일부의 사람들은 비록 그들이 포월루와 맞서지는 못하더라도 그녀가 모욕을 당하지 않도록 아끼고 있었다. 맹수같이 달려들던 그 남자도 노랫소리가 끊기고도 상운이 한참을 나오지 않자 마음이 조급해지며, 판시엔이 그녀를 부축하려 손을 뻗은 모습을 그녀를 희롱하는 것으로 오해하여, 참지 못해 폭발한 것이었다.

이 소동에 덩즈위에는 이미 사나운 눈빛을 하고 판시엔의 곁으로 와 있었지만, 스챤리는 아직 하늘에 별을 따는지 달을 품는지 보이지 않았다. 판시엔은 자신의 일격이 만족스러운 듯, '피식' 웃으며 집 밖으로 나왔다.

물보라가 잦아들고, 그 남자의 생사는 알 수 없었지만, 호숫가가 순식간에 왁자지껄해지더니, 사람들이 그 남자를 그물망으로 건져 올리느라 정신이 없는 듯 보였다. 그와 동시에 아름다운 얼굴의 중년 부인이 재빨리 판시엔에게 다가와 공손하게 말했다.

"주변을 살피지 못해 쳔 공자를 놀라게 한 죄, 죽어 마땅하옵니다."

황송한 얼굴에 입에는 죽음을 언급하고 있었지만, 눈에는 염탐하는 듯 서늘한 기색이 역력하였다.

판시엔은 그 부인의 눈빛을 보면서, 상대방이 고의적으로 남자가 공격하도록 방치해 둔 것을 알아차렸다. 아마도 그가 도청을 위한 관의 구멍을 막아 버린 것을 발견한 후 이런 일을 벌인 듯 보였다.

"쳔 공자가 풍취가 있다는 이야기는 전해 들었습니다만, 사람을 놀라게 할 무도를 갖추신 지는 미처 몰랐습니다."

대놓고 염탐하는 말에 판시엔은 대꾸도 안 하고, 다시 방문이 부서진 집 안으로 들어가 버렸다. 부인은 살짝 놀랐지만 이내 이를 한번 악물고서, 만면에 미소를 띠고 쫓아 들어오며 말했다.

"오늘은 포월루에서 미흡한 점이 많았으니, 오늘 밤 비용은 저희가 부담하겠습니다."

"알았으니 너희들은 이제 나가 봐."

"너무 냉랭하게 대하시진 말아 주십시오. 누구나 친구는 필요한 것 아닌가요?"

그녀는 상대방이 형부(刑部) 관원임을 확신한 듯, 다소 직설적으로 말했다. 판시엔은 그녀를 냉랭하게 대한 게 아니라, 그녀의 직급이 자신과 이야기할 자격이 없다고 생각했던 것이었다.

"난 친구를 사귀러 여기 온 건 아닌데."

그녀는 그의 생각을 도무지 짐작할 수 없어 한번 슬쩍 떠보듯이 말했다.

"여기 집의 문이 다 부서져 버렸으니, 다른 곳으로 옮기셔서 말씀하시는 게 어떠실지……?"

판시엔은 신경도 안 쓰는 듯 침대에 앉았고, 그 모습을 보고 덩즈위에가 눈치를 채고서 말했다.

"우리집 공자는 옮기기 싫다 시니, 병풍을 가져와서 막게나."

이때 마침 스챤리도 정신을 차린 듯 방 안으로 들어오고 있었다.

부인은 눈치를 보며 뻘쭘하게 서 있다, 이 소동에도 곤히 자고 있는 옌알을 보면서 화풀이하듯이 말했다.

"이런 죽일 년, 손님 앞에서 퍼질러 자고 있었다니! 여봐라! 이년을 끌어내서 쳐라!"

판시엔은 부인을 보며 말했다.

"포월루 사람을 때려 죽이는 것은 그쪽 사정이지만, 때려 죽이기 전에 다른 아가씨를 먼저 데려와야 하는 거 아니야? 기억해, 난 풍만한 사람이 좋아."

부인이 머뭇거리고 있자, 마침내 판시엔은 짜증을 참을 수가 없다는 표정을 지었는데, 덩즈위에가 눈치를 채고서 차가운 소리로 외쳤다.

"다 나가!"

자신의 예상대로 흘러가지 않자 부인은 화가 났지만, 징두에서 장사를 하는 한 신분도 정확히 확인이 안 된 사람에게 막할 수도 없었기에, 그저 사람들을 데리고 나갈 수밖에 없었다. 그녀가 집밖을 나가려는 찰나, 판시엔은 갑자기 말했다.

"저 남자는 두고 가."

"저 남자는 징두 관아로 보내 처분을 기다리려고 했습니다만."

부인이 기회가 왔다는 듯, 침착하고도 공손하게 말했다.

"징두 관아에서 관리하는 일을, 형부에서는 관리하지 못하는 건가?"

부인은 드디어 상대가 정체를 밝혔으니 이제부터 주도권을 잡을 수 있을 것이라 생각했다. 그때, 판시엔이 하인에게 하는 어투로 말했다.

"상운도 데려와."

부인은 포월루가 형부와는 비교가 안되는 막강한 세력을 등에 업고 있다는 것을 알고 있었기에, 갑자기 버릇없는 판시엔의 말을 듣고서 '버럭'하며 냉랭하게 맞받아쳤다.

"상운의 몸값은 너무 비싸서, 공자……아니 대인께서 아무리 13관아 분이시라 해도, 형부 상서나 형부 시랑 외에는 감당이 안 되실 텐데……죄송하지만 그중에 누구신지?"

"그중 아무도 아니야. 하지만 난 상운의 노래를 들을 뿐인데, 몇백 냥이면 충분한 것 아니야?"

판시엔은 지금 상운을 빼내야 한다 생각한 것인데, 자기와 비밀 대화를 나눈 것을 알고 있는 상대방에게 오늘 밤을 맡겨 두면, 내일 아침 그녀가 시체로 발견될지도 모를 일이었기 때문이었다.

"그래 좋아요. 이 공자님이 권세를 이용해서 포월루를 협박하시는 것 같은데, 소우후 호수가 얼마나 깊은지는 잘 모르시나 보네요."

"쓸데없는 소리는 집어치우고!"

스챤리는 이미 판시엔의 말투를 맞추기라도 하듯 조롱하며 말하였다.

"우리가 몇백 냥도 못 낼 것 같이 보이는가? 빨리 데려오게."

부인은 두 번이나 들은 '몇백 냥' 소리에 기가 막혔는데, 상운의 몸값이 최소한 이천 냥은 되었기 때문이다. 부인은 이참에 상대방의 기를 눌러 줘야겠다 생각하며 소리를 질렀다.

"만 냥을 가져오시면 상운을 데리고 가게 해드리리라. 저 남자는 덤으로 드리지요!"

일만 냥의 은자는 저택 몇 채를 살 수 있는 돈이었고, 일반 백성들은 몇 대가 먹고 살 수 있는 금액이었기에, 천하에 내놓으라 하는 부자들도 그만큼의 돈을 들고 다니는 경우는 거의 없었다.

판시엔은 손을 한 번 '휘휘' 저었다.

"말 바꾸지 마. 그걸로 정해진 거야. 빨리 계약서나 가져와."

판시엔의 말에 부인을 포함한 모든 사람들이 놀라 나무 막대기처럼 굳어 버렸고, 심지어 옆에 있던 상운도 믿을 수가 없었다.

'짝!'

경쾌한 소리가 울리며 어디선가 나타난 미인이, 그 부인의 뺨을 사정없이 갈겼다. 그리고 판시엔 일행에게 공손하게 예를 올리고서 말했다.

"쳰 공자는 듣던 대로 농담을 즐기시는, 풍취가 있는 인물이셨네요."

판시엔은 이전에 위엔멍을 조사한 적 있었기에 그녀의 얼굴을 알고 있었는데, 방금 나타난 미인이 위엔멍은 아니었다. 그러나, 겉으로는 약한 척하지만 풍겨 나오는 거만함은 숨길 수가 없는 것으로 보아, 최소한 위엔멍의 심복일 거라고 생각했다.

"농담이 아닌데. 일만 냥으로 상운을 사 간다. 이미 이렇게 정해졌어."

"천 냥을 얹어 드릴 테니, 없던 일로 하시지요."

"오늘 밤 재미만 있었는데, 무슨 일을 없던 일로 해. 난 그저 상운이랑 저 남자만 데려가면 돼. 설마 감히 안 팔겠다고?"

미인은 경박한 판시엔을 보며, 조롱하듯이 대답했다.

"설마 공자가 지금 만 냥을 가져오신다구요?"

이때는 이미 상운의 몸값의 문제도 아니었고, 형부에서 조사하는 문제도 아니었고, 그저 두 사람의 팽팽한 세력 대결처럼 보였다.

스챤리가 대신하여 대답했다.

"그건 아가씨가 걱정할 문제가 아닌 듯한데."

"원래……저희 포월루의 체면을 깎으려고 오신 것 같은데……설령 대인들이 오늘 그녀를 사 간다 하더라도, 내일이면 공손하게 저에게 돌려보내야 할 것 같네요!"

판시엔은 이 말에도 별 동요하지 않고, 그녀를 바라보며 침착하고 조용히 말했다.

"내가 오늘 만 냥을 너에게 주더라도, 내일이면 공손하게 나에게 돌려줘야 하는 게 맞는 말이지."

미인의 이름은 스칭알(石淸兒 , 석청아)이었는데, 위엔밍의 능력 있는 심복이었다. 그녀는 원래 타협을 하러 온 것이다. 9월부터 큰 사장이 포월루에 소동을 일으키지 말라고 주의를 주었기 때문이다.

그런데 상대방이 이렇게 보란 듯이 위협을 해 올 줄은 생각을 못 했었다.

지금까지 포월루가 협박은 해 봤지만, 누가 포월루를 협박할 수 있었단 말인가!

그녀는 화가 머리끝까지 나서, 판시엔의 두 눈을 똑바로 보고, 한 자 한 자 똑똑히 말했다.

"오늘 일을 반드시 후회하게 해드리죠."

"계약서나 가져오라니까. 너희들 때문에 내가 지금 기분이 많이 안 좋거든. 그러니까 조용히 집에 가게 해줘."

스칭알은 기가 막혔지만 냉소를 짓고서, 하인을 시켜 계약서를 가져오게 하였다.

"좋아요. 지금 일만 냥을 가져오시면, 바로 사람을 드릴게요."

하인은 계약서를 가져왔고, 스챤리는 계약서를 채워 갔고, 스칭알은 돈을 기다렸다.

스챤리는 스승이 화가 났으니 조만간 포월루에 화가 닥칠 것이라 생각했고, 스칭알은 천하의 누구도 일만 냥을 소매에 넣고 다니지 못한다고 생각했다.

판시엔은 아무 움직임이 없었다.

스챤리는 조금 당황하였고, 스칭알은 거만한 미소를 지었다.

판시엔은 멋쩍은 웃음을 짓더니, 옆에 조용히 서 있던 덩즈위에를 손짓으로 불렀다.

"쳔 공자, 분부하실 게 있으십니까?"

"뭘 모르는 척해? 나에게 그 많은 돈이 어딨나? 좀 빌려줘."

덩즈위에는 제사 대인이 지금 자기 품에 돈이 있다는 것을 어떻게 확신할 수 있었는지 의아해하면서도, 서둘러 품 안에서 주머니를 꺼냈다.

연잎으로 만들어진 주머니는 소박했다.

덩즈위에는 가슴 아프게 은표를 세고 또 세더니, 열 장을 스칭알에게 건네주었다!

스칭알은 앞에 있는 돈과, 판시엔의 침착한 표정을 번갈아 보며, 할 말을 잃어버렸다!

판시엔은 상대방이 눈치채지 못하게 잠들어 있는 옌알을 가볍게 만졌는데, 이내 그녀가 유유히 일어나 하품을 크게 했다.

상당히 달콤한 꿈에서 깨어난 듯 보였다.

"가자."

판시엔이 앞장서고, 덩즈위에는 중년 남자를 업어 들고, 스챤리는 상운 아가씨를 부축하며 따라갔다.

스칭알은 은표를 꽉 쥐며 구겨버렸지만, 이내 아쉬웠는지 품속에 고이 넣으며, 사라지는 그림자를 보고 분한 목소리로 외쳤다.

"지켜보리다!"

스칭알은 영문을 모르겠다는 옌알을 보고 귀싸대기를 한 방 날렸다. 하지만 옌알은 예상치도 못하게 평소와 달리 재빨리 몸을 피하며 대들었다.

"왜 때리시는 거예요?"

508

"개똥 만도 못한 년! 정보 좀 알아내라고 보냈더니, 잠이나 처자고 있어?!"

"나보고 쓸모없다 하는데, 언니는 뭐가 그리 대단한데? 능력이 그렇게 대단해서 상운 언니를 그들에게 보내드렸나? 위엔멍 언니에게 어떻게 말하는지 한번 보죠."

스칭알은 옌알을 경멸하듯이 바라보며 말했다.

"큰 사장님이 너 좀 좋아한다고 그러나 본데, 착각하지 마. 오늘 일은 내가 해결할 방법이 있어."

"큰 사장님이 당신네들 보고 조용히 있으라 주의 주신 것을 잊었나 보네요. 천륜을 거스르는 일 좀 그만하라고 한 말을."

"하늘의 뜻? 징두에서는, 우리가 하늘의 뜻이고 법이야!"

"오늘 온 사람은 13관아의 거물인 듯 보여요."

"13관아는 개뿔! 형부를 다 뒤집어도, 그 돈을 가지고 다닐 사람은 없어. 도대체 어떤 왕후 집안인 거야?! 됐다, 어차피 곧 죽을 사람들인데 관계없어."

옌알은 눈살을 찌푸리며 조용히 말했다.

"또 죽이려고요?"

"신분을 정확히 모르니 쳔 공자인가 뭔가는 놔두더라도, 상운 이 년은 죽여 버릴 거야! 그년은 운도 없지, 마침 오늘 작은 사장님 형제들이 와서 놀고 있으니."

완알은 작은 사장의 신분을 몰랐지만, 그 형제들이라 불리우는 사람들의 배경이 상당한 것과 잔학무도 하다는 것은 익히 들어 알고 있었다. 불쌍한 상운 언니를 생각하며 탄식을 하고서 말했다.

"이렇게 경거망동하다 조정에서 조사하는 날이 오면, 우리들도 모두 살아 남지 못할 거예요."

"포월루를 산 같이 지켜주는 대인이 지금 징두에서 제일 잘나가는데 누굴 겁내?"

포월루에서 나온 상운은 눈물을 흘리며 판시엔에게 다시 한번 큰
절을 올렸다. 판시엔은 쑥스러워하며 따뜻한 위로의 말 몇 마디 건
네고 서둘러 마차에 올라탔다.

두 대의 마차는 마침내 포월루를 떠나, 좀 더 밝은 곳을 향해 출
발했다.

하지만, 마차가 얼마 가지 못하고 섰다.

판시엔은 마차의 장막을 살짝 열고 밖을 바라보았는데, 예상한 대
로 횃불을 들고 서서 길을 막고 서 있는 사람들이 보였다.

열네다섯 살 되어 보이는 소년들이었고, 창백한 얼굴이 건강하지
못한 생활을 하고 있음을 말해주었다. 또 타고 있는 큰 말이 그들의
신분을 대표해주었다. 멀리서 집안의 하인 같은 사람들이 무신경하
게 이 장면을 보고 있었는데, 그들의 주인들이 징두 거리에서 이런
짓을 하는 것에 익숙해져 있는 듯 보였다.

"마차 안에 있는 새끼들은 빨리 나와 이 도련님 앞에 모습을 보
여라!"

우두머리로 보이는 소년이 오늘도 몇몇을 죽일 생각에 잔뜩 흥분
한 눈빛으로 소리쳤다.

"포월루의 반응이 엄청 빠르네."

판시엔은 칭찬을 한 번 하고는 물었다.

"어떤 놈들이야?"

덩즈위에는 심각하게 말했다.

"징두에서 가장 유명한 '소년 협객단'입니다. 사악한 짓은 다 하
고 돌아다니는데, 국공의 후손들이라 감히 아무도 건드리지는 못하

고 있습니다."

"포월루가 홍청과 관계가 있는지 알았더니, 국공(国公)들 하고도 관계가 있었구만."

판시엔은 길 양쪽으로 검은 그림자들이 스쳐 지나가는 것을 보면서, 왕치니엔 조직원들이 옆에 잠복해 있는 것을 확인했다.

경국은 무력으로 천하를 얻은 나라인 만큼, 태조를 따라 나라를 건립했던 개국 공신 장군 중에서 국공 작위를 받은 경우가 적지 않았다. 황제는 그들의 공을 봐서 집안을 잘 대우해 주었지만, 원로 대신들이 조정에 영향력을 뻗지 못하도록 경계했기 때문에, 그들의 자제들이 관직의 길에 오르지 못하도록 암암리에 손을 썼다.

그래서 국공 가문의 3, 4대 자제들 중에 능력을 가진 몇몇을 제외하고는, 대부분 쓸모없는 망나니들이었다. 길을 막은 소년들이 열몇 살 정도 되어 보이는 딱 그런 애들이었고, 그들의 집안은 부유하고, 조정에서도 특별 대우 해주니, 향락에 빠지기 일쑤였다. 젊은 혈기는 있지만 할 일도 별로 없으니, 항상 남들을 괴롭히고, 심사가 뒤틀리면 칼을 빼 들고, 잔악무도한 일들은 다 하고 다녔던 것이다.

심지어 이 소년들은 스스로를 '협객'이라 생각하고 있었기에, 동네 불량배들도 불러 모아 키워내면서, 소위 '소년 협객단'을 만들어 낸 것이다. 하지만 판시엔의 눈에는 쓰레기 같은 권문세가의 자제들일 뿐이었으며, 실제로 그들이 얼마나 많은 여자들에게 화를 입히고, 그들의 손에 얼마나 많은 목숨들이 사라졌는지 모를 일이었다.

다만 판시엔은 직접 손을 쓰지 않고 수하들에게 처리하라고 분부하였는데, 우선 협객단이고 뭐고 그들이 실력이 그리 대단해 보이지 않았기 때문이었다. 하지만 더 중요한 것은, 국공들이 워낙 많아 친인척 관계가 매우 복잡했는데, 심지어 판씨 집안과 류씨 국공 집안도 혼인 관계가 맺어 있으니, 잘못 빠져들면 쉽게 벗어날 수 없다고 생각이 들었기 때문이다.

"우선, 마차를 아작을 내!"

우두머리 소년이 흥분하여 큰소리로 외치며 말을 타고 달려왔다.

상운은 두려움에 부들부들 떨고 있었지만, 판시엔은 앳된 저들의 눈동자에 서려 있는 흥분 속에 이미 생명에 대한 경시와 타인에 대한 경멸, 그리고 피비린내를 좋아하는 변태 같은 환희 같은 것을 보며, 기분이 점점 상하고 있었다.

휘파람 소리가 울려 퍼졌다.

길 양편에서 검은 그림자가 민가 주택의 지붕에서 내려오며 돌진을 하니, 순식간에 '소년 협객단'의 대열이 흐트러졌고, 말을 타고 달려오던 소년들 몇몇이 말에서 떨어졌다. 하지만 굴러떨어질 거란 예상을 깨고 안정적으로 땅으로 착지하는 것을 보니, 형편없는 실력을 가진 꼬맹이들은 아닌 듯 보였다.

"니미랄! 이 새끼들은 뭐야. 다 죽여!"

우두머리 소년은 전혀 당황하지 않았는데, 근본적으로 아무도 무서워하지 않는 것처럼 보였다.

그는 칼을 손에 쥐고서 가장 가까운 검은 옷을 입은 사람에게 달려들었다. 그 감사원 관원은 이 소년의 신분을 알고 있었기에, 바로 반격을 하지 못하고 몸을 살짝 틀어 피하기만 하는 바람에 왼쪽 어깨를 살짝 베이고 말았다.

그 소년은 시건방지게 웃으며 외쳤다.

"이 새끼들이 우리 신분을 아는 것 같은데? 형제들! 이제 마음껏 죽여 보자고."

왕치니엔의 조직원들이 아무리 무공이 약하다 할지라도 감사원의 밀정들인데, 이 소년들에 비교할 바는 아니었다. 하지만 소년들의 신분 때문에 공격을 제대로 못 하고 피하기만 하느라 양측의 싸움이 '균형'을 이루는 듯 보였다.

사실 상황이 급하다면 신분과 상관없이 목숨 걸고 싸우겠지만, 이 일이 커지면 가장 난처할 사람이 판시엔이기 때문에 감사원 관원들은 그를 배려하고 있었던 것이다.

그것을 잘 아는 판시엔은, 기분이 상할 대로 상하고 있었다.

"쓰레기 같은 새끼들!"

판시엔이 마차에서 내리면서 뱉은 한마디가, 거리에 울려 퍼졌다.

판시엔은 부하들을 굳은 표정으로 바라보며 물었다.

"북제 사람들과 싸울 때에는 이렇게 무능하진 않았는데."

"대인, 상대방의 신분이……하지만 걱정하지 마십시오. 저희가 잘 처리하겠습니다."

판시엔을 따라 내린 덩즈위에가 어두워진 판시엔의 표정을 보면서 말을 거들었다.

판시엔은 화가 났지만, 그래도 웃으면서 이야기했다.

"무슨 신분? 저 새끼들은 좀도둑 아니었어? 지금 좀도둑들에게 얻어맞은 거야?!"

"야, 애송이, 지금 뭐라고 씨부린 거야?"

우두머리 소년이 말을 타고 다가오며 말했다.

"마차 안에 기녀만 넘겨주고, 너희들의 병신 같은 수하의 팔만 하나 자르면, 오늘 일은 용서해 줄게."

판시엔은 그를 한번 봤지만, 대꾸하지 않고 다시 고개를 돌렸다.

소년은 더욱더 기세등등해졌다.

"야, 이 오입질이나 하러 온 새끼야! 내 말 안 들려? 빨리 내 놓으라고!"

소년들의 조롱 섞인 웃음소리가, 길거리에 울려 퍼졌다.

소년들은 판시엔이 자신들을 무시하는 태도를 보이자 포월루에서 판시엔은 건드리지 말라고 한 말조차 잊어버린 듯, 말 채찍으로 위협하며 휘둘렀다.

판시엔이 왼손을 올렸다.

'악!'

처참한 비명 소리가 밤하늘을 뚫고 나갔다!

소년은 들고 있던 채찍을 바닥에 떨어뜨린 채, 자신의 손목을 부여잡고 고통에 비명을 지르고 있었다.

판시엔의 소매 안에 있던 암궁 화살 한 발이, 소년의 손바닥을 관통한 것이다!

'이 새끼가 우리 신분을 모르는 거야?!'

"대인!"

정작 놀란 것은 소년이 아니라 덩즈위에였다. 제사 대인이 정말 화가 나버리면 이 소년들은 모두 죽을 수도 있었기 때문이었다. 그는 경국의 조정과 군대의 평화를 위해서라도 판시엔을 말려야 했던 것이다.

판시엔은 다시 한번 소년들을 바라보았다.

심지어 가장 어린아이는 열 살 남짓 되어 보였다. 흉악하지만 아이들이었다. 하지만 아이들일지라도, 이렇게 흉악해지면 안 되는 것이었다!

그는 가슴의 분노를 천천히 억제해 가며 소년들을 향해 말했다.

"이제부터 길을 막으면 죽는다."

"뭘 기다려? 저 새끼들을 다 죽여 버려. 죽여서 창산에 다 묻어 버려!"

화살에 맞은 우두머리 소년이 이제야 정신이 들었는지, 판시엔의 말은 들은 체도 하지 않고 형제들을 보면서 외쳤다.

이미 소년들은 달려들고 있었다. 그들의 얼굴에는 모두 극도의 흥분과 잔인함으로 채워져 있었다.

판시엔은 부하들이 칼을 뽑으려는 동작을 제지했다.

오른손을 뻗어 칼을 쥔 소년의 팔목을 잡고 비틀자, 뼈가 부러지며 땅에 굴러떨어졌다. 이어서 다른 소년의 가슴팍으로 파고들어 손가락으로 소년의 팔을 한 번 누르자, 팔이 부러져 버렸다. 오른발이 달려오는 소년의 허리에 꽂히자, 소년이 피를 토하며 날아가 버렸다.

한 발 앞으로 가, 달려오는 소년의 목을 가격했다.

소년은 무거운 소리와 함께 바닥에 쓰러졌다.

길가에 한 명의 '협객'이 영혼이 되어 떠나갔다.

판시엔이 손발을 한 번씩 휘두를 때마다 한 명씩 나가떨어졌고, 거리에는 뼈가 부러지고, 살이 찢기는 소리만 울려 퍼졌다.

한참이 지나 그 소리가 멈추고, 판시엔은 몸을 돌려 덩즈위에게 말했다.

"다음에 이런 일이 있을 때에는 내가 나서게 하지 마……쪽팔리니까."

그리고 우두머리 소년에게 다가가 온화한 미소로 물었다.

"너는 어느 집안 아들이니?"

이 상황에서도 여전히 그 소년은 조금도 두려워하지 않고 소리쳤다.

"지금 날 죽여 새끼야! 아니면 3대를 멸해버릴 테니까!"

판시엔은 검지손가락을 펴서 좌우로 저으며, 충고하듯 말했다.

"첫째, 난 널 안 죽여. 둘째, 3대를 멸할 수 있는 사람은 황제밖에 없어. 셋째, 다시 한번 그런 말 하면, 너희 집이 3대가 멸해버릴지도 모르니까 조심해."

이 말을 끝으로 그저 손을 흔들어 마부에게 마차를 가져오라 했다.

그제서야 횃불을 들고 각 집안의 하인들이 휘청거리며 다가와 주인들을 모시기 시작했다. 판시엔의 아무 표식 없는 마차가 천천히 움직이자, 하인들은 검은 개들의 눈처럼 그 마차를 노려보기 시작했다.

마차에서 판시엔은 아무일 없었다는 듯이 태연하게 말했다.

"한 무리의 국공 후작들을 건드렸으니 제법 귀찮아지겠네. 하지만 관건은 배후에 누가 있느냐는 건데."

덩즈위에가 걱정스러운 표정으로 물었다.

"어떻게 하실 겁니까?"

"너는……내일 포월루로 다시 가서, 일만 냥 찾아와야지."

한참 침묵이 흘렀는데, 뒤에서 미행하던 국공 집안 종들이 감사원 밀정들에게 죽임을 당하는 소리만 몇 번 들려왔다.

생각하고 있던 판시엔이 '불쑥' 말했다.

"포월루가 저지른 모든 불법적인 일을 다 조사해 와."

"배후에 있다는 주인이 누군지도 조사할까요?"

"감사원의 누군가가 뒤를 봐주고 있다고 하니, 일단 주위부터 포위하는 작전으로 가자고. 포월루를 문 닫게 하면, 주인이나 그 뒤를 봐주는 사람이나 급해지겠지."

판시엔은 포월루가 리홍쳥과 관계가 있다는 것을 알아냈고, 또 포월루가 국공 집안의 자녀들까지 움직일 수 있는 사람이란 걸 알았기 때문에, 그 배후에 2황자가 있다는 것은 확신이 있었다.

하지만 중요한 것은, 실제 주인이 누군지 알아내야 했고, 가장 중요한 것은, 그가 이어받을 감사원에서, 도대체 누가 2황자와 결탁해서 같이 뒤를 봐주고 있는지를 알아내야 했다.

생각이 여기까지 이르니, 판시엔은 리홍쳥과 판뤄뤄가 혼인한다는 것이 떠올랐고, 2황자가 이 혼사를 이용해서, 자기가 나서지 못하게 하는 것일 수도 있다 생각했다. 그렇다면 뭔가 이 일에 자기, 또는 판씨 집안이 연결되어 있을 수도 있다는 생각이 들었고, 순간 등골이 오싹해졌다.

덩즈위에는 분위기가 잠잠해지자, 그제서야 오늘 내내 궁금했던 질문을 했다.

"대인, 좀 전에 포월루에서……제가 그 많은 은표를 가지고 있는지, 어떻게 확신하셨습니까?"

판시엔은 귀찮은 듯 눈을 천천히 뜨면서 설명했다.

"저번에 췌씨 집안에서 이만 냥 받은 돈, 너희 조직원들 잘 나눠 쓰라고 너에게 줬잖아. 근데 넌 소심하게 부하들에게는 백 냥씩 주고, 왕치니엔 가족에게 오천 냥 줬더라고. 그래봤자 아직 만천팔백 냥 남았을 거 아니야? 넌 구두쇠로 소문나서, 먹고 입는 것도 공금으로만 해결한다더만. 심지어 3처 관원 누구 혼사에 다섯 냥을 보내 놓고 아깝다고 하지 않았나? 너는 왕치니엔과 달리 혼인도 안 했는데, 나머지 거금을 쓰지도 못하고 들고 있겠지. 그리고 너처럼 신중한 사람이, 그걸 비어 있는 집에 둘까? 품에 꼭 지니고 있겠지."

판시엔은 멍하니 말을 듣고 있는 덩즈위에의 어깨를 두드려 주며 말을 이었다.

"검소한 건 좋은데, 너무 검소하면 과부도 시집을 안 오려고 해. 심지어 아녀자들 사이에서 네가 짠돌이라고 소문이라도 나면, 우리 감사원 체면이 뭐가 돼?"

이 말에, 마차에 앉아 있던 사람들이 참지 못하고 웃음을 터트렸다.

덩즈위에는 궁색하게 변명했다.

"대인, 원래 나머지 돈은 대인에게 보고하고 다시 분배하려 한 겁니다. 그리고 사실 백 냥도 적은 돈이 아니구요."

"이런 짠돌이가, 어떻게 왕치니엔 집에는 오천 냥이나 보낸 거야?"

"왕 대인은……북제에 있으니, 제가 생각하기에 만에 하나라도 문제가 생기면……집에 돈이 필요할 수도……."

판시엔도 이 말만은 예상치 못한 듯, 탄식하면서 심경이 복잡해졌다.

'감사원 관원들이 이렇게 조정을 위해 경국 안에서나 밖에서나 목숨 걸고 뛰어다니는데, 황자들은 자기들 자리싸움이나 하고 있고. 그리고 감사원 어떤 새끼가 2황자 편에 붙어서, 기방 뒤나 봐주는 그런 더러운 일이나 하고 있는 거야?!'

"내일 포월루에 가서 꼭 만 냥 받아와야 해."

그는 덩즈위에를 보며 강조했다.

"너의 신분을 당당히 밝히고! 이미 선전포고를 했으니 싸워야지!"

완알은 집으로 돌아온 판시엔의 얼굴이 뭔가 잘못되었음을 깨닫고 재빨리 몇 마디 물었다. 판시엔은 기본적으로 그녀에게 숨기는 것이 없었기 때문에 오늘 있었던 일을 간단히 설명해 주었다. 물론 기방에 간 것은, 조사하러 갔으니 거리낄 것이 없었다.

완알은 한참을 생각하다 입을 열었다.

"확실히 좀 이상하네."

"내 말이."

완알은 황궁에서만 자랐기에 상서항 거리의 국공 집안에 대해서는 사실 아는 바가 없었다.

"내일 스져 어머니에게 좀 물어봐. 류씨는 어렸을 때부터 그 거리에서 자랐으니까 소문이라도 들을 수 있겠지."

판시엔은 순간 마음이 동했으나 이내 생각을 접었다. 조금 더 조심하는 게 좋을 거라 생각했기 때문이다.

"그 아이들의 악명이 자자해. 두려울 것은 없겠지만, 그래도 좀 더 조심해."

린완알은 판시엔을 생각하는 마음에서 진지하게 이야기했다.

판시엔도 다소 진지하게 말을 했다.

"세상에서 가장 무서운 것은, 냉혈한 같은 살인자가 아니라, 살인 자체를 좋아하는 사람들이야. 최소한 살수들은 목적이라도 있거든. 근데 이 소년들은……그저 살인의 자극에 순수하게 도취되어 있는 느낌이었어. 그 소년들은 너무 어려서 조정과 세상에 대한 경외심도 없을 테니, 잔혹한 짓을 하면 할수록, 더욱 기고만장해지는 거고…… 일단 물길이 트이면, 걷잡을 수가 없어지는 거지."

포월루 앞 거리에서 벌어진 사건은 많은 사람들의 이목을 끌었으며, 특히 징두의 치안 사건을 책임지는 징두 관아는 상당히 골머리를 썩고 있었다. 대부분의 사람들은 국공집안 권력을 무서워하지 않는 '쳔공자'가 누구인지 몰라도, 대단한 배짱을 가지고 있다 생각했다. 하지만 징두 관아에서 몇몇 똑똑한 사람들은, '검은 옷을 입은 사람들'에서 왕치니엔 조직을 떠올렸으며, 이어서 '판시엔'을 떠올리고 있었다.

"위엔멍을 빼내 와."

2황자는 부드럽게 말했다.

"판시엔을 건드렸으니 좋은 날은 다 갔네."

리훙쳥은 창가로 가서 조용히 말했다.

"판시엔이 진짜 기방에 가서 놀 줄이야……."

2황자는 접시에서 마른 과일을 집어 껍질을 벗긴 후, 천천히 입으로 집어넣었다.

"판시엔이 깊이 들어오면 올수록, 포월루의 실체가 더욱 드러날수록, 사건은 더 재미있어 질 거야."

리훙청은 사촌 형제인 2황자가 정말 치밀하다는 생각을 하면서 담담히 말했다.

"처음부터 그렇게 설계한 거였지만……사실 전 판시엔에게 우리를 공격할 기회를 준 게 잘 이해가 안 되네요."

"왜냐하면 난 줄곧 판시엔과 공생할 수 있는 방법을 찾고 있었는데, 포월루를 보면서 마지막 기회라고 생각했거든. 그가 만약에 손을 내밀어 준다면, 내가 기꺼이 잡아주지……난, 그가 먼저 손을 내밀 수 있는 기회를 준 것뿐이야."

징두 관아는 포월루의 잔혹한 사건들을 알고 있었지만, 2황자와 상서항 거리의 높으신 분들 때문에 본체만체하고 있었다. 반면 감사원은 민간 사건에 대해서 조사할 권한이 없어 직접 손을 쓰지 못했지만, 징두 관아를 조사한다는 핑계로 여러 방면을 조사해 제법 많은 정보를 손에 가지고는 있었다.

판시엔은 서재에서 문서들을 보며 미간을 찌푸릴 수밖에 없었는데, 포월루의 실제 주인이 두 명이라는 것만 알 수 있을 뿐, 그들의 정체를 알 수 있는 단서가 없었고, 실제로 주인을 본 사람들도 몇 명 되지 않아 보였다.

포월루의 주인은 장사와 경영의 수단 외에도 '검은 수단'도 뛰어나 보였다. 이미 실종된 네 명의 기녀, 그리고 더 많은 더럽고 변태 같은 일들을 거침없이 벌였기 때문이었다.

판시엔은 생각을 할수록 분노했고, 눈빛은 더욱 싸늘해졌다.

전생이든 이번 생이든 더러운 일은 항상 있다지만, 화가 나는 것은, 경국 징두에서는 이런 더러운 일을 당연시 취급한다는 것이다. 권력을 이용해 백성들을 착취하고 억압하는 게 당연했고, 사람들은 약속이나 한 듯 침묵하며 받아들이고 있었다.

처음에 포월루 사건을 들었을 때에는 불쌍한 기녀들 몇 명을 빼내거나 포월루에 타격을 주는 정도로 끝내려고 했었고, 소위 '천둥 같은 소동'을 내려고 하지는 않았었다. 천둥 같은 소동은, 어머니인 예 칭메이가 세상을 변화시키려 했던 소동을 의미했는데……심지어 그 녀도 결국 실패하지 않았는가.

하지만 들여다보면 볼수록, 생각을 하면 할수록, 마음속 깊은 속에서는, 아주 위험한 결정을 하려는 욕구가 스멀스멀 올라오고 있었다.

그는 다시 한번 직접 포월루를 방문하기로 결정했다.

제13장

충격적 배후

청명한 가을 오후, 덩즈위에는 다시 한번 포월루에 도착했다.

그의 어두운 얼굴을 보자, 화가 풀리지 않은 포월루의 몇몇 사람들은 그를 때려눕힐 기세로 달려 나왔지만, 정작 그의 살기를 띤 모습을 보며 조금씩 물러설 수밖에 없었다. 이내 덩즈위에의 감사원 관복을 알아차린 안내인이 재빨리 내려와, 사람들을 물리고 그를 3층으로 공손히 안내하였다.

그 방의 안쪽에는 주렴이 내려져 있었는데, 그 안은 잘 보이지 않았다. 주렴 밖으로 돌로 된 고급스러운 원탁이 하나 있었고, 스칭알은 그곳에 앉아 미소를 지으며 말했다.

"진작 말씀해 주시지, 어젯밤에는 제가 대인의 신분도 모르고 경솔한 짓을 해 버렸네요."

그녀는 말을 하면서 무의식적으로 주렴 쪽을 힐끗힐끗 보았고, 말은 그렇게 하면서도 만 냥을 돌려줄 것 같은 기미도 보이지 않았다. 덩즈위에는 주렴 뒤에 포월루의 주인이 있을지도 모른다는 생각을 하며, 다른 한편으로 스칭알의 입에 발린 소리를 들으며, 냉소를 띠고 말했다.

"어젯밤에 이곳을 나가자마자 작은 개새끼들을 몇 보았는데, 그 개새끼는 여기서 기르는 건가?"

그녀는 이 말을 듣고도 별로 당황하지 않는 눈치였고, 사실 상대방이 감사원 관원이라 해도 별로 신경 쓰지 않았으며, 더욱이 만 냥을 토해낼 생각은 전혀 없었다. 그녀는 주렴 뒤에 있는 주인에 대해 상당히 믿고 있었기 때문이었다.

"대인의 말씀이 참 재밌네요. 근데 감사원이 언제부터 기방의 일을 관리하기 시작하였나요? 그리고 대인이 개에게 물리셨으면, 빨리 집에 가셔서 쉬는 게 낫지 않을까요?"

덩즈위에는 그녀의 오만한 태도를 보며 엄숙하게 말했다.

"헛소리 집어치우고, 이런 식으로 나오면 문 닫게 하는 수가 있어."

주렴 뒤에서 헛기침 소리가 나자 스칭알의 얼굴이 심각해지더니, 탁자를 한 번 치며 사납게 소리치기 시작했다.

"어디서 행패야! 감히 포월루에 와서 피를 빨아먹겠다고? 계약서도 썼는데, 상운을 데려갔으면 됐지, 뭐가 아직도 부족해? 빨리 안 나가면 옷을 다 벗겨서 길거리에 던져버릴 거야!"

"감사원과 적이 되어 보겠다는 거지?"

기방이 어떻게 감사원의 적이 될 자격이 있겠냐마는, 스칭알은 희한하게 전혀 당황하지 않았다.

"감사원 가지고 협박하고 싶은가 본데, 6부 3사 관아들 모두 그게 먹힐지 몰라도, 여기선 안 통해."

"기개가 좋네."

덩지위에는 일으켜 주렴 쪽을 한 번 '힐끗' 보고는, 몸을 돌려 걸어 나갔다.

"잠깐!"

주렴 뒤에 있던 사람이 드디어 말을 했다.

앳된 목소리였지만 상당히 권위가 느껴졌다. 주렴이 천천히 열리더니, 비밀에 싸여 있던 포월루의 주인이, 드디어 세상 사람들 앞에, 모습을 드러냈다.

덩즈위에는 금빛 옷을 입은 그 남자를 바라보며, 황당무계함을 넘어, 터무니없는 감정을 느끼고 있었다!

"감사원 주보 덩즈위에, 셋째 전하를 뵙습니다!"

포월루의 주인은, 10살도 되지 않은 3황자였다!

기세등등하던 감사원 관복이 부드럽게 날리며, 작은 사장 앞에서 무릎을 꿇는 모습에, 스칭알은 입꼬리를 살짝 올리고서 경멸하는 듯한 표정을 지었다.

'감사원이 대단해? 그래봤자 폐하께서 기르는 개들일 뿐이지. 어디 황제 폐하의 아들 앞에서 날뛰어?!'

"저기……덩 대인, 더 하실 말씀 있으세요?"

그녀는 조롱하듯 말했다.

놀랍게도 덩즈위에는 3황자가 일어서라 허락하기도 전에 '벌떡' 일어나더니, 엄숙하게 말을 했다.

"소인은 명을 받고 온 것인데, 아가씨가 아직 대답을 안 했으니, 돌아가서 그렇게 보고하겠습니다."

덩즈위에는 황자 앞에 있어도, 감사원 관원의 모습이었다. 다만

이 모습을 본 3황자는 화가 머리끝까지 나며, 찻잔을 들어 던져버렸다!

황자였지만, 계산은 빨랐지만, 아이는 아이.

원하는 존중을 받지 못하였다 생각하자, 그저 화가 난 것이었다.

"감히 어디 가? 조사 더 해! 나에게 만 냥을 받으러 온 거 아니었어?!"

덩즈위에는 황자와 다툴 수 없었지만, 그렇다고 판 대인의 말을 어길 수도 없는 일이라, 공손하게 말을 올렸다.

"그 일은 저희 집의 대인께 말을 전하겠습니다. 전하께서도 이런 음란한 곳에는 되도록 적게 관여하시는 게 좋을 듯합니다."

3황자는 아홉 살이었지만, 황실의 아들로 태어났기에 타고난 위엄도 있었으며, 생각도 단순하지만은 않았다. 3황자는 덩즈위에의 말을 듣고서 냉소를 띠며 말했다.

"감사원이 언제부터 이런 양아치가 되었지……사촌 형, 형은 이 사람이 누군지 알아?"

이 말과 동시에 반쯤 열려 있던 주렴이 완전히 다 열리며, 안에 있던 몇몇 불량해 보이는 소년들이 보이기 시작했다. 덩즈위에는 그 소년들을 보자마자, 단지 동네에서 행패나 부리는 아이들이 아닌 것을 단번에 알 수 있었다.

그 무리 중 가장 앞에 두 명의 소년이 서 있었는데, 그중 하나는 만면의 흉악한 얼굴을 하고 오른손이 붕대로 감겨 있었는데, 아직도 붕대 곁에 피의 흔적이 희미하게 보였다. 덩즈위에는 그 소년을 보자, 어제 판시엔에게 화살을 맞은 우두머리 소년이라는 것을 알 수 있었다.

하지만 그 소년은 덩즈위에의 눈에 들어오지도 않았다.

덩즈위에는 그 소년 옆에 서 있는 다른 소년을 보며, 얼굴이 점차 굳어지고 있었다.

심지어 좀 전에 3황자를 보았을 때보다 더욱 놀랐는데, 황당무계, 터무니없음, 그다음엔……신비감?

그는 믿기지 않는 듯 물었다.

"작은 도련님도 포월루의 주인이셨어요?"

옆에 서 있던, 얼굴에 곰보 자국이 있는 통통한 소년은, 바로 판스져였다!

덩즈위에가 놀란 것과 달리 판스져의 얼굴은 창백했는데, 속으로 죽여서 입을 막고 싶은 생각이 불쑥불쑥 올라왔지만, 마음 깊은 곳에서는 공포가 밀려오고 있었다.

"이런 바보새끼! 누구인지 몰라 묻는 거야?!"

판스져가 3황자를 보며 꾸짖듯이 외쳤다.

'너는 나의 사촌 형인데, 어떻게 날 욕해?'

"네가 감히 날 욕해?!"

판스져는 어제 어떤 사람이 감히 자기의 일을 망치려 하는지 보러 왔는데 감사원 관원이 눈앞에 서 있자, 어제 일로 끝날 상황이 아님을 직감하며 3황자를 보고 차가운 목소리로 말했다.

"잘-했다, 잘-했어!"

3황자는 판스져가 오늘 자기에게 왜 이렇게까지 화를 내는지 이해를 하지 못했다.

'감사원이 뭔데? 난 황제의 아들인데. 그리고 너의 친형이 감사원에서 가장 막강한 제사잖아!'

판스져는 고개를 떨구며 슬픔에 잠긴 목소리로 덩즈위에에게 물었다.

"어젯밤에 왔던 쳔 공자가 혹시……?"

덩즈위에는 말없이 고개만 끄덕였다.

'이 새끼를 죽일까?'

판스져는 냉정하게 머릿속으로 주판을 돌려보았다.

'지금이라도 최대한 빨리 포월루에서 발을 빼는 게 상책이야.'

판스져는 어떤 사람인가.

처음엔 징두에서 흔히 볼 수 있는 권문세족의 자제처럼, 집안의 세력을 믿고 날뛰는 '악동'이었다. 하지만 사람은 여러 가지 면이 있었다. 천진함, 거만함, 악랄함 이 모든 것이 그의 얼굴이었고, 무엇보다 회계와 장사에 큰 재능이 있었다.

아버지는 호부 상서, 할머니는 폐하의 유모, 어머니는 이 귀빈의 사촌 언니, 누이는 징두에서 가장 재능 있는, 곧 징왕 세자 리훙청과 혼인할 여자.

무엇보다 형은 지금 천하에서 가장 유명한 인물이자 문인들의 우상.

악동이었던 판스져에게 처음 길을 잡아 준 것은 판뤄뤄였지만, 판시엔은 징두에 와서 그에게 완전히 새로운 길을 제시해 주었다. 판스져는 판시엔 덕택에 자신이 좋아하는 게 무엇인지, 앞으로 무엇을 해야 하는지 알게 된 것이다.

예씨 집안의 주인처럼 거상이 되겠다는 목표를 세우고, 천부적인 장사꾼 재질을 발휘하기 시작한 것이었다.

이러한 환경은 한 소년에게 어떤 영향을 미칠까?

명확한 목표와 함께, 권문세가 자제의 흉악한 기질이 어우러져, 지금의 '간댕이가 부어오른 판스져'를 만들어 낸 것이었다.

비록 담박서점이 잘 되고 있었지만, 어쨌든 시장도 작고 이윤도 적은 책을 파는 일이고, 더 중요한 것은, 그곳엔 판시엔의 그림자가 드리워져 있었다.

무엇인가 스스로 이루어 당당하게 보여주고 싶었다.

그럼 가장 돈을 잘 벌 수 있는 것은?

'물장사, 여자장사.'

그렇다면 필요한 것은?

'기생을 책임질 수 있는 사람, 그리고 배후의 권력.'

이런 고민 와중에, 최고의 권력을 가진 황실에서, 매일 같이 지루하게 태부의 강의를 들으며 책이나 읽고 있던 3황자를 발견하게 되고, 사촌 형 동생 사이인 한 명의 열세 살 소년과 한 명의 아홉 살 아이가 지금 징두에서 가장 잘나가는 기방인 포월루를 기획하기 시작한 것이다.

그리고 '누군가' 그에게, 리훙청과 류징허 강변의 기방과의 은밀한 관계를 살며시 알려주는 '행운'이 찾아왔다.

그는 두 번 생각하지 않고 리훙청을 찾아가 기녀 위엔멍을 '빌렸던' 것이다.

판스져의 장사 재능, 위엔멍의 산업에 대한 이해와 기녀의 관리, 3황자의 권력이 만나, 포월루는 불과 3개월이라는 짧은 시간 내에 징두 전체의 기방을 쓸어버리게 되었다. 그 와중에 몇 명을 죽였는지, 몇 명의 양갓집 여자들이 순결을 잃었는지 모르지만, 근본적으로 세 사람은 신경도 쓰지 않았다.

판스져도 처음엔 아버지와 누나, 그리고 무엇보다 형의 반응을 걱정했다. 그래서 판시엔이 사절단을 이끌고 징두를 떠나고 나서야 시작한 것이기도 했다.

하지만 항상 욕심은 걱정을 앞서는 법.

시간이 지날수록 자신이 기방을 운영하는 것이 드러나더라도 이미 징두에서 자리를 잡고 있으면, 형도 어쩌지 못할 것이라는 생각으로 변해가고 있었다.

그때, 판스져도, 3황자도, 심지어는 처음부터 이 움직임을 지켜보고 있었던 징왕 세자와 2황자도, 예상치 못한 일이 벌어졌다.

봄만 해도 판씨 집안과 징왕 집안은 친밀했고 판시엔과 리훙청도 개인적으로 친한 관계였기에, 조정의 대신을 포함한 모든 사람들도 판시엔이 2황자 편에 섰다고 생각하고 있었다. 판스져도 그 이유에서 '우연히' 알게 된 리훙청의 사람 위엔멍을 끌어들인 것이었다.

하지만 판스져도, 다른 사람들도, 정확한 이유는 알 수 없었지만, 판시엔이 징두를 떠나 있던 반년 사이에, 판시엔과 2황자의 관계가 변해버렸다. 판시엔이 징두에 돌아오자마자 2황자의 사람들을 공격하기 시작하고, 2황자도 도찰원을 움직여 판시엔을 탄핵하는 등, 두 사람이 극단적으로 대립하기 시작한 것이다.

판스져는 타고난 예리하고 민감한 감각으로 인해, 이 상황에서 자기가 2황자와 너무 가까워지면 문제가 발생할 거라 생각을 했고, 그래서 큰 사장이었던 그가 포월루의 직원들에게 9월부터는 말썽을 일으키지 말라고 당부했던 것이다.

그리고 그도 점차 포월루에서 발을 빼려고 계획하고 있었다.

다만, 3황자는 도대체 누구의 지시라도 받았는지, 황실에 틀어박혀 나오지 않았고, 그와의 만남을 차일피일 미루며 그에게 발을 뺄 기회를 주지 않았다.

그렇게 오늘까지 미뤄지다 어젯밤 같은 사단이 나고 만 것이다!

"자네는 돌아가 봐. 이번 일은 내가 형에게 직접 이야기할게."

판스져는 다시 한번 덩즈위에를 죽여 입을 막고 싶은 욕구를 참으며, 떨리는 목소리로 말을 했다.

덩즈위에는 예를 올리고서 이내 방을 나갔다.

3황자는 앳된 목소리로 그의 뒷모습을 보고 소리를 질렀다.

"저렇게 보내면 어떻게 해? 저런 새끼들도 날 얕보게 놔두는 거야!"

판스져는 3황자의 말엔 대꾸도 하지 않는 채, 얼빠진 표정으로 탁자에 주저앉으며 스칭알을 보고 물었다.

"옌알은 어디 있지?"

"옌알은 휴식 중인데, 불러올까요?"

열세 살 아이의 눈에서 갑자기 성년의 모진 눈빛이 번뜩이더니, 무언가 결심이 선 듯 침착하게 말했다.

"아니야, 내버려 둬."

'아버지는 때려 죽이려 할 거고, 어머니는 가슴 아파할 거고, 이 귀빈에게 말 해달라 해봤자, 장 공주의 말도 무시하는 형인데 들을 리 없고……그래도 누나와 형수 말은 듣겠지?'

"나 먼저 갈게."

판스져는 3황자를 다시 한번 냉랭한 눈빛으로 바라보며 말했다.

"그리고 여긴 다시 안 올 거야. 내 지분은 3개월 내에 정리해 줘."

3황자는 여전히 이해가 안 된다는 듯, 그저 어린아이의 해맑은 미소를 지으며 말했다.

"둘째 형과, 너의 미래의 매형이 지켜줄 건데, 뭘 그렇게 걱정해?"

판스져는 3황자에게 말대꾸도 하기 싫다는 듯 스칭알을 보며 말했다.

"너도 살고 싶으면, 만 냥 빨리 돌려줘!"

숨죽이며 상황을 보고 있던 스칭알은 개미 같은 목소리로 '네' 했다.

그제서야 그녀는 어젯밤에 자신이 벌인 일에 후회가 물밀듯이 밀려오고 있었다.

판시엔은 포월루 3층 호수강변에 인접한 방 안에 홀로 앉아, 호수 위를 한가롭게 노니는 새와 배 그리고 사람을 바라보며, 연신 손가락으로 가볍게 탁자를 두드렸다. 그는 침착하게 이 일을 어떻게 처리해야 할지 고민하고 있었던 것이다.

사실 모든 자초지종을 알았고, 결심도 서 있었기에, 더 이상 고민할 것도 없긴 했다.

징두 관아에서 손을 못 쓴 것은 배후에 2황자가 있었기 때문이었고, 감사원에서 손을 못 쓴 것은 배후에 '판시엔'이 있었기 때문이었다. 판시엔이 그렇게 찾고 싶었던 주인이 그의 동생 판스져였고, 더 찾고 싶었던 감사원에서 뒤를 봐주는 개새끼가 '그, 자신'이었다!

2황자 쪽의 계산도 짐작이 갔다.

이전부터 리훙청을 통해 그를 끌어들이려고 했었으니, 포월루를 통해서 이익을 공유하는 사이로 만들 수 있다면, 하나의 좋은 기회가 되리라 생각했을 것이다. 하지만 그때와 지금 상황이 변했고, 더구나 포월루도 '공동의 이익'에서 '공동의 나쁜 짓' 되어 버려, 얽히고설킨, 풀 수 없는 관계가 되어버렸다.

'공동의 이익'과 '공동의 나쁜 짓'은 비슷해 보이지만 엄연하게 다르다.

이익이야 언제든지 일방이 포기하면 끝나는 것이었지만, 나쁜 짓은 한번 묵인하면 다음부터 어느 일방도 손을 쉽게 뗄 수가 없다. 누가 먼저 포기하게 되던, 둘 모두에게 엄청난 피해가 가기 때문이다. 2황자가 포월루의 악행을 직접 저지르지 않았더라도, 방관하고 있었던 것은 바로 이 지점일 것이고, 2황자에겐 '공동의 이익'보단 '공동의 나쁜 짓'이 더 유리했기 때문이었다.

포월루가 기방이라는 점은 차치하더라도, 감사원이 지금까지 조사한 증거만으로 포월루는 폐업을 해야 했고, 판스져는 중죄를 피하기 힘들었으며, 판지엔을 포함한 판시엔 그리고 모든 판씨 집안의 명성에 금이 갈 수밖에 없었다.

지금이라도 판시엔만 눈 감으면 사건은 묻힐 수 있었고, 설령 드러난다 하더라도, 그와 2황자의 권력을 이용해 시간을 두고 정리해 나갈 수 있었다.

하지만 판시엔은, 정의감까진 아니더라도, '공동의 나쁜 짓'의 늪에 빠질 생각은 없었다.

이번 '한 번'이 다음을 만들고, '영원한 족쇄'를 만들어 내기 때문이다.

그리고 상대방은 그의 명성과 동생을 이용해, 협박하는 것 아니겠는가?

그런 사람을 용서할 수는 없었다.

2황자가 놓치고 있는 부분이 바로 이 지점이었다. 2황자는 주인과 신하의 관점에서, 항상 이익의 관점에서만 판단을 하고 있었는데, 판시엔의 마음속엔 다른 대신들과 달리, 이익 외에도 다른 무언가 있었다.

그리고 무엇보다 판시엔은, 다른 대신들과 다른 '시건방짐'이 있었다.

덩즈위에는 마차를 타고 포월루를 떠났다.

판시엔은 그래도 동생이 손을 쓸 수 없는 단계까지 가지 않았다는 것에 위안을 삼으며, 뒷짐을 지고서 천천히 문을 열고 방 안으로 들어갔다. 그는 방 안에서 놀란 눈으로 자기를 바라보는 사람들 중에, 가장 놀라고 두려움에 떨고 있는 판스져를 보면서 조용히 말했다.

"집에 가자."

포월루의 호위들은 모두 문밖에서 기절해 있었고, 판시엔은 침착한 얼굴로 동생을 바라보았다.

어젯밤에 쳔 공자에게 당했던 몇몇의 국공 집안 아이들이 날카로운 소리와 함께 그에게 달려들었다!

판스져는 생각할 겨를도 없이, 병으로 된 찻주전자로, 달려든 소년의 머리를 찍어 버렸다!

'퍽!'

판스져가 포월루에서 처음 일격을 가했고, 일격을 맞은 소년의 머리에는 피가 철철 흐르고 있었으며, 판스져는 깨진 찻주전자의 남은 조각을 손에 쥔 채 벌벌 떨고 있었다.

"형, 여긴……왠일이야?"

사람들은 판스져의 돌발 행동에 놀라면서도 '형'이라는 칭호를 듣고 속으로 생각하고 있었다.

'이 사람이, 큰 산처럼 포월루 뒤를 봐주던 큰 사장의 형님, 판 대인?'

판시엔은 살짝 눈을 감으며 다시 한번 침착하게 말했다.

"갈 거야, 말 거야?"

판스져는 고개를 떨군 채 이를 악물고, 겨우겨우 세 글자를 토해냈다.

"갈 거야."

판시엔 옆에서 고개를 떨구고 서 있는 판스져.

마치 잘못한 어린아이의 모습처럼 보였다. 판시엔은 이미 자신의 귀밑까지 키가 커버린 동생을 보며 말했다.

"첫째, 넌 잘못을 했고. 둘째, 넌 애가 아니고. 그러니까 불쌍한 척하지 마."

"응."

판스져는 여전히 고개를 떨군 채 대답했다.

판시엔은 그제서야 차가운 눈빛으로 방 안에 있는 지체 높으신 소년들을 훑어보았는데, 그중 몇몇은 눈에 익었다.

"사촌 형님을 뵙습니다."

"삼촌을 뵙습니다."

"어르신을 뵙습니다."

하나같이 우거지상이 된 포월루의 지분권자들이, 불쌍하게 판시엔 앞으로 와 예를 올렸다. 판시엔은 그들의 인사를 받으며 분노가 폭발할 듯하였다.

'지미랄 시팔 사건. 조사하니 마지막이 모두 내 주변 사람들이라고?!'

앞에 있는 아이들과 판시엔은 최소한 인척 관계였는데, 판씨 집안이 아니라 모두 류씨 국공 집안과 관련이 있었기 때문이다.

판시엔은 분노를 최대한 억제하며 동생의 옷깃을 잡고, 마치 닭대가리를 끌고 나오듯이 방을 나왔다. 3황자는 아직도 상황 파악을 못한 듯 달콤한 미소를 지으며 기쁜 목소리로 소리를 질렀다.

"판 대인……아니 큰 사촌 형!"

판시엔은 이 소리에 고개를 돌리며, 소년들 중 가장 나이가 어린 3황자에게 부드럽게 미소를 지으며 말했다.

"셋째 전하, 앞으로 다시는 제 앞에서 영리한 척하지 마세요…… 저는 어린 것들이 하는 말에는 아무 관심이 없어요."

판시엔의 이 대담한 말에 모두 놀랐다.

'아무리 어리지만 황제의 아들을 '어린 것'이라고 표현을 하다니…….'

3황자는 누구보다 놀랐다.

'어떻게 황자인 나에게 감히……저렇게 불경할 수 있지?!'

판시엔은 사람들의 반응은 개의치 않고, 더욱 부드러운 미소를 지으며 말했다.

"그 작은 입이 떨리는 모양새를 보니, 노래는 잘 부르시겠네요."

3황자는 이 말에 뒤로 넘어갈 뻔했다. 하지만 어머니가 판시엔이 미소를 지을 때에는 특별히 조심하라고 한 말이 생각나, 이를 악물고서는 더 이상 대꾸하지 않았다.

판시엔이 1층으로 내려오자 모여 있던 사람들은 이미 수군대고 있었고, 판시엔은 한편에서 걱정스러운 표정으로 이 광경을 지켜보고 있는 옌알 아가씨를 볼 수 있었다.

포월루 정문을 나오자 조용한 거리 양편에 마차가 한 대씩 서 있었다.

판시엔의 마차는 서쪽에 있었고, 동쪽에 있는 마차에는 표식이 없었다.

그 마차의 장막이 조금 열리며, 세자 홍청이 얼굴 가득 미안한 표정으로 손짓하며 판시엔을 불렀다.

해는 이미 서쪽으로 떨어지고 있었고, 나뭇잎이 떨어져 앙상해진 나뭇가지 사이로 한 줄기 햇빛이, 마치 찌르는 것처럼 판시엔을 비추었다.

텅즈징이 옆에서 조용히 말했다.

"작은 도련님은 제가 모시고 집으로 갈게요."

판시엔은 고개를 끄덕였다.

"이따가 몇몇 판씨 가문 사람들이 집으로 올 건데, 집 호위들에게 정신 바짝 차리고, 한 명도 집 밖으로 못 나가게 하라 그래."

그리고 창백한 얼굴의 판스쳐를 힐끔 한 번 보고 말을 이었다.

"나가려고 하는 새끼들은 모두, 다리를 부러뜨려 버려!"

판시엔은 이 말을 끝으로 뒤도 돌아보지 않고 리홍청이 타고 있는 마차 쪽으로 걸어갔다.

판스쳐는 흐느끼는 목소리로 '형-'이라는 짧은 한마디를 외쳤으나, 그 대답은 들을 수 없었다.

"뭐가 그렇게 급해서 위엔멍 아가씨를 이렇게 빨리 빼 가시는 거예요?"

판시엔의 갑작스러운 질문에 리훙청은 쓴웃음을 지며 말했다.

"다 알고 있었는가?"

리훙청이 마차에 올라타라 청하였다. 판시엔은 고개를 저으며 넓은 마차 안을 들여다보았다.

마차 안에는, 풍만한 몸매의 위엔멍 외에도 한 명이 더 앉아 있었다.

그 고귀한 인물은 의자 위에 쪼그려 앉아, 온화하고 진지한 눈빛으로 판시엔을 쳐다보고 있었다.

"2황자를 뵙습니다."

"봄에만 해도 나와 사이가 좋았잖아."

2황자는 얇은 입술을 움직이며, 안타까운 눈빛으로 천천히 말했다.

"갑자기 왜 이렇게 된 거지?"

"판 아무개 씨가 배은망덕한가 보네요."

2황자는 잠시 침묵을 하다 '불쑥' 말했다.

"밖은 이야기하기 불편하니, 올라오지 그래?"

판시엔은 미소를 짓고 있었지만, 고개는 절레절레 저었다.

"아직 인간이 안 된 아이를 수습하러 집에 가야 해서, 시간이 없네요."

"난 그저 지나가는 길이었어."

물론 아무도 2황자의 이 말을 믿지는 않았다.

사실 2황자에게는 판시엔이 포월루를 조사하든 안 하든 크게 상관은 없었다. 조사한다 한들 판시엔 자신의 이익을 포기하는 것이고, 더 나아가 판씨 집안을 욕 먹이는 일이었기 때문이다.

그래서 2황자는 판시엔이 종국엔, '서로에게 가장 좋은 선택'을 할 거라 믿고 있었다. 물론 내고의 상황이 이전보다 못하니 2황자가 포월루를 통해 얻는 이익도 의미는 있었지만, 판시엔을 그의 편으로 만드는 문제는 돈에 비할 바가 아니었다.

판시엔은 탄식하며 말했다.

"사건을 조사해 보니, 뜻밖에 저희 집안 잘못임이 밝혀져 버려 면목이 없네요."

2황자도 탄식하며 말했다.

"포월루 사건이 너무 복잡해. 3황자도 걸려 있고, 7할의 지분은 판스져의 손에 있었다니. 어찌 보면 너희 셋은 모두 형제잖아? 너무 무리해서 손대지 마."

두 사람은 대화는, 서로 너무나 잘 알고 있는 내용이었다.

"동생 놈의 새끼가 어디서 그렇게 돈을 많이 얻어 큰 사장을 한 걸까요?"

"홍이 공작 집안의 손자 둘도……많이 보탰다고 하더라고."

2황자는 슬쩍 알려주듯이 말했다.

홍이 공작 집안은 곧, 류씨 집안을 말하는 것이었다.

판시엔은 잠시 침묵을 하고 말을 이었다.

"보아하니 이 사건은, 정말 조사하기 쉽지 않겠네요."

2황자는 판시엔이 사건을 덮는다는 것은 곧, 화해를 뜻한다는 것을 알고 있기에 친절한 미소를 지으며 말했다.

"사람들이 신분은 각기 달라도, 모두 징두에서 힘들게 살아가고 있는 불쌍한 사람들 아니겠어? 너도 지금 가문의 대들보 같은 사람인데, 어쨌든 친척 조카들을 잘 돌봐야지."

"감히 2황자를 어떻게 속이겠습니까? 저도 법률만을 고집하는 청렴한 관리가 아닌 거, 잘 아시잖아요? 심지어 전하께서 이렇게 자세하게 내막을 잘 알고 계신데, 제가 어떻게 양보하지 않을 수 있겠습니까?"

2황자는 오히려 이 말에 약간 불안감을 느꼈다.

지금까지 판시엔은 이렇게 약한 모습을 보인 적이 없었기 때문이다.

아니나 다를까 판시엔이 박수를 두 번 치자, 포월루에서 갑자기 소란스러운 소리가 들리면서 책상과 의자가 부서지고, 건물 안의 아가씨들이 공포에 떨며 소리를 지르고 있었다. 감사원 2처의 사람들이 철거를 하려 기다리며, 판시엔의 신호만 기다리고 있었던 것이다.

리훙청은 재빨리 직설적으로 말했다.

"솔직히 말해서, 자네가 아무리 철저히 조사를 한다 해도, 우리들까지 건드리기는 힘들어. 그런데 이렇게 무리할 필요가 있는가?"

하지만 판시엔은 조소를 지으며 대답했다.

"재밌잖아요."

2황자는 마음을 다스리려 했지만, 판시엔이 막무가내로 조사하려고 들지도 모른다는 생각에 조금씩 불안해지고 있었다.

"어린애들이 장난 한 번 친 거 가지고 너무 진지하게 나설 필요가 있어?"

판시엔은 잘 알고 있었다.

표면적으로 포월루의 기녀들과 2황자는 아무 관련이 없었고, 기껏해야 위엔멍을 통해 리훙청 정도만 엮을 수 있었다. 하지만 그는, 여기서 물러설 생각은 없었다.

"스져는 제 동생이니, 제가 알아서 할게요. 전하께서는 전하의 동생이나 잘 살피시지요."

리훙청은 결국 참지 못하고 고개를 저으며 말했다.

"자네 오해하고 있는 것 같은데, 포월루는 그 두 명의 아이들이 저지른 일이야. 위엔멍이 돕는다는 것을 알고는 있었지만, 나랑 2황자는 아무런 관련이 없어."

"어떤 때에는 하는 것 보다 안 하고 지켜보는 것이 절묘한 수 일 때도 있지요."

판시엔은 웃는 듯 마는 듯한 표정으로 홍청을 바라보며 말을 이었다.

"수하도 조직도 없는 판스져는, 근본적으로 세자와 위엔멍의 은밀한 관계를 알아낼 능력이 없어요. 그런데 어떻게 세자에게 찾아가 위엔멍을 부탁할 생각을 했을까요?"

리훙청이 움찔하고 있는 것을 보자, 판시엔은 다소 안심시키는 척하며 말했다.

"전하께서 이렇게 주도면밀하게 계획을 짜셨으니 제가 손을 쓸 방법이 없네요. 어쨌든 제 손으로 동생을 징두 관아에 끌고 갈 수는 없는 거니까요."

2황자는 은은히 웃고 있었다.

'판스져를 건들면, 너도 이 일에서 벗어나기 힘들지.'

판시엔이 말을 이어갔다.

"포월루는 영업을 계속할 거예요. 무슨 의미인지, 전하께서는 아실 거라 생각해요."

하지만 이 말에도 2황자는 내심 불안해졌다.

판시엔이 너무 대놓고 물러서고 있었기 때문이다.

2황자는 다시 한번 확인하려는 듯, 떠보듯이 말했다.

"그럼 감사원도 손을 떼는 게 좋을 거야. 부황께선 감사원이 정무에 관여하는 것을 엄격히 금하시잖아. 그저 징두 관아에 맡겨 둬."

"전하, 전 아버지의 명을 받고, 기녀들이랑 놀아난 쓸모없는 친척들이나 잡아가려 한 거예요. 감사원의 공적 조직을 좀 이용하긴 했지만, 이 정도는 다른 대신들도 다 하는 거 아닌가요?"

포월루 내의 요란한 소리도 점점 잦아들고, 감사원의 1처 관원들은 일고여덟 명정도 되는 사람들을 끌고 나왔는데, 모두 판씨나 류씨 집안의 친인척들이었다. 판시엔은 그들을 보며 엄숙하게 소리 질렀다.

"모두 집에 끌고 가!"

판시엔은 다시 몸을 돌려, 2황자에게 부드럽게 말했다.

"전하, 염려 마세요. 이 일은 경국 법률에 따라 처리하긴 좀 그러니, 저희 집안의 가법(家法)으로 처리해야 할 듯하네요."

그제서야 안심을 하던 2황자에게 판시엔은 마지막 말을 하였다.

"다만, 어젯밤에 매복해 있다가 저를 공격한 개새끼들이 있는데, 전하께서 대신 말 좀 전해주십시오. 앞으로 다시는, 제 눈에 띄지 말라고요. 저는 모르는 놈들인데 전하는 아실 듯해서."

판시엔의 말에 2황자는 움찔했지만, 어차피 그 소년들과 직접적인 관계는 아니었기에 별 개의치 않았다. 그보다는 판시엔의 침착한 미소 속에서 알 수 없는 불안한 느낌을 읽어내며, 자신과 많이 닮았다는 생각이 문득 들었다.

비록 상대방은 일개 신하일 뿐이지만, 이번 기회를 빌려 깊게 이야기해 보고 싶은 욕구가 올라왔다.

"홍청은 먼저 가. 난 판 대인이랑 이야기 좀 하다 갈게."

2황자는 사람들의 시선은 개의치 않는 듯 마차에서 걸어 내려왔다. 판시엔은 황자가 직접 마차에서 내리는 모습을 보며 놀랐고, 리홍청은 미안한 눈빛으로 판시엔을 한 번 보더니 마차를 타고 포월루를 떠나갔다.

2황자는 크게 기지개를 한 번 켜고, 판시엔을 데리고 찻집으로 들어갔다.

판시엔은 차를 한 잔 마시고, 의외라는 듯, 눈썹을 약간 찌푸리고 2황자를 바라보기만 했다.

2황자는 그 모습을 보며 웃었다.

"포월루 일을 두고 판 형이 날 원망하고 있는 거 알아."

"저도 성인(聖人)은 아니잖아요?"

"처음에 네 동생이랑 셋째가 기방을 논의한다는 것을 알고서, 티 안 나게 도와주긴 했는데……그래도 오해하면 안 돼. 그때는 판씨 집 안과 내가 사이가 좋지 않았나? 그저 공동의 이익을 추구하며 좀 더 친밀한 관계를 만들자는 순수한 생각이었어. 그 뒤에 흉악한 일들은 나도 몰랐고, 내가 원한 건 더더욱 아니었고."

판시엔은 자초지종을 이미 알고 있었지만, 2황자가 스스로 인정할지는 몰랐다.

"전하가 소신을……진짜 좋게 봐 주시네요."

"난 처음부터 널 유심히 봤어. 너도 알고 있었잖아……그러니 네가 징두에 돌아오자마자 갑자기 나랑 맞서려고 하는 이유를, 난 정말 모르겠어."

"신하의 몸으로 전하와 맞서는 게, 무슨 이득이 있겠어요?"

2황자는 판시엔의 눈을 똑바로 쳐다보며 차근차근 말했다.

"그래서 알려 달라 하는 거잖아……네가 태자 사람도 아닌데, 왜 나에게 이러는 거야?"

2황자의 예상치 못한 솔직함에, 판시엔도 진지해졌다.

"진짜 모르신다구요?"

2황자는 그의 눈을 보며 가볍게 고개를 저었다.

판시엔은 고개를 살짝 기울여 손가락마디로 나무 탁자를 두드리다, '불쑥' 말을 뱉었다.

"뉴란지에 사건."

"그 일은 내가 계획한 게 아니야."

이 말과 함께 2황자는 갑자기 일어나, 판시엔에게 허리를 깊게 숙여 절을 했다!

황자가 일개의 신하에게, 허리를 숙이며 사과를 하다니!

판시엔은 당황하지 않고 침착하게 말을 했다.

"전하는 전하고, 신하는 신하니, 아무리 목숨과 관련한 일일지라도, 전하께서 직접 미안하다 사과하면 충분하다 생각하시는 거겠지요? 저는 신하이니, 당연히 감격해서 눈물을 흘려야 할 것이고."

2황자는 몇 년 만에 느껴보는 분노의 감정을 최대한 억제하는 듯, 깊이 숨을 한 번 내쉬며 차가운 목소리로 말했다.

"판 대인, 어떻게 하면 우리의 관계가 좀 좋아질까?"

"제가 일련의 사건을 다시 조사해 보고서야 알게 되었어요. 왜, 그리고 누가, 제 장모를 부추기고, 자객을 보내게 하고, 그 후에 또 도찰원을 이용해 저를 탄핵하게 하고."

판시엔은 잠시 멈칫하고, 다시 말을 이었다.

"하지만 전하께서 한 가지만 약속해 주시면, 모두 없던 일로 하고, 다음을 약속해 드리죠. 저도 사람인지라 가끔씩은 의도와 달리 편향될 수 있겠지만, 최소한 징두에서 감사원만은, 태자와 2황자 사이에서 중립을 유지하도록 해 드릴게요."

"제사 대인 말해 봐."

"전하께서 앞으로 장 공주와 거리만 둔다면, 일생을 편안하게 보낼 수 있게 해 드릴게요."

'네가 뭔데, 황제의 아들인 내 인생을 편하게 해 줘? 이런 시건방진 새끼가 있나?!'

"판 제사, 지금 장난하나?"

"전하도 다 이해 못 하듯이, 저도 다 이해하지 못 하는 것이 있겠지만, 황제의 자리가 그렇게 좋은 건가요? 전하도 책을 좋아하시고, 슈 귀비도 통찰력이 있으신 분인데, 두 분 다 그 핵심을 바라보지 못 하시는 건가요?"

찻집에 둘 말고는 한 사람도 없었지만, 판시엔의 적나라한 말에 2황자는 가슴이 떨리기 시작했다.

'이놈이 지금, 내가 황위를 노리고 있다는 말을 꺼낸 거야?!'

2황자는 판시엔의 눈을 똑바로 쳐다보며 차갑게 말했다.

"내 몸은 내 것이 아니야. 그 자리는 스스로의 의도와 상관없이 뺏어야 하는 거야! 넌 내가 태학에 가서 책이나 읽으며 살 생각을 안 해 본 것 같아?"

"누가 방해라도 하던가요?"

2황자는 판시엔의 말에 자극이라도 받은 듯, 본래 기질이 나오며 냉소를 띠고 말했다.

"당연히 방해하는 사람이 있지……내가 열두 살 때부터 사람들은, 내가 지혜와 덕을 겸비하고 있다 하며, 친왕으로만 남기에 억울하다 했지. 열세 살 때, 난 이미 왕의 작위를 받았지. 열네 살 때, 황궁 밖 저택에서 살았는데, 표면적으로는 황궁에서 쫓겨난 듯 보였지만, 사실상 부황이 내게 군신들과 교류할 기회를 주기 위함이었지! 열다섯 살 때, 어서방에 들어가 조정의 일을 듣기 시작했어……나 외에는 유일하게 태자만이 같은 대우를 받을 수 있었지!"

2황자는 점점 더 흥분하고 있었다.

"난 싸우고 싶지 않아! 하지만 이런 일들이 계속될 때마다, 난 뭘 생각하게 될까? 동궁은 나를 적으로 생각하지 않을까? 심지어 그 당시 태자는 어렸지만, 그 눈빛은 이미 원망과 살기가 가득했어……우

리는 친형제란 말이야! 그는 이미 열세 살이 될 때부터 날 죽이려고
시도했어! 만약에 내가 태자는 설득한다 하자, 그럼 황후는?"

2황자는 마치 얼음 속에 갇혀 있는 불같이 뜨겁지는 않았지만, 판
시엔을 떨게 만들었다.

"나도 내 어머니를 보호해야 하고, 나도 나의 목숨은 보전해야
지……어떻게 해야 할까? 태자가 싸우고 싶다면, 나도 싸울 수밖에
없어!"

2황자에게 싸움을 부추기는 사람이 누굴까? 당연히 황제다.

판시엔은 차분히 듣고 있다가 마침내 입을 열었다.

"황제께서는 전하의 역할을, 태자를 단련시키기 위한 '숫돌'정도
로 생각하시지 않을까요?"

2황자는 창밖의 거리를 한참 바라보다, 돌연 입을 열었다.

"알고 있어. 하지만 그의 아들로 태어난 나는……그것을 받아들
일 수 없어. 그러니 난 싸울 거고, 만약에 진짜로 싸워 이긴다면……
그가 후회하는 모습을 볼 수 있겠지. 그 순간이, 용의에 앉을 때 보
다 더 즐거울 거야."

"아니 경쟁하라고 등 떠미는 사람에게 반항하는 방법은, 죽어라
경쟁해서 상대방을 죽이는 게 아니라……뒤를 돌아 등 떠미는 사람
과 싸우는 거 아니에요?"

2황자는 놀란 눈으로 판시엔을 쳐다봤다.

"너 지금 그 말은……반역에 가까워……."

"전하께서 오늘 한 말이, 이미 '대'반역이에요……저보다 말도 더
많이 하셨고."

2황자는 침착하게 판시엔을 한참 바라보다 홀연히 입을 열었다.

"판시엔, 날 도와줘."

판시엔은 조용히 고개만 저었다.

"왜? 너도 언젠가는 한 명을 선택해야 해."

판시엔은 근본적으로 누굴 선택할 마음도 없었고, 다만 자기도 관련 있을지 모를 경국 황제의 매정한 교육 방식에 조금 놀랐을 뿐이었다. 그래서 2황자에게는 그저 무덤덤하게 말했다.

"장 공주와……너무 가까이 지내지 마세요."

이 조건을, 2황자가 받아들일 수는 없었다.

판시엔은 상대방이 자신의 실력을 보고 혹하긴 했지만, 여전히 장 공주를 신임하고 있는 것을 알고 있었다. 그리고 지금까지 엮여 있는 것도 이미 많을 것이라 짐작할 수 있었다. '공동의 이익'이든 '공동의 나쁜 짓'이든.

하지만 판시엔은 그가 어떻게 선택하든 상관없었다.

2황자가 거절하면? 나중에 그를 상대할 때, 좀 더 모질게 대할 수 있을 것이었다.

"이번 포월루 사건이 아니었더라도, 전 어차피 전하를 구렁텅이에 빠트렸을 거예요."

말이 여기까지 이르자, 2황자는 오히려 해학적인 표정을 지었다.

'이놈의 거만함이 도를 넘어가는구나…….'

판시엔은 그의 표정을 신경 쓰지 않고 계속 말했다.

"왜냐하면 그 길이야말로 전하와……홍청 같은 사람이 살아남을 수 있는 유일한 방법이거든요."

판시엔의 연민과 경멸이 담긴 말에, 2황자는 벌떡 일어나 살기를 띤 눈빛으로 그의 눈을 똑바로 쳐다보았다.

"전하, 모든 걸 통제할 수 있다 생각하지 마세요."

'모든 것'에는 당연히 포월루가 포함되어 있었다.

순간, 찻집의 분위기가 갑자기 차가워지면서 여덟 명의 같은 옷을 입은 사람들이 들어왔다. 모든 사람들의 몸에서 살을 에는 듯한 살기가 뿜어져 나오고 있었다!

"간(甘, 감), 류(柳. 류), 셰(謝 , 사), 판(範 , 범)씨까지 해서 4대 장군. 허(何, 하), 쟝(张, 장), 쉬(徐, 서), 차오(曹, 조) 씨까지 해서 4대 군자. 소문으로만 듣던 2황자의 여덟 명의 심복들이군요. 이렇게 생겼구나……."

판시엔은 자리에서 일어나며 말했다.

"제 밑에도 왕치니엔 조직이 있긴 한데, 이들과 상대도 안 될 테니 이 자리에서 따로 소개시켜 드리진 않을게요……대신 오래된 말이긴 한데, 수하에 아무리 죽음을 각오한 군사들이 많다 해도 대세는 바꿀 수가 없어요. 안 그랬다면 천핑핑이 황제가 되었겠죠. 하하."

판시엔은 반역 무도한 말을 하며 큰소리로 웃었다. 그리고 찻집 밖으로 향하였다.

간씨와 셰씨 장군 앞에서는 어깨를 으쓱해 보고, 쉬씨와 차오씨 군자 앞에서는 무례하게 손짓을 하며 비키라는 표시를 했다.

2황자는 미간을 찌푸렸다.

'내가 왜 오늘, 판시엔 앞에서 추태를 부렸지?'

오랫동안 마음속 깊이만 간직해 오던 말들이었다. 그는 심호흡을 한 번 하고, 다시 맑은 얼굴에 약간은 엄숙한 표정을 한 뒤, 싸늘하게 물었다.

"만약에 말이야, 저놈을 죽여야 할 날이 오면, 너희들 중에 몇 명이나 필요할까?"

셰비안(謝必安, 사필안)이 천천히 검을 거두며, 느릿하게 말을 했다.

"저 한 명이면 족합니다."

판우(範無, 범무)는 어두운 얼굴로 고개를 저으며 말했다.

"모두 덤벼도 부족합니다."

'판시엔은 진짜 속을 알 수 없는 사람이야……'

2황자는 고개를 저었지만, 어찌 되었든 포월루 사건으로 당분간은 자기를 공격하지 못할 테니, 머리 아픈 고민은 접어두자 생각하며 오늘 일을 잊어버리려 노력했다.

판시엔은 마차에서 맑은 물로 손을 씻으며 2황자와의 대화를 떠올렸다. 처음으로 2황자의 속마음을 들을 수 있었던 것은 확실히 성과였다. 하지만 판시엔은 그가 장 공주와 처음부터 어떤 계획을 가지고 있었고, 다음엔 어떤 행동을 취할지에 대해서 아무런 정보를 얻지 못해 조금은 실망하고 있었다.

판씨 저택에 마차가 도착하자, 그는 조용히 뒷문으로 들어간 후, 판씨와 류씨 가문의 사람들을 보고도 못 본 척하며 빠르게 후원을 가로질러 들어가, 두 손으로 서재의 문을 염과 동시에 힘을 실어 공중을 날아 발차기를 날렸다!

'펑!'

처참한 소리와 함께 판스져는 공처럼 날아가 의자에 부딪혔는데, 그 의자가 산산조각 나버렸다!

판스져의 비명 소리에 이어, 두 여자들의 날카로운 비명 소리가 들리기 시작했다. 완알과 뤼뤄는 판시엔이 동생을 한 번 더 밟으면 그가 죽을까 겁나, 동시에 판시엔의 팔에 죽을힘을 다해 매달렸다.

완알과 뤼뤄는 판스져가 도착하자마자 건네준 편지를 받고 서재에 오긴 했지만, 오늘 무슨 일이 생겼는지는 모르고 있었기에, 단지 옆에서 지켜보다 판스져를 놀려줄 셈이었다. 그런데 판시엔이 한 번만 맞아도 뼈가 으스러질 것 같은 발차기를 날리는 것을 보자, 하얗게 질려 그의 화난 얼굴을 쳐다보고만 있었던 것이다.

"놔!"

판시엔의 목소리가, 엄동설한 밤에 부는 차가운 바람처럼 매서웠다.

"아버지도 이 일을 이미 알고 계시니, 아무도 말릴 생각하지 마. 내가 저 새끼를 죽이지는 못하겠지만⋯⋯."

'휴-.'

판스져는 죽은 척하며 바닥에 엎드려 있다가, 형이 자신을 죽이지는 않는다는 소리에 속으로 안도의 한숨을 쉬었다.

"불구로 만들어 버릴 거야!"

이 말과 함께 판시엔은 양손을 빼서, 한 손으로 찻잔을 집어 들고 던졌는데, 누워있던 판스져의 머리 바로 옆에 떨어져 깨져버렸다!

뜨거운 차가 사방으로 튀고, 조각난 파편이 사방으로 튀고, 뜨겁기도 하고, 아프기도 하고, 죽은 척하던 판스져는 벌떡 일어나, 완알의 등 뒤로 가서 울면서 소리쳤다.

"형수⋯⋯형이 날 죽이려고 해요! 살려줘요!"

완알은 판스져의 처참한 모습을 보고서, 판시엔에게 다급하게 말했다.

"왜 이러는 거야? 도대체 왜 이러는 거야⋯⋯일 있으면 말로 해."

"일?"

판시엔은 다시 판스져가 한 일이 떠오르며, 더욱 화가 나 소리쳤다.

"네가 직접 저 새끼가 뭐 했는지 물어봐!"

판스져가 해명을 하려 입을 벌리는 순간, 가슴이 답답해지며 피를 토했다. 그는 순간 자기가 이대로 죽는구나 하는 생각이 들어, 용기를 내서 울부짖었다.

"가게 하나 연 것뿐이잖아! 그게 사람을 죽일 일이야⋯⋯형수⋯⋯나 아마 오늘 살아남지 못할 것 같아요⋯⋯악!"

판스져는 마지막 비명을 외치고, 땅바닥에 쓰러졌다.

두 여자는 아연실색하며 급히 뛰어가, 가슴을 주무르고, 인중을 꼬집고, 난리도 아니었다.

판시엔은 어린놈이 죽은 척하는 모습에, 화가 머리끝까지 나다가 갑자기 실소가 터지며, 뒤에 방문을 닫고, 화를 최대한 가라앉히며 무표정하게 말했다.

"안 죽으니까, 일어서 새끼야."

판스져는 일어날 엄두를 내지 못하고, 재빨리 형수 뒤에 누워서 어머니가 오기만을 기다리고 있었다.

판시엔은 의자에 앉아 무엇인가 생각하고 있었다.

뤄뤄는 최대한 조심조심 차를 가져다주며 조용히 물었다.

"무슨 가게야?"

"기방."

완알과 뤄뤄는 다시 한번 놀랐고, 어린아이가 기방을 열었다는 것이 좀 황당했지만, 그보다 지금 상황이 더 당황스러웠다.

'법률에 어긋난 일도 아니고, 징두의 권문세가 자식들도 암암리에다 하는 일인데, 그게 이렇게까지 할 일인가?'

판시엔은 품에서 감사원의 보고서를 꺼내 무심하게 뤄뤄에게 던져주었다.

판뤄뤄는 받아서 고개를 숙이고 읽었다.

판뤄뤄는 호흡이 가빠지며 슬픔과 분노의 눈빛을 하고서, 이내 윗니로 아랫입술을 '꽉' 물었다.

린완알도 내용이 궁금했지만, 자기가 자리를 옮기면 상공이 판스져를 죽여버릴 것 같아서 움직일 엄두를 내지 못하고 있었다.

판뤄뤄는 천천히 고개를 들고 죽은 척하고 있는 판스져를 보며 한 자 한 자 똑똑히 말했다.

"이거 네가 한 거야?"

바로 그때 판시엔이 실눈을 뜨며 천천히 의자에서 일어났다.

그 모습에 화들짝 놀란 판스져가 울부짖으며, 필사적으로 손사래를 치며 외쳤다.

"형! 그건 내가 한 게 아니야! 제발 때리지 마!"

"살인, 방화, 여자들을 기녀로 팔아넘긴 것. 이것들을 네 손으로 한 거면, 이미 넌 내 손에 죽었어! 하지만 넘이 누구셨더라? 넘은 포월루의 큰 사장님 아니셨던가? 이 일들을 넘이 몰랐다는 게 말이 되냐, 이 개새끼야!"

판스져는 떨리는 목소리로 말했다.

"그건 셋째가 한 거야. 난 진짜 상관없어."

"스져야, 스져야."

판시엔은 여전히 냉소를 지었다.

"뭐뭐가 처음에 널 닭대가리 같다고 했을 때, 알아봤어야 했어. 네가 거기 큰 사장이었는데, 이 일에서 벗어날 수 있을 것 같아?!"

판스져는 더욱 억울해하며, 다시 한번 울부짖었다.

"진짜 나랑 상관없는 일이라니까!"

이 말을 하며 판스져는 또 한 번 간담이 서늘해지는 장면을 보게 되었다.

판뭐뭐는 책상에서 나무 몽둥이 하나를 판시엔에게 건네주었다.

이것이 판씨 집안에서 대대로 내려오는 집안의 법, '가법(家法)'.

'가법'은 무엇인가.

하나의, 몽둥이었다.

하나의, 거친 가시가 촘촘히 박혀 있는 몽둥이였다.

한 번 맞으면 피부가 찢기고 살점이 터지는, 공포의 몽둥이였다.

판씨 집안에서 딱 한 번 사용된 적이 있었는데, 스난 백작이 가장 아꼈던 심복이 호부에서 부정한 일을 저질렀을 때였다. 그는 지금 성밖의 농장에서, 다리가 부러져, 목숨만 부지한 채로 비참하게 살고 있다.

어렸을 때 그 모습을 본 판스져는 판시엔이 '가법'을 실행하려 다가오자, 하얗게 질린 얼굴로 펄쩍 뛰며 소리 질렀다.

"형수, 누이, 절대 저 말을 믿으면 안 돼요……형……안 돼! 판시엔! 너도 성인군자처럼 행동하지 마! 기방 차린 게 어때서? 여자들 좀 더럽힌 게 어때서? 다들 하는 거 아니야? 무슨 근거로 날 때려? 네가 지금 무슨 생각하는지 모르는지 알아? 지금 2황자랑 사이가 틀어졌는데, 내가 2황자랑 연결되니까 화나는 거 아니야? 좋아, 면 좀 깎였다고 해. 그래서 어떻게 되었는데? 너 화풀이한다고 날 때려죽이려고?!"

판스져는 대성통곡을 했지만, 벼랑 끝에 몰려 용기가 났는지 폭주하며 외쳤다.

"날 때려 죽이고도 형이라고 할 수 있어?! 나도 처음에 시작할 때, 형이 2황자랑 이렇게 될지 어떻게 알았겠어? 이럴거면, 나 같이 불쌍한 사람 괴롭힐 게 아니라……빨리 가서 징두 관아 부윤이나 3황자를 때려잡아야지! 빨리 가! 가라고!"

'짝!'

뭐뭐의 귀싸대기를 맞은 판스져는 그제서야 정신을 차려보니, 천천히 자기에게 다가오고 있는 판시엔을 볼 수 있었다.

판시엔은 화가 단단히 나서 이마에 핏줄이 섰는데, 이 세상에 온 이후로 이렇게 화가 난 적은 처음이었다. 무엇보다도 진심으로 형제처럼 대했던 판스져가 이런 흉악한 일을 하고도 핑계나 되고 있는 모습에 화가 난 것이다.

"그 입 닥쳐!"

판시엔은 사납게 꾸짖었다.

"네가 장사를 하면 하는 거지만, 네가 처음부터 그딴 식으로 쓰레기 같은 짓을 하지 않았다면, 내가 너 때문에 다른 병신 같은 새끼들에게 협박이나 받고 있을까? 내가 오늘 널 혼내는 건 다른 게 아니야! 바로 네가 맞을 짓을 했기 때문이야! 이건 2황자, 3황자와 상관없는 일이야. 바로 내 형제인 네가 쓰레기 같은 짓을 했기 때문이야!"

말이 떨어지자, 몽둥이도 떨어졌다.

스난 백작부 작은 도련님의 처참한 비명 소리가 저택, 그리고 정원에 울려 퍼졌다.

반항하던 목소리가 울며 용서를 비는 소리로, 나중에는 목숨을 구걸하는 소리로 변해갔는데, 결국 그 소리마저 점점 잦아 들었다.

열세 살 아이가 엄마를 외치는 소리만 희미하게 들릴 뿐이었다.

"어르신! 스져가 저러다 진짜 죽을 것 같아요!"

류씨가 얼굴 가득 눈물 자국이 번져 판 상서 앞에서 무릎을 꿇고서, 그의 두 다리를 잡고 호소하고 있었다.

"가서 이야기 좀 해주세요. 이미 충분한 것 같아요, 진짜 죽으면 어떡해요?"

류씨에겐 오늘 체면이고 뭐고 없었다.

그저 얼굴만 창백해져 판지엔의 다리만 잡고 연신 울고만 있었다.

"제발 말 좀 해주세요……스져는 아직 어린데, 이렇게 심하게 때리면 어떡해요!"

판지엔은 눈앞에 있는 여자를 보며 긴 한숨만 내쉬고 있었다.

국공 집안의 손녀가 판씨 가문의 방계에 시집을 올 당시에는, 그가 아직 스난 백작 작위를 받기도 전이었고, 판지엔에 대한 황제의 은총을 아는 이도 거의 없었다. 실로 대단히 놀라운 일이었는데, 그

럼에도 류씨는 아무 말 없이 판지엔을 잘 보살펴, 매일 류징허 기방
이나 출입하던 그를 집으로 돌아오게 만들었다.

판지엔은 그녀에게 연정도 있었지만, 일종의 죄책감 같은 것도
있었다.

그리고 스져는……그에게도 친아들 아닌가. 어찌 가슴이 안 아플
수 있겠는가?

하지만 그는 고개를 저으며 꾸짖듯이 말했다.

"옥도 다듬지 않으면 그릇이 되지 못하는 것이오. 아비인 내가
아들을 제대로 가르치지 못하고, 어미는 항상 아들에게 지기만 하
니……."

이때, 다시 서재에서 처참한 비명 소리가 들려왔다.

류씨는 눈물이 흐르는 눈에서 결연한 기색이 나타나더니, 흐트러
진 치마를 정리하며 급히 일어나 서재를 나갔다.

"돌아오시오!"

판지엔은 조용한 목소리로 꾸짖었다.

"판시엔이 큰형 노릇을 하는 것은 당연한 거요. 당신이 가버리면,
그 아이가 뭐라 생각하겠소?"

"어르신은 판시엔이 어떻게 생각할지는 걱정하면서, 내가 어떻게
생각하는지는 걱정 안 해요? 그리고 진짜 스져가 맞아 죽어도 상관
없는 거예요?"

그녀는 대성통곡을 하며 말했다.

"그래요, 그때는 내가 잘못했어요. 하지만 그가 딴저우에서 온 이
후로는 항상 양보 했잖아요. 당신 뜻에 따라 아이들에게 도움이 되
도록 노력했잖아요. 지금 판시엔의 지위에 저의 몫도 있는 거잖아
요……근데 오늘은 너무 심하잖아요……만약에 판시엔이 그때 일을
아직도 마음에 담고 있는 거라면……그냥 내 목숨을 가져가라고 해

요! 내 아들을 괴롭히지 말고! 아들아, 불쌍한 내 아들아…….”

판지엔은 화가 가슴에 북받쳤다.

“판시엔이 어떤 아이인지 아직도 모르오? 한 번 잊으면 그걸로 끝인 아이요……이번 일은 스져가 선을 넘었소. 이렇게 하지 않으면 집안 전체가 매장될 수도 있는 일인데, 그럼 좋겠소?”

류씨도 조정이 돌아가는 상황을 모르는 것이 아니기에, 울면서 말했다.

“사실 이 일은 별로 큰일도 아니었는데, 판시엔이 2황자에게 책잡혔다는 이유로 화를 내는 거잖아요…….”

류씨와 판스져 모두 이 일을 판시엔의 탓으로 돌리고 있었다. 판지엔은 근엄한 얼굴로 그녀를 바라보며 말했다.

“큰일이 아니라고? 방금 서재에서 보내온 문서를 못 봤소? 스져가 직접 하지 않았다지만, 사실 그가 한 것과 다름없는 상황 아니오? 설마 진짜 당신 아들 손으로 직접 사람을 죽여야만 큰일이라 생각하는 것이오?”

서재에 비명 소리가 점점 잦아들었다. 류씨는 공포가 몰려왔다.

‘내 아들이 진짜 죽으면 어떡하지?’

판지엔은 그녀의 모습을 보면서 탄식을 하면서도, 지난밤에 판시엔과 상의했던 일을 생각하며 마음이 더욱 침울해졌다. 그동안 작은 아들에게 너무 신경을 못 쓴 것도 사실이었기 때문이다.

“판시엔이 알아서 하도록 놔 두게.”

판지엔은 류씨를 안심시켰다.

“그놈이 스져를 친동생으로 생각하니 저런다는 걸, 당신도 잘 알고 있잖아? 아니면 단칼에 죽여버렸겠지. 그리고……그가 우리 집안을 이끌어 갈 사람임을. 그놈도, 우리도 잘 알고 있잖아. 그러니 안심해.”

류씨도 왜 모르겠는가.

하지만 아들이 맞으면, 엄마가 아프다.

이유가 무엇이든, 그녀의 눈에서 하염없이 눈물만 흐르고 있었다.

판지엔은 고개를 저으며 그녀에게 자기를 따라오라는 눈짓을 보냈다.

류씨는 기쁜 마음에 헐레벌떡 일어나 따라 나섰다.

류씨는 마음으론 이미 날개를 달고 날아가고 있었다.

후원에서 판시엔의 집으로 이어지는 입구에 이르자, 또 한 번의 돼지 멱따는 소리가 들려왔다!

수없는 매질 소리가 생생하게 들리자, 그녀의 심장이 순간 철렁하며 다리에 힘이 풀려 기절하고 말았다!

판씨 저택에는 3개의 서재가 있었는데, 그중 가장 외진 곳에 있는 서재는 판시엔이 감사원의 업무를 보는 곳으로, 그의 허락이 없으면 아무도 들어가지 못했다. 지금 그 서재에는 옌빙원과 1처 주보 무티에, 그리고 판시엔의 제자 스챤리가 앉아 있었다.

세 사람 모두 판시엔의 심복이라 할 수 있었지만, 그중 옌빙원은 그의 친구라고 불릴 수도 있었다. 그는 끊임없이 들리는 매질 소리를 들으며 비꼬듯이 말했다.

"전 이 일을 경국의 법률에 따르지 않고 '가법'으로 해결하는 것을, 기본적으로 반대해요. 제사 대인의 마음은 정말……수정 같은 사람이에요. 이렇게 멋대로 호되게 매질을 하며 선수를 써버렸으니, 결국 포월루 사건이 드러난다 해도 폐하에게 변명할 구실도 생기고, 2 황자라 한들 백작가를 궁지에 몰아 넣긴 힘들겠죠."

스챤리도 공개적으로 매질을 하며 전체 가문 사람들이 다 듣도록 한 것은 이 일이 퍼져 나가게 함으로써, 다른 사람들의 입을 막으려고 한 것임을 잘 알고 있었다. 다만……이번에 판스져가 저지른 일은 너무 커서 이런 연극만으로는 해결될 수 없다는 것도 알고 있었다. 옌빙원은 스챤리의 걱정을 읽기라도 한 듯 말했다.

"자네 너무 많이 걱정하지 말게, 자네 스승은 다 계획이 있어."

스챤리는 사실 포월루 사건이 대외 첩보망을 운영하는 감사원 4처와 무슨 관계가 있길래, 4처 처장 옌빙원이 온 것인지 이해가 되지 않았다.

무티에는 말없이 창가로 가서, 매질을 하는 모습을 무덤덤하게 바라보았다. 피부가 터지고, 피가 철철 흐르는 판씨와 류씨 가문의 자제들이 고통스럽게 엉덩이와 다리를 만지고 있었다.

스챤리는 이내 잡생각을 떨쳐버리고, 조용히 책상 앞에 앉아 붓을 들고 스승이 시킨 문서를 작성하기 시작했다.

잠시 졸도했다 깨어난 류씨는 판시엔을 찾아가 사생결단을 낼 태세로 문을 들어섰다. 하지만 그녀가 들은 처참한 비명 소리가 자신의 아들이 아닌 류씨 집안의 다른 자제들이 내는 소리인 것을 알게 되었다.

'스져가 아니었어?'

류씨는 매를 들고 있는 호위들에게 소리를 질렀다.

"큰 도련님이 너희들에게 처벌을 맡겼으니, 저들의 버르장머리를 단단히 고쳐 놔!"

그녀는 소리를 지르면서 이미 발은 서재로 들어가고 있었다. 서재의 긴 의자에서 바지가 벗겨진 채 엉덩이에 피멍이 들어 뻗어 있는 아들을 보자, 재빨리 달려가 상처를 조심조심 어루만지며 흐느꼈다.

"아들아……."

손 하나가 불쑥 나타나더니, 손수건으로 그녀의 눈물을 닦아주었다. 류씨가 고개를 들어 보니 뜻밖에……판시엔이었다. 그녀는 이를 악물며 최대한 감정을 드러내지 않으려 했지만, 그 눈빛에서 원망의 감정을 완전히 숨길 수 없었다.

판시엔은 이미 냉정을 찾고 안심시키듯 말하였다.

"스져는 괜찮을 거예요. 동생에게 약 좀 발라주게 비켜주세요."

판스져는 비명을 지르며 울다, 이미 졸도한 상태였다.

판지엔은 그에게 눈길 한번 주지 않고, 대신 완알과 뤄뤄를 바라보았다. 완알은 그저 놀란 듯 보였고, 뤄뤄는 동생이 불쌍하다 생각하기 보다 안타깝다 생각하는 듯 보였다.

그는 헛기침을 한번 하고 모두의 이목을 집중시킨 후 판시엔에게 물었다.

"계획은 차질 없지?"

"아버지의 뜻대로 스져는 오늘 밤에 바로 떠날 거예요."

판시엔은 공손하게 대답했다.

"이미 준비는 다 되어 있어요."

"어르신! 지금 뭐라고 하신 거예요?!"

류씨는 무력하게 판지엔을 바라보았고, 졸도한 줄 알았던 판스져도 이미 벌떡 일어나 있었다. 판스져는 닭똥 같은 눈물을 흘렸고, 어머니를 바라보며 입을 벌려 말을 하였지만, 이미 목소리가 쉬어버린 듯 아무 말도 들리지는 않았다.

그리고 그는 고개를 필사적으로 내저을 뿐이었다.

"어르신!"

류씨는 결국 참지 못하고 대성통곡을 하며 빌고 있었다.

"안 돼요! 그건 안 될 일이에요! 이놈도 어쨌든 어르신의 아들이 잖아요……엄연히 가족이 있는 놈을 낯선 이국땅에 보낸다는 것은 말도 안 돼요!"

판뤄뤄도 이 정도까지 일이 벌어질 줄은 몰랐다는 듯 무릎을 꿇고서 떨리는 목소리로 빌었다.

"아버지, 동생은 오늘 단단히 벌을 받았으니, 이후에는 감히 이런 짓을 못 할 겁니다. 아버지께서 이제 용서해 주시지요."

린완알도 너무 당황한 나머지 멍하니 옆에 서 있다가, 겨우 정신을 차리고 바로 같이 무릎을 꿇었다.

판지엔은 여전히 침착한 얼굴로 며느리에게 다가가 부축해서 일으키고는 류씨를 바라보며 말했다.

"스져는 가야만 하오……판시엔을 원망할 것 없소. 그건 나의 뜻이오."

류씨는 이해할 수 없었지만, 누구보다 판지엔의 성격을 잘 알고 있는 그녀는, 이를 꽉 깨물고 판시엔에게 절을 하며 빌기 시작하였다.

"큰 도련님, 자네가 제발 어르신 좀 설득해 주라."

판시엔이 아무리 그래도, 어떻게 그녀의 절을 받을 수가 있겠는가.

옆으로 살짝 비켜서서는 난처한 표정으로 아버지를 바라보기만 했다.

판지엔은 차가운 목소리로 고개를 저으며 말했다.

"스져가 지은 죄에 대해 대신들이 상주문을 올리면, 최소한 삼천리 유배를 갈 것이야……그럴 바에는 내가 먼저, 그를 징두에서 내쫓는 게 나아."

류씨는 근본적으로 이 말을 믿지 않았다. 지금의 판지엔과 판시엔의 지위라면, 지금의 황제의 총애라면, 그렇지 않고도 해결할 수 있다고 생각했다.

"어르신, 꼭 그렇게까지 하셔야겠어요……스져는……이제 열세 살이에요!"

"모질게 하는 게 아니네……그놈이 한 짓이 그렇게 만든 것뿐이네."

판지엔은 차가운 목소리로 말을 이었다.

"그리고 열세 살? 자네는 벌써 잊었나? 판시엔이 열세 살 때, 누구 때문에 살인을 할 수밖에 없었는지?!"

이 말과 함께 방에 침묵이 흘렀다.

이 사건을 모르는 완알과 뤄뤄는 그저 놀란 눈으로 판시엔을 바라만 보았다.

반면 이 일이 항상 마음에 걸리던 류씨는 가슴이 철렁하며 절망적인 눈빛으로 고개를 떨구었다.

제14장

신변 정리

판시엔은 이 일에 말을 하기가 곤란하여 그저 판스져를 안아 일으키고, 아내와 동생에게 내실로 데리고 가 보살피라고만 당부하였다.

"판시엔, 넌 좀 있다 내 서재로 건너오거라."

판지엔은 이 말과 함께 류씨를 한 번 보고 밖으로 나가 버렸다. 서재에는 류씨와 판시엔만 남아 어색한 분위가 흐르고 있었는데, 잠시 후 류씨가 침묵을 깨며 입을 열었다.

"꼭 이렇게 해야겠니?"

"걱정 마세요, 아버지는 판스져가 징두라는 우물을 벗어나, 좀 더 많은 경험을 쌓게 하려는 것……."

"얼마나 멀리?"

"좀 멀어요."

판시엔은 혼이 나간 듯한 류씨를 보면서, 한편으로는 어머니의 사랑을 받고 있는 판스져가 부러워졌다.

"도대체 얼마나 멀리 보낸다는 거야?"

류씨는 날카로운 목소리로 물었다.

판시엔은 최대한 부드럽게 말했다.

"아버지가 어제 정하신 건데, 전 원래 딴저우로 보내 좀 숨어 있게 할 생각이었는데, 아버지는 할머니께서 손자를 너무 걱정하실 듯하다고……그래서 북제로……."

"북제?"

류씨는 그나마 조금 안심이 되었는데, 멀기는 하지만 번화하고 안전한 곳이고, 지금 경국도 북제와 밀월관계에 있으니 큰일은 없을 것 같았기 때문이다.

"저도 북제에 친구들이 있으니 잘 돌보라 전할게요."

앙상한 가을 나뭇가지 끝에 걸린 달이 은은하게 판씨 저택을 비추고 있었다. 매질을 당했던 판씨와 류씨 가문 자제들은 이미 마차를 타고 집으로 돌아갔다. 친척들이 자기 아들들을 보고서 스난 백작 집안을 원망할 수는 있겠지만, 현재 판지엔과 판시엔의 기세를 고려하면 무슨 행동을 취할 수는 없을 듯 보였다.

판지엔의 서재에서 판시엔은 류씨 대신 아버지에게 과일즙을 준비해 주고 있었다. 류씨는 오늘 판스져의 침대 곁에서 한 발자국도 떠나려 하지 않기 때문이다.

"아버지께서 말씀하신 세 명은 이미 징두 관아로 보냈어요."

그가 말한 것은 포월루에서 직접 살인을 한 놈들이었다.

"징두 관아는 2황자 사람들이니, 아마 우리가 그들을 징두 관아로 보낼 줄은 예상치 못했을 거예요. 그 세 사람은 곧, 2황자가 배

내 갈 거예요."

"날 속일 생각 마라. 네가 숨겨둔 계획이 있는지 알아."

"깔끔하게 처리할게요."

판시엔은 천핑핑이 임시로 준 감사원의 모든 권력을 이용해, 6처의 자객을 활용하기로 한 것이다.

"다만, 그 세 명이 모두 우리 집과 친인척 관계에 있는 놈들이라, 가문 내에서 우리에게 가지게 될 불만들은 아버지가 좀 해결해 주셔야 해요."

"해결하고 말 것도 없다. 그들을 2황자 쪽인 징두 관아에 보냈는데, 우리와 무슨 관련이 있느냐?"

그제서야 판시엔은 아버지 계획의 진정한 뜻을 알게 되면서, 속으로는 절묘한 수라고 생각했다.

"스져는……밤에 출발할 건데, 옌빙윈이 맡아서 처리하니 어떤 흔적도 남기지 않을 거예요."

"내가 한때, 북제 사람들을 너무 많이, 그리고 너무 잔인하게 죽였었는데……자신 있는 거지?"

판시엔은 그가 스져의 안전을 걱정하는 것을 눈치채고, 진중하게 고개를 끄덕이며 말했다.

"왕치니엔이 지금 북제에 있는데다……제가 하이탕과 북제 황제와도 관계가 좋으니 큰 문제는 없을 거예요."

판지엔은 깊은 숨을 들여 마셨다.

오늘따라 귀밑 백설 같은 흰 머리가, 유난히 눈에 띄었다.

"신양 쪽이 췌씨 집안을 통해서 북제와 밀수를 하는 것을 선중이 비호하고 있었는데, 그가 죽으면서 그들도 통로가 막혀버렸어요……스져가 이번 기회에 잘 단련을 한다면, 그 장사를 이어받게 할 생각이에요. 스져도 필히 좋아할 거예요."

판지엔은 판시엔의 치밀한 계획에 만족하며 말했다.

"언제 본격적으로 췌씨 집안을 칠 거냐?"

"내고를 받고 나서 바로 움직일 건데, 대략 내년 삼사월 정도."

"그들이 반격할 기회를 일체 주지 말아야 한다."

이게 판시엔이 처음 본, 아버지의 냉혈한 같은 모습이었다.

"이번 일은 잘 처리했다. 이후의 일은 내 의견을 굳이 물을 필요 없이 네가 알아서 처리하거라. 다만 그 사람……위엔멍……? 이름이 맞느냐? 하는 짓이 너무 사악하더구나. 잠잠해질 때를 기다렸다 처리해 버려라. 그게 이 일의 마지막이겠구나."

'위엔멍을 왜 굳이……?'

"같은 처지에 놓인 불쌍한 사람을 괴롭히는 것이 가장 나쁜 짓이다. 위엔멍도 기녀였다면서, 기녀들에게 그런 짓을 했다는 것은 용납할 수 없구나."

"위엔멍은 홍청사람인데……아버지가 보시기에……홍청과 뤄뤄의 혼사를……혹시……."

"좀 더 두고 보자……폐하께서 정하신 혼사이니 신중할 필요가 있다."

판시엔은 조금 실망하였는데, 좀 더 정확히 말하자면, 아버지가 뤄뤄의 행복을 그리 중요하게 생각하지 않는 태도에 화가 났다. 하지만 이 상황에서 이야기하기에는 적절치 않다고 생각하여서 예를 드리고 나온 뒤, 곧바로 다른 서재로 발걸음을 옮겼다.

세 명은 판시엔이 들어오는 것을 보고 모두 일어나 인사를 하였고, 이어 스챤리가 문서를 건네며 말했다.

"포월루 7할의 지분 양수도 계약서입니다. 작은 도련님이 지장만 찍으시면 됩니다."

무티에는 말했다.

"징두 관아가 우리가 보낸 살인범들을 보고, 난처해하고 있답니다. 2황자 쪽 사람이 부윤 대인 저택에 들렀다는데, 나눈 이야기는 모르겠습니다."

판시엔은 고개를 끄덕였다.

"상관없어. 며칠 동안은 지켜만 볼 거야."

"그놈들이 물귀신 작전으로 작은 도련님을 체포하라 공문을 보내면 어떻게 합니까?"

판시엔은 옌빙윈을 바라보며 말했다.

"여기 4처의 처장님이 스쪄를 북제로 보내 버릴 건데, 과연 누가 찾을 수 있을까?"

판시엔은 모든 준비를 마치고, 눈이 퉁퉁 부어 있는 류씨에게 찾아가 몇 마디 나누자, 류씨가 결연한 눈빛으로 고개를 끄덕였다. 그가 그녀에게 무슨 허락을 받았는지, 어떤 말로 설득했는지는 알 수 없었다. 뤄뤄가 류씨를 데리고 밖으로 나가고, 판시엔은 자고 있는 동생의 손가락에 인주를 묻힌 후, 스챤리가 준 문서에 지장을 찍게 하였다.

이로써 판스쪄는 포월루에서 완전히 떨어져 나오게 된 것이다.

얼마의 시간이 지난 후, 덩즈위에가 하인을 데리고 와서 판시엔에게 고개를 끄덕였다. 판시엔은 조용히 처리하기 위해 직접 판스쪄를 끌어안고서, 후원 밖에 있는 마차에 태웠다. 류씨가 따라와 잠에 취해 있는 아들의 뺨을 어루만졌고, 뤄뤄도 안타까운 마음에 동생의 귓불을 연신 쓰다듬었다. 완알도 이미 눈이 촉촉해져 있었다.

"먼저 가."

판시엔이 옌빙윈에게 말했다.

"같이 안 가세요?"

판시엔은 담담히 고개를 저으며 말했다.

"성밖 송림포(松林包)에서 다시 모이자고. 지금 좀 해야 할 일이 있어."

그는 말을 하는 동시에 곁눈질로 동생의 눈가를 보니, 아직 채 마르지 않는 눈물이 보이는 것이, 이미 잠이 깬 듯 보였다. 하지만 좀 전 왜 류씨 앞에서 자는 척했는지 알 수 없었다.

판시엔이 마차에서 내려와 손을 흔드니 마차는 천천히 징두 밖을 향해 움직였다. 세 명의 여자만이 그 자리에 서서 슬픈 표정을 짓고 있었는데, 류씨는 결국 참지 못하고 다시 한번 눈물을 보이고 말았다.

징두성을 벗어나 북서쪽으로 반 시진 정도 가면 달빛을 은은히 받고 있는 작고 낮은 숲이 보이는데, 그곳이 바로 송림포였다. 마차 안에는 판스져와 옌빙윈 두 사람만 남아 있었는데, 판스져는 이미 일어나 무기력한 목소리로 물었다.

"옌 형, 우리 형이……절 어디로 유배 보내는지 아세요?"

"북제."

"네?"

판스져는 절망적인 얼굴로 상체를 세우더니, 참지 못하고 참혹한 비명 소리를 질렀다.

"판 제사의 약이 효과는 있는데, 많이 아파. 계속 참는 수밖에 없어."

옌빙윈도 북제에서 겪어 봤기에 그 고통을 잘 알고 있었다.

"내가 힘조절을 잘해 뼈는 안 부러졌을텐데, 엄살은……."

판시엔은 어이가 없다는 표정으로 마차에 올라타며 말했다.

판스져는 형의 표정을 보자 악몽이 떠오른 듯 순간 오금이 저렸다.

"뭐하러 간 거예요? 누군 급해 죽겠구만."

옌빙원은 짜증나는 듯한 말투로 말했다.

판시엔은 업고 온 사람을 판스져 옆에 내려놓으니, 마차 안에서는 은은한 향이 퍼졌다. 판스져는 그녀의 얼굴을 보고 아연실색하며 판시엔에게 소리쳤다.

"어쩌려고 그래?!"

"온갖 유세는 다 떨더니, 아버지의 호색한 기질은 이어받아 가지고……기방 운영할 때 이 여자는 왜 보살피지 않은 거야? 네 인생에서 이 여자가 처음이냐?"

판시엔이 마취시켜 엎고 온 여자는, 옌알이었다.

판스져는 잠시 쭈뼛쭈뼛하더니, 이윽고 고개를 끄덕이고 최대한 불쌍한 표정을 지으면서, 옌알만은 보내 달라고 형에게 사정하였다.

"역시 나보다 강해. 열세 살에 이미 꽃을 품다니……."

판시엔은 한 번 웃은 뒤, 정색하며 말했다.

"네가 옌알에게 하는 것 보니까 뭔가 다르더라고. 그녀도 싫지 않은 눈치였고……물론 그녀가 너보다 나이는 많지만. 포월루는 앞으로 시끄러워질 거야. 그녀가 거기 있으면 네가 안심을 못할 것 같고. 그렇다고 집에 데리고 오면, 류씨 이모가 때려 죽일 거고……아버지가 특별히 허락하신 거니까, 알아 둬. 그리고 아무리 단련하러 가는 거지만, 너무 고독하고 외로울 필요는 없어."

옌빙원은 이해가 안 된다는 듯이 고개를 젓더니, 이내 판스져의 어깨를 가볍게 두드리며 말했다.

"너의 형이라는 사람은 진짜 대단하다."

그리고 이 말을 마지막으로 마차에서 내려, 형제 둘만의 이별 시간을 갖게 해주었다.

판시엔은 판스져를 지긋이 바라보며 말했다.

"내가 왜 이렇게 화가 난 건지, 또 아버지와 내가 왜 널 북제로 보내는지 알아, 몰라?"

판스져는 고개를 숙이며 깊이 생각한 후, 천천히 말했다.

"첫 번째는 내가 징두 관아에 가서 조사받을 필요가 없고, 두 번째는 이렇게 내가 도망가는 걸로 처리해버리면, 우리 집이 2황자랑 맞설 때, 나 때문에 손발이 묶이지는 않을 테니까."

잠시 머뭇거리다, 흐지부지 말을 이었다.

"그리고……나를 벌주기 위해서……."

판스져는 다시 통증을 느끼는 듯, 고개를 들어 눈물을 흘리며 외쳤다.

"근데 형, 나 진짜 가기 싫어……형, 북제 사람들은 엄청 흉악하대. 그리고 내가 혼자 거기서 뭘 해?"

"뭘 해? 네가 제일 잘하는 거, 장사."

"장사?"

"내가 너에게 천 냥을 줄 거고, 샹징에 도착하면 맞아 주는 사람이 있을 거야. 하지만……더 이상은 없어. 5개월 후, 네가 천 냥을 만 냥으로 만들면, 실력을 인정해 주지. 그리고……."

판시엔이 말을 다 하기도 전에 판스져는 참지 못하고 소리쳤다.

"장난해! 내가 신선이야? 천 냥은 너무 적어!"

판시엔은 그의 불평은 들은 체도 안 하고 말을 이었다.

"아버지께서 네가 아무리 힘들어해도, 널 너무 많이 도와주지 말라고 했어. 그러니 스스로 조심해."

판스져는 무기력하게 고개만 끄덕이고 있었다.

판시엔은 진지하게, 하지만 온화하게, 차근차근 이야기했다.

"네가 아까 말한 이유가 일부는 맞지만, 네가 북제로 가야 하는 결정적인 것들은 아니야. 나나 아버지나, 사실 네가 이렇게 대담하고 무서운 짓을 아무렇지 않게 할 줄은 몰랐어. 만약에 이대로 널 계속 징두에 남겨 둔다면, 설령 네가 하고 싶지 않더라도 주변에서 널 계속 꼬드길 거야. 그건 '너' 때문이 아니라 나, 어머니, 아버지 결국 판씨 집안의 문제야. 권력을 가질수록, 돈이 많아질수록, 좋은 점도 있지만, 안 좋은 점도 늘어나는 거야. 포월루 일을 한 번은 막을 수 있겠지만, 두 번은 막을 수 없어."

판시엔은 말을 잠시 멈추고 판스져의 두 눈을 똑바로 쳐다봤다. 그리고 이어 똑똑히 이야기했다.

"무슨 일이든 도가 지나치면 안 돼. 장사도 수단 방법 가리지 않고 돈을 벌면 될 것 같지만, 도를 넘어 악행을 저지르면 다른 사람의 공격을 받게 되고, 결국 돈을 많이 벌 수 없어. 그러니 할 수 있는 한, 최대한 밝고, 깨끗하고, 남에게 도움이 되고, 더 나아가 세상에 도움이 되는 일을 해야 돈을 많이 벌 수 있어."

판스져는 판시엔의 말을 이해할 수도 믿을 수도 없었다. 심지어 살인을 밥 먹듯이 저지르는 감사원의 제사가 그런 말을 한다는 것은 핑계로밖에 들리지 않았다. 판스져는 불만 가득히 중얼거리듯이 말했다.

"하지만 여자장사, 물장사가 얼마나 이윤을 많이 남기는데……좀 흉악한 수단 쓴 게 무슨 대수라고……장사에 착한 게 어딨어……?"

판시엔은 좋은 생각이 난 듯 다른 이야기를 꺼냈다.

"너도 경여당 예씨들 알잖아? 예씨가 지금까지 가장 큰돈을 번 집안이잖아? 그래서 내가 한 번 경여당의 예씨 수석 지배인에게 예씨는 어떤 장사를 했는지 물어봤는데, 돈 되는 건 다 했지만 부정한 수단을 쓰지는 않았다 하더라고. 그런데 이유가 뭔지 알아? '부정한 수단을 쓰면 큰돈을 벌 수 없다'라는 거였어. 당장의 이익을 볼 수 있지만, 결국은 돈을 못 벌게 된다고. 마치 계곡의 물이 아무리 세차게 흐르더라도 큰 줄기 강물의 흐름을 바꿀 수 없는 것 같은 거야."

판시엔은 마치 마음속 깊은 곳의 약한 부분이 건드려진 것처럼, 말할수록 더욱 엄숙하고 진지해져 갔다. 더 이상 동생에게 말하는 것인지, 스스로에게 하는 말인지도 구분이 되지 않았다.

"사람이 살면서 어떤 일을 하더라도, 궁극에 이르려면 큰 물줄기를 잡아야 해. 상인이 된다면 간사한 장사꾼이나, 황실의 상인 정도로 만족하면 안 되는 거야……부로써 국가에 대항할 수 있고, 만민의 존경을 받을 수 있는, 소위 천하의 거상이 되어야 해. 결론적으로 그 길에 있어 약자를 괴롭히는 것은 아무런 의미가 없어."

판스져는 무슨 말인지 도저히 이해가 안 되어 머리가 아플 지경이었지만, 지금 자기가 바꿀 수 있는 것도 없기에 그저 힘없이 말했다.

"형 근데, 나 진짜 징두를 떠나기 싫어……그래도 어쨌든 잘해 볼게."

그제서야 판시엔은 동생의 귀에 대고 몇 마디 말을 했다. 판스져는 그제서야 형이 자기를 북쪽으로 보내는 진짜 의도를 알고서 약간 흥분되기도 했지만, 순간 멍해져 버렸다.

'내고, 밀수, 췌씨 집안……내가 이것들을 할 수 있다고?'

판시엔은 동생에게 눈짓으로 옆에 잠들어 있는 기녀를 가리키며 말했다.

"난 네가 마음이 독한 걸 잘 알고 있어. 하지만 가끔씩은 좀 내려놔. 그러면 생활의 또 다른 즐거움을 찾게 될지도 몰라."

판스져는 형이 갑자기 남녀문제를 언급하자 난감한 듯, 얼굴이 붉어지며 알았다고 대답했다.

마차가 천천히 멈추고, 둘은 헤어질 시간이 다가왔음을 알아차렸다. 판시엔은 마지막으로 동생에게 부드럽게 말했다.

"나를 아직도 원망한다는 거 알지만, 언젠가는 내 마음을 알게 될 거라 믿어. 그리고 아버지는 절대로 원망하면 안 돼. 이 세상에서 널 진정으로 아껴주는 사람은 부모 형제들밖에 없어."

판스져는 말없이 고개를 끄덕이고서, 판시엔이 마차에서 내리는 모습을 바라만 보았다. 잠시 후 앞으로 혼자 헤쳐나갈 일을 생각하니, 순간 마음이 공허해지며 이미 그림자도 보이지 않는 형에게 조용히 말했다.

"형, 빨리 나 데리러 와야 해."

사라져 가는 마차를 보면서, 판시엔은 자기도 좋은 사람이 아니면서 왜 스져에게 좋은 사람이 되라고 강요한 것인지 생각했다.

'중국의 정치가이자 친일파였던 왕징웨이(汪精衛)가, 자신의 아들은 매국노가 되길 바라지 않은 것, 히틀러가 아들은 화가로 남기 바랐던 것, 그리고 샤오은이 장모우한을 위해 형제 관계를 외부에 숨겨 왔던 것, 나도 그런 건가?'

장모우한은 마지막에 평생의 명예를 걸고, 샤오은을 구하기 위해 자신을 모함하는 위험한 선택을 했었다.

'마지막 순간에 판스져는 나를 구하러 올까?'

마차가 떠난 자리를 지켜보던 판시엔은 고개를 저었다.

'저 놈은 날 위해 기껏해야 만 냥 정도 지불하겠지?'

"대인은 진짜 가식적인 사람이에요."

옌빙윈의 말에 판시엔은 꼬리에 꼬리를 물던 생각에서 벗어나 흥미로운 듯이 물었다.

"왜 그렇게 생각하는데?"

"주변 사람은 모두 이용하면서, 스스로는 그들에게 잘 보이려고 하고……."

"넌 형제가 없어서 이 마음을 이해하지 못할 거야……난 정말 그를 위해 이렇게 하는 거야. 결과는 장담할 수 없겠지만, 최소한 스져의 성장을 위해 형으로서 최선을 다했다고 말할 수 있으면 돼.”

“그게 제가 이어서 할 말이었어요.”

옌빙윈은 고개를 끄덕였다.

“그리고 대인은 사악한 사람이죠. 북제 상황이 복잡한 걸 알면서도, 동생을 저렇게 보내 버리다니. 경국 2황자가 대인을 협박할 구실을 주지 않고 싶은 건데, 이건 2황자도 생각 못 했을 거예요.”

“넌 인생을 어떻게 살아야 한다고 생각해?”

뤄뤄, 완알, 스쪄 이후에 네 번째로 던지는 질문이었다.

옌빙윈은 뜬금없는 질문에 당황한 듯했지만, 이내 망설임 없이 대답했다.

“간단하죠. 감사원의 관원으로서 폐하에게 충성하고, 경국에 충성하고, 부국강병과 천하 통일을 이뤄야 한다고 생각해요.”

“천하 통일? 그게 진짜 의미가 있을까?”

옌빙윈에게 ‘천하 통일’은 ‘당연한’ 것이었다.

“천하가 세 개로 나뉘어 있으니, 전쟁을 피할 수 없고……그렇다면 통일을 하지 않고, 어떻게 칼과 군대를 없앨 수 있겠어요?”

“정말 말도 안 되는 논리야. 천하가 분할되어 있어도, 천하 통일의 야심이 없으면, 전쟁이 왜 일어나? 그리고 천하 통일의 과정에서, 사람이 안 죽나? 아무도 천하 통일을 꿈꾸지 않는 게, 더 평화로운 세상이 아닐까?”

“유치하고 이상적인 논리네요.”

“인정. 그래도 이건 기억을 해야 해. 감사원이 일 년에 대략 4백명을 죽여, 8월에 난 홍수로 몇만 명이 죽었어. 하지만 전쟁이 일어나면, 최소한 십만 명은 죽을 거야.”

“모순은 잠시 억제할 수 있을 뿐, 영원히 덮어 둘 순 없어요. 언젠가는 전쟁이 일어날 겁니다. 그리고 대인이 억제할 수 있다 해도, 대인이 죽으면 어떻게 하나요?"

"내가 죽으면? 홍수가 천하를 덮는다고 해도 뭔 상관이야?"

"역시 대인은 사악할 뿐만 아니라 극도로 이기적인 사람이었네요."

"난 댓글에 별로 신경 쓰지 않는 사람이야."

옌빙윈은 판시엔이 가끔씩 자기가 못 알아듣는 말을 하는 것이 짜증 났지만, 진지한 분위기를 깨고 싶지는 않았다.

"그럼 대인은 어떻게 살아갈 건가요?"

"잘 살아야지."

판시엔은 옌빙윈이 폭발하려고 하는 것을 보고, 웃으며 재빨리 화제를 바꿨다.

"이번 일은 너와 너의 아버지에게 폐를 많이 끼쳤네."

"대인은 제 상사잖아요."

"원장께는 내가 직접 보고할게. 근데 아나? 내가 북제 갈 때에도 여기서 첫날밤을 묵었는데, 그때 스리리라는 아름다운 기녀가 있었지. 판스져가 그때의 나보다 훨씬 처량한 신세지만, 그래도 내가 기녀를 데려다줬잖아? 결국 나처럼 내 동생의 천 리 길도, 그렇게 외롭지만은 않을 거야."

옌빙윈은 판시엔이 가끔씩 자기 앞에서 하는 염치없는 말이 도무지 적응이 되지 않아, 대꾸도 하지 않고 화제를 돌렸다.

"이제 다음은 어떻게 하실 건가요?"

"상대가 황자인데 죽일 수는 없잖아?"

"제가 보기엔, 대인이 그쯤은 겁낼 사람으로 보이지는 않네요."

"역시 너는 날 잘 알고 있어……그래도 이제 뭐 급할 건 없지. 홍청이를 좀 욕 먹이고, 2황자 수하들을 좀 괴롭혀서 머리 아프게 해주고, 그리고 춰씨 집안을 작살내는 거지. 참 그리고 포월루 사건은 나

한테 묻지 말고, 네가 알아서 해. 음모 이런 것은 네가 더 잘하잖아?"

　포월루는 계속 영업을 이어갔다.

　징두 내 반응은 신분을 떠나 비슷했는데, 조정 대신들은 판시엔이 아무리 세력이 강해도 황자와 대적하긴 어렵기 때문에, 그리고 양측에서 가져가는 돈이 적지 않기에, 공동의 이익을 위해 적당히 무마시켰다 생각했다. 대부분의 백성들은 양측이 권력 싸움 한 번 했으나, 언제나 그렇듯 결국 좋은 게 좋은 걸로 마무리되었다 정도의 생각이었다.

　하지만 포월루의 직원들과 기녀들만은 그렇게 가볍게 생각하지 않았다. 왜냐하면 큰 사장이 실종된 것처럼 자취를 감춰버렸기 때문이었다. 집에 감금되어 있다는 소문이 들리기는 했지만 누구도 가서 직접 확인할 수도 없는 일이었다.

　불안한 것은 2황자도 마찬가지였는데, 포월루에서 살인을 저지른 당사자 세 명을 판시엔이 징두 관아로 보낸 것 때문이었다.

　징두 관아를 2황자가 장악하고 있다는 것은 공공연한 비밀이니, 판씨 집안이 모를 리 없었다. 그런데 판스져의 죄를 증언할 가장 중요한 증인 세 명을 순순히 징두 관아로 보냈다? 그건 판스져를 징두 관아에 보낸 것과 다름없었고, 결국 판시엔이 이 사건을 통해 스스로가 얼마나 피해를 보더라도, 2황자와 끝을 보겠다는 것이었다.

　2황자는 이해가 되지 않았다.

　'이 상황에서 판스져를 집에 감금시켜 놓는 건 무슨 의미인가? 그리고 왜 감사원과 판씨 집안은 아무런 움직임을 보이지 않는 것인가?'

　이런 저런 고민에 머리가 아픈 2황자는 판스져가 이미 징두를 벗어났을 거라고는 생각지도 못하고 있었다. 하지만 2황자는 나름대로 자신은 있었는데, 판시엔이 아무리 포월루를 파헤친다 하더라도, 자기와의 관련성을 찾아내기는 힘들다고 생각했기 때문이었다.

포월루의 영업은 이어졌지만 예전과 같을 수는 없었다. 이름 모를 곤충들이 포월루의 돌계단을 뛰어다니며 기진맥진한 울음소리를 내는 게, 그들마저 자신들의 마지막을 기다리고 있는 듯 보였다.

그런 포월루에 한 명의 젊은 사람이 들어왔다.

평범한 얼굴이었지만, 붓으로 그린 듯 짙은 눈썹을 가지고 있어 기억하기 쉬운 얼굴이었는데, 어느 날 밤인가 그를 접대한 기억이 있던 안내인이 단박에 그를 알아보았다. 하지만 대문 앞에서 그를 바라볼 뿐, 안내할 엄두를 내지는 못하고 있었다.

"스칭알에게 나 좀 보자고 전해 주게."

스 아가씨의 본명을 부를 수 있는 사람은 거의 없었기에, 화들짝 놀라며 정신을 차린 안내인이, 종종걸음으로 다가와 공손히 말했다.

"대인, 곧 전하겠습니다."

직원 한 명이 그 젊은이를 모시고 3층의 가장 조용한 방으로 모시는 사이, 1층의 직원들은 웅성웅성 댔는데, 결국 그 사람이 '쳔 공자'의 일행 중 한 명이라는 결론에 이르게 되었다.

포월루를 이 지경으로 만든 '쳔 공자'의 심복!

'그런데 왜 온 건지?'

그 사람은 스챤리였다.

스칭알은 따뜻한 차를 대접하며 공손하게 물었다.

"스 선생, 오늘은 무슨 일로 오셨나요? 설마 낮부터……하러……?"

스챤리는 그녀의 경박한 말에 질색을 했다.

그는 품에서 문서를 꺼내 보여주며 말했다.

"그래. 낮부터 여길 인수하러 왔네."

'인수?!'

스칭알은 다른 의미로 질색하며 문서를 받아 들었다.

그녀는 문서를 읽어갈수록 점점 얼굴이 잿빛으로 변해갔다. 하지만 마지막에 선명하게 찍힌 지장을 보며, 입술을 한 번 깨물고, 눈을 동그랗게 뜨며 물었다.

"큰 사장님이, 지분을, 전부 선생에게……무상으로 줬다고요?"

'포월루 7할 지분의 가치가 얼마인데…….'

스칭알은 의심 가득한 눈초리로 이어 말했다.

"스 선생, 이게 얼마나 큰일인데, 솔직히 인정할 수 없네요."

"당신의 인정은 필요 없고, 오늘부터 내가 여기 큰 사장이라고 '통지'하러 온 거야."

"죄송한데, 그럼 예전 큰 사장님이 어디 계신지 알려 주시겠어요? 제가 직접 확인해야 믿을 수 있겠어요."

스챤리는 평생 서생으로 살았는데, 판시엔이 자기에게 기방의 사장을 시킨 것도 거북했던 차에, 스 아가씨의 무시하는 말을 듣자 자기도 모르게 화가 났다.

"이 문서가 가짜라는 거야? 됐고, 쓸데없는 소리 집어치우고, 곧 장부를 조사하러 올 테니까, 어디 갈 생각하지 말고 여기 딱 붙어 있게."

스칭알은 온갖 소문만 무성하지 정작 큰 사장과 위엔멍 언니는 흔적도 없이 사라져 버린 터라, 할 수 있는 것은 단지 핑계를 찾아 최대한 미루는 일이었다.

"하지만 설령 스 선생이 포월루의 새로운 큰 사장님이 되셨다 하더라도……아직 3할의 지분은……작은 사장님 손에 있어서……."

스챤리는 그녀를 바라보고 웃으며 진지하게 말을 했다.

"안 그래도 말하려고 했네. 작은 사장이 가지고 있는 3할도, 내가 인수할 거라고 말 좀 전해주게."

"적당히 좀 해요!"

'어디 감히 황자의 지분을 이래라저래라하는 거야? 죽고 싶어 환장했구만!'

흥분한 스칭알과 달리, 스챤리는 사장의 역할에 점점 빠져들며 조리있게 말을 했다.

"3할의 지분을 인수할 다른 방법도 많지만, 지금 정중히 제안하는 것은 작은 사장의 마지막 체면을 살려주려는 것뿐이네."

"퍽이나 고마워하겠네요. 근데 스 선생……돈이 얼마나 있길래 그런 거요?"

스챤리는 검지손가락 하나를 올렸다.

"십만 냥?"

스칭안은 3할의 지분에 십만 냥이면 적당하다 생각했다.

스챤리는 말없이 고개를 저었다.

"만 냥?"

스칭알은 그를 의심스러운 눈빛으로 바라보기 시작했다.

"천 냥. 서생에겐 그래도 큰돈이요."

"장난을 쳐도 분수가 있지!"

스칭알은 결국 대노했다.

"판씨 집안이 손바닥으로 하늘을 가리려고 하는구만! 작은 사장님이 누군지 뻔히 알면서, 농락할 사람이 따로 있지!"

스챤리는 오히려 더욱 침착하게 말했다.

"아가씨, 오해하고 있는데 7할의 지분은 나, 스챤리가 가지고 있는 것이지, 판씨 집안과는 상관없는 일이네. 그리고 난……3할 지분을 누가 가지고 있는지에는 관심이 없네."

"안 판다면 어떻게 할 건데요?"

"첫 번째, 포월루는 바로 압수당할 거네. 외국과 내통한 증거가 있어. 두 번째, 포월루와 똑같은 기방이 생길 거네. 여기 있는 직원과 기녀들을 다 데리고 가서, 똑같은 방법으로 만들 거야. 지금의 포월루가 얼마 만에 무너질지, 스 아가씨가 더 잘 알지?"

스칭알도 물러설 기세는 없었다.

"외국과 내통했다는 증거가 있다는 건, 무슨 말인지 모르겠고. 어쨌든 포월루가 압수당하면 가장 손해 보는 건, 7할을 가지고 있는 스 선생 아닌가요? 그리고 두 번째도 불가능한 게, 기녀들과 포월루는 종신 계약이 맺어 있는데, 어떻게 데리고 간다는 거예요?"

스챤리는 탄식을 하며 말했다.

"칭알 아가씨가 아직도 사태 파악이 안 되나 보네……지금 내가 7할의 지분을 가지고 있는데, 무슨 계약이든 내가 바꾸면 되지. 이제부터 내 말이 곧 포월루의 법, 아직 이해가 안 되시오?"

스칭알은 갑자기 안색이 변했다.

스챤리는 한심스럽다는 눈빛으로 일어나, 창을 열고 호수를 바라보았다.

"아가씨가 이해를 못 하니, 이것도 지금 말하는 게 낫겠네. 이 아름다운 호수 주변의 땅을 내가 이미 사들였네. 새로운 포월루가 만들어진다면 바로 이 옆에 만들 것이야. 그 일을 하느라 바빠, 이제서야 통지하러 온 거요."

스챤리는 악덕 사장 놀이에 이미 흠뻑 취해 있었다.

"그러니 포월루 7할의 지분이 아깝긴 하지만, 상대방이 양보 안 한다면, 휴지조각으로 만들 수밖에……어쨌든 빨리 결론이나 내주시오. 나도 하루라도 빨리 새로운 포월루를 만들어서, 손해 본 돈을 메우고 싶으니까."

스챤리의 인수 방법은 간단했다.

그냥 대놓고 하는 협박이었다!

사실 스칭알이 3황자에게 알릴 필요도 없었는데, 판시엔이 모종의 통로를 통해 이미 이 귀빈에게 알렸기 때문이다. 3황자는 매일같이 경전을 베껴 쓰는 벌을 받고 있었기에 현실적으로 이 상황에 할 수 있는 일도 없었다.

스챤리가 고개를 까딱하며 신호를 보내자, 포월루 밖에서 기다리고 있던 인수 조직이 들어왔다. 스칭알은 그들의 복장을 보자마자 감사원의 밀정들임을 알 수 있었다. 한 가지 특이한 점은, 턱수염이 긴 노인이 섞여 있었다는 것인데, 장사를 하는 사람들은 모두 존경하고 있는 경여당의 지배인 중 하나였다.

예 지배인이 감탄하며 스칭알에게 말했다.

"아가씨는……이 기방의 일을 맡아 보는 사람이겠군요? 입지나 채광, 장식 등 정말 너무 천재적이요. 아가씨가 여기 계속 있다 하면, 나 같은 늙은이는 필요도 없겠어."

"어르신이 말씀하신 것은 모두 큰 사장님이 하신 것으로, 저하고는 상관이 없습니다."

예 지배인은 그제서야 상황을 알게 되며 '큰 사장님'에 대해 말을 하려 했으나, 바로 적절치 않다는 걸 깨닫고, 오늘 만나지 못한 것에 대해서만 아쉬워했다.

스칭알은 예 지배인을 보며 이제 포월루가 넘어가면 이 어른이 새로운 총지배인이 되리라 짐작하고 있었는데, 예상과 달리, 장부 실사가 끝나자마자 그 어른은 마차를 타고 가버렸다. 더욱 놀라왔던 것은, 곧이어 나타난 포월루의 진정한 총지배인이었다.

그녀가 너무나 잘 알고 있던 사람이었던 것이다!

"상운?"

스칭알은 순간 할 말을 잃었다.

스챤리가 상운을 새로 소개하였다.

"그렇네. 상 아가씨가 오늘부터 포월루의 총지배인이네."

스칭알은 억지로 상운에게 예를 올린 후, 재빨리 방으로 가 짐을 쌀 준비를 했다. 자기 밑에서 있던 상운이 총지배인이 된 의미를 누구보다 잘 알고 있었기 때문이다. 하지만 예상치도 못한 스챤리의 목소리가 들렸다.

"칭알 아가씨는 못 떠나네."

스칭알은 냉소를 지으며 말했다.

"전 여기 계약서도 없는데, 뭘 근거로 막아요?"

"판 대인이 남으라고 했어."

이 말은 계약서보다도 무서운 말이었다.

"여기 상운도 있는데, 저에게 뭘 시키시려구요?"

"자네도 알지만, 나나 상운이나 이런 장사를 해 본 적이 없네. 하지만 지금부터 포월루에 변화를 좀 주고 싶어. 그러니 판 대인……아니지 나는, 칭알 아가씨가 그 일을 도와줬으면 하네."

스챤리는 다시 한번 정신을 가다듬고 스승님의 분부를 되뇌이며, 한 조항 한 조항을 읊어냈다.

"첫째, 기방 아가씨들의 계약을 종신에서 5년으로 변경한다. 둘째, 포월루 내에 의원을 상시 대기시키고, 아가씨가 병이 없을 때에만 손님을 접대시킨다. 셋째, 강제적으로 몸을 팔게 하지 않는다. 넷째, 기녀들의 중개 수수료는, 원칙을 정하고 등급을 나눠 차별 적용한다. 다섯째, 한 달에 3일은 휴가를 준다……."

스챤리가 말하고 있는 이 조항들은, 기녀를 책임지는 스칭알도, 여자 소리꾼에서 기방 총지배인으로 바뀐 상운도, 심지어 외워서 말하고 있는 스챤리도, 이해할 수 없는 내용이었다.

사실 이 세상 누구도 이해할 수 없는 내용이었는데, 하지만 어떤 세상에서는 존재할 수 있는 내용이었다.

스챤리가 포월루를 거두자, 옌빙운도 행동에 나섰다. 우선 미적
대는 징두 관아를 무시하고 형부를 건드려 도망간 죄수를 수배하는
공문을 뿌렸다. 그리고 몇 가지 죄명을 씌워, 사라진 위엔멍을 쫓게
하였다.

위엔멍은 리훙청의 비호 아래, 흔적도 없이 사라져 버린 상황이
었다.

사실 판시엔도 서두르지는 않았는데, 전체적인 그림을 생각하면,
뒤에 세워 둔 계획을 실행할 시간을 벌 수 있었기 때문에, 늦게 잡히
는 것이 오히려 좋다고 생각했기 때문이다.

이틀 전부터 징두에서, 또 하나의 소문이 돌기 시작했는데, 형부
13관아에서 수배령을 내린 포월루의 총지배인 위엔멍이, 사실 징왕
세자와 사랑하는 사이였다는 것이었다!

또한 리훙청이 2황자 사람임은 만인이 아는 사실이었기에, 얼마
지나지 않아 포월루의 실질 주인은 2황자였으며, 기녀 살인 사건
도 2황자와 불가분의 관계에 있다는 소문으로 확대 재생산되었다.

심지어 이 소문은 제법 모양새를 갖추고 있었다.

'위엔멍은 본래 류징허 강변의 기방에서 가장 잘나가는 기생이었
는데, 징왕 세자 외에는 손님을 받지 않았다. 그리고 몇 월 며칠에,
2황자는 포월루 밖에서 감사원 제사와 길게 대화를 나누었다. 그 다
음날 바로, 판씨 집안은 포월루의 지분을 베일에 싸인 스챤리라는
상인에게 팔아 버렸다.'

당연히 이 작품은 감사원 8처의 작품이었다.

이 과정에서 포월루의 큰 사장이 판스겨임이 드러나 버리기도 했
지만, 판시엔이 그 사실을 알고 '가법'으로 동생의 다리를 부러뜨렸

580

고, 그날 하루 종일 판씨 집안에는 처참한 비명 소리가 그치질 않았으며, 동시에 판씨 집안은 막대한 손해를 감수하고도 기방에서 손을 뗐다 라는 말도 덧붙여져 있었다.

소문은 감정에 호소한다. 그리고 여론을 형성한다.

진실이 무엇이든 백성들은 이렇게 생각했다.

"실제 주인' 2황자의 꼬드김에 빠진 철없는 어린아이가, 집안 몰래 기방을 운영하며 잘못을 저질렀지만, 판씨 집안은 그를 감싸지 않고 가혹한 처벌을 내렸고, 금전상 막대한 손해를 입었다. 그래서 판씨 집안은 억울하다.'

이제 옌빙윈의 다음 계획은, 2황자와 췌씨 집안 간의 금전 거래를 막는 것이었는데, 구체적인 방안에 대해서는 판시엔도 모르고 있었다. 정확히 말하면, 판시엔은 알고 싶어 하지도 않았는데, 그만큼 옌빙윈에 대해서 믿고 있었기 때문이다.

포월루 기녀의 실종 사건은 이미 조사가 들어갔는데, 시체를 찾지는 못했지만 살인범 셋을 이미 확보한 상태였다. 이제 그들의 자백만 받아내면 되었다. 그들의 입에서 판스쳐가 나오면, 판씨 집안이 타격을 받는 것은 물론이고, 2황자를 둘러싼 소문들도 잠재울 수 있었다.

2황자는 처음부터 판시엔이 이들 세 명을 순순히 관아로 보낸 것이 의심스러웠지만, 포월루를 팔고, 위엔멍을 추적하며, 칼끝을 리훙청에게로 돌릴 때까지만 해도, 판시엔이 자신과 화해하는 쪽으로 결정을 내린 걸로 생각하며 안심하고 있었다.

하지만 감사원을 통해 소문이 퍼지자, 2황자는 끓어오르는 분노를 참지 못하고 있었다.

징왕 세자는 말도 못 하고 속만 썩고 있었는데, 징왕이 소문을 듣고서 폭발해서 그를 '가법'으로 가혹하게 때린 후, 외출 금지령까지

내려버렸다!

징두 관아에서 3리 떨어진 위산다오(御山道) 거리에 가을비가 주룩주룩 내리고 있었다.

"철저히 감시해. 어느 누구도 접촉하게 해서는 안 돼."

판우지우(範無救)는 2황자의 심복 8명 중 하나의 장군이었다. 그가 징두 관아의 범인 호송을 맡고 있는 관리에게 사납게 말했다. 그가 직접 감시하고 싶었지만, 그가 동행하면 2황자가 관여하고 있다는 의심이 생길 것이었다.

"만약 문제가 생기면 너희들 목숨부터 내가 가져갈 거야."

가을비가 음산하게 내리는 거리에서, 판 장군은 멀어져 가는 마차에서 눈을 떼지 않았다. 거리에는 평소와 마찬가지로 한적했고, 어쩌다 등장한 행인도, 우산을 들고서 발걸음을 재촉하고 있었다.

행인 하나가 우산을 접더니, 우산대에서 날카로운 검은색 쇠막대기를 뽑아 들고, 마차 안으로 찔러 넣었다!

판 장군은 깜짝 놀라며 마차로 내달렸지만, 거리와 살수의 행동 속도를 보았을 때, 그는 이미 늦었음을 알 수 있었다!

예리한 쇠막대기는 마치 두부를 찌르듯이, 마차 안에 있던 세 명의 살인범들을 죽여버렸다!

쇠막대기를 뽑고, 찌르고, 다시 거둘 때까지, 그 모든 동작에서 군더더기라고는 찾아볼 수가 없었다. 심지어 일을 마친 후, 우산을 다시 펴고 대로변 옆 골목으로 들어가서, 곧바로 비와 함께 사라져 버렸다.

마차에서 선혈이 흘러내리고, 판우지우는 서둘러 마차의 장막을 걷어 안을 확인하였지만, 더 이상 가망은 없었다. 이런 고수가 증인들의 호송 시기와 지점까지 정확히 알고 있다는 것은, 2황자 주변에 첩자가 있는 듯했다.

감사원 6처.

'나는 살아남을 수 있는 것일까?'

판우지우는 긴장된 마음으로 소매 속에 있는 비수를 만지며, 처음으로 2황자와 거리를 두고 자기부터 살고 봐야겠다고 생각했다.

그때, 태어날 때부터 자기가 살고 봐야 한다고 생각하던 판시엔은, 옷 뒤에 붙어 있는 모자를 둘러쓰고 가을비 내리는 징두의 거리를 걸어가고 있었다. 이제 곧 징두 관아에서 포월루 기녀 실종 사건에 대한 재판이 열릴 것이기 때문이다.

징두 관아 밖에는 이미 많은 구경꾼들이 모여 있었는데, 판시엔도 소리 없이 군중 사이로 들어가 모든 일을 지켜보고 있었다.

재판장 안에는 기녀의 가족으로 보이는 여럿이 바닥에 엎드려 목메어 울고 있었다. 그리고 재판대 위에 앉아 있는 부윤 대인의 당황한 눈빛을 보니, 그도 이미 세 사람의 범인이 호송되어 오다 죽었다는 소식을 들은 듯 보였다.

이제 더 이상 특별히 진행될 것은 없었다.

판씨 집안은 세 사람의 살인범들을 관아에 넘겼기 때문에, 판씨 집안이 판스져를 비호하는 것이 아니었다. 판스져는 그저 죄가 무서워 홀로 도망친 것뿐이다. 심지어 판스져를 옭아맬 수 있는 마지막 증인들도 다 죽었으니, 판스져가 범행에 가담했다는 결정적인 증거도 없었다.

판시엔이 할 일은, 권력을 잡을 때까지 기다렸다가, 동생의 죄를 벗겨주는 방법을 찾아내는 것뿐이었다.

판시엔은 참지 못하고 웃음이 나왔고, 구경꾼 몇몇과 사건에 대해서 한담을 나누고 있었다. 하지만 시선만은 빗방울이 떨어지는 처마

밑에 서생처럼 보이는 사람에게서 떼지 않았다.

죽은 기생의 가족들이 비통하고 슬픈 표정으로 재판장을 나와 거리를 걸어갈 때, 어디선가 건장한 사내 하나가 품에서 흉기를 빼 들고 그들에게 달려들었다. 그리고 순식간에 네다섯 명의 장성들이 뛰어나와 인정 없이 칼춤을 출 준비를 하였다.

판시엔은 사실 불쌍한 사람들의 생명에 대해서는 큰 관심이 없었고, 오히려 이 계략이 재상 대인을 물러서게 했던 그때와 너무 닮아, 어이없는 웃음이 나왔다.

재상 대인이 자신을 모함하는 사람을 대낮의 징두 거리에서 암살하려 했고, 그것을 '우연히' 길을 가던 징왕 세자와 2황자가 구했다.

판씨 집안이 자신들을 모함하는 죽은 기생의 가족들을 대낮의 징두 거리에서, 모든 사람이 보는 자리에서, 암살하려 한다.

닮아도 이렇게 닮을 수가.

'이런 허접한 수를 또 쓰다니, 설마 황제가 정말 바보라고 생각하는 건가?'

순식간에 또 한편에 매복해 있던 또 한 무리의 검은 그림자들이 자객들과 싸우는 모습이 연출되는 것을 판시엔은 만족한 얼굴로 보고 있었다. 암살은 이미 판시엔과 옌빙윈의 머릿속에 그려져 있었고, 대응 계획을 세워 놓은 것이다. 검은 그림자는 당연히 6처의 사람들이었고, 2황자의 자객이 아무리 뛰어난 들, 그들을 넘을 순 없었다.

그때 돌발 상황이 일어났다.

한쪽에서 비를 피하고 있던 그 서생이, 갑자기 바람처럼 현장에 뛰어들었다!

셰비안(謝必安, 사필안).
2황자의 심복 장군 중 가장 거만한 자.

584

일찍이 자신의 일격으로 판시엔을 죽일 수 있다고 했던 자.

검을 꺼내면 '반드시 편안하게(必安)' 해준다는, 그 셰비안.

판시엔은 그를 일찍부터 주시하고 있었지만, 기생 가족들을 죽이는 데 직접 손을 쓸 것이라 생각하지 못했다. 2황자의 명을 받아, 현장을 살피러 온 줄만 알았다.

셰비안은 실제로 그러했다. 다만, 눈앞에 보이는 상황이 스스로 용납되지 않았다.

수하들이 모두 고꾸라져 나가고, 죽이려고 했던 자들은 한 명도 죽이지 못하고, 2황자와 자신의 계획은 완벽히 실패하고 있었다.

동시에 분노가 밀려왔다.

'한 명은 죽여야 한다. 한 명만 죽여도, 판시엔이 그 상황을 해명하기 위해 진땀을 뺄 것이다. 주인님의 체면을 조금이라도 지켜야 한다!'

검을 쥐고 있는 그의 오른손이 약간 떨렸다. 익숙한 느낌.

한 명의 무고한 영혼을 데리고 간 일격이었다.

그는 만족스러운, 그리고 거만한 미소를 지었다. 검을 거둬 들이자, 죽은 자의 가슴팍에서 뿜어져 나오는 핏방울이 꽃잎처럼 피어나고 있었다. 그리고……그의 미소 띤 얼굴은 굳어 버렸다.

'빗나갔다!'

두 번째 기회도 없었다.

칼을 내려치려는 순간, 앞에 있던 사람이 그의 오른쪽 허공으로 날아가고 있었다!

그는 무의식적으로 손목을 틀어, 장검으로 가슴을 방어했는데, 사람이 날아간 허공에서, 이번엔 발이 날아오고 있었다!

"판시엔!"

예상에 없던 전개였지만, 셰비안도, 6처 관원들도, 그 발의 주인이 누구인지 알 수 있었다. 6처 관원들은 재빨리 가족들을 안전한 곳으로 데려갔으며, 셰비안은 진기를 검에 모은 채, 죽일 듯이 판시엔에게 달려들었다. 판시엔은 검이 자신의 뺨을 스치도록 얼굴을 살짝 젖힌 후, 오른손 주먹에 진기를 실어 셰비안의 명치를 향해 날렸다.

셰비안은 소리를 내지르며, 왼손바닥으로 판시엔의 주먹을 맞받아쳤다.

'뿌직.'

셰비안의 손목뼈가 꺾였다.

"판시엔!"

셰비안의 두 번째 인사였다.

손목이 부러져서가 아니라, 판시엔이 그 사이에 독을 쓸 줄은 예상치 못했기 때문이다. 손이 부딪힌 자리에서, 옅은 노란색 연기가 피어올랐다. 독 연기가 체내에 들어가자, 셰비안의 검의 위력이 순식간에 떨어졌고, 이어서 판시엔의 왼쪽 소매 아래에서 발사된 암궁세 발 중 한 발이, 셰비안의 어깨에 명중하였다.

"판시엔!"

벌써 세 번째 인사.

이번만은 분노의 목소리에, 무력함이 묻어 나왔다.

그는 급히 도망치려 했지만, 이미 대세는 기울어진 싸움이었다. 판시엔은 예링알에게 배운 산수 권법의 축소판인 대벽관의 기술처럼, 손날을 세워 그의 복사뼈를 부서뜨리고, 우쥬에게 익힌 속도로, 짧은 시간에 수없는 공격을 퍼부었다.

셰비안은 쓰러진 채, 자신 앞에 평온한 얼굴로 서 있는 판시엔을 바라보고 있었다. 이미 투지는 잃어버린 상태였고, 그것을 아는 판시엔도 더 이상 공격을 하지는 않았다.

"9……품!"

셰비안은 말 도중에 피를 토하였다.

그는 오른손 엄지손가락으로 검 자루 위를 눌렀다. 판시엔은 발끝으로 땅을 딛은 뒤, 검은색 비수로 셰비안의 장검을 잘라 버리고, 그의 태양혈을 주먹으로 한 방 날려버렸다.

셰비안에게 마지막 자결할 기회를 줄 수는 없었다.

모든 사람이 아는 2황자의 심복, 셰비안. 그가 피해자 가족을 죽이려 했다는 좋은 재료가 생겼는데, 이를 놓칠 수 없었기 때문이다.

징두 관아의 부윤과 관리 몇이 황급히 달려왔다.

"이 사람은 대인께 넘겨 드릴게요. 포월루 사건의 피해자 가족들의 입막음을 하려고 한 사악한 사람이니, 대인도 조심하세요."

판시엔은 일부러 심각한 얼굴로 부윤 대인에게 말했다.

셰비안을 감사원으로 데려가는 것은 아무 의미가 없었다.

'2황자의 심복 셰비안이, 2황자 또 다른 심복 징두 부윤이 관리하다 갑자기 죽는다면? 재밌겠는걸?'

징두 부윤은 3품이나 되는 높은 관직이었는데, 3품 이상의 대신은 황제의 성지 없이는 감사원도 임의로 조사할 수 없었다. 2황자 심복 셰비안이, 2황자 측 주요 대신 중 하나인 징두 부윤을 제거할 기회를 준 것이다.

'셰비안, 고마워.'

판시엔이 6처 관원들의 보호 아래 집으로 돌아오던 중, 몇몇의 관원은 판시엔의 오른손이 미세하게 떨리고 있는 것을 보았다. 그들은 그가 싸움 중 다친 것으로 생각해서 걱정했는데, 판시엔은 태연하게 웃으며 말했다.

"별거 아니야, 조금 흥분한 것뿐이야. 몇 개월 만인지 모르겠네."

셰비안의 일전이 판시엔을 흥분하게 만든 것은 사실이었지만, 떨리는 오른손이 단지 그 이유만은 아니었다. 판시엔은 가볍게 자신의 오른 손목을 만지며, 마음이 조금 무거워졌다.

제15장

황제 암살 시도 사건

징두에는 다시 맑게 갠 날이 찾아왔다.

가장 화제가 된 사건은 셰비안이 징두 관아의 감옥에서 '갑자기' 비명횡사를 했다는 것인데, 이 일로 감사원은 징두 관아 부윤의 관리 부실의 책임을 묻는 상주문을 올려, 그의 관직을 박탈해 버렸다. 2황자의 가장 멍청한 한 수가, 그의 조정 세력 중 가장 막강한 한 축을 스스로 제거해 버린 것이다.

그 외에 옌빙원의 북제 관련 일이 진전을 보이며, 줴씨 가문의 기존 밀수 통로가 막혀버렸다. 그들은 억지로 강남 본가의 자금을 끌어다 새로운 통로를 뚫긴 하였다고는 했지만, 신양과 2황자 쪽에 피해가 없을 수는 없었다.

여론은 말할 것도 없었는데, 특히 리훙청의 명성은 역겨울 정도로 구릿해져 버렸다.

내년에 판씨 집안 아가씨와 혼사를 치를 사람이 기녀인 위엔밍과 사랑하는 사이라니!

심지어 열네 살밖에 안 된 미래의 처남을 꼬드겨 기방을 열게 하고, 기생을 살해했다는 모함까지 하다니!

2황자 세력은 조정 대신 외에도, 사적 세력까지 모든 곳에서 판시엔과 감사원에 의해 공격당해 기세가 꺾여, 더 이상 반격할 여력이 남아 있지 않아 보였다. 그나마 유일하게 남은 곳이 장 공주가 통제하고 있던 도찰원이었는데, 2황자는 이 모든 일에 황제가 태후와 연극을 보느라 바쁘다는 핑계로 나서지 않는 모습을 보고 황제의 총애를 의심하게 되면서 마지막 수를 던졌다.

도찰원 어사들을 통해 판시엔을 다시 한번 탄핵한 것이다.

심지어 호부 상서 판지엔까지 포함하는 모험수.

하루 만에 수십 명의 도찰원 어사와 대신들이 나섰다. 황궁 문 앞에서 무릎을 꿇은 채, 몸을 꼿꼿이 세우고, 결연한 의지를 내비치고 있었다. 경국의 법률에 따르면 탄핵을 당한 관원들은 조정 회의에 나와 자기 변론을 해야 했다.

오늘이 바로 그날.

이번 탄핵은 여러모로 '황제의 체면'이란 명분으로 끝나버린 지난 탄핵과 달랐다. 첫 번째, 지난번에는 표면적으로는 장 공주만을 중심으로 움직였지만, 이번에는 2황자까지 가세하면서 그 세력이 막강해졌다. 두 번째, 2황자의 도움으로 인해, 포월루와 관련한 나름 탄탄한 자료를 확보하게 되면서, 잘 된다면 스난 백작 집안과 함께 류씨의 국공 집안까지 한꺼번에 날릴 수 있었다. 그리고 무엇보다, 지난번 매질까지 당하며 철저하게 패배했던 도찰원 어사들이 절대 물

590

러서지 않겠다는 결의에 차 있었던 것이다.

그들은 모두 시건방진 감사원 제사가, 강직한 대신들 앞에서, 잘못을 시인하고 고개를 숙이기만을 기다리고 있었다.

하지만 판시엔은, 나타나지 않았다. 판지엔도, 나타나지 않았다.

대담하고 파렴치하게, 부자가 약속이라도 한 듯, 모두 같은 핑계를 대고 있었다.

병가!

도찰원 어사도, 2황자도, 황제도 모두 어처구니가 없었다. 심지어 황실 후원의 마마들도 우리 천이가 왜 그런 염치없는 상공을 만났느냐고 욕을 해 대고 있었다. 더욱 중요한 것은, 그들 누구도 믿지 않았다는 것이고, 이 소식을 들은 백성들도 믿는 사람이 없었다. 만약 병을 '핑계'로 삼은 거라면, 그것은 황제를 속인 일이고, 그 죄는 상주문에 있는 어떤 죄보다도 큰 죄였다.

좀처럼 궁을 나가지 않는 태후의 '늙은 개' 홍 공공이 직접 어의와 황실의 호위대들을 데리고, 살기를 뿜으며 판씨 저택으로 향하고 있었다. 표면적으로는 황제를 대신하여 안부를 묻는 것이었지만, 두 부자가 '진짜 병'에 걸렸는지를 확인하기 위함임은, 삼척동자도 아는 사실이었다. 2황자도 궁에서 자란 터라, 홍 공공의 능력이면 진짜 병과 가짜 병을 확인하는데 문제가 없을 거라 확신하고 있었다.

판시엔은 진짜 아팠다. 홍 태감도 인정한 사실이었다.

판지엔은 우연히 감기 몸살에 걸린 것이었지만, 판시엔은 정말로 쇠약해진 몸으로 병상에 누워 일어나지 못하고 있었다. 이러한 사실은 사람들을 이상한 기분에 휩싸이게 만들었다.

'판시엔의 병환 때문에 징두 국면에 변화가 생길 수도……'

북위 황제가 지금의 북제 황실인 쟌씨 집안을 내칠 때, 시대의 장군 쟌칭펑이 삼 일 동안 설사를 했기 때문이라고 하는 소문은 암암리에 전설처럼 내려오고 있었다.

침실에서 수 놓인 면으로 된 긴 치마를 입은 린완알이 걱정된 표정으로, 판시엔의 가슴을 쓸어내리고 있었다.

"지금이라도……어의의 약을 좀 써보면 안 될까?"

판시엔의 병세가 위독한 것은 아니었지만, 그는 셰비안과의 일전 후부터 진기가 통제 되지 않았다. 그래서 더 많은 시간을 명상하며 지내고 있었다. 판시엔은 손을 저으며, 억지로라도 웃음을 지으며 말했다.

"내가 뭐 그렇게 대단하다고 황실의 의사까지……내 몸은 내가 제일 잘 아니까 걱정 마. 안 죽어."

"홍 공공도 무슨 병인지를 모르던데……상공은 잘 안다고 하니……그럼 내가 페이 선생님에게 서신을 보내 물어볼까?"

판시엔은 결국 부인을 안심시킬 수 없다는 걸 잘 알고 있었기에, 한숨을 쉬며 말했다.

"스승님은 아시겠지만, 일 년에 절반은 사방을 쏘다니시는데, 오신다 해도 삼사 개월은 족히 걸릴 것이고, 그때는 이미 내가 죽어버릴 수도……그럼 당신은……."

그는 오똑한 완알의 코끝을 살짝 치며 장난스럽게 말했다.

"그럼 넌 징두에서 가장 아름다운 과부가 되는 거지."

"이 상황에 그런 쓸데없는 소리가 나와?!"

판시엔은 그 모습이 마냥 귀엽다는 듯, 안심시키는 말을 가볍게 몇 마디 더 하고, 조심스럽게 오른손을 이불 밑으로 숨겼다. 가끔씩 떨리던 오른손이, 또 떨리기 시작했다. 그날 이후 이 증상은, 전혀 호전되지 않은 것이다.

그리고 왼손을 뻗어 완알의 어깨를 주물러 주다, 자연스럽게 머리 쪽에 있는 혈을 가볍게 눌러 완알을 재워버렸다. 며칠 밤낮 남편 걱정하며 마음고생을 많이 한 완알을, 조금이라도 쉬게 하고 싶었기 때문이다.

그의 병이 아버지처럼 몸조리를 잘하고 약을 먹는다고 고쳐질 수 있는 것은 아니었지만, 그것을 완알에게 설명할 방법은 없었다. 완알을 포함한 스스, 스치 등 시녀들도 괜한 고생을 시키는 듯 느껴져, 판시엔의 마음도 좋지 않았다.

베게 아래에 있는 비밀 서랍에서 약봉지를 꺼냈다. 그 안에는 동그랗지만 투박한 질감의 큰 환약이 몇 개 있었다. 실내는 어두웠지만 판시엔은 이 약이 빨간 약인 것을 알고 있었다.

그가 패도 진기를 익힌다는 것을 알고, 페이지에 스승이 항상 몸에 지니고 다니라고 신신당부한 약이었다. 패도의 진기가 사납게 날뛰어 경맥과 충돌할 때, 더 이상 통제가 안 되는 상황이 생기면, 목숨을 구해줄 최후의 영약이라고 했었다.

지금까지 그런 상황은 발생하지 않았다.

실제로 그의 경맥은 다른 사람들보다 훨씬 넓어서, 네 살 때 진기가 그 어린 몸에 가득 찬 상황에서도, 진기가 폭발하는 일은 벌어지지 않았었다. 하지만 페이지에는 그때부터 언젠가 경맥과 기의 통로만으로는, 패도 진기를 견뎌내지 못하는 날이 올 거라고 예상했고, 엄청난 고통도 동반할 거라고도 경고했었다.

〈패도공결〉 1권 수련을 성공했을 때부터 지금까지는 매우 편안했고, 자연히 경계심은 점점 느슨해졌다. 그는 심지어 얼마 전까지, 페이지에의 경고마저 잊고 있었다. 그래서 언제부터인가 이 주머니도 집에 놔두고 다녔었다.

본래 판시엔의 양손은 진기를 가장 완벽하게 통제하던 신체 부위였는데, 진기를 통제하지 못하면서, 그 손부터 떨리기 시작하던 것이다.

〈패도공결〉 2권을 보며 시험 삼아 수행을 해 보기도 했지만 어떤 진전도 없었고, 그때마다 쓸데없이 우쥬 삼촌이 원망스러웠다.

'이럴 거면 남의 기를 흡수할 수 있는 '흡성대법'이라도 가르쳐 주던가!'

페이지에 스승이 준 환약은 좀 강하긴 하겠지만, 효과가 있을 거라는 것을 판시엔은 믿고 있었다.

'그 결과를 내가 감당할 수 있을까?'

약에는 오월의 꽃이라 불리는 '은방울꽃' 성분이 다량 포함되어 있었는데……진기와 무공을 없애 버리는 작용을 하는 것이었다!

이 약을 먹으면, 지금까지 쌓아온 진기가 하루아침에 날아가 버릴 수 있었고, 먹지 않으면, 언젠가는 피를 쏟으며 폭발할 수도 있었다. 최소한 파킨슨 환자처럼 몸을 떨고 다닐 수는 없지 않은가.

먹느냐 마느냐, 그것은 큰 문제였다.

멀리서 새소리가 들려오고, 태양이 잠에서 깨어나 검은 밤을 몰아냈다. 다른 사람들은 모두 잠들어 있었지만, 그는 해가 뜨는 걸 보고서, 이런 생각을 반 시진 동안이나 했다는 것을 알아차렸다.

'이렇게나 망설이고 있었다니……나도 똑같이 죽음을 가장 무서워하는 인간일 뿐이었구나.'

하지만 이 생각이, 또 다른 좋은 계기가 될 수도 있겠다고 생각하며, 스스로를 위로했다.

그때, 그의 가슴이 철렁했다.

눈을 번쩍 뜨고서, 옷을 대충 걸치고, 정원으로 뛰어나갔다.

굳이 찾으려고 할 필요도 없었다.

그곳에 검은 천을 눈에 두른, 성격 괴팍한 삼촌이, 떡하니 서 있었다.

"돌아오는 방법을 알고 있긴 했네요."

판시엔은 자기와 아침저녁을 같이 했던 16년 지기 삼촌을 보며, 말로 표현할 수 없는 감정을 느끼고 있었다.

'쳐……? 당연히 못 때리겠지. 울어……? 쳐다보지도 않겠지.'

어쩔 수 없이 고개를 한 번 젓고, 최대한 기쁜 마음을 내색하지 않고, 감사원 업무를 보는 서재에 들어갔다. 이곳은 판시엔의 허락이 없으면 아무도 들어오지 못하는 서재였다.

"이제 말 좀 해 보시죠. 반년 동안 뭐 하고 다니셨는지."

"북쪽에 한 번 갔다."

우쥬는 잠시 생각했다.

"그리고 남쪽에 한 번 갔다."

시간이 16년인데, 판시엔은 이 정도로 화내지는 않고 차근히 물었다.

"북쪽에서 뭐했고, 남쪽에서는 뭐 했어요?"

"북쪽에서 쿠허랑 싸운 후에, 남쪽으로 사람을 찾으러 갔다."

이 말에 몇 명이 놀라 자빠질지는 모를 일이었지만, 우쥬는 매우 침착했다.

판시엔은 그제서야 쿠허가 중상을 입었다는 스리리의 말을 믿을 수 있었다.

"삼촌은 괜찮아요?"

우쥬는 자신의 왼쪽 어깨를 한 번 보며 말했다.

"여기를 다쳤었는데, 지금은 괜찮다."

오늘 삼촌의 말은 평소보다도 더 간결했다. 하지만 방금 한 말에 판시엔은 순간 소름이 끼쳤다. 우쥬를 다치게 한다는 실력은, 그는 상상도 못하는 경지였고, 이후에 4대 종사를 만난다면, 얼마나 큰 대가를 치러야 하는지 무서웠기 때문이다.

하지만 지금은 우쥬가 괜찮다고 하니 그걸로 그만이었다.

"근데 왜 싸웠어요?"

"첫째, 그가 북제에 있으면 네가 불편할 것이고, 둘째, 그에게 옛날 일을 물어보려 했다."

판시엔은 놀란 눈으로 그를 바라보다, 순간 샤오은이 신묘에 대해 이야기했던 기억이 머릿속을 스쳐갔다.

"삼촌이 진짜 쿠허를 알고 있었구나."

이어 동굴에서 있었던 이야기를 모두 우쥬에게 해주었다. 그가 조금이라도 기억을 해내길 바랐다.

'삼촌은 어머니와 같은 집에서 도망 나왔다고 했는데, 그 집이…… 신묘?'

우쥬는 기억을 떠올리기 위해 머리를 쥐어뜯지는 않았고, 간단명료하게 대답했다.

"기억 안 난다."

그래서 판시엔이 머리를 쥐어뜯었다.

신묘, 쿠허, 어머니 그리고 그 자신이 어떻게 연결되는지, 다른 단서가 없었기 때문이었다. 실망은 했지만, 어차피 고민해서 해결된 문제는 아니었기에, 화제를 돌려 물었다.

"그럼 남쪽은, 누굴 찾으러 간 거예요……혹시 예류윈이 남쪽에 있었어요?"

"남쪽에 문제가 있었다……그 사람을 찾고 싶었다. 못 찾았다."

우쥬의 이 말에 판시엔은, 옌빙윈이 호위를 빌려 달라고 하면서 언급한, 그 변태 같은 9품 고수의 연쇄 살인 사건이 떠올랐다. 하지만 우선 그와 직접적인 관련이 없는 일은 제쳐두자 생각하고, 그가 반년 동안 무엇을 했는지, 하이탕과 무슨 비밀 협의를 했는지 등을 장황하게 이야기했다.

우쥬는 반응이 없었다.

판시엔은 우쥬가 칭찬해 주지 않는 사람이라는 것을 누구보다 잘 알고 있었지만, 그래도 이렇게 많은 일을 했는데, 예를 들어 샤오은을 죽였고, 또 2황자를 병신 만들었고…….

'님아, 이 정도면, 약간의 반응이라도 해주셔야 하지 않을까요?'

판시엔의 시무룩한 표정을 보고서, 우쥬는 해명하듯 말했다.

"사소한 일들일 뿐이다."

맞는 말이다. 정확한 말이다. 우쥬는 '판시엔의 생사' 외에는 모두 사소한 일이다.

판시엔의 과한 욕심이었다.

판시엔은 무기력하게 손을 쭉 내밀며 말했다.

"요즘 손이 계속 떨려요. 삼촌이 좀 도와줘요."

"난 수련을 해본 적이 없다. 그래서 모른다."

판시엔은 드디어 폭발했다.

그의 생사에 관한 일을 이렇게 말할 수 있는 것인가.

"안전장치도 없는 것을……나 태어나자마자 수련하라고……만약에 수련하다 죽으면 어떻게 하려고 했어요?"

"아가씨가 그게 제일 좋은 거라고 말했다."

우쥬는 덤덤히 말했다.

"그리고 성공한 사람이 있다."

"성공한 사람이 있으니 책이 나왔겠죠?!"

"큰 문제는 아니다. 네가 진기를 마지막까지 고집하는 그런 멍청이가 아니라면, 기껏해야 진기가 사라지고, 보통사람으로 되는 것뿐이다."

'누가 모르나?!'

하지만 이 문제 역시 우쥬 삼촌에겐, '사소한 문제'다.

"나보고 도대체 어떡하라고?!"

판시엔은 화가 머리끝까지 나서 고함을 질렀다.

"수련을 멈추면, 진기가 더 많아지지 않는다."

우쥬의 목소리는 아무런 감정이 없었는데, 판시엔에게는 자신의 지능을 조롱하는 듯 느껴졌다.

하지만 그 한마디가, 꿈을 꾸던 판시엔을 깨워줬다.

판시엔은 그동안 쉬지 않고 아침저녁으로 명상과 수련을 하며 진기를 쌓았었는데, 그걸 하지 않으면, 최소한 더 많아지지는 않을 것이었다.

판시엔은 감탄하며 말했다.

"그 방법밖에는 없겠네요. 최소한 진기가 폭발하는 것을 늦출 수는 있겠어요."

"페이지에가 너에게 남긴 약이, 일시적일 뿐이지만, 확실히 효과가 있다."

우쥬가 불쑥 말했다.

판시엔은 우쥬의 말을 있는 그대로 믿을 수 없었다. 왜냐하면 우쥬는 근본적으로 '내공', '무공', '진기', '수련' 따위는 필요 없는 사람이었기에, 자기의 마음을 이해하지 못한다고 생각했기 때문이다.

어쩔 수 없이 판시엔은 화제를 돌려 말했다.

"삼촌, 그럼 다른 한 가지만 부탁할게요. 제발 사라지기 전에, 저에게 말 좀 하고 가세요."

"그럴 필요가 있나?"

"있죠."

판시엔은 연신 고개를 끄덕였다.

"북제로 갈 때, 저는 삼촌이 항상 옆에 있는지 알았다니까요. 그래서 하이탕 뒤뒤를 건드리고 싸우고……지금 생각해보니, 잘못했으면 죽을 뻔했네."

"오……알았다."

판시엔은 그제서야 조금 안심한 듯, 이 기회에 조금 더 나가 보기로 했다.

"전 곧 집을 옮길 거예요. 여기는 사람이 많이 들락거려서, 삼촌이 별로 좋아하지 않는 것 같아요."

우쥬는 고개를 갸웃했다.

판시엔은 진지하게 말을 이었다.

"제가 제일 친한 사람 꼽으라면 삼촌인데, 언젠가 제 부인은 봐야 하지 않겠어요?"

"이미 봤다."

"완알은 못 봤어요."

판시엔은 다시 천천히 설득하듯 말했다.

"그리고 삼촌이 맨날 어디로 돌아다니는데, 삼촌이 어디 사는지도 모르고, 뭘 하는지도 모르고……제가 마음이 편하지 않아요."

우쥬는 다시 갸웃했다.

입술이 약간 움직인 듯 보였지만, 여전히 웃지는 않았다. 하지만 그가 판시엔의 의미를 드디어 이해한 듯 보였다.

"난 네 부인 외에는, 날 아는 사람이 없었으면 좋겠다. 그건 네가 잘 처리해라."

판시엔은 기대하지 않은 뜻밖의 대답에, 한 번 더 소리 질렀다.

"뭐뭐는요?"

"안 돼."

거기까지였다.

우쥬는 덧붙였다.

"그리고 너는 내가 돌아오지 않은 것처럼, 너의 일을 봐라."

판시엔은 여러 번 한숨을 쉬고서, 서재 밖에서 사람들이 깨어나는 소리가 들리자 어쩔 수 없다는 듯, 서재를 나갔다.

서재에 홀로 남은 우쥬. 마치 영원히 표정이 없을 것 같은 그의 얼굴에, 마침내 몇백 년 만에 웃음을 드러냈다. 심지어 그 웃음엔 장난기가 서려 있었다.

누군가를 놀려먹고 난 다음 아이들이 웃는 듯, 장난기 서린 웃음.

"가을이 되니 갈수록 추워지네. 저 봐. 저택 정원에 있는 국화도 살짝 언 것 같은데? 아 참. 그나저나 황실 꽃놀이는 가는 거야, 마는 거야? 첫눈이 내리면, 국화 감상도 끝나는 거 아니야?"

판시엔이 침대에 누워, 바깥 정원에서 그네를 타고 있는 시녀들을 무심히 바라보며, 린완알에게 물었다.

"작년보다는 늦어지는 것 같아. 그래서 이번에는 현공(悬空) 사당으로 금선 국화를 보러 간다고 하던데? 송이가 작은 국화인데, 추위에는 강한 꽃이라, 상관없을 거야."

판시엔은 몸 상태가 조금 나아졌지만, 탄핵 관련하여 조정 회의에 참석하거나, 감사원 1처에 출근하지는 않았다. 옆에 있는 완알과 뤄뤄는 혹시 문제가 될까 봐 마음을 졸였지만, 판시엔은 아무도 건드리지 않는 이 시간을, 최대한 즐기고 싶어 하는 것 같았다.

발을 굴러 그네를 하늘 높이 띄우던 스스가, 높은 곳에서 무언가를 발견하고는 급히 뛰어내렸다. 그리고 신발도 신지 않은 채, 곧장 판시엔에게 뛰어왔다. 옆에 있던 스치와 다른 어린 시녀들도 스스의 얼굴을 보고서는 긴장하고 있었고, 심지어 세 명의 주인들도 스스의 표정을 보며 어리둥절해 있었다.

"징……징왕……징왕 마차! 이미 저 앞에!"

스스는 숨을 헐떡이며 겨우 말했다.

판시엔도 그제서야 정신이 든 듯, 언제 아팠냐는 듯이, 침대에서 벌떡 뛰어오르며 외쳤다.

"철수!"

황제의 친형제, 리훙칭의 아버지, 2황자의 삼촌이 직접 찾아왔다. 판씨 집안 자녀들도 웃어른처럼 존경하고 모시는 징왕이 찾아왔다. 그가 판시엔에게 2황자와의 화해를 권한다면 방법이 없다. 그리고 무엇보다 판시엔은 징왕의 욕이 너무 듣기 싫었다.

삼십육계 줄행랑이 상책.

새언니의 말을 얌전히 듣고 있던 판뤄뤄가, 눈치를 살피며 입을 열었다.

"언니, 저도 좀……."

'얘는 왜 이러지?'

하지만 완알은 지금 이 시국에, 뤄뤄가 미래의 시아버지를 본다는 것은 확실히 적절하지 않다는 생각이 들었다.

'근데, 난 혼자서 어떻게 하지?'

"스치! 외투!"

마차에서 두 오누이가 그녀를 멍하게 쳐다봤다.

"너는 왜?"

완알은 두 사람을 노려보았다.

"나보고 혼자 다 감당하라고? 내가 바보야?"

남은 하녀들만이 세 명의 어린 주인들의 허둥대는 모습을 보고, 참지 못해 키득키득 웃고 있었다.

주인이 다 타자마자 텅즈징은 마차를 출발시켰다. 마차는 큰 길 대신 좁은 골목으로 우회하여, 저택으로 다가오는 징왕 마차를 아슬아슬하게 피했다.

"지이미랄 씨팔!"

징왕은 불안에 떨고 있는 판씨 저택의 하인들 앞에 허리를 짚고

서서, 쥐새끼 한 마리도 보이지 않는 넓은 후원을 보며 궁시렁댔다.

"이놈의 새끼들, 내가 온다는 걸 알면서도 이렇게 꽁무니를 빼?! 내가 그렇게 무섭냐?"

지금 판시엔과 판뤄뤄의 명의상 어미, 류씨는 징왕의 "지어미랄 씨팔"을 들으며 쓴웃음을 짓고서 대답했다.

"어르신, 오늘 아이들이 서쪽 성에 있는 의원에게 문진 받으러 간다고 말씀드렸잖아요."

징왕은 아직도 살짝 움직이고 있는 그네를 보며, 침을 한 번 '퉤' 뱉더니 욕을 했다.

"판지엔의 병도 판시엔이 고쳤다면서, 그놈이 옘병할 의원 따위가 뭐가 필요해! 지이미랄 씨팔!"

류씨는 또 한 번 눈살을 찌푸렸다.

마차는 징왕 마차를 피한 후, 서쪽 방향에서 곧장 남쪽으로 방향을 틀어 외곽으로 나가, 어느 조용하고 자그마한 산을 향해 나아가고 있었다. 길옆에 펼쳐진 깊고 그윽한 숲과 함께, 아름다운 풍경이 눈에 들어오기 시작했다. 노랗게 물들어 버린 풀들 사이로, 간혹 들꽃들이 펴 있었고, 흰 나무껍질이 인상적인 나무에는, 여전히 파릇파릇한 나뭇잎이 듬성듬성 남아 있었다.

린완알과 판뤄뤄는 절로 감탄사가 나왔지만, 자신들이 아직 이런 곳을 왜 모르고 있었는지 의아해하고 있었다. 이런 정도의 곳이라면 고관 대신이나 황실의 별장일 텐데, 그녀들이 모르고 있다는 것은 확실히 이상했다. 심지어 산길이지만 경국의 1급도로처럼 매우 넓어, 주인의 신분을 짐작하게 하였다.

넓은 산길이 끝나갈 무렵, 마차가 숲속으로 들어가는 듯하더니, 곧 눈앞에 넓은 장원이 펼쳐졌다. 건물들은 크지 않았지만, 심어진 관목과 푸른색 돌바닥이 자연스럽게 어우러져 있었고, 처마나 문의 빗장까지 섬세하고 고급스러운 느낌을 주었다.

"황궁과 비교해서 어때?"

판시엔은 웃으며 물었다.

린완알은 거들먹거리는 듯한 판시엔을 보고 말했다.

"다 나름의 장점이 있는 거지……근데 우리 장원도 아닌데 뭘 그렇게 거들먹대?"

"여기 주인이 나중에 나에게 물려준대. 물론 난 여기를 별로 좋아하진 않지만."

옆에서 대화를 듣고 있던 뤄뤄는 판시엔의 말에 놀라며 물었다.

"왜? 이렇게 예쁜데, 왜 안 좋아해?"

"여자가 너무 많아."

판시엔은 정색하며 말했다.

"이 장원에 절세미인들이 얼마나 많이 숨어 있는지, 상상도 못할 걸?"

완알과 뤄뤄는 수수께끼 같은 장원을 보고, 판시엔의 아리송한 말을 들으며, 둘 다 어리둥절했다. 판시엔은 둘의 반응은 개의치 않고, 마차가 멈추자, 허리춤에서 제사 명패를 꺼내, 마차 창문으로 손을 내밀어 풀더미 같은 곳에 보여주었다.

풀더미에서 변장 놀이라도 하는 듯, 사람 하나가 불쑥 튀어나왔다. 그 사람은 명패를 한참 보다, 판시엔을 또 한참 보더니, 이윽고 공손하게 말했다.

"대인, 규율이 엄격해 그런 겁니다. 대인께서 양해 부탁드립니다."

"내가 뭐라고 했나? 내 처와 여동생도 있네."

나무꾼처럼 보이는 그 사람은 마차 안을 슬쩍 한 번 보고서, 공손히 예를 올린 후, 다시 풀더미로 들어갔다. 마차는 다시 움직여 장원으로 향했는데, 실로 황궁만큼 경계가 삼엄했고, 소규모 군대는 충분히 처리할 만큼 방비가 잘 되어 있었다.

이쯤 되니 총명한 두 여인은, 장원의 주인이 누구인지 충분히 유추해 낼 수 있었다.

이 장원의 주인은 쳔핑핑. 황제 외에 가장 큰 권력을 가진 늙은 절름발이.

장원의 문 앞에는 쳔(陳, 진)씨의 장원이라는 뜻의 '진원(陳園)' 이라는 현판이 걸려 있었는데, 선대 황제의 친필이었다.

그 정문 앞에는, 뜻밖에 두 대의 마차가 더 있었다. 이곳을 방문하는 자는 극히 드물었는데, 완알이 그 마차의 표식을 알아보고는 말했다.

"황실 사람이네요."

진원의 집사가 내려와 판시엔 일행을 맞이하면서 조용히 말했다.

"친왕과 추밀원 친(秦) 대인이 와 계십니다."

대황자와 추밀원 친형.

대황자는 얼마 전까지 서쪽에서 군을 이끌었고, 친형의 아버지는 추밀원 국가 원로 친 장군이었으며, 그 자신도 이미 추밀원의 중요 대신이 되어 있었다. 그러니 두 집안의 관계는 매우 친밀할 수밖에 없었고, 군사를 책임지는 이 두 사람은 밀정과 정보를 책임지고 있는 감사원과도 관계가 깊었다.

"이곳에 여자가 많다고 싫어하더니, 갑자기 처와 동생을 데리고 오다니. 내가 여자들을 불러서 널 잡아먹게 시키기라도 할까 봐?"

쳔핑핑의 갑작스러운 말에, 두 손님은 고개를 뒤로 돌려 판시엔 일행을 발견하고 살짝 놀랐다. 하지만 더 놀라운 것은, 쳔핑핑의 평소 같지 않은 말이었는데, 어느 누구에게도 하지 않는 친근한 말투였기 때문이다.

판시엔이 대황자에게 인사를 먼저 드리는 것이 예의였지만, 일전 성문 밖의 사건 때문에 어떻게 대해야 할지 몰라, 염치 불고하고 친 대인에게 먼저 예를 올렸다.

"친 대인을 뵙습니다."

친 대인도 쳔핑핑, 그리고 쳔핑핑의 판시엔에 대한 태도를 고려하여, 최대한 호의를 보이며 답례를 하고 몇 마디 나눴다.

그제서야 판시엔은 대황자가 마음에 걸렸는데, 욕먹을 것을 각오하고 몸을 살짝 틀어 대황자에게 인사를 드리려고 하는 순간, 그는 욕을 할 뻔했다.

완알이 대황자 옆에 꼭 붙어, 눈웃음을 지으며 사근사근하게 대황자와 대화를 나누고 있었고, 심지어 뤄뤄도 대황자의 말을 흥미진진하게 듣고 있었던 것이다.

대황자는 서쪽 변방에서의 전쟁 이야기를 하고 있었는데, 아무리 전쟁 이야기가 재밌다 하더라도, 판시엔은 자기와 가장 친한 두 여인의 그 모습이 별로 유쾌하지 못했다. 물론 판시엔은 얼굴에 내색하지 않고, 공손히 예를 올리며 말했다.

"소인, 대황자⋯⋯아니, 화친왕(和亲王)을 뵙습니다."

대황자는 판시엔을 살짝 보고, 인사 대신 완알에게 말을 건넸다.

"판시엔이 날 별로 안 좋아하던데, 다행히 보자마자 욕은 안 하는구나. 쳔알, 넌 어찌 저런 상공에게 시집을 갔니?"

린완알은 대황자와 둘도 없는 오누이었기에, 그의 비꼬는 말을 들은 체도 안 하고, 옆에 있는 과일을 그의 입으로 넣어 주며 말했다.

"오라버니는 매부를 보자마자 그렇게 말하는 게 어딨어요?"

'매부.'

이 두 글자로 적대적인 첫 대화는 다 정리되었다. 대황자는 판시엔이 여전히 마음에 안 들었지만, 제일 아끼는 사촌 누이 린완알의 애교에는 방법이 없었다. 판시엔도 지금 2황자랑 적대적인 상황이 되었으니, 더 이상 대황자에게 밉보일 이유도 없었다. 그는 염치도 좋게 뤄뤄 옆으로 앉아, 순진무구한 표정으로 대황자를 쳐다보고 있었다.

"듣자 하니, 판 제사가 중병을 얻어 조정 회의에도 못 나온다던데……오늘 여기에 놀러 올 힘은 있나 보네?"

비록 대황자의 말투는 부드러워졌지만, 평생 군에서 지낸 터라, 그 직설적인 표현은 감출 수가 없었다. 판시엔은 재빨리 대답했다.

"내일 갈 겁니다. 내일."

대황제에게 2황자는 싫든 좋든 동생이었기에, 판시엔의 최근 일이 불편한 건 사실이었다. 그는 천핑핑을 보면서 공손하지만, 여전히 직설적인 말투로 말했다.

"숙부, 둘째 놈 관련한 최근 일에 대해서는, 숙부가 말을 좀 해 주세요……."

대황자는 판시엔은 슬쩍 한 번 보고, 다시 말을 이었다.

"전 기본적으로 조정 문제에 대해서 관심은 없지만, 둘째 관련 유언비어가 너무 황당하기도 하고, 둘째 수하의 조정 대신들이 많은데, 그들이 모두 문제가 되면 조정 입장에서도 사실상 큰 손해잖아요."

옆에서 듣고 있던 친 대인 친헝(秦恒)도 한마디 거들었다.

"맞습니다. 원장 대인이 폐하께 한마디 올리셔야 할 것 같습니다. 일이 너무 커져서 실로 조정의 체면이 떨어질까 걱정됩니다."

판시엔은 그제서야 두 사람이 여기에 온 이유를 알게 되었다.

천핑핑이 그에게 이 일에서 물러서라 한다면, 당연히 물러서야 했다.

사실 판시엔은 이미 충분히 2황자의 세력을 약화시켰고, 심지어 징두 관아 부윤까지 물러나게 하는 뜻밖의 성과까지 얻은 터, 지금 물러서는 건 크게 상관없었다.

다만, 대황자가 쳔핑핑을 '숙부'라고 부르는 게 마음에 걸렸다.

대황자의 '숙부'는 누구인가? 황제의 친동생 징왕이다.

일개의 신하, 쳔핑핑이 될 수 없었다!

하지만 쳔핑핑의 말은 의외였다.

"당사자가 직접 여기 와 있으니, 두 분께서 직접 이야기하시지요. 군주 아가씨와 판씨 아가씨는 이 노인의 바퀴의자를 좀 밀어줄래요? 이 노인이 진원에 있는 진귀한 보물들을 구경시켜 드릴게요."

그리고 나가버렸다.

방 안에는 판시엔, 대황자, 친헝 세 명 만이 어색한 분위기로 남게 되었고, 친헝이 갑자기 화장실을 핑계로 나가버리며, 분위기는 더욱 무거워졌다. 판시엔은 일전에 형부에서 추밀원을 대표해서 왔던 대리사 소경이, 판시엔을 때리라는 황후의 밀서를 보자마자 화장실을 핑계로 나갔던 기억이 떠오르며, 화장실을 핑계로 난감한 자리를 피하는 건, 추밀원의 '진지한 계략'일 수도 있다고 생각했다.

대황자가 '불쑥' 말했다.

"난 평생 싸움질만 했으니, 직설적으로 말하겠네. 지금 자네가 하고 있는 싸움은 승패를 떠나, 천하를 시끄럽게 하고 있네."

"화친왕의 의미는 충분히 이해했습니다. 전선에서 피를 흘리며 싸우고 있는 장수들이 있는데, 조정이 시끄러우면 안 된다는 말씀이시지요. 하지만 저도 누가 저의 이익을 먼저 침해하지 않으면, 싸우지 않습니다. 감사원 제사의 신분을 가지고, 제가 제 스스로의 이익조차 지키지 못한다면, 어떻게 감사원, 조정, 나아가 폐하의 이익을 지킬 수 있겠습니까?"

"하지만 자네의 본분을 잊지 말게. 자네는 신하야. 신하로서 일을 할 때에는……분수를 지켜야 해."

판시엔은 대황자의 말에, 말할 수 없는 자기의 특수한 신분과 위치가 떠오르며 답답했지만, 이내 침착하게 말을 이었다.

"저는 신하입니다. 하지만 군신(君臣)이 유별하다고 할 때, 군(君)은 황제 폐하와 미래의 황제 폐하인 태자를 뜻한다고 생각합니다. 그러니 두 분을 제외하면 대황자를 포함하여 모든 사람은, 신하입니다."

대황자는 판시엔의 말에 조금 놀랐는데, 상대방이 대담하게 그런 말까지 할 거라고 생각 못 했기 때문이다.

"천알을 봐서 말하는데, 천자의 가족 일에 너무 깊숙이 관여하면, 너희 판씨 집안에 좋을 일이 없어."

"천자에게 가족은 없습니다."

'천자에게 가족이 없다?!'

대황자는 당황한 듯, 혹은 화가 난 듯, 아니면 인정을 하는 듯, 의자의 팔걸이만 연신 만지고 있었다. 한참이 지난 후, 대황자는 입을 열었다.

"판시엔, 내가 널 너무 과소평가한 것 같네."

"전하께서 무슨 연유로 그런 말씀을?"

"나의 뜻은 전쟁터에 있고, 군이 천하를 정복하려 하면, 후방이 안정되어야 해. 그러니 조정의 평안을 바랄 뿐이야. 몇 년 동안 서쪽에서 전쟁을 하면서 조정이 불안하긴 했지만, 통제 가능한 수준이라고 생각했는데, 자네가 징두에 오면서부터 선을 넘어가 버렸어."

대황자는 여전히 판시엔의 눈을 보면서 말했다.

"자네는 갑자기 튀어나왔고, 너무 급하게 두각을 나타냈어. 그러니 모종의 균형이 깨져버린 것인데, 많은 사람들은 자네가 그 균형을 다시 이루어 내길 바라지, 한쪽을 다 없애 버리는 것을 바라진 않아."

판시엔은 대황자의 이 말이 그 자신 외에도, 군대 내 절대 다수의 의견을 대표한다는 것을 알고 있었다. 군에서는 판시엔이 2황자를 위협할 게 아니라, 황실의 존엄의 보호 아래 감사원을 운영하면서, 이성적으로 세력의 균형을 유지하는 인물이 되기를 원하는 것이었다.

"제가 왜 이번 싸움을 벌였는지 아세요?"

판시엔은 그의 순수한 진심을 알기에, 말투가 좀 더 친밀하게 변하였다. 다만 대황자가 순수한 마음과 달리, 관직 사회에 대한 이해가 너무 부족하다고 생각했다.

"그냥 화 한 번 낸 것뿐이에요. 그래서 몇몇의 사람들에게 경각심을 주려고 했어요."

대황자는 한참을 깊이 생각하다 무언가 이해를 했다는 듯, 크게 한 번 웃었다.

대황자도 조금은 친밀한 어투로 말했다.

"둘째는 똑똑한 놈이었는데, 이번에 자네에게 큰 타격을 입었으니, 충분히 경각심을 가졌을 거야. 생각지도 못한 결과가 나올 수도 있겠어."

대황자나 판시엔이나 충분히 총명한 사람이었기에, 판시엔도 그의 말의 행간을 읽고서 말했다.

"제가 보기에 소인과 전하의 뜻이 조금은 맞아떨어지는 듯하네요. 전하가 잘 설득만 해주신다면, 2황자도 종국에는 나쁠 것이 없을 듯 보입니다."

대황자는 판시엔의 목적이나 말을 모두 믿을 수는 없었기에, 조심스럽게 질문을 했다.

"근데 자네는 왜 황자들의 다툼에, 이렇게까지 신경을 쓰는 건가?"

판시엔은 자신의 짐작하는 자신의 신분, 출생의 비밀 등을 다 말할 수 없으니, 당연히 침묵할 수밖에 없었다.

"용서할 수 있는 부분은 용서를 하는 게 좋아."

대황자는 의미심장한 눈으로, 판시엔을 바라보며 말했다. 2황자의 일을 언급하는 듯 보였지만, 거기에 그치지는 않는 말이었다.

대황자의 말이 무엇이든, 사실 판시엔은 크게 신경 쓰지 않았다. 그가 유일하게 신경 쓰는 부분은 황실의 황제였다.

'황제가 모든 것을 보고 있다.'

판시엔은 공손하게 동의의 뜻을 내비치고, 대황자도 판시엔이 자기의 체면을 충분히 고려해 주었다고 받아들이며, 2황자와 관련한 대화는 마무리되었다.

이후 판시엔은 대황자와 북제 공주와의 혼사, 샹샨후, 판시엔의 9품 실력의 무공에 관해 대화를 나누었다. 그는 대황자가 다른 황자들과 달리, 권위와 권력에 의지하기보다, 오히려 순수하고 강직한 사람이라는 인상을 받았다. 어머니의 출신이 비천해서인지, 아니면 평생을 군에서 지내온 탓인지, 그 이유는 몰라도, 그에게 상당히 감탄하고 있었다.

이때 친형이 마침내 방으로 들어왔다. 대황자는 웃는 얼굴로 자리에서 일어나며, 판시엔을 보고 말했다.

"판 제사가 재밌네, 오늘 자네와 대화는 즐거웠어. 내 얼굴을 보고 일도 이쯤에서 마무리 하겠다니, 지난날의 오해는 이제 없는 셈으로 치겠네. 나중에 내가 자네를 좀 보자고 할 때는, 병 핑계나 화장실 간다는 핑계로 거절하지 말게."

친형은 얼굴이 약간 일그러졌다.

대황자와 친형은 그렇게, 쳔핑핑에게 인사도 하지 않고 진원을 떠났다. 예의가 없어서 그런 게 아니라, 쳔핑핑이 허례허식을 싫어하는 괴팍한 노인네였기 때문이다.

마차가 출발하자 대황자가 말을 걸었다.

"판시엔은 역시 비범하더군."

"제 아버지도 판시엔이 강해질수록 좋다 하더군요. 어쨌든 군은, 능력 있는 이가 감사원을 맡는 것이 좋으니까요."

"그런 면에서는 자네 부친이 마음을 놓아도 될 것 같아."

"저도 그 점은 믿고 있습니다. 심지어 문인으로서 명성을 날리고 있고, 그 스스로가 9품 고수라 하니, 어쩌면 천핑핑 원장보다도 더 멀리 나갈 수 있을 듯 보입니다."

"하지만 천 원장 대인과 비교해서 큰 약점이 있지. 그래서 이번에 둘째 놈이랑 각을 세우며 천하에 위세를 떨었는지도 몰라."

"무슨 약점이?"

"굴레가 있다고 해야 하나? 짐이 너무 많아."

대황자는 복잡한 감정으로 말했다.

"숙부는 부모도 자식도, 친척도 없어. 심지어 진정한 친구도 없고, 진원에 여자는 많지만, 진짜 마음을 주는 여자는 정작 한 명도 없지. 그야말로 고독한 거목 같은 거라고 해야 하나……적들이 숙부를 무너뜨릴 수 없는 이유야. 하지만 판시엔은 다르지 않나?"

굴레는 운명이다. 그것이 곧 약점이다.

친형은 탄식하며 말했다.

"천 원장 같은 삶은……이 많은 날이 고역일 것 같아요."

"쉽지 않지."

대황자는 존경의 눈빛을 내비치며 말했다.

"판시엔이 그 경지에 가려면 아직 한참 모자라네."

진원에서는 노랫소리와 악기 소리가, 무기력한 구름처럼 나른하게 흘러나와, 공중으로 흩어져 가고 있었다. 십여 명의 화려하게 차려 입은 미인들이, 호수 위에 마련된 무대에서 노래를 부르고 춤을 추고 있었던 것이다. 쳔핑핑은 완알, 뤄뤄와 함께 이 광경을 바라보고 있었다.

이런 삶을 굳이 동정할 필요가 있을까?

쳔핑핑이 판시엔을 보자 가볍게 손뼉을 쳤고, 이내 한 여인이 다가와 공연을 멈춘 후, 완알과 뤄뤄까지 데리고 안으로 들어갔다. 판시엔이 완알 대신 원장의 바퀴의자를 넘겨받자, 쳔핑핑의 말라비틀어진 손가락은 동쪽의 숲을 가리키고 있었다.

"대황자가 원장님을 숙부라 부르던데요? 이건 대역죄인데, 도찰원이 알면 탄핵감 아닌가요?"

"너도 도찰원 탄핵은 신경도 안 쓰잖아? 그리고 날 탄핵하려 했던 상주문이 아직 남아 있었다면, 어서방을 다 채우고도 남았을 거다."

"황제 폐하께서 허락한 일이라고요?"

"중상을 입은 폐하를 닝 재인이 돌본 일로, 그녀는 지금의 자리에 올랐고, 대황자가 태어났지만, 사실 그때는 동이성의 노예까지 돌볼 수 있는 상황이 아니었다. 북위에서 돌아오는 길에 이미 경국의 군사들도 많이 죽어 나가고 있었기 때문이지. 닝 재인의 목이 날아가려는 순간, 내가 한마디 했었지. 어쩌면 그분들은 그 일을 기억해 주셔서 지금까지 날 존중해 주는 것 같구나."

판시엔은 신이 난 듯 말했다.

"원래 원장님이 닝 재인의 생명의 은인이었네요!"

"그때 폐하께서는 나무토막처럼 굳어서 움직이지 못했기 때문에, 대소변을 받아 주고 몸을 주물러 줘야 했는데, 섬세한 여인의 손길이 필요하다 생각했을 뿐이야. 그보다 닝 재인이 황궁에 들어갔을 때, 태후가 적국 포로의 입궁은 안 된다고 반대하신 게 큰일이었지."

"그것도 원장님이?"

쳰핑핑은 웃었다.

"그때의 난 지금처럼 힘이 없었어. 그건 아가씨가 도와줬지."

판시엔은 탄식을 하며 말했다.

"역시 어머니는 오지랖이 넓었군요."

"오지랖이라 할 수는 없었던 게, 당시에는 아가씨 아니면 닝 재인을 입궁시킬 수 있는 사람이 없었어."

판시엔은 익살스러운 표정으로 말했다.

"어르신들의 사랑 이야기는 별로 듣고 싶지 않네요."

"들어 두는 게 좋을 거다."

쳰핑핑은 미소를 지었다.

"최소한 넌 이제 황실에서 신임할 수 있는 한 사람을 알게 되었잖니? 닝 재인은 몇 년 전, 아가씨를 위해 복수할 때에도 힘을 많이 써줬어. 그 일로 태후에게 밉보여 재인의 신분으로 강등 당했고, 아직도 회복 못하고 있지."

판시엔은 아직도 의심스러운 듯 물었다.

"대황자가 황제의 자리에 관심이 없다고 확신하시는 거예요?"

"그 어미에 그 아들이라고, 대황자는 똑똑했어. 그래서 변방으로 도망가는 것을 택한 거야. 음모나 암투에 휘말리지 않으니, 다른 황자들과 달리 성격도 호탕한 거고."

판시엔은 잠시 생각하다, 조심스럽게 입을 열었다.

"닝 재인……저의 진정한 신분을 알아요?"

"모른다."

쳰핑핑은 가르치듯 말했다.

"내 손의 패를 다 보여주면 안 되지."

"폐하께서는……제가 저의 신분을 아는 걸, 아세요?"

"모르신다."

"나중에 폐하를 기만한 죄가 되지는 않을까요?"

"오……하지만 폐하께서도 묻지 않으셨잖니?"

한 명의 노인과 한 명의 젊은이는, 마치 두 마리의 여우처럼 웃고 있었다.

잠시 후 웃음이 그치고, 판시엔이 본격적인 이야기를 시작했다.

"2황자 일은 이렇게 마무리할까요?"

"네가 생각한 것은 모두 얻었느냐?"

"열일곱 명 관원들을 정리해서 2황자 세력은 많이 약화되었고, 이부 상서 등 고위 관직들이 남아 있지만, 제 능력으로 그들까지 정리하기는 힘들 것 같아요."

판시엔은 잠시 멈추고, 다시 말을 이었다.

"췌씨 집안에도 타격을 많이 주었고, 그들이 숨기고 있던 손발들도 밖으로 드러나게 만들었으니, 이제부터 그 손발들을 잘라버리는 일은 훨씬 쉬울 것 같아요."

"그래도 다른 사람들이, 너의 다음 목표가 췌씨 집안이라는 것을 알게 해서는 안 된다."

천핑핑은 냉정하게 말했다.

"내일 조정 회의에서 폐하께서 결단을 내리실 건데, 어쨌든 2황자가 대세를 바꾸기는 힘들 거야."

"저희 집안은 문제가 될까요?"

"너에게 지금 남작의 작위가 중요하니?"

"전혀."

"그럼 상관없다. 너의 아버지는 누구보다 영악하니, 너에게 손해볼 장사를 시키진 않을 거야."

천핑핑은 판지엔 이야기를 하다 스스로 열을 받았다.

"그 새끼가 내가 징두에 없는 기회를 틈타 널 징두에 오게 한 것은, 정말 병신 같은 짓이었어!"

"제 아버진데요……."

판시엔은 난처한 듯, 원장 대인에게 일깨워줬다.

쳔핑핑은 더 난처한 듯, 하지만 조롱 섞인 말투로 이야기했다.

"그래 그건 인정하지. 그가 아버지 노릇은 잘하는 것 같아."

쳔핑핑은 내심, 판시엔이 아버지를 그렇게 존중하고 있다는 생각에 안심하며, 미소 짓고 있었다.

"근데 넌 오늘 왜 온 거냐?"

"왜 오긴요. 처랑 동생 데리고 밥 얻어먹으러 왔죠."

쳔핑핑이 이 말을 믿을 리는 없다.

"빨리 말해."

"원장님은……진짜 충신이세요?"

이 질문은 유치했다.

하지만 쳔핑핑은 한참을 고민하더니, 진중하게 대답했다.

"나는 폐하와 경국에 충성하지……그리고 너도 폐하께서는 네가 무엇을 하든지 보고 계신다는 것을 잊지 말아야 해. 다시 말해서, 네가 하는 일을 최소한 폐하가 암묵적으로 인정하셔야만, 네가 원하는 것을 완전히 얻을 수 있는 거다. 그러니 폐하에게 충성하는 것은, 자기 자신에게 충성하는 것과 사실상 같은 거지. 그래서 영원히 폐하께 충성해야 하는 것이야."

'폐하께 충성하라는 거야, 스스로에게 충성하라는 거야?'

판시엔은 쳔핑핑의 말을 다시 되짚어 보고 있는 순간, 쳔핑핑이 말을 이었다.

"이번 일을 보면, 설령 폐하께서 인정하신다 하더라도, 폐하의 계획보다 네가 너무 빨리 움직였어."

쳔핑핑은 눈을 감으며 말을 이었다.

"그리고 네가 일을 너무 철저하게 해버렸어. 폐하께서는 아직 너의 진정한 신분을 모르고 있기 때문에, 분명 신하로서 너의 충정심을 의심하고 있으실 거야."

판시엔도 '황제의 의심'이 이번 일에서 가장 큰 문제 요소임을 잘 알고 있었다.

"걱정은 마라. 그 부분은 내가 처리하마."

쳔핑핑은 가볍게 한마디 던졌다.

판시엔도 그 말에 더 이상 걱정하지 않았다.

두 사람이 해가 떨어지고 있는 서쪽으로 향하면서, 두 사람의 그림자는 점점 사라져 갔지만, 쳔핑핑의 의자의 바퀴에 걸린 그림자는 '굴레'처럼 따라오고 있었다.

와병으로 조정 회의 참석을 차일피일 미루던 판씨 집안의 부자가, 드디어 폭풍 같은 탄핵의 비바람을 맞기 위해 황궁에 섰다. 아버지는 자식 교육에 소홀했음을, 아들은 포월루와 살인 사건과 관련해 관리가 부족했음을 인정했다.

하지만 그 뿐.

조정 대신들이 놀랐던 것은, 사생결단의 기세를 보이며 탄핵 상주문을 올린 2황자 측이 며칠 사이에 조용해졌다는 것이다. 징두 외곽에서 결정적 증거였던 살인범 세 명이 죽은 것이, 징두 관아 밖에서 암살을 시도했던 셰비안이 체포되어 감옥에서 급사했던 일이, 2황자 측에 영향을 미쳤겠지만, 정작 중요한 원인은 다른 곳에 있음을, 경험이 많은 대신들은 추측할 수 있었다.

쌍방이 암암리에 모종의 협의에 이르렀다.

다른 말로 하면, 2황자가 패배를 받아들였다.

"호부 상서 판지엔……삼 년 치 녹봉을 삭감하고, 작위 등급 내리고, 집에서 조용히 반성……감사원 제사 겸 태학 봉정 판시엔……작위를 박탈하고, 녹봉을 삭감하고……3년 내에 장모우한에게 증정 받은 책의 내용들을 편집, 정리하라."

그리고 형부는 판스져의 수배 공문을 전국에 배포했고, 징두 관아 부윤은 하옥되었다.

마지막으로 2황자의 처분.

'작위를 강등하고, 6개월 동안 집에 머물며 덕을 쌓으라.'

판씨 부자, 판씨 집안에 실질적인 손해는 없고, 2황자 측은 수많은 관원들이 낙마했다. 심지어 2황자 본인도 6개월 동안 집 밖에 나오지 못하는 중벌을 받았다. 하지만 조정 회의 내내 알 수 없는 표정으로 앉아 있던 황제는, 더 이상 판시엔에게 남으라고 하지도 않았다.

많은 사람들은 2황자가 패배한 건 사실이지만, 판시엔에 대한 황제의 총애가 예전 같지 못하다 생각했다.

'어쨌든 2황자도 황제의 아들이지 않은가?'

하지만 판시엔은 개의치 않는 듯 평소처럼 생활했고, 그렇게 이틀도 지나지 않은 늦은 가을밤, 황실의 꽃놀이 날짜가 정해졌다.

고상한 자태, 높은 절개, 우아함과 지조. 모두가 사랑하는 국화를 수식하는 말이다. 딴저우에서도 흔히 볼 수 있었던 국화가 판시엔에게도 낯선 꽃은 아니었다. 국화가 추위에 강하기는 했지만, 이렇게 추운 가을날에는 국화도 몸을 움츠릴 수밖에 없었다.

마차는 산 아래 여러 개의 삼엄한 관문을 지나고, 황실의 호위와 금위군이 지켜보는 가운데 판씨 집안의 젊은이들이 마차에서 내렸다. 그들은 계곡 옆으로 가을이 내려앉은 산길을 따라 한참 걸어 올라가다 폭포 앞에서 길을 꺾었다.

마침내 그들의 정면에, 도끼로 잘라 높은 듯한 절벽 위 현공(懸空) 사당이 보였다.

현공 사당은 한 층 한 층 쌓아 올린 나무 기둥에 의지해, 공중에 '떠' 있었다. 가장 넓은 곳의 넓이가 한 장(丈, 약 3.3미터) 정도밖에 되지 않아, 얇은 종이를 절벽에 대충 붙여 놓은 듯한 느낌이었다.

경국에서 가장 오래된 현공 사당은, 전해 내려오는 이야기에 따르면, 신묘를 신봉하던 고행자들이 돌 하나, 나무 하나를 수백 년 동안 일일이 쌓아 올려 만들었다 한다. 백성들에게는 경애의 대상이었고, 황실에서도 신묘에 대한 모종의 경의를 표하기 위해, 3년에 한 번씩은 이곳에 와서 국화 감상을 하고 있었다.

현재 경국의 황실 사람이라 해야 몇 안 되었기에, 몇몇의 인척과 가까운 가문들도 이번 꽃놀이에 참여하였다. 하지만 관례에 따라, 군을 이끌고 있는 친씨 집안과 징두 수비를 맡고 있는 예씨 집안, 개국 공신인 국공 집안 몇몇, 그리고 최근에 황실 가문에 들어온 몇 집안 정도였다.

판씨 집안도 초대받았는데, 가문의 권세나 판시엔과 린완알의 혼인 때문이 아니라, 황제와 징왕을 어렸을 때 같이 키워낸 딴저우의 할머니 때문이었다.

"국화 감상……국화 감상……그래서 국화는 어디 있는 거야?"

판시엔이 숨을 허덕이며 말했다.

"여기."

판시엔은 절벽으로 다가가 완알이 가리키는 산 아래를 보고, 감탄하지 않을 수 없었다.

"엄청난 곳이었구나. 너무 예쁜데?! 황금색의 국화가 황실의 기풍과도 너무 잘 어울리고."

"금선 국화야. 북위 천일도의 대사 근천(根塵, 근진)이 현공 사당에서의 수행을 마치고 직접 가져와 심었다 하더라고."

"근천? 쿠허 대종사의 스승?"

"맞아."

완알이 처음 현공 사당으로 꽃놀이를 온 판시엔에게 이것저것 설명해주고 있는 사이, 몇 사람이 다가와 그에게 인사를 했지만, 최근 황제가 판시엔에게 조금은 냉담하게 대하는 분위기를 알아서인지, 아니면 린완알의 특수한 신분을 의식한 탓인지, 다들 불편한 듯, 어색한 인사만 하고 갔다.

이내 판시엔은 무료한 생각이 들어 주위를 둘러보기 시작했다.

현공 사당은 그 이름처럼 산 위에 '떠' 있었기에, 이곳으로 올라오는 길은 하나였고, 이미 산 밑에는 국화보다 많아 보이는 금위군들로 가득했다. 그리고 사당 안에는 공디엔이 이끄는 황실의 호위대와, 고개를 숙여 누군지 알아볼 수도 없는 태감들이 가득했다.

판시엔은 시선은 자연스레 사당 위로 향했다.

황색의 옷을 입은 인물이 난간을 잡고 경치 구경하고 있었다.

경국의 황제.

태감 한 명이 종종걸음으로 다가오더니, 판씨 집안의 세 명의 젊은이들에게 조용히 말을 건넸다.

"폐하께서 군주 아가씨에게 들어오라 하십니다."

완알은 판시엔의 눈치를 보며 태감에게 물었다.

"다이(戴, 대) 공공, 저 혼자……?"

"폐하께서 다른 명은 없으셨습니다."

판시엔은 미안한 표정의 다이 공공과 완알을 뒤로하고, 뤄뤄와 함께 다른 곳으로 이동 해 국화를 보러 가던 중, 뒤에서 조금은 불안한 목소리가 들려왔다.

"사부."

곧 2황자와 혼사를 치를 예링알. 최근의 형국을 볼 때, 그녀는 판시엔과 서먹서먹할 만도 한데, 그녀가 먼저 인사를 건넨 것이다. 판시엔은 고마운 마음에 온화하게 웃으며 말했다.

"미래의 상공을 내가 너무 괴롭힌다 걱정하고 있었지?"

"저는 형부가 더 이상 저와 말을 안 할까 봐 걱정했어요."

예링알은 오히려 안심이 된다는 듯 대답했다.

이를 바라보던 뤄뤄가 옆에서 거들었다.

"그런 게 어딨어?"

이렇게 젊은 세 사람의 화기애애한 분위기에, 추밀원 대신 친형이 멀리서 다가오며 끼어들었다.

"너희들은 이 구석에서 뭐 하고 있느냐? 판시엔 주변이 왜 이리 한산한 거지?"

그는 매우 큰 목소리로 말했는데, 아마도 일부러 주위 사람들이 들으라고 하는 말 같았다.

"국화는 본디 가까이서 보는 게 아니라, 멀리서 감상한다 하더라구요. 그리고 아시지만 제 성격이……사람 사귀는 데 취미가 없어서."

판시엔은 미소를 띠며 대답했다. 황실의 꽃놀이, 소위 국화 감상 모임은, 황실과의 관계를 돈독하게 하기 위한 사교의 장이었다. 하지만 판시엔은 근본적으로 황실의 권위에 기대는 것에는 관심이 없었다.

하지만 판씨와 예씨, 그리고 친씨 집안이 모여 있는 이 장면은, 가까이 오지 않았던 주변 사람들의 이목을 끌기가 충분했다. 더 정확히 말하자면, 현공 사당 아래에 몰려 있던 사람들은, 여전히 절벽 끝부분에서 바람을 맞고 서 있는 네 명을 주시하며, 그 자리에 끼지 못함을 아쉬워하고 있었다.

판시엔은 다른 사람들의 시선 따위는 신경 쓰지 않으며 재밌게 환담을 나누고 있었는데, 그을음 냄새를 맡았다.

'오늘 낮에는 바비큐?'

그때, 그는 현공 사당의 눈에 띄지 않는 한 구석에서, 검은 연기가 올라는 것을 보았다.

황실의 호위들은 아직 발견하지 못한 듯 보였다.

한 줄기 가을바람이 불어와, 검은 연기를 무심하게 훑고 지나가자, 마치 연기가 대노라도 하듯, 검은 연기 사이로 빨간 불꽃이 '불쑥' 튀어나왔다!

"친형! 두 사람 좀 부탁해요!"

판시엔은 이미 그 바람보다 빠른 속도로 사당 앞으로 달려가, 맹렬히 열을 토하는 불과 마주하고 있었다. 열기가 얼굴로 훅 치고 들어오는 가운데, 칼을 빼 들고 자신을 공격하려는 호위들을 손바닥으로 쳐내며 화를 냈다.

"눈이 멀었어?!"

화염이 하늘로 솟구쳤다!

현공 사당은 목조 건조물이어서 불길이 정말 빠르게 번져 나갔다. 꽃놀이가 순식간에 아수라장이 되어 버렸다.

호위 통령인 공디엔은 꼭대기 층에서 황실 사람들을 호위하고 있었기에, 아래에 있던 나머지 호위들마저 허둥대고 있었다. 비록 구름 한 점 없이 맑고 건조한 날이기는 했어도, 이번 화재는 급작스러웠고, 너무 이상했다.

"모래와 자갈은 어디 있어?"

판시엔의 꾸짖음에 사람들은 조금씩 냉정을 되찾으며, 우선 사당 1층에 있는 나이 많은 대신들을 밖으로 인도했다. 판시엔은 호위들을 사당 위로 올려 보내 소식을 전함과 동시에 황제를 보호하라 명령했고, 또 일부의 고수들에게 사방에 방어선을 구축하도록 하였다.

아래층의 불씨는 잡혀가고 있었지만, 문제는 꼭대기 층에 있는 사람들.

현공 사당의 구조상 계단이 너무 좁은 탓에, 소식을 전하러 올라간 사람이 아직도 도착하지 못했기 때문이다. 그곳에서는 경국의 권력자인, 정확히 말하자면, 천하를 지배하는 황제가 있었다.

이 불은 실화가 아니었다.

방화 흔적이 뚜렷했으며, 심지어 판시엔 조차도 쉽게 발견할 수 있었다.

다만, 판시엔은 이렇게 경비가 삼엄한 곳에, 방화범이 무슨 신분으로 들어올 수 있었는지 의심이 들며, 이 일이 그리 간단한 상황은 아니라고 직감했다. 하지만 깊이 생각할 여유가 없었다.

완알이 꼭대기 층에 있었다.

"판시엔, 폐하를!"

판 상서의 외침이 들렸다.

"네."

판시엔은 아버지가 무사한 것을 보고 조금은 안심이 되었지만, 순간적으로 아버지의 눈빛에서 복잡한 심경을 읽을 수 있었다. 하지만 지체할 수는 없었다. 그는 처마를 밟아 유령처럼 꼭대기 층으로 올라가고 있었다.

아래의 상황은 점점 더 안정을 되찾아 갔다.

불은 진화되었고 권문세족과 호위들도 잠시의 혼란을 벗어나고 있었다. 그제서야 사람들은 초조하게, 황제가 있는 꼭대기 층으로 전광석화처럼 올라가고 있는 판시엔을 볼 수 있었다.

꼭대기 층은 조용했다.

하지만 무턱대고 들어가 수도 없는 일. 판시엔은 창밖에서 왼손에 검은색 비수를 쥐고, 큰소리로 외쳤다.

"소신, 판시엔입니다!"

"들어오라."

'끼익'

나무 창문이 열렸다.

판시엔은 창을 훌쩍 뛰어넘어, 두 발이 바닥에 닿자마자 주위를 살폈다. 호위들은 그를 보고 천천히 뒤로 물러났으며, 우려했던 자객의 암살 상황 같은 것은 보이지 않았다. 완알이 태후를 부축하여 사라지는 뒷모습을 볼 수 있었고, 홍 공공이 몸을 구부린 채 그들을 호위하고 있었다.

"왠 소동이냐?"

위엄 있는 목소리가 사당 내부에 울려 퍼졌다.

판시엔은 몸을 돌려 난간 쪽에 있는 중년의 남성에게 예를 올리며 말했다.

"불이 났습니다. 실화로 보이지 않습니다."

황제는 스스로의 안전 같은 것은 크게 걱정하지 않는 눈치였는데, 입술을 약간 올려 조롱하는 듯, 국화가 핀 아름다운 산에서 당황하는 아래의 사람들을 바라보고만 있었다.

태후와 황실 마마들이 피신하자, 남아 있던 호위들이 한 곳에 정렬하였다. 현공 사당의 꼭대기 층에는 황제 외에 태자, 대황자, 3황자, 그리고 열몇 명의 황실 호위들과 네댓 명의 어린태감들만 남았다.

아래층의 불이 진압되고, 꼭대기 층의 비교적 안정적인 상황을 보고서야, 판시엔은 생각할 여유가 생겼다.

확실히 실화가 아니었다. 그렇다면 방화를 한 자의 목적이 있었을 것이고, 그 목적은 모두 황제에게로 쏠릴 수밖에 없었다. 방화범은 불이 난 순간의 혼란을 틈타 황제를 암살하려 했겠지만, 실패했다.

다만, 여전히 자객이 아직 이곳에서 기회를 엿보고 있을 수 있다는 생각이 들었다. 주위를 둘러보니 호위 통령 공디엔도, 9품 고수 홍 공공도 이곳에 없었고, 남아 있는 호위들을 포함해 진정한 고수라고 불릴 수 있는 사람은, 판시엔밖에 없었다. 대황자는 수년간 말 위에서 군대를 이끌었었지만, 그 능력이 자객의 암살을 막는 능력과는 다소 차이가 있었다.

그 순간, 가슴이 철렁했다.

'설마 아래에 불을 지른 게, 고수들을 모두 아래층으로 보내기 위해서?'

황제는 여전히 동요하는 기색이 전혀 없었는데, 마치 한 시대의 군주로서 가져야 할 침착함과 당당함을 표현하고 있는 듯 보였다. 하지만 판시엔은 지금 상황이 너무 위험하다 생각하고 있었기에, 옆의 태자에게 눈짓을 보냈다.

태자는 재빨리 알아채고, 몸을 굽히며 말했다.

"부황, 화재의 원인이 불분명하니, 이곳에서 잠시 물러나시는 게 좋을 듯합니다."

황제는 들은 체도 하지 않고 판시엔을 바라보며 말했다.

"불은 껐느냐?"

"이미 진화되었습니다."

"그런데 어딜 간다는 말이냐?"

황제는 천천히 난간에 기대며 담담하게 말했다.

"짐은 평생 물러나 본 적이 없다."

'엿 바꿔 먹는 소리 앉아 있네, 니미랄! 당신이 쿨한 척하는 것 봐줄 시간 없거든.'

판시엔은 순간 화가 났지만, 겉으론 최대한 침착하게 말을 하였다.

"특별히 이상한 움직임은 없지만, 현공 사당의 꼭대기 층은 호위를 하기가 좋지 않아 보입니다……폐하의 옥체는 천하에 가장 중요하니, 만일의 사태를 대비해 황궁으로 돌아가시는 게 좋을 듯 보입니다."

천하를 거론하는 것은, 시대를 떠나 황제에게 내밀 수 있는 가장 좋은 명분.

황제의 반응은 싸늘했다.

"판시엔, 너는 감사원 제사로서, 지금 누군가 짐을 암살하려 한다면, 그건 네가 직책을 충분히 이행하지 못한 것인데, 설마 네가 잘못할 것을 걱정해, 짐의 국화 감상을 방해한다는 것이냐?"

'황실의 꽃놀이는 감사원 소관이 아니잖아!'

황제의 황당한 논리에 역시 짜증이 났지만, 이어서 든 생각은, 황제를 암살할 정도의 고수는 천하에 몇 안 될뿐더러, 며칠 동안의 감사원 보고서에도 그들 모두 특이한 동정이 없다는 것이었다. 심지어 가장 동태를 파악하기 힘든 스구지엔도, 현재 동이성에 있다는 것이 확인된 상태였다.

'내가 너무 예민하게 받아들인 것이었나?'

이때, 다소 직설적인 대황자가, 침착한 목소리로 말했다.

"아버지, 판 제사의 말도 일리가 있어 보입니다. 누가 감히 아버지의 암살을 시도하겠냐마는, 그래도 안전을 최우선으로 생각해보면, 그리고 아래에서 아버지를 걱정하는 태후 마마를 고려하시어, 내려가시는 게 좋을 듯합니다."

황제는 대황자의 숨김없는 태도가 맘에 들었지만, 여전히 어두운 표정으로 판시엔을 바라보며 말했다.

"판시엔, 감사원의 제사로서 이렇게 당황하는 모습을 보인 점, 짐은 상당히 실망했네."

판시엔은 속으로 여전히 욕을 한 사발 하고 있었지만, 표정만은 담담하게, 다소 자조하는 듯한 말투로 대답하였다.

"지당하신 말씀입니다."

"억울하느냐?"

"네."

판시엔은 자기도 모르게 '불쑥' 말이 튀어나왔다.

"폐하는 곧 '천하'이기에, 폐하의 안위에서 사소한 일이란 없습니다. 국화는 매년 보는 것이지만, 천하에서 폐하는 한 분이신데, 제가 쥐새끼 마냥 담이 작다 욕하신다 하더라도, 소신은 아직도 폐하께서 황궁으로 돌아가셔야 한다고 생각합니다."

현공 사당에는 난감한 침묵만이 흘렀다.

하지만 오히려 황제의 표정은 조금 밝아졌다.

"참으로 간이 크네……만약 네가 쥐새끼라 하면, 난 그런 큰 쥐새끼를 본 적이 없다."

이 말은 농담이었다.

하지만 아무도 웃지 않았다.

황제는 은은한 미소로 밖을 바라보며 말을 이었다.

"짐이 살아오며 얼마나 많은 암살 사건을 겪었는지 모른다. 너희들 같은 아이들은 지금의 천하가 태평스러운 것을 당연하게 받아들이지. 이 정도의 일 가지고 짐을 물리게 할 생각은 하지도 말거라."

황제의 근엄한 소리에도 불구하고 판시엔은 여전히 주위를 살피고 있었는데, 상황이 처음에 생각했던 것보다 위험하진 않았지만, 공디엔이나 홍 공공이 없는 지금 일이 벌어지면, 직위상 자연히 감사원 제사인 그에게 책임이 돌아올 수 있다는 것을 깨달았기 때문이었다.

'좀 전에 아버지가 나보고 빨리 올라가 폐하를 보호하라 했을 때, 이 점을 고려하지 못했다고? 그 복잡한 눈빛은 뭐였지?'

"폐하께서 일생에 마흔세 번의 암살 시도를 겪으셨지만, 지금까지 한 번도 물러서지 않으셨습니다!"

다이 공공의 이 외침은, 마치 죽비 소리처럼, 황제의 위엄 있는 말에 딴생각을 하는 판시엔을 꾸짖는 듯 보였다. 황제는 침착하지만 자신감에 가득 찬 목소리로 천천히 말했다.

"북제, 동이, 서호, 남월 그리고 짐이 정복한 가련한 모든 곳. 누군들 짐을 죽이고 싶지 않겠나? 하지만 20여년의 시간 동안, 누가 성공할 수 있었나? 이제 자객 같은 것은 이미 짐에게 습관이 되었으니, 판시엔 너도 이 점을 명심하거라."

'숙련공 같은 거네. 암살이 습관이 되시다니, 대단하십니다요.'

판시엔은 오늘따라 속으로 욕설을 많이 내뱉고 있었다.

만에 하나 여기서 황제에게 문제가 생기면, 이번 생은 이걸로 끝인 것이 자명했기에, 한시도 지체할 수 없는 상황이었다. 하지만 황제는 느긋하게 자기 자랑이나 늘어놓고 있었기 때문이다.

판시엔은 다시 한번 강력하게 회궁을 권했다.

황제는 결국 참지 못하고 크게 꾸짖었다.

"판지엔이 널 어떻게 교육 시켰길래, 너같이 버러지 같은 놈이 튀어 나온 것이냐?! 천핑핑은 또 왜, 그런 너를 중시하고 있는 것이고?!"

"당신이 직접 날 교육시켜보시던지, 원래 당신이 해야 할 일이었잖아!"

물론 판시엔은 이 말을 입 밖에 내지는 않았다.

그는 여전히 침착한 얼굴을 하고 있었다.

황제가 판시엔을 '교육'시키고 있는 동안, 이미 방화나 암살과 관련 상황은 거의 정리되고 있었다. 설령 암살을 계획했던 자가 있었다 한들, 이 상황에서 감행한다는 것은 그리 현명한 선택은 아닌 듯 보였다.

황제는 여전히 역정을 내며 판시엔을 '교육'시키고 있었다. 다만, 황제가 일개 신하에게 이렇게까지 꾸짖는 경우는 매우 이례적이었다.

아무도 모르고 있었지만, 황제가 역정을 내는 이유는, 사실 판시엔과 큰 관련이 없었다.

얼마나 시간이 지났을까, 황제는 결국 '교육'을 멈췄고, 애꿎은 난간을 세게 한 번 내리쳤다. 판시엔은 다이 공공에게 눈짓으로 신호를 보내, 물을 한잔 올리라 했다. 황제는 욕을 너무 많이 해서, 목이 말라 보였기 때문이다.

"술을 다오."

황제는 여전히 판시엔이 보기 싫은 듯, 몸을 돌리지도 않고 말했다. 하지만 결국 장난스러운 눈빛으로 돌아와, 난간 밖의 경치와 하늘 위의 구름을 보며 말했다.

"싸늘한 가을빛에 천 수를 읊고, 차가운 향기가 담긴 술 한 잔을 땅에 붓는다. 높은 누대에 올라 국화를 감상하는데, 어찌 술이 빠질 수가 있겠는가."

3년마다 오는 현공 사당에서 국화주가 곁들어지는 것은, 관습 같은 일이었다.

특이한 것은, 황제가 읊은 구절이 판시엔이 베껴 쓴 〈석두기〉의 38장에 나온 가보옥의 '국화시'라는 것이었다. 북제 황제뿐만 아니라, 경국의 황제도 이미 다 알고 있었던 것이다.

그리고 황제는 쐐기를 박듯 말했다.

"〈석두기〉는 문장이 괜찮긴 한데, 시는 좀 수준이 낮고……남녀 간의 사랑 이야기만 나오는 것도 그렇고……."

"소신, 재미로 한 것입니다. 폐하의 눈에 들 줄은 몰랐는데, 성은이 망극합니다."

놀란 사람은 황제도, 판시엔도 아닌, 주위에 있는 사람들이었다. 아무도 지금 가장 유행하고 있는 소설 〈석두기〉의 작가 조설근이, 사실은 판시엔이라고 생각하지 못했기 때문이었다.

황제는 논란의 말을 던져 놓고도 전혀 개의치 아니하고, 술잔을 들어 국화주의 향을 음미하였다. 술상에는 술잔이 두 개 있었는데, 나머지 하나의 주인은 당연히 태후였지만, 태후는 이미 내려가 버려, 황제는 나머지 한 잔을 누구에게 주어야 하나 고민하는 듯 보였다.

태자, 대황자……황제는 판시엔을 쳐다보다 재빨리 시선을 3황자 쪽으로 바꾸며, 손가락으로 가장 어린 3황자를 가리켰다.

아홉 살 밖에 되지 않은 3황자는 우거지상을 하며 말했다.

"부황, 소자 독한 술을 좋아하지 않습니다."

아홉 살이니 용서가 되는 말이었다.

"더 독한 일도 했던데, 고작 독한 술 한 잔으로 그러는 것이냐?"

3황자는 울 뻔했다.

이내 꾹 참고, 일그러진 얼굴로, 종종걸음으로 걸어가, 작은 팔을 내밀어, 술잔을 받아 들고, 마셨다.

'툭.'

술잔이 3황자의 손에서 나와 바닥으로 떨어져, 데굴데굴 먼 곳으로 굴러가고 있었다.

그는 다가오는 차가운 빛을 멍하니 바라보며, 속으로 생각했다.

'술 한 잔 먹었는데, 왜 호위들이 날 베려고 하지? 난 황제의 아들 인데? 취했나?'

하지만 매우 복잡하고 위험한 환경에서 자라온 어린아이의 반응은, 생각보다 매우 빨랐다.

'자객이다!'

3황자는 황제를 등지고 술을 마시고 있었다. 그가 피한다면, 자객의 칼은 바로 황제의 몸으로 간다. 제일 중요한 것은, 3황자가 쿠허나 예류원이 아니다. 그러니 아무리 부황을 위해 용감하게 막아선다 해도, 그 칼날은 자기를 두 동강 낸 후, 황제의 목을 자를 것이다.

피하나마나 피차일반이다.

3황자는 순간 제일 정확한 판단을 하였다. 한 발짝도 움직이지 않고 그곳에 서서, 서늘한 칼날의 빛 사이로 흐릿하게 보이는 자객을 보며 앞뒤 보지 않고 비명을 질렀다!

"아-악!"

날카로운 비명이 사당 안에 울려 퍼졌다.

호위들은 당황했다.

판시엔은 달랐다.

숨을 한 번 깊게 뱉고서, 주먹을 내질렀다. 설산혈에 갑자기 빛이 번쩍이더니, 몸속의 진기가 거대한 강물이 되어, 판시엔의 오른팔을 타고 나가 주먹으로 모였다. 자객이 휘두르는 칼의 기세가 상당했지만, 이내 몇 보 떨어진 허공에서, 판시엔의 주먹이 그 칼을 산산조각내어 버렸다!

흩날리는 칼 조각 사이로, 강력한 기운이 멈추지 않고 달려드는 것을 보고, 상대방이 9품 고수라는 사실을 알아차릴 수 있었는데, 경국의 황제의 암살을 노리는 자객이, 그 정도 실력이 된다는 것은 당연한 일이었다.

판시엔은 3황자 옆으로 가, 왼쪽 다리의 비수를 꺼내, 자객의 하복부를 찔렀다.

자객의 칼은 반 토막 나버렸지만, 여전히 맹렬할 기세로 달려들었고, 판시엔도 사력을 다해 막아내고 있었다. 그제서야 호위들이 정신을 차린 듯 보였지만, 9품 고수와의 싸움에 그들이 도와줄 수 있는 것은 없었다.

그때 현공 사당의 앞쪽 하늘에서 구름이 흩어지며, 태양이 비치기 시작하였다.

그 햇빛 사이로 흰옷을 입은 또 다른 자객이, 무색의 고검(古劍)을 들고 나타났다!

어디서 나타났는지 모르겠지만, 그는 이미 강렬한 햇빛에 몸을 숨겨, 황제의 바로 앞까지 접근해 있었다!

'휙, 휙.'

바람 소리가 두 번 일었다.

황제와 가까이 있던 두 명의 호위가 가까스로 황제를 끌어 옆으로 피신시켰지만, 그 대가는 자신들의 목이었다.

다시 흰 옷의 자객은, 황제로 돌진했다.

황제는 평생 물러서 본 적이 없다 하였다. 그런 그가 호위에게 이끌려 몇 발걸음 물러난 것이다. 이제 그의 목 앞에는, 그의 목숨마저 앗아갈 고검이, 한 척(尺)거리에 있었다.

황제가 무공을 못 한다는 것은, 모두가 알고 있었다.

호위 여럿이 달려와 막아섰다. 그들이 할 수 있는 유일하고도 마지막 방법이었다.

그들은 몸을 던져 황제 대신 검에 찔렸다. 무수한 선혈이 사방으로 튀었다.

그런데도 황제는 차분한 눈빛으로, 검과 하나가 되어 달려오는 흰옷의 자객을, 똑바로 노려보고 있었다.

누가 이 검수를 막는다는 말인가.

이제는 황제의 아들들밖에 없었다. 그들도 검을 막는다기보다는 지연시키는 것이었지만, 선택의 여지가 없어 보였다.

이 모든 일은 아주 짧은 시간에 이루어졌다.

3황자가 떨어뜨린 술잔은 아직 굴러가는 중이었고, 대황자는 부황 곁으로 달려가기 위해 두 발짝 움직였고, 태자는 굴러가는 술잔을 밟아 '충성스럽게', '감동적으로' 또는 '우스꽝스럽게' 엎어지고 있었다. 그리고 그 순간 판시엔은 처음 나타난 자객의 하복부를 찌르려고 하는 찰나였다. 그때 그는 이미 등 뒤에서 위력적인 검의 기운을 느끼고 있었던 것이다.

모든 것은 마치 느린 화면처럼, 세세히, 그리고 놀랍게, 판시엔의 눈앞에서 펼쳐지고 있었다.

하늘이 준 기회였다.

이때 황제와 3황자를 구하면 황제에게 가장 신임을 받는 신하, 황제에게 가장 효도하는 아들이 되는 것이다. 이 기회를 놓칠 이유도, 이 강한 상대를 놓아줄 이유도 없었다.

그는 결심했다.

하지만 바로 이때, 어느 누구도 예상하지 못했던 일이 벌어졌다.

9품 고수도, 흰옷의 검객도 마지막 패가 아니었다.

진정한 암살자는 이미 황제 폐하의 등 뒤에 있었다!

국화주 술상을 내온 수려한 이목구비의 어린태감.

황제가 흰 옷의 자객 때문에 몇 발짝 뒤로 물러섰을 때, 황제의 등은 자연스럽게 그 태감의 눈앞에 있었다. 태감은 손을 뻗어 기둥 안을 더듬었다. 기둥이 변신술이라도 부린 듯, 검은 비수를 뱉어내더니, 태감은 그 비수를 쥐고서, 황제의 등을 찔렀다!

현공 사당의 나무 기둥 뒤에 비수가, 기둥과 같은 색깔을 하고, 얼마나 오랜 시간인지는 모르겠지만, 아무도 모르게 숨겨져 있었던 것이다. 이 암살 계획이 얼마나 치밀하고 오랫동안 준비되었는지는 알수 없는 일이었다.

일국의 군주를 죽이는 일은 실력보다 결심과 인내, 그리고 용기가 필요했다.

황제의 앞에는 맹렬히 달려오는 장검이, 황제의 뒤에는 오래되고음산한 비수가 있었다!

판시엔은 무의식적으로 가장 정확하다고 생각하는 판단을 내렸다.

'눈앞의 9품 고수를 처리하고, 황제 앞의 흰옷의 검객을 물리친후, 황제 뒤로 돌아가 어린태감을 비수를 막아낸다? 우쥬 삼촌이 오지 않는 한 불가능하다. 3황자를 먼저 구하자. 왜냐하면 아홉 살 아이니까!'

사람을 구하려면, 어린 사람을 먼저 구하라.

당연하고도 합리적인 이야기다.

복잡한 상황에선 단순하게 생각해야 한다.

판시엔이 눈앞 9품 고수의 하복부를 찌르려고 하는 순간, 고수도반토막 난 칼로서 비수를 쳐냈다. 비수가 날아가 난간을 넘어 아래도떨어지려 하는 순간, 판시엔이 순간적으로 몸을 돌려 고수에게 자신의 등을 보였는데, 회전의 힘을 이용해 머리카락 속에 있던 독침 세개를, 뒤에 있는 고수에게 날렸다.

부정확한 동작이었기에, 한 개의 침만 고수의 새끼손가락 끝에 박혔는데, 자객은 순간 기혈이 막히는 느낌을 받고, 반토막 난 칼로 자신의 손가락을 잘라버렸다.

자객이 고개를 드니, 판시엔이 사라졌다.

판시엔은 흰옷의 검객과 황제 사이로 뛰어 들어가, 3색의 독무를터트리고서, 왼손 소매 밑의 암궁 화살 세 발을 쏘았다.

고수는 마치 판시엔의 공격 방법을 잘 알고 있다는 듯, 재빨리 호흡을 막고, 세 발의 암궁 화살을 피하고서, 판시엔의 목을 향해 사납게 검을 뻗었다.

판시엔의 패도 진기가 사납게 요동치기 시작했다.

판시엔이 진기를 통제하는지, 진기가 그를 통제하는지, 분간이 되지 않았다.

판시엔은 날카로운 울부짖음과 함께, 두 손바닥에 진기를 암석처럼 단단히 뭉친 뒤, 검객의 가슴을 향해 내질렀다.

흰옷의 검객은 판시엔의 무모한 수에, 순간 미간을 찌푸렸다. 검으로 판시엔의 가슴을 찌르면, 자신도 판시엔의 진기 공격에 가슴을 맞아, 이후를 장담할 수 없었다. 결국 검수는 손에서 검을 놓아버렸고, 그 검은 달려오는 기세를 받아 판시엔의 어깨로 파고들었다.

흰옷 검객은 검을 놓아버린 손에 진기를 모은 후, 판시엔의 달려오는 공격에 맞섰다.

'펑!'

두 손의 충돌에 근처에 있던 독무마저 흩어져 버렸다.

검수는 왼쪽 팔이 부러져 버리며 뒤로 밀려났지만, 그 짧은 시간에 판시엔의 오른쪽 어깨에 박힌 검을 뽑았다. 빠른 속도와 신묘한 손놀림, 판시엔의 머리에 누군가 스쳐 지나갔다.

검객은 판시엔을 다시 보지도 않고, 발끝으로 난간을 밟더니, 새하얀 학처럼, 허공으로 뛰어 날았다.

판시엔과 검객의 일 합에서 나온 소리에 묻혀 버린, 다른 두 소리가 있었다.

9품 고수는 얼굴과 양어깨가 산산조각 나, 피를 흘리며 바닥에 고꾸라져 있었다. 그의 뒤에는 홍 공공이 아무 일도 없었다는 듯, 태연한 얼굴로 몸을 구부린 채 서 있었다.

비수를 들고 찌르고 있던 어린태감은, 어지러운 나무 파편들과 함께 바닥에 혼절해 쓰러져 있었다. 그 나무 파편들은 방금 전까지 술상이었다. 그 모습을 보고 황제는 무표정하게 말했다.

"짐이 너에게 죽을 순 없지."

현공 사당 아래쪽에서는 비명 소리와 함께 욕하는 소리가 어지럽게 들려왔다. 판시엔이 난간 밖으로 몸을 내밀어 아래를 보니, 예중이 입을 가리고 피를 토하고 있었다. 그가 경국의 몇 안 되는 9품 고수라는 것을 고려할 때, 흰옷의 검객도 적지 않은 부상을 입었을 듯 보였다.

"스구지엔의 동생이 어려서부터 집을 나가, 사람들은 어디 있는지 모른다고 하더니……!"

황제는 판시엔을 보며, 서늘한 목소리로 외쳤다.

"판시엔, 저놈을 잡아 와라! 짐이 그의 동생도 형처럼 바보인지, 확인해야겠다!"

암살의 상황에서도 침착을 유지하던 경국의 황제가, 마침내 폭발해 버렸다!

판시엔은 이미 난간을 뛰어넘어, 검은 새처럼 날아가고 있었다. 기운을 겨우 회복한 예중도, 그 뒤를 따라갔다. 그가 오늘 검객을 잡아오지 못한다면, 징두 수비를 맡고 있는 그의 집안에 미래는 없었다. 그리고 그 뒤를 황실의 호위들 몇몇이 화살처럼 튀어 나갔다.

현공 사당의 꼭대기 층에서 황제는, 마치 암살 사건은 없었다는 듯, 침착한 표정으로 난간 밖의 국화를 감상하고 있었다. 급하게 올라온 호위와 다이 공공을 포함한 태감들은, 창백한 얼굴로 부들부들 떨고 있었다. 태자는 바닥에서 기듯이 일어나 솔방울 같은 땀을 흘리며, 대황자와 함께 황제에게 엎드려, 죄를 고하고 있었다.

"소자의 무능으로 부황을 놀라게 하였습니다."

"9품 고수였다……너희들이 짐의 자식이지만, 대응하지 못한 것 또한 당연지사다."

황제는 말을 하면서도 시선은 홍 공공의 손에 죽은 자객을 한 번 보고, 다시 태자가 밟으면서 깨져버린 술잔의 파편을 바라보며, 미간을 찌푸리고 있었다. 그리고 두려움에 떨고 있는 3황자를 끌어안고서, 다시 사당 아래로 펼쳐진 야생 국화를 바라보았다.

그곳에서는, 가끔씩 일어나는 움직임에, 나뭇가지들이 부서져 날리고 있었다.

"제가 가보겠습니다."

홍 공공이 황제 곁으로 와 조용히 말했다.

"판 대인이 최근에 병을 앓은 터라, 좀 걱정이 됩니다."

"너는 됐다."

황제의 말이 떨어지자, 아래에서 매복하고 있던 몇 사람이 장도를 매고, 국화꽃의 바닷속으로 뛰어 들어갔다. 얼마 지나지 않아 미리 출발한 황실 호위들을 앞서, 선두에서 쫓고 쫓기고 있는 세 명의 흔적을 뒤따라갔다.

그들은 가오다를 포함한, '황제 비밀 호위'들이었다.

산이 있으면 계곡이 있는 법.

다만 현공 사당 아래의 협곡은 상당히 험준했다.

판시엔은 협곡을 질주하고 있었다.

금선국의 진한 향기가, 마치 아편처럼 그의 진기를 지속적으로 보충해 주었다. 두 발에는 눈이라도 달린 듯, 정확하게 위아래로 놓인 바위들을 밟으며 앞으로 튀어 나가고 있었다. 마치 한 마리의 검은 용이, 산 아래를 빠르게 훑으며 내려가고 있는 듯 보였다.

판시엔으로부터 수십 장(丈) 떨어진 앞쪽에서, 흰옷 검객의 그림자가 어른거렸다. 몸놀림은 정교했고, 마치 구름이 모였다 흩어지는 것처럼, 부드럽고 아름답게 포물선을 그리며 나아가고 있었다. 하지만 판시엔의 실력이 더 뛰어난 것인지, 아니면 검객이 예중과의 일전으로 부상을 입을 탓인지, 그 속도는 판시엔을 따라갈 수 없었다.

두 사람의 거리는, 갈수록 좁혀지고 있었다.

산 아래에 거의 다다르자, 금위군 병마의 기치가 멀리서 보이기 시작했다. 판시엔이 조금은 안심을 하려는 찰나, 검객이 갑자기 몸을 기울여 방향을 틀더니, 나무가 듬성듬성한 가장자리 쪽을 따라 서쪽으로 도망치기 시작했다.

그곳에는, 말을 탄 금위군이 가장 대응하기 힘든, 원시 밀림이 있었다.

다행히 밀림 바깥쪽으로는, 금위군의 방비가 잘 되어 있었다. 하지만 검객은, 다시 오른쪽으로 방향을 틀었다.

판시엔은 생각할 겨를도 없이 쫓아갔다.

검객이 다시 방향을 틀었다.

판시엔도 틀었다.

흰옷의 검객은 멋지게, 그리고 정교하게, 도망가고 있었다. 여러 번 방향을 바꾸면서도 금위군과의 거리를, 일정하게 유지하고 있었기 때문이다. 마치 금위군의 배치와 움직임을 잘 알고 있는 듯 보였다.

'오늘 현공 사당에서 공디엔을 못 본 것 같은데?'

공디엔은 황제의 가장 밀접 호위를 맡고 있었기에, 황제가 있는 곳에 그가 없을 수는 없었다. 하지만 어떤 때에는 당연한 믿음이 편견을 형성해, 스스로를 속일 수 있는 것이다.

판시엔의 심장이 철렁했다.

여전히 생각할 겨를이 없었다.

판시엔은 뒤도 돌아보지 않고, 어디로 향하는지도 모른 채, 쫓고 또 쫓기만 했다.

산자락에서 호숫가로, 다시 호수를 가로지르고, 논밭을 지나고.

검객은 판시엔의 시야에서 여러 번 사라졌지만, 판시엔도 우쥬를 제외하고는 반응과 속도에서 자신이 있었기에, 끈질기게 따라붙었다.

징두가 눈앞에 보였다.

검객은 여전히 속도를 줄이지 않은 채, 하얀색 겉옷을 한 손으로 찢어 버렸다. 징두의 백성들이 입고 다니는 소박하고 평범한 옷이 드러나며, 찢어진 하얀 옷이 진흙 위로 떨어졌다.

판시엔은 일반 백성으로 변장한 검객에게 눈을 떼지 않았다. 그가 교외로 도망가는 것이 아닌, 징두라는 그물망 안을 선택했다는 것이 가히 놀라웠다. 그를 엄호해줄 조직, 엄폐해 줄 신분이 없이는 불가능한 일이었다.

더욱더 검객의 정체가 궁금해졌다.

판시엔은 추격과 은폐를 반복하며 민가의 좁은 골목 사이를 누볐다.

샤오은과 싸우던 늪지만큼 위험하지는 않았지만, 그때보다 더 긴장되었다.

건물 모퉁이에서 사람 그림자 하나가 날아와, 번잡한 시장 골목을 훑고 지나가다, 거리에 탕후루를 파는 매대와 충돌하였다!

'저 새끼 확실히 부상을 입었어.'

현공 사당 위에서의 검술과, 도망칠 때의 경공술을 볼 때, 검객이 만약 부상을 입지 않았다면, 판시엔은 절대 그를 상대할 수 없다는 것을 알고 있었다.

하지만 지금 기회가 온 것이다.

판시엔은 그를 막다른 골목으로 모는 데 성공하였다. 몸 안의 진기도 충분히 흘러넘치고 있는 듯했다. 반면 검객의 몰골은 형편없었는데, 옷 안에서 피가 배어 나오고 있는 것이 확연히 보였다.

검객이 몸을 돌렸다.

'모르는 얼굴이다!'

"안 지치나?"

검객이 열 보 정도 떨어진 판시엔을 향해, 처음으로 입을 열었다.

"네가 이렇게 멀리까지 도망칠지 몰랐지."

"널 죽일 계획은 없었다."

검객은 옷에서 서늘한 빛을 내는 고검을 다시 꺼냈다. 검을 보며 판시엔도 자신의 무기를 생각해 봤는데, 비수, 암궁, 독무……그제서야 이미 다 사용해 버렸음을 깨달았다. 심지어 몸에 지니고 있던 환약들도, 독무를 마신 다른 사람들을 위해 현공 사당에 던져 놓고 나왔었다.

'어쩌지? 제발 저놈 부상이 심각해라. 그리고 삼촌, 오려면 빨리 와 줘.'

판시엔은 최대한 침착하게, 거만하게, 사납게 하지만 설득력 있게 말했다.

"네가 신분을 밝히면……내가 이쯤에서 놔주지."

이것은 거래였다.

판시엔이 그를 여기까지 쫓아온 것은, 사실 이 거래를 하기 위함이었다.

현공 사당에서의 황제 암살 시도는 너무 미심쩍었다. 방화, 세 명의 자객, 아버지의 미숙한 대처와 복잡한 눈빛, 공디엔의 실종, 심지어 눈앞의 검객은 황실의 금위군을 포함해 징두의 모든 것에 익숙해 보였다.

결론적으로 이 사건에는, 경국의 거물이 참여하고 있음이 확실했다!

판시엔이 여기까지 위험을 무릅쓰고 검객을 쫓은 것은, 황제의 명령 때문이 아니었다. 그에게 이번 암살 시도가 자신, 아버지, 그리고 감사원과 무슨 관계가 있는지를 알고 싶었던 것이다.

"기개나 충정 따위는 핑계 대지 말고. 너의 정체만 알려주고, 여기는 없던 일로 하자고."

판시엔의 제안에, 검객은 침묵했다.

하지만 판시엔은 제법 공평하다고 생각한 이 제안을, 그가 받아들일 것이라 확신하고 있었다. 모두에게 이익이 되는 이 거래가 성립되려는 찰나, 검객이 입을 열었다.

"내가 널 죽이면, 내 의지로도 여길 떠날 수 있는 거 아닌가?"

얼마 전, 2황자가 제안한 '공동의 이익'을, 판시엔이 매몰차게 거절했다.

지금, 판시엔이 제안한 '공동의 이익'을, 검객이 매몰차게 거절한다.

인생은 이런 것이다.

검객은 뭘 믿고 거절한 것인가?

당연히 실력이었다.

검이 번쩍이며 골목을 비추었다. 검이 일으킨 바람에 떨어진 나뭇잎들이 공중에 떠올라, 두 사람 사이에서 어지럽게 날리고 있었다. 검객의 고검은 오늘 두 번째 판시엔을 겨누고 있었다.

판시엔은 마치 검은 개의치 않는 듯, 양손바닥에 진기를 모아 검객의 얼굴을 향해 뻗었다. 또 한 번 검객은 판시엔의 무모한 공격에 미간을 찌푸리며, 검을 가로로 눕혀, 검의 날로 양손 바닥을 밀

쳐냈다.

이 모든 것은 판시엔의 계산이었다.

판시엔은 손을 거두어들인 후, 모든 힘을 주먹에 실어, 상대방의 관자놀이 부분을 향해 내질렀다!

검객은 검을 휘두르지 않았다.

또다시 검을 손에서 놓았다!

오늘 두 번째로 검객에 손에서 빠져나온 검의 날은, 판시엔의 목으로 향하고 있었다. 판시엔은 예상 못 한 상대방의 공격에, 주먹을 거두고 검을 막아냈는데, 그 순간 검객은 왼쪽 다리에 숨겨놓은 비수를 꺼내고 있었다.

원래 판시엔이 즐겨 쓰던 공격.

순식간에 두 개의 검은 그림자가 골목에서 뒤엉켜 싸우기 시작했다. 두 사람의 몸놀림은 갈수록 빨라졌는데, 우쥬의 가르침 덕에 피하는 건 자신 있는 판시엔이었지만, 그런 그도 몇 번의 위험한 순간을, 가까스로 피해냈다.

하지만 판시엔의 고민은 다른 곳에 있었다.

상대방이 자신을 너무 잘 알고 있다는 느낌 때문이었다. 자신이 '잔재주'라고 명한 비틀기, 눈 찌르기, 음낭 쥐어 잡기 등의 온갖 저질스럽고 비열한 수법이, 모두 통하지 않았다. 그리고 자신이 입고 있는 감사원의 관복에서, 가장 약한 부분만을 골라서 공격하고 있었다.

'직접적으로, 강렬하게, 정확하게.'

판시엔은 갑자기 우쥬의 말이 생각났다.

판시엔이 체내의 패도 진기를 한꺼번에 폭발시키자, 팔을 감싸고 있는 감사원 관복이 모두 갈가리 찢겼다. 그의 진기의 폭발로 왼쪽 팔을 잡고 있던 검객은 가슴이 답답해지면서 멈칫하였는데, 순간적으로 날아온 판시엔의 오른발 발차기를 맞고서, 뒤로 3척(尺)이나 날아가 버렸다!

판시엔도 왼쪽 팔의 상처를 잡고 있었지만, 피를 토하고 있는 검객을 보며, 조금은 안심이 되었다.

다만 우쥬는 아직도 나타나지 않았다.

검객은 고개를 들고, 마지막 공격이라도 되는 듯, 비수를 들고서 맹렬히 달려들었다.

"이건 너한테 배운 거다!"

"사양하진 않으마!"

판시엔은 왼쪽 어깨의 출혈과, 막심한 진기 소모로, 정신이 혼미했지만, 재정비할 시간이 없었다. 판시엔이 옆의 벽을 밟아 공중으로 날아오르니, 달려오던 검객도 공중으로 뛰어올랐다.

하지만 판시엔의 패기는 거기까지.

검객도 상처를 입었지만, 판시엔보다 버티는 힘이 더 강해 보였다. 검객이 쥐고 있던 비수는 허상이었고, 판시엔이 그의 비수를 겨냥하여 날린 마지막 공격은, 허망하게 막혔다.

판시엔은 검객의 무릎에 맞아, 땅에 떨어져 버렸다!

검객은 무릎으로 판시엔의 골반을 눌러 움직이지 못하게 한 후, 모든 힘을 다해 비수를 판시엔의 가슴에 찔렀다!

'삼촌은 어디갔지?'

골반이 짓이겨지는 고통에서 내지른 신음 소리가, 갑자기 폭발하는 듯한 괴성으로 변하였다!

"아---악!"

생사의 경계에서, 드디어 체내에 잠재되어 있던 모든 진기가, 최대치로 올라갔다.

사나운 진기가 설산혈을 통해 판시엔의 손바닥에 모아지더니, 그도 모르게 가슴 쪽으로 향하던 비수의 양쪽 면을, 두 손바닥으로 밀착하여 잡았다. 손바닥과 비수가 접촉한 부분에서, 마치 달궈진 인두가 쇠를 지지는 듯한 소리가 나고 있었다.

판시엔의 정신과 체력이 모두 소진되어 버리자, 드디어 진기가 극한을 넘어버린 것이다.

드디어 진기가 폭발했다!

그 짧은 찰나, 판시엔은 지금까지 느껴보지 못한 고통을, 생생하게 느꼈다. 몸에 있는 신경 하나하나가 모두 찢어지는 듯, 섬세하고도 극심한 고통이 찾아왔고, 체내의 모든 진기는 경락을 뚫고 나가, 제멋대로 몸의 구석구석을 파고들었다.

그리고 바로 잠잠해졌다.

모든 진기가 사라져 버렸다. 손바닥의 힘도 사라져 버렸다. 손바닥으로 감싸고 있던 자객의 검은 비수는, 허무하게 그의 가슴을 뚫고 들어갔다.

이렇게 간단하게, 다소 황당하게, 그는, '가슴에 비수가 꽂혔다.'

판시엔은 고개를 숙여, 자신의 가슴에 꽂혀 있는 비수를, 망연히 쳐다보았다.

자객도 다소 놀란 듯, 판시엔의 가슴에 꽂힌 비수를, 어리둥절하게 바라보고 있었다.

얼마나 지났을까.

가슴을 파고든 비수의 고통이 판시엔의 대뇌로 전달되고서야, 그는 자기가 심각한 일격을 당했음을 이해했다.

새로운 세계로 온 보잘것없는 목숨이, 이렇게 어처구니없이, 이름도 없는 작은 골목에서, 끝나는 것 같았다.

'싫어! 장난해! 아직 자식도 안 낳았고, 〈홍루몽〉 78회도 아직 못 옮겨 썼고, 내고를 받아 예칭메이의 가산을 이어받지도 못하고, 신묘도 안 가봤고……그리고 황실과 천하의 사람들에게, 내 진짜 신분

이 뭔지 말 못 했단 말이야!'

'근데……삼촌, 왜 안 왔어?'

"의외다."

의외?

진짜 의외인 것은, 죽음을 앞둔 판시엔 뿐 아니라, 그의 죽음을 초래한 검객도 같은 생각을 하고 있다는 것이었다.

검객은 비수를 놓았다.

판시엔도 의식을 잃었다.

황제의 비밀 호위가 골목에 도착했을 때 그들이 볼 수 있었던 것은, 수수한 옷차림의 사람이 판 대인의 가슴에 꽂힌 비수에서 손을 놓더니, 재빨리 '검은 그림자'처럼 벽을 타고 넘어가고 있는 장면이었다.

"빨리 쫓아!"

호위 하나가 무겁게 외쳤다.

"일단 사람 먼저 구해!"

비밀 호위 대장 가오다가 소리치며 어두운 얼굴로 판시엔 옆에 웅크리고 앉았다. 북제의 기억을 함께한 젊은이의 얼굴을 보며, 긴장된 얼굴로 걱정하고 있을 뿐이었다.

잠시 후 들릴 듯 말 듯한 허약한 목소리가 들렸다.

"죽을 수 없어, 아주 깊지는 않……어의……내 여동생……환약……폐하께 페이지에……좀……징두……나 죽기 싫어……."

이 말을 끝으로, 판시엔은 검객이 도망간 방향으로 시선을 한번 옮긴 후, 의식을 잃었다. 그는 이미 자객의 신분을 충분히 추측할 수 있었다. 다만 그 사실이 너무 무서웠다. 어디부터 다시 생각해야 할지 몰랐기 때문이다.

그는 차라리 이대로 못 깨는 한이 있더라도, 그 사실만은 마주 하

고 싶지 않았다. 〈상 완결, 중 1권에 계속〉

경여년: 오래된 신세계 상-2

지은이 묘니(猫膩)
역자 이기용

발행인 주일우
발행처 이연[㈜사이웍스]
발행일 2021년 10월13일 (2쇄)
출판등록 제2020-000154호 (2020년 7월 27일)
주소 서울시 마포구 월드컵북로1길 52 운복빌딩 3층
전화 02-3141-6127 / **팩스** 02-6455-4207
전자우편 saii@saiiworks.com

ISBN 979-11-971791-2-9
      979-11-971791-0-5(세트)
값 16,500원